的
忆

金家寨局部

金家寨一角

在金家寨召开的庆祝抗战胜利大会的场景

刘邓大军解放金家寨

梅山水库

金寨县城梅山

在金寨县城梅山的金寨县革命博物馆

在金寨县城梅山的金寨县烈士纪念馆

阎荣安 编著

余家寨的记忆

中国农业出版社

北京

绵延起伏的大别山，横亘鄂豫皖三省，山重水复，险峻奇秀，自古就是英雄辈出之地。在这山水之间，曾呈现过一幕幕精彩传奇，淀积着厚重的历史文化。

在鄂豫皖三省边区的大别山腹地皖西，有一个县遐迩闻名，它具有鄂豫皖三省的文化特征，堪称是鄂豫皖的代表；它是中国革命的重要策源地，人民军队的重要发源地，有"红军摇篮、将军故乡"的美誉，这个县就是全国著名的革命老区——安徽省六安市金寨县。

提起金寨县，很多外地人曾问，金寨县何以金寨为名？这里出产金子吗？有金子垒成的寨子吗？这里是少数民族居住的地方吗？

实际上，金寨县的县名源于一个镇名，就是金家寨镇，也称金寨镇。

金家寨镇历史悠久，在数千年的沧桑岁月中，有过商贾云集、商贸重镇的繁华，有过曾是皖西北苏区首府的辉煌，也有过曾为安徽省省会的风光，中国共产党早期领导人之一陈绍禹（王明）出生于此，诸多历史名人如沈泽民、徐向前、叶挺、张云逸、王树声、彭康、张劲夫、朱蕴山、章乃器、姚雪垠、臧克家、史沫特莱，以及李宗仁、廖磊、李品仙等上千位国共两党的高级将领曾来这里战斗生活，留下了不可磨灭的历史印记。

20世纪50年代，为根治淮河水患，国家在金寨县境内修建了梅山水库，金家寨被淹没。金家寨又成为金寨老区人民牺牲奉献精神的一个见证。

金家寨演绎过一个个重大历史事件，流传着许许多多传奇的故事。金家寨镇虽然已经消逝，但它斑斓的历史并未随之湮灭，而是载入了史册，成为宝贵的文化遗产。

金家寨：流传千古的古老传说

大别山物华天宝，风光无限，
皖西重镇金家寨秀丽繁华，古色古香，
犹如是大别山中的一颗明珠。
金家寨的地名来历，来自流传着的古老传说；
金家寨的历史故事，演绎着一个个美妙的传奇。

美妙传说的金家寨

金家寨地处大别山的北麓。

大别山，位于湖北、河南、安徽三省境内，东南—西北走向。西接桐柏山，东延霍山（也称皖山）和张八岭，三者合称淮阳山。

大别山的名称，现在见到的最早记载是在我国第一部地理著作《尚书·禹贡》中。

为何称之为"大别山"？其名字的由来，源于它独特的地理环境。大别山山脉连绵数百里，是中国长江和淮河的分水岭，山南麓的水流入长江，山北麓的水流入淮河，山南山北的气候环境不同，风土民情也各异，一座山脉两面有如此大的区别，故此名为大别山。相传西汉汉武帝祭祀古南岳天柱山时经过大别山，当他登上了大别山主峰后，在观赏了南北两侧的景色后不禁感叹道："山之南山花烂漫，山之北白雪皑皑，此山之大果别于他山也！"

金家寨位于大别山的中心区域，是通向鄂东、豫南、皖西的要冲。这一带四面群山起伏，峰峦叠嶂，形成天然屏障，难得中央有方圆约数十平方公里的丘陵盆地，金家寨镇坐落其间，淮河的支流史河傍镇而过。独特的地理位置使其历来为兵家必争之地。

大别山金寨境内局部

金家寨镇的由来传说很多，各不相同。

从现有资料看，传说中金家寨的起源可追溯到春秋战国时期。

相传春秋战国时期分封诸侯，侯王张公（传说张公乃张姓始祖）在大别山区史河边的一座山上建了山寨，始称张公寨；这座山就成为张公山，这也是今张公山地名的由来。张公寨位于张公山的制高点，是古代军家纷争、屯兵蓄锐的战略要地。历代王朝覆灭之时，皆有朝廷遗老到此安营扎寨，隐居避难，约至唐代，在山寨下发展为一个小集镇，始称寨下镇，即金家寨镇的始称。

传说北宋时期，有落草为寇者占领了张公寨，便以此为中心，在方圆百余里的山头要道设立山寨关卡盘踞，自命为"黄花天子"，将张公寨整修后易名为"天子寨"，并强迫当地百姓在史河岸畔"寨下畈"（今金寨县槐树湾乡狮子口内侧古城畈）大兴土木，构筑城堡，建立宫殿，结果惊动了朝廷。朝廷便派了一位钦差大臣前往视察。钦差带着两名侍卫，化装成行商到寨下镇暗探虚实。他们住在客栈向主人打听情况，由于南北口音不同，客栈主人怀疑有诈，当晚便向寨军告密。寨军立即派人团团包围了客栈，欲擒获三人。不料这三人皆带有防身暗器，武功了得，一番厮打之后，终因寡不敌众，钦差大臣和一名侍卫当场被打死，另一名侍卫趁黑夜逃走。这名侍卫回禀朝廷后，朝廷多次发兵征讨，最终剿灭了"黄花天子"。因寨下镇曾驻钦差，又因钦差到此后导致"黄花天子"覆灭，后寨下镇改名为钦差镇。

张公山现状

（中共金寨县委党史县志研究室提供）

还有一个传说，金家寨镇曾名"金钗镇"。原流行于河南省商城、固始等县的皮影戏《五女征南》即演绎其事，其附近的一些地名及金家寨镇的古地名都与这个历史传说密切相关。在《金寨县志》中就记载了"黄花天子坐古城"的民间故事：

金家寨东北五里*有一古城，传说为"黄花天子"的王城。北宋时后周柴荣的裔孙在此称"百里王"，辖地方圆百余里。狗迹岭、清风岭、长岭关、松子关为主要关卡。"黄花天子"在王城设四门：狮子口为北门，高庙为南门，东门在下棋尖，西门在河岸。天堂湾（今槐树湾乡）设有粮仓、马厩、军器库和药厂（今槐树湾乡有运粮沟、养马寨等地名）。"黄花天子"王城附近有羊毛寨、天堂湾、将军寨、清风寨等十寨。传说梅山附近青峰岭即为当年的清风寨，因其守关将领名为"清风"而得名。

"黄花天子"有丞相龙天表，以清风、明月二位道人为军师。三人俱有异术，怂恿"黄花天子"造反，"黄花天子"遂于宋天圣年间举兵反宋。朝廷派杨门女将杨乃红、杨金花等率兵征讨。宋兵先从狗迹岭进军被阻后，改从清风岭突破，打败了清风、明月二将，再越盘婆岭，至高庙攻破其城门，打死丞相龙天表。这时，"黄花天子"只身向西逃跑，杨乃红紧紧追赶，追至张公山下

---

* 里为中国古代长度计量单位，1里等于500米。

狮子岭头处，云鬟松散，金钗堕地，不及拾取，仍尾追不舍。"黄花天子"见前有大河、后有重兵，便舍弃战马，跳入黑龙潭自尽（一说跳入双河区境内之黄龙河，今河中有一黄色巨石，传说为"黄花天子"的玉玺）。因杨门女将杨乃红在此坠落了金钗，故称"金钗镇"。

至于"钦差镇""金钗镇"为何又改名为"金家寨""金寨镇"，也有传说：

从元时至明清之际，朝廷遗老为反元抗清，曾又多次来这里依山接寨，发动当地农民进行了多起反清复明活动，民间富户商贾也来这里躲避战乱，或经商贸易。随着人口日趋增多，市镇房屋建筑规模增大，加之依山傍水的环境优势，镇子也随之发展起来。由于当地金姓居民居多，从金家岭——金家大塘——金门湾（后称金城门）形成了弧形居民带，后渐渐习惯称为金家寨，称该镇为金寨镇。这样，"钦差镇""金钗镇"就相随演变成"金家寨""金寨镇"了。

关于金家寨镇名的来历还有另外三种传说：

"钦差镇"的得名：传说是杨乃红破古城后，朝廷为防止叛乱，曾派钦差大臣来此镇守，因此而名"钦差镇"。

"金钗镇"的得名：传说是明太祖朱元璋打败陈友谅后，皇后由此地还滁阳，遗失金钗一枚，故名"金钗镇"。

"金家寨""金寨镇"的得名：传说此地曾经是起义军据守之寨，且为金氏族居之所，因而称为"金家寨""金寨镇"。

金家寨地名来由传说种种，莫衷一是。历经数千年的历史变迁，金家寨已淹没水底，不复存在，留下的见证就是张公山顶上生满苔藓的石垒山寨遗址。

站在遗址边，俯视梅山水库上码头等处的宽阔水面，触景生情，令人浮想联翩，忆昔抚今，感慨万千，那荡漾的碧波和朵朵浪花似乎在诉说着金家寨的变迁和辉煌历史。

山城秀丽的金家寨

金家寨这个皖西重镇的原始风貌，沧桑巨变，现在已无法亲见。至于金家寨老区城区被淹没之前的景象，就是20世纪50年代以后出生的金寨人也基本没有印象，它的历史风采现在更是鲜为人知。唯一没变的是它的地理位置，从留下的金家寨地图现仍可辨认，原金家寨镇的东、南、北三面有悬剑山、张公山、莲花山、长冲岭、查儿岭等高山相围，北有奔流不息的史河相隔。由此可以想象出，金家寨依山傍水，风光旖旎，是一个藏于深山的秀丽山城，是镶嵌在大别山中的一颗明珠。

从史志记载可知，金家寨镇东大街后山有建于南宋咸淳年（1265—1274年）砖石结构的宝塔，共11层，俗称"锥子阁"。镇北有天然石洞，名为观音洞，可容50余人，人称"小南海"。从洞边拾级而上，有藏经处，名为观音阁。门前对联为"曲径通幽处，洞开别有天"，额题"南海春深"。由此可以看出，金家寨镇在宋代就很有建筑特色和文化品位。

一个城镇的发展，与当地的政治、经济、社会发展密切相关，这个城镇的行政机构的层级高低起着决定性的作用。一般来说，行政机构层级越高，城镇的发展就越快，规模就越大。

皖西重镇金家寨一角

（金寨县革命博物馆提供）

金家寨在明嘉靖年间设有巡检司。巡检司在元朝、明朝与清朝为县级衙门下的基层组织。该组织于元朝时，通常为管辖人烟稀少地方的非常设组织，除了无行政裁量权之外，也没有常设主官管理，其功能以军事为主。明朝依其例沿用，不过佐以行政权力。

金家寨在清朝同治年间设协防金家寨汛。汛，明清时是指军队驻防地段。中国清代兵制，营以下为"汛"，以千总、把总统领之，称"营千总"，为正六品武官，把总为七品武官。其驻防巡逻的地区称为"汛地"。

在此年代及其以前的金家寨，其风貌已经无人知晓，也不见史书记载。从现有资料记载中，人们可以粗略了解到清末以后自治管理的金家寨、皖西北苏区首府的金家寨、立煌县县城的金家寨、安徽省省会的金家寨、金寨县县城的金家寨。

自治管理的金家寨

　　金家寨在民国初期一部分属安徽省六安县新店保，后为六安县六区；一部分属河南省固始县金寨保，还有一部分属于河南省商城县。1911年安徽省都督府下令成立"六安西乡金家寨六保民团局"，后称六安六区民团局。六保民团局的成立，结束了金寨镇长期以来没有政府机构设立的局面。

　　在此之前的很长时期，金家寨是一个无官方政府的群众自治管理区。

　　据老人回忆，从清末到1911年，金家寨镇的上码头、元巷口立有界碑，属于河南商城、固始、安徽六安两省三县共管。但自古以来，这里地处两省三县的边缘，是"三管三不管"的地带。三县的衙门政府都没有在镇上设立官方管理机构，社会治安管理实行的是高度自治。这里老百姓唯一的自治管理组织就是"金寨镇商务管理委员会"，简称"金寨镇商会"。金寨镇商会负责处理商务上的事务与纠纷，保持商德、公平交易、货真价实等。辛亥革命前，金寨镇商会下面又设立了"金寨镇自治局"，主要负责全镇的治安，即保护全镇人身及财物保安工作。全镇街道巷口都安装哨门，夜间派人守卫，更夫鸣锣巡更。自治局及保安人员薪饷全由商会向全镇商户筹集。

清末至民国16年（1927年）前，金家寨镇商会会长及自治局局长都是由镇上很有名望的乡绅桂玉阶一人担任。让人惊奇的是，他对金家寨的治安管理竟然依靠一个瞎了眼的丐帮头领。

在旧中国，黄淮平原是个水旱灾害多发区，尤其是淮河下游，洪涝旱灾的频次已超过三年两淹、两年一旱，大批灾民流离失所，进山行乞。金家寨每天都有大量的乞丐涌入，他们有的文讨、有的武要，有的抢、有的盗，造成镇上治安混乱，难以管理。面对这种情况，桂玉阶经过深思熟虑，采取了"以丐治丐"的办法，就是利用丐帮帮主余长久来协助管理。

余长久来自山东，他武功高强，为人仗义，喜欢结拜兄弟，广交朋友，曾是一个很有影响力的劫富济贫好汉。光绪末年在济南的一次抢劫中，余长久被官兵放枪打伤右腿后被捕，受刑时被挖掉了双眼。民国初年，余长久坐牢被救出狱后，由济南茶商兄弟朋友相助，将其妻和两个孩子全家四口带来金家寨，远走他乡，匿迹藏身。

余长久在江湖颇有名望，得到乞丐们的尊崇，他将来金家寨的乞丐组成乞丐帮，并担任东西两行丐帮的帮主。

桂玉阶主持的自治局与乞丐帮帮主余长久达成协议，由商会每月筹集200元大洋交给帮主，议定凡来金寨镇的乞丐，只准每月农历初一、十五两天进街乞讨，除此两天，不许乞丐入街。平时镇上商户民家若有被偷盗的情况发生，由自治局查明情况，由帮主负责追查索赔。这样，镇上的治安状况大为好转。

金家寨镇由于商贸经济流通，市场繁荣，既招来了南来北往的商贾，也引来了形形色色的"五色洋人"。安庆、武汉两地曾有外国传教士多次来到镇上，想收购土地建立教堂；在利益的驱使下，妓院、鸦片烟馆、赌场也公开开设，日益猖獗，大伤社会风化，摧残人们的身心健康，影响着社会安定，引起了当地居民的不满。

1905年，金家寨附近的农民在当地开明人士支持下，成立了第一支农民武装——大刀会，会首詹言章、胡大章，召集当地青年百余人练习劈刀、拳术，每早鸡鸣则起，集合于金家寨柳林练操习武，他们提出的口号是"强盗洋人一起杀"。月逢农历初一、十五在镇上作刀枪不入表演示威，威慑黑恶势力。

1906年8月，镇商会会长兼自治局局长桂玉阶主持召开了自治局、兴中会、大刀会、商会及徽州、湖北、河南、江西4个会馆（同乡会）会首负责人会议，研究消除社会公害问题。会议通过了"五禁共管"方案：即禁止洋人来金寨镇传教建教堂；禁止鸦片入镇及开设烟馆；禁止娼妓入镇，不准开设嫖娼卖淫客栈；禁止在镇上开设赌场；禁止商贸黑话。凡来镇上的商人客户有此行为者，由商会负责规劝；非商人市民及金家寨附近居民有此行为者，由镇上4个会馆和兴中会及姓氏户族负责规劝。凡经过宣传、教育、禁而不止者概由大刀会负责处之。

禁止商贸黑话是金家寨的一个特色。由于这里外来客商居多，各讲各的地方语言，如"十""四"难分，这给双方贸易带来了很多不便，兼之一些当地商家行户在洽谈商贸时惯用"打局"（讲黑话）欺骗外地商客，常常导致语言表述不清引起纠纷，也影响金家寨的声誉，因此方言黑话也成为镇上要禁止的一项内容。

会后，由金寨镇自治局发出公告，阐明消除社会公害的重大意义，限期让被禁者自行关门，带自己财产离开金寨镇，如若过期将由大刀会强制执行，没收全部财产或罚款。

据金家寨的老人回忆，当时进行"五禁"虽非一帆风顺，但很有成效。

如黄二麻子开的烟馆设在鲁济客栈内，生意很红火。黄二麻子来自山东，原是济南茶商保镖，此人有武功，能飞檐走壁，对地方戒烟令根本不予理睬。1906年初冬，大刀会强行查封鲁济客栈烟馆时，黄二麻子动武，将两名大刀会人员打伤在地。大刀会早有准备，向商会会长桂玉阶借了一支新从日本带回来的手枪，当场将黄二麻子击毙。一个月后，其亲属从山东赶来打官司，在这个"三不管"的地方告状无门，只好听从当地自治机构意见，自行善后处理了事。

原金家寨的柳林

（中共金寨县党史县志研究室提供）

大刀会打死了黄二麻子，对当地震动很大，当时下码头一个彭姓商户由蚌埠经淮河运进100箱"亚细亚"洋油（煤油），其中藏有25箱鸦片。彭姓商户见势头不好，恐遭不测，主动将25箱鸦片交给了自治局。

腊月初八，自治局在三会（商会、兴中会、大刀会）监督下，将收缴的鸦片全部运到柳林，召开全镇市民大会公开烧毁。

扬州老板开设的"桃三春"后院（妓院）见势不妙，被迫封门停业迁往武汉。

柳林内的两家赌场也被大刀会封门关闭。

从此，金家寨恢复了淳朴的民风和正常的商业环境，成为没有赌博、卖淫、吸毒等社会公害的一块净土。

金家寨一带的居民有祈神拜佛的习俗，并相当重视，因此在金家寨镇修建了很多庙宇。如狮子岭头的财神庙，上码头元巷子的华祖庙，南门巷的关帝庙，柳林背后的火神庙、大王庙，船舫街头的帝王庙，全兴巷后山的千佛塔等。每月农历初一、十五两天清早，每家店铺主人都要开门放爆竹、烧香纸迎接财神。为祈求平安发财、消除灾祸、得到幸福，老老少少的善男信女到庙宇朝拜敬香许愿，成群结队，络绎不绝。每逢传统节日和一年一度的庙会期间，朝拜气氛更加隆重，常常是人山人海，挤得水泄不通。

人们迷信敬畏神灵，相信善恶有报、因果报应，加之镇上的商户大多来自外地，异乡求财，总是以和为贵，规规矩矩做生意，不招惹是非，在20多年里，全镇未出现过大的抢劫和其他凶杀事件。

自然发展的金家寨

　　自治时期的金家寨，主要是依靠民力自我发展。

　　金家寨虽是山区集镇，但占有史河的地利。由于大别山区雨量充沛，又处于史河源头竹根河、牛山河、麻河、白水河等河流的汇合处，河道开阔，终年保持水运通航，形成了南北货物及山区土特产品的集散地，又是方圆百余里山区居民生活的购物中心。

　　由于这里商贸文化历史悠久，山货丝、茶、麻、毛皮、桐油、皮油、梓油、山漆、竹木材、茯苓、天麻和烟叶、土纸等手工制品引来了大量来自两广（广东、广西）、两湖（湖北、湖南）、山东、河北等地的外来客商。

　　这些都对金家寨的发展产生了自然的动力。

　　金家寨的街道沿史河依山而建，住房多为单层小瓦砖木结构。街道用卵石或石块铺砌，街道上住户密集，店铺相连；沿史河建有上码头和下码头，生产和生活用品用竹排经史河运输，自然形成水陆交通枢纽，以适应大别山北部商品、农产品贸易集散的需求。

　　至20世纪初，金家寨的规模已发展到主街道宽约3米、长约1公里，与之相连的小街巷9条，宽约1米、长100~200米。史河边有上码头、下码头，停泊着毛排。商家已发展到千余户，70%来自外地。规模大的富商有来自徽商的"陈全兴""项恒茂""项恒源"，来自汉口的"李义顺""李义和"，来自江西的"桂大兴""朱鼎元"以及当地"汪鼎昌""吴致和"等十余家。鳞次栉比、林林总总的店铺，错落有致、古朴别致的招牌，营造出浓浓的商贸氛围。从早到晚，码头、街道、店铺常常挤满熙熙攘攘的人群，史河上的船排川流不息，上下两个码头起卸货物的哼嗨声、小吃叫卖声、河畔柳林里的大鼓书声……汇成市场繁荣，生意兴盛的热闹景象。

当时民间流传金家寨有八景，即金家寨、张公山、狮头山、老猫洞、史河、竹簰、包公祠和锥子阁。这是一个很有品位、别有韵味的古镇。

那时金家寨的景象，可从在金家寨出生的中共早期领导人陈绍禹14岁赋的一首诗作中，领会当年古镇的风貌：

金家寨立史河边，住户商家人数千。

悬剑张弓峰对峙，狮头猫洞岭相连。

毛簰月月来盐米，山货年年出竹杉。

鸡犬声闻三县乐，谁分皖省与河南。

藏龙卧虎的金家寨

金家寨也是人才孕育之地，藏龙卧虎。

金家寨商贸经济的发展，促进了当地文化教育的发展和信息传播。在镇上，可见到上海的《申报》、武汉的《商报》等报刊，外来客商的流动，带来了全国各地的新闻，开阔了这里商人及富人的视野，也带来了外部世界的新思想、新观念、新信息。

金家寨一带自古就有尊师重教的传统，家中再穷，也要想方设法让孩子读书识字，期盼以后能出人头地。富人之家更是如此，凡读完四书五经的青少年，大都投亲靠友，被送到安庆（安徽省省会）、武汉（湖北省省会）、开封（河南省省会）、南昌（江西省省会）以及南京、上海、天津、济南、北京等地去上学深造。金家寨还走出了不少留学生，如辛亥革命之后，陈钢（陈治青）去日本东京士官学校深造，陈铁（陈血生）作为官费留学生被当时的政府选送到法国留学，汪东阁、桂树人留学日本，陈绍禹留学苏联。

金家寨的这些青年，面对清朝末年政府昏庸腐败，国家积贫积弱、饱受外国列强欺侮，人民生活处于水深火热之中，国势危如累卵的现实，接受了进步思想，大都投身救国救民的活动之中，有的还成为国家和军队的高官要员。

桂丹墀曾是金家寨颇有名望的大官。

桂丹墀，字仙峰，1882年出生。他幼时在家读书，后入安徽武备学堂，毕业后在安徽督练公所任职。不久，调任陆军第六十一标教练官、三营管带。

清宣统三年（1911年）春，桂丹墀部驻防英山。辛亥革命时，各地民军纷纷行动，赣军乘隙入皖。11月，赣军以索饷、索印信为名闹事，省会安庆秩序混乱。桂丹墀率部至安庆，恢复秩序，受到百姓赞誉，被举为安徽都督，他力辞未就，任军政部长，代理安徽都督事务至民国元年（1912年）3月。

翌年，桂丹墀调任中华民国陆军部少将顾问，民国3年改任少将参议。民国5年随段祺瑞马厂誓师，反对张勋复辟，获三等文虎勋章。民国9年任陆军第七师少将参谋长。民国13年冬晋升陆军中将。翌年，任陕西督办公署中将参谋长。民国18年去世于家乡。

陈钢积极参加反袁活动，成为国民政府军事委员会的高官。

陈钢，名立勋，号冶青，1890年出生。他幼读私塾，后入安徽陆军学堂炮科学习，受孙中山革命思想影响加入同盟会。民国元年（1912年）毕业后任国民革命军第十六师六十一团二营营长，驻守镇江。民国2年，任九江镇守府参谋长兼卫军团长。因遭袁世凯通缉，流亡日本。民国4年回国，活动于陕西、甘肃，与胡景翼、景定成等密谋反袁，后赴南京与柏文蔚等组织讨袁军，率部转战于镇江等地。民国6年，护法运动开始后，任广东韶关炮兵支队司令，后任国民革命军第三军参议，国民政府军事委员会中将参议。

桂月峰积极传播进步思想，成为德高望重的教育家。

桂月峰，原名月钊，字树丹，1872年出生于金家寨。其父经营盐店生意，在乡下又有田产，家境颇丰。桂月峰自幼聪慧，从小进入私塾，好学上进，16岁即考中秀才。甲午战争后，他目睹清政府的腐败无能，怀着济世利民的志向，考入在安庆的安徽高等学堂读书，并加入了同盟会。毕业后，先后在安庆、芜湖等地任教，接触柯庆施、胡苏明、朱蕴山等进步人士，深受新文化、新思想的影响。他的叔父要他回乡做官，他回信说："晚辈志不在为官，向在为民。当前政治无道，为官虽能光宗，但必卑躬于上，愚民于下，是两者，皆为晚辈所不欲也。"他当时潜心于教育救国。

桂月峰在安徽高等学堂毕业后，首先在金家寨大王庙创办桂氏民办鸣皋两等学堂，由桂月峰自任堂长，兼高堂国文教员，所聘教员都是当地的进步知识分子。桂月峰大胆改革，冲破封建教育桎梏，提出了《鸣皋两等学堂堂训》："教化大众，不忘国耻，培养人才，振兴中华。"初、高堂都开设国文、算术、游体、自然课；高堂增加有历史、地理、英语初阶课。还专设有进行爱国主义思想教育的"爱国室"。室内正面墙上"不忘国耻"4个大字十分醒目，室内贴着英日等帝国主义国家侵略中国的罪行及强迫清政府签订的不平等条约。

1905年冬，金家寨知名人士桂月峰、汪勉斋、袁树堂、傅瑶舟、袁小凡、汪敏青、汪东阁、梅东阁、喻兰荪、林其昌、毛树堂、朱瑛、梁墨鸿等人发起，邀请金家寨附近各姓氏户族代表及地方较有名望的知识分子共60余人，于徽州会馆召开会议，在大王庙（后会址迁南庄畈汪氏祠）成立了兴中会，选举桂月峰、汪勉斋任会长，梁墨鸿、袁树堂等10余人为委员。兴中会的宗旨是"反清腐败，反帝侵略，兴办学堂，振兴中华。"兴中会的活动范畴是团结促进同姓氏实行联宗合祠，按家族人丁多少选出代表，参与地方政事；主张以各姓氏祠庙公产课稻收租，租金的70%用来兴办学堂，普及教育，提高人民文化素质及培养深造各族人才。

辛亥革命前，在这座古老的小镇，反清腐败、反帝侵略、振兴中华的文化运动就开始兴起。

水深火热的金家寨

　　金家寨并非是一个世外桃源。虽然金家寨当时是经商的福地，但在封建统治的残酷压迫下，镇上大多数居民生活非常艰难，处于水深火热之中。金寨地区在大革命时期前后，地主、富农占有了76%的土地，贫农占有土地面积仅约2%。而在金家寨，当地的富商大多为地主兼工商业者，在金家寨的农村，约占人口15%的地主富农占有80%的土地，土地占有情况非常集中，贫富极为悬殊。很多少有土地和没有土地的农民靠租种地主的土地和当雇工为生。

　　租种地主土地的农民，一年披星戴月地劳作，却要将收获的60%以上交租。遇到天灾人祸减产交不起租、度不了日时，就要向地主借高利贷。高利贷利息很高，一年过后利息就超过本金。不少农民因借贷而倾家荡产，家破人亡，沦为乞丐。

　　在镇上的地主富商家当雇工，也会饱受剥削和屈辱。给地主家当长工，一般一年的报酬为2~3石*稻谷，忍气吞声地辛劳一年，也不够一家人的温饱。在镇上富商家当店员，一年工资仅15~20元大洋，一般只能维持两个人的简单生

---

* 石为非法定计量单位，1石等于100升（大约为92千克）。

活。店主对店员的监督十分严厉苛刻。有的规定不准穿有口袋的衣服进店，营业时不准两手接触袖口和内衣；有的甚至在打烊后，还要对离店的店员进行搜身检查，肆意凌辱。稍出差错或店主稍不满意，店员就可能遭到解雇。

在金家寨镇上做小生意的商民也很悲惨。能赚钱的生意大多被富商垄断，在激烈的市场竞争中，受到伤害的基本上都是这些做小本生意的商民。

如家住金家寨的陈绍禹，家境贫寒，全家无立锥之土。祖父陈亨锡（字毓亭），曾当过乡村教师，兼做裱糊和扎灯笼的手工；父亲陈嘉渭（字聘之），当过店员，做过小生意，无固定职业和收入来源，入不敷出，负债累累，经常揭不开锅，难得温饱，靠借钱、借粮和亲戚接济渡过难关。由于生活的窘迫，陈绍禹的五姑芹香9岁就被迫送人当童养媳，而陈绍禹的二妹陈映民出生仅7天，父母忍痛将她送给贫苦农民吕能江家做童养媳。每逢年关，陈聘之只得外出躲债，由陈绍禹和陈先民、陈觉民3个小孩在家说好话应付。陈绍禹将年关难过之苦写入诗中：

富户家家乐，穷人个个愁；

何时天下变，不再过年愁。

由此可见，当时的金家寨虽商贸繁华，但却遮不住贫寒悲惨，它是富人的天堂，也是穷人的地狱。

旧中国灾难深重，在帝国主义和封建主义的双重压迫下，中国人民过着饥寒交迫和毫无政治权利的生活。当时的金家寨镇是当时中国社会的一个缩影。

金家寨：
皖西北苏区的首府

金家寨因革命而闻名，因红色而辉煌。

在这里，马列主义传播早，共产党组织活动早，

武装起义爆发早，革命武装建立早，苏区建设起步早。

金家寨曾为皖西北苏区的首府，

在鄂豫皖革命根据地发展史上留下了光辉的篇章。

风起云涌的金家寨

在积贫积弱的旧中国，帝国主义和中华民族的矛盾、封建主义和人民大众的矛盾是近代中国社会的主要矛盾。诸多仁人志士和政治团体怀着救国救民的梦想为反对帝国主义、封建主义而抗争。金家寨也深受其影响。

1911年10月，在孙中山的领导和影响下，以武昌首义为起点，神州大地爆发了辛亥革命，推翻了清王朝的统治，结束了在中国延续2000多年的封建君主专制制度，沉重打击了外国侵略者和中国的封建势力。但是，由于种种原因，辛亥革命的果实很快被北洋军阀首领袁世凯所窃取，初生的资产阶级共和国在中国只存在几个月就夭折了。但全国性的抗争仍在继续，地处大别山深处的金家寨也是风起云涌。

白朗军攻占金家寨

1912年，河南省宝丰县绿林首领白朗为反对袁世凯政府的统治，发动农民起义。白朗军在河南西部一带游击，每到一处都会劫掠官家、绅士及富人财物，鼓励穷人造反。一年多的时间，队伍发展到1万余人，号称"公民讨贼军"，白朗遂自称"中华民国扶汉讨袁司令大都督"，在豫皖边区转战。

1913年冬，白朗所部进入金寨境内，于1914年1月18日攻克了金家寨，歼灭民团和自卫队60余人，将富商和地主的布匹、食盐、粮食等财物集中在火神庙，赈济四周的贫苦百姓。

由于白朗军到处袭击地方封建武装，劫富济贫，安抚百姓，金家寨地区的农民积极响应，参军参战。随后，白朗军又接连攻占了流波礓镇和霍山、六安县城，所到之处，都将富商、地主的财物赈济百姓。

3月中旬，白朗军回师金家寨等地休整。金家寨的民众深受鼓舞，增强了联合起来向封建制度斗争的意识。

五四运动在金家寨

1919年4月17日是日本政府强迫清政府签订《马关条约》24周年，金家寨的鸣皋学堂组织学生到金家寨街上游行，开展不忘国耻的宣传活动。

5月4日，一场彻底地不妥协地反对帝国主义、反对封建主义的五四运动在北京爆发，全国各地各界人民纷纷响应。金寨境内也受其影响，金家寨、麻埠、流波礓、燕子河、南溪、斑竹园、吴家店等地的学校师生和笔架山农校、禅堂蚕校的师生都举行了集会和游行，声讨帝国主义瓜分中国和北洋军阀政府丧权辱国的罪行，"外争主权，内除国贼""打倒帝国主义""打倒封建主义"的口号响彻云霄。金家寨镇学校师生还走街串巷宣传反对旧道德，提倡新道德，反对旧文学，提倡新文学新文化，学习白话文，废除八股文；同时还宣传并组织抵制日货，他们走进商店查找日货，有些商店将日货藏起，师生们就拥堵在店门口，责令其停止营业。店主请商会头目汪东阁出面调解，师生们理直气壮、严词驳斥，汪东阁无法辩解，自觉无趣，尴尬地离去。

身处金家寨镇之外的一些有志之士也积极投入到五四运动中去。其中表现最突出的就是桂月峰。

此时，桂月峰在六安安徽省立第三甲种农业学校（简称六安三农）任学监。五四运动在北京一爆发，桂月峰与校长沈子修、文牍（秘书）兼修身教员的朱蕴山发动师生积极响应。他们和六安的中小学校联系，通电北京，支持北京学生的爱国行动；还上街游行，高呼反帝反封建口号，宣传新思想和抵制日货。桂月峰和在六安三农读书的长子桂伯炎及只有13岁的小儿子桂尊秋，父子3人一起参加集会游行活动，并带头将自己使用的瓷盆、瓷缸、洋伞等日货砸毁，表达对日本帝国主义的愤慨和仇视，在当地产生了很大影响。他们还和同学们一起到大街小巷的商店宣传抵制日货，并对日货登记造册，封存处理。六安三农经过声援五四运动的战斗洗礼，关心时政的氛围更加浓厚，在校内，《共产党宣言》《新青年》等马克思主义书籍和进步刊物广泛传播。

六安安徽省立第三甲种农业学校旧址

（金寨县革命博物馆提供）

1920年初，朱蕴山、桂月峰和学生会负责人在六安三农组建了"中国革命小组"，这是安徽最早学习、宣传马克思主义的组织。随后，读书会、研究会等各种进步组织在学校纷纷建立。他们经常面向社会开展活动，举行报告会、研讨会、恳谈会，传播交流新思想、新文化，在皖西形成了一股反帝反封建、提倡"科学与民主"的强大推动力。师生们还以平民夜校为阵地，联络工农群众，在农民中成立农会，在工人中成立工会，进行新思想、新文化宣传，使学校成为六安进步活动、革命活动的中心。

据《皖西革命史》记载，六安三农学生在学习和斗争中逐步觉醒，翟其善、黄人祥、桂伯炎、刘淠西、吴干才、吴岱新、陈绍禹等成了当时皖西新文化运动的骨干。记载所提及的7人中，金家寨的就有桂伯炎、陈绍禹两人。

桂月峰在这些活动中，也经受了锻炼并提高了自身的素质，他既是一个积极的参与者，也是一个成熟的领导者。

在五四运动的影响下，新思想、新文化在金家寨镇广泛传播，催生了人们思想观念的变化，使人们从封建思想束缚的愚昧状态逐步解放出来，起来抗争、改变国家和自己命运的意识不断增强。

马列传播在金家寨

俄国十月革命的炮响，给中国送来了马克思列宁主义。南来北往的商贾带来的新闻报纸、在外留学和在国内大城市读书的金家寨学子带回的信息和书报杂志，把共产主义思想的火种带到了金家寨。

从现有资料看，最早在金家寨公开传播马克思列宁主义的是桂月峰和桂伯炎。1920年年初，桂月峰等人在六安三农组建"中国革命小组"时，桂伯炎时年20岁，正是热血青年。他和父亲桂月峰利用假期回金家寨时，常自然而然地与人谈论苏联、马克思、列宁和共产主义等新闻和新思想。

1923年清明节期间，桂月峰从六安县城回到金家寨，在大王庙鸣皋学堂召开了"兴中会"会员大会，有100余人参会。桂月峰在会上作了形势报告，讲述1917年俄国十月革命胜利和当前国内军阀混战状况以及在皖军阀马联甲、于安庆枪杀进步学生姜高琦事件，并在会上散发了传单及《全世界无产者联合起来》《共产主义纲要》等小册子，提议作为兴中会的学习材料，并将兴中会改成学习实行共产主义学会。但当时桂月峰的主张比较激进，引起了一些老会员的非议，遭到汪勉斋、汪东阁等人的极力反对。虽然最后无果而终，但使共产主义的思想得到了传播，在人们头脑中留下了印象。

工人罢工在金家寨

五四运动后全国开展抵制洋货的斗争，使洋货减少。为满足民众的需求，金家寨、麻埠、流波礓等集镇的手工作坊兴盛起来。特别是生产的毛皮、丝、烟丝畅销省内外，各地客商竞相购买。皮丝烟利润高，烟坊的老板赚得盆满钵满，富得流油。可是，生产皮丝烟的工人干的是重活，吃的是稀饭，工资还很低。刨一捆96斤*的皮丝烟，只得铜元900文**，一人一个月只能刨6捆；刨一捆粗丝烟，只得铜元600文，一人一个月只能刨9捆。一个工人一天劳动14~16小时，每月工资仅得铜元5400文，只能买到1石多米，难以维持2个人的最低生

---

*　斤为非法定计量单位，1斤等于0.5千克。

**　文是钱币的基本单位名称。一般而言，1两白银=1000文=1贯（吊）钱。清末民初，全国不同地区银钱比价差异悬殊。1元银币折制钱比为1011~1500文。

活。工人多次要求增加工资，可烟坊老板置若罔闻，不予理睬，并以"两条腿的人有的是，不愿干的就回家"等语言相威胁。在这种情况下，工人们为了生存，联合挂刨停工，致使刨烟作坊全部停产。烟坊老板见罢工每天损失很大，被迫与烟工代表谈判，同意烟工提高工资、改善伙食等条件。烟工罢工的胜利，鼓舞了搬运工、油漆工、木工、店员等其他行业工人的斗志，工人们也纷纷联合起来向雇主要求增加工资，改善生活和其他待遇，大多取得了一定程度的胜利。

共产党人到金家寨

1925年11月，中国共产党北方区委书记李大钊派乐天宇来到金家寨活动。

共产党员乐天宇千里迢迢来到金家寨等地，缘起于1924年，皖西出现的一个震动全国的大事，那就是"大刀会"造反。

1923年年初，麻埠出现了个名叫"圣道会"的组织，首领便是河南固始人梅广恩。

梅广恩出身贫苦，自幼习武，饱尝辛酸，对封建地主的统治强烈不满。1920年流落到麻埠后，他自称是"圣道会"，得到了神人的指点和帮助，秉承拯救苍生的旨意，有刀枪不入的神功。他广泛宣传"农难临头，要劫富济贫，各保其家"，并公开开设香堂，广收门徒，宣称入会后"只要画符念咒，可保刀枪不入"。同时，他还提出"斩除妖子，保身保家"的口号。所谓妖子，就是圣道会对官府兵勇的特称。梅广恩的口号在贫困潦倒的百姓中引起了共鸣，在麻埠和杨店、油坊店、金家寨一带很快发展会徒达1000余人。由于会徒每人都配有一把系有红布的大刀，每天焚香诵经，习操练武，故又称大刀会。

1923年秋，梅广恩审时度势，又为大刀会提出了"斩除妖子，改良政治，复我民权"的口号，在六安、寿县、霍山、合肥4县交界处广设香堂，广招会员，进一步得到了贫苦百姓和部分知识分子的响应，入会人数不断增加。

1924年，安徽省督军马联甲主政后，不顾田赋苛重，下令全省各地要在当年6月前将农民近3年拖欠的税收全部征缴入库，以此作为考评地方官员的重要内容。不少恶霸地主乘机提高押（租）金和地租，一些贪官污吏借机敲诈百姓，农民不堪重负，怨声载道。大刀会为会徒做主，向官府、恶霸地主抗捐抗租，得到了广大贫苦农民的拥护，大刀会迅速扩展到皖西各地，队伍发展到近万人，一时成为皖西地区人数最多的武装力量。

6月中旬的一天清早，舒城县一农民在太平集卖大蒜时发生纠纷被当地恶霸打伤。太平集大刀会首领李家浩、李家让兄弟见后打抱不平，出手相救，将恶霸痛打一顿。恶霸将李家兄弟告至官府，六安县知事丁景炎立即派10多名差役，到太平集逮捕了李家让，并想以此事为由头，全面取缔大刀会。恰在此时，大刀会首领夏云峰也在太平集。他闻讯李家让被捕后，便带领100多名大刀会会员前往解救。冲突中，10多名差役除1人逃脱外，其余全部被杀。逃出的差役报告后，丁景炎大惊，立即又派12名差役捉拿凶手。结果，差役又是只有1人逃脱，其余全部又被杀死。

20多名差役被杀死，震动了官府。夏云峰也感到事情闹大了，官府不会善罢甘休，心中不免有些恐慌。他赶紧派人与梅广恩、谢有龙等首领商议，并紧急动员本地会员集结待命。

梅广恩、谢有龙、夏云峰等大刀会首领见面后，见队伍扩展到这么大的规模，又得知官府已经派兵前来报复，决心一不做二不休，干脆学学李闯王，闹他个天翻地覆，推翻这个黑暗的统治，于是做出了"攻下六安，杀尽贪官污吏"的决定。他们挂神像，摆香案，向数千名会员进行动员后，由谢有龙领头向六安城进发。

在进军六安途中，大刀会与县衙派来的六安防军一连和警备营一队相迎，大刀会会员手执大刀，口中念念有词，坚信刀枪不入，冲锋陷阵，勇猛杀敌。官兵惧怕大刀会的神勇，也相信其刀枪不入，一路溃败，残部入城。大刀会乘胜追击到城下，与前来支援的霍山县大刀会汇合。两处大刀会合力攻城，人山人海，声势浩大，势不可挡。溃败的官兵将恐慌带到了城内，守城军队也惧怕刀枪不入的大刀会会员，不敢抵抗，弃城而逃。县知事丁景炎见大势已去，无处藏身，只得翻越城墙逃跑，隐匿民间。

6月20日，六安县城被攻克。大刀会入城后，打开监狱，释放囚犯，搜缴步枪500多支。大刀会得此枪支，自称"自治第一军"，公推谢有龙为总司令，夏云峰、鲁品三、王竹池为司令，梅广恩为参谋长，并贴出安民告示，严明纪律，对百姓秋毫无犯，受到百姓欢迎。

此战大捷，大刀会的首领和会员都欢欣鼓舞。谢有龙、夏云峰、鲁品三、王竹池、梅广恩决定乘胜进击，于7月13日又攻克霍山县城，县知事崔翔青弃城而逃。大刀会进城后，打开监狱，释放关押的囚犯，并没收了县衙的钱粮物资和官商的食盐、布匹，用以赈济贫苦百姓，百姓纷纷放鞭炮、设香案，献茶迎接慰问大刀会。

大刀会连克六安、霍山两城，引起了安徽统治者的严重不安。马联甲派皖西镇守使史俊玉率第五混成旅前来镇压。在敌人强大的攻势下，不懂战略战术，只靠喝符水、念咒语、耍大刀的大刀会，很快被击溃。谢有龙等首领阵亡或被俘。夏云峰逃脱，跑到河南躲藏。部分会员溃退到大刀会的发源地麻埠、杨店、油坊店、金家寨一带。

1924年11月，夏云峰以六安龙穴山为活动中心，再次兴起大刀会。在麻埠、杨店、油坊店、万寿寺、杨家冲、金家寨、七邻湾一带，以顾宗扬、赵尼姑为会首，继续设香堂、开山门、收道徒，大刀会会员很快又发展到5000余人。

后来，夏云峰、顾宗扬、赵尼姑等大刀会首领被地主阶级收买利用，一些地主豪绅混入大刀会。大刀会变为被会首利用来升官发财，被地主豪绅利用来保护身家性命的组织。

此时在七邻湾、金家寨、莲花山一带的大刀会内部产生了分化。一些有血性和胆识的贫困农民会员为维护自身的利益而加入了青帮，其余会众则加入了红帮。

皖西大刀会暴动之事传到了北京，引起了中共北方区委书记李大钊的重视。他认真研究皖西大刀会的情况后，有意派人到皖西对大刀会做争取工作。恰在此时，朱蕴山、桂月峰所办的六安第三甲种农业学校向北京农业大学聘请教员。根据中共北方区委的指派，中共北京农业大学负责人乐天宇奉命应聘。乐天宇来到六安第三甲种农业学校后，以教员的身份为掩护，于1925年11月到麻埠、流波䃥、金家寨等地进行调查，写出了关于六安大刀会暴动的调查报告，于1926年1月交中共北方区委组织部负责人陈为人转送李大钊书记。

1926年12月，中共北方区委派乐天宇重返皖西，对大刀会做争取工作。他到六安不久被捕，使争取工作中断。

实际上，在1925年以前，金家寨就有了共产党人的活动。因为在离金家寨不远的史河上游汤家汇、史河下游的陈淋子，1924年就建立了中共组织。乐天宇是受组织派遣到金家寨活动的共产党员之一。

乐天宇，原名天恩，湖南宁远人，1901年2月3日出生，中国共产党早期党员。1924年任第一任中共北京农业大学党支部书记。先后在北京、察哈尔、湖南、湖北、河南、安徽等地为革命奔走，出任过中共北京西郊区委书记、张家口地委农委书记。1925年年底到安徽省六安三农执教。1927年大革命失败，乐天宇在六安被捕并押回长沙入狱。1930年7月红军攻打长沙时成功越狱，后任河南大学农学院教授、湖南农林局局长、湖北文化研究院导师、甘肃省庆阳县县长、湖南省衡阳山高级农业职业学校主事、延安自然科学院生物系主任兼陕甘宁边区林务局局长、晋鲁豫边区北方大学农学院院长等职。新中国成立后，曾任北京农业大学校长、中国科学院遗传选种实验馆馆长、中国林业科学研究院一级研究员，是中国农林生物学家、教育家、科学家，1984年7月

15日逝世。

虽然皖西的大刀会暴动被镇压，后来又被地主阶级所利用，但大刀会开始提出的"劫富济贫""改良政治，复我民权"的口号，对唤起民众团结起来推翻黑暗统治打下了思想基础。大刀会暴动所表现出的反抗精神，在百姓中产生了广泛和深远的影响，为中国共产党领导民众进行革命斗争起到了一定的铺垫作用。特别是金家寨的部分大刀会成员后来加入了青帮，其中不少人成为中国共产党领导的农民运动的骨干。

豫皖青年在金家寨

1924年9月，金家寨人陈绍禹考入了武昌商科大学预科学习。10月，他和同乡同学詹禹生把原组建的安徽青年学会扩大为豫皖青年学会。陈绍禹起草了发起书和简章，担任事务部主任，还兼任皖籍同学会会刊《皖光》编辑。

陈绍禹还仿苏武牧羊调写了一首豫皖青年学会会歌：

1926年在莫斯科中山大学读书时的
陈绍禹
（陈绍禹之子王丹之提供）

哀我中华大国民，
内乱苦纷争，外患迭相乘。
危国计，害民生，贫弱震寰瀛。
守门无锁钥，卫国少干城；
主权丧失尽，贻笑东西邻。
五千余年，文明古国，实亡剩虚名。
志士具热忱，青年学会成；
结团体，聚精神，唤醒四万万人。
喑呜推山岳，叱咤变风云，
军阀要除尽，帝强要除根；
创建新华，改造社会，大责共担承。

加入豫皖青年学会的陈绍禹同乡梁仲明，在董必武任教的武汉中学就读，是中国社会主义青年团团员。他将陈绍禹起草的学会简章和宣言草稿送给了湖北青年团地委书记林育南看，林育南修改后，简章和宣言更有政治性。

梁仲明见陈绍禹和詹禹生爱国热情高，思想进步，就主动向他们介绍什么是CY（共青团），什么是CP（共产党），什么是国民党，讲述了俄国十月革命和苏联的情况，推荐阅读《共产党宣言》《共产主义ABC》等马列主义书刊和国民党第一次全国代表大会宣言等革命文献。

陈绍禹接受了这些新事物，耳目为之一新，思想为之大变，他看到了救国的希望之光。激动感慨之余，他写下七律诗《喜闻道》一首，表达对梁仲明的感谢之情：

> 塾窗十载又中学，舍我韶华逝水过。
>
> 聆教一朝开眼界，得书百读喜心窝。
>
> 儒知世事仁风少，佛识人生苦味多。
>
> 惟有马恩新意境，列宁实现首苏俄。

梁仲明是陈绍禹走上革命道路的引路人。

梁仲明又名王文生，是安徽省金寨县洪冲人（现属梅山镇）。梁仲明后来于1928年加入中国共产党，1929年参加了中共六安中心县委领导的六（安）霍（山）起义。曾任红军中央独立第一师政治委员、红一军第三师政治部主任、红四军第十二师参谋主任，率部参加了鄂豫皖根据地第一、二次反"围剿"作战，1931年牺牲。

1924年年底，学校放寒假，陈绍禹等回到金家寨，又发展了一些豫皖青年学会会员，并召开学会正式成立大会，通过了简章、宣言和会歌。陈绍禹当选为总干事长（即会长），梁仲明为宣传干事，詹禹生为组织干事。学会还出了会刊，每月一期。会员们向广大群众宣传反三从四德，反缠足戴耳坠，反对军阀混战，反对贪官污吏，宣传马列主义。后来，豫皖青年学会在豫皖边区商城、固始、六安、霍山、霍邱等县发展会员100多人，学习研究马克思主义，进行反帝反封建宣传，揭露帝国主义侵略中国的罪行和当时中国政府的腐败、人民群众受剥削压迫的根源，在鄂豫皖边区产生了很大影响，推动了马克思主义的广泛传播。

豫皖青年学会成立不久，林育南找陈绍禹谈话，提议豫皖青年学会加入湖北青年团体联合会，陈绍禹表示同意。随后，林育南当选为联合会总干事，陈绍禹当选为宣传干事。

1925年5月30日，震惊中外的"五卅"运动在上海爆发。接着，声援上海五卅运动、反对帝国主义的浪潮在全国掀起。

在湖北的共产党和青年团组织领导下，6月2日，武汉学生在武昌举行了大规模的游行示威。陈绍禹率领豫皖青年学会会员打着旗子首先出发参加，并在街头进行宣传。

青年学生的爱国热情得到了工人和社会团体的响应，罢工人数很快超过了

5万人之多。面对日益高涨的反帝热潮，北洋军阀在湖北的统治者屈服于外国列强的压力，下令在武汉实行紧急戒严，不准示威游行，强令学校提前放假，并逮捕进步青年。

陈绍禹被迫回到家乡金家寨，但他和同学们没有停止斗争。回乡后，豫皖青年学会将准备好的豫皖青年抗日联军的印章和招收志愿军的宣言，还有各种材料、标语，都放在陈绍禹家中。陈绍禹的家就成了豫皖青年学会活动的总部。他们分头行动，陈绍禹和梁仲明到河南固始活动，詹禹生和胡佩禹到河南商城去活动，不仅要发展会员，还招收豫皖青年抗日联军志愿军。

在此期间，豫皖青年学会在金家寨大王庙举行了第二次会员大会。会上，陈绍禹传达了武汉学生声援上海反帝运动情况，并决定开展一系列爱国反帝宣传活动：一是在金家寨柳林搭台邀请各界代表及全镇人民参加，召开追悼上海、汉口、青岛、广州的死难同胞大会；二是会后举行游行示威；三是开展演戏募捐；四是成立金家寨爱国救国基金会；五是成立5个爱国反帝宣传（演戏）募捐小组，分赴古碑、南畈、七邻、丁埠、南溪、双河、胡店等地向农民开展为期10天的爱国反帝宣传募捐活动。

在追悼上海、汉口等地死难同胞大会上，陈绍禹发表了言辞激烈的演讲，愤怒声讨帝国主义列强的滔天罪行，号召民众团结起来，打倒帝国主义，打倒军阀。与会的60多位会员每人献挽联一副，陈绍禹写的挽联是："四百兆同胞放声大哭，五千年历史特写奇冤。"

会后举行了游行示威，唱《打倒军阀歌》，高呼口号"打倒列强！打倒军阀！"响彻云霄，声势浩大。

豫皖青年学会在金家寨湖北会馆上演现代话剧进行募捐，款项用于慰问死难同胞家属。

1925年7月，陈绍禹写诗一首，记载了武汉青年反帝怒潮和回家斗争的情形：

五卅惨案动青年，集会游行斥帝奸。

胸对刀枪忘生死，面临兵警勇宣传。

工人响应流鲜血，军阀恐慌暴厚颜。

放假提前何用耶？回乡同样闹翻天。

一系列的活动，使山城金家寨沸腾了。尤其是"打倒列强！打倒军阀！"的口号声，引起了当地国民党驻军旅长桂振远的注意和不安。桂振远十分恼火，扬言要把演戏的学生全部抓起来，尤其是领头的陈绍禹，要严加惩办。

桂振远是金家寨人，曾用名桂筠碧，1891年出生，1916年毕业于保定陆军军官学校。北伐时任国民革命军第十六路军少将参谋处长，后任国民党军第一六八旅少将旅长。在抗日战争中，参加1937年八一三上海抗战，督师镇守太仓、浏河、小川沙，后转战长江一带。1942年，调任第三十八补充兵训练处中将处长，1944年调任军政部部附。1951年逝世。

陈绍禹的大姨夫王老四得到桂振远要抓人的消息，立即找到陈聘之，要陈绍禹赶快逃走，并帮助解决了盘缠。陈聘之慌忙找回陈绍禹，告诉他情况危急。陈绍禹立即离家，星夜逃往武汉。

陈绍禹此次离家，再也没有回来。也许是为了便于开展革命活动，也许是为了表达铭记大姨夫的恩情，这可能是后来陈绍禹改名为王明的原因。

由于陈绍禹是武汉"六二"反帝反军阀运动主要领导人之一，表现出色，1925年8月，林育南和梁仲明介绍陈绍禹、詹禹生加入了中国社会主义青年团，在豫皖青年学会内成立了团支部。10月，蔡以忱和许鸿介绍陈绍禹加入了中国共产党。

在此期间，陈绍禹还被选为武昌学生联合会干事和湖北青年团联合会执行委员，接着又以共产党员身份参加中国国民党并担任国民党湖北省党部宣传干事。

从现有资料看，陈绍禹是金家寨第一个加入中国共产党的党员。

陈绍禹的上述活动及其一生的经历在党史专家郭德宏编的《王明年谱》、戴茂林、曹仲彬合著的《王明传》中都有详细记载。

中共组织在金家寨

金家寨最早加入共产党组织的除陈绍禹外，还有桂月峰、桂伯炎父子。

桂月峰1926年在芜湖任教时加入了中国共产党。在北伐军攻克武汉后回金家寨，以教书为掩护，从事革命活动。

桂伯炎1926年秋到武昌农民运动讲习所学习农运知识，于1927年1月加入中国共产党，并以个人身份加入中国国民党，参与组建国民党六安县党部。8月，中共六安特别区委成立，桂伯炎担任区委宣传部部长。1928年1月，中共六霍县委成立，王逸常任书记，桂伯炎任县委委员。随后，县委派桂伯炎回金家寨发展党组织，建立农民协会，开展农民运动，准备六霍起义。

桂伯炎回到金家寨后，到七邻湾、古碑冲一带与袁继安、桂杰生、许仲平等共产党员联系，按照上级的指示，积极开展活动。

1928年5月，桂伯炎在金家寨成立了中共金家寨支部，桂伯炎任书记，支

中共金家寨区委书记桂伯炎画像
（金寨县革命博物馆提供）

部党员11人，直属中共六霍县委领导。

中共金家寨支部是在金家寨成立的第一个党组织。桂伯炎是中共组织在金家寨的第一位负责人。

中共金家寨支部成立后，积极工作。8月，又发展成为中共金家寨区委员会，桂伯炎任区委书记，袁继安、桂杰生、许仲平、詹慕禹为委员，领导金家寨、古碑冲、南庄畈、七邻湾一带的党组织开展活动。

中共金家寨区委员会是在金家寨成立的第一个党委。

桂伯炎回到金家寨的另一项重要任务就是建立农民协会。此时，与金家寨相邻的河南商南地区的农民运动也再度兴起。

早在1927年春，斑竹园、吴家店、南溪一带农民协会发展声势大，范围广，建有8个区农民协会和97个乡农民协会，会员达10000余人，他们惩治土豪劣绅，废除苛捐杂税，实行减租减息，兴办农民夜校，组建农民自卫军，商南地区出现了"一切权利归农会"的革命景象，对紧密相连的金家寨地区产生了很大的影响。

桂伯炎带领党员积极活动，通过与农民交朋友、拜兄弟，以及开办农民识字班等方式，宣传《农民协会章程》，学习以宣传农民协会为内容的《农民识字课本》。经过宣传，参加农民协会的人数不断增加。

当时参加农民协会并不是什么人都能参加，而是有条件的。当时规定，凡自耕农、半自耕农、佃户、农村中的手工业者及个体劳动者，不论男女，年满16岁，要求入会者，须自愿申请，有会员3人介绍，经所在乡农民协会执行委员会审批通过，方可成为会员。其他人员要求入会，则须在农民协会全体会员大会上投票表决且3/4通过，以此保证组织的纯洁性和战斗性。

农民协会主要任务是：①宣传马克思列宁主义；②向土豪劣绅派款、罚款，征收粮食；③制定土地分配方案，进行分田分地；④组织妇女会、儿童团等群众组织；⑤在会员中发展赤卫队员，组建农民武装；⑥组建担架队、运输队。农民协会实际上就是组织农民、教育农民、领导农民开展政治斗争、经济斗争的领导机构，起着临时革命政权的作用。

经过桂伯炎等共产党员的努力，1928年8月，金家寨乡农民协会成立，辖5

个分会，会员30多人，是六安、霍山两县最早建立的3个独立乡农民协会之一。

农民协会成立后积极活动，组织农民开展抗租抗债的斗争，地主土豪劣绅胆战心惊，十分惶恐。

1928年年底，中共六安六区区委在金家寨成立，由桂伯炎任书记。1929年1月，中共六安县委成立，邹同礽任书记，桂伯炎等任县委委员。中共六安六区区委书记由袁继安担任，王道怀、宋为金、桂杰生、许仲平、谢怀银等为委员。

中共六安六区区委在领导金家寨乃至周边地区的革命斗争中发挥了重要作用。

六霍起义在金家寨

在土地革命战争时期，在鄂豫皖边区爆发了黄麻、立夏节（商南）、六霍三大革命武装起义。金家寨是六霍起义的一个暴动点，在武装起义的过程中留下了精彩的一幕。

白色恐怖的金家寨

1927年大革命失败后，国民党反动派提出对共产党"宁可错杀一千，不可使一人漏网"的口号。全国各地的反动势力立即掀起了屠杀共产党，镇压工人、农民运动的逆流。大批共产党人被杀害，工会、农民协会等革命群众组织也遭到破坏。白色恐怖笼罩着中国大地，在以金家寨为中心的鄂豫皖边区也同样是乌云密布。边区相邻各县的反动政府都委派其爪牙重当区长、乡长、保长、甲长，建立民团、护庄队等反动武装。

在金家寨，大地主兼资本家汪东阁办起了商团。周边的豪绅地主也纷纷办起了民团和护庄队。汪东阁和其他地主率领商团、民团和护庄队，一起开始搜捕共产党人和农民协会骨干。

他们首先来到七邻湾，搜捕桂伯炎和袁继安，结果一无所获。于是，他们捕捉农民协会骨干和减租佃户20多人，将其关进关帝庙，进行严刑拷打，逼迫他们交出桂伯炎和袁继安的下落。可这20多人没有一个人说出桂伯炎和袁继安的情况。汪东阁恼羞成怒，让团丁们通知周围百姓到关帝庙前开会。

当天下午，周围百姓在团丁的催促下，陆续来到了关帝庙前。团丁们将20多个遍体鳞伤、五花大绑的农民协会骨干带了出来。汪东阁恶狠狠地说："你们都看见了，这就是共产党共产共妻、农民协会减租减息的下场！""历朝历代，有钱的有钱，受穷的受穷，这就是命，谁也改变不了。你们上当了、吃亏了吧？冤有头，债有主，这都是桂伯炎、袁继安等共匪教唆干的。这样吧，都是乡里乡亲的，只要你们说出袁继安和桂伯炎的下落，我就马上放了他们。"

农民协会骨干袁智申为解救遭殃的农友，谎称自己知道桂伯炎和袁继安的下落，愿意带路寻找，要求释放被捕的农友。汪东阁不知是计，答应了条件。之后，袁智申带着团丁转悠了两天，一无所获。

汪东阁自知上当，将袁智申吊打一夜。

袁氏家族重金具保，袁智申因伤势过重，释放3天后身亡。发丧当天，周围百姓都为他送葬，大人小孩前后排了半里多长的路。

"借粮"斗争在金家寨

在腥风血雨中，1927年8月1日，不屈不挠的中国共产党人在江西南昌举行了武装起义，向国民党反动派打响了第一枪。8月7日，中共中央在武汉召开了著名的八七会议，确定以土地革命和武装斗争作为党在新时期的总方针，把发动农民举行秋收起义作为当前最主要的任务。随后，党领导的武装起义在全国各地爆发。

在鄂豫皖边区，1927年11月13日，在中共黄麻特委的领导下，湖北的黄安、麻城两县爆发了革命武装起义。与此同时，在河南商南地区和安徽六霍地区（六安、霍山、霍邱）的武装起义也在积极准备之中

1929年年初，皖西地区的粮荒十分严重，很多贫苦民众挣扎在饥饿的死亡线上。虽然到了春节，但没有节日的气氛，很多家庭为缺粮而发愁。中共六安县委鉴于春荒严重，指示各地开展春荒斗争，金家寨地区党组织再次领导农民向地主豪绅借粮。

金家寨镇里的吴立合、朱合兴、项恒元等大粮行老板，乘春荒之机囤积居

奇，米价天天见涨。黑心的粮行老板见贫苦百姓无钱购买价格高涨的粮食，便又变换手法，用"加一"的方式向民众放贷。

所谓"加一"就是春天借1斗*，秋天还2斗，这种残酷的剥削手段逼着贫苦民众顾头不顾尾地往火坑里跳。

根据严重春荒、民不聊生、黑心老板借机发财的实际，中共六区区委决定，组织农民协会向地主商贾借粮，帮助百姓度过春荒。

农历正月十一的上午，桂伯炎与在金家寨开商店的桂杰生商量如何借粮。根据桂杰生的建议，决定利用青帮趁这些黑心老板"加一"放贷之机，来个明借暗抢。

金家寨、古碑冲一带的青帮首领桂海洲和桂绍堂是桂伯炎和桂杰生的叔辈。他们为人正直，爱打抱不平，在百姓中很有威信，就是当地的豪绅地主和民团头目也都畏惧三分。他们的大首领袁成蓥、金祝堂已经暗中加入农民协会，桂海洲和桂绍堂看出了苗头，也准备适时加入农民协会。桂伯炎、桂杰生与他们联系后，他们对黑心老板的行为也非常愤恨，一拍即合。

第二天，桂绍堂和桂海洲等召集50名帮众，桂伯炎、桂杰生和詹慕禹发动了300多名农民协会会员，分别向吴立合、朱合兴、项恒元粮行借粮。

吴立合、朱合兴、项恒元等老板利欲熏心，看到桂绍堂和桂海洲等头面人物带领这么多人来借粮，高兴得不得了，连忙打开粮仓。

粮仓打开后，人们蜂拥而入，用口袋、箩筐装上粮食，扛的扛、挑的挑，一会儿的工夫，几百担大米被"借"得精光。

吴立合、朱合兴、项恒元见状，顿起狐疑，仔细一想，如梦初醒，气得顿足捶胸，在街上破口大骂。随后，他们向六安县衙告状，控告桂绍堂和桂海洲纵匪抢粮。由于桂伯炎和桂杰生提前组织1000多人联名上告吴立合、朱合兴、项恒元3家囤积居奇、哄抬粮价和重利盘剥，加之粮荒之年商家囤积居奇和哄抬粮价本身就是政府禁止的，桂绍堂和桂海洲与吴立合、朱合兴、项恒元3家的官司以桂绍堂和桂海洲打赢而告终。

桂绍堂从六安回到金家寨时，桂伯炎和桂杰生组织了1000多民众，排了长队，敲锣打鼓放鞭炮迎接。

此后，那些奸商乱涨粮价、重利盘剥的行为不得不有所收敛。农民协会的威信进一步提高。

---

* 1斗等于10升。

红军攻打金家寨

1929年5月6日，在中共商罗麻特别区委的领导下，与金家寨邻近的商南地区爆发立夏节起义。一夜之间，吴家店、斑竹园、南溪等1600多平方公里的土地插上了红旗，反动武装和地主势力望风披靡。5月9日，成立了中国工农红军第十一军第三十二师。整个起义区热火朝天地打土豪、分财物，广大工农群众兴高采烈，喜气洋洋。

立夏节起义胜利的消息迅速传到金家寨地区，特别是与七邻湾不远的丁家埠，打入民团当教练的共产党员周维炯利用立夏过节的机会，用酒灌醉团丁，夺取枪支，取得民团起义胜利的经过不胫而走，被添油加醋后的故事在社会上传得神乎其神，使正在准备起义的中共六安六区区委和当地的工农群众深受鼓舞，增强了斗志和夺取当地武装起义胜利的信心。

桂伯炎和中共六安六区区委书记袁继安一起召开区委会，研究发动六区武装起义。

桂伯炎兴奋地告诉大家，在周边地区，武装起义陆续爆发。商南立夏节起义就在近前。前几天，中共霍山县委领导了诸佛庵民团起义。县委委员刘淠西、朱体仁率领起义队伍，智取新店河反动武装，击毙了反动枪会头目陈乾士，缴枪30多支；随后又缴获了县自卫团10多支枪，现已形成了一支拥有50多人的革命武装队伍。六安西北区委领导武陟山的农民起义也在紧张筹备，即将爆发。革命形势喜人，六区不能落后，要按照县委的要求，借周边武装暴动的东风，迅速进行六区起义。

委员们一起分析了六区武装起义的准备情况，认为在金家寨地区，为推动减租减息和借粮斗争，农民协会在党的领导下秘密组织"摸瓜队"，捕杀了一批对抗农民运动罪大恶极的土豪劣绅。革命形势的发展，引起了当地反动势力的恐慌和不安，广大农民群众革命情绪高涨，这是起义的重要基础。同时，选派共产党员袁皋甫打入在南庄畈的六保联络自卫团内部，并担任团长，该团基本被我们控制，可以首先发动南庄畈六保联络自卫

中共六安六区区委书记袁继安画像
（金寨县革命博物馆提供）

团起义。邻近的商南已经成立了红三十二师，如果请他们支援，六区的起义就肯定能够胜利。

会议决定，由区委书记袁继安带领袁成鼐、袁成弼、袁成林等人前往商南南溪红三十二师驻地，请求红三十二师派人支持六区起义。

袁继安与红三十二师领导人周维炯、李梯云、漆禹原都是笔架山农校的同学，在校期间曾一起参加"青年读书会"，很早就认识。

袁继安等到商南南溪找到红三十二师师长周维炯、党代表徐子清。一说来意，周维炯和徐子清都表示大力支持。红三十二师刚成立就打败了商城县王继亚民团的进攻，正准备向皖西发展，想东出金家寨，消灭汪东阁民团，扩大红军在皖西的影响。

袁继安向周维炯、徐子清介绍了六区的情况，重点分析、介绍了六保联络自卫团和金家寨的情况，想将南庄畈六保联络自卫团起义作为六区起义的突破口。

六保联络自卫团是六保总董汪东阁一手筹集的。随着农民运动的发展，汪东阁非常恐慌。为了镇压农民运动，他不仅把原来的商团扩大为团防局，自任团总，还在团防局下设立六保联络自卫团，驻南庄畈街头汪家祠堂。

中共六区区委根据形势变化，认为不控制住自卫团会对六区农民运动的发展极为不利。经过再三考虑，通过袁姓族长和汪东阁的特殊关系，使出身地主家庭的共产党员袁皋甫顺利打入六保联络自卫团，并当上了团长。

红三十二师师长周维炯画像

（金寨县革命博物馆提供）

袁皋甫当上自卫团团长后，又把黄埔军校四期毕业生何子凡请来当教练。何子凡是他在六安第三农校的同学，也是一名共产党员。如此一来，六保联络自卫团的控制权已悄悄落在六区党组织的手中。

袁皋甫和何子凡在自卫团中，团结家庭贫苦的团丁，秘密发展共产党员。先后发展了汪庆植、胡家林、袁成林入党，为自卫团举行武装起义做准备。

然而，虽然六保联络自卫团的团长和教官都是共产党员，但六保联络自卫团由汪建青筹建，自卫团里队长、班长基本都是汪建青的亲信，团丁中的共产党员很少，不少人还是听汪建青的，实权还是掌握在汪建青手中。如果团长和教官提出起义，团丁中有可能会反对而不能顺利成功。因而汪建青是关系到起义能否顺利成功的关键人物。

金家寨的土豪劣绅得知商南立夏节起义的消息，十分惶恐。穷苦百姓盼望像商南那样能扬眉吐气，盼望商南红军打到金家寨解救他们脱离苦海。金家寨驻扎的汪东阁民团有200多人，已安排共产党员打入其内部。六区农民自卫队已有100多人，农民协会会员1000多人，可以配合红军行动。

周维炯、徐子清听了袁继安等人的介绍，一致认为设法抓捕保董汪建青，强迫他下令缴枪，里应外合，起义就会顺利成功。如果起义成功，就可一鼓作气，立即攻打金家寨。

随后，大家共同制定了六区起义的行动方案。

1929年5月18日晚，汪建青因家中有事，未回到南庄畈汪家祠堂六保联络自卫团住宿。六区区委连夜将这个情况报告了红三十二师。周维炯接到情报后，亲自带领九十七团迅速赶到南庄畈，于19日凌晨与六区区委和农民自卫队会合，接着包围了汪建青的住宅和南庄畈六保联络自卫团驻地。

汪建青的家门被急促敲响，家丁刚打开门，周维炯带领几名红军战士冲进了门，正在慌乱穿衣服的汪建青束手就擒。周维炯严令汪建青下令六保联络自卫团缴枪投降，汪建青正欲推脱，又接到自卫团已经被红军包围即将缴械的报告，吓得头上直冒冷汗，但仍心存侥幸，不愿下命令缴枪投降。他绕着弯子狡辩说："袁皋甫和何子凡都不听我的，我下命令不顶用啊！"

周维炯见汪建青如此狡诈，便不和他多啰唆，下令将汪建青就地正法。两个身材高大的红军战士手持大刀拉住汪建青，望着明晃晃的大刀，他吓得魂飞胆丧，"扑通"一声跪倒在地，连声求饶。急忙对来送信的汪庆植说："庆植，你赶快送信给袁团长和何教练，就说是我说的，让他们带着自卫团向红军缴枪投降。"

随后，周维炯率部押着汪建青来到汪家祠堂的六保联络自卫团驻地。团长袁皋甫跑步上前，向周维炯敬礼后报告："报告长官，奉汪保董命令，六保联络自卫团全体人员愿向红军缴枪投降！"

打入南庄畈六保联络自卫团任团长的
共产党员袁皋甫画像
（金寨县革命博物馆提供）

南庄畈六保联络自卫团起义顺利成功。自卫团中除汪建青的几个亲信外，其余人都加入了红军。

随后，周维炯、肖方和桂伯炎、袁继安、桂杰生、袁皋甫、何子凡一起商量，决定将六保联络自卫团30余人和六区农民自卫军100余人一分为二，一部分编入红三十二师补充团，袁皋甫任团长，何子凡任副团长；另一部分编成六区游击队，桂伯炎兼任队长，袁继安任党代表，桂杰生任副队长。同时决定成立六区革命委员会，主席由袁继安担任。

六保联络自卫团起义如此顺利，大家都非常振奋。这时，又收到了农民协会会员送来的汪东阁商团在金家寨的有关情报。于是，决定一鼓作气，乘势而上，攻打金家寨，消灭汪东阁商团。接着，大家纷纷发表意见，制定出了完整的行动方案，继而投入到紧张的准备中。

1929年5月20日是一个难忘的日子。这一天，红军第一次攻进了金家寨。

清早，金家寨的晨雾尚未散尽，街道上的商店还没开门，一些卖柴火的穷人挑着柴火在街上行走。汪东阁民团的团丁们刚刚起床，准备上操。

按照部署，周维炯和肖方率领红三十二师九十七团和补充团，袁继安、桂杰生率领六区游击队沿着大路快步进入金家寨。袁成矞等率领1000多名农民协会会员在金家寨东南两侧配合进攻。由于事先党组织派詹慕禹与打入民团的共产党员朱少轩进行了联系，将民团的兵力和火力部署情况都了解得一清二楚，红军和游击队很快就攻入城内。

汪东阁民团的哨兵发现了红军和游击队的队伍向民团驻地扑来，赶紧向团总汪东阁报告。

刚刚起床正在抽水烟的汪东阁听到红军来了，大惊失色，慌忙命令副团总余传宗带着队伍进行抵抗。

余传宗集合队伍，冲出大门，从巷子奔到正街上，没想到在岔口与攻进来的红军和游击队狭路相逢。

敌商团一看到这么多红军，顿时混乱。红军也不由自主地停住了脚步。这么近距离遭遇，双方都没有想到，就在双方一愣神之时，只听红三十二师师长周维炯一声高喊："冲啊！"带头冲进了敌阵。

周维炯是黄埔军校毕业生，他自幼练武，武功高强，擅长大刀，作战勇猛。他冲入敌阵，手舞大刀，左劈右砍，上下翻滚，如同旋风，所到之处，人头落地，血溅四方，一口气竟砍倒了10多个敌人。团丁们见状，吓得魂飞魄散，纷纷避让，抱头鼠窜。红军战士见师长身先士卒，也都奋勇向前，在街道上追杀敌人，不时响起枪声。

刚打开大门的店员和居民都吓得赶紧关上了门，街上卖柴火的商贩都吓得弃柴而逃。团丁们在街上奔跑，无处藏身，有的被打死，有的跪地投降，也有少数跑得快的逃之夭夭。

躲在里面的汪东阁从楼上看到这种情况，知道无法抵挡，大势已去，便带着几个人从后门出去，率残部逃往麻埠。

不到半小时，战斗胜利结束。活捉了敌副团总余传宗和汪东阁的弟弟汪三少，缴枪20多支。同时活捉的还有在商南立夏节起义时，晚上从老盐店逃脱的丁家埠民团团总杨晋阶。

红军和六区游击队迅速打扫战场，接着就地收缴官商富豪的财物。袁继安、袁成翥等指挥农民协会会员配合红军奔进汪东阁、吴立合、汪鼎昌等几个大官商富豪家，将布匹、食盐、粮食等财物搬出，一部分留作军用，一部分给贫苦群众。

农民协会负责人袁成翥将刻有"汪鼎昌"三个字的大砚台交给袁继安。他风趣地说："带回六区，用它磨墨写标语，让它也参加革命，为穷人服务。"

中午，在金家寨镇街口的宽敞处，布匹、食盐、粮食等物资堆积如山，围观的群众不少，但就是没有人前来领取。

原来这里的群众对红军不甚了解，被官商豪绅等反动势力欺压怕了，尽管他们很穷，特别需要这些物资，但他们怕拿回去后，官商豪绅回头找他们算账，所以心存疑虑。

转眼到了半下午了，围观的人还在议论，可仍然没有人来领东西。周维炯、袁继安、桂杰生等人和负责发放财物的红军战士有些着急了。

周维炯对九十七团团长肖方和袁继安、桂杰生等人说，如果再等一会儿还没有人领，就要准备将所有物资运走。

就在这时，一个少年走出人群，站在布堆边对大家说："农友们！这些布、盐、粮食本来就是用我们穷人血汗换来的，不是汪东阁的，也不是吴立合的，他们一滴汗也没流。现在红军把东西分给大家，我们领走，是我们的本分。我们不领，难道叫红军把这些东西再送给汪东阁、吴立合不成？你们不敢领，我来送给你们。"说完，将一匹布送给了旁边的一位老大爷。

红军战士和农民协会会员都对这个少年投去了赞许的目光。周维炯高兴地上前，拍着少年的头说："农友们！这位小同志说得对。这些东西实际是汪东阁、吴立合等奸商搜刮的民财，分给你们，是你们的本分，是应该得的。不能再还给汪东阁、吴立合他们！"

群众听后便不再犹豫开始行动，不一会儿，布匹、食盐、粮食等物资就分完了。

这个带头分东西的少年就是皮定均。很快，大家都知道了他的名字。

皮定均出身于一个贫苦的农民家庭，家住在金家寨下码头戴家岭。幼年父亲早逝，母亲改嫁，与祖母相依为命，讨过饭，给地主放过牛。14岁参加当地农民协会。前一天红军得到的汪东阁民团在金家寨的情报，就是他和农民协会女会员陈映民送的。由于他积极参加农会工作，懂得的革命道理多，所以能够在此时带头做宣传。

皮定均在金家寨的勇敢表现，给大家留下了深刻的印象。

17年后的1946年7月，任中原军区一纵一旅旅长的皮定均，在中原突围中甘当"保车"的"丢卒"，率领"皮旅"掩护中原军区主力部队突围。完成掩护任务后，军队转移到了家乡金寨县，驻扎在金家寨南边的吴家店镇休整，就有当年参加攻打金家寨的老赤卫队队员向皮定均谈及这件事。

作家张凤雏在他著的《皮定均中将》一书中，对这件趣事就有记载：

当时吴家店镇在国民党统治下，白天百姓不敢接近部队，但夜幕一降临，老乡们就主动来了。有几位老人到皮定均住的院子里，把皮定均围起来，谈红军撤离大别山以后，这里的乡亲们遭到的迫害，谈地下党领导开展斗争的情景。几个老人中有一位吴大伯一直没说话，只是用手扶着下巴，打量着皮定均的脸。他这种表情引起了皮定均的注意，便问："吴大伯，你在想什么？"

"我在想一个人。"

"一个什么人？"皮定均又问。

吴大伯略一沉思，说起一段往事："1929年立夏节起义后，我们配合红军打金家寨，消灭了民团，红军把民团头子汪东阁和吴立合这些官商的粮食、布匹、盐都堆在街上，分给百姓。那时老百姓不敢要，怕汪东阁、吴立合回来倒算。当时有个小伢子，站在布堆边，他人小道理多，讲得头头是道，老百姓听着直点头，他当场受到了周维炯师长的表扬。"

听了吴大伯讲小伢子的故事，皮定均沉思不语。皮定均的警卫员赵元福问："那位小同志姓什么？"

吴大伯用巴掌揉搓着下巴，说："好像是姓皮。"

赵元福看了一眼仍沉浸在回忆中的皮定均，又问："你看像不像我们皮旅长？"

"那时是小伢子啊，这么多年了……"吴大伯盯着皮定均的脸："我看嘴有点像。"

皮定均的那张嘴，独一无二：嘴唇向外翘着，带着喜悦，使人看一眼就会留下深刻的印象。

赵元福转向皮定均说道："旅长，是你吧？"

皮定均没有回答，但却站起来，吴大伯也站起来，皮定均向吴大伯伸出了手，吴大伯也伸出了手。四只手紧紧握在一起，足足有两分钟时间。然后，他们又张开双臂，紧紧拥抱在一起。一个当年的赤卫队队员，一个当年的红伢子，一起经历过攻打金家寨的战斗。17年后相逢了，全都喜泪交流。在座的人眼眶里也都溢出了泪水。

坐下后，吴大伯说："我一见到你，就觉得在哪里见过。时间长了，一下子想不起来。我只是听你讲过一次话，你那次讲话，我还是记得的。"

吴大伯接着回忆了当时的情景，并问皮定均："你想想，是不是这样？"

"你提起来，我才想起有这么回事。虽然我记不起来当时讲什么，但当时的心情我还记得：就怕农友们不敢领东西，拿得越快越多我越高兴。"

他们越谈越高兴，等皮定均送走吴大伯几位乡亲，已经是半夜了。

皮定均中原突围建奇勋，创造了以一个旅的兵力与数倍之敌游战24天，圆满完成任务，部队还突出重围的奇迹。

皮定均是从金家寨走出去的著名的中国人民解放军高级将领，这也是金家寨的骄傲。

红三十二师和六区游击队取得攻打金家寨的胜利。这是红军首次攻打金家寨，也是红三十二师首次取得攻打城镇的胜利。

当天夜晚，应皖西重镇流波䃥的中共组织要求，红三十二师和六区游击队前往流波䃥，支援流波䃥起义。21日凌晨在张冲与当地党组织的农民自卫军会合后，分两路向流波䃥进攻，中午将流波䃥乡公所和朱孟公团匪30余人包围。经过短暂战斗，毙伤10多个敌人，10多人突围逃跑，缴枪10多支，还活捉了乡长陈云德。第二天，红三十二师和六区游击队与当地党组织在流波䃥召开群众大会，枪毙了陈云德，成立了流波䃥农民协会和流波䃥游击队。这是六区游击队与红军首次外出作战，经受了锻炼。

红三十二师和六区游击队支援流波䃥起义胜利后凯旋。红三十二师回到商南地区，六区游击队回到七邻湾、南庄畈一带活动。

六区的干部分头到槐树湾、古碑冲、南庄畈、花羊石、八道河等地，在原有5个乡农民协会的基础上，又成立了4个乡农民协会。各乡建立了30~50人组成的游击队，在区委和农民协会的统一指挥下，打土豪，分田地。受立夏节起义的影响，当地一些较大的富豪被吓跑了，只有一些中小地主在家。因此，六区区委和农民协会决定，在打土豪过程中，逃亡从严，在家从宽；抗拒从严，坦白从宽；惩办首恶，宽大一般。宣布废除地租，借贷穷欠富者作废，富欠穷者本利全还，穷富相当者协商处理。并在七邻湾试点，实行土地革命，取得经验后再在全区推开。6月初，成立了七邻湾乡土地委员会，主任朱盛元在七邻湾试点分配土地。全乡4700多人，按照田亩总数，平均每人可分1斗田。原耕农还可以多分一点，富农、地主每人分田5升。分田时，正长在田里的禾苗随田走。时值稻谷抽穗，群众称它分"稻秒子"。上述规定实行后，群众拍手称快，积极拥护。群众发动起来了，革命的浪潮空前高涨。

南庄畈六保联络自卫团起义、红三十二师和六区游击队攻打金家寨、流波䃥，加上霍山诸佛庵民团起义、六安武陟山农民起义，拉开了六霍起义的序幕，也标志着六霍地区的革命开始由经济斗争、政治斗争发展到武装斗争的新阶段。

然而，敌人并没有就此罢休，战斗继续进行。

革命政权建立在金家寨

1929年8月16日，驻皖西之敌刘和鼎部第五十六师桂振远旅一部，在北路之敌李克邦部及河南商城顾敬之民团的策应下，对豫皖边区进行"围剿"，金家寨、七邻湾等地被敌人重新占领。

汪东阁商团在金家寨遭红三十二师和六区游击队重创被赶出后，不甘心失败。汪东阁率残部到麻埠、杨家店一带盘踞，和从流波䃥逃出的团匪朱孟公、六安的团匪杨松山相互勾结，招兵买马，扩充武装，不久又发展到约200人，于8月下旬，气势汹汹地返回金家寨。

中共六区区委率领游击队和革命群众又和敌人展开游击斗争。

面对敌人疯狂反扑和加强统治的严峻形势，为夺取六霍地区革命武装起义的胜利，1929年8月5日，中共中央巡视员方英，在六安霍山两县边界的豪猪岭召开了六安、霍山、霍邱、寿县、英山、合肥6县党的联席会议，集中讨论了武装起义问题，并报请中央批准成立六安中心县委，以加强对6县的集中统一领导，得到了中共中央的批准。10月6日，在六安郝家集召开的6县党的代表会议上，方英宣布了中央成立六安中心县委的指示，大会选举舒传贤、桂伯炎、周狷之、吴宝才、余道江、许怡亨、范在中、翁翠华（女）、吴干才、朱体仁、谢为法、袁继安为委员，舒传贤、桂伯炎、周狷之、吴宝才、余道江为常委，舒传贤任书记。会议检查和讨论了武装起义的准备工作。会后，中心县委成员立即分赴各地，投入全面发动武装起义的准备工作。

就在六霍地区全面起义处于一触即发之际，1929年11月7日晚，发生了六安三区二乡农民协会秘书何寿全和两名女农民协会会员被捕事件，成为独山农民起义的导火索。

8日拂晓，独山周围15个乡的数千名农民，手持大刀、长矛、钢锥、土枪等，攻打独山自卫团占领的独山镇。11月9日，中共六安中心县委当机立断，通知六安各区和邻近各县立即组织大规模农民武装起义。

桂伯炎、袁继安接到通知，率领六区游击队和农民自卫军，准备再次攻打金家寨汪东阁民团，发动金家寨、古碑冲、七邻湾一带农民武装起义，建立苏维埃政权。

汪东阁率领民团回到金家寨后，表面上威风凛凛，但内心却恐惧万分。因为离金家寨不远的河南商南地区，红三十二师在当地群众的配合下打退了多路民团的进攻，不少乡村都建立了苏维埃政权，地主富商被打倒，土地财产被分割。整个赤区原来被看不起的穷人，现在已当家做主，扬眉吐气。而与金家寨相邻的莲花山，毛月波在那里成立了红三十二师的红军混成团，打土豪、分田地、建政权，闹得红红火火，直接影响到金家寨地区，对汪东阁民团构成了直接威胁。红三十二师越战越勇，汪东阁已经吃了红三十二师和六区游击队的亏，非常担心红三十二师和六区游击队出其不意又来攻打金家寨。为了避免民团再遭红军打击，汪东阁"狡兔三窟"，不断变换民团驻地，晚间经常不在金家寨镇，而是到金家寨周边的古碑冲、龙井沟、龚家祠堂等地驻扎。

为了准确掌握汪东阁民团的情况，六区游击队队长桂伯炎派熟悉金家寨情况的游击队员傅绍堂前往金家寨侦察。

傅绍堂到金家寨侦察的过程很有趣，他遇到了很多原来没想到的情况，两次到金家寨才完成任务的。

11月15日是第一趟，傅绍堂假装卖竹子的，扛着一棵毛竹来到金家寨，正在沿街查看时，没想到竹梢碰到一个团丁的酒壶上，酒壶落地打碎，团丁要傅绍堂赔酒壶，傅绍堂丢下毛竹，撒腿就跑，侦察失败。

桂伯炎没有责怪傅绍堂，给他一块大洋让他化装成买盐的，再次侦察。

第二天天刚放亮，傅绍堂直奔金家寨。他和以往一样，到项亨源盐店买了20斤盐，分作两堆，装进一副竹箩筐里。他挑着盐担沿街查看，寻找民团的驻地。他走东街串西街，到了中午时分也没有发现民团的住处，心里十分着急。没想到下午当他走到下码头时，忽然听到一声哨子响，接着在湖北会馆里奔出一群团丁来。傅绍堂一数，有80多人。傅绍堂心中暗喜，赶到前面的岔路口查看他们往哪里去。没想到，一个团丁看见他，要抓他当挑夫。傅绍堂装出一副哭相，连声说"挑不动"，团丁劝着说："不远，就在离这里20里的龚家祠堂。"没想到团丁无意中说出了晚上驻扎的地点，傅绍堂心中高兴极了，急忙回去报信。他丢下盐担，趁团丁松手不注意，一下就冲进了路边的树林。团丁见留下了一担盐，也就不追了。

桂伯炎、袁继安、桂杰生得知汪东阁民团一部晚上在龚家祠堂驻扎。深知机不可失，当即决定当天晚上奔袭住龚家祠堂的汪东阁民团。

桂杰生挑选了90多名年轻力壮的队员组成突击队，任务是偷袭龚家祠堂的民团。其余队员负责看守好已经抓来的土豪劣绅。

这是六区游击队第一次单独作战，而且是没有经验的夜战；汪东阁商团装备好，并经过训练。而突击队的武器主要是大刀、长矛和土铳，要克敌制胜，困难很多。桂伯炎安排六区游击队和农民赤卫军共300余人参战，还带了4只洋油箱，准备到时候在里面燃放爆竹，冒充机关枪的声响，恐吓敌人。还特地安排炊事员杀了从地主那里牵来的两头肥猪，给大家加餐。另外发给每人一包哈德门香烟，给大家鼓劲。并让大家做好充分准备，一定要夺取今晚战斗的胜利。

吃过晚饭，天色渐渐暗下来，队伍顶着小雨出发了。午夜时分，走到离龚家祠堂半里路的地方，突击队向前摸去，其余人员暂时停下。

在离龚家祠堂前50米左右的位置，突击队发现有两个岗哨。由于天太黑，又下着蒙蒙细雨，加上夜深发困，两个岗哨毫无察觉。突然，两个突击队员一跃而起，将岗哨的脖子卡住，使其不能出声。后面突击队的队员一拥而上，干脆利索地让两个岗哨兵见了阎王，并缴获了两支钢枪。

除掉了岗哨，后面的队伍很快跟了上来。桂伯炎下令冲锋，赤卫军点燃了装在洋油箱内的爆竹，爆炸声震耳欲聋，如同扫射的机关枪。桂伯炎和桂杰生率领队员们冲进龚家祠堂，只见横梁上挂着两盏昏暗的油灯，团丁们都睡了，枪都靠在一边。队员们进门先将枪收了起来，然后从腰间解下绳子，准备将团丁捆起来。

团丁们惊醒了，见有一个团丁反抗，一个突击队员抽出大刀，刀起头落，滚出一丈多远，血喷得到处都是。其他团丁见后，吓得直往被窝里钻，不敢反抗，很快都被捆了起来。

一搜查，发现狡猾的汪东阁不在其中，原来他们只是汪东阁金家寨民团的一部分，另一部分还在金家寨驻防。汪东阁当晚没有住在龚家祠堂，他带着亲信住在离龚家祠堂一里多路的龙井沟。听到枪响，吓得逃到金家寨，生怕红军连夜攻打金家寨，急忙带领余部逃跑了。

这一次战斗，缴获民团枪支60多支，俘虏民团80多人。大家背着缴获的钢枪，牵着俘虏，兴高采烈地回到了七邻湾。

第二天，中共六区区委在金家寨中心的帝王庙召开群众大会，区委书记袁继安宣布六区农民起义胜利。接着，建立临时革命政权，成立六安六区农民协会，主席袁继安。改六区游击队为游击大队，大队长桂伯炎，党代表桂杰生。

六区游击大队成立后，实力大大增强，同志们斗志更旺，都急着寻找机会打击敌人。

红三十二师为支援三区游击队和赤卫队围攻麻埠已经游击到流波䃥附近。于是，桂伯炎和桂杰生决定，再次和红三十二师配合，攻打流波䃥之敌。

流波䃥的守敌是麻埠朱茂功民团的一部，大约有50多人。桂杰生首先派出侦察员化装成卖草的农民。进镇后，与镇内的共产党员接上了头，弄清了敌人的部署和有关情况。

桂杰生将情报向红三十二师报告，红三十二师决定和六区游击大队共同攻打流波䃥。六区游击大队随后从金家寨出发向流波䃥进军。

11月17日凌晨，六区游击大队和红三十二师协力作战，在流波䃥农民协会会员的支援下，从小河南进攻，然后采取两翼包抄，摧毁了守敌的指挥机关和火力阵地，很多团丁当场毙命。剩下的民团从红军和游击队事先预留的缺口逃跑，躲进了胡子岩下面的石洞，结果全部落网。

战斗进行得很顺利，取得了全面胜利。六区游击大队和红三十二师斗志昂扬，准备支援霍山西镇农民起义。

11月19日，在中共六安中心县委的领导下，金家寨周边的霍山西镇农民起义在红三十二师的支援下，取得了胜利。12月20日，霍邱的白塔畈举行了武装起义，也顺利成功。从1929年5月到年底，六霍地区的武装起义呈连锁式爆发，使整个六霍起义取得全面胜利。

六霍起义是继黄麻起义、立夏节起义之后，在鄂豫皖边区爆发的又一次大规模武装起义。六霍起义的胜利使皖西地区的革命斗争迈进了工农武装割据的新阶段，为皖西革命根据地的形成和发展奠定了坚实的基础。金家寨的党组织和六区游击队为此做出了重要贡献，功不可没。

红三十三师与金家寨

六霍起义胜利后，成立中国工农红军第十一军第三十三师。这支主力红军队伍的成立与金家寨关系密切，因为在金家寨成立的六区游击大队是其重要的组成部分。

六霍地区武装起义的连续爆发与胜利，引起了反动统治阶级的恐慌。各县的反动政府和地主豪绅纷纷致电蒋介石和南京政府告急。蒋介石高度重视，改变了从皖西抽调部队去鄂豫作战的计划，决定以独立第一旅为主力，集中近千人的反动武装向赤区进攻。

在敌人的猖狂进攻下，赤区遭敌人蹂躏，很多共产党员和革命群众被杀，仅独山一地，就牺牲200多人。中共六安中心县委组织部长吴干才、军委主任朱体仁、三区区委书记许希孟在与敌人战斗中牺牲。

面对严峻的事实，六安中心县委认识到，要保卫和发展起义成果，必须在群众武装的基础上，建立主力红军。因此，六安中心县委于1930年1月6日召开第十次常委会，决定将自己直接掌握的武装编为安徽红军第一游击队，把西镇游击队编为第二游击队，继续发动群众支援革命战争，恢复和发展红色区域。

此后，获悉红三十二师和六安六区游击大队已东进到流波礤一带，六安中心县委于1月20日将安徽红军游击队第一、二纵队集中到流波礤与六安六区游击大队会合。在此，舒传贤主持召开六安中心县委常委和游击队党团负责人联席会议，宣布将上述3支游击队合编为中国工农红军第十一军第三十三师，由合肥特别区派来的军事干部徐百川任师长，鲍益三任党代表，姜镜堂任师党委书记，张建民任政治部主任（数日后由姜镜堂兼任）。

红三十三师始辖两个团：第一纵队与六安六区游击大队一部合编为第一〇六团，冯晓山任团长，高天栋任副团长，余爱民（即詹慕禹）任党代表；第二纵队和六安六区游击大队一部合编为第一〇七团，徐育三任团长，李锡三任副团长，孙能武（即汪维裕）任党代表。全师200余人（其中党员40多人），长短枪145支。

徐百川，原名张开泰，1903年出生，安徽省长丰县人。黄埔军校第三期毕业，参加了北伐战争。1927年先后参加南昌起义、海陆丰起义和广州起义。1928年加入中国共产党，任中共合肥特别区委委员，参与发展党组织，领导合肥地区的农民运动等工作。后任红三十三师、中央独立第一师师长。1931年10月，在"肃反"中遭错杀，后平反昭雪。

鲍益三，又名朱雅清，1900年出生，安徽省六安县人，1927年加入中国共产党。

红三十三师师长徐百川
（金寨县革命博物馆提供）

1929年10月，鲍益三任六安独山起义总指挥，是六霍起义的领导人之一。1930年，鲍益三当选为六安中心县委委员，1931年2月任安徽省巡视员，负责巡视皖西北工作。1931年4月，与黎本益、方英等组成皖西北特别委员会。在"肃反"中遭错杀，后平反昭雪。

显然，在红三十三师的两个团中，都有六区游击大队的成分，并且是红三十三师的重要力量。

红三十三师是当时安徽境内诞生的第一支主力红军队伍，也是继红三十二师成立之后，在金家寨境内诞生的第二支主力红军队伍，在鄂豫皖边区诞生的第三支主力红军队伍。后来发展成为红一军、红四军和红四方面军的重要基础。

红三十三师党代表鲍益三画像
（金寨县革命博物馆提供）

六安三区、六区和西镇的武装起义队伍上升为主力红军后，又都重新组建了游击武装。其中六安六区苏维埃警备队（即游击队改编的）共150人，钢枪10支、手枪2支，余下均为土枪，继续在六区开展斗争。

红三十三师成立后，根据当时霍山统治阶级武装力量比较薄弱，而且集中在城内的实际情况，于1月30日（农历正月初一）凌晨，在霍山游击队、赤卫军2000多人配合下，分三路进攻霍山县城。当日午前，红三十三师由西门强攻入城，与敌人激战到下午4时，守敌自卫团被击溃，伪县长甘达用慌乱中向伪省长发电告急："霍山失守，请火速派省兵来援"，后便狼狈逃出县城。

红军进城后，打开监狱，释放被捕群众50多人。由于东门碉堡坚固，火力猛烈，红三十三师在强攻未克的情况下，为避免伤亡于当晚主动撤出县城。第一〇七团开往西镇，第一〇六团奔赴流波疃一带，积极整理内部，发动群众，肃清反动民团。

霍山是红军在安徽攻克的第一座县城。

红三十三师组建不久即攻克霍山县县城，充分显示了红军部队的威力，扩大了政治影响，震慑了反动统治阶级，人民群众深受鼓舞。

之后，红三十三师便开赴七邻湾南庄畈，师部和政治部入驻南庄畈村陈家畈，开展广泛的游击战争。这里是六区党组织和游击队的老家，也是群众基础稳固的革命根据地。

皖西苏区典范金家寨

金家寨是六霍起义爆发比较早的地区。这里的党组织坚强有力，群众基础好，革命积极性高，在苏区建设中又勇当先锋，其经验转发皖西苏区各县，成为苏区建设的模范。

七邻湾会议与金家寨

六霍起义胜利后，为了加强皖西根据地建设，把武装斗争、根据地建设、土地革命紧密结合起来，巩固和发展根据地的各项事业，中共六安中心县委决定于1930年3月21日至25日，在六区的七邻湾关帝庙召开所辖六安、霍山、霍邱、英山、寿县、合肥6县党的负责人和红三十三师领导人联席会议。

这次会议的规格在皖西当时是最高的，出席会议的人员有六安中心县委书记舒传贤，县委常委吴宝才、周狷之、余道江、田守仁和霍山县委书记喻本立，霍山县委常委吴泽民，霍邱县委书记杨晴轩，合肥县特区区委书记何世球，英山县委的傅维睿、杨若云，六安县青年团特区书记窦克难，红三十三师党代表鲍益三和师党委书记姜镜堂等。

六安中心县委领导之所以选择在六区的七邻湾召开这次会议，是因为六霍起义后，金家寨地区是整个皖西较为稳固的根据地。

七邻湾会议旧址七邻湾关帝庙
（金寨县革命博物馆提供）

1930年2月18日，中共六安县委（即六安中心县委）向中央的报告中就写道："六区金家寨因与河南商城相连，受商城红三十二师的影响，现在已成为赤色区域，农民都组织起来。""此区现在的政权是区农民协会，区农民协会之下有乡农民协会，均设有公开的机关。各机关的开支，都是从土豪家勒捐得来的，也有出一张条子到某家要他捐款若干元，富农也有被捕的。""县委现在以此区为中心区，县委机关也在此区。"

由此可见，六安中心县委机关已经迁入金家寨地区，并以此为中心领导皖西地区的革命斗争，因而具有十分重要的地位。而金家寨地区的七邻湾是六霍起义最早爆发的地点之一，革命政权和革命武装建立得最早，根据地建设也开展得最早并富有成效，并且率先开展了土地改革。到这里开会的一个主要原因就是要汲取六区的经验，推动皖西的

中共六安中心县委书记舒传贤画像
（金寨县革命博物馆提供）

根据地建设。同时，这里离反动势力盘踞的地方较远，与商南革命根据地相连，安全保障条件是最可靠、最好的。

3月17日，六安中心县委书记舒传贤在七邻湾关帝庙召开了六安、霍山、霍邱、寿县、英山、合肥6县县委和红三十三师联席会议筹备会。桂伯炎负责起草会议的有关文件，袁继安负责会议的文秘和事务工作。

筹备会议结束后，在离会议正式开幕3天多的时间里，主要进行会议的筹备和就地开展调查研究工作。这说明，这次会议实际上就是根据地建设的现场会。

七邻湾会议提出了"动员六县全党同志""推进六县的革命高潮"的总任务，作出了政治任务、六县工作计划和军事问题等9项决议案，强调党对政权和红军的绝对领导，彻底执行土地政纲。

七邻湾会议对加强红军和地方革命武装建设提出了明确要求。会议作出的《军事问题决议案》较1929年召开的中共鄂豫边第一次全区党代表大会通过的《军事问题决议案》，有了新的补充和发展。它确定了以下几点：和人民紧紧地站在一起，以全心全意为人民服务为建军宗旨；以工农为骨干的建军路线；党指挥枪的建军原则；主力红军、地方武装、群众武装三结合的武装力量体制；为实现党的纲领、路线和政策而奋斗的人民军队性质。从根本上划清了新型的人民军队同一切旧式军队的界限，从而比较系统地解决了如何建设无产阶级领导的人民武装这个根本性问题。

会议开得十分节俭。参加会议的人员和哨兵、炊事员共18人，从3月16日报到至25日结束，约10天的时间，共开支26元。

会后，中心县委在闻家店举办两期干部训练班和一期军事训练班，学习党的六大和六届二中全会精神及6县联席会议决议案。

七邻湾会议是在皖西地区土地革命战争正在趋向高潮的形势下召开的，所提出的一系列决议明确了工作任务、方法和措施，使皖西地区的各项工作走向了正轨，对皖西革命运动顺利健康发展起到了重要的指导作用，有力地推动了土地革命的开展和革命根据地建设。

苏区建设经验出自金家寨

七邻湾会议后，皖西的革命形势发展很快，形成了燎原之势。红军英勇作战，捷报频传，红色区域迅速扩大，苏维埃政权纷纷建立。

红三十三师为了支援各地的农民武装起义，则进一步扩大了游击战争的范围和规模。

1930年4月6日，红三十三师根据中共六安中心县委的指示，派第一〇七团和潜山工农革命军协同英山游击队前往英山开辟新区。沿途击败敌人的阻击，势不可挡地于4月8日攻克英山县县城，缴获迫击炮1门和16支枪。中共英山县委趁势发动东北乡农民举行武装起义，在英山县东北部开辟了一块纵70里、横50里的与霍山县苏区相毗连的新区。随后，建立了英（山）霍（山）边区苏维埃政府。

4月12日，应中共霍山县委邀请，红三十二师两个团、红三十三师全部和潜山工农革命军，在数万农民和赤卫队队员的配合下，再度向霍山县县城发起进攻，共毙、伤、俘敌200余人，缴枪80多支，活捉敌县自卫团总指挥秦华轩，仅有反动县长甘达用等10余人逃窜到苏家埠，霍山县县城第二次解放。13日，霍山县苏维埃政府宣告正式成立。

红军第二次解放霍山县县城后，立即乘胜追击下符桥、三尖铺、青山一带，在东北一区起义农民的配合下，全部歼灭六安县的两个反动民团。随着六安县老区的恢复和新区的开辟，六安县革命委员会于1930年春成立。

就在霍山县苏维埃政府成立的同一天，在中共六安中心县委的直接指导和帮助下，六安县六区在金家寨胜利召开第一届工农兵代表大会。

这是在金家寨历史上第一次成立苏维埃政府。为了开好这次大会，中共六区区委做了充分的准备。

六区成立区农民协会后，就着手组织乡农民协会及工会等组织，并由区农民协会发起组织六安县六区苏维埃筹备委员会（简称筹委会）。筹委会执委从工会和各乡农民协会中产生，负责群众宣传、决定选举办法、起草一切决议案的草案以及筹备召开第一届工农兵代表大会。

为了让广大工农兵群众了解将要成立的苏维埃政府，筹委会编印了《建设苏维埃政府宣传大纲》，广泛宣传苏维埃政府的性质及其建立的意义，动员群众踊跃参加选举，行使当家做主的权利。宣传大纲中指出："我们现在暴动，打土豪，杀劣绅，不是把富人打倒就算事，我们要把富人用来杀穷人的一把刀夺过来，拿在穷人手里，这样才永远不受富人欺，苏维埃政权就是从富人手中夺过来的一把刀。"筹委会还组织青年、妇女、儿童宣传队，广泛进行宣传。桂月峰亲自编写了《歌唱苏维埃》的小歌剧到处演出，很受欢迎。如歌剧中唱道："镰刀不怕荆棘扎，斧头不怕硬实柴，人民当家做主人，快快成立苏维埃。""苏维埃是政权，农民协会是骨干，工人阶级是老大哥，工农联盟保江山。"这些歌词浅显易懂，收到了良好的宣传效果。

在广泛宣传的基础上，召开了选民大会，进行了工农兵代表的选举。按照农民每500人选举1名代表、工人和兵士每50人选1名代表的比例，选举产生了134名代表，其中工人36人、农民43人、妇女36人、兵士6人、小学教员5人，区农会代表6人，筹委会代表2人。

据老红军丁国钰回忆，开会那天，风和日丽，春意盎然。金家寨大街小巷红旗招展，标语满目，到处洋溢着节日的气氛。在大会会场的主席台正面悬挂着马克思、列宁的大幅画像，两侧挂着"斧钺辟出新世界，镰刀割断旧乾坤"的大幅标语。青年男女，扶老携幼，个个喜笑颜开，前来观看自己行使权力的大会，参加开幕典礼的群众有3万多人，真是人山人海，盛况空前。

曾任六区儿童团宣传部部长兼体育部
部长的丁国钰

（金寨县革命博物馆提供）

丁国钰是南溪人，时属河南商南地区。立夏节起义胜利后，年仅13岁的丁国钰参加了乡儿童团，积极参加站岗放哨、文艺宣传、检查人口等革命工作，不久担任区儿童团大队长。虽然当时安徽六安六区和河南商南地区分属皖豫两省，但两地相邻，两地的党组织来往密切，干部也相互交流。由于丁国钰工作主动，表现突出，1930年4月组织决定将他调到邻近的金家寨担任安徽省六安六区儿童团宣传部部长兼体育部部长。他到金家寨报到，正好参加了六区工农兵代表大会。

丁国钰在六区工作认真负责，成绩显著。1931年初，调到中共皖西北特委保卫局侦察科工作。中共皖西北道委从金家寨迁驻皖西重镇麻埠不久，丁国钰又调任少共皖西北道委机关任总支部书记、巡视员。

1932年10月，红四方面军第四次反"围剿"失利，西去川陕，丁国钰所在的机关编入红二十七军，任第七十九师共青团团委委员，留在鄂豫皖根据地坚持斗争。丁国钰后来参加了红二十五军长征，在抗日战争、解放战争中屡建功勋。新中国成立后，丁国钰曾任解放军第四十二军政治部主任，在抗美援朝中担任志愿军首席谈判代表参加板门店谈判，后担任中国驻阿富汗、巴基斯坦、挪威、埃及4个国家的大使，还曾担任北京市委书记、政协主席。他是一位从大别山走出的由红军战士成长起来的优秀外交家。2015年5月11日在北京逝世，享年99岁。

在工农兵代表大会上，桂伯炎和六区区委书记袁继安作了国际、国内和皖西革命斗争形势报告，传达了6县联席会议精神。与会代表对土地分配、雇农工资、手工业工人工资、贫雇农所欠地主的债务以及森林保护和分配等一系列关于贫雇农、工人具体利益问题，进行了广泛深入的讨论，制定了《苏维埃条例》，选举产生了六安六区苏维埃委员会，执行委员15人：主席周世楷；裁判委员芦小初；文教委员查元卓；财政委员宋维耕；粮食委员詹大准；经济委员王德勤；土地委员余庆堂；交通委员匡良仕；军事委员许仲平；调查委员宋维明；妇女委员刘月如；委员刘立本、张少庆、陈观堂、朱为同。

大会通过了《六安六区土地政纲实施细则》《苏维埃条例》《肃反条例》《森林办法》《雇农工资办法》《手工业工人办法》《债务办法》等决议。其中，《肃反条例》是中国革命法制史上最早的法律之一。

这些规定，比较符合当时六区乃至皖西的实际，具有可操作性。

六区苏维埃筹委会高度重视《六安六区土地政纲实施细则》的起草，做了大量的调查研究工作。因为土地制度的改革，是中国民主革命的基本内容之一，它关系到人民群众的切身利益。只有改变地主的土地所有制，才能从根本上摧毁封建统治阶级的基础；农民只有得到了土地，革命斗争才能得到人民群众的拥护和支持。六区工农兵代表大会通过的《六安六区土地政纲实施细则》共20条，即参照了中共六大通过的《土地问题决议案》的精神，又因地制宜地对其中的"没收细则"和"分配细则"等重要内容进行细化，使其更加具体。整个细则无论是对没收土地的对象，还是分配土地的对象，无论是耕种，还是管理要求，都规定得比较全面、细致、合情合理。特别是对待富农只没收剩余的土地，比较符合民主革命阶段对待富农的政策。

六区苏维埃根据金家寨一带山多田少，森林所有权和管理的重要性，除在《六安六区土地政纲实施细则》做出规定外，还制定了《森林办法》。

《森林办法》非常具体，除规定分配原则外，对管理、种植都有明确要求。如第一条："森林除供给人使用外，有保存雨量之益，各民众都有保护之责任。""凡没收后的山林、竹、茶、桑、油、漆、果等树分给农民，只许看管使用，不准毁坏或转卖。""长成之森林山场分给农民后，只许提棵变卖，或（种）茯苓，不得乱砍。""不许砍树苗""凡护庄及路旁树木一律不准砍伐或转卖，并有培植的义务""凡屋拐、田头、路旁、河下、荒山，农民都要尽量栽插树木。"这些规定，切实可行，对促进森林的发展产生了强大的推动力，很多条款至今仍有指导意义。

金家寨边葛氏祠墙上表现六区苏维埃政府成立大会盛况的壁画

（金寨县革命博物馆提供）

大会开得圆满成功。会场上掌声雷动，口号声此起彼伏，气氛热烈，宣传队还唱起《八月桂花遍地开》的歌曲。《八段锦》熟悉优美的旋律让人闻声而唱，歌词浅显易懂地道出了人们的心声，人们不由自主地随着宣传队沿街移动，一遍又一遍地听着，一遍又一遍地喝彩、鼓掌、欢呼。

《八月桂花遍地开》这首歌诞生在商南的果子园乡佛堂坳模范小学，作者是校长罗银青，就是为庆祝苏维埃政权建立而作。这首歌号召大家拥护苏维埃政府，参加红军，跟着共产党打出新世界，深受广大人民群众欢迎，产生了很大的影响，推动了豫东南革命根据地建设。而首次教唱这首歌的就是当时在果子园乡佛堂坳模范小学教书的金家寨人陈觉民。

陈觉民，原名陈绍喜。1907年10月出生。1927年秋，陈觉民来到距家百里的河南商城县南乡沙堰小学教书，其间，开始阅读《共产党宣言》《新青年》等书刊，积极参加文明戏剧演出活动，办妇女速成训练班，编写平民识字课本、工余识字课本等，并加入中国共产主义青年团。不久，陈觉民应邀返回家乡在金家寨新民小学教书，得到回乡兴办教育的桂月峰悉心指教。她帮助桂月峰开办妇女识字班，编写识字课本，发给城乡小学使用。由于她表现突出，光荣地加入了中国共产党。

1929年5月，商南立夏节起义胜利，创建了中国工农红军第十一军第三十二师，建立了工农革命政权，开始了豫东南革命根据地的创建。5月19日，红三十二师东进六安六区帮助南庄畈六保联络自卫团起义成功，当夜攻下金家寨。

不久，陈觉民进入商南苏区，先后在斑竹园王氏祠小学、果子园佛堂坳模范小学教书。

这年桂花飘香的农历八月，红三十二师粉碎国民党地方军阀的"会剿"，根据地的区、乡、村苏维埃政府纷纷建立，各地张灯结彩，人民群众玩灯唱戏，热烈庆祝。佛堂坳小学教师罗银青触景生情，创作了《八月桂花遍地开》歌词，填到民歌《八段锦》的曲调中。陈觉民按照上级的要求，立即教唱这首歌曲，并用打花棍的形式将《八月桂花遍地开》编成歌舞，组织学生在长岭岗一区苏维埃政府成立大会上进行表演，受到了热烈欢迎和广泛赞扬。自此，《八月桂花遍地开》歌曲被中共商城县委定为红军和党组织开展活动必唱的歌曲。

原解放军总政治部顾问、罗荣桓元帅的夫人林月琴在《从金寨到延安》一文中回忆道：

"1929年5月6日，立夏节暴动胜利后，陈绍禹的妹妹陈觉民在斑竹园办了一所女子学校。我和街上的几位姐妹都进了这所学校。它实际上是一个边讲边做的妇女运动讲习班。我们在陈觉民的带领下，投身于热火朝天的革命活动，动员妇女放脚、剪发，宣传破除迷信，废除封建旧礼教，提倡男女平等，婚姻自由等。我们还表演了歌颂二七大罢工领导人林祥谦的话剧，带领儿童团去庙里'打菩萨'，唱起了《八月桂花遍地开》。我们放声唱着这首歌，亲身感受到旧礼教打破了，妇女翻身解放了，心里有说不出的痛快，连走路都扬起了头。这时，

陈觉民挥手唱《八月桂花遍地开》的雕塑

（金寨县革命博物馆提供）

陈觉民又启发我们说，现在，我们只是获得初步解放，妇女要获得彻底的解放，必须要实现共产主义，解放全人类。因此，我们必须在共产党的领导下，为实现共产主义而奋斗终生。在她的教育和影响下，我的阶级觉悟有了提高，并加入了共产主义青年团。"

这首歌不胫而走，广为传唱，不仅传进了金家寨、皖西苏区、鄂豫皖苏区，后来唱响全中国。在大型音乐舞蹈史诗《东方红》中，就有这首歌曲。

陈觉民为这首歌的传唱做出了重要贡献。在金寨县革命博物馆革命史展厅中，就有陈觉民教唱《八月桂花遍地开》歌曲的场景，参观的人们看到振臂高歌的陈觉民雕塑，似乎感觉到她仍还在一边表演一边唱："鲜红的旗帜竖呀竖起来……"

六区工农兵代表大会制定的细则、办法后经六安中心县委转发，成为指导皖西苏区初步进行土地革命的具体政策，很快在各地推广。

六区区委为了贯彻落实好《六安六区土地政纲实施细则》，由区委率领乡苏维埃主席集中到七邻湾乡进行土地分配试点。其具体做法是，在乡土地委员会的统一部署下，以村召开群众会议，把土地和山场分配方案交给群众讨论通过后，再将全村群众集中到田头山场，分块插标定界，再把各户分得的土地、山场、竹园、鱼塘等写在大红纸上，张榜公布。整个过程实现了群众参与、群众明白、群众满意，试点取得了圆满成功。

中共六安中心县委及时总结了六区土地改革的经验，立即推广到皖西苏区，推动了皖西苏区土地革命运动的开展。

六区苏维埃政府成立后，不到一个月时间，全区建立的乡苏维埃政府就有金家寨、响山寺、七邻湾、宋家畈、古碑冲、南庄畈、花羊石、水竹坪、龙门石、八道河、茅坪、槐树湾、莲花山、汪家大湾14个，其苏区面积长120余里、宽90余里，人口数6.3万人。

六区在根据地建设过程中各项工作走在前，取得了显著的成效。中共六安县委1930年4月17日给中央的报告中就写道："六区的赤卫队与霍邱警备团作战三次，与六安警备营及麻埠自卫团冲突数次，使敌人未敢侵入赤区。游击队常捕土豪劣绅送来六区收罚。六区工人自动提出向雇主增加工资，结果圆满。""六区内横竖100里，办有农村小学22个，每校学生70~80人，其中最多有170人，最少者亦50人。每校附设夜班给成年人读书，另设女校一所，专门培养妇女干部，学生40余人。其他如改道路桥梁等建设事业，成绩也颇好。"

舒传贤所指的女校是指金家寨妇女学校。该校由中共六安六区区委创办于

1930年春，校址设在金家寨，招收学员40余名，专门培养妇女干部。这是鄂豫皖苏区创办最早的妇女干部学校，体现了党对妇女干部培养教育的高度重视。

金家寨是六区区委、区苏维埃政府所在地，苏区建设走在前，堪称苏区建设的典范，得到了六安中心县委的充分肯定，并推广其经验，六区因此成为了皖西苏区建设的模范。

六安中心县委转发六区的经验后，皖西苏区纷纷召开工农兵代表大会，进行苏维埃政权建设和土地分配工作。广大贫苦农民尝到了土地革命的胜利果实，满怀着喜悦的心情在自己的土地上辛勤耕耘，从而把自己的命运与共产党、红军和苏维埃更加紧密地联系起来，为革命根据地的巩固和发展打下了良好的群众基础。

从六霍起义爆发到七邻湾会议之后，皖西各地的工农武装割据斗争汹涌澎湃地发展到六安、霍山、霍邱、英山、潜山等县毗连的广大地区。截至1930年4月底，形成了以金家寨为中心，东起淠河，西接商南，南抵金家铺、水吼岭，北到白塔畈、丁家集的皖西革命根据地，范围纵200余里、横100余里，人口数40多万人，成为面积为5000多平方公里的红色区域。

兴中县设立于金家寨

在金家寨的历史上，曾一度设立过兴中县。这是金家寨第一次设县而成为县城。它的出现，其背景是鄂豫皖边区的根据地和红军队伍的统一。

1930年2月，在上海的中共中央政治局常委、军委书记周恩来听取了中共中央巡视员郭述申关于鄂豫皖边区形势的报告后非常振奋。鄂豫皖边区爆发黄麻、立夏节、六霍三大革命武装起义后，建立了中国工农红军第十一军第三十一师、三十二师、三十三师3支主力红军队伍，开创了鄂豫边、豫东南、皖西3块革命根据地。革命的烈火在大别山熊熊燃烧，迅速燎原，形势喜人。而大别山又极具战略地位，自古就有"得大别山者得中原，得中原者得天下"之说。因此，中共中央当机立断，作出了建立统一的鄂豫皖革命根据地的决定，将鄂豫皖边区的17个县划为鄂豫皖边特区，成立中共鄂豫皖边区特别委员会，统一领导边区的革命斗争。并决定，将红三十一师、三十二师、三十三师合编为中国工农红军第一军，直属中央军委指挥，军长许继慎，政治委员曹大骏。

3月20日，根据中共中央的指示，鄂豫皖边区党代表大会在湖北黄安箭厂河召开，成立中共鄂豫皖边区特别委员会，委员25人，郭述申、许继慎、曹大骏、何玉琳、王平章、姜镜堂、周纯金、甘元景、徐朋人为常务委员，郭述申

中共鄂豫皖边区特别委员会书记郭述申
（中共金寨县党史县志研究室提供）

任书记。

郭述申，原名郭树勋，1904年出生，湖北省孝感市人。1927年6月加入中国共产党，曾任郑州市委书记、中共中央巡视员。1930年4月起，先后任中共鄂豫皖边区特别委员会书记，鄂豫皖省委常委、组织部长，中共中央鄂豫皖分局常委、组织部长等职。1932年先后任中共皖西北道委书记，中国工农红军第二十七军、第二十八军政委。参加了鄂豫皖苏区第三、四、五次反"围剿"斗争和红二十五军长征。曾任红二十五军政治部主任、中共陕甘晋省委常委，红十五军团政治部主任。1935年冬任红军总政治部副主任。抗日战争时期，曾任中共湖北省委书记，新四军第五支队政委，新四军第二师政治部主任。解放战争时期，曾任中共辽北省、嫩南省工委书记兼省军区政委，中共西满分局常委、组织部长，中共东北局宣传部副部长。新中国成立后，曾任中共旅大市委书记、辽宁省委常委、大连市委第一书记、中共中央纪律检查委员会副书记。1994年7月14日在北京病逝。

1930年4月10日，红一军军部在湖北红安箭厂河组建，红十一军第三十一师改编为红一军第一师，师长由红一军副军长徐向前兼任，戴克敏任政治委员。4月中旬，许继慎、曹大骏率军部东进到现金家寨境内，继续进行红军的整编。

5月中旬，红一军军部和红三十二师会合后，将红三十二师大部在南溪改编为红一军第二师，师长漆德玮，政治委员王培吾。另外，以原红三十二师一部和当地游击队组成红一军独立旅，旅长廖业麒。5月23日，红一军前敌委员会在流波疃召开六安中心县委和红一军第二师、红三十三师师委会议，决定第二师一部与红三十三师合编为红一军第三师，师长周维炯，政治委员姜镜堂，副师长肖方。至此，鄂豫皖边区的3支红军队伍统一改编为红一军，全军共2100余人。

在此期间，许继慎、曹大骏到金家寨拜访了桂月峰，了解皖西革命形势的状况，商讨苏区建设和红军发展的大计。因为，桂月峰在六安三农任教期间，许继慎就是六安学生运动的领导人之一，彼此有师生之交，许继慎对桂月峰很敬重。

许继慎，原名许绍周，字谨生，是安徽六安县人，1921年4月加入中国社会主义青年团。1924年春考入黄埔军校第一期学习，加入了中国共产党，参加了平定广州商团叛乱和讨伐军阀陈炯明的第一、第二次东征战役。在1926年7月开始的北伐战争中，许继慎担任叶挺独立团第二营营长，在强渡汨罗江，攻打平江城和汀泗桥、贺胜桥等著名战斗中，英勇顽强，不怕牺牲，为叶挺独立团赢得"铁军"称号立下了汗马功劳。北伐军占领武汉后，许继慎任团参谋长，后升任国民革命军第四军第二十五师第七十二团团长。1927年5月，夏斗寅叛军进逼武汉，形势十分危机。许继慎奉命率部从湖南乘火车赶到纸坊镇，向叛军发动猛攻，一举占领了纸坊镇，击溃了叛军主力，平息了叛乱。许继慎因在战斗中两次负伤，治愈后调往上

红一军军长许继慎
（中共金寨县党史县志研究室提供）

海，参加了中央军委举办的军事训练班，后在军委机关工作。许继慎担任红一军军长后，率红一军南北转战，为鄂豫皖革命根据地的巩固发展做出了重要贡献。1931年1月中旬，红一军与红十五军合编为中国工农红军第四军，他改任第十师师长。许继慎对张国焘的错误路线进行抵制，1931年11月在鄂豫皖苏区"肃反"中遭错杀。许继慎智勇双全，很有军事才能，1988年被中华人民共和国中央军事委员会确定为33位中国人民解放军军事家（后增至36位），并誉为中国工农红军高级指挥员、军事家。2009年9月10日，在中共中央宣传部、中共中央组织部等11个部门联合组织的评选活动中，许继慎被评为"100位为新中国成立作出突出贡献的英雄模范人物"。

曹大骏，湖北大冶县人。1923年就读于武昌高等师范学校。在此期间，结识了萧楚女、恽代英等革命青年，在他们的帮助下，1924年初加入中国共产党。1925年夏回乡秘密建立党组织和组建农民协会。1929年1月任中共湖北省委巡视员，帮助恢复和健全了黄梅、广济两县党组织，后任中共中央巡视员，于同年10月前往鄂豫皖苏区工作。1931年1月中旬，红一军与红十五军合编中国工农红军第四军，曹大骏改任政治部主任。曹大骏对张国焘的错误路线进行抵制，遭到张国焘打击报复，被撤销红四军政治部主任职务，调地方工作，任红山中心县委书记。1932年10月，任红二十七军供给处政治委员。不久，随军到达安徽桐城一带活动，在一次激战中，他身先士卒，奋勇杀敌，

桂月峰烈士画像
（金寨县革命博物馆提供）

不幸中弹牺牲。

许继慎、曹大骏和桂月峰通过分析形势，一致认为红军、赤卫队、游击队已发展到万人之众，革命形势虽一派大好，但面临着一个重大困难，就是经济、粮食、军需品等跟不上形势需要，这是迫在眉睫难以解决的大问题。

为了解决这些困难，加强六区苏区的统一领导，许继慎、曹大骏提请鄂豫皖边区特别委员会决定，在经济实力雄厚的皖西重镇金家寨建立兴中县，请桂月峰任县长。

兴中县是金家寨历史上第一次设立的县治，金家寨也是历史上第一次成为县城。桂月峰是金家寨历史上的第一位县长。

1956年，根据曾在金家寨担任经济公社副经理的桂尊举回忆：

当时为了革命需要，特别委员会决定在金家寨镇成立兴中县，请当地德高望重的长老桂月峰出任县长。

桂月峰是中共党员，为解决当时经济困难这一难题，责无旁贷挺身而出，承担重任。他首先召集金寨镇上群团负责人及全镇知名人士作出决定：

根据革命形势的迫切需要及紧跟当前革命经济工作的发展，必须做到：

1.将金寨商会银库改建为"鄂豫皖经济公社"（总社），其他各镇乡苏区成立经济公社分社。各乡镇苏维埃没收土豪劣绅的财产必须全部归各镇乡经济公社所有，经济公社为各苏区全民所有。

2.鄂豫皖经济公社总经理由原金寨商会库银主任桂树馨担任，原库管司账桂尊举为副总经理。

3.建立金寨镇造币厂（即后皖西北造币厂），由金寨镇工会主席刘希成任厂长，负责召集鄂豫皖苏区铜银两行业工人为造币工人。取出鄂豫皖经济总社库存白银10万两，全部翻砂铸造为大小头银元，再返还经济公社，为鄂豫皖苏区全民所有，为革命所用。

4.各经济分社收缴反动派的白银和金银首饰以及铜、银、金器皿全部运鄂豫皖总社兑换银元、铜圆，作为军供经费和文化宣传教育经费开支。

5.成立鄂豫皖合作总社，由陈聘之任合作总社主任，各乡镇成立合作分社。

当前主要任务是向史河下游淮河一带白区抢购储备粮盐及军需物资，以防敌对我禁运。

桂月峰出任兴中县县长，所采取的这些措施卓有成效地使当时革命经费的困难迎刃而解，更重要的是在短期内在史河下游抢购了大批粮食和食盐及军用物资，为鄂豫皖革命根据地的建立和发展提供了可靠的经济和物资保障。

1930年6月下旬，鄂豫皖边区第一次工农兵代表大会在河南光山南部的王家湾召开，成立了鄂豫皖边区苏维埃政府，甘元景为主席。中共鄂豫皖边区特别委员会、红一军、鄂豫皖边区苏维埃政府的相继成立，标志着鄂豫皖革命根据地的正式形成，实现了统一的领导。兴中县的建制取消，恢复六安六区的名称，金家寨仍属六安六区管辖。

兴中县建制取消后，上级准备将桂月峰调到上级机关工作，但桂月峰提出自己年过六旬，身患严重胃病及关节炎等疾病，要求仍留在六安六区负责文化宣传教育工作。

桂月峰主持六区的宣传教育工作很有特色。他不顾年迈体弱，带头苦干，率先垂范。亲自组织剧团和各种宣传队，亲自编写剧本和歌曲，深入乡村，配合各项政治活动演出。亲自办起了六区苏维埃印刷社，印制传单、标语、剧本、课本、歌曲；亲自组织人员编辑出版《火花报》《鲜花报》等报刊，广泛宣传党的方针政策。他还亲自筹办了六区列宁高等小学，亲自编写了列宁小学课本及识字课本，使全区14个乡每村办起了一所列宁小学，各农民协会小组办起了识字班。为了加快扫盲和宣传教育，他还制定规定，除学校老师兼任教课外，每个高年级学生也要教会5个农民每人识字100个，会唱两首革命歌曲。在桂月峰的带领和亲力亲为下，六区的宣传教育工作走在整个鄂豫皖苏区的前列。

桂月峰革命信念坚定。1931年9月，他的爱子桂伯炎（时任皖西北道区文化教育委员会主任）在鄂豫皖苏区"肃反"中，以"改组派"的罪名在麻埠被错杀；他的弟弟桂明田也以"改组派"的罪名被错杀。接连痛失亲人的打击，虽使他极为痛心，一度病倒，但没有动摇他的信念，他拖着多病的身体，继续做好革命工作。在1932年第四次反"围剿"中，他克服困难，背着行李跟随红四方面军日夜转战，宣传鼓动战士奋勇杀敌。红四方面军第四次反"围剿"失利，在向西转移至英山时，精简非作战人员，桂月峰带着部分伤员返回家乡，在横溪山一带藏身治疗。为了解决粮食和医药奇缺的困难，桂月峰带着战士张新柱回家搞粮食，不幸遭敌汪云生民团包围，落入敌手。

当时驻扎在金家寨的国民党第四师师长徐庭瑶得知桂月峰被俘的消息，大喜过望，命令汪云生立即将桂月峰押送到金家寨。企图利用桂月峰的声望和才华做反共宣传或为反共做事。汪云生因其哥哥汪树生是桂伯炎领导的农民协会捕杀的，担心桂月峰到金家寨后报不了仇，便在押送的途中，谎以共产党劫案为由，将桂月峰、张新柱杀害。

桂月峰牺牲不久，他的第二个儿子桂尊农、第三个儿子桂尊林在红军西进的途中作战牺牲。

桂月峰父子5人为革命牺牲，可谓满门英烈。

红一军在商南、皖西完成改编组建任务之后，1930年6月中旬，军部率第二、第三师向六安、霍山西部地区的反动据点发动进攻，接连收复流波䃥、麻埠、独山、两河口等地。接着东渡淠河，第三次打下霍山县县城，歼敌地方武装1000余人。此后，敌新编第五旅进行反扑，遭到迎头痛击，共毙、俘敌副旅长以下官兵700余人，缴获大量枪支弹药，还缴获机枪1挺、迫击炮1门，获得整编后的第一次大胜利。

在此期间，金家寨地区的党组织和人民群众按照六安中心县委的部署，积极参军参战，踊跃支援慰问红军，集会欢庆胜利。

7月初，军部率第二、第三师在金寨燕子河与中共英山县委领导的游击队会合，一同南下英山，打击唐生智部韩杰旅，并乘胜进占英山县县城，全歼韩杰旅1000余人，缴枪1000余支，获得了第二、第三师东征皖西的又一次重大胜利。英山县县城解放后，军部又率两师奔袭罗田，守敌闻讯逃窜。

1930年8月下旬，红一军第二、第三师奉命离开皖西苏区，与第一师会合后，军前敌委员会即根据"长江总行动委员会"给予的任务和指示，同鄂豫皖边区特别委员会联合组成"京汉特区行动委员会"，集中力量向平汉路出击。

原来1930年6月11日，由李立三主持的中共中央政治局会议通过了《新的革命高潮与一省或数省的首先胜利》的决议，发动以武汉为中心的全国总暴动，要求鄂豫皖苏区的党和红军迅速发动武汉周围的地方起义，切断平汉路以进逼武汉。

为此，中共中央巡视员朱瑞专程到皖西，贯彻中央决议。开会决定成立六霍总暴动指挥部，制定暴动计划，按照"一支枪也要集中到红军去"的要求，把工人纠察队、农民赤卫军和少年先锋队合并组成红色补充军，将各县、区的游击队编入主力红军。还决定，从红一军第三师抽出一个连和皖西部分地方武装组成中央独立第一师，师长徐百川，政治委员梁仲明（又名王文生）。

李立三的"左"倾冒险错误，给金家寨的革命形势带来了危害。

遭敌攻占的金家寨

1930年8月下旬，红一军第二、第三师离开皖西根据地向平汉路活动，给敌人向苏区进攻以有利之机。六安驻敌潘善斋新编第五旅，纠集六安、霍山自卫团和颍上、寿县、合肥红枪会、黄缨会等反动道徒共5000多人乘机向苏区大举进攻。刚刚组建的中央独立第一师和中央独立第二师和六霍赤卫师，由于枪支弹药缺乏，多是刀矛土枪，且未经过作战训练，虽奋勇抗敌，苦战月余，但未能遏制敌人的进攻。独立师和赤卫师牺牲惨重，大片苏区被敌人占领，很多红军和革命家属、基层干部惨遭杀害。

9月初，中共六安中心县委为保存有生力量，率领中央独立第一师、赤卫队和逃难群众数千人向豫皖边区的金家寨转移。敌人很快尾追而来，从燕子河、流波䃥、麻埠等地向金家寨进攻。金家寨失守，六安中心县委率部又向南溪一带转移。敌人又向南溪进攻。六安中心县委、中央独立第一师和赤卫队及苏维埃区域的工作同志和避难同志、群众两三千人，全部退到商城南部地区。中央独立第二师在转移中被敌包围，牺牲近半，余者被打散。六霍赤卫师师长车厚桥被俘，被敌人钉在六安城北门上，壮烈牺牲。整个皖西根据地几乎完全塌台，只有很少军事力量。

敌人所到之处，立即武装地方反动势力，在县设立"清共委员会""剿共总队部"，区、乡设立"铲共团""清共队"，颁发"清共条例""自首条例"，并运用砍头、腰斩、活挖心、剥皮、割五官、火烧、水烫等惨无人道的手段屠杀红军家属、革命干部和群众。仅六安、霍山两县就杀害干部500多人，群众19600多人，贩卖妇女1690多人，房屋烧毁不计其数。

六安中心县委书记舒传贤1930年12月10日给中央的报告中写道："长山冲、闻家店、燕子河、七邻湾、金家寨等地，男女十分之三被敌人杀了，十分之七中部分投靠了红军，其余全部外逃，此时几百平方公里区域几乎没有人烟。"

报告详细记叙了敌人在包括金家寨在内的六霍地区犯下的滔天罪行：

组织放火队，当两方热烈作战时，放火队即深入赤区焚烧屋宇，每次敌人进攻时，皆是烟雾遮天。

除参加作战外，专门还组织拉猪拉羊、拉妇女、搜山、掳男子小孩等人。凡被掳的男子，重则死刑，其余人编入反共队，或把掳来的壮丁组成一队，令队上火线，在火线上并实行连坐法。

实行封锁，不准盐、米进赤区，断绝交通。凡在赤白交界的人民，一律将家眷移到他们的后方住，他家壮丁站岗。

反动统治阶级屠杀，论批的拉出去杀，砍头、腰斩、活挖心，每天平均各局子都有五六十尸狼藉，听任狗吃，不准收尸，如要收尸，另外要给大洋三四十元或七八十元不等。各区剪头妇女未活一人。少先队、劳动童子团被他们用钢锥捅死，高举示众。若捕获比较美貌的妇女，凡是负革命要职的，先由小反共首领弄去轮奸，然后施之死刑。

凡被捕获的革命者（苏维埃负责者或赤卫队长）会被用以极残酷的刑法，先行拷打，用钉钉指心，强迫他供出机关和人以及一切组织情形，后用腰斩、挖心、活割死，惨酷之状，无以复加。

赤区的祠堂庙宇以及群众住所被烧尽了，鸡、牛、猪、羊以及稻子都被挑完了。

在赤区掳获的妇女，在十岁以上、十四岁以下均被拉走，最美的都由白军和自卫队长官们弄去作妻妾，或由他们运往别处送朋友（豪绅、地主、流氓），或运往别处（寿县、颍上、合肥、霍邱、罗田）拍卖；余下来的留作共用（即轮奸）后再拍卖；次等妇女即士兵留去当老婆，每人身价约240元大洋。十一二岁的小姑娘，即运往蚌埠、正阳、合肥等卖给妓院。十三四岁的小姑娘奸死者颇多。

金家寨地区的党与群众的干部大都退到商南地区，未跑的群众牺牲了2500余人，被掳去的妇女约百余人。

金家寨遭敌占领，腥风血雨在大街小巷飘荡，成为乌云笼罩、暗无天日的悲惨世界。

红军收复金家寨

就在金家寨所在的皖西地区遭受劫难之际，国内的革命形势发生了重大变化。

1930年9月24日至28日，中共中央在上海召开扩大的六届三中全会，批评了李立三等所犯的"左"倾冒险主义错误。11月底，中共中央派曾中生来到鄂豫皖根据地担任特委书记兼军委主席，继续贯彻六届三中全会决议，进一步纠正"左"倾冒险主义的各项政策，使根据地和红军又走向健康发展的道路。

曾中生，湖南资兴县人，1900年出生。1924年考入黄埔军校第四期。1925年加入中国共产党。1927年赴苏联莫斯科入中山大学学习。1928年冬回国在上海中共中央军事部工作，曾任南京市委书记。1931年4月后，曾任中共鄂豫皖中央分局委员、革命军事委员会副主席、红四军政治委员。他坚决反对张国焘推行的"左"倾冒险主义，屡遭打击。西征转战中，任西北革命军事委员会参谋长。曾中生1935年参加红四方面军长征，8月牺牲，是中国人民解放军36位军事家之一。

转移到商南的中共六安中心县委，于10月初同中共商城县委和红一军独立旅旅委举行联席会议，研究根据地失陷后的斗争方针问题。会议决定由舒传贤带领部分部队回皖西恢复根据地的斗争，并派秘书长薛英随由蕲黄广地区转移来的红十五军到黄麻，向红一军报告皖西失陷情况。红一军前委接到皖西和商南党组织几次告急信后，遂派肖方率补充营东进，与中央独立第一师（未含5团）和军属独立旅在汤家汇合编为重建的红一军第三师，由肖方任师长，配合地方党和武装恢复六安、霍山和商城苏区。

1930年10月，蒋介石已经结束了中原混战，乘机收编大批杂牌军，扩充自己的军力，对各根据地红军进行第一次大规模"围剿"。敌人调集8个师又3个旅近10万兵力，于12月上旬，开始对鄂豫皖革命根据地进行第一次"围剿"。

面对敌人的"围剿"，中共中央特派员曾中生在黄安七里坪召开原鄂豫边特委、红一军前委和临近各县县委负责人的紧急会议，着重解决当前最迫切的组织领导和反"围剿"的方针问题。会上撤销了京汉行动委员会，成立了鄂豫皖临时特委、军委和临时特区苏维埃政府，以集中统一党、政、军对反"围剿"的领导和指挥。其主要负责人为：特委书记曾中生，组织部长郭述申，宣传部长徐宝珊。军委主席曾中生，副主席蔡申熙、郑行瑞。临时特区苏维埃政府主席甘元景，党团书记周纯全。会议决定：一方面以地方武装结合广大群众开展广泛的游击战争，牵制、打击、抄袭和夜袭敌人，迫使敌军不敢冒进和分散"清剿"；另一方面则准备集中红军主力，突破敌人的弱点，以转变战局，创造新的局面。

紧急会议之后，红一军考虑到皖西根据地被敌侵占已达两个月之久，商南地区形势十分危急，乃改变原来向长江沿岸发展的计划，决定帮助皖西商南肃清一切反动势力，扩大和巩固六、英、商、霍的赤区。准备12月初率第一、第二师东进，与红三师会合。部队在罗田滕家堡（今胜利镇）休整期间，战士发现金家寨、吴家店、南溪一带不少群众拖儿带女到湖北跑反，原因是被地主、民团害得不能活，找红军回去报仇。红一军中第二、第三师的战士，大部分是金家寨、七邻湾、丁家埠、南溪、吴店、麻埠、流波䃥一带人，不少战士和跑反群众认识，有的就是自己家里人。亲人相见，悲喜交加。开始高兴一阵子，一叙起家乡的悲惨遭遇，又痛哭一阵。一句话，要红军回去报仇。

当时，"围剿"皖西苏区之敌一部，已进到金家寨一带。金家寨当时驻有敌四十六师一个营和朱孟公、杨松山、王大花鞋（霍邱一枪会女头目）、罗子成等8个民团共千余人。

红一军决定远程奔袭，首先歼灭金家寨之敌，收复皖西根据地的中心重镇金家寨。

而在这时，肖方率重建的红一军第三师于12月12日，已经向金家寨发起了进攻。

这是肖方第二次攻打金家寨。第一次是在1929年5月20日，时任红三十二师九十七团团长的肖方在师长周维炯的率领下取得了攻打金家寨的胜利。

肖方又名肖大椿，1905年出生，湖北省罗田县滕家堡人。他出身地主家庭，青年时忧国忧民，毅然考入黄埔军校学习。在周恩来、叶剑英等人的教育影响下，于1926年加入中国共产党。同年5月，受党组织派遣回乡从事革命活动，任中共商罗麻特别支部书记。1929年立夏节起义任副指挥。红三十二师成立后，任第九十七团团长，后任红一军第三师副师长、师长，中央教导第二师代师长、红四军第十二师副师长等职务。1931年10月在"肃反"中被错杀，后平反昭雪。

红一军第三师师长肖方画像
（金寨县革命博物馆提供）

时任班长的开国上将洪学智在《洪学智回忆录》中记述了这次战斗的经过。

肖方来后，指挥我们打金家寨。

我们一个突然袭击，突破了敌人的防线，冲到金家寨街里。双方正在激战时，红十五军（军长蔡申熙、政治委员陈奇）部队突然从广济那边过来，戴着国民党军的帽子，胳膊上扎了一个红布条，从我们后面出现。我们以为是敌人抄了后路，一下子退到金家寨的河滩上。

这时，肖方带着一个警卫班，骑着马，指挥我们重新攻击，他在马上喊：'那是我们的队伍，是红十五军。'当我们再次返回去时，敌人有了喘息时间，利用沟壕房屋，逐点顽强抵抗，我们攻了几次都没攻进去。

那是12月，天上飘着雪花，我们刚刚换上棉裤。本来就十分臃肿，在河水里一泡，跑起来更加困难。

我们休整不到一天，突然又接到命令，叫我们速回，配合红一军主力攻打金家寨的敌人。

12月13日，红一军第二、第三师经松子关、吴家店、斑竹园、大埠口等地到达李家集，在大埠口与第三师会合，沿途受到了人民群众的热烈欢迎，从后来老红军的回忆中可以看到金寨苏区人民对红军的似海深情。

时任红一军副军长的徐向前在回忆录中记载了部队经松子关、吴家店等地到达李家集沿途群众拥军的情景。

《洪学智回忆录》封面

一路过来，红军受到沿途群众的热情迎接和慰问。路过每个村庄，道路两旁都挤满了男女老少，举着红旗，喊着欢迎口号，给红军送茶送水，送馍送鸡蛋，送鞋送袜子。乡亲们鼓励指战员英勇杀敌，恢复和保卫根据地。李家集的群众听说红军要到，早已腾出了房屋，预备下食品、蔬菜、茶水、鞋袜等慰问品；妇女们还组成了慰问队，给红军做饭、烧水、洗衣服、补衣服。人民群众对待红军情深似海，亲如家人，使红一军指战员们深受感动。

老红军张经安在《三打金家寨》一文中也记述了当时战斗的经过：

12月14日清早，整个部队分两路进发，一路经五桂潭、曹家畈，包围金家寨西、南两方，一路经界岭、七邻湾，包围金家寨东、北两方，下午1点，我军全部进入阵地，整个金家寨敌人被团团围住，成为瓮中之鳖。

这时，敌人还以为我们是小股游击队伍哩。在镇里不买我们的账，有的还在碉堡里向我们唱洋腔："你们是周麻子（指第一次打金家寨的周维炯同志，他脸上有几个细白麻子）游击队，还是肖矮子（指第二次打金家寨的肖方同志）的游击队？又拿几根土枪土炮来送死？"

战士们气得直咬牙，也大声叫骂："你们是王八在锅里翻跟头——死到临头还逞能。马上叫你们这些狗杂种认得老子！"

一会儿，冲锋号吹响了，战士们就像猛虎下山似的，一股劲地往镇里冲，机关枪、步枪、手榴弹一起杀向敌人。里面的八大司令哪里知道这回是神兵天降，开始还抵抗一阵，后来就抱头逃走。敌人死的死，伤的伤，投降的投降，

《许世友上将回忆录》封面

不到1个小时，就被消灭了大半。从西面跳河逃跑的，也大部分被打死或淹死在河里。整个战斗，2个小时就结束了，共歼灭敌人1000余人。

战斗结束，四乡群众都赶来了，送来了猪肉、鱼、馍馍、大米饭，还有大桶米酒，慰劳红军。他们帮助打扫战场，收缴敌人身上的枪支弹药，整理胜利品。这次战斗打得干净利落，拔掉了敌人据点，消灭了金家寨周围的地头蛇，缴枪1000多支，子弹2万多发。这是一次大胜仗。

金家寨攻克后，群众的拥军情形十分感人。许世友在《许世友上将回忆录》一书中记述：

重见天日的金家寨人民含着热泪，呼着口号，热烈欢迎红军；大街小巷鞭炮震天，锣鼓齐鸣，尽情欢庆收复金家寨的胜利。乡亲们纷纷从深山老林背回珍藏的粮食，点起炊火，为我们烧水做饭。在这隆冬季节，根据地人民对子弟兵的深厚情谊，使我们感受到了春天般的温暖。

第三次攻克金家寨，是鄂豫皖红军和根据地兴旺发展、走向全盛时期的起点。人民群众欢天喜地，将红军攻打金家寨取得胜利的事迹编成了歌曲《歌唱红军打胜仗》，歌中唱道：

红军远征离家乡，

地主民团还了乡，

反攻倒算多疯狂，

苏区遭了殃；

烧房屋、抢耕牛，

奸淫我妇女，

杀害我农友，

哎呀呀，民团比蛇毒！

肖师长（指肖方）呀日夜愁，

搬回红军报冤仇，

你看红军多英勇，

个个雄赳赳。

金寨八大民团头，

被我围得风不透，

就像王八装在瓮里头，

哎呀呀，难跑又难溜！

冲锋号一响，

红军天兵降。

迫击炮呀机关枪，

红缨大刀闪金光。

八大司令叫爹娘，

吓得无处藏，

打死匪兵满山岗，

哎呀呀，你看猪狗争脏！

收复金家寨后，12月15日，红一军继续东进，在鹅毛岭击溃守敌一个营，缴枪百余支。16日，相继攻占麻埠、独山、叶集等重镇。18日，在苏家埠、韩摆渡等地又歼敌第四十六师两个营。至此，遭沦陷数月的皖西根据地大部收复。

红一军东征皖西的胜利，特别是皖西重镇金家寨之敌被歼，使敌人惊恐不安。安徽省政府主席陈调元急令第四十六师、警备第二旅向皖西金家寨进攻红军。敌鄂豫皖三省边区"绥靖"督办李鸣钟亦令其第三十师1个旅由商城向金家寨进发，其第二十五师1个旅进占叶家集，企图进行新的合围。

红军收复了金家寨，敌人不甘心失败，又要夺回金家寨。保卫金家寨的战斗又打响了。

开国上将洪学智在《洪学智回忆录》中回忆：

敌第三十师刚刚逼近金家寨，红军立即反击，经数度血战，敌人渐渐不支，向后退却。在红军的打击下，皖西的反动武装大部分被消灭，地方的反动头目多数被打死。

洪学智是收复金家寨和保卫金家寨的亲历者，为恢复皖西苏区做出了贡献。

红一军击退进攻金家寨之敌后，根据敌情的变化，将主力集中于麻埠地区，待机歼敌一路，以打破敌人的合围部署。12月30日，红一军在东西鲜花岭地区，仅一天时间，就歼敌3个团，溃敌3个团，毙俘敌团长以下官兵3000余人，缴获长短枪1700余支、迫击炮数门和电台1部。此外，还全歼六安保卫总团第二团队，取得了鄂豫皖红军的空前大捷。

东西鲜花岭战斗是红一军的作战形式由过去的游击战转到运动战为主的重要标志，是打破敌在皖西"围剿"计划的关键一仗。这一胜利，极大地振奋了人民群众的革命斗志，他们纷纷起来向反攻倒算的地主、豪绅、反动分子讨还血债，报名参加红军和地方武装。金家寨也在欢庆的锣鼓声中迎来了新的一年，人们兴高采烈地唱起了新编的歌《红军回金寨》：

红军回金寨，白匪被打败，陈调元队伍，终于垮了台。

红军回金寨，人民喜开怀，金家寨解放，乌云都散开。

鲜花岭大捷，顽敌被消灭，红一军勇猛，威风震四海。

保卫金家寨，保卫苏维埃，反"围剿"胜利，歌声传天外。

1931年1月3日，红一军留第三师第七团在皖西活动，军部率第一、第二师向豫南进击。14日，进至商城二道河西南之四姑墩地区，又歼灭由金家寨退往商城的敌第三十师彭国桢旅的1个团，缴获山炮2门、枪400余支。至此，进攻鄂豫皖边区的敌军完全转入守势，从而使敌人的第一次"围剿"计划破了产。

皖西北苏区首府金家寨

随着皖西革命形势的发展，金家寨这个皖西重镇在根据地建设中的地位不断提高，一度成为皖西北党、政、军机关的要地，堪称是皖西北苏区的首府。

皖西革命政权在金家寨

在红一军征战皖西，连战连捷，粉碎敌人第一次"围剿"的大好形势下，金家寨又迎来了一个大喜事。

1931年1月20日，中共鄂豫皖临时特委派余笃三在金家寨召开六安中心县委成员、皖西各县委负责人和商城行委及红一军前委、红十五军前委代表联席会议，决定今后两个月的任务是：召开党员代表大会，恢复原有的全部根据地，扩大党的组织，改造各级苏维埃政府，建立各工会和雇农工会、贫农团，重新分配土地，集中力量统一指挥。会上，宣布撤销六安中心县委，成立中共皖西分特委临时委员会，指挥六安、霍山、英山、霍邱、寿县、合肥、舒城、桐城、潜山、商城10个县工作，由姜镜堂任书记；成立鄂豫皖特区临时苏维埃政府东方办事处，由余道江等主持日常工作；成立皖西分特委临时军事委员会，主席由姜镜堂兼任，副主席曾泽民。同时还成立了鄂豫皖特区临时苏维埃政府东方办事处政治保卫局等其他机构。

余笃三，湖北省人，1887年出生。1925年加入中国共产党，在武汉参加工人运动。1927年，被派赴苏联莫斯科中山大学学习。1930年回国后，于12月到鄂豫皖革命根据地工作。后担任红四军政治委员、红十一师政治委员、红四方面军总经理部主任。1932年10月红四方面军西征途中，余笃三对张国焘的错误领导进行了抵制批评。1933年夏，因"肃反"在四川通江被害。后被追认为革命烈士。

中共皖西分特委临时军事委员会主席
姜镜堂画像
（金寨县革命博物馆提供）

姜镜堂，又名姜兰芳，1903年出生，湖北省英山县人。1924年入黄埔军校第三期。1926年加入中国共产党。曾参加过北伐战争、上海工人第三次武装起义等战斗。大革命失败后奉命回到英山，与肖伯唐等组建了中共英山县委员会，任县委书记。从1930年1月起，曾任红三十三师师委书记、红一军第三师政治委员、皖西分特委临时军事委员会主席、红四军第十二师政治委员等职务。1931年10月，在"肃反"中被错杀，后平反昭雪，被追认为革命烈士。

曾泽民，原名曾昭烈，安徽省金寨县人。1925年参加中国共产党。1929年立夏节，积极领导丁家埠、李家集一带农民发动民团起义，取得成功。1931年1月任皖西分特委临时委员会常委、东方办事处执行委员会常委兼政治保卫局局长、皖西分特委临时军事委员会副主席，为皖西北革命根据地的发展和建设做出了贡献。1931年任独立团团长、政委。1932年春在金寨葛藤山战斗中牺牲。

从此，金家寨成为中共皖西分特委临时委员会、鄂豫皖特区临时苏维埃政府东方办事处、皖西分特委临时军事委员会机关所在地，成为皖西苏区的领导中心。

随后，捷报又接连传到金家寨。

红一军离开皖西后与红十五军合编为红四军，军长旷继勋，政治委员余笃三，参谋长徐向前，政治部主任曹大骏。合编后，红四军于1月26日取得了围攻湖北麻城磨角楼歼敌1000多人的胜利；2月10日，取得了攻打河南新集的胜利。3月10日又取得了湖北孝感双桥镇大捷，歼敌6000余人，还活捉了敌第三十四师师长岳维峻。

在皖西活动的红四军独立团先后在霍山土地岭歼敌第四十六师一个营，在燕子河附近击溃敌新编第五旅2个团，共歼敌500多人，全团由500多人扩大到1100多人。

红四军双桥镇大捷宣传画

（金寨县革命博物馆提供）

2月初，根据党中央的指示，红四军独立团在麻埠扩编为中国工农红军中央教导第二师。该师一成立，即开往霍邱，发动白塔畈农民起义，接着打下了叶集、大顾店、姚李庙、洪集，消灭了地方反动武装，成立了霍邱县临时革命委员会，扩大了根据地。3月11日至12日，中央教导第二师奉命南下英山，以凌厉的攻势先攻下金家铺，接着攻打英山县城，歼守敌新编第五旅2个团的大部，毙敌团长潘守三及军官10多名，俘敌800多名，缴获大量枪支弹药。中央教导第二师接着挥师北上，于24日将侵入麻埠之敌第四十六师1个团及反动民团等3000多人击溃，俘敌700人，缴获长枪700多支、驳壳枪40多支、手提式机枪8支、重机枪2挺。

中央教导第二师英勇作战，保卫了金家寨和皖西苏区。

然而，敌人又在组织反扑。国民党军队对鄂豫皖根据地发动的第一次"围剿"失败后，于3月中旬开始了第二次"围剿"的部署，投入兵力先后增加到

10多个师，约13万人，限令在5月底以前"完全肃清"鄂豫皖边区的红军。4月上旬，敌各路"堵击"部队在根据地边沿区展开"清剿"。皖西敌军乘红军中央教导第二师在霍邱、固始、商城3县边区开展游击战争之机，先以岳盛暄第四十六师两个旅和警备第一师一个团的兵力，在地方反动武装的配合下，越过淠河向皖西根据地中心区进犯，先后占领独山、诸佛庵和麻埠，并伺机进攻皖西根据地首脑机关所在地金家寨。

在此危急形势下，中共皖西分特委临时委员会广泛组织群众，发动游击战争，阻击和袭扰侵犯之敌。同时连续向中共鄂豫皖特委告急，要求派主力红军支援。中共鄂豫皖临时特委得此消息后，一方面于4月中旬将活动于皖西的中央教导第二师改编为红四军第十二师，由蔡申熙任师长，曹大骏任政治委员，肖方任副师长，方礼政任参谋长，从霍邱南部返回根据地中心区，在地方武装及广大群众的支援配合下，投入反"围剿"斗争；另一方面遵照中共中央派来组建鄂豫皖中央分局的张国焘、沈泽民的意见，立即改变红军主力南下计划，首先东进皖西歼敌，然后回师鄂豫边区，对敌实行各个击破。

红十二师师长蔡申熙，就是肖方率领红一军第三师攻打金家寨时与红十五军相遇的原红十五军的军长，现在他们又一起征战保卫金家寨。

曾任红十二师师长的蔡申熙
（金寨县革命博物馆提供）

蔡申熙又名蔡升熙，湖南省醴陵县人，1906年2月出生。1924年考入黄埔军校第1期，同年加入中国共产党。1927年8月参加南昌起义，后赴上海在中共中央军事部工作。1928年到南昌任中共江西省军委主席。1930年初，在武昌任中共中央长江局军委书记。同年10月任红十五军军长。红一军与红十五军合编为红四军后任第十师师长、第十二师师长。后任鄂豫皖革命军事委员会副主席、红二十五军军长等职，1932年10月在战斗中牺牲。蔡申熙是中国人民解放军36位军事家之一。

按照中共鄂豫皖临时特委的部署，红四军军部奉命率领第十、第十一师于4月20日由商城亲区向皖西疾进。23日，在金家寨附近与第十二师会合。25日，首先势如破竹地歼灭了独山之敌。麻埠、诸佛庵守敌惧怕被歼，于当天下午仓皇逃回霍山县县城。至此，皖西被敌侵占的村镇均又收复。红四军在取得皖西作战胜利之后，留第十二师镇守皖西根据地，军部率第十、第十一师迅速西返，先后在新集以北的浒湾、黄安的桃花镇、十里铺，歼灭了大量敌军，迫使敌人处于被动地位。红四军主力在一个多月的作战中，共歼敌5000余人，使敌人的第二次"围剿"计划破产。

就在中共皖西分特委临时委员会领导组织第二次反"围剿"斗争的紧张时刻，党中央派到鄂豫皖革命根据地任职的领导干部沈泽民、方英、张琴秋由上海经合肥、寿县到达金家寨。红四军军长旷继勋也率部到达了金家寨。沈泽民时任中共中央宣传部部长，他是第一个到金家寨的中央领导人。

原来，1931年1月7日，中共中央在上海召开扩大的六届四中全会。会后中央有系统、有组织地向全国各地，特别是向革命根据地派遣了许多中央代表，成立中央代表机关。派往鄂豫皖革命根据地成立中共中央鄂豫皖分局的有中央政治局常委张国焘、中央委员沈泽民和候补委员陈昌浩。张琴秋、方英也是中央派往鄂豫皖根据地任职的干部。

沈泽民，浙江省桐乡县人，1900年出生。1921年加入中国共产党。1925年冬受组织派遣赴莫斯科中山大学学习。1931年1月在中共六届四中全会上当选为中央委员，并任宣传部部长。同年3月，被派往鄂豫皖革命根据地工作，曾任鄂豫皖省委书记，中共鄂豫皖中央分局常委。1933年11月病逝。

张琴秋是沈泽民的夫人，1904出生，又名张梧，浙江省桐乡县人。1924年11月加入中国共产党。1925年底被派往苏联莫斯科入中山大学学习，1930年回国。1931年，在上海任中共沪东区委委员。3月中旬，被派往鄂豫皖革命根据地。曾任彭杨军政学校政治部主任、苏维埃学校校长、红七十三师政治部

沈泽民与张琴秋的结婚照
（中共金寨县党史县志研究室提供）

主任等职务。后任红四方面军政治部主任、红四方面军妇女独立团团长、红四方面军政治部组织部部长、西路军政治部组织部部长。全面抗日战争时期，任抗日军政大学女子大队大队长、中国女子大学教务主任。新中国成立后，任纺织工业部副部长、党组副书记。在"文化大革命"中遭受迫害，于1968年4月22日在北京不幸逝世。

沈泽民、方英到皖西根据地首脑机关金家寨后，根据中央3月10日关于

在皖西成立特委、归中央分局直接管辖的指示，指导中共皖西分特委临时委员会于4月17日至18日召开第三次扩大会议。会议传达六届四中全会精神，撤销皖西分特委临时委员会，成立中共皖西北特区委员会（简称特委）。特委由22人组成，其中正式委员16人，候补委员6人；由方英、杨季昌、薛英、姜镜堂、吴宝才5人组成常委会，方英任书记。特委领导皖西北19个县，即苏区的六安、霍山、霍邱、商城4个县，非苏区的英山、合肥、舒城、桐城、潜山、太湖、寿县、颍上、阜阳、凤台、涡阳、蒙城、息县、固始、新蔡15个县。在非苏区的15个县中，除英山直属特委领导外，其余14个县分属皖西（合肥）、皖北（寿县）两个中心县委领导。另外，会议还成立了党报委员会，薛英任书记。

方英，原名方运炽，化名高中林，安徽省寿县人，1906年出生。1923年冬加入中国共产党，1926年冬入苏联莫斯科中山大学学习，1929年夏担任第三国际东方特派员而回国。曾任中共中央巡视员、中共安徽省委书记、皖西北特委书记、鄂豫皖中央分局委员兼宣传部长。1931年12月在鄂豫皖苏区"肃反"中被张国焘批评为对"肃反"工作抓得不力，又强加以"改组派"罪名，撤销其职务。1932年10月，红四方面军第四次反"围剿"失利，在向川陕转移途中，遭受迫害病逝。后党组织为其平反，追认为革命烈士。

红四军军长旷继勋到达金家寨与沈泽民、方英、舒传贤会面后，还专门写了《关于接受中央指示反对立三路线给中央的报告》。在《鄂豫皖苏区革命历史文件汇集（第三册）》中可见报告的全文：

中央：

沈泽民、方英、舒传贤等同志到来，已悉过去党的斗争大概。此间同志对立三"左"倾盲动、托洛茨基路线，自接到国际来信及中央政治局对国际来信决议案后，在实际工作中热烈一致地反对立三盲动路线。尤其是一般同志见了《实话报》上所载的四中全会对立三路线的决议一些零星材料后，可以说没有一个不是站在国际路线之下来与立三路线作无情的斗争。在反对立三路线的实际工作中，的确收获了不少的成绩和胜利。立三路线残余在鄂豫皖苏区已将次肃清，请勿虑及之。至中生同志自到苏区工作以来，确有大踏步进展，度三同志*虽然在中央的文件中看见了他过去的一些错误，但近来在工作上的表现，尤其是在反立三路线过程中，确实没有发现不好的现象。处在这敌人向我们包剿极严重的时期，为巩固和扩大苏区，加紧和扩大红军，冲破敌人包剿计，我个人

---

* 原文指余笃三。

觉得对他们不需要他调，并且还要望中央派大批同志前来以充实党的领导，中央以为如何？

丁同志随带大洋伍佰元，望查收，余后续。

　　　此致

布礼

　　　　　　　　　　　　　　　　　　　　继勋
　　　　　　　　　　　　　　　4月15日于六安金家寨

　　从旷继勋这封信中可以看出，当时鄂豫皖苏区贯彻党中央决议的情况和中央派到鄂豫皖工作的干部的表现。由此也可看出当时党员干部执行党内报告制度是多么自觉。

　　旷继勋，贵州省思南县人，1895年出生。1929年6月，任国民党川军第七混成旅代旅长时率部起义，任中国工农红军四川第一路总指挥。失败后，到上海任中共中央军事部参谋科科长。1930年任红六军军长。12月到鄂豫皖革命根据地任红四军军长。1931年10月，任红二十五军军长。1933年2月，任川陕省临时革命委员会主席，后改任通江县军事指挥长。因坚持反对张国焘的错误路线，多次受到打

红四军军长旷继勋
（金寨县革命博物馆提供）

击，1933年6月因"肃反"在四川通江被害，后平反昭雪，被追认为革命烈士。

　　敌人的第二次"围剿"粉碎后，1931年5月1日，皖西北工农兵代表大会在金家寨开幕。会议讨论"改造苏维埃问题"，撤销了鄂豫皖特区苏维埃政府东方办事处，选举成立了皖西北特区苏维埃政府，主席吴宝才，党团书记戴季伦，管辖六安、霍山、霍邱、商城4个苏区县。

　　5月5日，皖西军分会在金家寨被改组为皖西北特委军事委员会（亦称鄂豫皖革命军事委员会皖西分会），王平章任主席。少共皖西北特区委员会、皖西北特委妇女委员会、皖西北特区总工会执行委员会也相继成立。此时在金家寨的皖西北特区机关还有：皖西北军区指挥部、政治保卫局、财政委员会、粮食委员会、皖西北苏维埃银行、供销合作社、经理处、邮电局、彭杨学校、第三医院等。

　　金家寨成了皖西北苏区的政治、军事、经济和文化的中心，堪称皖西北苏区的首府。

皖西北特区苏维埃政府主席吴宝才
画像

（金寨县革命博物馆提供）

吴宝才，安徽省凤台县人，1896年出生。1928年加入中国共产党。曾任中共六安县委委员，中共六安中心县委常委兼工委书记，中共皖西北特（道）委委员，皖西北特（道）区苏维埃主席，红二十七军副军长，皖西北游击司令部总司令。1934年9月因"肃反"被错杀，后平反昭雪，被追认为革命烈士。

红二十五军政委王平章，学名王远清，湖北省汉川市人，1901年出生。1926年加入中国共产党，1927年任湖北省农民协会执行委员，同年参加南昌起义，不久回湖北任鄂中区特委书记。1929年年底，王平章同志以中共中央巡视员的身份到鄂豫皖边区解决当时红军内部团结和统一问题。而后，他任中共鄂豫皖边区特别区委委员。1931年以后，历任皖西北军事委员会主席，中共中央鄂豫皖分局委员、鄂豫皖省委委员，红二十五军政治委员。

1932年11月后，王平章再任重建的红二十五军政治委员，中共皖西北特委书记、红二十八军政治委员等职，为鄂豫皖革命根据地建设和红军创建作出了重要贡献。1933年3月28日，在安徽省金寨县门坎山战斗中牺牲，是在金寨牺牲的最高级别的红军将领。王平章牺牲后，红二十八军和当地苏维埃政府将他安葬在现关庙乡葛家湾火神庙对面的山坡上。当地红军流散人员徐其才一家几代一直看护着这座坟墓。

2010年4月28日，王平章烈士的遗骨迁入金寨县红军烈士墓园安葬。王平章烈士墓有一座王平章烈士的红色石雕像，特别引人注目：一位红军指挥员手持望远镜，凝视前方，仿佛正在指挥千军万马，奋勇前进。雕像下方由曾任中共中央政治局常委、中央军委副主席刘华清题写的"王平章烈士"几个

皖西北特委军事委员会主席王平章
画像

（金寨县革命博物馆提供）

大字，苍劲有力。

张国焘到金家寨

皖西北工农兵代表大会刚刚闭幕，金家寨又来了中央代表，这就是时任中央政治局常委的张国焘。

5月上旬，中央派往鄂豫皖苏区的领导人张国焘、沈泽民在金家寨会合。张国焘、沈泽民、陈昌浩、张琴秋4人是3月底4月初从上海分两路进入鄂豫皖苏区。张国焘和陈昌浩装扮成商人和随从，从上海坐船到汉口，再从汉口步行于4月12日到达黄安七里坪；4月底，张国焘在红十师三十团团长王树声率部护送下，由七里坪出发经新集和商城亲区于5月初到达金家寨。沈泽民、张琴秋夫妇装扮成富商夫妇，从上海到浦口，再乘津浦路火车到蚌埠，从蚌埠坐船到正阳关，从正阳关顺利到达金家寨。

张国焘在《我的回忆》一书中专门以金家寨之行作为一章，记述了他到金家寨的情景。其中写道：

1934年4月底，我由七里坪出发，前往豫皖边区苏区中心金家寨，并在红四军中工作了一个短时期。我了解了这个苏区及红四军更多的情况，为我后来提出全盘改革计划，作了进一步的准备。

清区横亘在鄂豫边区和豫皖边区两片苏区之间，简直是我们极大的障碍。

我们那天还是安全地通过了清区，从宿营地出发，走了100里后到达商城的南区苏区，在一个边境村苏维埃宿营。我们的队伍受到苏区人民的欢迎，沿途人民，送茶送水，杀猪宰羊，犒劳我们，其情绪之热烈就像在高桥区一样。我们的队伍一进到苏区就像回到家乡，与父老兄弟一样兴高采烈。王团长因护送任务完成，也就带着队伍到第十师驻地去了。我则另由苏区人员陪同，直往金家寨。

第三天，我和随从人员通过商城南区，走了70里，便到了金家寨。这是安徽六安县的一个市镇，与河南商城南区毗连。商城南

时任中共中央鄂豫皖分局书记的
张国焘
（金寨县革命博物馆提供）

区和六安金家寨是较老的苏区，以金家寨为中心。中共豫皖边区地委就设在这里。和我同时由上海出发的沈泽民夫妇，也于两个星期前到达这里。

沈泽民对该区的工作不表满意。……沈泽民主张立即开展党内斗争，改组这里的领导机构，一切要从根本做起。我同意他的看法，却不赞成他采取过激的手段来改革。我告诉他一些我的观感和我已经采取过的步骤。我婉言劝告他，不要抹杀这里同志们艰苦奋斗的成就。我们要耐心帮助他们，不要过分地批评他们，如果采取激进手段，反而易与当地干部形成对立，一切将难以下手。沈泽民旋即接受了我的意见，表示他将缓和他的论调，暂不提起改组的事。

第四军军长旷继勋率领他的军部人员驻在金家寨，我就住在他的军部内，和他朝夕相处。

我在金家寨耽搁了约三天，就和旷继勋及其军部人员到前线去。沈泽民则留在金家寨，指导地委会工作，并等待时机立即到新集去。

张国焘和沈泽民会面后，找干部谈话，了解苏区情况，为开展鄂豫皖苏区工作作了一些指示。然而，他们与原在苏区工作的党政军干部的矛盾已经开始显现。

在金家寨，张国焘和沈泽民认为苏区的工作和党组织、红军负责人都存在很多问题，并且对中央代表沈泽民不满，这也是后来张国焘、沈泽民等从皖西开始在鄂豫皖苏区进行大规模"肃反"运动的一个动因。张国焘在回忆录"整肃"一章就称，党的内部竟发生了一种反中央分局领导的暗流，"这种暗流以金家寨为起点。"

5月12日，张国焘以中共中央代表的身份，在光山县新集召开会议，宣布中央决定，撤销中共鄂豫皖特委，成立了中共中央鄂豫皖分局。由张国焘、沈泽民、陈昌浩组成常委会，张国焘任书记。16日，分局发出第一号通告，宣布分局成立并开始工作。自此，在金家寨的中共皖西北特委在中共中央鄂豫皖分局的领导下工作。

张国焘，1897年出生，江西省上栗县人。1920年加入北京共产主义小组，参与创建中国共产党活动。1921年出席中共第一次全国代表大会，当选为中央局委员，任组织主任。1927年5月，被选为中共第五届中央政治局常务委员。7月任中央临时常务委员会委员，主持常委工作。8月，参加南昌起义。1928年被选为中共第六届中央政治局委员，后参加中共驻共产国际代表团工作。1931年1月，在中共第六届四中全会上，被选为中央政治局常务委员。同年4月被派往鄂豫皖革命根据地，任中共中央鄂豫皖分局书记兼革命军事委员会主席。11月，被选为中华苏维埃共和国临时中央政府副主席。1932年10月，第四次反"围剿"失败后，率红四方面军主力西征转战。11月，任西北革命军事委员会主席，建立川陕革命根据地。在鄂豫皖和川陕革命根据地期间，搞"肃反"扩大化，错杀了许多革命干部。长征中，任中国工农红军总政治委员、中央革命军事委员会副主席。后另立中央，公开分裂红军、分裂党。被迫取消第二中央后，第二次北上与红一、红二方面军会师，仍任红军总政委。1937年3月，任陕甘宁边区政府副主席。1938年4月，背叛革命投奔国民党，被中央开除党籍。1949年逃往香港，后定居加拿大，1979年12月在多伦多病逝。

陈昌浩，又名陈海泉，1906年出生，湖北省汉阳县人。1926年加入中国共产主义青年团。1930年12月，加入中国共产党，曾任中共江苏省委常委兼宣传部部长，共青团鄂豫皖中央分局书记。后任红四军政治委员、红四方面军总政治委员。1935年7月，长征与红一方面军在懋功会师后，任中国工农红军前敌总指挥部政治委员、红军总政治部主任。1936年11月，任西路军军政委员会主席。西路军失败后，离队回延安任中共中央宣传部副部长。1939年8月，去苏联养病、学习。1952年6月回国，任马列学院副教育长。1953年任马克思恩格斯列宁斯大林著作编译局副局长。1967年7月30日在北京逝世。

曾任共青团鄂豫皖中央分局书记的
陈昌浩
（金寨县革命博物馆提供）

拥有机场的金家寨

中共皖西北特委、特区苏维埃政府设立在金家寨，金家寨成了皖西北苏区的首府。镇上的主街道命名为"列宁"大街，街上随处可见红旗和红色的标语，佩戴着红五星、红领章的红军战士，戴着红袖章、背着大刀的赤卫队员，还有扛着红缨枪的儿童团员。他们时常开群众大会，到街头宣传，口号声、歌声、锣鼓声时时响起，此起彼伏，到处洋溢着红色文化的氛围。

金家寨地区的政治、军事、经济和文化事业也得到了很大的发展。

1931年4月，中共皖西北特委成立党报委员会，特委常委、宣传部长薛英兼任书记出版《火花》半月刊（后改为小册子），中共中央宣传部部长沈泽民在金家寨为中共皖西北特委编了《火花》创刊号，作为以后编辑党报的榜样。特委在5月开始出版《红旗报》三日刊，6月开始出版《党的建设初步》半月刊。皖西北特区苏维埃政府亦于1931年5月始出版《苏维埃周报》；共青团皖西北特委于1931年4月始出版《团的建设ABC》半月刊，7月始出版《卢森堡》周刊。由于党、政、军及群团把办好报刊当做一件大事，全党办报，群众办报，使质量不断提高。这些报刊内容极为丰富，有宣传党的纲领路线、方针政策、工作任务和工作方法的文章，有生产、支前消息，有诗歌、漫画等文艺作品等。各级各地在创办报刊中坚持质量第一，并重视发行工作。皖西北特委机关报《红旗报》与中央的《红旗》差不多，少而精致，深得干部群众好评。皖西北《火花》的发行量由270份递增到380份，《红旗报》的发行量由190份递增到700份，在苏区建设中发挥了重要作用。

中共皖西北特委军委5月5日成立，将各县赤卫队、游击队改编为赤卫军，截至6月20日，改编成赤卫军5个师、14个团、1个独立团、3个独立营。并组织3个教导队，负责训练各县赤卫军连长以下的干部，教授政治、军事知识。各县成立县赤卫军司令部，指挥赤卫军切实担负站岗放哨、戒严、侦察、破坏敌人交通、骚扰敌人后方、突击袭击敌人、配合红军行动的任务。赤卫军是红军的后备军，有事集合，无事生产。这样就使根据地的群众更加严密地组织起来和武装起来。

土地革命的成果使这里人民群众的精神面貌发生了根本性的变化。他们的感受是，"农民分得了土地，工人改善了生活，妇女得到了解放，取消了债务，废除了苛捐杂税，土豪杀尽，政权到手，行路也得安心，呼吸感到自由，比较革命以前的生活，已经是两个世界"，他们把笑意、舒心写在脸上。

政治上经济上翻了身的广大农民，把自己的命运与共产党、苏维埃政府和工农红军紧密地联系在一起，革命积极性大为提高。青年农民甚至少年、妇女都积极要求参加红军。红军在与敌人作战的时候，群众成群结队地支援红军。红军每到一地即受到群众热烈的欢迎，亲切的慰问，送去军粮、鸡蛋等慰问品。至于组织运输队、担架队、洗衣队、慰问队，为红军运送粮食、弹药，运送和看护伤病员，捐献粮食、鞋袜，为缺乏劳力的红军家属代耕等，则成为获得土地的农民的自觉行动。仅金家寨地区1930年底即收藏粮食6300多石，有力地支援了红军反"围剿"斗争。

在金家寨，特别令人惊奇的是占人口半数，比男子痛苦更深一层的广大劳动妇女。她们踊跃参加妇女会，在党和苏维埃政府的领导下，积极参加打土豪、分田地等政治斗争，参加各种组织活动，革命热情高涨。原六安中心县委书记舒传贤1930年年底给中央的报告就写道："六安六区……站岗戒严工作，妇女经常担任"。"金家寨、闻家店……各处妇女，组织洗衣、做鞋、交通等队。她们拥护红军格外至诚，如她们自动的集中鸡蛋鸭蛋送给红军吃……做布鞋草鞋送给红军……讨米集中起来送给红军"。此外，她们经常为政府扩军做宣传，送子、送郎参加红军；宣传婚姻自由和男女平等，反对包办、买卖婚姻和收童养媳，帮助烈士家属和军人家属代耕、代种，等等。她们成为苏区建设中一支强有力的骨干队伍。

张国焘1931年5月24日在给中央政治局的报告中就写道：金家寨地区土地革命后，农民"拥护苏维埃和红军""在皖西区数第一"。

1931年4月，金家寨又传出出人意料的特大喜讯，特委和苏维埃政府根据上级的指示，组织民工开始在金家寨修建红军飞机场。

当时很多人没有见过飞机，现在却要在这个山区集镇修建飞机场，引起了轰动和大家的好奇。

原来1930年2月，一架国民党军用飞机在武汉飞往开封执行任务的返航途中，由于汽油燃尽，迷失航向而迫降在大别山南部宣化店附近的陈家河河滩上，被当地的赤卫队和红军缴获，飞行员龙文光也同时被俘。敌人闻讯出动企图抢回飞机，被红军和赤卫队击溃。为了避免飞机再次落入敌人手中，中共鄂豫皖边特委和鄂豫边革命委员会指示中共罗山县委和驻罗山的红军保护飞机，并设法运送到根据地中心区。由于飞机形体较大，当时根据地的交通条件又比较落

中国工农红军的第一架飞机"列宁"号

（金寨县革命博物馆提供）

后，只好将飞机4个机翼拆卸下来，分开运输。在根据地人民的帮助下，逢山开路，遇水搭桥，动用人力100多名，经过半个多月才将飞机运到卡房林家湾隐蔽起来。原飞机驾驶员龙文光经过党和红军的耐心教育，决定留下来参加革命。随后，在龙文光的帮助下，根据地兵工厂的工作人员克服技术和物质上的重重困难，终于将飞机重新装配修复，并在机翼上绘制了两颗红星。为纪念十月革命胜利，鄂豫皖苏维埃政府举行了隆重的命名仪式，将这架飞机命名为"列宁"号。1931年春，鄂豫皖特区苏维埃政府成立航空局，龙文光任局长，从莫斯科航空学校学习回来的钱钧任政治委员，并决定在河南光山县新集、湖北黄安县箭厂河、安徽六安县金家寨修建机场，供"列宁"号飞机起降。

"列宁"号飞机是中国工农红军的第一架飞机。在金家寨修建的机场是最早修建的红军机场之一。这在人民军队空军史上留下了光辉的一页。

金家寨机场修建在金家寨镇北史河河滩的开阔地带，长约千米，宽约500米，于9月建成，供中国工农红军的第一架飞机"列宁"号起降。后来，"列宁"号飞机的第一次飞行，就是中共中央鄂豫皖分局常委陈昌浩乘坐飞往金家寨。

一个小镇有机场，在当时是很罕见的，使金家寨镇这座红色山城又上了品位。

1931年5月，由于革命武装的发展，皖西北特区苏维埃政府在金家寨成立造枪局，除了修理枪械外，能造长、短枪和手榴弹、子弹等。传统的炼铁、制锅、缫丝、造纸、榨油、木业、篾业、刨烟、铁木农具等手工业生产有了很大发展。金家寨设有专营的经济公社、合作社，经营药材、茶叶、麻类等农特产品和手工业品，除供应苏区外，白区商人经常前来贩运，十分畅销。金家寨苏区内的军事工业和民用工业，对打破敌人经济封锁，解决革命战争与人民生活的急需，起了很大的作用。

1931年5月初，皖西北特区苏维埃银行在金家寨成立，吴宝才兼任主任。皖西北特区苏维埃政府在金家寨附近的阳山小学办起铸币厂，后迁至麻埠，铸有铜币、银币，造有布币、纸币。这些银、铜、纸、布币上印有"苏维埃银行"等字样和地球、镰刀、斧头、五角星、谷穗等，图案精美、大方，在市场流通，信誉很高。群众可用同等价值的纸币、布币到苏区银行兑换铜币、银币，也可以用铜、银币在银行兑换纸币、布币。为了和白区贸易，在赤区和白区交界的接头处设立兑换处，以苏区货币兑换白区银币、铜币，便于白区商人到苏区采买，发展赤白区间信用往来。

金家寨地区的文化宣传也很活跃。成立于1930年春的金家寨"新剧团"有70多人，经常到各地演出。演出的重要剧目有《混战》《独山暴动》《夺取政权》《新生活》等，全部是新编的，每次演出都挤满了观众，深受欢迎。领导干部亲自编写革命歌曲。六安中心县委书记舒传贤以揭露敌人为内容创作了歌舞花鼓灯《十字歌》，中心县委宣传部长桂伯炎创作了《穷人调》《小放牛歌》《十二月革命歌》等歌曲。乡村的群众文化活动蓬勃开

皖西北特区苏维埃银行发行的铜币
（金寨县革命博物馆提供）

展。如五乡五村苏维埃政府宣传员徐远少，在葛氏祠正殿东西山墙上创作了三幅壁画，每幅长3.5米，高1.5米。进门正面墙壁上以"庆祝六安六区苏维埃政府成立"为主题的图画上人物栩栩如生，艺术地再现了六区工农兵代表大会上苏维埃政府成立的情景；东墙的壁画是反映根据地分田分地真忙的场景：旭日东升，人们在两山之间丈量土地。对联为："培养革命基础，加紧文化运动。"表达了实行土地革命苏区人民分田分地的场面和喜悦心情；西面墙壁的壁画是"打倒帝国主义"的漫画，画面是一个头戴礼帽的帝国主义分子，正在啃吃象征中国的画饼，饼上书写着"我看你怎能吞得下去"。两边对联为："打破了数千年的黑暗，现出来全世界的红光。"这两幅壁画，表达了根据地人民反帝反封建的坚强意志。

金家寨的医疗卫生事业也得到了很大的发展。1931年5月，皖西北特委军委会在金家寨以红十二师留守处医院为基础，扩建为皖西北特委军委会后方总医院。其中西医部有3个所，中医部有2个所，有院长、政委、医生13人，看护37人，卫生队87人，抓药煎药2人，事务、会计、交通、运输、炊事员等125人，共264人。可容纳500余伤病员住院。另外，还在六安、霍山、霍邱建立了分院。与此同时，皖西北特区苏维埃政府还在金家寨成立了皖西北特区医院。各县苏维埃政府也积极创办地方医院。

金家寨地区的列宁小学遍布城乡。创办于1930年2月的古碑黄集列宁小学，其大班学生和宣传队员共61人，于1932年9月参加转战到金家寨地区的红四方面军，其中后来为革命牺牲39人，剩下小班学生20余人也陆续参加赤卫军和游击队。新中国成立之后，有宋承志、宋维栻、傅绍甫、程明、詹化雨等12人担任师以上干部，从该校成长出的开国将军就有5位，被人们誉为"将军的摇篮"。

踊跃当红军的金家寨

金家寨是红军的重要兵源补充基地。当地人参加红军要欢送，县区组织参加红军人员在金家寨集中到部队也要欢送，金家寨经常出现欢送青少年参军入伍的热烈场面。

新参加红军的人员都戴着大红花，精神抖擞，列队行进，街道两边挤满了欢送的群众，红旗招展，鞭炮声、锣鼓声响彻云天，宣传队的女队员还在路边唱起欢送的歌曲《送哥当红军》：

送哥当红军，送哥当红军，

哥当红军为的是穷人，

一心跟着共产党，彻底消灭民团军，

奋勇向前进。

红军去打仗，红军去打仗，

妹妹在家能把重担扛，

扎根革命根据地，齐心建设鄂豫皖，

胜利有保障。

工农的红军，工农的红军，

工农的红军英勇杀敌人，

艰苦奋斗为革命，勇猛杀敌为人民，

军民心连心。

歌声感人，群情振奋。队伍出了街，干部和亲属还在送，一路上千叮咛，万嘱咐：要听领导的话，多杀敌，打胜仗，平安回来。

在金家寨地区，持续掀起了参加红军的热潮，出现了少年参加红军、夫妻参加红军、兄弟参加红军、独子参加红军等感人事迹，也留下了许多动人的故事。

参加红军的人员大多是从赤卫军、少年先锋队中选送。

金家寨所在的六安六区的革命武装力量在皖西苏区各县中是最强的。区赤卫队又分为游击队、常备队、预备队等组织。游击队有60余人，常备队有5600余人，预备队有20000人左右；少年先锋队有1700余人。虽然少年先锋队年龄小，只有15岁左右，但都经过相当的训练，对革命也有相当的认识和信仰，并且热烈拥护苏维埃和红军，积极要求参加红军，喜欢用钢枪。在戒严时期，他们对苏维埃帮助更大，如站岗、巡逻、检查人口等。

1930年7月，中央独立第一师成立时，编制委员会决定从六区少年先锋队招收独立一师新兵200人，由于少年先锋队的成员都要求参加红军，第一批就送了500人，而中央独立第一师只能接收200人，其余300人只得重回少年先锋队，他们都为没能参加红军而引为恨事，有的急得流泪。中共六安中心县委书记舒传贤1930年12月10日写给党中央的报告中，还专门报告此事。

在金家寨地区首批编入主力红军中央独立第一师的就有260余人，还有上千名赤卫队员编入了六安中心县委组建的六霍赤卫师。后来，这里的赤卫队、少年先锋队20000余人大多参加了主力红军和地方红军。

在金家寨，吕绍文家夫妻兄弟都参加红军的故事十分感人。

吕绍文家有11口人，原来家庭生活除租种地主的5斗田外，主要靠他和父亲吕能江给老板做小工，十分贫苦。他的妻子陈映民也是金家寨人，家中也很穷，她出生后才7天，父母忍痛将她抱给吕能江家做童养媳。陈映民15岁那年，在吕能江夫妇操办下，与"大哥"吕绍文完婚。1927年金家寨地区的党组织领导开展农民运动，吕绍文和陈映民都参加了农民协会。

吕绍文是农民协会的骨干，工作积极，1929年加入了中国共产党。陈映民虽然年龄不大，但她性格外向活泼，又能言善辩，有很强的组织能力，不久就被选中担任了妇女代表。她组织妇女成立了妇女协作委员会，积极协同农民协会打土豪、捉劣绅。她主动把少年儿童组成童子团，配合农民自卫军站岗、放哨、查路条，防止坏人破坏革命活动。妇女们称呼她"小代表"，儿童团员们都喊她"大团长"。1929年5月20日红三十二师攻打金家寨，就是她和皮定均将汪东阁民团的情况向红军和游击队报告的。

在豫东南和皖西革命根据地创建期间，吕绍文于1929年先将三弟吕绍全送去参加了红军；1930年，又将二弟吕绍武送去参加了红军。吕家也迎来喜事，陈映民生下一个男孩，取名叫吕美成。

陈映民一边哺乳孩子，一边参加革命活动，发动和组织妇女为红军做军鞋，带头拥护红军队伍，还宣传动员青年参加红军上前线。1930年，陈映民在皮定均介绍下加入了共青团，担任六安六区五乡团支部书记。

1931年春，吕绍文说服了老人和陈映民，将孩子交给婆婆照看抚养，夫妻二人一起参加了红军，就近编入红四军第十二师，吕绍文在部队是战斗员，陈映民在师政治部宣传队当宣传员，平时根本见不到面。同年，陈映民转为中共党员。

1932年9月，红四方面军第四次反"围剿"失利，部队从皖西向川陕转移。探亲在家的陈映民得知后，毅然抱着孩子追赶部队。由于敌人围追堵截，红军在转移途中一路血战，部队领导劝阻她和林月琴、刘百兴等追赶红军的女同志返回，可她们克服难以想象的困难，坚决要跟红军走。没想到的是，在途中，陈映民的孩子吕美成不幸丢失。陈映民强忍悲伤，继续追赶红军，从皖西到川北追了3000多里，终于在翻越大巴山后重新回到了红十二师。

虽然吕绍文和陈映民都到了川北，可部队在川陕革命根据地创建转战过程中，两人都没有机会见面。

吕绍文后来成长为红军营级干部，陈映民曾任中共川陕省委常委，省委妇女部副部长。1933年3月，吕绍文作战负伤，到巴中的师部开会并治疗，这才见到陈映民。这是他们夫妻参加红军后第一次见面。当陈映民痛心地告诉他孩子丢失的经过，吕绍文虽然十分难过，但没有责怪。他安慰妻子说："革命，总是要花代价的。等我们打败了国民党，建立了自己的政权后，是能够找到孩子的。"不幸的是，这次见面竟是他们夫妻最后的一次见面。

1936年，在红四方面军长征途中，吕绍文在甘肃境内的一次战斗中壮烈牺牲，时年30岁。吕绍文的二弟吕绍武（时任司号连连长）、三弟吕绍全（时任特务连排长），也先后在战斗中为革命献出了年轻的生命。

长征结束后，陈映民任西路军妇女独立团二营五连党支部书记，参加西路军惨烈征战，九死一生，后回到延安。

陈映民一直打听丈夫的下落，天天等，年年望，渺无音讯。一直到新中国成立后，1958年，老家金家寨的侄儿告诉她，吕绍文已经牺牲，县政府通知她回来领烈士证。陈映民泪如涌泉，悲伤至极。

晚年的陈映民

（中共金寨县委党史县志研究室提供）

后来让陈映民欣慰的是，吕绍文生前最后一次见面安慰她的话变成了现实，他们丢失的孩子吕美成，在河南省当地政府的大力支持下，于1977年找到了。吕美成当年被一家姓刘的老乡收养，取名刘永德，1947年参加解放军，1958年转业到安徽歙县工作。陈映民默默告慰九泉之下的丈夫："绍文，我们的孩子找到了，你安息吧！"

新中国成立后，陈映民曾任重庆市糕点公司人事科科长等职务。1995年1月27日因病逝世。

汪德祥是独子参加红军，他后来成长为红军的飞行员。

汪德祥1916年出生于金家寨的一个贫苦农民家庭。他早年丧父，与寡母相依为命，过着饥寒交迫的苦难生活。

六霍起义之后，汪德祥积极参加打土豪分田地，在革命斗争中锻炼成长，1931年加入了共产主义青年团，同年，他说服母亲，让他这个独苗参加了红军。

汪德祥到部队后，他先后担任传令兵、班长、红四方面军总部译电员，追随部队转战南北，参加了鄂豫皖苏区的反"围剿"战斗和川陕革命根据地的创建，于1933年光荣地加入了中国共产党。

1935年3月，汪德祥跟随红四方面军长征，三过雪山草地，历经艰险。1936年10月，红一、红二、红四方面军三大主力于甘肃会宁胜利会师，汪德祥又随西路军总部直属队转战河西走廊，与军阀马步芳部队展开了浴血奋战。

1937年5月，汪德祥随李先念率领的西路军余部400多人抵达新疆迪化（今乌鲁木齐），组建为"新兵营"。

经中央代表陈云、滕代远与新疆督办盛世才交涉，盛世才同意利用苏联援助的军事装备和技术办的航空学校为红军培训航空人员。汪德祥等25人经选拔进入航空学校飞行班学习。这是红军的第一批飞行员，在25名飞行班学员中，金寨籍的就有汪德祥、方华、方子翼、王东汉4人。

汪德祥烈士
（中共金寨县委党史县志研究室提供）

汪德祥学习刻苦，成绩优异。随后进入了单机飞行训练。

1942年6月9日清晨，汪德祥驾驶一架双翼战斗机升向3000米高空，开始高难技术飞行训练时突发意外，刹那间飞机由翻滚变成了螺旋下降。为了保住飞机，汪德祥放弃了跳伞逃生的机会，以身殉职，年仅26岁。

汪德祥牺牲后安葬在乌鲁木齐烈士陵园。

在金家寨地区，当时是家家有人参加红军，后来这里又是户户有英烈。金家寨为中国革命胜利作出了贡献和牺牲。

红军保障基地金家寨

自从革命政权在金家寨建立之后，党组织和苏维埃政府组织金家寨人民群众，大力支援红军作战，金家寨就成为了红军的保障基地。

如1931年7月，在金家寨的中共皖西北特委和特区苏维埃政府组织革命武装及广大人民群众大力支援红四军主力南下作战。

7月上旬，成立了以王效亭为书记的中共英（山）潜（山）工委；7月中旬，又成立了英潜工委红军南下先遣队，并选派了随军运输队，均随主力红军一同南下，为作战提供保障。

7月下旬，红四军主力南下经过金家寨时，当地苏维埃政府组织群众开展了拥军活动。支援红军粮食128石、鸡蛋2841斤、鞋袜4464双、银元250块、铜元501串。同时，动员青少年参加红军，壮大红军队伍。如少先队中队部指导员陶玉璋带领37个少先队员到金家寨参军，分配在红四军十二师三十六团。

与此同时，还组织地方武装广泛开展游击战争，牵制周边的敌人，有力地支援了主力红军在南面的作战。

皖西重镇麻埠局部

（金寨县革命博物馆提供）

红四军主力南下作战，取得了重大胜利。仅一个月，以5个多团的兵力，取得了连克英山、蕲水、罗田、广济4城，歼敌7个多团的重大胜利，俘敌

5000余人，缴获长短枪4000余支、迫击炮28门、机枪26挺、电台1部和大批子弹、药品。既消灭了敌军主力一部，又牵制了敌人原拟派往江西的部分兵力，有效地配合了中央根据地的反"围剿"。同时，缴获和筹集7万银元、黄金20余斤、白银1600余斤和南下部队的全部军衣，从而缓解了红军和根据地的经济困难，大大减轻了苏区人民的负担。

1931年9月中旬，红四军南下作战回到皖西麻埠后，以张国焘为首的鄂豫皖中央分局从红四军开始在鄂豫皖苏区进行大规模的"肃反"，以"清洗内部"不存在的所谓改组派、AB团、第三党为对象，采取极其错误的方法和残酷的手段，迫害坚持正确路线和政策的同志，使许继慎、周维炯、徐百川、肖方、姜镜堂、廖业麒、廖炳国等一大批优秀红军将领和战士被杀害，鄂豫皖中央分局委员舒传贤、皖西北特委常委兼组织部部长杨季昌、特委常委兼宣传部部长薛英、皖西北特区苏维埃文教委员会主任桂伯炎等苏区领导人和一批优秀干部也遭错杀，给党和红军造成极大损失。但苏区的广大干部群众没有动摇革命信念，坚定地跟着共产党走，继续开展革命斗争。金家寨仍然是红军作战的保障基地。

1931年10月25日，红二十五军在皖西重镇麻埠成立，军长旷继勋，政治委员王平章。11月7日，红四军和红二十五军组建为红四方面军。总指挥徐向前，政治委员陈昌浩，政治部主任刘士奇。

徐向前，1901年出生，曾用名徐象谦，字子敬，山西省五台县人。1924年4月考入黄埔军校第一期。1927年3月加入中国共产党，参加了广州起义，任工农革命军第四师十团党代表、师参谋长、师长。1929年6月，被中共中央派往鄂东北任红十一军三十一师副师长、中共鄂豫边特委委员、鄂豫边革命军事委员会主席。1930年春，任红一军副军长兼第一师师长。1931年1月，任红四军参谋长、军长，11月任红四方面军总指挥兼红四军军长，是鄂豫皖革命根据地和红军的创始人之一。

1932年10月，第四次反"围剿"斗争失败，率红四方面军主力西征转战，任西北革命军事委员会副主席，参与创建了川陕革命

红四方面军总指挥徐向前
（金寨县革命博物馆提供）

根据地。长征期间与中央红军会师后，任红军前敌总指挥部总指挥。红一、红二、红四方面军会师后，任西路军军政委员会副主席兼西路军总指挥。全面抗日战争时期，曾任任八路军第一二九师副师长，陕甘宁晋绥联防军副司令兼参谋长，抗日军政大学校长。解放战争时期，曾任晋冀鲁豫军区副司令员，太原前线司令员兼政治委员。新中国成立后，曾任中国人民解放军总参谋长，中央人民政府革命军事委员会副主席，全国人大常委会副委员长，中共中央政治局委员。1955年被授予中华人民共和国元帅军衔，是中国人民解放军36位军事家之一。1990年9月21日，在北京逝世。

红四方面军政治部主任刘士奇
（金寨县革命博物馆提供）

刘士奇，湖南省岳阳县人，1902年出生，1924年加入中国共产党。曾任赣北特委书记，红六军政治委员兼军委书记，中共赣西南特委书记兼宣传部部长，红二十军军委书记，后兼政治委员。1931年7月，受中共中央指派到达鄂豫皖根据地，任红四军政治部主任、红四方面军政治部主任、红二十七军军长，在1933年的"肃反"中遭错杀，后平反昭雪。

从1931年11月中旬开始，红四方面军开始了第三次反"围剿"，主动向敌人发起进攻，连续进行了黄安、商（城）潢（川）、苏家埠、潢（川）光（山）4次战役。

金家寨地区的六区区委和苏维埃政府按照上级部署，积极支援红军作战。尤其是在六安苏家埠战役期间，区委、区苏维埃政府把支援红军作战作为当前的中心任务，做到要人有人，要粮有粮，需要什么提供什么。在金家寨设有接待站、招待站，负责接待过往红军和物资供应。直属皖西北特委军委会的六区独立团和六区赤卫军奉命配合红军直接参战。金家寨地区还组织了数千群众到战场为红军服务，另组织数千群众在战场外运输粮食、副食品、柴草等，并组织担架队、运输队、救护队、送饭队、洗衣队等不分昼夜地为红军作战提供保障。

苏家埠战役，历时48天，总计歼敌3万余人，其中生俘敌总指挥厉式鼎及5个旅长、12个团长以下官兵18000余人，缴获步枪1500余支，手提式、驳壳枪1000余支，机枪250挺、炮44门、电台5部，还击落敌机一架，取得了鄂豫皖红军创建以来的空前大胜利，也是中国工农红军史上罕见的大胜利。这其中，也有金家寨地区军民的一份功劳。

4次战役的胜利，总计歼敌约6万人，从而使敌人对鄂豫皖根据地的第三次"围剿"计划流产，促使根据地得到迅猛发展，红军和地方武装迅速壮大。红四方面军发展到2个军6个师，1个少共国际团，4个独立师，共45000余人。到1932年6月，鄂豫皖革命根据地发展到东起舒城附近，西迄平汉铁路附近，北濒淮河，南至黄梅、广济。在这一广大地区内，为革命势力所控制的面积达4万余平方公里。根据地人口数达350万人。这也是鄂豫皖根据地在第二次国内革命战争时期创造的一个鼎盛的局面。

此时的皖西北苏区已发展到东西300多里，南北约400多里的根据地，是鄂豫皖革命根据地重要组成部分。

1931年6至11月，中共皖西北特委、特区苏维埃政府及所属机构相继迁至皖西重镇麻埠。但金家寨所在的六安六区仍保留县级建制。如在金家寨的六安六区苏维埃政治保卫局就是一个县级才拥有的机构，六安六区革命法庭也是县一级才有的机构。

金家寨：国民党立煌县县城

1932 年 9 月 20 日，红四方面军第四次反"围剿"失利，国民党第十四军军长卫立煌部进占了金家寨。

　　蒋介石为加强对鄂豫皖边区的统治，褒奖卫立煌，以金家寨为中心，划鄂豫皖三省边界地区设立新县，用卫立煌的名字命名为"立煌县"。

　　金家寨自此成为了国民党立煌县的县城。

立煌县诞生在金家寨

红四方面军取得第三次反"围剿"胜利之后，不甘失败的蒋介石又发动了第四次"围剿"，并对将领许愿，谁先攻占了金家寨，就以谁的名字命名一个新县。红军第四次反"围剿"失利，金家寨被国民党十四军军长卫立煌率部攻占，因此在金家寨诞生了"立煌县"。

红四方面军会师金家寨

1932年5月22日，国民党政府军事委员会正式公布委任蒋介石为豫鄂皖三省"剿匪"总司令，李济深为副总司令。6月12日，蒋介石在庐山召开会议，确定了第四次"围剿"的整个战略步骤，组建左、中、右三路军，调集兵力24个师又6个旅，共30余万人，另有4个航空队。蒋介石还亲自兼任中路军司令官，指挥6个纵队，和以李济深为司令官的右路军3个纵队一起全力围攻鄂豫皖苏区。

可是张国焘等中央分局主要领导，完全被第三次反"围剿"的胜利冲昏了头脑，对客观形势作出完全错误的估计。在敌人新的严重"围剿"面前，采取了极端错误的战略方针，提出所谓"偏师"之说，盲目产生轻敌思想，加之敌我兵力悬殊等其他原因，导致红四方面军第四次反"围剿"失利。

1932年7月，红四方面军主力围攻湖北麻城失利，皖西的霍邱县县城保卫战也失败。红二十五军军长旷继勋在霍邱县县城保卫战中身负重伤。7月8日，时任彭杨军政干校校长的蔡申熙奉命赶赴金家寨，宣布中央分局和军委的命令，由他接替旷继勋担任红二十五军军长，率领红二十五军在皖西继续开展反"围剿"斗争，暂时稳定了皖西北地区的战局。

8月，红四方面军主力在鄂东北地区与敌人展开激战，仍未遏制敌人合围之势。9月初，中共中央鄂豫皖分局、鄂豫皖省委及省苏维埃政府等机关撤出新集，随红四方面军主力经白雀园、余家集、挥旗山、汤家汇转向皖西金家寨，9月10日，在金家寨与红二十五军会合。

这是红四方面军组建后的首次全军会师。就红二十五军而言，这也是红二十五军成立后全军3个师的首次会师，也是最后一次会师。会师后，红四方面军总部鉴于第七十四师和七十五师减员较大，决定撤销第七十四师和第七十五师二二五团建制，部队补入红四方面军各主力师。

在敌重兵压境，前堵后追的严重情况下，9月13日，张国焘、陈昌浩和徐向前在金家寨致电党中央，报告鄂豫皖苏区和红四方面军转战情况及目前最大困难。电报全文为：

中央：

敌分路合击，每路均三师人，互相策应，我军已与敌转战1个月。在黄安、七里坪两次激战，敌第二、第十、第八十九师受重挫，退回黄安补充。敌第三、第八、第十、第八十三师又取道新集西北，协同第五十八师及张钫部进攻，激战三日，敌第八、第十两师又受重挫。因敌人分路合击，我军尚未能消灭敌之一路，现正移师皖西，首先消灭进攻金家寨之敌，七里坪、新集已自动放弃。……我军处在激烈战斗中，当（按）中央来电坚决斗争下去，请中（央苏）区及中央紧急动员各区红军及工农群众急起策应我军，望经常告我们以敌军消息。

而此时，在中共苏区中央局负责机要译电的就是金家寨人陈一新和妻子文媛。陈一新任中央机要科科长，文媛任机要员，在中央局秘书长邓颖超同志领导下，负责译电。得知家乡红军处境维艰的情况，心急如焚，迅速将电文送交中央领导。

新中国成立后的陈一新、文媛合影照片

（中共金寨县委党史县志研究室提供）

陈一新，1910年出生，1925年加入中国共产主义青年团。1929年转入中国共产党。曾任中共苏区中央局机要科科长、赣南军区后方留守处政委。1938年入延安马列学院学习。后任中共中央统战部秘书、中共辽宁省委社会部部长、辽宁省公安厅厅长。新中国成立后，历任湖北省公安厅厅长、省政法委员会主任，中共湖北省委常委、省委政法部部长，湖北省副省长、省第四届政协副主席。1979年，在武汉逝世，终年70岁。

文媛，金寨县麻埠镇齐山人。1911年出生在一个地主家庭。她思想进步，1926年加入中国共产主义青年团，1931年转为中共正式党员，1932年到上海在中央机关做秘密工作，后赴江西苏区，在中央局机要科任译电员。1938年到延安，曾任陕甘宁边区银行机要秘书。1945年任辽宁省公安厅股长。新中国成立后，先后任湖北省公安厅政治部副主任、劳改局副局长等职务。2002年，文媛在武汉逝世，享年91岁。

中共苏区中央局在接到党中央9月14日转来张国焘等人13日电报后，在中央革命根据地前线负责指挥作战的周恩来、毛泽东、朱德、王稼祥等中央领导同志，针对敌人集结兵力分进合击鄂豫皖苏区的情况进行了研究。时任中共苏区中央局书记、中国工农红军总政委兼第一方面军政委、中央革命军事委员会副主席的周恩来立即复电党中央急转鄂豫皖分局，作出了指示：

（一）此次敌集结兵力分进合击我鄂豫皖苏区，虽整个形势已不同于去年，

103

但其战略战术颇似去年三次"围剿"对付中（央）区之并进长追，并兼以坚守据点，稳扎稳打。

（二）因此，我们建议红四方面军目前应采取相当的诱敌深入到有群众工作基础的、地形最便于我们的地方，掩蔽我主力目标，严格地执行群众的坚壁清野，运用广大的游击队实行四面八方之扰敌、截敌、袭敌与断绝交通等动作，以疲劳与分散敌人力量，而不宜死守一点，以便利敌之分进合击。这样，在运动中选择敌人薄弱部分，猛烈打击与消灭敌人一点后，迅速转至另一方，以迅速、果敢、秘密和机动求得各个击破敌人，以完全粉碎四次"围剿"。

（三）这三次战斗中的战略与战术的经验，你们可以根据目前形势与红四方面军的优点，灵活运用。

（四）红十六军在通山、咸宁的两次胜利，这是一方面军北向发展的胜利的开始，均是对鄂豫皖的配合策应行动。湘鄂西应在打击敌人一方的便利条件下，以一部分兵力向京汉路行动。

接到电报，红四方面军总部14日当即在金家寨开会，分析形势，制定作战方案。鉴于敌中路军陈继承、卫立煌纵队离金家寨都有两三天以上的路程，而敌右路军的徐庭瑶纵队进展迅速，已经攻入独山、麻埠进逼金家寨，徐向前提出，红四方面军主力向东出击，首先挥师六安方向，打击徐庭瑶第四师，得到了张国焘、沈泽民、陈昌浩的一致赞同。

命令下达时，第七十五师还在叶集与敌人激战。红四方面军主力部队按照第十师在前，第十二师、第十一师居中，第七十三师断后的顺序，随即出发，向鲜花岭进发。

红四方面军主力自此离开金家寨。

在离开金家寨的红四方面军队伍中，后来成长出了国家主席李先念，元帅徐向前，大将王树声，上将陈锡联、洪学智等多位党和国家领导人、数百位开国将军和省军级以上领导干部。虽然红四方面军在金家寨地区前后不足5天，但是在他们的脑海中，都留下了在金家寨的难忘记忆，他们的回忆录中也无不提到金家寨。

卫立煌部进占金家寨

红四方面军主力进入了金家寨，蒋介石闻讯立即督促各路部队合围。

蒋介石"钟情"于红色重镇金家寨。他在发动"围剿"之前就派大量特工潜入鄂豫皖苏区刺探情报，认为以金家寨为中心的鄂豫皖三省毗连地带为共产党活动的核心地区，也是群众赤化最为严重、反对国民政府最强烈的区域。武装暴动主要在这一带爆发，红军队伍也主要在这一带组建，还修建有红军的飞机场，认定这里是共产党十分重要的"老巢"。现在红军主力进入了这一地区，正是合围消灭红军、占领金家寨的良机。而此时，国民党军中路各纵队经过与红四方面军的沿途恶战，第一军军长陈继承和第十四军军长卫立煌率领的两纵队遭受重创，第二十路军总指挥张钫率领的纵队早知红四方面军的厉害，闻之色变，都寻找理由畏葸不前。在这种情况下，蒋介石一面严令各部快速东进合围，不得贻误战机，一面重赏激励，许诺谁先攻占金家寨，就以谁的姓名命名，设为县治。这是一个相当有诱惑力的特别奖赏，当时的中国仅有用国父孙中山的名字命名过中山县，如果能用名字做县名，那是千古留名。

9月13日，陈继承纵队东进占领了商城东南的沙窝、新店，进展缓慢。卫立煌纵队蒋伏生第八十三师进展较快到达汤家汇以西地区，遭红七十三师一部和地方武装的顽强阻击，不能前进。卫立煌赶到前沿，见北面陈继承纵队进展缓慢，也不敢孤军冒进。

9月14日，红四方面军主力由于部队隐蔽行动不够，前锋第十师行至东鲜花岭，即被敌徐庭瑶部发现，向红十师发起进攻。敌我双方展开激战，形成相持局面。

在六安的敌右路军副司令官王均闻讯，急令亲率的第二纵队两个师向鲜花岭地区扑来，同时电告蒋介石，要求其令陈继承、卫立煌纵队星夜入皖西，与右路军一起将红四方面军围歼在东西鲜花岭地区。

蒋介石一看，战机到来，一日三次电令督催陈继承、卫立煌率纵队急进。陈继承仍行动迟缓，卫立煌发现对面山上的红军已经转移，立即命令蒋伏生部火速前进，于9月18日占领了汤家汇，接着向金家寨进攻。

敌人重兵正在向鲜花岭地区合围，张国焘召集红四方面军总部领导人开会，商量对策。面对东、西、北三个方面都是敌人的严峻形势，形成一致意见，决定南下英山，会合地方武装，寻机歼敌，先向燕子河地区转移。

国民革命军第十四军军长卫立煌

（金寨县革命博物馆提供）

105

9月20日，卫立煌纵队蒋伏生第八十三师进占了金家寨，金家寨又落入敌手。

当天晚上，卫立煌向蒋介石报捷，蒋介石欣喜若狂。

卫立煌，字俊如，安徽省合肥人，1897年出生。1914年考入湖南陆军学兵营。毕业后在上海参加"肇和"舰起义反对袁世凯。1915年到广州投粤军，由排长递升至旅长。后参加孙中山领导的北伐、镇压广州商团叛乱和东征陈炯明的作战，在孙中山广州国民政府担任警卫。1925年9月任国民革命军第一军第三师第九团团长。北伐战争时，入闽作战，升任第一军第十四师师长。1927年10月任国民党军第九军副军长。1928年任南京卫戍副司令，后入陆军大学校将官特别班进修。1930年任第十四军军长。

蒋伏生是湖南祁阳县人，1899年出生，黄埔军校第一期毕业，素以残忍著称。1926年起曾任国民革命军第六军军部副官、第十师卫立煌部第三团团长、国民政府警卫军警卫第二旅少将旅长、第八十三师师长。抗日战争爆发后，曾任第十二集团军副总司令、湖南省军管区副司令兼长沙警备司令等职。1951年到台湾，任国防部中将参议。1979年5月5日在台北逝世。

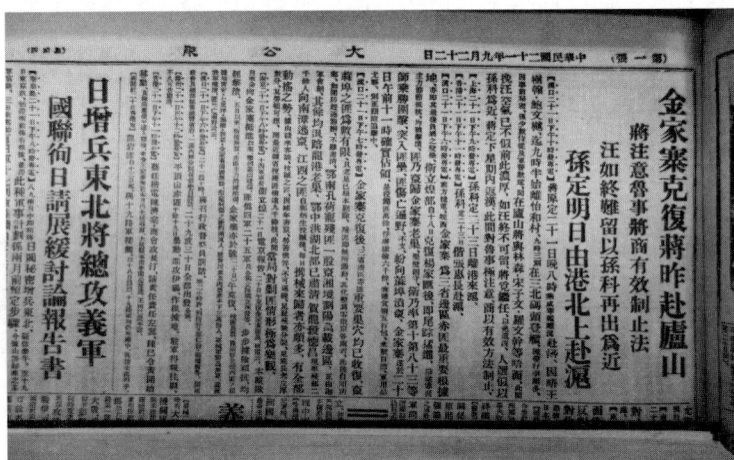

《大公报》关于金家寨被国民党军占领的报道
（中共金寨县委党史县志研究室提供）

卫立煌纵队进占了金家寨，被国民党军队认为是"围剿"中取得的重大胜利。国民党统治的《中央日报》《大公报》《良友》等多家报刊进行了报道。

《大公报》1932年9月22日第一版以"金家寨克复蒋昨赴庐山"为题报道卫

立煌部攻占金家寨的消息：

【汉口21日下午6时发专电】前方捷电，皖西金家寨为三省边区赤匪最重要根据地，亦其最后负隅之壁垒，卫立煌部自18日克复杨家汇（应为汤家汇）后，即尾踪猛进，沿途赤匪主力节节抵抗，均被击溃。匪乃窜归金家寨老巢，坚壁固守。卫乃率第十、第八十三等师乘胜围击，突入匪垒。匪伤亡遍野，不支，纷纷向麻埠溃窜，金家寨遂于20日午前11时确实占领。是役毙匪万余，俘虏缴枪6000余，夺获食盐500包，米数百担，军用品尤多，刻正跟踪追击中。

显然，这个报道不够真实，连地名汤家汇都错为"杨家汇"。但卫立煌占领金家寨是真实的，这让蒋介石兴奋不已。

该报还报道了蒋介石在金家寨被占领后，于9月21日晚9时30分从汉口乘咸宁舰到九江赴庐山。由此可见，金家寨被攻占后蒋介石才放心启程到庐山处理其他事情。

金家寨被占领，蒋介石确实是喜出望外。据作家朱秀海编著的《红四方面军征战纪实》记述：

蒋介石大喜过望，不久亲自赶到金家寨，慰问卫立煌和蒋伏生部，奖励蒋部大批金钱，以后果不食言，以南京政府的名义将安徽六安、霍山、霍邱，河南固始、商城5县部分地区划出，以金家寨为中心，成立"立煌县"。

《良友》画报关于金家寨被国民党军占领的图片
（中共金寨县委党史县志研究室提供）

国民政府军事委员会委员长蒋介石亲自到金家寨慰问，可见金家寨在蒋介

国民革命军第四师师长徐庭瑶
（中共金寨县委党史县志研究室提供）

石心中的分量。

国民革命军第四师师长徐庭瑶，虽然没有第一个攻进金家寨，但进攻金家寨进展迅速，为卫立煌纵队占领金家寨创造了条件，也"功不可没"，同时在"围剿"中取得了攻占霍邱县县城的胜利，为昭示其功劳，后决定在金家寨以徐庭瑶的字"月祥"命名一条街，即"月祥街"。

徐庭瑶，原名其瑶，字月祥，1892年出生，安徽省无为县人。他在1914年考入保定陆军军官学校第三期步兵科，毕业后任国民革命军第三师团长、第四师师长。

徐庭瑶后来曾任第十七军军长、机械化学校教育长、第三十八集团军总司令、装甲兵司令、中华民国总统府战略顾问等职。

1974年12月在台湾病逝。

立煌县县城金家寨

卫立煌部1932年9月20日攻占金家寨后，在武汉豫鄂皖三省"剿匪"总司令部的蒋介石没有忘记奖赏的承诺，在21日晚离开汉口去庐山之前就做出了设立新县，以卫立煌的名字命名的决定。9月24日的《大公报》就刊登了收复匪区建立新县的报道：

【汉口23日下午7时发专电】总部拟在新克复匪区设两县，均属豫省。一设新集，名经扶；一设金家寨，名立煌，以酬刘卫克复之功。昨传设永靖、永宁两县说不确。

从这短短的文字中可以看出国民党内部当时的一些情况。

实际上，当时蒋介石在第四次"围剿"时，不仅对攻占皖西金家寨做出了谁先攻占就以谁的名字命名设立新县的奖赏承诺，也对河南新集做出了同样的奖赏承诺。新集是中共中央鄂豫皖分局、鄂豫皖省委、鄂豫皖区苏维埃政府所在地，被称为是鄂豫皖苏区的首府，1932年9月9日被中路军副司令官刘峙率部攻占。刘峙字经扶，故命名为经扶县。

蒋介石以刘峙、卫立煌两人名字命名新县，在国民党决策层开始意见并不统一。有资料表明，对于在鄂豫皖边区设立新县的意见是统一的。因为早在清光绪年间，御史张绪楷就曾向朝廷提出在大别山鄂豫皖边区设立新县，以加强对这一地区统治的建议；1932年商城人廖薇圃等绅士就上书政府提出设立新县治的请求。但在是否用刘峙、卫立煌的名字命名上意见产生分歧。因为国民政府第一个用人的名字命名的县是以孙中山的名字命名的"中山县"。孙中山是国父，为全国人民所崇敬，因而才享有如此殊荣。而刘峙、卫立煌不过是将级军官，其功劳不过是分别攻占了两个重镇，以此与国父孙中山声望功绩相比，不可并论。开此先例，后患无穷。因此，在开始的会议上有人建议用永靖、永宁命名新设的两县，故传出了用永靖、永宁做新县名的消息。但在后来的会议上，强势的蒋介石执意坚持，因而有了用经扶、立煌作为两县县名的结果。蒋介石21日离开武汉去庐山，原定的时间是晚上8点出发，后推迟到9点30分，有可能就是开会时间拖延的缘故。

蒋介石高度重视兑现奖励的承诺。卫立煌20日占领金家寨，蒋介石21日就在武汉总司令部开会研究此事，非常迅速。

金家寨时属安徽，此时就明确新设的立煌县属于河南。

9月下旬末，豫鄂皖三省"剿匪"总司令部的命令见诸于报端：

……亟应就豫鄂皖边区素为盗薮各处所，增划县治，委任体制较优之县长，应急处理善后各要政，永绝乱源。兹经本部拟定于新集添设新县，即以住豫绥靖主任刘峙之字定名曰经扶县，以新集为县治所在地；于金家寨添设新县，即以陆军第十四军军长卫立煌之名，定名曰立煌县，以金家寨为县治所在地，以昭殊勋而志不忘。……隶属于河南省。现为迅速事功，俾善后要政与军事取平均进展起见，由本部先行委派县长，予以行政督察专员待遇，隆其体制，重其职权，以资治理。……除检发略图令饬豫鄂皖三省政府派员会勘详确界址，并由河南省政府请颁县印外，相应咨请查照办理。

在金家寨设立立煌县，归属河南省管辖的消息9月24日在报纸刊出后，在安徽引起轩然大波。皖西的政府官员、绅士和群众纷纷表示不满，向上要求立煌县由安徽管辖。皖西七邑灾区善后协会常务委员还召开了第七次常会，要求安徽省政府将立煌县属皖向上呈文。在安庆的安徽省政府迅速做出反应，省政府主席吴忠信于10月4日向豫鄂皖三省"剿匪"总司令部呈送了《安徽省政府要求立煌划归皖省呈豫鄂皖三省剿匪总司令部文》。

文件中用很大的篇幅引用了皖西七邑灾区善后协会的呈文，详细充分地说明立煌县属皖之利和属豫之弊。在《金寨县志》中可见报告全文：

为呈请事：

案据七邑灾区善后协会常委委员吴性元等呈称：窃为建设大端，在有利而无弊，划分区域，贵因地制宜。现阅报载："金家寨改为县治，划归河南管辖"等因，伏思该处设县，启山林于荜路，化瓯脱为要区，诚属盛事。唯管辖问题，关系地方区域形势与人民风俗习惯，实有仍归皖之必要，否则诸多窒碍。仅就管见所及，为钧座缕晰陈之：

查该处为六安辖境遇霍山、霍邱两境，犬牙相错。其固始、商城两界，隔有史河一道，均在北岸。以各县城比较，虽商城略近，而商城僻处一隅，山路崎岖，毫无交通关系。征诸光绪初年，御史张绪楷所奏与此次廖薇圃所呈："请在该处设县，由六安、霍山、霍邱、商城、固始划毗连山区各保，所有险阻皆归一域。"该两人同籍商城，而均主仍隶安徽省者，盖以形势攸关，因利乘便，理有固然也。该处人民风土纯与皖同，东抵六安，北连霍邱之叶家集，汽车交通，声气即灵，统驭亦易；自无鞭长莫及之虑。此就行政言，应归皖辖者利一；该处山多田少，每岁出产粮食，丰收仅敷半年，全赖六安、霍邱两县运输接济；每遇荒歉，尚无隔省遏籴之虞。又皖北、皖中一带所需之竹、木、茶、麻、纸、铁等项，皆取材于该区，非特为省税大宗，而社会经济方面实与皖境有密切关系。此民生言，应归皖辖者利二；该处距河南省城八百余里，距安徽省城五百余里，求学省会之青年，自以劳费减少，水土适宜为便。此就教育言，应归皖辖者利三；该处为皖西七邑之门户，与豫接壤。如固始、罗山、确山、南阳等县夙多积匪，历有明征。即如近年，白狼、白云龙、李老末等股匪由商城窜入该处，扰及六、霍，均赖皖军赴机迅速，迎头截剿，不致蔓延皖西各县。此次，共匪首领商城周维炯倡乱，设皖省早派精兵一旅，或早立县治管理，皖境自可无虞。又将来遇有外匪，皖为保卫计，全恃该处为要塞，别无可以扼守之处。遇有内变，为清剿计，由豫省派兵迂缓，且仅有商城一路可通，由皖省派兵灵便，且有六安、霍邱、霍山三路可达。此就军事言，应归皖辖者利四；语云："两利相权取其重"。我主席洞察利病，妙着权衡，既立可大可久之规，自有宜民宜人之政。案经敝会第七次常会提议此询谋，佥同所有，请将新立该县仍归安徽管辖缘由，理合详细具呈，仰祈鉴核主持。以固藩篱，而便控制，实为公便，等情。查金家寨距汴八百里，与商城之间又有大苏山、挥旗山、狗迹岭隔绝，设遇事变，虽由信阳进兵亦感不便。其由霍山到皖仅四百余里。即沿史河水程往返正阳，亦只三百余里。若六安汽车再通，更可三路策应。故清末河南布政使有以光、潢、固、息、商等南五县与本省颍州互换管辖之建议。良以光潢一隅，在豫省视之为瓯脱，倘再从金家寨划入，必更鞭长莫及。且该处所需布匹、纸张及盐、米等日用货物，向均购自正阳及六安县城。而以道途梗阻，与商固两县毫无贸易往来。其最著者，商固边境学子尚多来皖肄业，兹果划归豫省，必至双方均感不利。该委等所呈各节，确系实情，除批示外，理合备文呈请鉴核。

安徽省主席　吴忠信

尽管报告将立煌县属皖的理由写得详尽明了，然而，蒋介石决定的此事不仅没有改变，而且要求急办。10月10日，南京政府内政部发出《内政部关于经扶、立煌建县咨河南省政府文》，重申豫鄂皖三省"剿匪"总司令部命令，还提出上报疆域图说3份等要求。10月下旬，委任豫鄂皖三省"剿匪"中路军第六纵队少将高参严尔艾为立煌县县长，要求"积极筹备，以速成立"。

经扶、立煌两县均属河南省第九行政督察区（潢川）。金家寨自此成为立煌县的县城，严尔艾是立煌县的首任县长。

由于一些上层官员对设立经扶、立煌县心存异议，当地基层群众言行抵制，立煌县疆域划定进展缓慢。对此，蒋介石很不满意。据说，蒋介石盛怒之后，亲自用笔在地图上以金家寨为中心画了一个圈，作为立煌的县域。

在这种情况下，安徽省政府于10月下旬根据豫鄂皖三省"剿匪"总部命令，由民政厅拟具设立煌县治筹备事项，并派员会同总部委员及鄂豫皖三省政府所派委员及有关各县县长，于11月12日在金家寨立煌县治办公处举行会议，商讨勘界。按照地图，决定以山川、河流自然形势，以江淮分水岭为界。将安徽省六安县第六、第七区的麻埠、茅坪、槐树湾、古碑冲、南庄畈等17个保；霍邱县第一、第二区的八里滩、开顺街、白塔畈3个保；霍山县第六区的前后畈、黄石河、渔父潭、长山冲、彩霞岭、响山寺等18个保；河南省固始县长江河以南的金院、李桥、长江河等2个半保；商城县和、乐二区（商南地区）和康区一部14个半保共55个保，以及湖北省麻城县交界处的部分山场土地，共3667平方公里的面积（20世纪80年代安徽省测绘局测定为3814平方公里）分别从原属县划出，12月，县界勘定，并绘制了立煌县地形疆域图。立煌县是唯一一个由鄂豫皖3省边区6县部分国土新建的县。

至此，以金家寨为县治所在地建立煌县似乎是大功告成。可是，事情并没有完结，立煌县的归属问题仍波澜涌动。

在勘界委员勘界期间，皖籍人士仍坚持要求将立煌县归属安徽。家住金家寨、麻埠、白塔畈的陈冶青、陈雪生、吴沧洲、汪培之、王葆斋等官员和地方知名人士纷纷活动，向南京政府要求将立煌县议请归皖。划归立煌县的原皖西所县的群众要求归皖的呼声不绝,民间甚至还出现了"宁做六安狗,不做立煌人"的愤激之语。

而商南一带的地方知名人士漆树人、郑水心、冯选滋等闻讯坚持立煌归河南,进而提出:"头可断,血可流,返豫工作不可懈"的口号。

双方争执不下,纷纷向勘界委员提出各自要求,影响了新县的建立和社会安定,当地政府官员和勘界委员们深感事态严重,十分头痛,只得向上反映。安徽省政府于1933年2月3日再次向豫鄂皖三省"剿匪"总部和蒋介石呈文,要求将立煌县归属皖省。勘界委员们经实地勘察,也认为该地距安徽省治较近,防务布局、物资供应、风土民俗及历史与地理关系,均以隶属安徽为便。

在这种情况下,豫鄂皖三省"剿匪"总部于1933年3月发布命令,将立煌县划归安徽省管辖。命令指出:

立煌县管辖一案,在该县设县治之始,本部以金家寨距安徽省会过远,且该区行政督察专员是时尚未设置,乃暂划归河南省管辖;一面饬令各勘界委员切实察看具复,再行核夺。近据各方委员陈述,多以依照实际情形,以属皖为宜。又查安徽所呈修筑公路线图,皖西公路进展迅速,立煌县包涵于合、舒、六、霍诸县汽车网之内,交通方面实较便利。审情度势,自应将立煌县改属安徽,并隶该省第三区行政督察专员管辖。所有河南省政府对于应行移交各事项,即应函知照案接收,并颁发立煌县疆域图,饬即办理。

至此,立煌县归属问题尘埃落定。安徽省政府于1933年3月重新向现任的严尔艾县长发布委任状。

严尔艾不仅是县长,还兼任豫鄂皖三省"剿匪"总部的军法官。

1932年10月,豫鄂皖三省"剿匪"总部为"厉行清剿赤区残匪",颁布了《加委各县县长兼本部军法官暂行条例》,将鄂豫皖三省的60个县的县长全部兼任总部的军法官。总部军法官的权力很大,暂行条例规定,"驻扎各该县之部队,如有外出官兵不守军纪,并扰及地方秩序者,该县长兼军法官得纠正之。若情节重大,得加以拘捕,并一面通报其直属长官,一面报告本部。""凡来历不明之军人逗留各县境内,该县长兼军法官应负责清查处理之;"还规定,对"赤匪盗匪""非军事人员违反军事上法令"及扰乱地方治安者都要拘捕审理;"各部队所擒之零星匪俘,可交该县长兼军法官审理之。"

严尔艾是少将军衔。用一个将军来当县长,是否是大材小用?非也,实际上这是大才重用。因为蒋介石深知,在鄂豫皖三省的边区赤化最为严重的立煌县当县长,非一般才能所及。能当好这个县长,其才能就够当将军。同时,为了加强对境内红军和苏区的"清剿"，必须选用军队中的将军。

所以，自严尔艾后，截至1938年4月，国民党政府先后任命徐业道、刘茂恩、武庭麟、邢预培、陈立本、易智周、鲍庚等担任立煌县县长。为了加强对境内红军和苏区的"清剿"，首任严尔艾、三任刘茂恩、四任武庭麟均为少将军衔。徐业道后来也成为国民党将军。由此也可看出蒋介石的重视和良苦用心。

立煌县初设时县政府的机构很简单。政府内只有一、二两科，全部编制18人，负责处理政府各项事务。外设有教育局、财政局、建设局，直属省政府各主管厅节制。

金家寨作为立煌县的县城，将街道重新命名，将主要街道"列宁大街"改为"中山大街"，新命名了"胜利街""月祥街"等。由于当时以"剿共"为中心，县城建设没有进行。

腥风血雨金家寨

金家寨成为立煌县县城后，直至1937年卢沟桥事变近5年间，国民党军队在县境内反复"清剿"红军和革命武装，迫害红军家属和革命群众，金家寨处于腥风血雨之中。

"清乡"时的金家寨

金家寨虽然被国民党军队占领，但红军并没有被消灭。

1932年10月10日，就在南京政府内政部发出了《内政部关于经扶、立煌建县咨河南省政府文》这天，从金家寨转移出去的红四方面军主力经燕子河、英山，一路血战到达了湖北红安河口地区。当晚，中共中央鄂豫皖分局在黄柴畈召开会议，决定留下第七十五师、二十七师及各县独立师团，由沈泽民为书记的鄂豫皖省委负责，在根据地坚持斗争；中央分局和方面军总部率第十、十一、十二、七十三师及少共国际团，跳出根据地，暂到平汉路以西活动，伺机重返根据地。后来，在敌人重兵的围追堵截下，中共中央鄂豫皖分局率红四方面军主力一路血战，转战3000余里，突破重围，经历千难万险，翻越秦岭、大巴山，进入川北地区，创建了川陕革命根据地。

中共中央鄂豫皖分局率红四方面军主力离境转移，但中共鄂豫皖省委没有走，继续领导留下的红军、地方革命武装和广大人民群众坚持斗争。

同时，原从金家寨迁移到麻埠的中共皖西北道委、道区苏维埃机关带领直属部队完成掩护红四方面军转移任务后，根据中央分局的指示，在英山土门潭成立了中共鄂皖工作委员会，并于10月2日将聚集在金家铺地区的红军和地方武装统一编成中国工农红军第二十七军，坚持皖西北地区的革命斗争。

而就在10月10日这一天，红七十五师二二四团于9月底在东西界岭之间掩护红四方面军主力转移后返回，在离金家寨不远的流波磹歼敌第十二师九十六团一个营。后转至赤南根据地，在挥旗山、泗道河、大埠口等地活动。

在这种情况下，蒋介石一面在以10余万人兵力"追剿"西去的红四方面军主力的同时，下令"清乡"，限令1932年12月25日前彻底消灭留在鄂豫皖边区的红军，摧毁根据地。豫鄂皖三省"剿匪"总部为此下令"作出如下处置：一、匪区壮丁一律处决；二、匪区房屋一律烧毁；三、匪区粮食分给铲共义勇队，搬出匪区外，一时难以运出的一律烧毁。须用快刀斩乱麻的手段，否则，剿灭难期，徒劳布置"。

在这时，在金家寨及周边皖西地区的国民党军队就有8个师和2个独立旅，即王钧第七师、曾万钟部第十二师、梁冠英第三十二师、戴民权第四十五师、上官云相第四十七师、郝梦龄第五十四师、宋天才第七十五师、张钫第七十六师、郑廷珍独立第五旅、宋世科独立第四十旅，还有民团、保安队等反动武装。

立煌县政府成立后，即配合国民党军队对苏区人民实行血腥镇压，在境内到处组织"民团""保安队""铲共义勇队"等地方反动武装，实行灭绝人性的烧光、杀光、抢光的三光政策，声称"民尽匪尽"。占领金家寨的国民党第八十三师师长蒋伏生按照蒋介石的授意在金家寨大开杀戒，所到之处，血流遍地，村庄焚毁。国民党军在金家寨的柳树湾和附近的古碑冲、上楼房3处，共枪杀、活埋共产党员、干部群众5600余人，手段极为残忍。

金家寨地区四乡赤卫队队长胡选阳，1932年9月在燕子河龙门石与敌军遭遇，战斗中，他腿部受伤，便被留守地方，坚持游击斗争。辗转麻埠、鲜花岭、邓家大庙，边养伤边进行革命活动。革命进入低潮后，原逃往六安城内民团窜回古碑、南畈，疯狂破坏革命组织，捕杀革命群众，胡选阳遭敌悬赏通缉。

1933年1月19日凌晨，敌人持枪突然闯入胡选阳的住地，当即用木棍砸断他的双臂，又用铁丝穿通颈锁骨，然后，把他押解到古碑余家祠堂。审讯中，

胡选阳烈士画像

（金寨县革命博物馆提供）

敌人又将他按倒在地，用烧红的烙铁、铁钳、铁条烫遍全身上下，烫得他多次昏厥过去。敌人用冷水泼醒后，又反复折磨他。数日后，敌人又割去他的右耳。1933年1月31日上午，因伤势严重，在敌人监牢里停止了呼吸。

在金家寨六区的苏维埃常委李祥树，其弟弟李祥林及两个孩子李正旭、李正初都在红四方面军撤离时参加了红军，家中留下了妻子万氏和两个小儿子。民团头子汪云生派人将她母子3人关押在牢房。除夕之夜，敌人将他们带到古碑月亮湾事先挖好的土坑边，推下去铲土活埋。6岁的小四子小脸躲在妈妈的怀里，不断地哭叫："妈妈，沙眯我眼睛，沙眯我眼睛了！"万妈妈用手遮着孩子的脸，强忍痛苦说："孩子，不要哭，把眼睛闭上，再过一会就好了。"敌人活埋了李家母子3人还不罢休，又把李祥树已经出嫁的大女儿逮捕杀害了，死时腹中7个月的胎儿还频频蠕动。闻讯赶来营救儿媳的老公公宋维珍，也被一枪打死。

在金家寨，还设有如同集中营的收容所、难民所。国民党军队到各村逼迫群众插"白旗"，实行移民并村，把农民关进收容所、难民所，仅金家寨就关押了上万人。看守人员非常毒辣，将石灰粉搅入稀饭中，使难民食后胃肠溃烂，折磨致死。

敌人不仅大肆杀害人民群众，而且还丧尽天良地掠卖妇女。许多剪短发和穿对襟衣服的妇女被称为"党婆子"，多半处死。大批青年妇女不是被蹂躏至死，就是被贩卖至外地。仅立煌境内，敌七十五师宋天才部，就用汽车运卖妇女2000多名。

腥风血雨在金家寨弥漫。昔日人烟辐辏的皖西苏区中心金家寨，出现了一处处荒凉的坟场。

与此同时，豫鄂皖三省"剿匪"总部实行所谓"剿抚兼施""三分军事、七分政治"政策。采取"移民并村"，把小村庄和单庄住户向大村庄合并，或者是将分散居住山区的群众赶往平畈地区，强行集中到临时修起的围寨里，由政府派兵监管，严加控制，如不愿合并就以通匪论处。这样不仅毁掉大批村庄，还荒芜了很多田地。合并后的村庄，逼迫群众用白布或白纸做成"白旗"，插在门前以示"归顺"。同时还修筑大量的碉堡网络，在交通要道口，地势较高的山头，村庄附近、桥头、河道旁，每隔不远处均筑有纵横交错的碉堡线，碉堡与碉堡之间能够相互通视，协同呼应，火力控制，形成密集网络。同时设有很多围寨，加强封锁。反动当局还制定了"移民并村办法十二条"和"整理并村办法十五条"，对移民并村和并村后的监管作出具体规定。其主要条款是：移民时如有故意拖延，即派军队、团队、武装壮丁勒令迁移，倘仍抗不遵从，即以通"匪"论罪；移民后不准有一个人私自回原有之家歇宿，并不准私留牲畜谷米杂粮，以不为"匪"利用；移并地如无碉堡，即一面搬迁，一面修筑，随派兵或壮丁守护；移并后如须耕作原有田地，应报告保甲长请就近驻军或团队掩护，日暮时仍须回移并地点，如违者即以通"匪"论罪；新并之村，一律另具五家以上具保活动；新并之村门牌由县府发给填挂，保甲长接到保甲内户长或居民之报告，发现有形迹可疑之人，除一面转报具保主任外，应一面督同壮丁先为搜索逮捕之紧急处分。红军经常活动的地区和便衣队的游击根据地，均成为敌人重点"清剿"区域，也强迫实施移民并村。不仅如此，反动当局还采取各种狡猾的伎俩，以图隔断红军与人民群众的联系。在移并的村庄构筑围墙、碉堡，并组织民团防守，安插密探，建立谍报网，组织特务队暗地监视群众行动。在新设的移并村寨周围加密加固碉堡和围寨，村寨只开两道门，门前有岗楼，严格把守人员出入。农民出寨耕作，只准带仅供一人一餐食用的午饭，以恐农民多带饭食供给红军士兵充饥。保甲长每晚挨门清点户籍，检查发现"外来之人，解县治罪"。保安团、特务队还经常深更半夜突然包围一个村寨，待天亮后挨户搜查可疑人员。此外，利用一切可被利用的条件和对象，对红军和革命群众进行策反，宣称对以前"无论作何工作，一律准其自首免究"。

在实行移民并村的同时，实行"五户保甲连坐法""十户连保法""门清门""户清户"的反动统治政策，实行封建的株连法，规定5家连坐，相互监视，一家通共、10家同处。一户"犯法"、10户同罪。群众在家要有保人，出门要有路条。以此切断红军与群众的联系，断绝其一切给养和情报来源。

敌人在对革命根据地实行军事镇压的同时，实行经济封锁，规定对食物类：谷、米、麦、盐、玉米、豆、甘薯、家畜等；军用原料类：铜、铁、白铝、硝磺、煤炭、汽油、棉花、电料等；卫生材料类：诊疗所需之中西药品等一律严禁进入赤区。金家寨的商铺大都关门，昔日繁华的重镇是一片萧条，死气沉沉。

在这种情况下，皖西北苏区只剩下赤城县的一区（双河）、二区（金刚台）、三区（熊家河），赤南县的一区（汤家汇）、二区（丁家埠）、三区（吴家店）、四区（沙河）、五区（银山畈），六安县的六区（洪家大山）和三区（龙门冲）的一部分。而这些赤区除六安三区的龙门冲外，全部在国民党新建的立煌县境内。

留在立煌境内的中共组织、红军队伍和地方革命武装没有屈服，仍在开展斗争活动，而1932年10至11月在离金家寨不远的潜山、霍山一带及境内的吴家店不时传来红二十七军正在与国民党军队激战的消息，到12月又得知在鄂东黄安又出现了主力红军红二十五军。这使县长严尔艾和驻扎在金家寨的国民党军队时刻处于戒备、紧张状态，惶恐不安，在金家寨修筑了大量的工事，防止红军和游击队攻打金家寨。

"清剿"时的金家寨

1932年12月，蒋介石见"清乡"不但没有达到预期目的，反而出现了新的红军主力和地方赤色武装，于12日下令，对鄂豫皖革命根据地划分为"经（扶）黄（安）清剿区""商（城）罗（田）清剿区"实行大规模"清剿"，限令1933年1月底前将红军完全肃清。立煌属"商罗清剿区"，指挥官为第一军军长陈继承，兵力为6个师，其中郝梦龄第五十四师、李思愬第八十师两个师为"进剿"部队，另4个师为"驻剿"部队，在立煌境内就有驻金家寨的唐淮源第十二师，驻南溪、双河地区的宋天才第七十五师和戴民权第四十五师。

此时在鄂东的中共鄂豫皖省委已经将下属党的领导机构划分为鄂东北、皖西北两个道委，得知敌人划区"清剿"计划后，于1933年1月初在湖北麻城大畈（现属河南新县）组建了红二十八军，军长廖荣坤，政治委员王平章，全军约3000人，并迅速开进立煌境内，以原赤南地区为根据地，发展皖西北的游击战争。

"商罗清剿区"指挥部得知红二十八军进入立煌境内，令郝梦龄第五十四师和在立煌境内的第十二师、第七十五师、第四十五师分别向原商南地区合围，寻找红二十八军主力决战。

立煌县县长严尔艾也遵命组织民团和壮丁支援。同时，他还组织民工配合国民党军工程部队修复在金家寨的飞机场，供国民党空军参战使用。

赴任不足两个月的严尔艾感到处境非常艰难，既精疲力竭，又惶惶不可终日。作为县长，他非常希望能毕其功于一役，剿灭红军，安心建县。可是事与愿违，从1933年1月13日开始，他接连接到国民党军与红二十八军在境内作战损失严重的战报：

1月13日、14日，第七十五师第四四六团团长焦克功以下数百人在泗道河伤亡；20日、23日，第五十四师也有很大伤亡；30日、31日，第十二师在小南京遭受重创；2月5日、6日第七十五师在双河损失近1个团，第四十五师和第七十五师一部在窑沟、银山畈等地又遭沉重打击。2月11日，第十二师一部在石门口遭打击，第四十五师的一个团16日在悬剑山又遭重创。3月28日，第七十五师二二四旅在门坎山被打得溃不成军。红二十八军在境内不仅没有被消灭，反而出现了赤色地方武装第一、二、三路游击师和战斗营，而洪家大山战斗营，就在金家寨旁边的洪家大山（又名横溪山）上，常在古碑冲、丁家埠、界岭一带出没。

这等于是在金家寨门边就有一只凶猛的"老虎"，随时都可能扑来。这些地方赤色武装也英勇顽强，到处出击，袭扰国民党军队和民团，非常厉害。

在立煌西南的胭脂、墨园、斑竹园、丁家埠、关庙、沙河、果子园、吴家店等地，一路游击师在活动。1933年1月中旬，佛堂坳柯寿恒民团遭林承祥、田继露率领的一路游击师袭击，死百余人，被俘40多人；国民党军第四十七师一个连的兵力押着200多名民夫，从吴家店出发到罗田滕家堡接运过年物资和军饷，在松子关前遭一路游击师攻击，劫走了大批猪肉、罐头、香烟、干鱼、面粉等年货和饷银。

在立煌中部的双河、杨滩、甘塘坳、东大山、悬剑山、全军、叶家院、白塔畈等地，二路游击师在活动。年初，二路游击师在朱世生、杜昌甫、吴代芬的指挥下，发动上千群众抢走了驻白塔畈的民团囤积的100多石粮食，民团27人被俘；1月下旬，二路游击师到江店打粮，江店的民团被消灭，并打开粮仓放粮，游击师满载而归。2月上旬，二路游击师奔袭固始的武庙集，国民党军第七十五师运输队一个排被俘，40多支枪被缴，还夺取了子弹1万多发、棉布24捆、食盐2000多斤。特别令人震惊的是，4月13日，第四十五师师长戴民权带1个团的卫队前往金家寨开会，竟然在双河附近的胡家边、牛王庙一带遭二路游击师伏击，一个团死伤、投降过半，戴民权带残部落荒而逃。

就在金家寨对面的莲花山和青山等地，三路游击师在师长江求顺、政委洪善维率领下，也频繁出击。

情报表明，中共皖西北道委不仅得到恢复，还成立了皖西游击司令部，道区苏维埃主席吴宝才兼任总指挥。在距金家寨只有百余里的集镇汤家汇为道委、道区苏维埃政府机关所在地，召开工农兵代表大会还非常隆重，深得群众拥护，直接与金家寨的立煌县政府分庭抗礼。红二十八军离开皖西到鄂东编入红二十五军后，在汤家汇又成立了红八十二师，继续游击袭扰国民党军队和民团。

中共皖西北道委、道区苏维埃政府所在地旧址汤家汇镇一角

这些，使严尔艾深感头痛，他真正领教了这里群众赤化的深重和跟共产党走的坚定信仰，也领教了这里的共产党组织和群众顽强不屈的意志和前赴后继的战斗精神。他在这里遇到了不可战胜的对手。

划区"清剿"在皖西地区没有达到目的，在鄂东北地区也没有达到目的，红二十五军在郭家河、潘家河、杨泗寨接连取得胜利，队伍还发展到了12000余人。对此，蒋介石很不满意，不得不下令延长时间，调整"清剿"部署，并于1933年4月9日任命卫立煌为豫鄂皖边区"清剿"总指挥，继续进行"清剿"。

然而，立煌境内的形势依然如故。红八十二师和游击师频繁向金家寨周围出击，袭击驻金家寨的国民党军第十二师。5月5日，在桃树岭的第十二师第七十团损失了一个营；5月28日在杨家滩，护送军粮的第十二师第七十二团、第六四八团各一个营与红八十二师遭遇，损失了一个营和大批的粮食和物资。7月中旬一天夜晚，立煌县国民党党部书记陈白英在莲花山召开联保主任会议，部署"清剿"任务，参加会议的有95名骨干，用一个连的警卫队守卫。不料三路游击师突然袭击，打垮了警卫队，生俘陈白英，其余全部在顽抗中遭击毙。

在金家寨的国民党当局和军队时刻都处于紧张的戒备状态。

"围剿"时的金家寨

由于"清乡""清剿"均未得逞，1933年5月初，蒋介石任命刘镇华为安徽省政府主席兼豫鄂皖三省边区"剿匪"总司令，投入14个师又4个旅，共82个团约10万兵力，此外还有地方武装2万余人，向鄂豫皖根据地发动第五次"围剿"。

刘镇华，原名茂业，1882年出生，河南省巩义县人，清末附生，曾入直隶保定法政专门学堂学习，毕业后任河南省法政专门学堂庶务长，参与反清活动，并加入中国同盟会。辛亥革命时期，刘镇华联络豫西绿林中人王天纵等，号称河南民军，响应武昌起义，攻打洛阳。不克，王天纵投奔陕西军政府张钫部，刘镇华任王部书记官、参议。

刘镇华是一个善于政治投机的人。他后来又先后投奔了袁世凯、曹锟、阎锡山、吴佩孚、冯玉祥、蒋介石等人，被袁世凯授予中将，被曹锟任命为陆军上将，被蒋介石任命为豫陕晋边区绥靖督办、豫陕鄂边区绥靖督办、安徽省政府主席兼豫鄂皖三省边区"剿匪"总司令、陆军二级上将。

国民党安徽省政府主席兼豫鄂皖三省边区"剿匪"总司令刘镇华
（金寨县革命博物馆提供）

刘镇华在第五次"围剿"中，皖西地区的国民党军队有第七师、第十二师、第四十五师、第四十七师、第七十五师、郑廷珍独立第五旅、宋世科独立第四十旅。

1933年7月17日，刘镇华坐阵河南新集，指挥部队向鄂东北革命根据地发起进攻，企图一举消灭红二十五军。由于中共鄂豫皖省委决策失误、敌我兵力悬殊，加之严重缺粮等原因，红二十五军继围攻七里坪失败严重减员后，虽奋起英勇抗击，但鄂东北中心区保卫战又遭失败。在这种情况下，中共鄂豫皖省委率领红二十五军于9月5日转移到皖西地区的立煌境内南溪、双河地区。

在金家寨的县长严尔艾得知离金家寨仅30多里的双河发现红军主力，大吃一惊，急忙向豫鄂皖三省边区"剿匪"总部报告，金家寨又进入高度戒备状态。

中共鄂豫皖省委率红二十五军到达南溪，与中共皖西北道委和红八十二师会合，受到广大军民的"异常热烈欢迎"。省委书记沈泽民后来给中央的报告说："以所见之大概情形，皖西北以敌人集中力量进攻鄂东北，故得处于比较顺利的环境，粮食及群众情绪皆较鄂东北为优……""双河、南溪一带群众闻二十五军之来，送饭者云集，使二十五军连吃饱饭，绝对不愁粮食"，部队进行了短暂的休整。

刘镇华发现红二十五军到了皖西境内，遂将前线指挥部从新集东移沙窝集，指挥1个师又2个旅跟踪到皖西地区；同时又以3个师的兵力，对潢麻公路严加封锁，切断了红军的西归之路。

9月11日，刘镇华以包括皖西北敌军在内的总共5个师又2个旅，从四面八方向皖西北中心区合围。

战斗迅速在立煌境内展开。在金家寨，不时听到远处传来激烈的枪炮声和飞机的轰鸣声，金家寨飞机场的飞机也频频起飞，投入战斗。金家寨居民都流露出紧张、不安、恐惧的神情。

国民党军队在飞机配合下，不断向在双河、南溪的红二十五军和在汤家汇的红八十二师发动进攻，红二十五军往返数次奔走于双河和汤家汇之间，虽经拼死激战击退了敌人，并给敌以一定的杀伤，但寡不敌众，部队十分疲劳，陷入苦于应付的不利境地，未能有效遏止敌人的进攻。正当红二十五军主力准备抗击敌七十五师更大规模的进攻时，敌六十四师一九〇旅迂回到我军的侧后方。敌重兵围攻，我军几面受敌。

9月23日，沈泽民、吴焕先不得不决定红二十五军撤出汤家汇、双河山阵地，向根据地外围转移。敌人相继占领了关庙、汤家汇、双河山、桃树岭、南溪等地，皖西北中心区保卫战失败。

此时，红二十五军仅剩下3000余人，后又向鄂东北地区转移。红八十二师仍坚持在皖西境内战斗。

徐海东威逼金家寨

国民党军队对皖西北地区进行第五次"围剿"，使红二十五军遭受重创，离开立煌到鄂东北去了，立煌境内的战斗停止，出现了少有的平静。在金家寨的新任县长徐业道暗暗庆幸自己比严尔艾走运。

没想到，不到半个月，在金家寨的徐业道就接到情报，南溪又出现了红二十八军。

原来红二十五军离开立煌到鄂东北途中，在通过潢川到麻城的公路时，遭敌人阻击。沈泽民、吴焕先率领2000余人冲过了公路，而副军长徐海东率领后面的1000多人就没有冲过去。徐海东将红二十五军余部带回了立煌，在南溪吕家大院找到了中共皖西北道委。1933年10月11日，中共皖西北道委决定，将没有过潢麻公路的红二十五军余部与当地的红八十二师重建为红二十八军。军长徐海东，政委郭述申。

徐海东骁勇善战，外号为"徐老虎"。徐海东在这里，注定了徐业道不得安宁。

徐海东，湖北省大悟县徐家窑人，1900出生，曾用名徐元清。1925年4月加入中国共产党。1926年夏，参加国民革命军第四军第十二师，任第三十四团代理排长。参加北伐战争，在汀泗桥战役中，带领全排冲垮敌军4个炮兵连，荣获嘉奖和晋升。1927年大革命失败后回到家乡，任河口区农民自卫队队长。11月，率领农民自卫队参加黄麻起义。在土地革命战争中，曾任中共黄陂县委军事部长兼区委书记、县赤卫军大队长、独立营营长兼党代表，黄陂县补充第六师师长，鄂东警卫第二团团长，红四军第十二师三十八团团长、第三十六团团长，红四方面军独立第四师师长，第二十七师师长，红二十七军第七十九师师长。1932年10月，红四方面军主力转移西征后，任红二十五军第七十四师师长、红二十五军副军长。

红二十八军军长徐海东
（金寨县革命博物馆提供）

徐海东率部与游击师在立煌境内南北转战，让"围剿"的国民党军队疲于奔命，屡屡受挫，使皖西革命根据地不断恢复，留下了很多传奇故事。

特别是红二十八军曾打到了金家寨的门户古碑冲，直接威逼到金家寨。

那是1934年3月初，红二十八军来到熊家河，国民党第六十四、六十五师和四十五师一个旅及独立第四十旅尾追而来，分4路向熊家河合击。激战一天后，红二十八军突围南下到古碑冲一带。

古碑冲离金家寨很近，红军已经到了县城门口，县长徐业道极为紧张，立煌县民团和独立第五旅一个团赶紧出动，3月10日，向在古碑冲的红二十八军发动进攻。

徐海东胸有成竹，临危不乱，指挥红二十八军设伏迎敌。当敌人进入伏击区域，徐海东指挥部队勇猛出击，并安排人员重点打击敌人的指挥官，敌旅长郑廷珍和县民团头目易智周相继中弹身负重伤，敌人军心动摇，迅速溃退，郑廷珍和易智周在亲信掩护下逃脱。红军毙敌50多人，俘敌62人，缴获迫击炮1门、重机枪2挺、长短枪百余支及大量弹药。

郑廷珍和易智周兵败古碑冲的消息迅速传到了金家寨。徐业道闻之大惊失色，慌忙向上告急。刘镇华又调兵遣将加强对金家寨的防卫，部署对红二十八军进行围堵。

3月12日晨，红二十八军进抵葛藤山，驻南溪的敌五十四师一六一旅倾巢来犯。在徐海东军长的指挥下，红八十四师第一营坚守阵地阻击，红八十二师向葛藤山西南簸石沟佯动，造成敌军的错觉，吸引敌军主力。红八十二师主力协同八十四师第二、第三营迂回敌侧后猛攻，红八十四师第一营乘势出击，三面夹击，以少胜多，仅战斗1个多小时，歼敌1000多人，并活捉敌第五十四师代理师长兼一六一旅旅长刘树春以下官兵130多人，缴获长短枪172支、手提机关枪8挺、子弹5万多发、炸弹和迫击炮弹200多枚。

葛藤山反击战是皖西北根据地第五次反"围剿"斗争的一个重大胜利，极大地鼓舞了根据地军民的斗争情绪。

红二十八军组建5个多月以来，由于采取了符合客观实际的斗争方针，进行灵活机动的游击战、运动战，取得了一系列胜利，坚持了皖西北地区的反"围剿"斗争，逐步摆脱被动困境。与此同时，分别在赤南、赤城和六安西部的第一、第二、第三路游击师也主动出击，大量歼灭反动地方武装，全力配合了主力的活动。原赤城、赤南根据地也得到恢复，形成国民党军占据集镇、红军占据乡村的局面。

徐海东后来在《生平自述》中记载了这段经历：

坚持皖西斗争半年之久。有时带一个师单独活动，有时全军一块活动。从斗争中，扩大了部队，先后打了好几个漂亮仗。第一仗在石门口与敌三十四旅遭遇，将其击溃，歼灭其先头部队一部一个团，俘虏千余人；第二仗，是在狗鸡（迹）岭、双河之间歼灭敌四十五师一个多团，仅当场释放的俘虏就800多人；第三仗，在金家寨附近，打垮敌独五旅，歼灭敌两个营；第四仗，在葛藤山歼灭敌五十四师两个团大部，活捉五十四师代理师长刘树春。通过这一系列的战斗，打开了皖西的局面，原来，皖西苏区被敌人"血洗"的只剩下一片狭小的地区，东西长不过200里，南北宽不过50多里，最狭窄处只有十几里。经过半年的斗争，又大大地恢复发展起来。

徐海东担任红二十八军军长后，一直在金家寨周边游击转战，接连取得胜利。这里也是徐海东人生的辉煌之地。他在这里两任军长：1933年10月11日，他在南溪吕家大院由红二十五军副军长就任重建的红二十八军军长；1934年4月17日，他在汤家汇豹迹岩就任由红二十五军和红二十八军合编组建的新的红二十五军军长。他在这里游击转战，得心应手，捷报频传。

1934年7月，豫鄂皖三省"剿匪"副总司令张学良，又实施从7月1日至10月10日的3个月"围剿"计划。

这次"围剿"使用兵力为15个师又3个独立旅，共70多个团。其方针是："一面划区驻剿，一面用竭泽而渔之方，作一网打尽之图。"具体部署是：将鄂豫皖地区划为6个"驻剿区"和一个"护路区"。其中，商城、立煌、六安地区为"第一驻剿区"，兵力为2个师又1个师的一部和两个独立旅；霍山、罗田地区（含立煌一部分）为第二驻剿区，兵力为2个师又1个师的一部。另以两个师又6个团组成4个追击队，计划在3个月内将红军"完全扑灭，永绝后患；彻底肃清，以竟全功"。

国民党豫鄂皖三省"剿匪"副总司令
张学良
（金寨县革命博物馆提供）

此时的立煌境内，红军有徐海东率领的红二十五军、林维先率领的红八十二师和3支游击师及一些战斗营。红军神出鬼没地转战，国民党军队不断遭到打击。

7月中旬，东北军一一五师在河南罗山长岭岗遭红二十五军毁灭性打击。

8月25日，第十一路军独立旅在六安县郝家集进攻红二十五军，损失500余人、300余支枪及大批军用物资。

9月4日午夜，红二十五军攻占了太湖县城，安徽警备旅一部遭重创，损失了大批的布匹、药品等物资。

立煌境内的红军也不消停，红八十二师和各路游击师都主动出击。

红八十二师在歼敌顾敬之民团200余人后，又于7月上旬，在一、二、三路游击师的配合下，先后攻下霍山的黄栗杪和诸佛庵，火烧六安县西河口守敌据险顽抗的戏楼，并接连攻克立煌境内的燕子河、西界岭、流波礓等据点，还攻克了六安县南岳庙、徐家集、江店子等集镇。

时至10月，红军活动依然。张学良无可奈何，3个月"围剿"计划宣告破产。

1934年11月4日，中共鄂豫皖省委率红二十五军由英山县陶家河地区向立煌葛藤山一带行动中，收到鄂东北道委书记郑位三的信，言明中央派来鄂豫皖工作的程子华已到鄂东北道委，带来中央重要指示，建议省委率红二十五军速来鄂东北，研究今后行动计划。11月6日，省委率红二十五军从葛藤山地区出发，日夜兼程，向西挺进。红二十五军自此离开了立煌。

1934年11月16日，中共鄂豫皖省委率领红二十五军高举中国工农红军北上抗日第二先遣队的旗帜，由罗山县何家冲出发西进，开始长征。历时10个月，于1935年9月15日到达陕北延川永坪镇，胜利完成了万里长征，被誉为"长征先锋"。

徐海东于长征结束后，任红十五军团军团长、红军南路军总指挥。抗日战争时期，任八路军第一一五师三四四旅旅长、新四军江北指挥部副指挥兼第四支队司令员。中华人民共和国成立后，徐海东担任人民革命军事委员会委员等职务。1955年被授予大将军衔，是中国人民解放军36位军事家之一。1970年3月25日逝世。

停战谈判与金家寨

中共鄂豫皖省委率领红二十五军离开鄂豫皖革命根据地长征之后，留下的红八十二师在立煌境内的长山冲乌凤沟遭敌包围，损失惨重。中共皖西北道委在立煌境内的全军将留下的零散的红军人员和连队集中起来组建为红二一八团，并以此为基础第三次组建了红二十八军，在军政委高敬亭的率领下，坚持在大别山转战，时而游击到金家寨附近，使敌人时时紧张，不得安宁。

1936年12月，西安事变和平解决后，蒋介石暗地调兵遣将，对南方各省共产党的组织和红军游击队及根据地群众进行秘密"清剿"。在鄂豫皖边区，继续以卫立煌为"清剿"总指挥，先后组织了1937年春季"清剿"和3个月"清剿"。

4月27日，国民党南京政府军事委员会撤销"豫鄂皖边区主任公署"，改设"豫鄂皖边区督办公署"，任命陆军二级上将卫立煌为督办，并授予他撤换"清剿"不力的地方官员的行政权力，一手统掌军政，以强化对鄂豫皖边区的"清剿"指挥。其指挥机构设在金家寨，下设岳西、经扶、信阳3个督办处，指挥正规军38个团及各县保安团，总兵力30万人以上。

金家寨又成为国民党豫鄂皖边区督办公署驻地。

卫立煌认为，红军和游击队、便衣队"多系本地土著，所到之处，又有人从而勾引通窝，以至行动自由，飘忽无定，兵来匪去，已成惯技。清剿自非军队与地方县长、区长、联保主任一致清剿，断难肃清"。因此，他提出"剿抚兼施""三分军事七分政治"的原则，强调"军政同时并进"。军事上，集中兵力，加强对主力红军的"追剿"和"会剿"；政治上，继续推行五户连坐的保甲制度。到5月底，卫立煌基本部署完毕，6月初开始了全面"清剿"。

立煌为豫鄂皖边区督办公署所在地，新任县长易智周根据卫立煌"军政同时并进"的指令，以超过以往的规模和程度，积极在境内推行了一系列"清剿"措施。一是进一步实行移民并村，制造无人区。把凡是便衣队活动的山区村庄都拆除烧毁，把群众赶到平畈去，进入围寨。围寨门前筑有碉堡，派兵严密把守。群众外出劳动要受到严密盘查，并只准带一餐饭。二是严密搜山。把炮楼建在山顶上，派人日夜驻守观望，发现红军、便衣队的动静，或组织大部队搜山，或纵火烧山，使之无藏身之地。三是严格保甲制度，实行五户连坐。由保长甲长负责每天晚上点名、清查户口。四是"霸路"。在红军、便衣队经常过的路口设递步哨，或在主要道路上埋下大量手榴弹，以起到杀伤和报信号的作用。五是"摸鱼"。经常在深夜秘密将村庄包围，拂晓挨家挨户搜查。六是进行宣传。强迫群众自首，胁迫群众当坐探。

立煌和鄂豫皖边区的红军和革命群众又面临着新的极其严重的危艰局面。

对于敌人新一轮秘密"清剿"，当地的中共组织和红军在领导上先是不明，后是估计不足，没有提出相应的对策和作出统一的部署，同数十倍于己的敌人展开殊死战斗，虽取得一些胜利，但遭到的损失也不小。特别是敌"清剿"指挥机构设在金家寨，对立煌的摧残更加严重。

位于金寨和商城交界的高山金刚台局部

战斗在金刚台的中共商南县委，面对敌人深入山区，在山顶和道口修筑碉堡，封锁山口，层层包围，日夜"搜剿"的严重局面，决定撤离金刚台，寻找

127

新的立足地。1937年4月，商南县委重新组织了商南游击大队，于6月下旬，县委率领商南大队钻出包围圈，经过10多天的辗转跋涉，转移到槐树坪山区建立新的立足点。与此同时，商南县委领导的便衣队依靠群众，继续在金刚台周围坚持反"清剿"，先后拔掉敌人在银山畈、火炮岭、胡店等地的碉堡，并利用西河桥、熊家河、桃树岭等地的两面政权，将一批从金刚台转移来的女同志和小孩安全掩护下来。而坚持在老根据地的团山便衣队，同进攻之敌英勇战斗，绝大多数同志光荣牺牲。

经过艰苦卓绝的斗争，红二十八军和地方武装虽然付出了较大的代价，但终于粉碎了敌人对边区的最后一次"清剿"。

1937年卢沟桥事变后，面对日本帝国主义开始的全面侵华战争，无论是正在鄂豫皖边区进行秘密"清剿"的国民党地方当局，还是领导红军、游击队、便衣队和广大人民群众进行反"清剿"的共产党地方组织，都面临着从内战到反对日本帝国主义侵略的战略转变。

1937年7月15日，红二十八军政委高敬亭根据中央文件的精神，派便衣队交通员金孝广将发起停战谈判致卫立煌督办的函件送到岳西县第三区蛇形岗炮楼。在金家寨的卫立煌也认识到抗日救国是全国人民的共同要求，也得知国共两党中央已经就合作抗日的问题正在进行谈判，于是当即复信表示愿意接受红二十八军停战谈判的倡议，并派出了高级参谋刘刚夫作为豫鄂皖边区督办的代表。

7月22日，中共地方代表何耀榜、豫鄂皖边区督办代表刘刚夫、安徽省政府代表郭副官在岳西县政府会晤，就停战谈判进行了磋商，并于当日在岳西县青天畈汪氏祠堂举行正式谈判并达成协议。于7月28日上午，在岳西县九河朱家大屋举行了签字仪式。

随后，中共皖鄂边区特委、红二十八军在岳西鹞落坪开会，研究各部开赴湖北红安七里坪集中整编的行动路线，并派出人员到各地党组织、主力红军、地方武装和便衣队宣传国共合作、共同抗日的方针政策，传达集中整编的指示。

卫立煌在金家寨也电告各地，不得阻止红军集中，使军事停火诸实施。

至此，国民党的10年反共内战宣告结束，鄂豫皖边区军民在党的领导下同心协力，坚持了艰苦卓绝的3年游击战争，使革命的红旗始终飘扬在大别山上。

1937年10月4日，卫立煌受任第一战区第十四集团军总司令之职，离开金家寨，率领第十四集团军奔赴华北前线对日作战。

卫立煌离开金家寨后，于1937年12月9日任第二战区前敌总指挥，在八路军的配合下，组织指挥了忻口战役，历时一个多月，歼敌2万余人。1938年2月，卫立煌任第二战区副司令长官兼前敌总指挥，率部在太行山韩信岭顽强阻击日军大规模进攻达10天之久。后率部驻守中条山地区，3年中打退日军10余次进攻，迫使日军始终未能从这里渡过黄河。1939年1月升任第一战区司令长官兼第二战区副司令长官，5月晋升陆军二级上将。1941年，卫立煌曾因主张国共合作抗战，与八路军建立友好关系而被撤职。1943年奉命出任中国远征军司令官，率部打败盘踞于滇西和中缅边界的日军，与中国驻印军一起，打通了滇缅公路。1945年，卫立煌任中国陆军司令部副总司令。

解放战争后期，卫立煌在担任国民党东北"剿总"总司令时，因没有积极执行蒋介石的"反攻"命令，被蒋撤职软禁于南京。1949年获释，随即出走香港。后拒绝去台湾，于1955年回到北京。曾任第二届国防委员会副主席，全国政协第二、三届常务委员，民革中央常委。1960年1月17日在北京病逝，安葬于北京八宝山革命公墓。

作家朱秀海编著的《红四方面军征战纪实》一书中，记叙卫立煌临终前的心绪，书中写道：

二十余年后的1960年1月，全国政协常委、国防委员会副主席、全国人大代表、抗日名将卫立煌先生病重，他向家人检点往事，对自己内战时期给皖西人民带来的灾难深感内疚。卫先生是个光明磊落的人，他没有为自己这段历史辩解，但历史却为他做了辩解。占领金家寨后，蒋伏生奉蒋介石之命大开杀戒，他无法约束。在"围剿"鄂豫皖苏区的战争中，虽然他为蒋介石立了大功，但他始终不是蒋介石的嫡系。蒋介石用他名字为一个新成立的县命名，然而蒋并不信任他。他在蒋那里，始终是圈子外的人。

唐淮源在金家寨

在金家寨驻扎的国民党第十二师师长唐淮源是个了不起的人物，卡罗、王金坤合著的《铁血流芳——抗日名将唐淮源》一书对他的一生有详细记载。

唐淮源，字佛川，云南玉溪江川人，1886年出生，云南讲武堂毕业，与朱德有同学之谊，并曾与朱德、金汉鼎义结金兰，关系甚密。

唐淮源1911年11月参加辛亥革命。1915年12月任蔡锷将军护国第一军副连长，后升任营长。1918年，升任步兵第五团团长，旋调四川宜宾县任县长，颇有名声。继后，升任第十五混成旅旅长，参加靖国等役。1920年年底，任滇军第二旅旅长。

1922年6月16日，唐淮源和朱德、金汉鼎一起在上海晋见孙中山，寻找救国之路。后朱德赴欧学习，唐、金入粤参加北伐，始投于第三军，转战入江西。

唐淮源无意中为中共举行著名的南昌起义帮了一个忙。因此之前朱德到南昌立足曾得到他的帮助。

1927年，唐淮源与从苏联回国的朱德在江西南昌相遇。唐淮源时任国民党黄埔军校南昌分校教育长，朱德到南昌则是按照中共中央军委的指示，利用他原来在滇军时的声望和同僚等关系，到南昌进行活动，致力于培养革命武装干部，但对唐淮源只说想在南昌驻军中谋事。

唐淮源和国民革命军第九军军长金汉鼎将朱德向第五方面军司令兼第三军军长朱培德引荐，朱培德与朱德当年在云南讲武堂时为"模范二朱"，早就相识。朱培德立即委任朱德任第三军军官教导团团长。不久又委任朱德任第五方面军总参议和第九军副军长，兼任南昌市公安局局长。

后来，唐淮源知道朱德是共产党员，要起义，却没有告发，继续给朱德提供帮助。

朱德利用这些职务，在1927年8月1日的南昌起义中发挥了极为重要的作用。

1928年，唐淮源任国民革命军第三军第十二师副师长。

1929年，蒋介石任命鲁涤平为湘闽赣三省"剿共"总指挥，对汀州、上杭等革命根据地发动进攻。唐淮源带一个团向龙岩一带进发时，遭到伏击，在共产党员田桂清等人的策划下，部队发生哗变，几百士兵挟持唐淮源投奔了红军。

时任红四军军长的朱德得知唐淮源被挟持关押后，向党代表毛泽东讲明，唐淮源非常讲义气，在南昌时，他明知朱德是共产党员，不但不告发，还给我们许多帮助。南昌起义时，朱德曾动员他参加，可他是个孝子，虽然同情革命，却不愿因自己而连累家人，所以没有参加。建议将他释放，这样做有益无害，得到了毛泽东的赞成。

唐淮源被释放后，果然有益。1935年9月，中央红军长征突破腊子口后，进入了甘南州岷县唐淮源第十二师的防区。唐淮源接到毛泽东派人秘密送来的信，要求"你守你的城，我走我的路。"唐淮源转告毛泽东"淮源谨照尊意"。并下令部下："夜色浓郁，敌情不明，各部不得轻举妄动。遇有情况，鸣枪示警，切勿让敌靠近。"结果，红军听着第十二师官兵空放的密集枪声，从空旷地带顺利通过了唐淮源的防区。

1933年3月，唐淮源任第十二师师长，在鄂豫皖边区参加"围剿"红军，驻扎在金家寨、莲花山一带。但由于该师主要是驻防，在皖西与红军作战不多，并屡遭损失。

红八十二师多次打击唐淮源第十二师。

如1933年5月5日，红八十二师在桃树岭歼灭唐淮源第十二师七十团的一个营；28日，转到杨家滩又与第十二师护送军粮的七十二、六十八两个团各1个营遭遇，激战2个多小时，歼敌1个营，缴获大批粮食和物资。

8月初，唐淮源第十二师三十五旅七十二团两个营押运装有一个师给养的70多对毛排，由史河逆水而上，运往金家寨。中共皖西北道委获悉后便立即集中红八十二师和一、二、三路游击师一部，在红八十二师师长刘德利统一指挥下，地方党组织和苏维埃政府发动千名群众，带着运输工具与部队一起在陈家寨的朝阳山下作战斗动员后，连夜行动。7日拂晓到达作战地域梅山大龚岭、上磊子，隐蔽在史河两岸的森林中伏击，取得了胜利，这次战斗共毙、伤敌400多人，俘虏100多人，缴获大米140多万斤及大批军服、猪肉、油盐、罐头、香烟等大量物资。

唐淮源擅长书法，驻扎金家寨期间，在莲花山留下了他"天地正气"的墨宝。

莲花山是金家寨东边的一座奇山，分东西两峰。两山峰间是一大畈，良田沃土，道路蜿蜒，村落隐掩在山林间，如同世外桃源。山上的石头奇特多姿，自然组合，形似莲花。唐淮源到此驻足观赏，风景优美，果然奇特。

唐淮源在莲花山上的题字"天地正气"

东峰山顶，大平板石头上，有十多块高约20米的巨大瓣形石块，其中有三块莲花瓣状的石块直立，酷似一朵盛开的莲花。西峰山上的石头，形似莲蕊，含苞待放；其旁边有一块巨石矗立，高约10米，宽约3米，状若令牌，名令牌石；山梁上横卧着一块巨石，像一只大乌龟向西而伏，名乌龟石；莲花石下数十米瀑布飞流直下下面的大小龙潭，其间突出一块石头被水雾所笼罩，石上刻有"宿雾"二字，不知何人所题。石莲西侧有燕子石，上面刻有清代河南省唯一的状元、著名植物学家吴其濬来此游览所题的诗：

莲峰高耸接云天，怪石巧峨胜若悬。鸟道蚕丛真险矣，龙盘虎踞更魏然。登巅俯涧三千尺，入境平垣八百田。地似桃源堪避难，相闻鸡犬添留连。

唐淮源身临此景，心旷神怡，不由自主地吟诵起北宋周敦颐的《爱莲说》，莲花出淤泥而不染若如人间正气凛然的君子，顿来灵感，这巍然耸立天地之间的石莲花就象征着人间的正气，做人就要像莲花，出淤泥而不染，做正气凛然的君子。他感慨万分，决定留墨于此，题词于令牌石上。于是，回到驻地，书写了"天地正气"4个大字，由士兵攀援到山顶，带着字模放绳子下去，在绝壁上凿石而成，至今清晰可见。

"天地正气"也是唐淮源后来在抗日战争中所表现的精神写照。

唐淮源所部离开金家寨后，接连被提拔。1936年10月，唐淮源任第三军副军长兼十二师师长。1937年，抗战爆发，升任第三军军长，奉命北上，在冀西一带的高碑店、易水、涞源、保定等地作战。这年秋，唐淮源率所部参加了山西娘子关保卫战。

1938年，唐淮源奉命率第三军进入山西中条山，此时日军正组织精锐，开始车轮式地向中条山发动大规模军事进攻。

没想到，这年中秋节，唐淮源与朱德在山西阳泉火车站的一列火车上不期而遇，此时，朱德已是八路军总司令，国共两军成为联合抗日的友军。两人这次意外相逢，喜出望外，又在共同抗日的战场上开始新的合作。

两人分别后，唐淮源指挥的第三军与朱德领导的八路军在中条山互通敌情，相互照应，多次联合作战，屡挫日军。日军前后13次大规模攻击，均被守卫中条山的中国军民挫败。

1941年5月，日军调集6个师团又3个旅团，总兵力达10万人，分4路进犯中条山。中条山战役打响时，唐淮源率第三军主力扼守闻喜、夏县以东的结山、唐王山到夏县东南花凸村一线，狠狠打击进犯日军，使中国军队的防线岿然不动。

5月10日，唐淮源部在温峪村附近遭日军重兵包围。唐淮源果断决定赴外线作战，他对各师长们说："现在情况极险恶，吾人在事有可为之时，应竭尽心力，恢复原态势。否则当为国家民族保全人格，我已抱定不成功便成仁之决心。"随后各师以团为单位，分三面突围。唐淮源亲自率一个团突围。

战斗至11日，唐淮源部官兵伤亡惨重，弹尽援绝，各路突围部队均未得手。12日，唐淮源率残部占领悬山一带的阵地。敌人集中兵力，向其发起猛攻。唐淮源部奋勇反击，三次突围受挫，在日军进逼的情势下，悲愤未能达到守卫中条山之责，为保全民族气节，遂举枪自戕于悬山之顶，壮烈殉国。

唐淮源是国民党军牺牲于抗日战场上的最高级将领之一。

1942年2月，国民政府特颁发褒扬令，追授其为陆军上将。

新中国成立之后，1986年6月，经民政部批准，云南省人民政府追认唐淮源为革命烈士。

2014年9月，唐淮源将军名列第一批300名著名抗日英烈和英雄群体名录。

莲花山上唐淮源题词的"天地正气"令牌石犹如纪念唐淮源烈士的纪念碑，他爱国抗战的浩然正气，永远留在天地之间。

实际上，当时在鄂豫皖边区参加"剿共"的国民党将领中，还有一些像唐淮源一样牺牲在抗日战场上，成为中华英烈。如第五十四师师长郝梦龄、独立第五旅旅长郑廷珍等。

郝梦龄，字锡九，河北省藁城县人，1898年出生。全面抗日战争爆发时，任国民革命军第九军军长，1937年10月16日，在山西大白水前线忻口会战中壮烈殉国，是抗战中牺牲的第一位军长，国民政府追授为上将军衔。1983年6月，民政部追认他为革命烈士，2014年9月1日，被列入民政部公布的第一批300名著名抗日英烈和英雄群体名录。

郑廷珍，河南省柘城县人，1883年出生。全面抗日战争爆发时，任国民革命军第九军独立五旅旅长，1937年10月16日，在山西忻口会战中壮烈殉国，国民政府追授陆军中将。1983年6月，中华人民共和国民政部追认其为革命烈士，2014年9月1日，被列入民政部公布的第一批300名著名抗日英烈和英雄群体名录。

县长"走马灯"在金家寨

从1932年10月在金家寨建立立煌县到1937年全面抗日战争爆发的5年间，国民党立煌县县长共有7位，平均不到一年就换一位，如同"走马灯"。他们是严尔艾、徐业道、刘茂恩、武庭麟、邢预培、陈立本、易智周。

严尔艾在金家寨

立煌县成立之后，在金家寨任职的首任县长是严尔艾。他从1932年10月就任，到1933年9月离职，当了近一年的立煌县县长。

严尔艾号兰荪，是云南玉溪州城人，1894年出生，是一个自幼从军的军人。

严尔艾早年入学云南陆军小学，湖北陆军中学，继入保定陆军军官学校第六期炮科。在保定军校毕业后回滇，供职于滇军，曾任腾越守备独立营营长。1924年，在滇军干部学校任学生队队长。6月，黄埔军校建立后，严尔艾任黄埔军校炮科少校教官，受到苏联顾问鲍罗廷赏识。

1926年6月，北伐战争开始，严尔艾任国民革命军（军长何应钦）第一军第二师（师长刘峙）第五团（蒋鼎文）第二营营长。当时，第二营军纪严明，校阅成绩优，严尔艾任第五团代理团长，进军武昌。在武昌战役中，头部负伤。攻克武昌后，随军入赣，东进浙江、江苏、上海。10月，任国民革命军第一军二师五团上校团长。1927年2月，任第一军二师参谋长。11月，任第一军二师副师长（师长徐庭瑶）。12月，任福建讨逆军总指挥。1928年1月，北伐至山东，任第一军（军长刘峙）中将参谋长。山东战役后，第一集团军在徐州整编，获北伐战争十字勋章。1929年3月，北伐后，曾任第一军第二十二师副师长，江苏警官学校教育长，中央军校军官研究班少将副主任等职。

1931年2月，蒋介石派严尔艾以中央视察员的身份赴甘肃视察，调查"礼县屠城事件"（1930年8月4日至5日，讨逆军第十五路军第一路纵队司令马廷贤攻占礼县县城，一天一夜，竟将城内8000余人，屠杀7200多人，又称"兰仓惨案"）。严尔艾在天水收受马廷贤巨额贿赂，不顾真相，向蒋介石汇报："马廷贤军纪严明，绝无屠杀不法惰事。"3月，马廷贤被南京政府任命为国民革命军陇南绥靖总指挥。消息发表后，社会各界反应十分强烈。陇南旅兰（州）人士集会，通电反对，要求惩办祸首。国民政府监察院也声言要弹劾严尔艾，严尔艾从此即受冷遇。当时，蒋介石正对鄂豫皖革命根据地发动军事"围剿"。严尔艾以高参名义，随军听用。1932年6月，任鄂豫皖三省"剿匪"军中路军第六纵队少将高参。1932年10月，立煌县设立，他被任命为县长，时年38岁。

严尔艾，温文尔雅，喜好书法，一副儒态，他长期在上层机关就职，不接触基层的具体事务，任职后多不适应。建县之初，百废待兴，一切从头开始，建设任务繁重，事无巨细，一切都要过问，他起早睡晚，应接不暇，疲惫不堪。而在境内"清剿"红军乃总部命令，也是守土之责，头等大事，不敢怠慢，要全力以赴。可"清剿"红军是事倍功半，越"剿"越多，无法向蒋委员长和总部交待，他非常沮丧。同时，还有令他不安的是，他心肠较软，不愿杀人。可兼任军法官，抓到的红军及共产党干部送县，都要他直接审判处决，非常时期，只要沾共，不得不杀。因惧怕冤鬼找他算账，无奈之下，他只好每处决一个人，就嘱咐庶务室给将处死者临终饭送上一罐肉，处决后烧两斤纸钱，以求得心态的平衡。而境内的国民党军队、民团、铲共团用极为残忍的手段，滥杀无辜，死者众多，他没有制止，亦有造孽之感。而"围剿"持续进行，这些让严尔艾深感心力交瘁，难以支撑，想辞职离开政界的念头油然而生。

严尔艾喜好书法，在金家寨却无暇动笔。尚未到不惑之年，就经常感到身体不适，神情恍惚，日渐瘦弱，因此，他提出了辞职请求。

1933年9月，严尔艾的辞职得到省政府的批准，离开了金家寨。

严尔艾是立煌县首任县长，在金家寨工作了近一年。他离开金家寨回到南京，就任军事委员会少将高参。

严尔艾后任陆军炮兵学校研究委员，从事军事研究。

1938年4月，严尔艾应第十一预备师师长赵定昌之邀，出任师参谋长，集中湖北枣阳整训。5月，任第一战区陆军训练处（即洛阳督练公署，主任刘峙）少将督练官。7月，任湘鄂川黔边区绥靖公署少将高参。同年秋，受荣誉一师师长林英之邀，协助筹建鄂西伤兵管理处（后改名第六战区荣誉军人管理处），任少将副处长兼万县分处处长，至抗战胜利，管理处被撤销。其间，居职非显，但不辞辛劳，关怀伤病员疾苦，颇受一些社会名士及黄埔校友尊敬，被誉为"道德夫子"。

1947年4月17日，严尔艾退役，寓居南京。其间，关怀国事及云南故乡动态。经常阅读云南地方报纸，并接触一些进步书刊，对国民党政府发动内战的反动本质渐有认识。对李公朴、闻一多在昆明被害，极为震惊。龙云在南京时，曾多次冒险，前往探望。5月5日，为哭祭中山陵的400多位国民党将官之一。

1949年4月，严尔艾拒赴台湾，在南京迎接解放。1959年1月因心脏病在南京病逝。

在中国人民政治协商会议玉溪市委员会所编《玉溪市文史资料》第三辑刊载的《严尔艾传略》，对严尔艾做出这样的评价：

严尔艾一生走过的道路是曲折的。青年从军，矢志救国。后来投身黄埔，恪尽其职；参与北伐，不惜流血。北伐之后，跻身国民党嫡系部队，又出任立煌县县长，卷入反共逆流。抗日战争时期，在当时个人境遇比较艰难的情况下仍为抗日尽力。解放战争时期，未卷入内战。其为人耿介，不善逢迎。自奉简约，曾自书"布衣暖，菜根甜"六字悬壁上自励。在万县时，颇受一些社会名士及黄埔校友尊敬，被誉为"道德夫子"。他酷爱书画，常临摹魏碑及王羲之、于右任草书，有相当功力。平生搜集古代文物书画较多，曾寄赠玉溪市教育局一部分图书碑文，见其爱乡之情。

徐业道在金家寨

严尔艾辞职后，由徐业道到金家寨接任立煌县县长兼保安司令，这年他36岁。1933年9月到1934年7月，徐业道在金家寨当了10个月的县长，是在任立煌县县长后被提拔的国民党将军。

徐业道，字照人，号镇诞，1897年出生，是湖南省湘潭人。他毕业于公立湖南法政专门学校，曾任北伐军第二军法处军法官，代理军法处长，江西省贵溪县县长。1928年开始，先后任湖南绥靖督署、武汉卫戍司令部、江西九路总指挥部军法处处长。1930年5月，任国民党南昌卫戍司令部执法处长，中共江西省委书记张国庶、妇女部长晏碧芳（张国庶夫人）等被捕就是他带队执行的。

徐业道长期在军法部门工作，法制观念较强。平时不多言，显得较深沉，有心计。

他到金家寨后，看到当时立煌建县一年了，仍处于无法无天乱杀人的状态。当时不仅区长、联保主任可随意杀人，就连保长、族长也可活埋人，徐业道对这种无视法律的行为极为不满。他上任后告诫各区区长说："共产党、红军和刑事犯罪一定要送县，经过法律程序才能明正典刑，县以下任何人和机构都没有定谳权。若再滥杀的话，我查着定以擅杀论处。"结果，他的话多少起了一些作用，乱杀之风有所收敛。

一次，他让秘书通知二区区长，明天去流波礄镇视察。可二区区长张晓初自恃才高，不善奉承，第二天没有组织欢迎会，也没有亲自到码头恭候。徐业道到流波大桥一看，冷清无人，心中不悦，但未形于色，径直走进三民旅社住下。

徐业道的秘书觉得受了冷遇，感到恼火，对他说："我去叫张区长来见您！"

没想到徐业道说："走，我们去见张区长！"

秘书说："世上没这个道理，哪有上级拜望下属的？"

徐业道微笑着说："青年人不要气盛，猪肥了自然有人宰。"

果然，张晓初区长后来就吃了个大亏。

徐业道的心计由此可见一斑。

徐业道到任正值国民党军队对皖西北地区进行第五次"围剿"之时，红二十五军遭受重创，离开立煌去鄂东北，境内的赤色势力活动也销声匿迹，他曾暗暗庆幸自己比严尔艾走运，可睡安稳觉了。

可是没想到，不到半个月，徐业道就接到情报，在南溪又出现了红二十八军。军长是徐海东，政委是郭述申。

随后，这个红二十八军让徐业道整天如坐针毡，焦头烂额。徐海东非常厉害，在重兵反复进剿的情况下，仍在金家寨周边游击转战，越战越勇，一度还进入古碑冲，差点攻进金家寨，而国民党军队屡屡受损。

这些情况，让徐业道深深知道了红军和徐海东的厉害，难以对付，立煌县县长不好干，水深火热，也生去意。

1934年7月，徐业道如愿以偿，调离金家寨，到戴笠为处长力行社特务处任司法股股长，后任武汉警备司令部军法处处长，先后授少将、中将军衔。

1936年，徐业道任国民政府军事委员会军法总监部少将军法官，1938年1月19日，徐业道作为军法官参与了蒋介石组织的高等军事法庭对韩复榘的会审。1948年6月，任国防部首任中将军法局局长和国家总动员委员会军法执行分监，曾参与办理对侵华日军总司令冈村宁次的审判工作与日本战犯遣返等案。1949年去台湾。1972年，逝世于台湾。

刘茂恩在金家寨

徐业道在金家寨当了10个月的县长，悄然离去，接任他的是刘茂恩。他任立煌县县长时间更短，前后仅有4个月。

刘茂恩是刘镇华的弟弟。刘镇华已于1933年5月出任安徽省主席。

刘茂恩是个职业军人，他跟随哥哥刘镇华先后依附过冯玉祥、阎锡山、蒋介石，经历非凡。1934年7月到金家寨担任立煌县县长时，已经当了多年的军长，时年36岁。

刘茂恩，字书霖，是河南省巩县人，1898年出生。1916年中学毕业，由其兄刘镇华保送到袁世凯办的"模范团"当学兵，后转入保定陆军军官学校第六期辎重科学习，毕业后在陕西军官教育团任中校教官。后入镇嵩军总司令部卫队旅任机枪连上尉连长、迫击炮团上校团长等职。1927年改编任冯玉祥的国民革命军第二集团军第八方面军总指挥，又任第四军军长。后任第二十九军军长，改附蒋介石，参加北伐。1928年北伐后部队缩编，任第二集团军暂编第三十师师长。1929年蒋冯分裂，5月被蒋任命为讨逆军第十一路军暂编第四师师长，后投奔阎锡山。所部改为陆军第六十六师，仍任师长。1930年春，蒋冯阎中原大战中临阵倒戈，被蒋任命为讨逆军第十一路总指挥，后任第十五军军长兼第六十五师师长，率部参加"围剿"鄂豫皖红军。1931年兼任安徽省第三区（六安地区）行政督察专员兼保安司令，少将军衔。

刘茂恩是兼任立煌县县长，他还身兼多职，显然是临时主政，属过渡性安排。

刘茂恩到任时，豫鄂皖三省"剿匪"副总司令张学良，正开始实施从7月1日至10月10日的3个月"围剿"计划。

刘茂恩身兼军政两职，按照张学良的部署，全力组织力量参加"围剿"

红军。

此时的立煌境内，有徐海东率领的红二十五军。徐海东是刘茂恩的老对手，刘茂恩的部队与徐海东所部多次作战，经常吃亏。

林维先率领的红八十二师是刘茂恩的新对手，神出鬼没，刘茂恩的部队与红八十二师也多次作战，没少吃亏。

红军还有3支游击师及一些战斗营，到处游击，打击国民党正规军和地方民团及反动势力。刘茂恩平时是看不见，摸不着，能听到的都不是好消息，吃亏的多，占便宜的少。

时至10月，红军活动依然。刘茂恩无可奈何，张学良无可奈何，3个月"围剿"计划宣告破产。

1934年11月4日，中共鄂豫皖省委得知中央派人送信到鄂东北道委，带来了中央的指示，遂于6日率红二十五军从立煌葛藤山地区出发，日夜兼程，向西挺进。

蒋介石闻讯迅速部署围追堵截，刘茂恩奉命指挥所部第六十四师、第六十五师追击，于11月8日在光山东南的扶山寨地区，会合第一一七师、一〇七师4个团偷袭红二十五军，经过激烈战斗，红二十五军胜利突围，国民党军损失约4000人。

此战是刘茂恩与徐海东率领红二十五军在离开鄂豫皖根据地前的最后一仗，又以失败而告终。

红二十五军自此离开了立煌。而刘茂恩于11月也离开金家寨，不再兼任立煌县县长。

刘茂恩后于1935年4月被国民政府授以陆军中将。1936年兼任豫鄂皖边区第二绥靖区司令官；全面抗日战争爆发后，曾任第十四集团军总司令、河南省政府主席；1948年9月调任总统府战略顾问委员会委员，后去台湾。1958年任"总统府"国策顾问，1981年4月24日病逝于台北。

武庭麟在金家寨

1934年11月，刘茂恩不兼任立煌县县长后，国民党第十五军第六十四师一九〇旅旅长武庭麟在金家寨继任县长，时年42岁。

武庭麟身材高大，没有严尔艾、徐业道的外表儒雅；他阴险狡诈，心狠手辣，行为暴戾。

武庭麟，字歧峰，是河南省伊川县人，1892年出生。陕西陆军模范学校毕业，一直追随刘镇华，先后任刘镇华镇嵩军排长、营长、团长、旅长等职。1928年任国民革命军第六十七师师长，1931年任第十五军第六十四师一九〇旅旅长，积极参加"围剿"鄂豫皖革命根据地的红军。

为何说武庭麟阴险狡诈，心狠手辣，行为暴戾？从他的下属张纪伦所写《我所知道的豫西土著军阀武庭麟》一文便可以看出。

张纪伦从1926年（武庭麟任陕西陆军第二师步兵第三旅旅长）到1941年（武庭麟任国民党第十五军军长），曾在武庭麟部下充当过司书、学兵、参谋、参谋主任、参谋处长等职，对武庭麟极为了解。他在文中记述：

在豫西尤其是洛阳附近各县，不论男女老少一提到武岐峰（武庭麟的别号），没有不切齿痛恨的。原因是他先后三次担任洛阳警备司令，假公济私和随意杀人之事多得难以计数。

武庭麟从当下级军官起到当军长的几十年中，不管部队是缩编还是改编，他决不放弃实力，宁愿降级也决不干副职。1928年第八方面军在天津附近整编时，他由第八师师长降任暂编第四师第十一旅旅长。1931年初，第十五军在新乡进行整编。因编制减少，第六十五师师长阮勋和第六十六师师长徐鹏云均调任副师长。武当时是第六十七师师长，坚决表示不干副职，宁愿降职当第六十四师第一九〇旅旅长。后来，阮、徐均由副职转为闲散，而武则于1935年以旅长兼任安徽省第三区行政督察专员，旋升任第六十四师师长。1939年秋，武在中条山升任第十五军军长。这就是武念念不忘的"实力第一，主官第一"的结果。

1929年秋季，武任第十一路军暂编第四师第十一旅旅长，驻安阳。因豫、鲁、冀三省交界处有股匪窜扰，武派该旅第二十一团团长杨天民率4个营前去清剿。结果杨团失利，伤亡官兵百余名。武大为震怒，亲自率队增援。武每到一村，即将所有青壮年集中捆绑，严刑审讯。凡被他认为有嫌疑者，立即拉出去砍头。

有一天中午即将开饭时，武邀参谋主任赵敏、军法官郭苹生和张纪伦同去村外巡视。看到许多被杀者的尸体身首异处、血肉狼藉，同行者纷纷避开，武却走到近前仔细逐个观看，并对赵敏说："我就喜欢看这个东西。"吃饭时，别人恶心不能下咽；武却进食如常，边吃边笑说："你们真是村姑俗婆！"

武庭麟一生阴贼险狠，作恶多端，但却死好虚名，最喜欢人家说他是"儒将"，常以写字作为表现儒雅的手段。他评论别人时则好说"一身俗肉"和"俗气扑人"。他家里有一藏书楼，据说有书数万册。凡有客人来访，他必向人家炫耀自己的藏书。

从上述可大体领略武庭麟的险恶、凶狠、残忍和虚伪。他到金家寨当县长，注定要给这里的人民带来深重的灾难。

1934年11月中旬，国民党军一面以18个团尾追西去的红二十五军，一面以56个团和其他部队对鄂豫皖革命根据地分成4个区进行"清剿"。皖西地区列为第一和第四"驻剿"区。

武庭麟率领第一九〇旅进驻金家寨和胡店，参加第四"驻剿"区内红军的"清剿"，负责金家寨到关山河的碉堡线，工兵营驻麻埠。

虽然红二十五军离开了境内，但武庭麟不敢大意，因为这里还有红八十二师和3个游击师，在离金家寨不远的熊家河还有中共皖西北道委、道苏维埃政府机关。他按照张学良颁布的"构成碉堡地带截匪之窜路"为主旨的"清剿"计划，命令部队及地方团队，不时清查户口，大肆搜山，移民并村，严密保甲制度，实行"十户连坐法"，"一户通匪，十户同罪"；在要道路口设立关卡，盘查行人和物资，企图彻底"剿灭"红军和革命势力。

12月初，武庭麟看到战报，第六十五师一九四旅三八七团和地方民团，在立煌境内的长岭乌凤沟使红八十二师和3路游击师遭受重创，师长周世觉阵亡，死伤数百，余部打散。他感到很高兴，红军的主力已被消灭，剩下的共党残余就好办了。

可是，没几天，在他所防守的关山河，独立第五旅六一四团运送物资的毛排被红军袭击，自己驻关山河的部队也损失了一个连。12月25日，他又接到报告，境内的白塔畈下骆山，红二一八团歼灭了安徽省保安团的一个营，并运走了大批粮食。

武庭麟深感形势严峻，焦躁不安。他思来想去，这里的红军之所以屡屡"清剿"而不灭，根在这里的百姓，他们完全被赤化了，铁了心跟着共产党和红军。

1935年1月8日，蒋介石命令在鄂豫皖边区各部队，务必于3个月内将红军主力肃清，并将这次"围剿"重点放到皖西，由梁冠英指挥19个团兵力进行合围。武庭麟的部队仍负责境内"驻剿"，他把"清剿"的重点放在对境内革命群众实行"三光"。

当时随武庭麟到金家寨的张纪伦也记载了武庭麟在立煌境内的恶行：

刘镇华任豫鄂皖边区"剿匪"总司令，在大别山区实行烧光、杀光、抢光的"三光政策"。武当时系第六十四师第一九〇旅旅长并指挥第一九二旅（旅长杨天民），对"三光政策"的执行最为得力。武部所到之处，居民早已逃避一空。军队一面挖掘藏粮、烧毁房屋，一面分头搜山。对藏在深山密林中的民众，一律称为"匪民",捉到后就按男、女、老、幼分别审讯,企图从中得到有关共产党组织和红军的情报。武把自己认定的重要人物解送潢川总部,剩下的多数就地处死,夜间刺死或活埋。武对部下说:"在搜山中多杀一个人,就等于多毁掉'共匪'一部电话机。无论瞎子、拐子都不能放过!"各部队每天所报的战斗日报都有挖出"匪粮"多少斤、烧毁"匪房"多少间、捕获"匪民"多少名之类的内容,武据此评定成绩。因为杀人放火在当时已成为一种竞赛,所以准确数字无法统计。但可以肯定的是,在同时进山的各部队中,武部杀人之数实堪首屈一指。

武庭麟所部在金家寨的柳树庄,挖了一条长达几里的大沟,一夜间活埋苏维埃干部、群众3500余人。在皖西大肆屠杀共产党员和革命群众,为向上级报功领赏,割下死难者耳朵达7担之多。

武庭麟在立煌卖力地实行"三光政策",使立煌境内很多地方尸骨遍野,房屋被焚,成了白天不见人、晚上不见灯的无人区。

武庭麟得到了刘镇华、蒋介石的赏识,1935年4月,被授予少将军衔,还兼任安徽省第三区行政督察专员。

尽管武庭麟卖力"剿共"加官晋爵,可到离任,境内的中共组织和红军仍在活动。红二一八团发展成了红二十八军在鄂豫皖边区转战,赤城中心县委领导的游击队仍在游击,还组建了多支党政军一体化的便衣队,神出鬼没地开展斗争。金家寨不远的洪家大山的红军战斗营仍在战斗,在武庭麟离任前一个月,立煌县大队大队长汪英武即被洪家大山战斗营处决。

1935年6月,武庭麟离开金家寨,不再担任立煌县县长。他在金家寨当立煌县县长只有半年多的时间。

武庭麟在立煌作恶多端,罪行累累,最终得到了报应。

武庭麟离开金家寨后,1936年2月任第十五军六十四师师长,10月升任中将。抗战爆发后参加忻口会战,1939年10月任第十五军军长,曾参加豫中会战、豫西鄂北会战,1944年在洛阳保卫战中,带领十五军及十四军(川军)九十四师共1.8万名将士,在没有外援的情况下对5万日军进行了顽强抵抗,从5月5日至25日,坚守洛阳21天,打死打伤日军2万人,武庭麟抗日也是拼命的。

抗日战争胜利,第十五军缩编为第十五师,武庭麟任师长。

1947年11月4日,武庭麟在河南郏县被晋冀鲁豫野战军陈(赓)谢(富治)兵团第十旅俘虏。他做梦也没有想到,这个第十旅的前身是红二十五军第七十三师,就是在他当过立煌县县长境内的麻埠镇组建的。1932年9月,这支红军队伍从金家寨走出,15年后,抓住了这个双手沾满金家寨和鄂豫皖革命根据地人民鲜血的刽子手。

1952年12月11日，武庭麟在河南洛阳被处决。

邢预培在金家寨

武庭麟离任前，保荐他的副官长邢预培接任立煌县县长。

邢预培与武庭麟是河南伊川同乡，在武庭麟身边当副官长多年，是武庭麟的心腹和最信任的得力干将。

早在1929年秋，武庭麟部驻安阳时，就保荐其副官长邢预培任安阳县县长。1931年前后，武庭麟在洛阳北大街开设天章绸缎庄，领东掌柜是张老四。后来天章绸缎庄因亏本停业。按洛阳一带做生意的惯例，领东向来不负责赔账。而武庭麟却勒令张老四按干股认赔2000元，就是派副官长邢预培向张老四催要。张老四因此抑郁成疾，卧床不起。邢预培以武庭麟"没钱就要他的命！"威逼，张老四受惊吓而亡。

邢预培长期在武庭麟身边，养成了军阀作风，举止粗野，性情暴躁，武断专横，担任县长仍然如此，从一件事就可看出。

邢预培到金家寨后也要到下面去视察。他到二区流波䃥视察，就看区长张晓初不顺眼。张晓初在前任县长徐业道的宽容下，更加傲慢，更看不起这些居高临下、说话粗野、独断专行、行事鲁莽的武夫，对邢预培不是低三下四，毕恭毕敬，而是公事公办，接待不冷不热。一来二去，邢预培多有不快，常对张晓初当面发火训斥，而张晓初也毫不相让，当面顶撞。一次，邢预培安排张晓初按照他的办法处理一件事，张晓初提出这样去处理不行，应该怎么去处理。邢预培大怒，竟然将张晓初按倒在地，狠打一顿，并气狠狠地吼道："看是你行，还是我行！"张晓初遭此羞辱，非常愤懑，但无可奈何。"秀才遇到兵，有理讲不清"。

第二任县长徐业道所说："青年人不要气盛，猪肥了自然有人宰。"这句话，在这里得到了应验。

邢预培到金家寨任职之前，就参加了豫鄂皖"剿匪"总部部署的"围剿"、"清剿"和1935年3月重新部署的两个月"清剿"。皖西地区的"清剿"由第二十五军总指挥梁冠英统一指挥，邢预培所在的第六十四师就在金家寨附近"驻剿"，武庭麟在立煌的罪恶也有他一份。

邢预培到任时，经过国民党军队的连续"清剿"，立煌境内和鄂豫皖根据地已经建成了纵横交错的封锁线，碉堡林立，形成了严密的封锁网，同时"驻剿""追剿"仍在进行,他感觉到立煌境内相对平静。

事实上,这是因为红二十八军已经离开立煌境内,在舒城、霍山、潜山、太湖边区建立了新的游击根据地。而在境内的中共赤城县委、赤南县委已合并成立中共商南县委,并组建了商南大队,以金刚台为依托,继续坚持斗争。还组建了8个便衣队,分布于熊家河、长岗岭、金家院子、苏仙石、漆店、吴家店、沙河、黄柏山、伏山等地区。每个便衣队由6~10人组成,队员都是经过挑选的优秀指战员或党员、地方干部。这些人有一定的政策水平,工作能力强,会打仗、会做群众工作,平时隐藏于群众之中。同时,转变了斗争策略,主要是隐蔽活动,在基层保甲中,建立起"两面政权"。保甲长白天公开为国民党办事,夜晚秘密为共产党工作;壮丁队白天为国民党守防,晚上协助便衣队向地主征粮。

这些,都让邢预培看不见、摸不着。但是,邢预培不敢大意,因为高敬亭率领的红二十八军随时都可能返回,境内的中共组织和武装力量还没有"剿灭",随时都会出动袭击。

邢预培等到豫鄂皖边区"剿共"的国民党军队将领对高敬亭是早闻其名,这是一个非常难对付的共产党和红军的领导人。

红二十八军政治委员高敬亭
(金寨县革命博物馆提供)

高敬亭,河南光山县人,1907年出生,1928年3月加入中国共产党。1930年秋,任鄂豫皖边特区苏维埃政府主席。1931年5月后,任中共中央鄂豫皖分局常务委员、中共鄂豫皖临时省委常务委员、鄂豫皖省苏维埃主席、中共鄂豫皖省委组织部部长、中共豫东南道委书记。1932年10月,红四方面军西征转战后,任重建的二十五军第七十五师政治委员、中共皖西北道委书记。红二十五军主力长征后,主持重建了红二十八军,任政治委员(无军长),统一领导鄂豫皖党政军工作。

果不其然,立煌境内又接连出现了红军的活动。

1935年8月13日,红二十八军在方坪花凉亭与邢预培的兄弟师——第六十五师的一九五旅三九〇团一个营展开激战。结果,该营遭受重创,伤亡200余人,被俘100余人,红军缴获步枪200余支、轻重机枪7挺、迫击炮1门、子弹1万余发。

12月17日,红二十八军一部与追踪的国民党军第九十五旅一八九团一营和独立第五旅六一五团5个连在中畈湾展开激战，第六一五团团长曹兴文和第一八九团一营营长陈登朝以下官兵128人阵亡，200余人负伤，红军缴获重机枪1挺、步枪200余支、子弹5000余发。

同年12月，红军商南大队和便衣队也在境内活动，袭击民团和敌军。

在汤家汇的金刚台南部，红军便衣队歼灭了高冲民团，其队长"余剥皮"被处决；在全军的熊家河，击毙民团头目"黄胖子"，将俘虏的30多个团丁教育释放。

商南大队与便衣队密切配合，在挥旗山下设伏，截击了由一个连敌军押送的运粮队，缴获500多担粮食及其他物资。

在金刚台上还驻扎着红军队伍，人数不知有多少。

邢预培得到这些消息，又惊又气，十分不安，又采取行动组织"清剿"。

1936年1月，蒋介石又任命卫立煌任"豫鄂皖边区清剿总指挥"，指挥9个师零1个旅，共44个团的兵力，继续在鄂豫皖边区进行"清剿"。在立煌、霍山、英山、罗田4县增筑7条碉堡封锁网，并采取"追剿""围剿""堵剿""驻剿"等战术手段，扬言要在3个月内消灭红军。

邢预培积极行动。当时，寒冬腊月，立煌境内连续降雪，邢预培组织部队、县大队和地方民团利用大雪封山之机，实行封山和"雪地搜山"，企图消灭、捕获或困死饿死红军和革命干部。可是，中共商南县委、商南大队和便衣队利用"两面政权"筹粮，隐蔽在深山，使一批批粮食等物资躲过敌人封锁线陆续送到山上。

邢预培劳而无功，不仅没有抓到红军和革命干部，困死饿死共产党和红军人员于严冬的企图也落空。

邢预培在金家寨期间，1935年1月，县政府的机构按照南昌行营颁布的撤局改科的规定，撤销了教育局、财政局和建设局，增设了专管审核地方预决算的财务委员会；县政府内设3个科，第一科管民政、公安；第二科管财政；第三科管教育、建设，共编制23人。外设社训总队，由县长兼任总队长，社训教官兼任副总队长，办理国民军训及警卫事项；成立县钱粮柜，承办征收税务，设县金库，掌握出纳及保管事宜。11月25日，又成立了立煌县文献委员会。

邢预培在建设上也办了一件事，就是向省政府要求拨款修建金家寨的城墙。1936年3月，省政府和县政府拨款9万元开始建设。城墙由地方绅董*组成建城委员会负责修建，建城委员由各区推选能力强、声望高者担任。江梦吾和郑水心分别任正副委员长，漆树人、桂海舟分任总务、工程组长。建城工程从城南

---

* 指当地的绅士和地方官员。

开始施工，但仅下了一段基石，就因全面抗战爆发而停工。

1936年5月，邢预培不再担任立煌县县长，离开了金家寨。他当了半年的立煌县县长。

陈立本、易智周在金家寨

接任邢预培是陈立本。陈立本是安徽祁门县人，他任立煌县的县长也是过渡性的，仅当了4个月就离任。

1936年10月到1937年12月，由易智周任立煌县县长。

易智周是河南人，他在金家寨担任立煌县县长期间主要还是"清剿"境内的中共组织和红军。

然而，他和前任一样，中共组织和红军依然在境内活动生存。他刚上任，红军和地方革命武装就给他一个下马威。

就在易智周上任的10月下旬，红二十八军就返回立煌境内，在吴家店廖家湾地区，使追击的第十一路军一个营遭重创；11月，红二十八军又先后打开泗道河移民围寨和焦园敌据点，全歼守敌，救出被围的群众。11月25日，红二十八军在西岭店附近东渡史河，巧妙设计，使驻扎在金家寨的国民党第六十四师一九二旅三八四团追击中，前卫营与后续部队产生误会，自相战斗，造成了伤亡。

中共商南县委发动地方党组织和游击队武装及便衣队，积极配合红军打碉堡、破围寨。11月26日清晨，商南县委书记张泽礼率商南游击大队，扮成敌十一路军的伤兵队，红二十八军营长林维先率手枪团三分队扮成护送人员，在熊家河地区一天端掉了赵家湾等11个碉堡，俘虏了全部民团。第二天，又打破了前后两个围寨连在一起的王家圩子，歼灭了10多名敌人，解放了因在围寨里的50多名群众，随后端掉茶铺、柯家祠堂等地的碉堡，处决了恶霸地主、民团头子柯三爷。在不到1个月的时间里，手枪团三分队和商南游击大队在林维先和张泽礼的领导下，横扫了熊家河、汤家汇、麻河岗、胭脂、墨园等地30多个碉堡和60多个"移民并村"围寨，使老根据地出现了新的斗争局面。

红二十八军和地方武装的频繁活动，使易智周心惊肉跳，日夜不宁，气急败坏，无可奈何，只有按照上级的部署，继续进行"清剿"。直到1937年7月底，豫鄂皖边区督办公署代表和红二十八军代表签订停战协议后，才停止了"清剿"活动。

易智周是土地革命战争时期，在金家寨任职的最后一位立煌县县长。

金家寨：抗战时期的安徽省省会

抗日战争全面爆发后，从 1938 年 6 月到 1945 年 12 月，国民党安徽省政府迁驻金家寨，金家寨成为安徽省的省会，长达 7 年半之久。

　　这也是金家寨历史上城镇规模最大、人口最多的时期。国共两党的精英在这里各显风流，留下了许多传奇故事。

安徽省省会金家寨

金家寨距安徽省省会安庆市有数百里之遥，原来这里的居民少有到省城去，到安庆读书、经商及从事其他活动的人员也饱受旅途数日劳顿之苦。就金家寨人而言，省城是一个遥远、神秘、繁华、热闹、令人向往的大都市。从来没有人想到，在抗日战争全面爆发后，国民党安徽省政府迁入了金家寨，金家寨居然成了安徽省的临时省会。

从1938年6月至1945年12月长达7年半的时间里，国共两党在金家寨谱写了抗日救亡的历史篇章，国共两党的多位著名人物在这里留下了难以忘怀的故事和记忆。

抗战初期的金家寨

1937年7月29日，就在大别山红二十八军的代表和豫鄂皖边区督办公署的代表签订停战协议的第二天，日军占领了北平；30日又攻占了天津，随后又分兵在上海制造了震惊中外的八一三事变；消息传到金家寨，无论是国民党军队人员还是居民都感到愤慨和愕然。

随后国共合作共同抗日和日军侵华的消息不断传来：

8月22日，国民政府军事委员会发布命令，将在陕甘地区的红军改编为八路军；9月22日，国民党通过中央通讯社发表了《中共中央为公布国共合作宣言》；23日，蒋介石发表了《对中国共产党宣言的谈话》，以国共两党合作为基础的抗日民族统一战线正式形成；10月12日，国民政府军事委员会宣布南方8省14个地区的红军游击队改编为新四军。

11月26日，日军4000余人强攻广德，川军一部顽强抵抗，揭开了安徽抗战的序幕。29日，广德失守。12月10日，芜湖被日军攻占。12月13日，南京沦陷，日军制造了骇人听闻的南京大屠杀。随后，日军大举西进北犯，妄图迅速打通津浦铁路，夺取安徽通道，进占中原。

国内这些形势的巨变，无不影响着金家寨。

全面抗日战争开始，国共合作抗战，十年内战结束。"剿共"的机关和部队撤离后，金家寨较前显得冷清。逃离金家寨的居民相继返回，开始了正常生活。政治气氛也发生了根本变化，关在金家寨立煌监狱的共产党员、干部、红军及家属等政治犯被陆续释放，人们开始感受到了前所未有的宽松和自由。但日军已经侵入安徽，人们最关心、谈论最多的是日军侵华的动态和中国军队抗击的消息，仇日和惶恐的情绪在弥漫。

而此时的立煌，经过国民党军队的反复"清剿"，山头光光，村庄废弃，田野荒芜，满目疮痍。

1937年12月，易智周不再担任立煌县县长，由鲍庚接任，由他来主政收拾立煌停战后的残局。

鲍庚是寿县人，他到金家寨上任后，其工作任务和前几任完全不同。前几任都是以"清剿"共产党和红军为中心，而现在是国共合作抗战，昨日的"敌人"又成了兄弟，他一接手就是继续做好停战协议签订后的善后工作，完成省政府部署的动员民众抗战、做好抗战准备及其他工作任务。

鲍庚一上任，就处理了一件事关国共合作的公务，这就是接待鄂豫皖工农抗日联军抗日军属慰问团。

原来1937年10月下旬，红二十八军各部队和中共鄂东北、皖西北地方党组织及所属的地方武装、便衣队分别集中到湖北红安的七里坪等地，集中的武装暂时命名为"鄂豫皖工农抗日联军"。为防止意外生变，保留革命的火种，立煌境内的熊家河留下了杜立保领导的便衣队。

在延安的中共中央对坚持在鄂豫皖边区的党组织、红军、游击队极为关注，派出郑位三、肖望东、张体学、程启文等干部到鄂豫皖工作。

12月中旬，根据党组织的安排，鄂豫皖工农抗日联军派出徐其昌等6人组成鄂豫皖工农抗日联军抗日军属慰问团，到立煌境内慰问并与在熊家河的杜立保便衣队联系。徐其昌等人随身带着大批石印的慰问信和护照（通行证），经过经扶、商城进入立煌，从汤家汇、丁家埠到熊家河，沿途散发慰问信，其目的有三：一是向老革命根据地的红军烈属、军属和人民群众表示慰问；二是对各地国民党政府、保甲长警示，不得把红军烈属、军属当"匪属"对待，他们现在是抗日军人的家属；三是宣传我党的抗日主张。慰问信专门写进了中共中央的抗日救国十大纲领。

鲍庚在金家寨得知鄂豫皖工农抗日联军抗日军属慰问团来立煌境内慰问的消息后，

鄂豫皖工农抗日联军抗日军属
慰问团负责人徐其昌
（金寨县革命博物馆提供）

他没有亲自出面前往接待，而是安排当地的保甲长配合好、接待好，不能敌视和怠慢。

慰问团的慰问活动进行顺利，并到熊家河很快与杜立保便衣队取得联系。1938年元旦，当地保甲长联名请徐其昌等6人到熊家河的孤山炮楼过元旦，予以盛情招待，气氛十分融洽。

接待鄂豫皖工农抗日联军抗日军属慰问团到立煌慰问，这是国共基层合作在立煌境内的首次活动。

随着局势的发展，为了适应抗战的形势，1938年2月，在金家寨成立了立煌县人民自卫军司令部，县长兼任司令，负责办理自卫及抗战绥靖事项。

面对日军的猖狂进攻，1938年1月，安徽省政府由安庆迁至六安。2月13日，时任第五战区司令长官、国民革命军陆军一级上将的李宗仁在六安宣誓就职安徽省政府主席。

李宗仁，字德邻，是广西桂林人，广西陆军速成学堂毕业，时年47岁。他担任安徽省政府主席，开启了抗战时期新桂系统治安徽的历史，也使金家寨后来成为安徽省政府的所在地。

由于李宗仁当时在指挥徐州会战，军务繁忙，就由皖籍桂系将领、民政厅

厅长张义纯代理省主席。

张义纯，安徽省肥东县人，1895年出生，保定陆军军官学校第三期炮科毕业。曾任北洋政府军第一混成旅炮兵营营长，第二十四混成旅中校团副，直隶省军务督办公署少将、处长等职。北伐战争开始后，加入国民革命军，任第六军第十九师副师长，后任第十五军参谋长，第四十八军副军长、军长，获国民党陆军中将军衔。因作战勇猛，号称"小张飞"，是桂系骨干将领。

张义纯后任国民党二十一集团军代总司令、安徽省主席。新中国成立后，曾任上海市参事室参事、民革中央团结委员会委员。1982年9月病逝于上海。

1938年3月6日，安徽省政府向国民政府军事委员会呈报了《安徽省抗战军事计划》，将太湖、潜山、岳西、舒城、霍山、立煌、六安、霍邱等县作为本省的战守根据地，其中以立煌、霍山、岳西3县为核心，向东划3道防线，以麻埠、歇马台、流波磹、金家寨等处为最后之根据地。最后根据地中除歇马台在霍山县境内外，其余均在立煌境内。

安徽省政府迁驻六安虽然离金家寨近了很多，但金家寨的官员和百姓没有多少喜悦，他们为日军快要攻进家门的严峻形势而忧心，同时燃起了奋起抗日的满腔热情。

3月上旬，东进抗日的新四军第四支队主力（未含八团）从红安七里坪出发，从经扶、商城东进，入立煌境内的汤家汇、双河，到达离金家寨不远的流波磹。途经双河时，在熊家河的杜立保便衣队编入了新四军第四支队。这是新四军第四支队成立后，在立煌境内第一支参加新四军的队伍。

在流波磹集结东进抗日的新四军第四支队

（金寨县革命博物馆提供）

新四军第四支队是由发源在立煌境内的红二十八军和鄂豫边区红军游击队改编的，司令员是高敬亭，参谋长林维先，政治部主任肖望东（东进时，政治部主任改由戴季英担任），下辖第七、八、九团和手枪团、直属队，全军3100余人。

3月下旬，从河南信阳邢集出发的新四军第四支队第八团，经潢川、商城进入立煌境内，到达流波磄与主力会师。随后，部队在流波磄进行了整训。月底，第四支队第七、八、九团离开立煌，继续东进皖中地区奔赴抗日前线。5月上旬，经中共中央长江局批准在双河养病的高敬亭率手枪团、后方机关东进也离开了立煌。

新四军第四支队在立煌期间，所经各地都受到了地方政府的配合和人民群众的欢迎。离开立煌前，在金家寨附近的桃岭秦家湾设立了新四军第四支队兵站，并从第四支队抽调30多名干部战士到兵站担任警卫工作。站长由郑维孝担任，副官由周昆担任。

郑维孝是湖北省红安县人，时年39岁。他1925年加入中国共产党，曾任黄陂县委书记，是个老红军。新中国成立后，曾任中南监察厅副厅长、湖北省民政厅副厅长等职。

周昆是安徽省金寨县人，时年28岁。他1929年加入中国共产党，也是一个老红军。新中国成立后，曾任南京军区后勤部政治部主任等职务，1956年被授予大校军衔。

新四军第四支队兵站成立不久即迁至桃树岭头的张家湾，随第四支队返回立煌的中共商南县委也驻在兵站内。

1938年4月，金家寨又上任了新县长——张岳灵。

张岳灵到立煌任县长与李宗仁有关。李宗仁早在1927年3月就曾担任安徽省政务委员会主席，对安徽的情况比较了解。1938年2月他到六安就任安徽省主席后，就预感在日军的大肆进攻下，省政府在六安有可能立足不稳，势必向大别山腹地转移。而在大别山腹地，具有可守可退的战略区位的就是立煌县，省政府比较理想的立足点就是立煌县城金家寨。因此，必须先派一个信得过、年轻有为、精明强干的人去立煌当县长，为省政府迁入打下基础。于是，他选中了桂系第七军秘书张岳灵。

张岳灵是广西恭城县人，瑶族，毕业于广西党务学校，时年33岁，在前，曾担任过广西阳朔县、桂林县的县长。他善于交际，处事灵活，与李宗仁、白崇禧等广西军政要员早有交往，关系密切。

张岳灵到金家寨上任后，人们感觉这个人果然身手不凡。在大敌当前的纷繁事务中，他总是不慌不忙、从容不迫地处置。他经常在办公室一面用电话听下级的汇报，手里不停地记录，一面和来访的客人磋商问题，似乎有几个脑袋在同时工作，处理事务迅速、果断、利索，效率高。

张岳灵对上级的指示唯命是从，落实中采取的手段也很凶狠。如李宗仁在与他的一次谈话中说："组织全民武装抗战是正确的，但不能让道会门头子窃取领导权柄，产生不良后果。"因为在当时动员全民抗战的形势下，此事不便行文，怕影响全面抗战的大局，李宗仁只是提醒他注意。张岳灵听后，迅速采取措施，从他任司令的立煌县抗日人民自卫军中派出两个常备队，一队到流波疃，将大刀会堂主江焕章组织的第八纵队第五支队全部解散，将江焕章及助手逮捕；另一队到开顺解除红黄学坛主廖某组织的抗日游击武装，逮捕廖某等8人，均以非法组织武装论处，关进大牢。对此，社会各界颇有异议，认为抗战无罪。张岳灵有恃无恐，依然故我。

1938年5月，徐州失守，日军向皖中进逼。5月14日，合肥陷落，日军飞机多次轰炸六安。六安也快守不住了，省政府又面临着迁移。这时新桂系当局和国民党安徽省党部主任刘真如、书记长卓衡之为骨干的CC（陈立夫、陈果夫）系在省府南迁还是北移的问题上产生了分歧。

CC系主张将省政府迁往皖南屯溪，其堂而皇之的理由是：皖南与大后方相连，又较富庶，补给容易，供应不缺；立煌将来是敌占区，补给困难，当地人烟稀少，民穷财尽。但其另有所图：皖南属第三战区，第三战区司令官顾祝同是蒋介石的嫡系，如果省府南迁，就能脱离新桂系的控制，为今后CC系重掌安徽省政权创造条件。

新桂系当局则主张将省政府迁入大别山的立煌县金家寨，他们认为：皖南虽与后方有联系，但仅为安徽省的一小部分地区，略为加强军政力量即可保存；而皖北则占有全省土地人口2/3以上，假如党政军领导机构不在江北，则有可能被敌人全部占有。且大别山地形复杂，又与桐柏山相接，特别有利于建立军政根据地。

显然，新桂系当局的主张更为合理。同时，李宗仁刚刚就任安徽省主席，国民政府和蒋介石也都尊重他的意见，结果决定将省政府迁到大别山的立煌县，但CC系并没有服输，仍准备抗争。他们把党务人员都撤到皖南屯溪，武汉失守之后又全部逃到重庆。1939年春，安徽省的局面逐渐稳定，CC系的大小头目如方治、刘真如、卓衡之、范春阳陆续回到大别山，建立和恢复国民党各级党部组织，继续与新桂系当局争斗。

经南京国民政府批准后，省政府代理主席张义纯和省政府秘书长朱佛定按照李宗仁的旨意，开始筹备将省政府从六安迁往金家寨。立煌县县长张岳灵也开始加紧完成从六安到金寨的公路修建任务，做好省政府迁入前的准备。

为了推动安徽的抗日工作，5月下旬，中共中央长江局领导成员董必武到皖西视察。

董必武于6月上旬视察了在立煌桃岭的新四军第四支队兵站，听取了商南县委的工作汇报，要求各级党组织要转好思想弯子，在加强党的领导的同时，团结一切爱国力量，共同抗日。随后，县委书记张泽礼随董必武离境去延安学习，立煌县和商城部分地区党的工作由徐其昌负责。

在金家寨附近的新四军第四支队兵站当时承担的任务十分重要。

中共中央长江局领导成员董必武
（金寨县革命博物馆提供）

兵站承担着为第四支队筹集部分粮饷、服装、武器及其他物资的重任。郑维孝以中校站长的身份不仅到六安与安徽省政府联系筹集事宜，也要到金家寨等地与地方政府联系抽调民工运输事宜。

兵站还承担着通信联络上传下达的重任。兵站内设有电台，负责与党中央、长江局保持联系，及时传达党对大别山区抗日工作的指示。立煌境内各级党组织的公文函件也由兵站传送。从延安、武汉等地经立煌去抗日前线的干部也由兵站负责安排食宿，护送到目的地。各地到安徽工作的同志也由兵站接洽，报请组织安排。

兵站还有一项重要任务，就是以公开合法的地位，掩护设立在立煌境内的中共各级领导机关，保护领导人的安全。后来中共立煌县委、安徽省工委、鄂豫皖区党委都曾在兵站内办公，党的许多重要会议也在兵站内召开。金家寨边的第四支队兵站实际就是中共领导机关在立煌的驻地，是党领导安徽抗战的领导中心。

在日军即将进攻皖西的危急时刻，国共两党不约而同地把目光集中到立煌、集中到金家寨。

安徽省政府迁入金家寨

1938年6月，日军加紧进逼皖西。他们料定安徽省政府肯定会从六安搬迁到立煌境内的重要集镇，于是在对六安进行轰炸的同时，对立煌境内重要集镇也进行轰炸。日军判断省政府有可能搬迁到流波䃥，6月15日，日军出动飞机8架次，对流波䃥进行狂轰滥炸，全镇1/3的房屋被炸毁，死伤380多人。中共六安县委书记邹同礽就是在这次轰炸中弹牺牲的。

在这种情况下，安徽省政府及机关单位加紧搬迁，于27日迁至金家寨。而国民党安徽省党部的党务人员在CC系的大小头目刘真如、方治等人的带领下撤到皖南屯溪。

在省政府搬迁的期间，从六安到金家寨的简易公路上，连续数日，拉着板车、推着小车、背着包袱、挑着担子、抬着箱子的人流，纷来沓至，川流不息地拥进了金家寨。大街小巷人头攒动，清一色的都是身着短装、戴着军帽的公务人员。这是因为李宗仁为改革政治风尚，树立新的工作作风，以应战时所需，他上任后不久就下令，全省公务人员不论官阶高下，不论年龄老幼，一律着短装，戴军帽。一时间，这些穿着"似官非官，似兵非兵"的人流，成为金家寨一道别具特色的风景线，原本寂静的山城顿时热闹起来。

张岳灵县长不顾天热，带着人在镇口迎接一位又一位要员，寒暄、陪送、张罗，忙得不亦乐乎，累得满头大汗。

众多机关和大量人员涌入，金家寨房屋紧缺，人满为患。为了适应抗战需要，便于防空和疏散人口，各党政军机关、群团组织、学校等单位分散驻城区和桂家湾、段家湾、柯家湾、余家湾、洪家湾、姜家湾、红石岩、张家畈等山丘湾地间。安徽省政府驻桂家湾，省民众总动员委员会驻船舫街塔子

金家寨一角

（金寨县革命博物馆提供）

河，国民党省党部、保安司令部、警察局散居在石稻场附近，省图书馆居包公祠之右，皖报社、三青团靠戴家岭右侧，警备司令部和省地方银行在菜市场边。

随后，又不断有机关迁入。1938年秋，国民革命军第二十一集团军总部和直属机关也迁入了金家寨，驻金家寨的金家湾和响山寺边的陈冲。在当时的情况下，有房屋的住房屋，没有房屋或房屋不够就搭草棚住宿办公。

金家寨自此开始成为安徽省的省会。

在安徽省政府、省民众总动员委员会（以下简称为动委会）迁入金家寨的同时，安徽省妇女战地服务团、抗敌演剧第六队、广西学生军以及省属的第二十四、三十三、三十七、三十九抗日工作团相继进入金家寨和立煌境内，这些抗日团体的领导人多为共产党员。

中共安徽省工作委员会（以下简称为工委）也从六安迁入了金家寨边的桃岭新四军第四支队兵站。

中共安徽省工委迁入后，立即组建了中共立煌县委，何绪荣任书记，直属省工委领导。

1939年1月，根据中共中央中原局决定，撤销安徽省工委，成立鄂豫皖区党委。

7月，新四军驻立煌办事处在金家寨石峡口余家湾成立，主任何伟。同时，他的职务为新四军参议、驻安徽省政府代表。

党政军机关的纷纷迁入，使金家寨不仅成为安徽省的政治行政中心、军事指挥中心，也是民众动员中心、干部培训中心，还是经济、文化、教育中心，更是国共两党领导安徽省乃至大别山区抗日救亡运动的中心。

就在省政府及直属单位迁入金家寨刚刚就绪，省政府代理主席张义纯于7月14日又回到军队任第四十八军军长，驻防麻埠镇，省政府主席由秘书长朱佛定代理。

省政府迁入金家寨没有给人们带来平安的希望，临战期间紧张而恐慌的气氛如同深重的雾霾笼罩着金家寨。

省政府刚刚迁到金家寨，日军就获得情报。6月30日，日军出动飞机3次轰炸金家寨。霎时间，防空警报响起，人们惊慌呼喊，奔跑四散。日机轰鸣而至，盘旋、俯冲投弹，顿时地动山摇，土石横飞，爆炸声阵阵，震耳欲聋，火光冲天，烟雾弥漫。这次轰炸，投弹数十枚，炸死60余人，伤50余人，炸毁房屋400余间，金家寨一片狼藉。

日军飞机轰炸金家寨

（中共金寨县委党史县志研究室提供）

同时，日军就在立煌的周边进攻，六安、霍山、叶集、霍邱相继被攻占，在立煌东面有三路日军都在威胁着金家寨。正面，日军已经占领了独山镇，离金家寨不远；东北边，日军占领叶集后，一度侵入开顺，进入了立煌的边缘，离金家寨很近；东南面，日军攻占霍山后，就已经到了立煌的跟前。9月，在立煌东北部与河南固始接壤的富金山地区，国民党军宋希濂部、于学忠部、田镇南部与日军第十三师团展开激战。此时的立煌、金家寨危在旦夕，人们普遍担心难逃劫难。

然而，日军三路都没有攻入立煌，一直到1942年年底都没有进攻安徽省战时省会金家寨，使这里没有战火硝烟。

为何如此？有人认为，这是因为立煌金家寨处于大别山腹地深山，地势险要，同时金家寨为安徽省政府所在地必有重兵把守，日军认为不易攻占而绕行。也有人认为这不是理由，因为要是说山高地险，霍山、英山同立煌一样，甚至山更高，地势更险要，日军不是也攻占了吗？要说是省城有重兵把守，比得上国民党的首都南京吗？不也被日军占领了吗？这些说法似乎都有些道理。但有人认为可能还有一个原因，就是后来人们在日军的地图上发现，地图上的金家寨有一个唯一的特殊标志——画有镰刀斧头旗帜的标示。它可能是在警示日军注意：金家寨曾长期是共产党建立的苏区领导机关所在地，这里的民众受共产党思想的影响很深，反抗精神很强，进攻难以取胜，即使取胜也难以立足。因此，日军对金家寨多有顾忌，不敢轻举妄动。从日军地图上金家寨的特殊标示，也就明白了金寨县的第一任县长白涛为什么在告示中称金家寨是"革命根据地，中外有威名"了。

安徽省政府迁入金家寨以后，金家寨成为了安徽政治行政中心，一直到1945年12月迁往合肥，长达7年半之久。

国民党省党部在金家寨

安徽省政府迁入金家寨后，1938年7月16日，国民党安徽省党部改组，刘真如、胡一贯、梁贤达、宋振槃、程中一、朱子帆、周新民、佘凌云、杨亮功、陈铁、冷隽11人为委员，主任委员刘真如，书记长王秀春。8月1日，国民党安徽省党部由立煌南迁屯溪。

1939年3月3日，国民党安徽省党部由屯溪又迁回立煌，另在屯溪设立皖南通讯处。

在金家寨，国民党安徽省党部与新桂系当局为争夺在安徽的控制权明争暗斗，水火不容。但在反共上，又沆瀣一气，相互利用。

在金家寨，国民党安徽省党部主任开始由刘真如担任，后来由省主席李品仙兼任。

国民党安徽省党部主任委员刘真如原名刘成山，1905年出生，安徽省涡阳县人。

刘真如曾到多所大学读书。他1920年考入南京建业大学，次年到北京大学当特别生，不久又转到上海大夏大学就读。毕业后，经邵力子介绍到广州参加革命工作。曾出任国民革命军东路军司令部第一科（党务）科长。参加了北伐。

1927年，22岁的刘真如以国民党中央特派员的身份到安徽主持省党部工作。

他年少得志，心高气傲，结果遭到教训。时年41岁上将军衔的安徽省主席陈调元，军阀习气，心狠手辣。两人因在国民党内派系不同，观点不一致，经常各持己见，互不相让。陈调元心中怀恨，居然指使暴徒将刘真如殴打一顿，并捆吊在省政府门外，使其颜面尽失，以示教训。刘真如受此奇耻大辱，心知肚明，但对陈调元也无可奈何。在此期间，刘真如与时任国民党军第九军副军长的卫立煌结识，关系甚密。1928年，刘真如在卫立煌的资助和陈立夫的帮助下赴法国巴黎大学文学院进修，获文学硕士学位。

1930年，刘真如回国担任上海暨南大学文学院院长，后被陈立夫派往《华北日报》社任社长。1938年夏，担任国民党安徽省党部主任委员。他是国民党CC系在安徽的主将。

刘真如到任后立即网罗亲信，并将自己的亲信安置到重要职位上。如任用卓衡之为省党部书记长，李仁甫为省调查室主任，王雪桥为皖报社社长。同时，他还把省党部委员分派到各专区任党务督导专员，领导各专区及所属县的党务工作，与安徽省主席廖磊主持的各级动委会形成势力竞争的局势，并对动委会工作多有指责，并密报上级，制造摩擦。

廖磊病逝后，李品仙任安徽省主席。12月16日，国民党中央执行委员会议决李品仙兼任安徽省党部主任委员，刘真如改任皖干团教育长。刘真如又与李品仙明争暗斗，继续反共。他发电报给国民党中央党部，诬告安徽省动委会"所出版之刊物，多背离党的立场，对党频加恶意讽刺，挑拨党、政关系，诱惑青年……"，后国民党中央执行委员会电令李品仙取缔安徽省动委会。

刘真如于1941年经国民党第一战区司令长官兼河南省主席卫立煌举荐，离开金家寨，任河南省党部主任委员。

刘真如后来任国民参政会参政员、国民党军事委员会全国战地党务处处长和中央训练团少将指导员，1947年春再次被委任为安徽省党部主任委员。同年夏在上海病逝，终年43岁。

李品仙兼任国民党安徽省党部主任，在金家寨工作直至1945年12月省政府迁出。

临时参议会在金家寨

在安徽省政府迁入金家寨一年后，在金家寨又成立了安徽省临时参议会。

1939年7月20日，在省主席廖磊的主持下，安徽省临时参议会在金家寨成立，作为全省民意机关参政议政。廖磊在致辞中说明了临时参议会成立的目的和使命："本省地跨江淮，壤接苏豫，现在沦在敌人后方，为中原一大游击战区。在第二期抗战中，实负有牵制敌人夹击敌人的任务。要完成这样一种艰巨的任务，绝不是少数人的才力智力所能办到，必须集合全省的才智力量。"因此，"省参议会使命有二：其一为集中才智，团结力量，以便完成抗战建国的任务；其二为树立民主政治的基础。"

省临时参议会的参议员大部分是省政府、省党部指派产生的，原则是每县有1人。第一届临时参议会有参议员45名，候补参议员17名。这其中很多都是高级知识分子。如邢员伟是前清的进士，裴韶成是前清贡生；有12人是留学生。其中刘真如是巴黎大学文学硕士，马景常是美国哥伦比亚大学硕士，赵凤喈是巴黎大学硕士，石德纯毕业于日本法政大学，彭道真毕业于伦敦大学，陈铁毕业于巴黎大学。在国内大学毕业的有20人、专业院校毕业的有11人。如唐子宗毕业于复旦公学，汪萃文、高廷桂毕业于安徽法政专业院校。省临时参议会组织机构除大会外，设有秘书处和驻会委员会。驻会委员会是大会休会期间的常设机构，成员8~10人，由参议员互推产生，负责监督大会决议案执行及政府施政情况，提出临时动议等。

在第一届安徽省临时参议会的参议员中有名金家寨人，他就是陈铁。

第一届临时参议会议长是江彤侯，副议长由刘真如担任。朱子帆任秘书处秘书长。

江彤侯时年59岁，又名江暐，是安徽省歙县人。他出身于书香门第，南京陆军学堂毕业。

江彤侯曾与陈独秀关系密切，是君子之交的挚友，曾给陈独秀不少帮助。

1902年，江彤侯在安庆结识了陈独秀、柏文蔚，并和他们一起宣传民主的思想，参加了反清秘密革命团体——岳王会。1905年，经陈独秀推荐，江彤侯被聘为芜湖安徽公学国文教师。陈独秀、柏文蔚、江彤侯等教师宣传革命，鼓吹反清，在青年学生中产生了很大影响。不久，江彤侯参加了同盟会（后转成国民党员）。辛亥革命后，柏文蔚担任安徽都督，陈独秀任都督府秘书长，江彤侯被任命为都督府教育司司长，时相过从，友谊益深。

1913年，江彤侯参加柏文蔚等声讨袁世凯之役（即"二次革命"）失败后前往上海潜居。约在1918年，他赴北京又与当时在北京大学执教的陈独秀重逢。由陈介绍，他在北京一所高等学校执教一年多。

1921年9月底，北京政府特任许世英为安徽省省长，江彤侯又任教育厅厅长。1923年春，中共中央派柯庆施到安庆来开展党的工作。陈独秀写信给江彤侯，请他设法替柯在安庆找一职业安身。江接信后，安排了柯庆施的吃住。因陈独秀也安排柯庆施找蔡晓舟，蔡晓舟当即介绍柯庆施到柏文蔚在安庆筹办的《新建设日报》社担任副刊和国内新闻编辑。1923年8月，中国社会主义青年团在南京召开第二次全国代表大会，柯庆施被团中央派往南京，负责做大会召开前的准备工作。为了有去南京的理由，柯庆施动身前，去见江彤侯，请江派他到南京去，考察陶行知所提倡的平民教育运动，得到了江的同意。这样，他到南京去做青年团工作便有了掩护。

1927年四一二事变后，陈独秀长子、中共江苏省委书记陈延年在沪被捕，被关在淞沪警备司令部的监狱里。淞沪警备司令杨虎是安徽宁国人，他在未发迹时，曾得到陈独秀的提携。这时，江彤侯在上海，约了亚东图书馆的汪孟邹去见杨虎，动以同乡之谊，请释陈延年。杨虎开口索取5万银元，江等拿不出这笔巨款，只得求于歙县富人程霖生，几经磋商，迁延时日，才将款子凑齐送过去。不料杨虎收到后，不但不放人，而且执行蒋介石命令，突将陈延年杀害于龙华。

1932年，江彤侯任安徽省通志馆馆长。他特地到南京看望狱中的陈独秀，两人相聚长谈。陈独秀想看的书籍，江彤侯后又购买送去。

1934年，江彤侯回故乡歙县，寓居西干如意寺。1939年，安徽省设立民意机构省临时参议会，当时由国民党省党部与省政府联合提名，于每县各聘一名省参议员，报请国民党中央和行政院核定。议长一席也由国民党当局指定。当时在安徽的CC系刘真如等与新桂系当局争夺安徽省临时参议会议长一职，剑拔弩张，相持不下。江彤侯曾担任安徽省教育厅厅长，任职多年。抗战前担任过安徽通志馆馆长一职，民国时期曾主持编撰《安徽通志稿》，在安徽政界、教育界很有资望。同时，江彤侯素持中立态度，既与刘真如等有交往，又从不得罪新桂系当局，于是国民党当局指定他担任议长，以缓和CC系与新桂系之间的矛盾。

江彤侯当临时参议会议长，只身住在金家寨。1942年2月14日是农历除夕，他在金家寨写了一首词《水龙吟》表达他当时的心境：

劫余芳讯无多，夜窗独客吟惊悄。疏云幂野，繁霜掺地，山深春小。废堠烽明，严城角发，荒鸡催晓。任年华烛转，椒盘句丽，争不似，闲眠好？也拟屠苏醉倒，奈萧条、残更怀抱。故国平居，旧家箫管，意消情渺。北至衣冠，南飞劳燕，过江人老。剩萧萧白发，空廊徒倚，索梅花笑。

词后题云：辛巳除夜，与吾乡吴君乐仁、方君恩燮同守岁参议会客舍，宵午成此词，分书一纸，奉呈恩燮兄一笑，聊志尘陈迹，不值存也。

江彤侯的书法也颇佳妙，苍劲古朴，跃动有致。

江彤侯1944年12月又连任第二届安徽省临时参议会议长。

江彤侯当议长，为了获得和保住个人的名位，也干过一些不很光彩的事，施展过一些政客手腕。如李品仙任安徽省主席时，暴力恣睢、贪污腐败，弄得民怨沸腾。1943年元月，日军进攻金家寨，损失惨重。许多安徽人士纷纷向国民党中央控告李品仙，在安徽的CC系也乘机竭力倒李。李品仙在遭到多方攻击、乌纱难保的情况下，曾请江彤侯以议长的名义打电报给蒋介石，为其开脱罪责，从而得以过关，平息了倒李风波，引起一些安徽人士的不满。

江彤侯后来回到徽州屯溪。解放战争后期，他拒绝李品仙、张义纯一同走的邀请，并协助解放军劝说屯溪警备司令方师岳率部投诚，使屯溪顺利解放。1951年1月13日病逝。

副议长刘真如到河南省任党部主任后，由马景常任副议长。

第二届安徽省临时参议会于1944年12月召开，江彤侯任为议长，石德纯为副议长。石德纯就是在担任省临时参议会副议长期间在金家寨走完了人生的旅程。

石德纯又名石寅生，1878年出生，安徽省寿县人，是黄花岗七十二烈士之一石德宽的哥哥。

石德纯1902年留学日本，在东京法政大学学习法政。1910年回国，经清廷考试，被任命为刑部金事。1912年，孙毓筠任安徽都督，石寅生任都督府秘书。

1926年北伐，石德纯把多年积蓄的资金捐出购买武器，运回寿县家乡，成立豫皖国民联军，自任司令，配合北伐军的进攻。北伐胜利，联军改编为国民革命军第六军，他任军长。1927年四一二反革命政变后，部队被蒋介石改编，石德纯被免去军长职务，改任军事参议院中将参议。

1931年淮河水泛滥，沿淮人民受灾惨重。石德纯倡议成立导淮委员会，一面邀请水利工程人员勘察设计，规划修复倾塌堤坝，一面将天津英租界墙子河西处住宅出卖，所得之款，悉数捐作工赈基金。他沿堤巡视监察工程进展和质量，不慎右腿踝骨折伤，他造福家乡爱民的精神，受到当地老百姓的敬重。

1937年卢沟桥事变后，石德纯领导组织各界抗敌后援会，任主任委员。1938年春，寿县各界后援会撤销，在安徽省民众总动员委员会的指导下，成立了寿县动员委员会，他任主任委员。同年3月，日军进攻皖北，各县相继沦陷。省动委会筹组皖北人民抗日自卫军第一路军，石德纯任司令。该部共编7个支队、3个独立大队，共万余人，驻扎在淮南一带，破坏日军水陆运输交通。人们常看见这位指挥官骑着一头小毛驴（他腿瘸了），指挥部队，抗击日军，群众呼之为"瘸将军"。

主管皖政的新桂系当局，后来认为石德纯所部有"赤化"嫌疑，深惧地方武装发展，难以控制，强行将部队改编。石德纯从金家寨回来后，立即召集大队长以上军官会议，宣布队伍即将改编，他说："诸位愿抗日者，就请自找门路吧……我已是花甲之人了，要是小30岁，我可能就去投奔新四军，跟他们一同抗日！"许多军官很受感动。不久，郑抱真、曹云露、赵筹等，各率所部分别投入新四军，编成江北游击纵队，坚持敌后抗战。其余各部多自动解散归田，仅一小部被皖北行署改编。

1939年7月，安徽成立省临时参议会，石德纯当选为省参议员。后在第二届参议会上，又被选为省参议会副议长。当时省参议会议长江彤侯年迈多病，会务常由他主持。

李品仙担任省主席后，成立了安徽省企业总公司，乘抗日之机，操纵地方经济，大发国难财。对此，参议会中一批进步人士多有不满，议论纷纷，石德纯在会上带头抨击新桂系中几个掌权者，他大声疾呼："一文钱都必须用于抗战！"1944年夏，省参议会召开会议。6月2日，石德纯抱病主持，又因抨击当局，情不自禁，喘病陡发，病情危急，无法救治。临终前，手书遗嘱其子裕泽："……牺牲小我，顾全大我，克服一切艰危的环境，为国家民族奋斗到底，方不愧为顶天立地的大丈夫。"3日下午，在天堂湾郑氏祠寓所，经抢救无效逝世。

石德纯刚毅勇烈的爱国爱民精神令人钦佩。

还有一位参议员永远留在了金家寨，他就是卢仲农。

卢仲农是安徽省无为县人。1904年他同挚友李光炯在芜湖兴办安徽公学，聘请陈独秀、柏文蔚、江彤侯等人执教，使学校成为安徽革命党人的活动基地。1912年7月，安徽公学改名为安徽省立第二甲种农业学校，卢仲农仍主校务。他在办学的同时，长期为芜湖《皖江日报》的副刊《皖江新潮》写稿，提倡科学、民主、自由，反对迷信、专制和封建礼教，曾任安徽通志馆编纂。

卢仲农1939年被选为安徽省临时参议会参议员，任驻会委员。曾提出"檄讨赵鉴书、吴绍礼在无为暴政案"，迫使省主席李品仙分别对县长赵鉴书、省保安第二支队队长吴绍礼作出撤职和追究责任的决定。卢仲农晚年身体很弱，肺病日益加重，眼又患白内障，视力大幅度下降，以致后来接近失明，但他的爱国热情并不因此而稍减。1942年年初，卢仲农终以沉疴难起，在金家寨逝世，终年65岁，安葬于省临时参议会后面桂家湾附近的山上。

卢仲农是安徽省最早创办新式中等专业学校的重要开拓者之一，是身体力行的教育家。他不畏强权，敢于为民请命的精神十分可贵。

省临时参议会成立后，各县临时参议会也相继成立，基层乡镇也纷纷召开保民大会，以争取人心、集思广益。

立煌县临时参议会于1944年12月1日在金家寨成立，是由立煌县政府从全县士绅中提出超额名单上报，由省政府圈定20人为参议员，并指定王葆斋任议长。

王葆斋就是立煌县白塔畈人，时年61岁。

王葆斋1905年毕业于安徽武备学堂，曾任四川新军标统、黑龙江防边军统领。辛亥革命后，他追随北洋军阀"安福系"，历任陆军团、旅长，广东省军务厅厅长，安徽清乡总办。1925年被授予陆军少将军衔。北伐时，一度任柏文蔚第三十三军参谋长。1929年后先后任武汉卫戍总部参议兼稽查处长、合肥县县长、芜湖及贵州独山行政督察专员。

全面抗战爆发后，他在重庆为安徽同乡会负责人。看到安徽家乡大批沦陷区学生流亡到大后方，失学失业，流离失所，困苦异常，他忧心如焚，配合安徽在川人士，吁请教育部设法解决。在他们奔走呼号和积极努力下，终于在四川江津办起了安徽第二中学，收容了一大批安徽流亡学生。不仅抢救了青年，还为国家培养了一批人才。

安徽旅渝同乡会在重庆办有一个《前线的安徽》刊物。王葆斋为其写了发刊词，阐述该刊物的宗旨是介绍安徽情况。该刊曾以大量篇幅，颂扬战斗在抗日前线的安徽人民可歌可泣的事迹；同时，也以客观立场，忠实地报道了新桂系统治安徽在财政、役政、粮政、吏治方面的种种黑幕，对大后方的社会震动很大。

1941年，因其兄王静斋逝世，他奔丧回到家乡。

王葆斋任立煌县临时参议会参议长后，对全县人民在新桂系当局压榨下民不聊生的惨状，不忍坐视，他不顾个人安危得失，冒着风险牵头组织参议员联名上书省参议会，咨请省政府减免军公粮征缴任务。

王葆斋曾利用工作之便，救过被捕的中共地下党员。1929年，武汉地区的党组织被叛徒告密，遭到破坏，国民党当局逮捕了大批共产党员，时任武汉卫戍区参议兼稽查处处长的王葆斋发现其中有同乡人李云鹤（新中国成立后曾任安徽省政协副主席），便暗命卫士郝忠雄（安徽霍邱县周集人），用计送酒灌醉了看守，趁机放走了李云鹤，并送银元20元做路费。后来，他在任芜湖专员时，再度营救过李云鹤。

1943年，共产党员戴映东（又名戴铸九，新中国成立后曾任上海市委党校一部秘书长），回家乡白塔畈从事革命活动，被桂系第四十六师追捕，躲进了王葆斋的家王家老楼。当时，王葆斋在家，桂军未敢进圩子搜查，只派人在圩子外面巡视。原来，桂军领教过王葆斋的厉害，王家老楼有自卫枪支，用于看家。过去桂系部队曾经收缴过王家的枪，经过王葆斋和他们交涉，据理力争，告上法庭，结果收枪的桂军败诉，送还了枪支还处分了下级军官。从此，桂系部队再也不敢冒险进圩子。后来，戴映东乘敌人懈怠疏忽时，乘机溜出圩子，转移到其他地方去了。

抗战胜利后，省政府由金家寨东迁合肥，大批学校也随之迁走，导致本县学生上学困难。王葆斋十分忧虑，为办学而奔走。1945年，在麻埠办起了私立皖西中学，他被推为校董事长，积极筹募基金，并聘请本县知名学者李宗郧担任校长，运筹经营，竭尽心力，深获社会人士好评。

王葆斋1946年任中华民国制宪国民大会代表、国民党中央戡乱委员会委员等职。

王葆斋后到上海，由其侄婿蒋涤生资助4亿元法币，在上海复兴中路501号开一个"秋林"食品商店。另外，还兼任国民参政会参政员民主人士冷遹开的"安丰面粉厂"的秘书，维持生活。

1949年初，全国解放在即。王葆斋的女婿张国学（国民党空军司令部副总设计师）、许德荣（中校飞行大队长），找"京沪卫戍司令"汤恩伯特批一架飞机，送他们去台湾。王葆斋受冷遹的思想影响，对中共的政策也有所了解，坚持留下来，迎接解放。他的女儿一再哭求父亲同机前往，他毫不动摇，坦诚地对女儿说："共产党与我无仇无怨，我无所畏惧。谁真能治理国家，我就拥护谁！"女儿见父亲决心已定，不能强求，只好洒泪而别。

新中国建立后，王葆斋的挚友冷遹担任华东军政委员会水利部部长，劝王葆斋参加工作。王葆斋对党不胜感激，说："共产党知人善任，我乐于效命。"他开始担任华东文史馆馆员，后来又转到安徽省文史馆任馆员，并担任安徽省民革成员、省人民代表大会代表。

王葆斋在任文史馆馆员期间，工作勤恳，受到好评。他善书法，其书法作品曾参加省书法展览。

1957年在反右派运动中，王葆斋不幸被错划为右派分子。1958年又以"历史反革命"被捕入狱。终因年高体弱，病死狱中。

中共十一届三中全会以后，王葆斋得以平反昭雪，恢复了名誉。

省政府主席在金家寨

安徽省政府迁入金家寨后，省政府主席先后由李宗仁、廖磊、李品仙担任。

省政府主席的职权是召集省政府委员会议时担任主席，代表省政府执行省政府委员会的决议案，代表省政府监督全省行政机关职务的执行，处理省政府日常及紧急事项。

实际上，这3位省主席都是新桂系军队的领导人，他们都担任军队要职，不仅行使省政府主席的职权，还有指挥作战等军事活动，都在金家寨展现了他们的德才和能力。

李宗仁与金家寨

李宗仁在金家寨担任安徽省政府主席时间很短，省政府迁到金家寨刚3个月，李宗仁就离职了。

李宗仁是国民党新桂系的首领。他有着非凡的奋斗史。

李宗仁1908年入广西陆军小学第三期，1910年加入中国同盟会。

国民革命军第五路军总指挥兼
安徽省政府主席李宗仁
（金寨县革命博物馆提供）

1913年秋，李宗仁自广西陆军速成学堂毕业后，进南宁将校讲习所，曾任见习官、队附。1915年春应聘在桂林省模范小学任高级班军训教官。同年12月入林虎任总司令的护国军第六军，参加护国讨袁战争，任排长。此后，又先后参加了讨伐龙济光的护法战争和粤桂战争。历任连长、营长、粤桂第一路边防军帮统、统领。1921年6月，任粤桂第三路边防军司令。1922年，自任广西自治军第二路总司令。1923年春，任广西陆军第五独立旅旅长，随后，被北京政府任命为桂林镇守使。期间，李宗仁与广州孙中山大元帅府建立联系，10月，经李济深、陈铭枢介绍加入国民党。11月，任定桂军总指挥，联合黄绍竑之讨贼军讨伐其他各部，1924年夏，击败桂系军阀陆荣廷部，7月任定桂讨贼军总指挥。11月，被孙中山任命为广西省绥靖督办公署督办兼广西陆军第一军军长。1925年先将沈鸿英为总司令的桂系建国军逐出广西，后将唐继尧部赶回云南，完成统一广西的任务，成为新的国民党桂系军阀首脑。任国民党广西省党务特派员、广西省第一届省党部监察委员、广州国民政府委员会委员和中国国民党第二届中央候补监察委员。

1926年3月，广西军队正式改编为国民革命军第七军，李宗仁任军长。7月，率第七军2万多人参加北伐战争，转战湘、鄂、赣、皖等省，立下战功。1927年3月30日任安徽省政务委员会主席。

李宗仁曾支持过蒋介石，也长期反对蒋介石。

1927年4月，李宗仁支持蒋介石发动四一二政变，实行"反共清党"，建立南京国民政府。随后，他又接连与蒋介石展开激烈争斗。

1927年8月，李宗仁和白崇禧、何应钦等实力派逼迫蒋介石通电下野；1929年3月，以李宗仁、白崇禧为首的桂系军阀与蒋介石之间爆发蒋桂战争。结果桂系战败，逃回广西。蒋介石以"叛乱党国"的罪名，开除李宗仁党籍，免除本兼各职。不甘失败的李宗仁返回广西南宁，组建护党救国军，自任总司令，白崇禧为前敌总指挥，下辖第三、八两路军，长期盘踞广西，与蒋介石对抗。

1930年4月，李宗仁率部参加冯玉祥、阎锡山反蒋，被推为中华民国陆军副总司令（总司令阎锡山）兼第一方面军总司令，由广西进军湖南，支援阎锡山、冯玉祥在中原同蒋介石作战。1930年7月，被蒋军击败，退回广西。

1931年5月，李宗仁又联合粤系军阀陈济棠反蒋，任第四集团军总司令。

同年11月，李宗仁在国民党第四次全国代表大会上当选为中央监察委员会委员。1932年4月，李宗仁任南宁绥靖公署主任，推行"自治、自卫、自给"的三自政策，维持广西的半独立局面。1935年4月，被国民政府授予陆军一级上将军衔。1936年，李宗仁任广西绥靖公署主任，并发表《焦土抗战论》。

1936年6月，李宗仁、陈济棠发动反蒋事变，成立抗日救国军第一军团，任副总司令（总司令陈济棠）。事变和平解决后，任广西绥靖公署主任。桂系军队被蒋介石改编为第五路军，李宗仁被任命为总指挥。

抗日战争全面爆发后，率部出桂作战。1937年10月，被任命为第五战区司令长官，驻守徐州。1938年2月至5月，指挥徐州会战。其中3月至4月的台儿庄战役，取得歼灭日军2万余人的重大胜利。

1938年2月，李宗仁兼任安徽省政府主席、保安司令。1938年5月，徐州失守后，率部入鄂，在桐柏山、大洪山创立游击基地，坚持抗战。1938年6月10日，率部参加武汉会战。

李宗仁虽然兼任了安徽省政府主席，但一直忙于指挥部队与日军作战。

1938年9月29日，国民政府发布命令："安徽省政府委员兼主席李宗仁另有运用，李宗仁应免本兼各职"。

李宗仁虽然不再在金家寨当省政府主席，但他是第五战区的司令长官，仍然来到金家寨视察工作。

1943年春，他到金家寨视察，对干部培训非常重视。他看望了安徽省地方行政干部训练班的学员，并在金家寨城边张家畈第二十一集团军总部大礼堂举行盛大的招待宴会，招待干部训练班的学员。席间，李宗仁讲了很长一段嘉勉的话，鼓励干训班的学员发扬硬干、实干、快干的"三干精神"，为保卫安徽、建设安徽继续努力，建功立业。

1943年秋，李宗仁视察大别山的防务又来到了金家寨。

当时负责接送的是第二十一集团军参谋长钟纪和立煌县县长郭坚，省政府由省民政厅厅长韦永成负责接待。

为了接待好李宗仁，在金家寨还专门临时建了一大间草房作为招待所，里面分为内、外会客厅和3间寝室。

李宗仁住在金家寨，还到周边县考察。这天，李宗仁从霍山回来，钟纪和郭坚到流波䃥镇迎接。晚饭后，李宗仁问流波䃥这个地名是怎么来的？特别是这个"礁"字是个生僻字，很少见到，他有些好奇。

郭坚解释道，流波礁外面那道河，就是从礁眼上边的河流过来的。礁眼上面的河距离下面的河落差相差很大，河水从这里泻下就像个大瀑布，溅起的水花十几丈高，如喷珠泻玉。瀑布冲击成一个大水潭，人称礁眼，深不可测。潭边寒气逼人，响声如雷。民间流传着神话，说礁眼能通到东海，龙女常到礁眼梳妆打扮。

李宗仁听得非常入迷，觉得很有趣。

第二天清早，大家起床后，发现李宗仁不见了。大家分头去找，不见踪影。郭坚想到昨天他听了礁眼的故事，估计可能是去看礁眼了。

于是，郭坚急忙带几个人去找。爬上山坡，走了五六里路，看见李宗仁果然在那里，他正在礁眼上面向下凝视。

李宗仁见郭坚来了，随郭坚一起返回，一路观赏风光，一路说笑。在镇公所吃过早饭后，返回金家寨。

第二天，李宗仁从金家寨出发前往罗田，钟纪和郭坚护送。路上，李宗仁问郭坚，安徽人对廖磊、李品仙的看法。郭坚不敢多言，设法回避了。李宗仁接着谈了廖磊和张义纯的一些情况。他说："我没有打算把安徽变成第二个广西，想叫张义纯在安徽干下去。哪知广西干部说他不好，安徽人也说他不好，都不拥护他，这样才叫廖磊干的。"当晚，一行人住在牛食畈。

第三天早上出发，李宗仁在经过吴家店时，吴家店乡公所组织了大量群众在李塝正在修建飞机场的大平地上夹道欢迎他。李宗仁兴高采烈地挥手向群众致意，随行人员从包中抓出一把把糖果作为礼物撒向群众，顿时欢声四起，群情振奋。

李宗仁从吴家店到松子关，进入湖北罗田境内，自此离开立煌。

李宗仁后来虽然没有再回立煌金家寨，但立煌、金家寨在他脑海中印象深刻，始终没有忘记。

1939年4月以后，李宗仁率部先后参加随枣会战、豫南会战，1943年9月升任国民政府军事委员会委员长、汉中行营主任，后任国民政府主席、行辕北平主任。1948年4月，李宗仁当选为中华民国副总统。1949年1月21日蒋介石被迫宣布下野，李宗仁就任中华民国代总统。1949年11月20日，李宗仁从南宁乘专机飞往香港；12月，乘机飞往美国，此后在美国旅居，但他心系祖国。从1956年4月到1965年6月10年间，他的秘书程思远多次到北京，拜见周恩来总理，使他下定决心回归祖国大陆，并悄悄做好准备。

1965年6月，他以陪夫人去瑞士看病为由从美国乘飞机到瑞士，原计划由苏黎世起飞，经由雅典、贝鲁特、卡拉奇到香港转道回国。周恩来总理考虑到美国的情报部门和国民党特务机构会从中阻挠破坏，指示在卡拉奇机场由中国驻巴基斯坦大使丁国钰负责将李宗仁一行3人接回大使馆，并在适当时机亲自安排护送他们直接回国。

丁国钰周密考虑，精心安排，并得到了巴基斯坦政府密切配合和支持。7月13日，李宗仁和夫人郭德洁到达巴基斯坦首都卡拉奇后，丁国钰大使获得巴基斯坦政府特许，打破惯例，直接将轿车开到飞机边将他们安全地接到大使馆，并予以热情接待。随后，丁国钰包专机亲自护送李宗仁和夫人到达北京，李宗仁和夫人非常感动。

让李宗仁没有想到的是，这个相貌堂堂、举止儒雅的丁大使就是曾经在金家寨工作过的"立煌县"人。丁国钰1930年曾在金家寨担任六安六区儿童团宣传部部长兼体育部部长。

老红军丁国钰生前曾回忆他接待李宗仁的情景：

李宗仁问："丁大使是哪里人？"

丁国钰回答："我是安徽金寨县人，金寨县以前叫立煌县。"

李宗仁顿时很兴奋，连声说："那个地方我知道，是以卫立煌的名字命名的县，就是我在安徽当省主席时，省政府迁到了金家寨。"对丁国钰倍感亲切。

接着，李宗仁又回忆了他和廖磊、李品仙这些桂系将领在安徽、在金家寨的往事，感慨万千。

李宗仁和夫人郭德洁冲破重重险阻，从美国回到北京，周恩来总理亲自到机场欢迎。李宗仁在机场宣读声明，表示要为完成祖国统一作出贡献。他后来受到毛泽东、刘少奇、周恩来、朱德等党和国家领导人接见。

李宗仁在国民党资深位高，曾为中华民国代总统，支持参与蒋介石发动的反共反人民的内战。李宗仁旅居美国十多年不留在美国，也不到台湾，而是回到中国共产党领导下的新中国，不仅对国民党内部以及国民党的老军人震动很大，在国际上也产生很大的反响。

1969年1月30日，李宗仁在北京逝世。

廖磊在金家寨

廖磊是继李宗仁之后兼任安徽省政府主席的。虽然在金家寨只担任了一年的省政府主席，但颇有政绩。他在金家寨以身殉职，金家寨也是他的终身之地。

廖磊是主动要求到安徽担任省政府主席的。

1937年12月南京沦陷后，国民政府迁往武汉。1938年5月徐州失守后，日军开始向国民政府战时陪都武汉进攻。

1938年6月1日，蒋介石在汉口召开最高军事会议决定，武汉失守后以大别山区为敌后根据地，由桂系第二十一集团军固守。为使军政一元化，第五战区司令长官李宗仁保荐桂系第二十一集团军总司令廖磊接替他兼任安徽省政府主席。而在此前筹划时，李宗仁在召见第二十一集团军总司令廖磊和第十一集团军总司令李品仙时，只说要固守大别山为敌后根据地，不好明说让谁去。因为在敌后建立抗日根据地被认为是一个苦差事，一般人都不愿去。他几次欲言又止，凝眉沉默。廖磊看到这种情况，主动请缨愿往。

国民政府于1938年9月29日发布命令："任命廖磊为安徽省政府委员，任命廖磊兼安徽省政府主席"。

国民政府下达命令后，廖磊正式就任安徽省政府主席并兼任省动委会主任委员、省保安司令、省军管区司令、豫鄂皖游击总司令等职务，并于1938年10月24日，在响山寺举行了宣誓仪式。此时，廖磊的管辖范围不仅仅是安徽，还包括鄂东、豫南各县的大别山区。

《中央日报》等多种报纸报道了他的任职，刊登了"皖新主席廖磊略历"，称廖磊：

其人沈毅有勇，畅晓军事，保定军校杰出奇才，初绾军于三湘七泽间，由偏裨起家，威勇为群曹冠。廖善抚猛，布化宣献，恩威并济，使狂獠之族，怀德畏威，同心向化，厥功殊伟；抗战军兴，廖统军北上参战，催顽荡寇，大显威名。台儿庄之役，尤令暴闻风丧胆。今膺重寄，盖亦厝勋叠续，有以致之也。

国民革命军第二十一集团军总司令
兼安徽省政府主席廖磊
（金寨县革命博物馆提供）

显然，这些介绍，对廖磊给予了高度评价，也对他到安徽担任省主席，建立大别山敌后抗日根据地寄予厚望。而实际上，廖磊也确实不同凡响。

廖磊，初名梦祥，字燕农、元戎，别号伯符，1890年2月2日出生于广西陆川县的一个贫苦家庭，是一个职业军人。

廖磊在担任安徽省政府主席之前，其战斗经历比较复杂。他参加了辛亥革命，曾为护法、北伐挥戈；他率部参战反蒋，也多次进攻红军；他坚决抗日，浴血奋战，屡建功勋。

廖磊从军很早。他1906年考入桂林广西陆军小学堂第二期，李宗仁、白崇禧是其同学。1911年考入湖北陆军第三中学堂第二期，参加了辛亥革命的武昌首义。在汉口战役中，他随军校学生参战，奋勇向前，手臂中弹受伤，仍坚持杀敌，令人刮目相看。1914年，入保定陆军军官学校第二期步兵科。毕业后投湘军，历任连长、营长、团长。1920年护法战争，他曾以一团兵力击退敌人两个旅，从衡州直下岳州，所向披靡，被人称之为"廖猛子"。1926年参加北伐战争，任国民革命军第八军第四师少将副师长兼第三团团长，后任第三十六军军长。

廖磊参与桂系反对蒋介石。他1928年后回广西投靠桂系军队，后随东路军前敌总指挥白崇禧继续北伐，打到华北。1929年1月南京政府编遣军队，第三十六军缩编为第五十三师，廖磊任师长，仍驻唐山。1929年3月，蒋桂战争爆发，蒋介石派特务捕杀白崇禧，廖磊亲自送白崇禧到塘沽港，让他搭乘日本轮船经香港回广西。因此，他被迫辞去军职，到香港居住。1930年4月，廖磊应白崇禧之邀回广西，任桂军前敌指挥部参谋长，参与指挥桂军进攻湖南，响应冯玉祥、阎锡山反蒋。

廖磊也多次进攻红军。他1931年任第七军军长，曾两次率部进攻右江革命根据地，在百色、龙州、东兰等地围攻红七军、红八军。为抓捕红七军第二十一师师长韦拔群，他曾发出悬赏通告："谁能捉到韦拔群，赏红花（当时的花边大洋）7000元"。韦拔群看后一笑，挥笔写下了标语回敬廖磊："谁砍得廖磊的狗头，赏红花一个铜板！"气得廖磊七窍冒烟。1934年9月，廖磊率部在贵州大广坳、甘溪等地"围剿"由任弼时、萧克、王震领导的红六军团，使之损失严重。随后，又在广西堵截红一方面军长征。

1936年1月23日，廖磊授中将军衔；1937年5月14日加陆军上将衔（即陆军中将加上将衔）。

廖磊抗日非常英勇。1937年抗日战争全面爆发后，廖磊被任命为第二十一集团军副总司令兼第七军军长。在淞沪战役中，廖磊率部不惜代价与日军激战，消灭敌军6000之众，收复70余村庄，部队也伤亡上万。以致白崇禧曾当面斥责廖磊："广西本钱不大，照你这样打硬仗，几次就被你打光了！"

同年10月，廖磊升第二十一集团军总司令兼第七军军长，率第七军、第四十八军开赴第五战区抗日。在台儿庄战役中，奉命率第七军、第四十八军浴血奋战，为取得台儿庄战役胜利建立了功勋。1938年5月7日，日军绕道进袭蒙城。廖磊命所部守军第一七二师副师长周元，率领一个团展开激烈抵抗，与日寇鏖战三昼夜，最后因寡不敌众，几乎全部壮烈殉国。1938年6月，廖磊指挥部队在黄梅、广济地区，又给日军沉重打击。

廖磊一直驰骋疆场，现又身任军政要职，很多人在没有见到他之前，猜想他可能是身材魁梧、威严英武、衣冠楚楚、盛气凌人的彪形大汉。

可廖磊出现在金家寨后，出人意料。他个子不高，身体较胖，身着灰色土布军装，穿布鞋，打绑腿，有时还赤脚穿草鞋，平时和士兵一样。进出山区，遇有崎岖小道，便不骑马，自己拄着竹棍，奋力攀登行走，不要卫士扶持呵护，以致在陌生场合多不识其是高级将领。

廖磊也是受命于危难之际。

日军猖狂进攻在即，立煌周边烽烟四起，守土任重，建立大别山敌后根据地十分艰难。在前任李宗仁时期，虽曾大刀阔斧对省的行政机构和政策进行改革，终因军事紧张，以及人力、物力和时间的限制，基础未见扎实。在日军进侵时，省政府迁址，民众流徙，各厅、各处之公务员散亡多半，原本的政治设施不足且大半又遭破坏。财政方面，安徽原来底子就薄，在战争紧张的情况下，金融、贸易停滞，物产销路受阻，收入陷于停顿或减少，加上沦陷后，敌人的经济掠夺，省内经济无时不处于动荡危机之中。文化教育也因战事波及，学校大部分都停闭，设施摧毁无余。加上国土的大片沦陷，原先被镇压下去的地方恶势力如地痞流氓等再次抬头，汉奸、伪组织也开始肆虐，民众受到欺压，人心惶惶，地方混乱，抗日力量难以发挥作用。同时处于战争状态的安徽乃至大别山区，百姓的生活非常困苦。而要解决问题，非常棘手。面对重重困难，廖磊别无选择。针对上述状况，廖磊认为，要想在敌后站住脚跟，同时肩负起持久抗日的艰巨任务，首先要稳定军心、民心，帮助民众树立抗战必胜的信心。

廖磊上任后，他多次向军队和民众发表演讲，表示"无论何种情况下，决心保卫安徽，决不离开省境"。并发布了他的施政纲领——《告全省民众书》，指出要切实做9件事：一是征辟地主绅耆，延揽人才，共济时艰；二是妥筹难民生计，成立难民救济会，设立难民工厂；三是蠲免沦陷区域田赋；四是推行农村合作贷款，改正农村经济，活动金融流通；五是保障法币流通；六是扑灭汉奸及伪组织；七是重新整编民众武力，寇来大家出击，无事各自归农；八是铲除贪污；九是肃清盗匪。

同时向民众提出三点希望：一是坚定必胜信心；二是协助军队作战；三是帮助政府除奸。

随后，又拟成《安徽省战时施政纲领》，于1939年1月正式颁布。接着，他实行了一系列改革措施。

为适应抗战形势的需要，廖磊又主持调整了安徽省的行政机构。先后增设了皖南、皖北行署。皖南行政公署设在屯溪，辖长江以南第六、七、八督察区，计22县。皖北行署于1938年11月10日在金家寨成立，颜仁毅为主任，辖长江以北第一、二、三、四、五督察区，计40县。同时，贯彻"政治与军事合一，政府与民众合一"的政策，实行各区行政督察专员兼任区保安司令，专员公署与保安司令部合并办公；县长兼领军务，县内党务人员及一切地方团队武力，归县长统一指挥，民众抗敌机关和团体，归民众动员委员会统一指挥；各迁缓、重叠、冗杂的机构一律裁撤或合并。基层乡、镇、保、甲按"政教合一"原则，将联保办公处、乡村教育、自卫队合并为统一机构。以乡（镇）保长兼任学校校长和自卫队长，甲长兼保预、后备队班长，公所、学校、队部合并办公，提供工作效率。

廖磊大力推行"行新政，用新人"，改变基层联保主任和保长多是年纪老大的豪绅，官小僚大、组织涣散，不能掌握民众，也无法配合军事行动的状况。重用广西学生军，安排他们在省动委会和抗日团体中担任要职。同时，培训干部，举办"安徽省政治军事干部训练班"，廖磊亲自兼任主任，抽调一批学生军中的骨干担任训练班的中队指导员。训练班调训部分县（区）乡（镇）干部，大部分是招收各地知识青年，结业后统一按学习成绩和品德才能，分配到各乡（镇）担任乡镇长，少数优秀的提任县长。

廖磊对这些干部训练班的学生（简称干训生）给予了厚爱也寄予厚望。他指示各级行政机构，要让干训生"切实参加行政机构的工作"，并称要把爱护干训生作为"各县长主要考绩之一"，"如果借故不用干训生，则连县长都没他的份"。而对干训生，廖磊也提出要求，勉励他们："各位回到乡间工作，一定要和旧的腐化的乡、村长有断然的分别"，"不要做变相的新土豪"。有廖磊的强力支持，为干训生的工作创造了良好的环境，新生的势力在各级行政机构中日益增长。

干训班先后办了6期，受训的达万人以上。新委派的干部一般能够廉洁奉公，勤于政事。

廖磊用人原则：只要看中了的人，用人不疑。

廖磊在主政皖省期间，选用提拔了很多干部。尽管当时是国共合作时期，但中共组织在国民党统治区仍处于秘密活动状态，共产党员更不被国民党所用。可廖磊用人，主要是重在才干，只要他看中的，用人不疑。这样，他无意中也用了不少共产党员。

如霍山县动委会指导员兼省动委会第十九工作团团长的侯文瀚是中共霍山县工委书记。1938年秋，省政府和省动委会在金家寨召开各直属工作团团长和各县动委会指导员会议。廖磊到会致辞，侯文瀚经与会人员推举上台致答谢词。侯文瀚的精彩答谢，引起了廖磊的注意。

国民党特务向廖磊密报，共产党员都集中在动委会里，刚才上台致词的侯文瀚就是共产党员。

可廖磊仍亲自找侯文翰谈话，委以重任。

廖磊见到侯文翰，劈头就问："侯文翰，你是共产党？"

侯文翰回答："报告总司令，我不是共产党。"

"你前天在会上的讲话很厉害呀！讲得有条有理嘛，怎么不是共产党？"廖磊说。

侯文翰辩解道："总司令，这话从何说起呢？难道说讲话有点条理就可以跟共产党画等号吗？"

"你不是共产党为什么当工作团长、当指导员？"

"为了跟总司令一道抗日。总司令千里迢迢来安徽，我是安徽人，年纪轻，又是个大学生，更应抗日！"

廖磊对侯文翰一板一眼地说："你不是共产党我就给你派个差事，现在大别山的一些县城都失守了，比较大的市镇是立煌县的麻埠镇。这个地区很重要，我派你去当区长，要立即去！"

说着他转脸吩咐民政厅长陈良佐："快打电话给苏云辉（立煌县县长），就说我给他派了个区长到麻埠。"

接着又转头对侯文翰说："你快点去，区长当得好，当县长，县长当得好当专员嘛！"

显然，像廖磊这样的问法是不可能问出共产党的。况且，他手下的特务已经密报侯文翰是共产党。而麻埠镇是著名的皖西重镇，地位重要，能将侯文翰安排到麻埠区当区长是重用。

侯文翰到麻埠当区长，后来还直接找到廖磊解决问题。1939年春节，桂军第一三八师要将麻埠的古建筑拆下来搭台唱戏。为了保护古建筑，侯文翰直接打电话给省政府找廖磊。这是一个区长越级找省主席，可廖磊亲自接了电话。侯文翰报告说："麻埠镇有人拆古建筑搭戏台，准备唱大戏。抗战期间，一切从简，能否唱大戏，请总司令赐教！"

廖磊回话说："那不行，抗战期间哪能唱大戏？"

侯文翰得到廖磊的明示后，立即起草布告："奉廖总司令电谕：抗战期间，一切从简，禁止铺张演戏……"

古建筑得到了保护，第一三八师也不敢乱动了。

廖磊对广西学生军更是重用和信赖。很多重要职位、重要工作都交给学生军的人员担任。后来有人不断向他反映学生军中有共产党，但他最终还是不信，继续重用学生军。

廖磊在率部创建游击基地的同时，也在安徽省坚决贯彻其"政治建省"的主张，重视利用安徽省民众总动员委员会，进行全省抗战的国民动员、政治动员、经济动员和军事动员。省民众总动员委员会在中国共产党的组织和推动下，广泛开展抗日救亡运动，团结进步力量，培养青年干部，开辟了大别山区8年抗战中最生动活泼的政治局面。

在军事上，面对武汉撤守后，第五战区主力自鄂东向鄂西撤退，大别山外围各地均已陷敌，仅立煌四周数十里未为敌有。安徽省处于孤悬敌后，时刻受敌侵扰、袭击的险恶环境，廖磊率部一面加紧军事反攻，积极收复失地；一面加紧培植地方武装，加强自卫力量，为从事长期抗战做准备，加紧豫皖鄂边区游击基地的建立。

日军随着攻击目标的转移和占领区的扩大，被迫分散兵力，不得不在安徽境内缩小盘踞点线。廖磊利用此隙，在军事上从容部署，以转移到安徽的正规军为主力，对基地四周之敌作有力的驱逐和抗御，先扫清大别山外围，次第收复了一些为敌所占的县份，使大别山为中心的豫鄂皖游击基地初具规模，与第五战区主力在随、枣、襄、樊一带开辟了桐柏山、大洪山基地互为犄角，东、西呼应，给日军3条重要交通线以巨大威胁。据统计，安徽沦为敌后之后，由于大别山游击基地的创建和坚持，全省62县中，能保留完整者达35县，县境有敌踪者有宣城等7县，县城为敌盘踞者，仅怀宁、芜湖、合肥等19县。

在财政建设上，廖磊按照财政厅厅长章乃器的主张，继续严厉实行"铲除贪污，节约浪费"运动，进行财政整顿，治理各级政权的贪腐之风。对贪污有据、浪费严重、扣留应上缴税款公款的人员，一律严惩；着力进行财政整顿。发动民众交纳原有赋税，清除苛捐杂税。狠抓财政清理，打击贪污，剔除中饱；厉行节约；实行税收统支，确定省县预算，树立超然会计制度，严禁自收自支。还发行了省公债和地方银行小额钞票，既打击了日寇"以战养战"的图谋，又开辟了省财政新的巨大来源。由于方法具体、措施得力，安徽在战时财政收入不降反升，自1939年起有大幅度增加，不仅还清了欠薪欠饷，而且还提高了军警的生活待遇，这在国统区是不多见的。

此外，廖磊还采取措施救助难民，开办难民工厂、设立难民救济会。同时运用合作贷款，供给农民生产奖金，铲除贷款为豪绅把持的弊病；拨款办理购屯统运，解决农产品滞销、价格低落问题。他还严明军纪，发动军队在农忙时帮助农民耕作，以此争取民心。

实行国共合作抗日，廖磊对待新四军相对友好。1938年12月底，新四军参谋长张云逸和第四支队政委戴季英一行到金家寨安徽省政府，就新四军第四支队的作战区域、给养等问题与廖磊谈判；1939年5月、7月，新四军军长叶挺偕、张云逸和新四军江北指挥部副指挥罗炳辉等到金家寨和廖磊谈判，廖磊都高度重视，就新四军第四支队的活动范围、扣压新四军的军饷、合作对日作战、新四军江北部队发展等问题进行协商，达成设立新四军驻立煌办事处等协议，并由省财政迅速拨付拖欠的新四军军饷。

然而，廖磊也按照蒋介石防共、反共的要求，当共产党的抗日武装力量不断扩大、新四军在群众中影响越来越大时，密令省保安处收集新四军的情报，以至公开煽动不准共产党员活动。

在廖磊主政期间，国共双方呈现出合作抗战的良好局面，使大别山建设成为较为巩固的抗日根据地。

李宗仁晚年提到廖磊时也回忆说："廖磊在大别山苦心孤诣经营的结果，竟形成令人羡慕的小康之局。……廖君死时，大别山根据地内的军政设施已初具规模。"

从总体上看，廖磊在金家寨主政安徽，经过苦心经营和整顿，安徽省由沦陷时的一度混乱，转为军事形势稳定，地方秩序初步安定，财政困难渐获解决，民众抗日热情高涨，抗日基础日见强固。

廖磊无不良嗜好。时值战时，经济困难，物资匮乏，他平时一日三餐，基本素食，很少吃荤腥。他性喜俭朴，厌恶修饰奢侈。他对登门求见之人，若来者西装革履，他就拒之不见。有一次，他外出巡视途经流波䃥镇，该镇镇长平时喜欢打扮，穿着讲究，得知廖磊到来，吓得赶紧换上布衣草鞋，打上绑腿，才敢去迎接。

廖磊律己严格，比较清廉。为扫除积弊，制定和执行了禁烟、禁赌、禁酒、禁止高利贷等条例，并能率先垂范，带头苦干，从而赢得了社会好评。部属受其影响，多能布衣粗食，办事勤俭，俭朴之风悄然盛行。当时在省会金家寨，青年男女，一时都以粗装简饰为美，以能爬山越岭日行百里为荣，工作人员糙米咸菜，长期不得肉食亦不为苦，社会风气为之一新。

廖磊工作勤奋，每天起早睡晚，还坚持写日记。基本上是利用夜深人静时，一边洗脚，一边挥毫疾书。虽然是日记，仍然写作认真，篇篇字迹端正，清楚整洁。

廖磊既要指挥作战，又要主政，各方面的压力大、矛盾多，不仅繁忙，而且事急、棘手。他平时总是神情凝重，眉头紧皱，两眉之间出现个"川"，如同头上顶着一盆火，一副时时焦虑、惶惶之态。

1939年9月26日，美国进步作家、著名记者和社会活动家艾格尼丝·史沫特莱女士应廖磊之邀，到达金家寨，考察大别山的伤兵、难民救济和抗日民众动员工作。

廖磊在省政府大楼不讲究俗套地欢迎她。史沫特莱对廖磊的第一印象是：仪表颇像没有佩戴勋章、身穿军装的古罗马议员，举止稳健，彬彬有礼。

廖磊在谈话时总是好奇地盯着史沫特莱，仔细考虑她说的每一句话。

史沫特莱问廖磊自抗战以来有哪些主要收获？

廖磊回答："战地教育，它与纸上谈兵的书本理论完全不同。民族意识这又是一个主要收获。我们的部队知道这是争取全国独立生存的生死斗争，不单单是保卫广西老家而已，他们认为作战光荣。他们如果没有得到打仗的机会就感到碌碌无为，有英雄无用武之地之感。"

史沫特莱感觉廖磊说话的语调含蓄克制，像是操劳过度，或是意志消沉的样子。年纪不到五十，面容消瘦苍老得多。

1939年9月下旬，第五战区战时文化工作团团长臧克家和作家姚雪垠等来到了金家寨，进行走访活动。

臧克家在拜会廖磊后的感受和评价是：

拜晤坐镇在大别山里的廖将军，听他的名字想象一位叱咤风云的英雄，见了面却温和得像一个慈爱的长者。他不会滔滔不绝地大露谈锋，从他口里也听不到什么耸人听闻的伟论，他只是家常地、和缓地、半天一句半天一句地向人谈着很亲切的话。"勇于行动的人，往往是讷于言语的。"同他对坐着谈话我想起了谁的这一句名言来。他对于青年很爱护、很信任，他劝人不要怕青年，要好好领导他们，有许多工作等着青年去做。他到了安徽以后，实行"行新政""用新人"。经常有几千青年在"干训班"受训。……这一批新的干部分发到乡村去，城市去，战地去，军队里去，崭新的成绩从他们的手里托出来，安徽活跃起来了。

史沫特莱、臧克家所描述的廖磊，就是廖磊逝世前不到一个月的情形。

曾与他共事的安徽省民政厅厅长张义纯后来回忆说，廖磊为人比较清廉，在总司令任内，所存军队节余兵饷，缴归广西增购军火，不像李品仙中饱私囊。因廖磊提倡俭朴风气，亦有狡黠者，投其所好，穿草鞋、打绑腿往谒省主席，廖委以县长职务。当有人揭穿其诈伪时，廖磊又将其革职。廖磊提倡节俭苦干，兼之币值与物价平稳，军政人员生活安定，多能秉公守法，从事抗战工作。

长期超负荷的紧张工作，沉重的精神压力，积劳成疾，本来就有高血压病的廖磊，身体状况恶化。

1939年春，廖磊病发，突然晕倒，所幸治愈。同僚部属劝他休息，他说："大敌当前，怎能管自身安逸。"依然不稍懈怠，日夜操劳。

廖磊是只身一人到金家寨任职的，没有家人在身边。远在广西柳州的夫人胡慧得知廖磊患病后，3月出发，5月才到达金家寨。虽然爱妻到来，廖磊很高兴，可前线战事吃紧，廖磊没有时间与胡慧一起独处一段时间静心养病。

廖磊有一个童养媳的前妻，胡慧是廖磊1922年在湘军当营长时娶的二房，比廖磊小11岁。廖磊视胡慧为原配，非常恩爱。由于廖磊一直征战，他们夫妻聚少散多，没有孩子。

廖磊知道自己的病情严重。1939年10月12日，廖磊的日记上写道：

晴。刘科长检查余之血压，毫米汞高竟高至一五二至一七四，比去年更高，血管已经硬化，最易犯血冲至脑，而至昏迷，颇可惧也！

这天晚上半夜，廖磊忽然长叹一声："如果我有不幸，胡慧今后日子更不幸。"

10月13日早上，廖磊到古碑冲检阅部队。检阅完毕，返回省政府。下午3时，廖磊打完一个电话后，脸色灰白，汗如雨下。胡慧见状，连忙扶廖磊坐下。廖磊连续3次吐黑血昏迷过去。

医务人员迅速赶来抢救。廖磊救醒后，神志不清，失去控制，见人便打。医生只好给他注射镇静剂，让其睡觉。睡了约10个小时，廖磊醒来，直叫头痛。

5天后，敌机轰炸金家寨，看护人员将廖磊抬进了防空洞。

10月23日，不吃不语的廖磊突然开口说话，他喃喃自语："安徽为何无望？知我者何无一人？"

他对前来看望他的国民党安徽省党部主任委员刘真如、民政厅厅长陈良佐、财政厅厅长江炜、教育厅厅长方治等人说："我不行了，希望你们努力抗战，莫让日寇窜进大别山。"

廖磊病危，第二十一集团军总部和安徽省政府急电重庆向最高军政首脑报告。蒋介石等也很重视，即派专机送医生飞来金家寨。但由于大雾弥漫，飞机不能降落，只好返回。第二天再次飞来，可是为时已晚。

廖磊自己在短暂的清醒期间，当着刘真如、陈良佐等34人的面，由夫人胡慧代笔写下遗嘱：

余以武人，久领军旅，抗战以还，惟以戮力杀敌，自去年奉命兼主皖政，值地方残破，顽寇凭陵，建设未达，心力交瘁，积劳成疾，自知不起，惟大敌当前，非保卫江淮，无以屏蔽陇蜀，恢复中原，非巩固大别山脉，无以树立大举反攻之基。凡我党政军同仁，务望各尽其最大力量，在总裁领导下，精诚团结，建设安徽，复兴中国，达到最后胜利，以完成余未竟之事，并盼将余耿耿苦衷，详陈李司令长官、白主任为嘱。

众人见状，无不动容。

当天晚上，廖磊病逝于金家寨住所。

廖磊逝世及治丧过程，中央社于10月24日、26日做了报道：

皖省主席廖磊，因公积劳致疾，药石罔效，二十三日晚上十时零七分，在住所逝世。廖氏自七七事变起，即奉命率部出桂，转战苏浙豫鄂皖诸省，迭创顽寇，屡建奇勋，去年十月奉命兼摄皖政，保卫江淮，革新政治、皖民爱戴，噩耗传出后，莫不痛悼。

廖故主席二十四日晚举行大殓，所遗职务，即遵□司令长官电令，□□集团军总司令，由张将军代理，省主席职务，由陈厅长良佐代理，并经组织治丧委员会，推定刘真如、方治、陈良佐、朱佛定等二十三人，为治丧委员，已于二十五日下午四时出殡，送殡者有党政军民各团体约计四万余人，仪式严整，群情悲痛，八时许，灵柩到达×××，即举行仪式，由陈厅长主祭。

报道中为了保密，故用□和×替代姓氏、部队番号和地点。其中□司令长官，是李司令长官，□□集团军是二十一集团军，×××是指响山寺。

响山寺位于金家寨附近的响山岭脚下，是一座历史悠久的古寺庙，因其后有响山岭而得名。

据该寺的碑文记载，响山寺原是唐朝段秀实太尉的故宅，是由段秀实太尉舍宅兴建于唐建中四年（783年）。

段秀实曾任唐代宗、德宗两朝太尉，后任节度使，为人正直，鄙视奸佞。"骂贼身死，忠肝义胆，节烈可风"，谥号忠烈公。段秀实生前"舍宅为寺遂成名胜之区，古迹流传载在志乘"，"室非鲁壁，晓闻绿竹之音；山异金钟，时听噌吰之奏。公于是同鲁人之徙宅，远效莺迁，等僧绍之，舍家轻抛燕夏……"从碑文中这一段文字，可知响山寺的原宅基系唐太尉段秀实所捐献。段公很乐意让僧人迁住室内，并扩大寺内的各项建筑。段公死后，在寺内建有段忠烈公祠，以示纪念。

响山寺也是廖磊一年前宣誓就职安徽省主席之处。廖磊逝世后，灵柩就停放在响山寺，做法事、供人吊唁。

在重庆的蒋介石等国民党政要纷纷发来唁电，蒋介石为之题词并撰写了挽联。蒋介石的题词是："夺我鸿鹄"。

新四军驻立煌办事处主任何伟代表新四军参加了吊唁。

廖磊在安徽抗战中的所为也载入了中共的史册。《中国共产党安徽地方史》（第一卷）中记载：

中共与廖磊加强合作。廖磊同意新四军设驻立煌办事处，同意新四军除四支队外，再成立一个江北游击纵队，邀请新四军领导人叶挺、张云逸、戴季英等到立煌会晤，共商新四军建设和团结抗日大计，同意为新四军四支队补助给养。章乃器领导的财政厅按月补助新四军3万元军费。省财政厅在武汉订印的公债和地方银号小额钞各一二百万元，运到皖南后，由新四军掩护过长江。在廖磊在世时，国共之间摩擦已见端倪，但他并无明显的反共措施，且能从抗日大局出发，批驳"新四军赤化安徽"的谣言，要求动委会"针对敌人的阴谋，给以正面打击"，廖磊的这些做法是顺应历史潮流的。因此在他逝世后，中共领导人周恩来、朱德、叶剑英、彭德怀送了挽联，新四军领导人叶挺、项英、张云逸、戴季英、罗炳辉、彭雪枫、孙仲德也发了唁电，对他给予了很高的评价。

廖磊后安葬在响山寺大庙后面响山岭的山坡上。其墓为穹窿形，冢径约8米，所需石材均由廖磊所部第七军从七军军部驻地六安县独山开凿块石运至响山寺。墓前树有华表，刻有手书挽联。

正面挽联为蒋介石所题：

求治至诚，见危授命，耿耿精忠能贯日

杀敌争先，尽瘁以死，芸芸黎庶载历碑

北面挽联系于右任所题：

坠泪读碑文，惠政难忘羊太傅

破胡留战绩，英风常想岳家军

廖磊墓

国民政府主席林森题写墓碑是"豫鄂皖游击总司令陆军上将兼安徽省政府主席廖磊之墓"。

第五战区司令长官李宗仁亲自写了《故廖磊上将军神道碑记》，安徽省政府秘书处编印了《廖磊将军荣哀录》，以示纪念。

在重庆的国民政府曾在褒扬会上褒扬廖磊："才略优长，忠勤夙著。抗战军兴，率师前方，屡建勋绩。年来兼主皖政，艰难筹措，建树尤多。"

1939年12月20日，国民政府发布命令："安徽省主席廖磊因病逝世，前经明令褒扬在案，查该故主席兼理军民，卓著勋绩，允宜特予追赠陆军上将，发给治丧费1万元，交军事委员会从优议䘏，并将生平事迹存备宜付史馆，用示政府笃念忠勋之至意。"

国民党安徽省政府还在响山寺内东厢房设立廖公祠，供人凭吊。

廖磊的坟墓至今保存完好，已成为一个旅游景点。

廖磊将军奋不顾身、英勇抗战的爱国精神为人们所称道，他在金家寨的故事仍在流传。

李品仙在金家寨

廖磊逝世后，国民政府于1939年11月2日任命第五战区第十一集团军总司令李品仙接替廖磊任二十一集团军总司令，豫鄂皖边区总司令，兼安徽省主席。李品仙于1940年1月到金家寨赴任。

李品仙时年50岁，是广西苍梧县人，其前经历的轨迹富有变化。他跟桂系作战，后跟随桂系；他反对过蒋介石，后又拥护蒋介石；他积极反共，也坚定抗日。

李品仙出身名门望族，从小受过良好的教育。他参加科举考试，县试、府试都顺利通过，可是到院试时，他一不留神竟漏抄一页试卷，导致前功尽弃。

1907年，他考入广西陆军小学，后升入湖北第三陆军中学，开始了从军生涯。

1911年10月，李品仙参加了武昌起义。接着，他被派回广西，在梧州军政分府长莫荣新手下担任梧州军械局委员。1913年1月赴保定军校第一期学习。毕业后，分配到广西陆军第一师第一团见习，参加了护国战争。他毕业近两年，未授实职，心中不满。1916年6月投湘军，在湘军独立营任中尉排长。不久，该连编入督署卫队营，营长唐生智是他保定军校的同学。此后，李品仙紧紧追随唐生智，在护法战争、湘直战争、护宪战争中屡建战功，历任连长、营长、团长，到1924年，提升为湘军第四师第八旅旅长。

1926年6月，李品仙任国民革命军第八军第三师师长，随唐生智参加北伐，先后克复长沙、岳阳、汀泗桥、武昌、广济、黄梅等失地。1927年4月，李品仙升任第八军军长，所部留驻武汉，李品仙改任武汉卫戍总司令。7月15日，根据汪精卫的命令，李品仙在武汉进行"清共"，搜捕、屠杀共产党人、革命人士和工农群众。

7月下旬，唐生智发动东征；蒋介石则命令李宗仁部西讨。10月20日，南京政府下令讨伐唐生智，免去其本兼各职。唐军内部分化，腹背受敌。唐生智通电下野，出亡日本。1928年2月，李品仙等唐生智旧部，迫于李宗仁、白崇禧新桂系重重包围，通电表示愿意接受南京政府改编，投靠桂系，隶属白崇禧部。

1928年4月，蒋、冯、阎、桂四派北伐奉系军阀，李品仙任第十二路军总指挥兼第八军军长，率部在滦河前线解除了直鲁军残部。

1929年3月底，蒋桂战争爆发。蒋介石重新起用唐生智，派其携带巨款赴唐山，争取被新桂系改编的湘军旧部。李品仙第十二路军中下级军官都是唐生智一手提拔起来的三湘子弟，立即欣然响应。李品仙等人发表通电，讨伐白崇禧，拥护蒋介石，率部重新投效到唐生智麾下。唐将第十二路军改编为第五路军，自任总指挥，任命李品仙为副总指挥兼第八军军长。是年12月初，唐生智在郑州呼应冯玉祥部石友三通电反蒋，被蒋介石、阎锡山的联军击溃。第八军被缴械，士兵亦被中央军各部队分别收容编散。此时李品仙已成无兵之将，只得远走香港。

1930年，中原大战爆发，在香港经营农庄的李品仙卷土重来，他应李宗仁、白崇禧之邀，出任湖南善后督办，处理湖南后方一切事务以支持桂系北进。可是，李品仙就职不到半个月，战局发生变化，桂系兵败。李品仙随李宗仁、白崇禧退回广西，担任第四集团军总部参谋长。年底，改任南宁军官学校校长。

由于李品仙曾背叛过白崇禧，白崇禧耿耿于怀，撤去李品仙军校校长一职，让其到龙州担任广西边防对汛督办兼左江区行政监督及龙州区民团指挥官这样一个闲差。李品仙心知肚明，韬光养晦，尽力而为。直到1935年夏，因总部参谋长叶琪坠马身亡，李品仙才被调回南宁担任总部参谋长。1936年1月，晋升为陆军中将。7月，任广西绥靖公署副主任，1937年3月，加上将军衔。

1937年卢沟桥事变，桂系军队奉命开赴抗日前线，李品仙被任命为第十一集团军总司令。11月升任第五战区副司令长官仍兼第十一集团军总司令，协助李宗仁、白崇禧进行徐州会战的战略部署，同时负责津浦路南段之战。

1938年1月，李品仙奉命率领部队驻防在安徽寿县。在这里，他干了一件极不光彩的事情，就是动用3个运输连的兵力，盗挖了在寿县朱家集边李三古堆的楚怀王墓。李品仙与参谋长何宣将墓中的几百件陪葬品据为己有。李品仙分得古物约占2/3，他派人将其运到香港的住宅收藏，还将200多根"黄肠题凑"木条运回广西交广西绥靖公署。就在李品仙、何宣安排继续盗挖古墓时，日军进攻到了田家庵，随后，寿县沦陷，盗墓计划未能实施。

李品仙盗墓的消息，很快密报到宋美龄耳中，蒋介石立即命调查此事。在金钱的打点下，此事不了了之。但他也留下了千古骂名。

1938年3至4月，李品仙指挥所部在津浦路南段击退了北上的日军，保证了台儿庄战役的胜利。6月下旬，李品仙被任命为武汉防卫军第四兵团司令，参加武汉会战。后又率部参加随枣会战。战后，国民党中央统帅部为表彰李品仙在随枣战役中的功绩，特颁授干城勋章一枚，以示奖励。

1939年10月23日，安徽省主席廖磊逝世。同年11月，经李宗仁推荐，国民政府行政院任命李品仙接任廖磊的职务。后来还兼任了国民党安徽省党部主任。

1940年1月8日，李品仙到金家寨走马上任。在金家寨的省党政军机关组织了一场隆重的欢迎仪式。

据当事者张善群回忆，这天凌晨，金家寨的各机关职员、驻军官兵、各团体人员、中小学师生和市民共3万余人聚集在飞机场整队，然后依次向河西的曹家畈行进。人流经过金家寨的老街，街道两边墙壁上贴满了红红绿绿的欢迎标语；沿途土路两边的杂草都清理得干干净净。队伍行进了一个多小时停下，分列路两边站立夹道欢迎。路边每隔一段，就有一道由两人举着标志单位的横幅，

国民革命军第二十一集团军总司令
兼安徽省政府主席、安徽省党部
主任李品仙
（中共金寨县委党史县志研究室提供）

一眼望不到头，甚为壮观。时间一小时一小时过去，一直不见人来，人们又渴又饿，急不可耐又不敢离去。直到中午时分，才见大队人马过来。先是一大队兵马，接着是一个个轿子，有50多副，上面坐着穿着讲究的大官。人们看着这些大官，跟着高呼："欢迎劳苦功高的李主席！""拥护李主席建设新安徽！"等口号，可不知李主席是轿子中的哪一个。

李品仙到金家寨后，发布了《告安徽各界同胞书》。不久，又通过党政整建纲要，对皖省抗建工作所应遵循的原则、方针、程序作了较为明确的规定，强调"要巩固大别山敌后作战之根据地，势须先将安徽省加以整顿和建设，把政治、经济、文化统统动员起来，支援军事需要，使成为敌后坚强的堡垒"。为此，李品仙主皖后采取了一系列措施。

在政治上，李品仙强化党政军一元化领导。上任后，即在金家寨设立了豫鄂皖边区战地党政分会，李亲任主任委员，以统领、协调辖区内党、政、军各项事务，以期集中力量，统一事权。他与CC系合流，逐步掀起了反共的高潮。

他首先从动委会、工作团下手，指使随其上任的国民党安徽省党部委员、省党部机关报《皖报》社长杨绩荪等人在《皖报》上抛出《动员委员会怎样办？》等文章，诬蔑动委会是"乱动、盲动"，为迫害动委会制造舆论。李品仙于2月1日发表《告动员工作同志书》，下令调全省动委会全体工作团队和各县动委会指导员（其中大部是共产党员）到金家寨"受训"，企图一网打尽。2月中旬，李品仙在金家寨主持召开安徽党政整建大会，通过由其亲自拟订的《敌后党政整建纲要草案》，旨在"清除潜伏机关、部队、学校内从事捣乱，分化抗战力量的异党分子"，"建立坚强的行政组织系统"。强迫军事、行政、教育人员及高中学生必须参加国民党和三青团。为培植新的反共力量，成立了以李品仙为首的"安徽干部训练团"，相继开办党政干部训练班和地方行政干部训练团，以培植亲信势力，分配到各级政府中任职。

同时，在组织上，李品仙加紧"改造省政府机构"，一面设置党政军总办公厅总揽大权，清洗上层进步分子，一面向省以下各级行政机构开刀，调换各县进步县长，通缉在皖东北与中共合作抗日的第六行政区专员盛子瑾，又相继撤换了第一行政区专员张节、第七行政区专员许道勋、皖南行政公署主任戴戟等人的职务。并布置各地反共，全省出现了多起暗杀、活埋中共党员的惨案。

在军事上，李品仙下令取消安徽人民抗日自卫军番号，撤销与新四军彭雪枫部在淮北合作抗日的皖北第十二联防指挥官兼安徽人民抗日自卫军第五路指挥余亚农的职务，并下令桂系正规军讨伐余部。与此同时，他还积极布置兵力，调动军队向东进攻新四军张云逸、罗炳辉部，向西进攻豫鄂边区新四军李先念部，企图挑起大规模武装摩擦事件。他派主力一部配合皖北行署主任颜仁毅和第五区专员李本一，分3路进攻驻皖东定远县大桥地区的新四军江北指挥部。他撕毁廖磊原来与叶挺、张云逸谈判达成的协议，下令所部进驻皖中无为县，切断新四军与皖南军部的联系，他在无为江岸无理扣押从皖南送往江北的新四军军饷7万元及奉调去皖东工作的新四军干部20余人。经叶挺、项英、张云逸多次向蒋介石、李宗仁严正抗议和交涉，李品仙释放了张云逸的夫人和孩子外，其余新四军第三支队政治部副主任曾昭铭以下干部被害。此外，李品仙还指挥所部4000余人，向驻无为的新四军江北游击纵队突然袭击，使江北游击纵队因寡不敌众，伤亡惨重，纵队参谋长兼新九团团长桂逢洲在战斗中牺牲。国共合作抗日的局面被破坏。

1940年5月，新四军张云逸、李先念部奉中共中央之命有力反击李品仙的摩擦。经新四军各部的果断还击，李品仙被迫签订了双方以淮南铁路为界的停战和议。李品仙还积极布置其第一七六师进驻长江北岸重要地段，配合顾祝同发动"皖南事变"。"皖南事变"发生后，李被任命为淮南进剿区总司令，集结重兵屡次向新四军第二师、第七师和淮南、皖中根据地进犯。

1943年6月，在国民党政府掀起第三次反共高潮中，李品仙为"蚕食"共产党的淮南和皖中根据地，调整了兵力部署。并于9月召开团、县级以上的军政头目会议，具体部署各方面的"清剿"。在金家寨史河对岸洪家祠堂设立了"豫鄂皖三省联防办事处"及"安徽省特训党部"，在吴家店设立立煌、麻城、罗田、英山、霍山"五县联防办事处"，并设立了寿（县）、六、（安）霍（邱）三县"剿匪指挥部"。随后开始反革命的内部再清洗和外部全面"清剿"，凡是认为是可疑的人就立即逮捕。如留在立煌坚持地下工作的共产党员史迁（省动委会总务部主任干事）、詹运生（省动委会训练班副主任，时在中国农民银行办事处工作）、麦世发（省民政厅秘书）、刘敦安（省行政干部训练团皖东训练班教育长）等10多人被捕，于12月15日被活埋在古碑冲附近张家湾山坳边，制造了"大别山惨案"。

1944年1月，李品仙等桂系顽固势力又集中第四十八军和省保安第四团、七团共5万余人，对舒城、庐江、桐城、怀宁、潜山、太湖、宿松、望江等县的共产党和新四军进行3个月的全面"清剿"。

李品仙在顽固反共进攻新四军的同时，也抗击日军。

1940年5月，日军发起枣宜会战，李品仙亲率第二十一集团军总部人员从金家寨出发，指挥各部迎战平汉线南段之敌达半个多月，歼敌甚多。

1941年春、1942年底，两次粉碎日军对大别山游击基地的大举进犯、扫荡、围攻等。1942年12月18日中午，所部第四十八军第一三八师莫德宏部在太湖县弥驼寺击落一架日军飞机，机上乘员12人全部当场毙命，死者之一就是侵华日军第十一军司令官冢田攻（追赠大将）。这是8年全面抗战中在中国战场上被击毙的职务最高的日本陆军军官。

经济建设方面，李品仙继续整理财政，整顿赋税，增加收入。1940年依照县各级组织纲要规定，划分省、县，以及乡镇财政，制定出新的战时税制。新县制推行后，通令各县成立税捐征收处、田赋管理处，统一征收县、乡收入。1942年度财政进一步改制，县、乡财政变为自治财政，修订新的章程，实行分区督征制度，禁止非法摊派。这样几经调整，全省财政收入逐年增加。同时努力发展生产，保证生活供给。提倡、帮助、奖励必需的农林工矿业生产，协助策进内地手工业的建立，如建造纺织厂、造纸厂，以及开办小规模的卷烟制造业等，以保障军需民用。为维持战时生产和人民生活，乃督饬各县兴办水利工程，省里成立了水利工程测量大队、防黄工程处，各地也成立了水利工程委员会、圩堤委员会，专事组织民力挑修堰坝，疏沟治塘。尽数年之努力，皖省在抗战期间条件恶劣的情况下，仍增设了一些大的水利设施。此外，皖省农林、工商、矿冶、乡镇造产在战时也都有一定发展。

与此同时，李品仙等新桂系顽固派大发"国难财"，搜刮民脂民膏。一是通过省财政厅，横征暴敛。在国民政府所规定的各项苛捐杂税科目中，征收附加税，至于临时性的摊派，更是随心所欲。1944年皖西地区遭受旱、涝、风、虫灾，农业年产只有3~5成，可省政府的田赋征收不但未减，反增加了两倍半。农民不堪重负，不少倾家荡产。二是通过立煌企业公司和皖西茶叶指挥所强取豪夺。对大别山出产的铁砂、木、竹、茶、麻、桐油、生漆、茯苓、猪鬃等，实行统制，压价收购。然后运往敌伪地区高价出售，再从敌伪地区统购山区缺少的商品，抬价居奇，牟取暴利。三是通过省粮食管理局贪赃枉法。采取额外征收、粮食掺假、假借修缮（仓库）等办法，进行贪污。

李品仙贪婪成性，在所属财经机构安插亲信，让其操纵地方经济，为所欲为，中饱私囊，受贿于他。他不仅控制着立煌企业公司，还组织了一个叫中和庄的秘密经济集团，专门贩运铜、锡、米等违禁物品，经史河、淠河由正阳关出口，武装保护走私到皖北蚌埠等沦陷区资敌牟利。他还让其"二夫人"罗啸仙出面进行走私活动。罗啸仙一次走私一批桐油、生漆运经淮北蒙城，被蒙城县长袁传壁手下查获吞没。李品仙大发雷霆，严令袁传壁交出财物。由于货物已被私分，袁传壁只得将参与劫夺货物的县中队长刘小山押往金家寨，李品仙将其枪毙。

李品仙还到处收集古玩字画。一个江西人不远千里带着一张绢木古画进贡给李品仙买官，李品仙果然委任他为一个县的田粮处处长。李品仙的部下知道他有如此癖好，便纷纷在民间搜刮古玩字画，孝敬媚上，得到好处。

上行下效，当时社会风气恶化。在公务人员中，为了追求物质享受，敲诈勒索、行贿受贿、假公济私、买官卖官、武装走私现象比较普遍。当时社会上流行这样的顺口溜："做官不如经商，经商不如当娼（当仓库主任，地方土话中仓、娼同音），当娼不如伴睡（办税务工作），伴睡不如从良（从事粮政）"。

在文化建设方面，在李品仙任内有所发展。乡（镇）、保普遍增设了中心学校、国民学校。据统计，到1945年上半年，全省共设保国民学校9502所，中心国民学校1651所，平均达每乡（镇）一中心国民学校，每三保两国民小学，省里还增设了多所省立临小。在古碑冲设立省临时政治学院一所，后改为省立安徽学院，使安徽战时也有了一所高等学府。另外，恢复了省立图书馆，各县民众教育馆也都逐步得到恢复。1943年底，在金家寨还建成省立体育馆一所。

金家寨至今还流传着不少有关李品仙的故事。

李品仙喜爱看名角演戏。他到金家寨不久，就称"抗战不忘娱乐"。他将战友俱乐部改名为"立煌大戏园"，并不惜重金，从上海请来青衣花旦张婉秋、杨洪英、刘艳霞等一些名角，到立煌大戏园演出，在金家寨及周边引起轰动。因此也助长了奢靡享乐之风，一些军官为争夺漂亮的女演员，争风吃醋，其中一名高参因此被李品仙革职。

李品仙吃的有一道菜被称为"长官菜"。他到金家寨任职后，发现物资匮乏，供给不足，部队经常没有肉吃。为了安抚部队的情绪，稳定军心，他立下一条规定，部队的弟兄们没有肉吃，党政军官员及工作人员也不准吃肉。他自己带头，大家每个星期只能打打牙祭、开荤一次。实际上，在当时就是鼓励吃肉，也难以采购。所以，李品仙的这一条规定，得到了很好的执行。

过了一段时间，上任不久的国民党安徽省党部书记长曹敏讨好李品仙。他当众向李品仙请求说："您身为第十战区总司令长官、安徽省主席，如果长期不吃肉，营养不足，将会影响身体健康，也将会影响到安徽乃至大别山地区一带的战局和人民的安危。恳请李主席特批允许自己吃肉。"面对省党部书记长的恳请，李品仙先是笑而不答，随即半推半就，最后是"恭敬不如从命"了。

从此，李品仙每天吃饭，就增加了一份红烧肉。当时吃饭都是10人一桌，由于李品仙长官是特批可以吃肉，其他人谁都不敢吃一块。有时，李品仙也会客气地夹上一片给同桌吃饭的同僚们，但他们要是想吃上第二块，那就基本不可能了。

李品仙吃红烧肉的事情，不久就在金家寨一带传开了，人们戏称这份红烧肉是"长官菜"。后来金家寨一带的餐馆中，便将红烧肉这个菜增加了一个菜名，取名叫做"长官菜"。外来的顾客，初来乍到，不知原委，进馆子总要点上这个"长官菜"，觉得这一定是一份非常有特色的新菜，一定要尝尝。然而，

"长官菜"送上了桌子才知道，这个令人稀奇的"长官菜"，就是早已吃过的红烧肉罢了。

李品仙的宗族观念很强，在金家寨还认祖联宗。

1944年4月，李品仙为了笼络人心，在金家寨大礼堂（中山纪念堂）设宴30余桌，招待各乡有钱有势的长老。宴会开始前，李品仙首先致辞，希望诸位精诚团结，支持抗战。随后，逐桌敬酒。每到一桌，由乡长介绍这桌长老的姓名，李品仙接着举杯向大家示意，就算完成了该桌的敬酒。当李品仙敬到金寨镇这一桌时，听镇长刘宪章介绍李知溪、李少郁、李子平兄弟3人时，李少郁借机与李品仙寒暄，并说了一些恭维的话。李品仙听后很高兴，命副官拿来椅子当桌坐下，并说："好了，我到这里找到自家了。"李品仙边吃边了解李家兄弟的家庭状况和李氏家族的人丁情况。当谈到重修祠堂时，李品仙表示愿意资助，并说："明年清明，我去祠堂送匾，再商量祠堂重修之事。"临行，还给李少郁留下了名片。

李氏兄弟从未同李家这么大的官吃饭并一起攀谈，受宠若惊。后来李品仙动员民众捐款抗日，李氏兄弟动员族人捐款。李品仙闻之大喜。虽然李氏家族在金家寨一带人数较少，捐款数量与其他氏族相比并不算多，但李品仙到处宣扬："李姓所捐之款，可买一架飞机。李姓爱国之心，众民应当效仿。"

李品仙没有忘记他给李氏兄弟的承诺。第二年清明前10天，李品仙就让立煌县和金寨镇的官员将匾送到了李家祠堂。匾长约6尺，宽约2尺8寸[*]，正中是李品仙题写的"输将救国"4个凸体金字，下款是"李品仙题"，并刻有李品仙的篆章及中华民国三十四年四月字样。镇里还派人通知李氏兄弟，李主席清明节那天亲自到李氏宗祠敬香，要做好准备。

为了让李品仙就近到李氏宗祠，镇里专门调民伕30余人，从老城街中码头到史河对岸架一座桥。桥长200多米，宽约4米，高约1.5米，全部用木料做桥架，上面铺着木板、稻草、泥沙，平平整整，如同公路。建桥工程量大，这30多人干了一个星期才完成。

李氏族人也在做准备。在清明节的前几天，专门开会，按照镇长刘宪章通知的李品仙敬香的人数、时间，做出安排。按丁筹款，杀猪宰羊，请来8名有名的厨师，置办酒席，准备款待李品仙一行。

清明节那天，李氏兄弟与部分族人都穿戴整齐，早早前往李氏宗祠等候。沿途看见很多荷枪实弹的军警站岗，设有关卡，盘查行人，四周山头还架上了

---

[*] 尺、寸为非法定计量单位，1尺和1寸分别等于33厘米和3.3厘米。

机关枪。李氏族人也几经盘查，都是李少郁出示李品仙的名片，并说："我们都姓李，是专门到李氏宗祠迎候李主席的"，才允许放行。李氏族人各支都有代表，当地的名门望族也派了代表参加。

李氏宗祠里里外外打扫得干干净净，张灯结彩，气氛喜庆，但也是岗哨林立，戒备森严。

祠内正殿条台上放置着红绸布盖着的李氏宗谱，两边香炉香火闪烁，烟雾缭绕。条台上方悬挂着李品仙送的匾额。殿内摆了12张方桌，全部用圈椅。每桌主席的圈椅都配有椅披、椅垫。

上午9时许，李品仙及二十一集团军总部的官员和太太们骑着马、乘着轿，在前呼后拥下到达李氏宗祠，受到早已等候人员的夹道欢迎。

当李品仙和夫人走近李家祠堂大门时，锣鼓喧天，鞭炮齐鸣。

随后，李品仙偕夫人向李氏宗谱敬香，行三鞠躬礼。随行官员也依次进行。

李少郁将李品仙请入正中一桌首席就座，其他人也依次就座。桌上摆有各色茶点，开始喝茶品食交谈。

在金寨镇中心小学读书的李少郁爱孙李祖禹身着童子军服装，李品仙见后，抚摸其头，并问其名。当得知名字是"祖禹"时，便问是哪个禹字。李祖禹答："是大禹治水的禹字。"李品仙又问："这个名字是哪个人给你起的，可知道这个字的典故？"李祖禹便以大禹治水的故事作答，并说："我家兄弟4人，按照尧、舜、禹、汤顺序，我排行第三，故得名为祖禹。"李品仙听后大喜，高兴地说："我李姓孩童，有此大志，国家强盛，必有希望。"并鼓励李祖禹好好读书，将来为国家出力。

品食茶点约半小时，准备上菜开宴。这时李品仙站起说道："因公务在身，我不能在外久留。"并示意随行人员辞行。接着，将随行来的工程师、摄像师都叫来，指手画脚地讲一下祠堂重修的想法，又拍了几张照片，随后离去。

李品仙这次联宗之行，金家寨周围的李氏家族深感荣耀，但也引起很多的非议。很多人认为，抗战时期，联宗家事，兴师动众，劳民伤财，实不应该。

而重修李氏宗祠一事，因这年秋天日本战败投降，年底省政府迁往合肥，李品仙既未出钱，也没有过问，不了了之。

李品仙主政安徽，倒行逆施，黑暗无道，强取豪夺，贪污公款，搜刮民财，引得各方不满，怨声载道，加之日军1943年元月攻占金家寨造成巨大损失，一些社会人士纷纷致电南京国民政府状告李品仙要求查办。国民党CC系也乘机发难，李品仙焦头烂额，想了很多办法，才蒙混过关。

1944年12月26日，由于战区调整，李品仙被委任为第十战区司令长官，防区为鄂东、豫南、皖西、皖东、苏北一带。

1945年8月15日，日本宣布无条件投降。8月18日，蒋介石命令李品仙为第十战区受降官。

9月10日，立煌军民数万人在金家寨召开盛况空前的祝捷大会。

9月11日，李品仙在金家寨召集有关部队和单位开会，对接受投降事宜做出安排。决定，第十战区司令长官李品仙负责接受蚌埠；第十战区副司令长官何柱国协调第十九集团军总司令陈大庆负责接受徐州；第四十八军军长苏祖鑫负责接受安庆。还决定地方行政，在安徽省境内，由省政府派员负责接受；徐州地区由江苏省政府派员接受。

9月17日，李品仙率第十战区主要人员由金家寨出发前往蚌埠。22日到达后，24日下午3时，在蚌埠正式举行了苏皖境内日军投降仪式。

在安徽境内投降，由第十战区接受的日军共4万余人。此外，国民党还接受了汪伪政府在安徽的行政机关和党务机关，以及日伪军占据的工矿企业。

1945年12月，李品仙随国民党安徽省政府及机关迁出金家寨到合肥。至此，李品仙离开了金家寨。

李品仙于1946年4月，专任安徽省政府主席一职，后兼任徐州绥靖公署主任；1948年6月下旬，任华中军政长官公署副长官；1949年12月逃往台北后，被蒋介石委任为"战略顾问委员会顾问"。1987年3月23日，李品仙在台北去世。

省府部门在金家寨

　　安徽省政府迁入金家寨后，这里是机关单位林立，官员和各类人员云集，可谓是鱼龙混杂之地。当时安徽省政府组成机构很简单，除省政府秘书处负责省政府机要及省政府委员会会议工作、撰拟保存收发文件、编制统计及报告、记录省政府各厅处职责进退及典守印信、会计庶务等工作外，其职能机构只设有4厅1处，即民政厅、财政厅、教育厅、建设厅和保安处。厅、处以下设科、局、室等内部机构，各科科长、局长、主任各一人，科员及办事员若干人。

省民政厅在金家寨

　　安徽省政府民政厅迁入金家寨，戴戟、陈良佐、韦永成3人历任厅长。民政厅的职责是负责县（市）行政官吏的提请任免、县（市）所属地方自治及经费、卫生行政、赈灾救济、土地行政、礼俗宗教、选举禁烟等管理工作。

民政厅厅长开始由张义纯任，迁到金家寨时改由戴戟担任。

戴戟时年43岁，是参加过淞沪抗战的抗日名将。

戴戟是安徽省旌德县人，毕业于保定军官学校，曾任国民革命军团长、副师长、十九路军师长、淞沪警备司令。1932年1月，日军阴谋侵占上海。戴戟召开紧急军事会议，号召"天下兴亡，匹夫有责，成败何足计，生死何足论。我辈只有尽军人守土御侮的天职，与倭奴一决死战"，并写下遗书准备与上海共存亡。1月28日夜，日军突然袭击上海闸北地区。戴戟和蒋光鼐、蔡廷锴指挥中国驻军奋起反击，并命令十九路军后方部队火速向上海集结参战。闸北地区的战斗一直延续到29日下午，中国军队将日军全部驱出了闸北地区。此后，日军虽不断增兵，仍屡遭败绩，主帅连连易人。戴戟后参与陈铭枢、蒋光鼐、蔡廷锴联共抗日活动，1935年11月下旬在福州成立的"中华共和国人民革命政府"中，担任人民政府委员兼中央军事委员会委员、兴泉省省长。新政权仅存在53天就被蒋介石派重兵绞杀，戴戟流亡香港，不久又冒险返回上海。1937年4月，蒋介石为拉拢戴戟，委任戴戟为安徽省政府委员。卢沟桥事变后，戴戟到南京请缨，希望披坚执锐，以赴国难，被任命为国民政府军事委员会中将高参，后任第三战区司令长官部中将高参。

1938年4月，安徽省政府主席李宗仁电邀戴戟回皖任职。他是1938年6月22日任民政厅厅长的。上任就来到了金家寨，当了5个月的厅长，1938年11月离开金家寨前往皖南任职。

戴戟后来任安徽省民众总动员委员会皖南办事处主任、皖南行署主任、联勤总部东南补给区司令等职。新中国成立以后，历任华东军政委员会委员、安徽省体委主任、省政协副主席、副省长、民革安徽省主任委员等职，1973年2月21日逝世。

戴戟离职后，由陈良佐担任民政厅厅长。

陈良佐，时年51岁，是广西宾阳县人，桂系军队高级将领，中将军衔。

陈良佐1914年考入陆军大学，毕业后在桂系军队中历任排、连、营、团、旅长，1922年任广西边防督办公署参谋主任。1926年任国民革命军第十军第十旅少将旅长，率部参加北伐。后任国民政府参谋本部高级参谋、第三十军中将参谋长，还担任过广西靖西县、武鸣县县长，梧州区、浔州区、桂林区民团指挥官兼行政监督。他是受廖磊邀请到安徽任职的。1939年10月，省主席廖磊逝世，由陈良佐代理安徽省主席。

陈良佐任民政厅厅长在金家寨工作了近一年半，于1940年4月离任。

陈良佐后于1942年4月任广西省政府委员，后任民政厅厅长并代理广西省政府主席、广西干训团教育长。1949年在香港加入民革，为中共做策反工作。新中国成立后，随张云逸回南宁，任中南军政委员会参事、广西省参事室参事、广西林业厅厅长、广西政协常委、民革广西省委常委、民革中央团结委员等职务，1968年3月28日逝世。

陈良佐离任后，由韦永成接任。韦永成是桂系的少壮派，是一个毕业于莫斯科中山大学的国民党高级将领。

韦永成是广西永福县人，时年33岁。他的后台很硬，他是李宗仁父亲最敬仰的老师李小甫的外孙，也是李宗仁胞弟李宗义的同学好友，还是白崇禧的外甥，后来又成了蒋介石的侄女婿。

韦永成是在金家寨任职时间最长的省民政厅厅长，在金家寨也留下了许多故事，详情在后记叙。

省财政厅在金家寨

安徽省财政厅的职责是负责省税及省公债、省政府预决算编制、省库收支、省公产管理等财务行政管理工作。在金家寨工作的省财政厅厅长有章乃器、杨忆祖、桂竞秋3位。

章乃器又名章埏，是浙江青田人，时年41岁。他是闻名全国的"七君子"之一。

1938年2月，李宗仁在六安就任安徽省政府主席，章乃器担任安徽省民众总动员委员会秘书，3月，兼任省财政厅厅长。他在当时安徽财政极为困难的情况下，推行铲除贪污、杜绝浪费的方针，实行一系列改革措施，扭转了安徽财政困难的局面。

1939年7月章乃器离职后，杨忆祖接任财政厅厅长，杨忆祖曾任国民党国防部预算财务司司长。

1941年1月，由桂竞秋继任。

桂竞秋是湖北黄梅人，1888年出生，美国旧金山柏克莱大学毕业。曾任湖北事业司商科主任，期间奉农商部派赴美国巴拿马太平洋万国博览会任总务兼会计股长，回国后改任湖北官钱总局兼官矿公署署长、事业厅顾问；旋任汉口市政府财政局局长、广西省财政厅主任秘书、广东省财政厅主任秘书。他是省主席李品仙邀请来担任安徽省财政厅厅长的。

桂竞秋在金家寨任职近5年，是在金家寨任职时间最长的厅长。

桂竞秋后任南京国民政府财政部次长等职。1947年4月30日逝世。

省教育厅在金家寨

安徽省教育厅负责管理学校、社会教育及学术团体、图书博物馆、公共体育及其他教育行政工作。在金家寨，先后有杨廉、叶元龙、方治、万昌言、汪少伦5位先后担任省教育厅厅长。

教育厅厅长杨廉到金家寨仅一个月就离任，由叶元龙临时补缺。

叶元龙是安徽歙县人，时年41岁，是一个很有影响力的人物。叶元龙曾留学美、英、法三国，任南京大学教务长，金陵大学、上海大同大学、光华大学、国立政治大学、上海商科大学等校经济系教授，国立中央大学教务处处长。1932年从政，担任安徽省政府委员兼教育厅厅长、财政厅厅长；他还从军，担任过国民党中央军事委员会重庆行营第二厅中将厅长，既是一个教育家，又是一个行政官员，还是一个国民党将军。

叶元龙担任省教育厅厅长仅有两个月。1938年10月，由方治担任厅长。

方治时年42岁，安徽桐城人，是桐城派创始人方苞的后人。1919年赴日本留学，1923年在东京高等师范学校毕业后回国，任安庆私立成德中学教务主任，后又赴日本进东京高等师范学校研究班，并参加国民党，任国民党驻日本支部负责人，同时被选为中华留日会理事。1925年回国，在广州国民政府陈立夫任科长的调查科当秘书，这是他从属于国民党CC系的开始。北伐战争中，方治任国民革命军东路指挥部宣传科科长，独立第四师政治部主任。后任国民党福建省党部委员兼宣传部部长、中央宣传部主任秘书、中央宣传部副部长、教育部国民党党部主任委员等职，是国民党重要的党务活动家、CC系把守宣传口的主将。

方治担任教育厅厅长在恢复和开展战时教育的同时，积极从事反共活动，极力对与中共合作的人士进行打压、攻击，对省动委会的工作进行指责，与朱蕴山、章乃器等爱国人士多次展开激烈争论。

方治于1940年12月离任，由万昌言接任。

方治后来任国民党总裁室秘书、国民党第六届中央执行委员、国民党上海市党部主任委员等要职。1949年去台湾，后任"中央评议委员"、"总统府"国策顾问、"中国大陆灾胞救济总会"副理事长。1989年病逝台北。

万昌言是安徽巢县人，1898年出生，毕业于日本东京高等师范学校和德国法兰克福大学。回国后，曾任广州中山大学教授、中央陆军军官学校总教官。

万昌言担任安徽省教育厅厅长有3年多时间，是在金家寨任职最长的教育厅厅长。他1944年4月离任后，由汪少伦接任。

万昌言后来任新疆学院院长，三民主义青年团第一届、第二届中央干事会干事，国民党第六届中央执行委员。1949年去台湾，1962年逝世。

汪少伦是安徽桐城人，就任厅长时，时年42岁。他的阅历也很不简单，曾留学苏联、日本、德国，既加入过共产党，又加入了国民党。

汪少伦在五四运动期间，积极参加爱国运动，被桐城中学除名。后考取天津盐务学校，在此期间加入中国共产党。在中共地方组织的帮助下，前往苏联莫斯科中山大学学习。1927年初回国后，根据组织安排，担任国民党安徽省党部党务训练所教务长。四一二反革命政变后，安徽省政府奉令欲将汪少伦逮捕。汪少伦获悉，自安庆逃至日本，进入早稻田大学学习，后在此加入国民党。1929年回国，任山东省教育厅科员。1930年，前往德国柏林大学攻读哲学与教育。1936年年底回国，历任中国陆军军官学校政治教官、国立编译馆编辑兼人文组主任、三民主义青年团重庆支团干事、中央政治学校教授兼教务副主任、国立中央大学教授兼公民训育系主任等职务。

汪少伦在金家寨当省教育厅厅长只有7个月，年底就随省政府离开金家寨到合肥。

汪少伦后来创办私立天城初级中学，为学校董事长之一。1948年秋，当选为国民政府第一届立法委员、国民政府教育部教育研究委员会委员。新中国成立前夕，汪少伦前往台湾。先后任"立法委员"、台湾师范大学教育学教授、新加坡南洋大学教育学教授。1982年6月在台北逝世。

省建设厅在金家寨

安徽省建设厅的职责是负责管理公路、铁路建设、河工及其他航路工程及其相关行政工作。在金家寨先后有刘贻燕、蔡灏、储应时3位担任省建设厅厅长。

到金家寨的第一位建设厅厅长是刘贻燕，他随省政府迁入到金家寨后就离任，由蔡灏担任建设厅厅长。

蔡灏是广西宾阳人，担任厅长时年41岁。他既是军官，也曾担任过县长，对搞建设有一定的经验。

蔡灏毕业于南洋公学铁路管理系。北伐战争时，曾任国民革命军第四军政治部主任、第四集团军宣传处处长。北伐战争后，改任广西建设厅技正、平（乐）梧（州）公路局局长、梧州工务局局长、苍梧县县长，参与了梧州市的建设。抗日战争时期，任第五战区司令长官部总办公厅副主任。1938年7月，李宗仁认为省政府迁入金家寨，建设任务重，需要可靠、有建设工作专长和能力的人来担任建设厅厅长，于是调蔡灏担任此职。

蔡灏到金家寨，正是金家寨作为战时省会建设的起步时期。金家寨的新区建设和25里长街都是他担任厅长期间规划，打下的基础。蔡灏为金家寨市政建设的起步发展做出了一定贡献。

蔡灏在金家寨工作了两年，于1941年7月，离开金家寨任第五战区司令长官部经济作战处处长。

蔡灏后任汉中行营高级参议。1945年11月，任北平行辕中将参议。1947年4月27日，在北平逝世。

蔡灏离任后，由储应时接任省建设厅厅长。

储应时又名储一石，时年41岁，安徽岳西人。

储应时的阅历也很丰富。他曾留学日本、美国，办过学校，当过外交官，还是国民党的少将。

储应时在安庆安徽省立第一中学读书时，关心政治，立志救国。1922年春，安徽省社会主义青年团在安庆成立，储应时为9名团员之一。同年自费留学日本，加入了中国共产党。1926年春，自费转入美国伊利诺伊大学学习。1928年回国，在河北军政学校任政治部上校主任。1933年，李济深联合十九路军蔡廷锴等在福建组织反蒋抗日的"中华共和国人民革命政府"，储应时参加人民革命政府外交部编译工作。1926年3月，随驻日大使许世英赴日，任驻日大使馆秘书。卢沟桥事变后，中日战争升级，他随同许世英大使归国，任中央赈济委员会委员。1939年10月，储应时回到安徽，任省物产管理处处长，后任豫鄂皖边区党政分会少将专员。经全国赈济委员会委员长许世英推荐，1941年7月，储应时被委任为安徽省政府委员兼省建设厅厅长。

储应时在金家寨工作了4年多，金家寨的城区建设在他任内发展到20多平方公里。应该说，金家寨市政建设的发展，储应时功不可没。

储应时卸任后弃官经商，在上海与原任实业部长多年的韩钧衡筹建安徽茶业公司，从事茶叶加工出口。在经商活动中，经常与共产党人接触，并协助民盟成员到安庆等地开展策反工作。上海解放后，陈毅市长了解到储应时曾任过厅长等职，又为中共地下活动做过贡献，便任命他为上海市人民政府参事室副主任，后为主任。并先后担任市政协委员、民盟中央委员，民盟上海市委员会组织部长、副主任，上海市民族事务委员会委员等职。1978年5月27日于上海病逝。

省保安处在金家寨

安徽省保安处的职责是负责省政府安全保卫及全省社会治安等相关工作。在金家寨，先后有丘国珍、赖刚、陈维沂3位担任省保安处处长。

到金家寨的首任省保安处处长是丘国珍，他是广东省海丰县人，时年43岁，曾留学日本，中将军衔，是国民党的高级将领。

丘国珍早年任教，1918年从军后，先后在援闽粤军军官讲习所第一期、日本成城军校、日本千叶步兵学校、重庆中央训练团党政高级班毕业。曾任粤军第十三旅指挥部副官、陈炯明部第二师副官长、第十九路军第六十一师第七旅参谋主任、第七十八师第一五六旅参谋主任。1932年夏随军入闽，任福建绥靖公署参谋，福建团务处少将主任兼干部训练所所长。他参加福建事变，任福建省会公安局局长。失败后赴欧洲考察。1934年年底回到桂林，任第四集团军总司令部参谋处参谋，新编第一师少将参谋长，第四集团军总部少将高参。1936年冬任中央陆军军官学校桂林分校军事政治干部训练班军官大队大队长。

1938年2月应李宗仁的邀请，丘国珍出任安徽省政府保安处中将处长。1939年8月离任，由赖刚担任保安处处长。

丘国珍后任安徽省党政军总办公厅主任、鄂豫皖苏四省边区战地党政分会中将委员兼秘书长、第十战区政治部中将主任。1946年底退役。后去台湾，1949年秋移居香港，开设小店谋生。1979年10月病逝于香港。

赖刚是广东连平人，时年36岁，也是一位国民党中将。

赖刚是黄埔军校第一期步科、庐山军官训练团将校班毕业。历任黄埔军校校长办公室秘书、总务处副官，第四、五期学员区队长。1929年任中央宪兵司令部上校参谋，力行社及励志团成员。1936年冬任两广抗日救国军新编第三师师长，广西省保安司令部参议，独立第五旅旅长，广西独立第五师副师长。抗日战争爆发后，升任广西独立五师师长。他是廖磊要他来担任保安处中将处长的。

赖刚1940年6月离任，他在金家寨当了10个月的保安处处长。

赖刚后任桂北师管区司令兼全州县长，广西第五区行政督察专员兼保安司令。1949年底被中国人民解放军俘虏。新中国成立后，任广东省参事室参事。1975年逝世。

赖刚离任后，省保安处处长的继任者是陈维沂。

陈维沂是安徽六安人，曾任国民党中央军校教导总队参谋长，长期担任白崇禧的副官，少将军衔。他对李宗仁、白崇禧忠心耿耿，深得新桂系赏识，所以才将保安处处长这个重要职务让他这个安徽人担任。陈维沂上任不久以身殉职，1945年8月，被追授为中将军衔。

省政府机构随着形势的发展和工作需要，后来增设了一些局和处，如地政局、粮食管理局、粮政局、驿运管理处、图书杂志审查处、卫生处、田赋管理处、田赋粮食处、审计处、会计处等机构。

章乃器在金家寨

章乃器担任安徽省财政厅厅长，当时是一个富有传奇色彩的人物。他过人的胆识和才华、鲜明的个性、高贵的品格，创造出财政工作的奇迹，令人叹服。

章乃器1918年毕业于浙江甲种商业学校，曾任浙江实业银行副总经理、光华大学教授，主持中国征信所。

1931年九一八事变，章乃器积极参加爱国救亡运动。1935年参与组织上海各界救国会。1936年组织全国各界救国联合会，他为该会领导人之一，明确提出了组织救国路线，促成统一的抗敌政权等政治主张。由于国民党政府坚持内战政策，同年11月在上海将章乃器、沈钧儒、邹韬奋、李公朴、史良、沙千里、王造时7人逮捕，制造了震惊中外的"七君子事件"。

抗日战争全面爆发后不久，章乃器获释，1937年10月他将在狱中写的《救亡运动论》中的《抗日必胜论》《民众基本论》印成小册子，在全国产生很大影响。

1938年李宗仁在就任安徽省主席前，经白崇禧机要秘书、中共秘密党员谢和赓的推荐，李宗仁派韦永成和黎蒙到香港邀请章乃器到安徽工作，李宗仁称自己的主要职务是第五战区司令长官，很忙，没有很多时间管理省里的政务，想请章乃器以省政府秘书长的身份代行省政府主席的职务，并请他务必答应。

章乃器考虑自己已经呼号抗战在前，这时更应该奔赴抗战前线尽自己的一份力量，于是就答应了。

章乃器应邀到徐州途经武汉时，拜会了中共中央长江局副书记周恩来。周恩来请他到安徽后做好两件事：一是促进国共合作，敦促李宗仁彻底释放政治犯；二是促使桂系同新四军搞好合作关系，并在经费上对新四军给予支持。章乃器欣然答应。

2月上旬，章乃器和李宗仁从徐州同车到六安任职。

然而，到了六安的第二天，李宗仁满怀歉意地告诉章乃器，他上报安徽省政府拟任的人选中，蒋介石不同意章乃器担任省政府秘书长，只能委任省政府委员。可当时秘书长又没有其他合适的人，因此请章乃器代理省政府秘书长。

章乃器开始担任省政府代秘书长，并参与筹建安徽省民众总动员委员会，任秘书。2月21日，省政府秘书长朱佛定到任后，章乃器就专做秘书，主持民众总动员委员会的工作。

时间不久，章乃器的职务又发生了变化。面对入不敷出、几个月发不出工资的财政困难状况，省财政厅厅长杨绵仲认为无力回天，坚持要辞去财政厅厅长职务。李宗仁想让章乃器接任，可没有勇气再向蒋介石推荐原来反对过他的人，便向蒋介石要人。可蒋介石也派不出人，新桂系内部也没有合适的人选，人们也都怕接这个责任重大的烂摊子，李宗仁无可奈何又找到章乃器，让他出任财政厅厅长。

章乃器也心存顾虑，兵荒马乱，战地的财政厅厅长是一个危险的岗位，安徽财政困难到如此地步，连在国民党内号称理财能手的杨绵仲都束手无策了，自己是个生手能搞得好吗？于是推辞不就，可李宗仁逼得很紧，一再称这关系他在安徽的成败，非章乃器担任不可，千万不能推辞。

曾任国民党安徽省财政厅厅长的
章乃器
（金寨县革命博物馆提供）

章乃器是一个很精明的人。因为出任省财政厅厅长这件事不仅关系到自己的生死存亡，更关系到安徽抗日的大局。他最担心的是，牺牲了自己，也做不好财政工作。他要调研一下再作选择。

于是，他召集财政厅的科长秘书们恳谈，摸清了财政困难的状况，每月的财政收入已经由抗战前的120多万元锐减到10多万元。同时，也了解到，贪污浪费很大。老百姓交给了3个钱的税款，收税款的人贪污了1个钱，支出时有人又中饱私囊1个钱，真正政府派上用场的只有1个钱了。了解到这些情况，财政困难这个问题还是有可能解决的。

他向李宗仁提出了铲除贪污、杜绝浪费等4个就职条件，李宗仁全部答应，并表示全力支持，在这种情况下，章乃器便答应下来。

3月中旬，章乃器改任安徽省财政厅厅长。

章乃器果然有才有智，有勇有谋，棋高一着。

首先，他请来"尚方宝剑"。

请李宗仁在省务会上郑重宣布了铲除贪污、杜绝浪费的方针，不仅将之作为省财政的主要方针，而且是战时省政府的重大方针。同时由李宗仁以省主席兼保安司令的名义，给全省的专员、县长和保安团长发通知，宣布贪污有据、浪费严重和扣留应上缴的税款、公款的人员，一律按军法惩处。

接着，他从自身做起，率先垂范。

章乃器在会上宣布，省财政在省务会议中彻底公开，打破过去财政部门用款优先的"近水楼台先得月"的恶习；财政收支也彻底公开，打破过去厅长包办经费的恶例。

这个措施一公布，立刻引起强烈反响。人们对这个"出污泥而不染"、身在钱窝不爱财的真君子十分佩服，得到了广泛的拥护和支持。特别是在省动委会，群情激愤，热血青年们主张先杀一两个大贪官，以儆效尤。在这种形势下，一些有劣迹的贪官惶惶不可终日，军统分子、教育厅厅长杨廉悄悄地逃走了，全省的县长、区长、税务局局长也跑了一批。

后来，章乃器组织人员查账，查出原教育厅厅长杨廉在留学生经费和学校建筑经费项目下贪污了大批款项，当即向国民政府报告，要求通缉杨廉归案法办。蒋介石见众怒难犯，本身也痛恨贪官，惩处贪官有利于树立他和国民政府的形象，于是在四川将杨廉捉拿，下令枪毙。

结果，"铲除贪污"和"节约浪费"很快成为通行全省的两大口号。一大批被各县扣留的赋税款及时上缴，救了财政的急。同时，省财政厅对各级各个部门的预算都进行严格的审核，核实了经费支出，并对预算执行情况进行监督，从而消除漏洞，减少了支出。

章乃器大公无私，对贪腐行为疾恶如仇，针锋相对，敢作敢为。他曾当众揭露保安处处长丘国珍的"吃空饷"行为。

一天，章乃器翻阅财务处账本时，看见保安处上报的花名册中，有些名字似曾见过。章乃器是一个很认真的人，不放过疑问。经多方查找，终于在报纸上公布的"抗战阵亡士兵名录"中找到了这些名字。

章乃器揣摩，丘国珍身居保安处处长要位，中将军衔，又是李宗仁的心腹，居然吃"空饷"，私下告知，后果叵测，不如当着李宗仁和众人的面公开，这样就能使丘国珍难逃责罚。于是，章乃器便打算在适当的时机公开揭露。

没过几天，时机来了。章乃器、丘国珍等参加李宗仁主持的抗战形势分析会。章乃器主动发言，为了引起注意，他语出惊人："章某预言，我们的抗战一定会取得最后的胜利！"看到大家目光向他聚集，章乃器接着说："因为——我们中国人是打不死的！"这样的怪论，让大家面面相觑，不知何意。

李宗仁急忙问道："章厅长此说依据何在啊？"章乃器指向丘国珍说："李主席不妨向丘处长请教，他可是有让死人复生的本领呢！"随即从公文包中取出若干份花名册分发给众人："诸位请看，花名册中做了记号的这些人，据报上公布，他们都已阵亡，可现在却全部复生了。丘处长真是功德无量啊！"

证据确凿，会场上顿时议论纷纷，都把目光投向了丘国珍、李宗仁。李宗仁看到这种情况，不得不当面训斥丘国珍，并表示要重重责罚。丘国珍颜面尽失，无地自容。

为了开源，章乃器组织开展了敌货私货的检查工作，管理进出物资。对到敌占区的一类禁运物资如金、银、铜、铁、锡、肠衣、猪鬃等，查到后予以没收。第二类禁运物资如大豆、烟叶、棉花等，查到后予以返还，但只许在区内销售。对敌占区运入的物资，如是鸦片和日伪厂生产的布匹、香烟、纸张、文具等日货，查到后立即予以没收；敌占区华商生产的物品查到照章纳税后放行。这样，一面抗击日军"以战养战"的阴谋，一面也为省财政开辟一大经济来源。

同时，省财政厅还发行省公债，并以省公债为担保，发行了省地方银行的小额钞票，以搞活当时极端枯竭的货币流通。这样，安徽省形成了一整套切实可行的战时财政和金融体系。

章乃器还通过各种人事关系，特别是和国民政府财政部部长孔祥熙的关系，以战区田赋免征为理由，争取到国民政府同意拨协款600万元，补助安徽地方财政。

在章乃器的精心运作下，通过厉行"铲除贪污，节约浪费"运动，安徽的财政状况迅速改善，初步扭转了省财政困难的局面。不仅补发了原拖欠的薪饷，还增发了军警的衣被，适当改善了他们的生活。

章乃器遇事思考周密，处事超前。省财政厅缺个主任秘书，这个职位相当重要。可他不自己选，而是让省主席廖磊推荐。结果，廖磊将自己最信得过的军需处长谭天寿安排担任财政厅的主任秘书。章乃器之所以愿意将主任秘书的职务交给一个素不相识又大有来头的人担任，有他的特殊用心。

章乃器深知国民党的顽固派会反对他，那些想贪污贪不着的人反对他，那些被他查过的人更会反对他。只有将自己的公事私事彻底公开，并且还有一位有来头的主任秘书做证人，这样就不怕他们反对。

结果，章乃器的决策正确，富有成效。章乃器对谭天寿推心置腹，各种事情公开透明，出差期间连私人的信件都托他代拆。很快，谭天寿对章乃器十分佩服，称从来没有见过像章乃器如此坦荡廉洁的厅长，完全站在章乃器一边。国民党省党部CC派分子和新桂系顽固派对章乃器诬蔑诽谤时，谭天寿在廖磊面前拍着胸脯保证章乃器的清白，结果使CC派分子和新桂系顽固派对章乃器干瞪眼，无可奈何。

章乃器始终没有忘记周恩来的嘱托。关于敦促李宗仁彻底释放政治犯一事，章乃器虽然作了种种努力，但由于国民党政府的阻碍，无补于事。但对新四军在经费上给予支持一事，章乃器办到了。

财政厅报省政府会议拟按每月补助新四军经费3万元。会上，有人竭力反对。章乃器力排众议，说："中央协款（协饷）几百万的钞票，安徽地方银行新印辅币50万元等款项从武汉运到皖南，都是新四军负责护送的，如果是中央军护送能办得到吗？即使办到，也得发送慰问金吧？"他的观点也得到了省秘书长朱佛定的支持，终于得到了廖磊、李宗仁的同意，确定按月补助新四军3万元。

有一段时间，国民党CC派分子和新桂系顽固派的爪牙奉命对新四军实行封锁，阻挠采购物资。章乃器得知这一情况后，立即通知新四军驻立煌兵站，今后购买物资如遇到困难，可告知省财政厅代为采购。

章乃器考虑新四军艰苦作战，缺医少药，便通过财政厅战时工作团，以省财政厅慰问前方将士的名义，多次到新四军驻地送去"金鸡纳霜"等大批急需用药。

章乃器还积极培养使用年轻干部。一是公开招聘；二是举办财政会计干部训练班；三是把动委会所属的抗日工作团团员转到财税系统。1938年12月，由省动委会举办的安徽省政治军事干部训练班分为民政和财会两个组，财会组主要由章乃器负责主办，学员由财政厅分配到省直货物检查处及各县财政科、税务稽征处工作，使财政和税收系统成为进步青年的集中场所，其中不少是中共地下党员。这些青年后来大部分都转入新四军工作，新中国成立后，不少人还担任了财经部门的高级领导干部。毛泽东在解放初期同章乃器的一次会见中，称赞他"在安徽为党培养了一批财经干部，做了好事。"

章乃器就任省财政厅厅长，居然在短短几个月的时间内就使安徽财政从濒于破产转入收支平衡并略有结余，得到了人们的好评，美誉度很高，不仅使李宗仁、廖磊出乎意料，也使国民党CC派分子和新桂系顽固派出乎意料，连蒋介石也出乎意料。尽管章乃器德才兼备，能力过人，可蒋介石对他怀恨在心，想调虎离山。

章乃器1938年夏去武汉时，蒋介石就当面提出要章乃器留在中央任三青团的干事和工业合作协会的总干事，并调动一些人来说服。章乃器一面告诉在武汉的李宗仁，让他出面反对，一面电告廖磊，让他来电催章乃器回去。结果，蒋介石的目的没达到，章乃器又返回了金家寨。

1939年4月，蒋介石又发电报来，要章乃器到重庆去述职。章乃器离开金家寨到重庆后，蒋介石于1939年6月发布命令："免职另候任用。"

至此，章乃器在安徽工作了一年零4个月，其中在金家寨工作就有一年。

章乃器对在金家寨工作的经历终生难忘，也引以为自豪。1967年，年至古稀的他在《七十自述》中写道：

大致从一九三八年一月到一九三九年五月，我在当时统一战线下的安徽省政府工作；起初任省府委员兼省动员委员会的秘书长，以后任财政厅厅长；初期驻在六安，几个月后转移到立煌县（现改金寨县）。从上海银行经理的生活落到苏州看守所的生活，自然是一个剧变。但，更大剧变却是从二十多年的城市生活落到战时的大别山山村生活。五六千人进入到荒凉的金家寨，生活问题的严重是可以想见的。准备有了一些，但很不够，连饮水、碾米等问题都是临时解决的。中间有一时期在敌人的四面包围下，枪声历历可闻，而内部还要应CC团方治和军阀张义纯的排斥，生命的危险是随时可以发生的。但这一切都被我挺过去了。我不但挺过去这许多严重的危难，而且还取得了巨大的成绩。在铲除贪污、节约浪费两大口号下，我把安徽的战时财政由大量的亏空转变为收支平衡而略有节余，此外还发清了欠薪欠饷，适当改善了职员、士兵的生活，而并不增加人民的负担。我还以换取统一税收的名义，每月补助新四军三万元。这是一件极其大胆的统一战线工作，是任何地方政权所不敢做的。据闻，美国进步作家史沫特莱女士所著《中国的战歌》中颇为详尽记述了这一时期的史实，对我的生活和工作有很高的评价。她到大别山时，我已经离开。她仍然对我的生活和工作进行了深入的访问和调查，如实地写了出来。我谨在此对于这位可敬的朋友表示我的深沉的悼念。可惜我以后就没有见到她，也没有读到她的作品。这时候还有一件值得高兴的事情，就是我在这短短的一年多时间内，培养了数以千计的财经干部。据了解，他们没有人犯贪污，更没有人投敌，他们的绝大多数投入了党的革命事业，其中有不少人还起了重大的作用。已故的中央财政部副部长范醒之便是其中之一。皖西根据地的建立是我同国民党的逃跑主义斗争的胜利果实。当时曾写了一篇题为《固守皖西，屏障武汉》的有历史意义的文章，刊在《大公报》。关于当时的民众动员工作和财政工作，我回重庆后也写了两篇文章，发表在中山文化教育馆的刊物上。

章乃器离开金家寨后，曾任重庆上川实业公司总经理，上川企业公司总经理，中国工业经济研究所所长。1945年12月，在重庆与胡厥文、黄炎培等发起成立"中国民主建国会"（简称"民建"），被选为理事、副主任委员。1949年参加筹备并出席中国人民政治协商会议第一届全体会议。新中国成立后，历任政务院政务委员，编制委员会主任，财经委员会委员，粮食部部长；中国民主建国会中央副主委，全国工商联第一、二届副主任委员；第一、二届全国政协常务委员，第三届全国政协委员。

韦永成在金家寨

韦永成担任省民政厅厅长，是新桂系统治安徽的得力干将。他在金家寨期间，还收获了爱情，与蒋介石家族接上了姻缘。

韦永成的来历也很不平常，曾留学苏联，受过共产主义思想教育，但仍然是反共的骨干。

韦永成1907年出生在广西永福县太平村一个拥有400多亩*田园的地主家庭。父亲早年出资办小学，自任校长。韦永成9岁就到上海上学，直至高中毕业。

1925年秋，韦永成由李宗仁保送至苏联莫斯科中山大学学习，与金家寨人陈绍禹是同学，与蒋经国也相交甚密。

韦永成1930年回国，先后任广西第四集团军总司令部军官教导大队教官、广西国民兵训练委员会政训室主任、广西抗日救国军总部少将参议、中央军校南宁分校第八期政训处少将处长等职，还兼任过国防艺术社社长、广西日报社社长、前线出版社社长、广西建设研究会副会长、乐群社社长等职务。

抗日战争全面爆发后，韦永成到第五战区司令长官部担任中将政治部主任，还兼第十一、二十一两个集团军的政治部主任，负责对全战区军官的政治教育、培训军事干部和政治干部。他是廖磊逝世后，作为李宗仁和白崇禧最信得过的人被安排担任安徽省政府委员兼民政厅厅长这个重要位置上的。

韦永成1940年4月在金家寨就任。

韦永成担任民政厅厅长职务后，真是"新官上任三把火"。

他大力提倡"革命作风"，反对贪污腐化，行新政用新人，请客吃饭只上"四菜一汤"。他召集进步人士陶若存、麦世发等人商谈改革安徽政治方案，由

---

* 亩为非法定计量单位，1亩等于667平方米。

麦世发起草时政检讨，陶若存撰写改革意见，油印多份到省政府委员会上散发，使李品仙十分尴尬，下不了台，引起了李、韦矛盾。但李品仙还是要让韦永成三分。因为韦永成后台很硬，如教育厅厅长方治辞职，皖南行署主任黄绍耿与顾祝同的第三战区不相容，在继任人选问题上，几经研究，最后决定万昌言接任教育厅厅长，张宗良任皖南行署主任，都是韦永成到重庆活动的结果。同时，因为新桂系要统治安徽必须要反击国民党CC系，必须依靠韦永成。韦永成在"改革政治"的同时，大办文化产业。CC系掌握着《皖报》，对新桂系诸多攻击，而廖磊时办的《大别山日报》已经停刊，韦永成邀请一位教师当主编开办《安徽日报》，韦永成兼任社长，又派肖大镰主持中原出版社，出版《中原月刊》，作为新桂系的喉舌。韦永成鼓励他们，"放手地干，有事我负责"，从舆论上对CC系进行反击。

同时，韦永成反共非常坚决。民政厅科长麦世发是共产党员，1943年9月，李宗仁到安徽与李品仙共商搞第三次反共摩擦，准备袭击新四军，麦世发等及时将此重要情报传送给新四军。情报是由他和史迁在立煌石稻坊开设的复盛店交通站派的一名交通员送出的。不料，这个交通员被立煌警备司令部哨卡截获而致机密泄露。韦永成约麦世发和秘书到他家吃饭，却在饭后扣留了麦世发。随后，他又派民政厅巡视员林洵到皖东干训班将共产党员刘敦安解押到金家寨，并参与将史迁、詹运生等一批共产党人抓捕，将他们关禁在古碑冲张家湾。韦永成是"大别山惨案"的制造者之一。

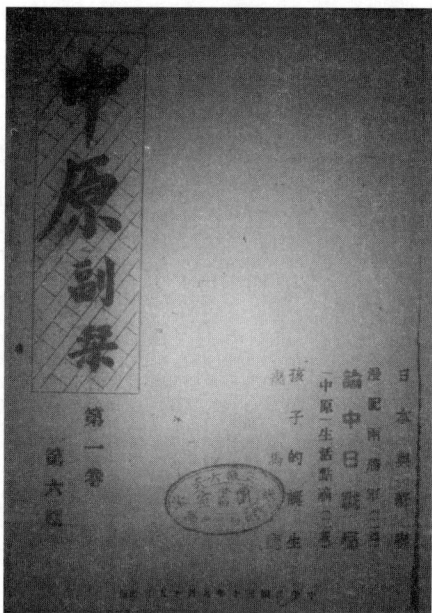

韦永成在金家寨任主编的刊物《中原副刊》
（中共金寨县委党史县志研究室提供）

由于韦永成是李宗仁可依靠的得力干将，因此，李品仙对这个少壮派的韦永成，只得像对待自己的晚辈一样，遇到冲突，避让容忍，挠挠头一笑而已。韦永成这时是春风得意，炙手可热。

就是在金家寨期间，韦永成与蒋介石的侄女蒋华秀恋爱，后喜结良缘。2005年《文史春秋》上李卉撰写的《"民国公主"蒋华秀婚恋传奇》一文，就记述了这个故事。

韦永成当时英俊潇洒，年少有为，位高权重，春风得意，可已到而立之年，尚未婚娶，很多人为他介绍对象，但不知何故都被他婉言谢绝。

民政厅会计主任徐祖铭的妻子章竞平这天来到韦永成的住处，说要将她大学同窗兼闺蜜蒋华秀介绍给他。

蒋华秀容貌美丽，秀外慧中，质朴娴雅，是蒋介石唯一的亲侄女，被外界誉为当时的"第一公主"。韦永成对蒋华秀的学识、教养、容貌早有耳闻，未曾谋面，不由心动。但又有些担心，表示不敢高攀。

章竞平见状，连夜写了一封长信给在赣南的蒋华秀，详细介绍了韦永成的一切。而蒋华秀对韦永成也有所闻。因在蒋经国回国后与家人的交谈中，说到苏联留学时，提到韦永成的名字，夸他"聪明能干，潇洒英俊，年轻有为"，正值妙龄的蒋华秀便把"韦永成"这个名字记在心里。一个多月后，蒋华秀回了一封不置可否的信。了解她性格的章竞平却觉得有戏，便劝韦永成告假去跟蒋华秀见一面。但韦永成坦言，自己公务繁忙，不敢因相亲而擅离职守。于是章竞平亲赴赣南请蒋华秀来金家寨。蒋华秀出于女性的矜持，不愿意做此轻率之事，但经不住章竞平的苦苦相求，蒋华秀踏上跋涉2000余里去安徽金家寨的路程。

在山清水秀的金家寨，韦永成和蒋华秀经过一个多月的接触，两人坠入爱河，情意绵绵，难分难舍。很快，金家寨就传出消息，蒋委员长的侄女蒋华秀"公主"，就要和韦厅长结婚了。

韦永成主张就在金家寨办喜事，可蒋华秀却觉得到重庆去举行婚礼更合适。韦永成被说服，二人商定转道西安去重庆。

蒋介石与李宗仁、白崇禧为首的桂系多年来曾一直是死对头。就在这对热恋的情侣尚在赴西安途中，蒋经国就听到了不少闲言碎语，"现在冤家要结亲了"，气得七窍生烟，急忙发电报到重庆，请父亲从中阻挠。

在重庆的蒋介石接到电报，顿时目瞪口呆，气得大骂："娘希匹！中国那么多男人都死光啦？就偏偏去找个广西佬！"当即授意得力爱将胡宗南在西安见机行事，设法拆散。

韦永成和蒋华秀一到西安便自投罗网。

韦永成把蒋华秀安置在旅馆里，自己去胡宗南公馆拜见。没想到他前脚刚走，胡宗南派的人就把蒋华秀挟持到一座僻静的小楼中，软禁了起来。胡宗南当面告知韦永成，委座坚决反对他俩的婚事，劝他回安徽好好工作。韦永成如五雷轰顶，又敢怒不敢言。

韦永成没有放弃，从西安赶到重庆找到副参谋总长白崇禧请他出主意。白崇禧沉思良久，笑嘻嘻地说出一句："这种事，现在只有蒋夫人能救你。你以你们两人的名义给蒋夫人写封信，我托人转呈。我想，宋美龄这位开放型的妇女界领袖，会理解同情你们的……"

韦永成当即给宋美龄写了一封长信，尽吐肺腑之言，请求宋美龄帮忙做工作。

宋美龄是个有思想、有个性的女性，对包办、干涉他人婚姻的事是深恶痛绝。她收到韦永成的信，决定成全他们的婚事。她对蒋介石说："既然华秀对永成一片真心，你们还逼他们分开干什么？要知道，伤害他人的感情比谋财害命更可恶！"经过宋美龄一番劝说之后，蒋介石转变了态度。

宋美龄对此事极为重视。为了不出意外，她随后亲自带着韦永成一起乘飞机去西安将蒋华秀接来，并亲自在重庆为他们主婚，使这对有情人终成眷属。

婚后，韦永成、蒋华秀夫妇又回到金家寨。

到金家寨这天，金家寨的各机关列队到史河沙滩上欢迎。蒋华秀身穿黑色旗袍，戴着墨镜，端庄大方，获得广泛称赞。

韦永成回到金家寨，彻底改变了原来"光棍"的生活状况。将所住龚家畈保第十甲的茅屋西式装潢，铺上精致的地板，还经常打蜡。金家寨没有沙发，韦永成亲自设计并指导木工制作，仿沙发的外形做出木椅，再在上面加上棉套，就成为了土洋结合的沙发。夏天还可去掉棉套，冬夏都很舒适，很适用。金家寨从此有了沙发，以致金家寨的机关竞相仿制，成为时尚。

韦永成夫妇还很潇洒浪漫，每到周末还举办家庭舞会，用留声机伴奏。

蒋华秀与韦永成婚后甜蜜，她曾当着别人的面开玩笑，故意明贬暗褒韦永成，"无论多难看的字，总比我们家这个留学俄德的强，在外国几年，把胚子给弄坏了，写中国字像写俄文，写俄文又成了中国字，中学不能为体，西学不能为用，古不能为今用，洋不能为中用，一塌糊涂。"

蒋华秀从不过问韦永成的政事，人们都认为她处事得体。不久，她集资办学，定名中正中学，担任校长。她最讨厌人称她夫人、太太，高兴称她为校长。

韦永成1945年夏以安徽省代表出席国民党六大，并当选为中央候补执行委员。

抗日战争胜利后，韦永成曾任广西绥靖公署参议，国民革命军华中剿总中将高参。1949年秋到香港，后到台湾，筹办广西同乡会，任理事长，并练习国画。蒋华秀在台北任私立静心中（小）学校长，一直从事教育事业。1990年清明节前后，蒋华秀回大陆到溪口扫墓，并到上海、南京、北京、广州等地观光旅游，走访亲朋好友。丈夫韦永成因身体原因没有一同回大陆。

中共组织在金家寨

安徽省政府迁入金家寨后，中共组织机关也迁入了金家寨周边地区或驻金家寨，中共党组织负责人还在金家寨领导开展抗日救亡活动。

在金家寨活动的省级以上的中共组织先后有中共安徽省工作委员会（简称为安徽省工委）、鄂豫皖区委、皖西省委，另外还有中共立煌县委、立煌市委等党组织。这些党组织秘密活动，维护和发展以国共合作为基础的抗日民族统一战线，与国民党顽固派展开斗争，在抗日救亡工作中发挥了中流砥柱的作用。

安徽省工委与金家寨

中共安徽省工作委员会于1938年4月在六安成立，主要由中共中央长江局所派干部组成。彭康任书记，李世农任组织部部长，张劲夫任宣传部部长，谭光廷任军事部部长，委员先后有曹云露、黄岩、喻屏、郑维孝等。安徽省工委隶属中共中央长江局，下辖寿县中心县委、太湖中心县委、岳西中心县委、舒城中心县委，立煌、凤台县委，以及霍山县工委、滁县特别支部、皖六专署特别支部。主要任务是，继续壮大党的队伍，发展抗日民族统一战线，组织人民抗日武装，独立自主地进行抗日游击战争。

1938年6月，中共安徽省工委迁入桃树岭新四军第四支队兵站后，迅速开展工作。

新四军第四支队兵站遗址——桃树岭秦家湾
（金寨县革命博物馆提供）

就在迁入的当月，中共安徽省工委通过在安徽省动委会中工作的党员，以省动委会的名义，在桃树岭举办培训班，培训抗日骨干。参加学习的多是爱国进步青年。张劲夫、章乃器、童汉章等亲自讲课，帮助学员提高思想觉悟和文化理论水平。结业后，组成工作团，分配到各县进行抗日宣传动员工作，成为各级动委会或抗日救亡工作骨干。

中共安徽省工委还通过省动委会派出一批共产党员到各县动委会任指导员和工作团团长。如霍山县动委会指导员赵敏、立煌县动委会指导员王北苑、省第二十四工作团团长陈克坚、省妇女战地服务团团长蒋岱燕、少年宣传团团长吴道明等。他们利用在动委会和工作团的合法身份及有利条件，广泛团结各阶层爱国民主人士和进步青年，在工作团建立地下党支部，秘密发展党员。这样，使各地动委会和工作团的工作实际上是由中共掌握着领导权。

中共安徽省工委还通过省动委会，将一些优秀的共产党员选派到国民党各级政府机关中任职。如立煌县政府秘书刘宏、房斌，麻埠区区长侯文瀚，在省政府机关工作的史迁、詹运生、麦世发等。

1938年冬，中共安徽省工委通过省动委会，派江上青等一批党员随任皖东北专员兼保安司令的盛子瑾从六安到皖东北赴任，掌握了部分区、乡政权和地方武装。江上青利用担任皖六专署秘书的身份开展工作，为建立皖东北抗日根据地作出了贡献。

在此期间，中共安徽省工委书记彭康常驻金家寨领导开展工作。

中共安徽省工委还于1938年6月下旬，组建了直属省工委领导的中共立煌县委，何绪荣任书记，委员有徐其昌、周维等。周维是省工委的组织科科长，也在省民众总动员委员会担任秘书。

中共立煌县委当时领导着境内的双河、汤家汇、斑竹园（包括白水河、燕子河）、麻埠（包括白塔畈）4个区委和县委直属的金家寨支部。金家寨支部的书记由卢士勤担任。另外，河南商城境内的苏仙石党支部和迴龙集党小组也归立煌县委领导。

1938年7月，何绪荣调新四军工作，立煌县委书记由郑维孝代理。不久，郑维孝又调离，由徐其昌任立煌县委书记。

8月，中共安徽省工委、新四军第四支队立煌兵站和中共立煌县委迁至花石乡白水河上游的荞麦河。同年冬，又迁驻汪家老屋。

中共立煌县委成立之后，按照省工委的指示，在恢复和发展党组织的同时，重点是围绕抗战，广泛开展群众工作；利用一切合法机会，建立和掌握抗日武装；并积极开展统战工作。

县内各级党组织密切配合省动委会、县动委会和工作团，采取讲演、演戏、歌咏等多种形式，揭露日本侵略的罪行；到处演唱《东北流亡曲》《义勇军进行曲》《大刀进行曲》等歌曲，激发群众抗战热情，树立抗战必胜的信心。同时，建立工救会、青救会、妇救会等群众组织，开展各种抗日活动，动员青年参军上前线抗日。经过动员，很多青年到皖中参加新四军第四支队。另外，还组织群众支援前线，在兵站向前方运送军需物资需要民工时，做到召之即来，迅速完成任务。

1938年8月，经省动委会推荐，共产党员杨必声出任河南商城县县长，县政府各部门主要干部也是共产党员，掌握了该县的政权。商城县将县常备大队改造扩充为抗日挺进大队，要求中共立煌县委支援武装部队的骨干，立煌县委决定派具有作战经验的汤家汇区委书记雷维先去，并带去党员和进步青年30余人。雷维先去后担任了抗日挺进大队的大队长，在不到两个月的时间里，挺进大队扩编为3个中队，600余人。他们积极开展抗日游击战争，多次袭击日军，炸毁敌汽车，缴获军需物品，鼓舞了人民群众。

1939年春，安徽省财政厅组织税警队，招收税警员。为了发展抗日武装，利用章乃器的统战关系，立煌县委挑选了30多名退伍红军战士和进步群众组成武装服务队。经过短期训练后，转入税警队。县委还派张海帆等15名党员打入税警队，张海帆担任税警队事务长，在该队建立了地下党支部，收集情报，开展党的活动。

立煌县委在配合省工委做好上层统战工作的同时，积极做好中下层的统战工作。各区乡党组织重点做好保甲长的工作，争取这些地方人员与中共合作，为开展党的活动提供便利。县委着重做好兵站所在地周围的联保主任、保长等人员的统战工作，为省工委、鄂豫皖边区党委提供安全保障。桃树岭乡的联保主任张立堂、保长张传兵经做工作，积极拥护中共团结合作、共同抗日的主张，为兵站借住房屋、征用民伕给予了大力支持，对军烈属也给予照顾。

中共立煌县委通过艰苦的工作，使党的基层组织得到了恢复和发展，党的抗日民族统一战线政策逐步深入人心，民众的抗日热情不断高涨，为大别山地区的抗日民主运动的开展创造了有利条件。

此时，在金家寨地区的抗日团体党组织还有：

中共安徽省妇女战地服务团支部，书记由胡晓凤担任。胡晓凤是张劲夫的夫人。

中共广西学生军支部，书记由韦廷安担任。

中共古碑冲总支部，书记由郑忠担任。

中共响山寺小组，组长由覃冠林担任。

鄂豫皖区委与金家寨

1938年12月，按照上级党组织的安排，在七里坪留守处的郑位三、郭述申前往新四军立煌兵站。中共安徽省工委书记彭康安排立煌县委书记徐其昌到苏仙石去迎接。徐其昌在苏仙石接到郑位三和郭述申后，当天晚上带人到韭菜岩取回了隐藏在那里的枪支弹药，第二天下午，顺利到达汪家老屋。

1939年3月，郑位三在汪家老屋召开了鄂东、豫东南、皖西地区党的代表会议。郭述申传达了党的六届六中全会精神及中共中央中原局关于撤销安徽省工委，成立鄂豫皖区党委的决定，统一领导津浦路以西、平汉路以东、浦（口）信（阳）公路以南鄂豫皖3省边区党的工作。在区委常委中，郑位三担任书记，何伟任组织部部长兼统战部部长，彭康任宣传部部长，张劲夫任民运部部长，谭希林任军事部部长，方毅、郑维孝、黄岩、李丰平、程坦、张体学、周新武、赖传珠任委员。

中共鄂豫皖区委机关遗址——白水河汪家老屋

中共鄂豫皖区党委为了便于开展工作，在宣传部下设文化工作委员会，书记由朱凡担任；民运部下设妇女工作委员会和青年工作委员会，书记由孙以瑾和陈少景分别担任。这3个工作委员会都通过省动委会开展活动。

当时，中共鄂豫皖区委辖党组织有3个地委和5个中心县委，还有2个县委。分别是：

中共皖北（六安）中心县委（辖霍山、霍邱、六安、寿县县委和肥西、合肥工委）；

中共舒无地委〔辖无为、舒城、桐城、庐江、含（山）北县委和含（山）和（县）工委〕；

中共罗（山）礼（山）、（黄）陂、孝（感）中心县委（辖罗礼、经光、安礼、陂孝4个工委）；

中共黄冈中心县委（辖冈中、冈西、冈麻边、浠水、浠蕲广边、浠蕲6个县工委）；

中共黄（安）麻（城）经（扶）中心县委〔辖黄安、安麻、经光3个工委和（黄）安南县委〕；

中共英山中心县委（辖罗山、英山、岳西、宿松、太湖5个县委）；

中共鄂豫皖区委书记郑位三
（金寨县革命博物馆提供）

中共皖鄂边地委（辖黄梅、蕲春、广济、宿松、太湖、望江6个县工委）；

中共中共鄂东地委（辖罗山、礼山、黄陂、孝感、黄安北5个县工委）；

中共立煌县委，中共固始县委。

中共鄂豫皖区党委成立后，为了培养党的干部，加强党在边区的领导力量，由宣传部部长彭康主持，在白水河汪家老屋对面的袁家老湾举办了3期党员干部培训班，共培训干部300多人，主要培训区以上党员骨干。学员来自立煌、六安、霍山、霍邱、英山、寿县、商城、固始及湖北等地，多是基层干部和党的活动分子。学习内容有党的基础知识、毛泽东的《论持久战》《矛盾论》和区党委编写的《党员教育大纲》等内容。郑位三、彭康、张劲夫、方毅等领导同志亲自授课，讲授党的建设、抗日民族统一战线政策、抗日民主运动等课程。由于当时国民党开始掀起反共高潮，在兵站周围都有国民党特务监视，所以培训班是秘密进行。以民工队烧木炭为掩护，白天上山砍树烧窑，晚上在油灯下学习。在山林或炭棚，或看文件材料，或座谈讨论，时间抓得很紧。通过培训，提高了边区党员干部的政治素质和理论政策水平，对党领导下的抗日民主运动起到了推动作用。

中共鄂豫皖区委还办了《三日新闻》油印小报，转发新华社消息，宣传党的抗日方针政策，在党内传阅。

1939年夏，国民党安徽省政府在金家寨举办皖政干部训练班。区党委通过在动委会工作的同志，在干训班中积极开展党的地下工作，使干训班成为中共培养、团结和联系进步青年的阵地。区党委民运部妇女工作委员会为了培养党的妇女干部，利用省政府办训练班的机会，通过广西学生军中的共产党员、省动委会妇委会负责人朱澄霞、易凤英等人的努力，获准公开在金家寨西边的高庙子举办为期3个月的妇女训练班。学员来自全省各县，共有100多名女知识青年。妇女训练班开设了政治常识课，讲授中共的抗日方针、政策及马列主义基本常识，学习《论持久战》《论新阶段》以及工人运动史、妇女运动史等，并进行射击、战地救护等军事技能训练。妇女训练班结束后，一部分学员回原地动委会从事妇女工作，一部分学员组成了省直属的第三十五工作团，活跃在立煌的城镇和乡村，进行抗日救亡的宣传动员工作。

由于中共安徽省工委、鄂豫皖区委加强对动委会、工作团的领导，重视对党的青年干部、文化干部和妇女干部的培养，使党的抗日民族统一战线政策得到了贯彻执行，团结了广大民众，壮大了党的组织，增强了党对鄂豫皖边区开展抗日民主运动的领导力量。

中共安徽省工委、鄂豫皖区委秘密以安徽省动委会为基地，以公开的动员工作掩护党的秘密工作，以党的秘密工作来领导公开的动员工作，使党的路线和方针、政策通过动委会、工作团这种组织形式去贯彻执行，开创了大别山区抗战初期生动活泼的政治局面。

1939年1月，国民党召开五届五中全会，秘密制定了《限制共党活动办法》《共党问题处理办法》等文件，确定了防共、限共、溶共、反共的方针，决定成立防共委员会。这次会议是蒋介石集团由联共抗日转向消极抗日、积极反共的一个转折点。

随后，国民党安徽省政府秉持蒋介石的旨意，加紧了反共部署。尤其是新桂系的顽固派和国民党CC系开始在省政府、省动委会排挤国民党左派，清洗迫害爱国民主人士，诬陷屠杀共产党人，破坏抗日民族统一战线，不断制造事端。

中共立煌县委直属的金家寨党支部书记芦士勤曾是红军干部，因病从延安退伍回乡，工作积极，在群众中很有号召力。1939年5月，在一次日军飞机侵扰金家寨上空后，新桂系顽固派借故地面有人和飞机联络，以"汉奸""嫌疑分子"的罪名将芦士勤逮捕杀害。汤家汇区委书记、商城县抗日挺进大队大队长雷维先不慎暴露了身份，也被以莫须有的罪名惨遭杀害。在不长的时间里，在立煌地区就有50多名共产党员和进步群众遇害。

新桂系顽固派派遣特务监视新四军第四支队兵站的活动，并停止对兵站的后勤供应，使兵站人员无法工作，秘密设在兵站的党的领导机关，处境十分危险。

由于国民党顽固派不断制造摩擦，中共鄂豫皖区委于1939年7月下旬转移到庐江县东汤池新四军江北指挥部。8月16日，鄂豫皖区委在东汤池召开党员代表大会，选举党的七大代表，分析大别山的形势，研究应变措施。决定将已经暴露和可能暴露身份的共产党员撤离皖西，并成立立煌市委，接替区党委在立煌的工作。

立煌市委在金家寨

1939年10月，中共立煌市委正式成立，书记由鄂豫皖区委委员、原豫南特委书记李丰平担任，组织部部长甘怀勋，宣传部部长郑忠，魏心一、张海帆、李萍为市委委员。

中共立煌市委成立后，根据立煌地区的政治形势变化，确定了具体工作任务：一是广泛发动群众，团结发展进步势力，坚持"有理、有利、有节"的斗争原则，同新桂系顽固派进行坚决斗争；二是有计划组织安排已经暴露的共产党员、党的干部、进步知识分子和爱国民主人士迅速撤离立煌，向皖中、皖东、皖北抗日根据地转移。

在中共立煌市委的领导下，立煌县动委会和立煌的各抗日团体纷纷召开群众大会，抗议改组动委会，解散工作团，提出"拥护国共合作，坚持团结抗战"的政治口号。广西学生军地下党支部利用广西学生军的身份，在金家寨的省直各单位和城镇乡村，广泛宣传中共提出的反投降、反分裂、反倒退的政治主张，大造团结抗战的舆论，打击反共投降气焰。立煌市委还指示在安徽省政府和新桂系军队里工作的共产党员，利用公开身份和工作之便，及时了解国民党军队对道路的封锁情况及有关军事情报，设法搞通行证件，筹集经费，为在立煌的党员干部撤退转移做好各方面的准备工作。

1939年10月底，省动委会直属第三十五工作团，在中共立煌县委的安排下，以到皖东开展工作的名义，首批离开立煌，撤至全椒县古河镇一带进行抗日宣传活动。后转移到和县、含山新四军驻地，集体参加了新四军。

1939年12月，安徽省妇女战地服务团离开金家寨，撤至涡阳境内活动。1940年春，她们拒绝回金家寨集训，与在皖北的第二十八、三十七工作团一起，冲破国民党军队的封锁，分批夜渡涡河，撤到新四军豫皖苏抗日根据地。

1939年12月，驻金家寨城西高庙子的少年宣传团，遵照中共立煌市委的指示，一边坚持演出，一边分期撤退，以不引起新桂系顽固派的注意。直到1940年春节的前两天，最后几个少年宣传团团员在共产党员凌竟亚的带领下，悄悄离开大别山，奔赴皖中抗日根据地。

1939年底，根据上级的指示，中共立煌市委和立煌县委合并，成立中共立煌中心县委，统一领导立煌、商城、霍山3县党的工作。中心县委书记由李丰平担任，委员有魏心一、李萍、张海帆、江明、徐克刚。魏心一负责立煌和商城的工作，徐克刚负责霍山的工作，张海帆、李萍负责立煌市的工作。立煌中心县委的主要任务是，继续组织外地在立煌的党员和进步分子向新四军抗日根据地转移；对各地的党员加强思想教育，整顿巩固党的组织，领导人民与新桂系顽固派进行斗争。

1940年元月初，新四军第四支队驻立煌兵站的工作人员，化装成国民党桂系军人，把电台拆卸装箱，贴上由地下党员刘敦安、麦世发等人从安徽省政府搞到的通行证和封条，与其他人员一起，顺利地离开白水河，撤至庐江县东汤池。

皖西省委在金家寨

中共中央中原局鉴于大别山区形势逆转，鄂豫皖区党委由皖中转到皖东，已经不便领导大别山区的工作，便于1939年11月中旬，决定撤销鄂豫皖区党委，成立豫鄂边区党委和皖西省委，分别领导大别山区及周边地区的工作。

1940年2月，中共皖西省委在金家寨石峡口新四军驻立煌办事处正式成立。李丰平任书记，吴皓任组织部部长，江明任秘书，领导立煌、霍邱两个中心县委。省委的主要任务是组织已经暴露身份的同志撤离大别山区，分别转移到皖中、皖东和淮北地区，参加建立抗日根据地工作；整顿留下的党组织，安排一些同志留在国民党军政内部和学校工作，继续坚持大别山的抗日反顽斗争。

中共皖西省委成立不多日，就面临着李品仙以集训为名，图谋将动委会、工作团、广西学生军中的共产党员和进步分子一网打尽的危急形势，省委立即动员和组织不易立足的同志撤离。

由于金家寨地区的白色恐怖越来越严重，广西学生军的处境也越来越危险。1940年3月，学生军党支部也按照中共皖西省委的指示，以三八妇女节到前方慰劳军队的名义，带领学生军公开离开金家寨，分作两路奔赴淮南和淮北抗日根据地。其中甘怀勋、易凤英等28人一路去淮南抗日根据地；郑忠、韦廷安、区展、王彦等16人去淮北抗日根据地。

广西学生军离开金家寨后，发表了谴责李品仙消极抗日、破坏统一战线罪行的宣言。3月16日，广西学生军第二中队易凤英等40余人联名致电李宗仁、白崇禧，揭露李品仙迫害进步青年的阴谋，宣布投身新四军，实现抗日救国的愿望。

在这一时期，活动在金家寨省政府机关以及立煌地区的各工作团的共产党员、进步知识分子和爱国民主人士如孙以瑾、朱澄霞、张百川、童汉章、《大别山日报》副总编苏宏、记者陈超琼等都先后以视察、调动工作等方式离开，有的到大后方继续从事党的地下工作，有的到新四军抗日根据地。到1940年4月底新桂系顽固派公开反共时，在立煌的抗日民主力量的撤离工作基本结束。先后有3000多名共产党员、爱国人士和思想进步的工作人员安全撤离到皖中、皖东和淮北地区，保存和输送了大批革命力量去建立抗日根据地。

同时根据工作需要，史迁、麦世发、刘敦安、詹运生等一部分同志继续隐蔽留守，坚持在大别山区继续开展抗日反顽斗争。

1940年3月上旬，因获悉李品仙要袭击新四军驻立煌办事处，中共皖西省委和新四军驻立煌办事处也秘密离开金家寨，撤至霍邱县洪集西北的刘家仓房。省委书记李丰平自此离开了金家寨。

中共皖西省委离开金家寨前，决定由魏心一任立煌中心县委书记，继续领导立煌、商城和霍山地区的党的工作。

1940年4月，国民党安徽省政府和特务机关，对金家寨地区实现全面封锁，清查登记户口，疯狂搜查"异党"，中共立煌中心县委联络点被破坏，县委成员之间也失去联系。以立煌县动委会干事身份做掩护的魏心一也无法在金家寨城区立足，转移到南溪、汤家汇一带隐蔽，县委委员张海帆被捕牺牲。

张海帆又名张鉴清，是陕西省略阳县人，很早就参加革命斗争。他早年在汉中联中和第五中学高中部读书，就和中共地下党接触。1931年春，赴南京金陵高中就读，因参与学生运动被学校开除，后又考入上海大夏大学附属高中学习，在学校秘密加入中国共产主义青年团。1931年九一八事变后，在民

张海帆烈士画像
（金寨县革命博物馆提供）

族危急关头，他积极参加抗日游行和抵制日货斗争，遭学校当局责难，被迫退学。这时他被接纳为中共正式党员，遂以三和电影杂志评论员、中华书局英文函授部职员为掩护，从事中共地下秘密工作。1935年初调共青团江苏省委工作。1936年秋，被捕入上海提篮桥监狱。在狱中，他和许亚和、徐建楼等组成临时党团支部。

1938年经组织营救出狱，后调安徽六安做武装工作。不久，随中共安徽省工委西迁到金家寨，打入安徽省财政厅税警队，以特务长职务作掩护。1939年10月，任中共立煌市委委员，后任中共立煌中心县委委员，立煌中心县委联络站站长。

1940年4月，立煌党组织遭到破坏，并与省委机关和新四军办事处失去联系。国民党已发现张海帆的真实身份，即派立煌警备副司令赶到税警队诱捕。张海帆得知身份暴露，烧毁文件，转移到王家湾。因叛徒出卖被捕，张海帆宁死不屈，壮烈牺牲，年仅25岁。

由于国民党顽固派广泛开展清乡、搜查，实行白色恐怖，5月中旬，中共立煌中心县委书记魏心一在南溪召集李中元、张经川等党组织负责同志开会，传

达上级指示，要求已暴露身份的共产党员迅速转移，尚未暴露身份的共产党员注意隐蔽，保存力量，继续坚持斗争。会上，魏心一把党在立煌地区的工作交给李中元负责。

随后，魏心一撤退到皖北新四军第六支队。中共立煌中心县委的工作基本结束。

中共立煌中心县委书记魏心一撤出后，立煌县党的工作全面转入隐蔽，少部分党员潜入国民党基层政权内，暗中筹备枪支，为组建抗日游击武装做准备。

1940年7月，李中元在七邻湾子母河召开党员会议，决定重建立煌县委。李中元任记，袁化民、杨青山、曾庆恩等为委员。当前的主要任务是，恢复和整顿被桂系顽固势力破坏的基层党组织，发动群众参加抗日战争，揭露国民党顽固派的反共罪行，计划中秋节暴动，成立长岭关抗日游击队。

后来，中共立煌县委在长期与上级党组织失去联系的情况下，仍在商城、固始、立煌3县边区从事革命活动，与国民党顽固派进行艰苦的斗争。

在立煌境内的党组织还组建了多支抗日游击武装。

1940年5月，中共双河区委书记冯运清带领党员取出了新四军第四支队兵站在桃岭时留下的枪支，成立了双河抗日游击队，有30多人，活动在悬剑山、熊家河、大河冲一带，宣传党的抗日救亡政策，揭露国民党顽固派的罪行，打击恶霸地主，惩治作恶多端的反动保甲长，遏制了当地反动势力的嚣张气焰。

1941年8月，中共丁家埠界岭党支部书记曾庆恩，以七邻湾乡公所当炊事员的共产党员肖才运为内应，夺取了七邻湾乡公所的10支长枪，组成了长岭关游击队，全队20多人，活动在长岭关、金刚台、豹迹岩一带，秘密镇压反革命分子，袭击地方反动武装，照顾抗日军人家属，坚持抗日反顽斗争。

1943年秋，共产党员、老红军战士彭仁安在帽顶山秘密组织了100多人的一支便衣队，活动在七邻湾、帽顶山、抱儿山等地区，利用多种形式向人民群众宣传抗日战争形势，坚定抗战必胜的信心。便衣队还动员群众参加革命武装，向新四军部队输送兵员，并建立两面政权，向地主派粮纳款，筹集活动经费，打击反动势力。

1943年冬，中共鄂皖边区地委为了扩大抗日民主根据地，成立了中共立（煌）、霍（山）、英（山）、岳（西）、太（湖）边区工作委员会，并建有5县边区抗日指挥部，由工委副书记鲁教瑞（曾任立煌中心县委下属的斑竹园区委书记）任指挥长，工委书记钟子恕兼任政治委员，指挥部拥有一支50余人的抗日武装，活动于5县边区，并保持与新四军第五师、第七师的联系，发展党的组织，坚持在大别山开展抗日反顽斗争。

彭康在金家寨

曾任交通大学校长的彭康是个教育家。抗日战争期间，他担任中共安徽省工委书记时，曾住金家寨领导工作。

彭康原名子劼，又名坚，号嘉生，1901年出生，是江西省上栗县人。

彭康于1916年在江西省萍乡中学毕业，1917年，官费留学日本东京，学习半年日文后考入东京帝国大学高中部。1924年，彭康进入京都帝国大学哲学系学习哲学，毕业后获博士学位。

1927年国民党反动派在上海发动四一二政变后，在日本京都帝国大学的彭康闻讯拍案而起，毅然抛弃即将到手的学位和毕业证书，于11月回国到上海，与郭沫若、郁达夫、成仿吾等共同组织"创造社"，并任该社理事会理事。从事《文化批判》等刊物的出版工作，撰写了有关文艺、哲学方面的理论文章，诸如《哲学的任务是什么》《科学与人生观》《新文化的根本任务》《革命文艺与大众文艺》等。此时，他还在上海艺术大学、群治大学兼任哲学教授，利用讲坛旗帜鲜明地宣传马克思主义，介绍革命大众的文化艺术，号召人民"学习辩证法以清算一切反动思想，解决一切紧迫的问题"。彭康成为当时文艺评论界有一定影响的人物。

1928年5月，彭康加入中国共产党，此后曾任创造社中共党团成员，中共中央宣传部文化工作委员会委员、代理书记等职。1929年，彭康参加中共闸北区委、沪中区委工作，并与鲁迅、夏衍等组织成立反帝大同盟和左翼作家联盟等组织，与反动势力展开斗争。其间先后翻译出版了普列汉诺夫的《马克思主义的几个问题》，恩格斯的《费尔巴哈论》《路德维希·费尔巴哈和德国古典哲学的终结》，列宁的《列夫·托尔斯泰是俄国革命的一面镜子》等著作；还出版了文集《前奏曲》。

1930年4月，彭康不幸被捕，他信仰坚定，宁死不屈。反动法庭判处他无期徒刑，关押在苏州反省院。一次，苏州反省院看守所所长召开大会，宣扬国民党CC派头子陈果夫的"唯生论"。彭康不畏生死，当即发言，用辩证唯物主义的观点，有力地批驳了反动谬论"唯生论"。他讲得非常生动，有条有理，看守长被驳得结结巴巴答不出话来，慌忙宣布散会。彭康的言行，使全体难友、特别是年轻的革命同志深受鼓舞。

全面抗战爆发后，1937年8月彭康获释出狱，任中共湖北省工委宣传部部长。

曾任中共安徽省工委书记的彭康
（中共金寨县委党史县志研究室提供）

1938年4月，中共中央长江局副书记周恩来和组织部部长秦邦宪分别找他谈话，派遣他到安徽六安，主持成立中共安徽工委并担任工委书记。

6月，中共安徽省工委迁入金家寨边的桃树岭新四军第四支队兵站后，他到金家寨就和工委宣传部部长张劲夫接上了头，并决定住在金家寨开展工作。

张劲夫将身材高大、戴着高度近视眼镜的彭康带到了立煌县动委会驻地的金家寨资平街，把他介绍给了立煌动委会指导员王伯苑，安排彭康与王伯苑在县动委会同住，因为这里人少，比较安全。

共产党员王伯苑是从延安陕北公学毕业后分配到大别山工作的。

彭康是个著名的学者，很有名望。王伯苑在大革命时期就开始阅读创造社出版的刊物，经常读到彭康的文章，对他十分敬仰。现在能和他住在一起，深感荣幸，特别高兴。

金家寨资平街立煌县动委会的一个小房间，成为了彭康的办公地点，也成了中共安徽省工委领导抗日救亡运动的指挥所。彭康在这里与来访的同志谈话，召开会议，部署工作，非常繁忙。

从6月中旬到7月初，彭康两次致信秦邦宪，向长江局报告省工委成立后在党的建设、武装、统一战线等方面的工作。从报告中可看出当时省工委工作的现状：

在党的建设方面，近一两个月来已在霍邱、立煌、六安、舒城4县成立县委，在霍山、岳西两县建立了支部；新发展了一批党员，其中立煌县已有党员110人，霍邱县有70人，六安县有50人；对成立党组织的中心区县进行了重新划分，并建立起交通与中心区县的联系，同时也已着手创办干部训练班。

在武装工作方面，基本摸清了各地的自卫军、游击队现状，已开始整顿或创建新的抗日武装，建立政治机关，委派指导员，加强统一领导。

在统一战线工作中，积极促进更换原有县长，改善乡村行政机构，使进步力量在各级政权中逐渐占据主动；大力开展动委会工作，加强对农民抗敌协会等各种民众团体的领导，等等。

彭康在信中还向上级党组织提出要求，"速派军事、政治、党的工作干部来"，"请设法将党的建设、民运工作、党与群众、中国革命史、党史各种材料送来。"

由此可见，中共安徽省工委在彭康的领导下，工作很快打开局面，卓有成效。

彭康要求将党的建设、民运工作、党与群众、中国革命史、党史各种材料送来是为了学习和培训干部的需要。

彭康最大的爱好就是读书，经常是手不释卷，闲暇时间就是看书。每天都要到夜里12点钟以后才休息。

由于党组织活动是在秘密状态，王伯苑不知彭康担任什么职务，但肯定是党在大别山的一个主要领导同志。因此，彭康工作时，他主动离开，有意为他提供一个安全保密的环境。

王伯苑将彭康当做可敬的师长，不失时机地向他请教。

王伯苑知道彭康做过《资本论》的翻译工作，在交谈时就问他是否有再翻译的打算。彭康说，有过这种计划，并且工作已经开始，后来由于别的工作打断就停了下来。显然，彭康是因为革命工作繁忙，不得不中止他翻译《资本论》的计划。

彭康还指导王伯苑读书，要他读《政治经济学》《列宁选集》和《资本论》。当前最好抓紧时间把《列宁选集》读完。读《政治经济学》《资本论》要懂一些英、法的经济史、哲学史，但不要怕，想法抓紧时间补课。

一次，王伯苑向彭康汇报工作时，流露出急躁情绪。彭康和蔼地说："凡事不能操之过急，遇事要进行各方面的考虑，既要从有利的方面考虑，也要从不利的方面考虑，最重要的是把握党的路线和政策。"王伯苑听后，茅塞顿开，深受教益。

几个月后，安徽省教育厅直属工作团30余人要进驻立煌县动委会。省教育厅厅长方治是国民党CC派的干将，彭康的安全受到威胁。王伯苑立即向张劲夫报告，建议给彭康另找办公地点。张劲夫又在金家寨中心地带的街道找了一间比较隐蔽的房子给彭康住，使他的安全有保障。

1938年9月，武汉会战正在紧张进行。一天，彭康召集张劲夫、王伯苑等人开会。彭康在会上分析武汉会战后的形势，明确工作任务。他指出，武汉外围的中日战争形势很紧张，国民党军队有继续后撤的可能，有很多抗战团体已经开始从武汉向四川方向转移，但大别山地区必须要坚持住。

王伯苑在会上汇报，他从省财政厅一个科长那里了解到，省财政厅有一批枪支弹药藏在立煌县的一个碉堡里。建议用这些枪支弹药乘机武装一支部队。

彭康和张劲夫听后都非常惊喜。彭康思索了一下对王伯苑说："在目前情况下，这支队伍只能在省财政厅的名义下建立，你一定要和章乃器先生说清楚。至于为何组建，什么人去领导，等枪支问题落实后再商量。"

王伯苑随后立即到省财政厅找到了厅长章乃器。章乃器听了王伯苑的建议，当即通知省财政厅负责管理枪支弹药的科长来汇报情况，并当场拍板，让这位科长配合王伯苑，将枪支弹药交王伯苑支配处理。

王伯苑把章乃器的意见向彭康、张劲夫汇报后，彭康决定，由在立煌动委会任干事的共产党员张维城负责领导这支队伍，成员由金家寨附近的农民组成。

由于金家寨原是老苏区，很多农民都参加过红军或地方革命武装，结果很快就组织起了3个排的队伍。

彭康也成为了这支队伍中的一员。当张维城带着队伍到省财政厅领取枪支弹药时，彭康也参加了。他和大家一样，扛着枪，挎着子弹带，昂首挺立在队伍中。当天晚上，他又和大家一起在金家寨城区的山上山下、大街小巷巡逻。

在此期间，彭康和省工委的同志们积极利用国共合作抗日的安徽省民众总动员委员会开展统一战线工作，并通过省动委会推荐了一批共产党员和进步青年到各级动委会和政府机关任职。彭康还利用与安徽省政府秘书长朱佛定、省动委会总务部部长朱蕴山在上海时就很熟的关系，亲自出面找他们做工作为新四军第四支队筹集军需物资。结果，朱佛定筹集了100包食盐，朱蕴山筹集了500担大米，全部送给了新四军第四支队。

彭康在金家寨工作，有时也到桃树岭，先后住了4个多月。和他相处的同志都感觉到，彭康知识渊博，平易近人，艰苦朴素，关心同志。当时生活艰苦，基本吃素，彭康和大家吃一样的饭菜，没有任何特殊。他嗜好吸烟，却常因无钱买烟而"断炊"。

1938年10月，彭康离开金家寨到白水河上游的荞麦河汪氏祠。此时，中共安徽省工委、新四军第四支队立煌兵站和中共立煌县委已经迁驻这里。

这年冬天，在荞麦河的一间小土屋，彭康和王琏喜结良缘。婚礼非常简单，可同志们将房前屋后打扫得干干净净，帮助把房间布置得整整齐齐，并纷纷前来祝贺。彭康和王琏非常高兴，拿出仅有的积蓄，让事务长买了一头猪宰了，给兵站同志们加餐，答谢同志们对他俩婚礼的祝贺。晚上，新房里喜气洋洋，荡漾着一片祝贺的欢笑声，同志们祝贺新郎新娘并肩携手，为民族的解放、人民的自由幸福贡献出自己的一切。

1939年3月，彭康担任中共鄂豫皖区委宣传部部长。7月，离开立煌转移到在安徽庐江东汤池的新四军江北指挥部驻地。

1939年10月，在庐江东汤池，38岁的彭康与妻子王琏在战火纷飞中迎来了他们的孩子——彭城。

彭康后来担任中共淮南路西区党委宣传部部长、书记，中共中央华中局宣传部部长、华东局宣传部长，中共渤海区党委副书记等职。新中国成立后，彭康曾任中央山东分局委员兼宣传部长，交通大学校长、党委书记，西安交通大学校长、党委书记，陕西省科协主席，中国科学院西安分院副院长等职务。

1968年3月，彭康在"文化大革命"中被迫害致死。粉碎"四人帮"以后，得到平反昭雪。

彭康是一位久经考验的革命家，也是具有深厚造诣的马克思主义哲学家、教育家。

2015年4月，在彭康、王琏夫妇离开金寨76年之后，他们的儿子，曾任新四军历史研究会北京分会副会长兼秘书长的彭城，又踏上金寨这块他父母战斗过的热土，缅怀父母和父母一起战斗的革命前辈。他站在汪家老屋前面的小河边深情地说，他的生命是在这里孕育的。

张劲夫在金家寨

张劲夫是无产阶级革命家，是我国科技和财经战线的杰出领导人，也是一个享年101岁的长寿老人。

抗日战争时期，张劲夫曾在金家寨先后担任中共安徽省工委宣传部部长、鄂豫皖区委民运部部长，工作了一年的时间。他是中共在安徽省动委会内地下组织的负责人，以省动委会组织部主任干事的公开身份，积极开展统战工作，通过动委会贯彻执行党的抗日方针政策，选派了大批共产党员到各级动委会和政府机关任职，在中共领导安徽抗日救亡运动中发挥了极为重要的作用。

张劲夫是安徽省肥东县人，原名张世德，1914年出生。

曾任中共安徽省工委宣传部
部长的张劲夫
（中共金寨县委党史县志研究室提供）

1930年5月，张劲夫在南京晓庄师范学校学习。1931年后参与编辑《生活教育》杂志，九一八事变后积极参加抗日救亡宣传活动。1932年冬到上海郊区大场山海工学团当教师，后任团长（即校长）。1935年冬加入中国共产党。先后任上海国难教育社中共总党团委员、中共战地服务团特别支部委员。1937年抗日战争全面爆发后，领导上海战地服务团在卢汉部云南部队开展抗日救国宣传教育工作。上海沦陷后率战地服务团转入市郊活动。不久调到中共江苏省委军委机关工作。

1938年1月，根据中共中央开辟大别山区工作的指示，张劲夫受中共中央长江局派遣从武汉绕道信阳到安徽六安。他与一直与中共保持联系的著名的爱国民主人士朱蕴山、章乃器一起，筹建安徽省民众总动员委员会，将一批共产党员秘密安排到动委会各部门担任要职。2月23日，安徽省民众总动员委员会成立，主任委员由李宗仁兼任，章乃器、朱蕴山、光明甫、沈子修、常恒芳等都是很有影响的社会名流。张劲夫积极开展统战工作，他在动委会成立前就在《安徽政治》上发表文章称赞："诸先生参与主持其事，一时人心振奋，青年问首，可谓自北伐以后，在安徽省政上第一次得到全皖民众热烈的拥戴和企望。"以表明态度，与这些爱国进步人士增进了解和友谊。

张劲夫在省动委会担任组织部主任干事，与副部长周新民、干事汪胜文等共产党员主管人事工作。

1938年4月，中共安徽省工委成立，张劲夫任常委、宣传部部长。省动委会中成立的中共地下支部和党小组，都由张劲夫联系。

6月，省动委会随安徽省政府迁移到金家寨。张劲夫和夫人胡晓风就住在省动委会驻地船舫街一间石头垒的墙的草房里，条件十分简陋。

胡晓风是江苏南通人，1919年出生，1935年参加革命，1936年加入中国共产党。曾任中共湖北省满纱厂委员会女工部部长，安徽省动委会妇女战地服务团党支部书记。到金家寨以后，担任中共立煌县西高庙区委组织部部长，也是党组织的接待员，负责过往金家寨的共产党员和干部的联系接待工作。张劲夫常在家中与前来联系的党员干部谈工作，他的家实际上就是党组织的一个联络接待站。

1938年底，广西学生军到达金家寨后，学生军党支部负责人郑忠和易凤英就立即与张劲夫接头。张劲夫对学生军的情况早有了解，学生军党员的组织关系就是他的夫人胡晓风从武汉的中共中央长江局带到安徽省工委的。当时工委就明确学生军党支部由张劲夫具体负责联系。

张劲夫认真听取了郑忠、易凤英的汇报，对他们的工作给予了热情的鼓励，并代表工委要求学生军党支部要利用同桂系的特殊关系，以公开合法的身份完成好几项工作任务。

张劲夫对学生军党支部的工作高度重视，在他的精心指导下，在掩护地下党进行秘密活动，团结广大青年群众、发展进步力量，在桂系中上层进行统战工作，收集桂系军事政治活动动向等，取得了显著成效。学生军中的党员迅速发展，郑忠、甘怀勋、易凤英等人后来还成为中共鄂豫皖区委、立煌市委的领导成员。

张劲夫按照省工委、鄂豫皖区委的安排，利用在动委会组织部工作的便利，向省动委会或通过省动委会向安徽省政府推荐了干部，委派为各县动委会指导员、工作团长，组建了40多个直属工作团、30多个委托工作团和妇战团、少宣团分赴各地，各县指导员和工作团团长绝大多数是共产党员，不少是中共县委书记、委员，有力地巩固和扩大了抗日民族统一战线，开创出安徽抗日救亡工作的新局面。

张劲夫对党的干部非常关心，对其工作和生活尽可能地给予帮助和照顾。

如1938年8月，江都县文化界救亡协会流动宣传团成员共产党员江上青经组织介绍到金家寨工作。江上青与胡晓风接上头后，受到了张劲夫的热情接待，并将江上青安排到省动委会组织部负责青年教育工作。江上青刚到金家寨没有地方吃住，张劲夫就让他吃住在自己家里。江上青身体有病，胃口不好，张劲夫就让胡晓风经常下细挂面给他吃，进行调养。晚上只要有时间，张劲夫就和江上青谈心、聊天，使其不感到寂寞。

江上青后来到响山寺办工作团讲习班，工作非常出色，受到了党组织的看重。1939年11月，中共安徽省工委决定让江上青担任皖东北中共特别支部书记，带领一部分骨干承担前往皖东北做国民党盛子瑾部队工作，开辟抗日根据地的重任。张劲夫又专门约见江上青，具体交待任务和注意事项。

江上青不负组织的厚望，到皖东北开展工作卓有成效，促成了国民党安徽省第六区专员盛子瑾与以彭雪枫为司令员的新四军游击支队司令部代表张爱萍达成了合作抗战的协议，开创了在皖东北地区建立起抗日民族统一战线的政治局面。

1939年5月，张劲夫根据党组织的安排，离开金家寨，任新四军江北指挥部政治部副主任。

张劲夫后于1940年1月任中共皖东津浦路东省委书记，兼任新四军第五支队政治部主任；后任新四军第二师四旅政治委员，兼任中共淮南区党委宣传部部长。解放战争时期，曾任中共鲁南第二地委书记兼鲁南军区第二军分区政治委员、中共浙江省杭州市委副书记兼杭州市副市长。新中国成立后，曾任国务院地方工业部副部长，中国科学院副院长，国家科学技术委员会副主任，财政部部长，中共安徽省委第一书记、安徽省省长，国务委员兼国家经济委员会主任等职务。

张劲夫于2015年7月31日在北京逝世，享年101岁。

何伟在金家寨

曾任中华人民共和国驻越南大使、教育部部长的何伟，有过很多鲜为人知的故事。著名的小说《林海雪原》中决定组织小分队进山剿匪的何政委，生活原型就是何伟；全国著名的县委书记焦裕禄，就是时任河南省委第二书记的何伟首先发现并宣传的。抗日战争时期，何伟曾以记者、新四军驻立煌办事处主任的公开身份在金家寨战斗，与狼共舞；他也在金家寨艰危的特殊环境中恋爱，找到了终身伴侣。

何伟是河南省汝南县人，原名霍恒德，时年29岁。

何伟是从一名教师走上革命道路的。他曾参与过营救章乃器等"七君子"的活动，还坐过国民党的牢房。他没想到他和章乃器又都来到了金家寨。

何伟1934年武汉华中大学毕业后，受聘到汉口一所教会学校担任教员，对学生进行爱国主义教育，积极参加抗日救亡运动。1936年5月，全国各界救亡联合会在上海成立，何伟被推选为执行委员。不久，他加入了中国共产党。1936年11月23日，全国各界救亡联合会领导人沈钧儒等"七君子"被捕，何伟到上海以常务理事的身份主持联合会工作。在宋庆龄领导下，联合会开

曾任中共鄂豫皖省委组织部
部长的何伟
（中共金寨县委党史县志研究室提供）

展了全国性的营救爱国领袖的活动。何伟亲自到北平、天津、太原、济南等地活动，并将活动情况向中共天津党组织汇报。在完成任务返回上海路经南京时，他遭特务逮捕。在狱中，他立场坚定，不屈不挠。1937年8月，国共第二次合作后，何伟由周恩来、沈钧儒营救出狱。9月底，他经博古介绍回

武汉工作，和董必武接上关系，参加中共湖北省临时工委，并负责工委下设的文委，领导文化和青年工作。1938年2月，他受中共湖北省临时工委派遣，到汝南恢复党组织。1938年5月，中共湖北省委成立，何伟任常委、宣传部部长。不久，他受中共中央长江局派遣，到国民党军事委员会政治部第三厅与主任秘书阳翰笙联系，协助厅长郭沫若工作。

10月，何伟接受周恩来的指示，以《新华日报》记者的身份到安徽立煌县传达中共中央长江局对大别山地区工作的部署，同时做国民党上层统战工作，加大政治动员力度。

为了旅途的方便，何伟是随郭沫若任厅长的国民党军委会政治部第三厅所属的第六抗敌演剧队到立煌境内的。他首先翻山越岭来到白水河新四军第四支队兵站，向彭康、张劲夫等同志传达了周恩来同志的指示：大别山区党的工作任务是加强同国民党桂系在安徽的抗日民族统一战线，以避免摩擦，在敌后有条件的情况下，放手发动群众，大量建立抗日武装，开展敌后抗日游击战争。

随后，何伟以《新华日报》记者的身份利用暂留大别山的时间，以金家寨为立足点，一面协助安徽省工委负责同志处理事务，一面到安徽省动委会及所属的工作团进行采访，也应邀作报告。他利用机会宣讲毛泽东的《论持久战》和《抗日游击战争战略问题》，驳斥"亡国论"和"速胜论"。

本来，何伟准备传达完周恩来的指示稍事停留就返回武汉，可10月下旬，武汉被日军占领，大别山区成为敌人的后方又迫切需要干部，在这种情况下，何伟主动向组织请求并经上级批准，留在立煌工作。

1939年春，根据中共中央的指示，成立了中共鄂豫皖区委，何伟担任组织部部长。他和张劲夫密切配合，利用省动委会在金家寨从事公开和秘密相结合的革命活动。

1939年7月，新四军军长叶挺和参谋长张云逸到金家寨与廖磊谈判，双方同意在金家寨设立新四军驻立煌办事处，并决定何伟以新四军参议的身份主持立煌办事处的工作。

从此，何伟就以新四军参议和驻立煌办事处主任的公开身份驻在金家寨石峡口余家湾，经常到省政府、省动委会、第二十一集团军总部办理公务。

此时，中共鄂豫皖区委已经转移到庐江的东汤池，区委负责人中只有何伟留在金家寨，在新四军驻立煌办事处坚持工作。他除了要和第二十一集团军总部参谋长徐启明互通双方对日作战情报，还要督促省政府按期拨付新四军江北部队的军费。省政府对新四军经费的拨付不积极，经常拖欠，何伟就反复到省

新四军立煌办事处遗址——金家寨石峡口余家湾

（金寨县革命博物馆提供）

政府督催。省政府有关人员见硬拖不是办法，就一个劲地"叫穷"。何伟慷慨陈词，据理力争，公开指责："按照国民政府的规定，新四军江北部队的经费、粮草应由安徽省政府拨给，但有人却经常借故拖欠。若财政空虚，你们整天花天酒地，钱又何来？唯我军前方将士吃不饱、穿不暖，天理何在？你们的良心何在？这是破坏国共合作，破坏抗日的行为！"省政府的官员们被何伟斥责得面红耳赤，哑口无言。何伟还通过做工作，摸清了省财政的库存情况，使省政府财政厅不得不按月拨给新四军军费3万元。

在此期间，何伟认识了在安徽省动委会妇女工作委员会任主任干事的共产党员孙以瑾，并在共同的革命斗争中产生了爱情。

孙以瑾是安徽省寿县人，1913年1月14日出生在一个仕宦家庭。1936年参加中华民族解放先锋队。次年毕业于北平师范大学教育系。1938年加入中国共产党。同年2月，她到六安找到党组织，在张劲夫的直接领导下，参加了安徽省民众总动员委员会的筹建，后进入省动委会工作。1939年3月中共鄂豫皖区委成立，孙以瑾任区委妇委会书记。

何伟以记者的身份到金家寨采访、作报告，孙以瑾就认识了他，并产生了好感。后来又同在鄂豫皖区委任职，特别是何伟担任新四军驻立煌办事处主任之后，接触的机会就多一些。孙以瑾也常悄然到余家湾找何伟汇报工作或开会研究工作。

由于国民党顽固派反共不断升级，金家寨的局势也不断恶化，但何伟仍然坚持做统战工作。他除白天处理事务外，晚上经常邀请省政府和新桂系军队的进步人士到余家湾新四军驻立煌办事处交谈，分析安徽的形势，争取他们与中共更好合作，遏制反共，维护国共合作抗战，取得了许多有识之士的理解、同情和支持，也引起了桂系当局的注意，他们也不时派人到新四军驻立煌办事处走访，这样就直接威胁到何伟和来这里的共产党员、进步人士的安全。

曾任中共鄂豫皖区委妇委会
书记的孙以瑾
（中共金寨县委党史县志研究室提供）

孙以瑾看到这些情况，就以省动委会妇女组主任干事的公开身份，掩护和协助何伟开展工作。孙以瑾住在离余家湾不远的彭家湾，她将她住的山坡下的一间茅房作为何伟领导秘密工作的联络点。何伟经常晚上来这里召集会议或会客，孙以瑾就在山坡上放哨。有陌生人来，她就唱抗日歌曲发出信号，提醒何伟注意。

何伟在金家寨这个特定的环境下工作，有了孙以瑾的协助和保护，如鱼得水。他在彭家湾有了安全感，完全放松，他默默抽烟踱步沉思，与同志和朋友们娓娓而谈，气氛轻松。他们俩也忙中偷闲在彭家湾的小溪边、树荫下，散步、聊天、谈工作，憧憬未来，在共同的战斗中，两颗心越靠越近，感情与日俱增。他们向组织报告，请求批准结婚。然而，这一切都是在秘密进行。

何伟工作非常谨慎细致，要求十分严格。一次，孙以瑾和一些同志参加了一对情人的订婚仪式。何伟得知后，对孙以瑾提出了严肃的批评，并语重心长地对她说："在这样秘密工作的复杂环境里，许多同志聚集在一起，那是不妥当而且是很危险的。"孙以瑾听后，心中十分感动，这饱含着何伟对她的关爱和深情。

1939年10月23日，廖磊病逝。何伟按照张云逸的电令参加廖磊的葬礼。这天，何伟骑马从余家湾前往金家寨老城区，途中与以省参议员身份乘轿车前往皖东视察的孙以瑾迎面相遇，可两人只能相互看一眼，不能有其他的表示。以至与孙以瑾同行的一位参议员对孙以瑾说："刚才与我们相遇的那个人，就是新四军的参议。"孙以瑾听后，感到好笑。心中说，这个人我不仅早认识，而且组织已经批准我们结婚。

孙以瑾到皖东视察回立煌的途中，接到中共鄂豫皖区委的通知，要她立即到庐江东汤池新四军江北指挥部。孙以瑾以要到桐城视察妇女工作为名，摆脱了同行的另两位代表，到达东汤池。在这里，孙以瑾见到了何伟、鄂豫皖区委的领导同志以及从大别山各地来党训班学习的战友。大家都你一言我一语地向何伟和孙以瑾结为伴侣表示祝贺。孙以瑾取出节约的5元钱，买了些猪肉，并亲自红烧，请区党委几位负责人和党训班的同志共20多人吃了一顿饭，算作她和何伟结婚的喜宴。随后，区党委怕暴露了何伟和孙以瑾的夫妻关系，决定孙以瑾返回金家寨，把妇委会的工作交给妇委会常委易凤英负责。

孙以瑾回金家寨后，在彭家湾与易凤英进行工作交接后，离开了金家寨，撤退到皖中。

何伟仍在金家寨坚持斗争。他和中共立煌市委书记李丰平一起，按照上级的指示，研究布置反对新桂系倒退的斗争，并组织有关单位、团体和中共党员、进步人士撤退。他们发动各地动委会和群众团体召开群众大会，抗议改组动委会，反对集中各工作团到金家寨集训，提出拥护国共合作、坚持团结抗战等政治口号，进而指出破坏统一战线就是破坏抗日，就是准备投降，使以李品仙为首的新桂系顽固派在政治上陷入被动。如省动委会战时文化事业委员会常委张百川等工作人员发表文章，揭露与批判顽固派诬蔑、攻击以国共合作为核心的动委会、破坏统一战线的言行，并散发到各县，号召群众起来抗争。省动委会少年宣传团在金家寨演出由许晴编剧、黄灿执导的话剧《新年》，针锋相对地宣传中共"坚持抗战，反对投降；坚持团结，反对分裂；坚持进步，反对倒退"的政治主张。在中共党组织团结省动委会系统工作人员的有力斗争下，延缓了国民党顽固派反共的步伐，为组织人员撤退争取了时机和时间。

1940年3月上旬，因得知新桂系顽固派要袭击新四军驻立煌办事处的情报，新四军驻立煌办事处离开金家寨迁移到霍邱县洪集西北的刘家仓房。至此，何伟离开了金家寨。

何伟离开金家寨后曾任新四军无为地区江北游击纵队军政委员会书记，新四军四支队、第七师政治部主任，牡丹江省委代理书记等职。新中国成立后，曾任中共广西省委副书记，中共广州市委书记兼市长，驻越南大使、中共河南省委第二书记、教育部部长等职，1973年3月9日逝世。

孙以瑾离开金家寨后，曾任中共无为县委书记。1944年入延安中央党校学习。后任中共中央东北局妇委会秘书长。新中国成立后，曾任中共南宁市委书记、化学工业部基本化学局局长等职务。1999年4月18日逝世。

李丰平在金家寨

李丰平是我党一位高级干部，曾任浙江省委书记、省长、省人大常委会主任。

在他的革命历程中，金家寨也是他工作战斗的地方。1939年，时年27岁的李丰平在金家寨担任中共立煌市委书记，后来又担任中共皖西省委书记。

李丰平是从延安派到鄂豫皖边区工作的，之前的经历也很不寻常，令人感动。

在当今的南京雨花台雨花石博物馆的展品中有一颗血红色雨花石，工作人员动情地向观众介绍它所蕴含的一个十分感人、富有传奇色彩的红色爱情故事。李丰平就是这个红色爱情故事的主人公。

李丰平是重庆市铜梁县人，1931年加入中国共产主义青年团，次年转入中国共产党。曾任共青团中央宣传部干事，共青团上海南市区及法南区委书记，共青团江苏省委巡视员。

1931年，李丰平在上海从事地下党工作期间，因工作需要，按照组织安排，与女共产党员郭纲琳假扮夫妻。他们在白色恐怖下并肩作战，在艰难的革命生活中产生了深厚的感情，组织上批准他们结为夫妇。可是，正当他们准备结婚时，1933年6月李丰平因叛徒出卖，被捕入狱。随后，时任共青团上海闸北区委书记的郭纲琳也因叛徒出卖而被捕。

面对敌人的严刑拷打，威逼利诱，他们虽然不在一起，但都坚贞不屈，心心相印。

郭纲琳把两枚铜钱在牢房水泥地上磨成两枚心形珍品，镌刻上"健美""永是勇士"的字词，激励自己和敌人作顽强的斗争。郭纲琳出身江苏句容的大户人家，家人出钱托人要保释她，郭纲琳严词回绝了敌人要她放弃政治主张的保释要求，大义凛然，于1937年7月慷慨就义，血洒南京雨花台。

残酷的牢狱磨难也丝毫没有摧毁李丰平的坚强意志，更没有减弱对郭纲琳的思念，他千方百计地打听郭纲琳的下落，可都没有结果。直到1937年11月经组织上营救出狱之后，李丰平才获悉，郭纲琳已经牺牲在雨花台。为了纪念郭纲琳烈士，李丰平后来将自己子女中的两个女儿起名为李大纲、李大琳，作为郭纲琳的义女。他还珍藏着一枚红色的雨花石，以寄托对郭纲琳烈士的无尽怀念。

这枚雨花石伴随着李丰平走完了人生的历程，将这枚雨花石献给在雨花台牺牲的郭纲琳烈士也是他的心愿。2009年，李丰平的两个女儿李大纲、李大琳为了完成父亲最后的心愿，特地赶到南京进行捐献，这枚雨花石现在雨花台雨花石博物馆展出。

李丰平1937年出狱后，到延安中央党校学习。1938年1月任中共中央组织部干事，5月任陕北公学中共总支书记，后从延安被派往鄂豫皖边区工作。1938年11月任中共潢川中心县委书记，后任中共黄梅地委工委书记，新四军第三支队挺进团政委。1939年3月担任鄂豫皖区党委委员，后任民运部部长。

李丰平是带着对郭纲琳深深的怀念之情来到立煌金家寨的。他把悲痛化为力量，夜以继日地投入到紧张的工作中去，用这种方式，缅怀纪念郭纲琳烈士。

1939年10月，李丰平到金家寨担任中共立煌市委书记，承担了原鄂豫皖区委在立煌工作的重任。此时，国民党顽固派的反共正在掀起高潮，李丰平冒着生命危险，秘密与郑忠、甘怀勋等市委领导成员一起，按照上级党组织的指示，精心筹划，妥善安排已经暴露和可能暴露身份的共产党员撤离。

1940年2月，李丰平开始担任在金家寨石峡口新四军驻立煌办事处成立的中共皖西省委书记。此时，李品仙已经就任安徽省政府主席，白色恐怖在金家寨笼罩，李丰平机智勇敢，临危不惧，坚持领导立煌、霍邱两个中心县委，迅速将已经暴露身份的同志撤离大别山区，分别转移到皖中、皖东和淮北地区，并整顿留下的党组织，安排一些同志留在敌人的内部，继续坚持抗日反顽斗争。

在各级党组织的共同努力下，到1940年4月，成功撤离了3000多名共产党员、爱国人士和思想进步的工作人员，保存和输送了大批革命力量去建立抗日根据地，粉碎了国民党顽固派妄图扼杀大别山区抗日进步力量的阴谋。这其中，李丰平功不可没。

1940年3月上旬，李丰平得到敌人要袭击新四军驻立煌办事处的情报，又和何伟一起，及时将中共皖西省委和新四军驻立煌办事处秘密转移到霍邱县洪集西北的刘家仓房，使机关免受损失。

李丰平离开金家寨后，曾任中共豫皖苏边区党委委员兼淮上地委书记、中共鄂皖边区地委书记兼新四军第七师挺进团政委，新四军第七师政治部副主任，山东省公安局副局长，中共浙江省委社会部部长兼中共杭州市委常委、杭州市军管会公安部部长。新中国成立之后，曾任浙江省检察署检察长，中共浙江省委副书记、浙江省副省长，中共安徽省委书记处书记兼监察委员会书记，中共浙江省委书记、浙江省省长、浙江省人大常委会主任等职务。2008年3月28日在杭州逝世，享年96岁。

省动委会在金家寨

安徽省民众总动员委员会（简称为安徽省动委会）是在中国抗日战争全面爆发后，中共中央发出实行国共合作和全民族抗战伟大号召，安徽抗日救亡运动蓬勃兴起的历史条件下产生的。安徽省动委会1938年7月从六安迁入金家寨，金家寨就成为安徽省民众总动员的大本营。

安徽乃至大别山区的动员全体民众投入到抗日救亡运动的工作主要由安徽省动委会承担。中共指导的安徽省动委会在抗日救亡中发挥了极为重要和不可替代的作用。

国共合作在金家寨

在金家寨的众多的机关中，有一个很特殊的机构，这就是安徽省动委会。这个机构人员中有国民党的，也有共产党的，还有社会民主人士。它名义上由国民党安徽省政府主办，又是以中共选派大批共产党员和进步人士为主体开展工作，实际上是中共安徽省工委领导抗日民族统一战线的组织。虽然共产党员没有公开身份，但基本都心知肚明，大家都在一起办公。它不是国民党、共产党公开合作，而是国民党、共产党在党外的一种合作，承担着动员民众抗战的重任。

在金家寨，安徽省动委会主任委员先后由李宗仁、廖磊、李品仙担任。

安徽省动委会俊杰英才荟萃，在抗日救亡运动中各显神通。

安徽省动委会于1938年2月23日在六安成立。这个组织的建立，是第五战区司令长官兼安徽省主席李宗仁听取了朱蕴山的建议。

朱蕴山是六安（现金安区）人。他坚持孙中山先生革命的三大政策，与中国共产党真诚合作，从事革命活动。在第一次国共合作时期，他以国民党左派的身份，参加了国民党第二次代表大会。蒋介石公开叛变革命，他通电反蒋，被国民党开除党籍并受通缉。旋即参加八一南昌起义，后至上海继续进行反蒋活动，积极支持中国共产党开辟鄂豫皖苏区，参与冯玉祥、方振武、吉鸿昌组织抗日同盟军的活动，与李济深、蔡廷锴等发起组织中华民族革命大同盟，并担任中华民族革命大同盟华北联盟主任。抗日战争全面爆发，他曾受中国共产党的委托，三去太原找阎锡山，推动抗日。1937年2月，他亲自到广西会见李济深、李宗仁，商谈一致抗日救国大计。因为朱蕴山不仅和李济深有共同组建中华民族革命大同盟的关系，和李宗仁还有一个特殊关系，这就是1927年李宗仁担任安徽省政务委员会主席时，朱蕴山就是政务委员会的委员，一起共事。

朱蕴山在回安徽前，在南京再次会见即将到徐州赴任的第五战区司令长官李宗仁，恳切建议：值此国难当头，必须恢复孙中山先生制定的三大政策，广泛发动民众抗日，迅速发起组织民众动员委员会，以集中人力物力财力，实行全面抗战。经国民政府批准后，李宗仁邀请朱蕴山等人筹建第五战区民众总动员委员会。

在中共组织和各界进步人士的推动下，第五战区民众总动员委员会于1937年11月成立，随后向徐州周围各县派出指导员和工作团，宣传抗日民族统一战线政策，深入发动群众，吸引了大批进步人士和爱国青年，有力支援了前线作战，扩大了桂系的影响，提高了部队士气和民众抗战信心。因此，李宗仁兼任安徽省政务委员会主席后，也要成立安徽省民众总动员委员会。

1938年2月23日上午，李宗仁召集党政军各部门负责人、社会贤达和各界代表25人在六安一品斋笔店业主夏悦斋住宅开会，宣布第五战区民众总动员委员会安徽分会（后称安徽省民众总动员委员会）成立。

安徽省动委会旧址——六安文庙

（金寨县革命博物馆提供）

与会人员推选常恒芳、光明甫、朱蕴山、沈子修、丘国珍（保安处长）、刘贻燕（建设厅厅长，不久改为蔡灏担任）、张义纯、苗培成（国民党安徽省党务特派员）、章乃器、邵华、韦贽唐（第十一集团军政训处主任）11人为常务委员。在常务委员中，常恒芳、朱蕴山、沈子修都是李宗仁担任安徽省政务委员会主席时的政务委员。

由于李宗仁徐州会战军务繁忙，会议推代理省主席张义纯为主任委员，周新民、狄超白、童汉章为委员。并推定章乃器任秘书室秘书（主持日常工作，相当于常务副主任）；总务部由朱蕴山任部长，童汉章任副部长；组织部由沈子修任部长，周新民任副部长兼总干事；宣传部由光明甫任部长，狄超白任副部长兼总干事；后勤部由常恒芳任部长，朱子帆任副部长兼总干事；张劲夫任组织部主任干事。

在这其中，周新民、狄超白、朱子帆、张劲夫都是共产党员，张劲夫是中共在省动委会内地下组织负责人。

当时中共为推动全面抗战和民众动员工作，加强对动委会工作的指导和实际掌握，在各地各级动员机构中成立基层党组织。主要由中共安徽省工委宣传部部长（后任鄂豫皖区委民运部部长）张劲夫，以省动委会组织部主任干事的身份，领导民众总动员系统的党组织和党员开展工作。

因此，安徽省动委会是指导民众抗日运动的统一战线组织，是国共两党在安徽以党外合作的组织形式开展战时民众动员工作的领导机构。

安徽省动委会在立煌境内举办了多种培训班，培养了大批干部和骨干。因此，当时的立煌成为安徽省国共两党干部培训的中心，也是干部的摇篮。

如中共安徽省工委以省动委会的名义在桃树岭举办抗日干部训练班。安徽省政府于1938年在金家寨开办"安徽省政治军事干部训练班"，设立行政、教育、合作、财会、军事、谍报、妇女等组，训练县以下行政人员和民众运动干部。第一期结业后，民政组学员由民政厅分派到原籍担任县府干部、乡镇长、保长，少数人还担任了县长，其中不少是共产党员。到1940年年初，先后开办6期，结业学员约万人，选派到基层政府机关任职。省动委会在麻埠镇（现金寨县境内）举办4期干部人员补习班，培训干部400多人。在金家寨还举办培养女干部的女子训练班。

立煌县民众总动员委员会旧址——金家寨船舫街帝王庙
（金寨县革命博物馆提供）

选派的干部中，不少共产党员后来还成为中共的高级干部。

如选派担任安徽六安抗敌自卫大队长的杨效椿，后任中共寿六霍中心县委宣传部部长，津浦路西地委书记等职。新中国成立后，曾任安徽省委常委、省革委会副主任。

选派到六安县任抗日人民自卫军学生中队长兼指导员的李任之，后任六安县青抗会秘书等职。新中国成立后，曾任中共安徽省委常委、书记处书记，安徽省副省长，中共湖北省委书记兼武汉市委第一书记等职。

选派到霍邱县民众总动员委员会任工作团团长的王光宇，后任中共泗东县、永城县委书记，新四军淮北路西独立团政治委员，中共豫皖苏第三地委副书记。

新中国成立后，曾任中共安徽省委秘书长、省委书记处书记、安徽省副省长、中共安徽省委书记、省革委会副主任、安徽省人大常委会主任。

安徽省动委会的宣传动员工作形式多样，富有特色，成效显著，影响巨大。

为搞好宣传动员，专门编印了宣传手册，工作成员人手一本，除了刊登宣传工作纲要外，从内容到范围都给以具体指导。还创办了机关刊物《动员月刊》，在《大别山日报》开辟《全民动员副刊》，在《皖报》开辟《动员周刊》副刊，交流各地动员工作的经验，以推动抗日动员工作的进行。1939年春，还创办了《文化月刊》。

在金家寨石峡口开办邹韬奋生活书店分店，销售进步书刊，有毛泽东的《论持久战》《论新阶段》；有延安出版的《解放周刊》《红军四讲》及鲁迅、郭沫若、茅盾、巴金、高尔基等作家的作品，深受广大读者的欢迎。《论持久战》不仅为进步青年和广大群众所喜爱，就连桂系部队的军人和省政府的公职人员也都悄悄传阅。

在宣传动员中，采取举办"民众动员宣传周""肃清汉奸宣传周""防空宣传周""雪耻宣传周"等动员民众的方式，用开办训练班、召开座谈会、创办报纸刊物、演戏、教唱抗日歌曲等方法，深入进行抗日宣传，以此激发民众抗日热情，积极投身抗战。

在金家寨出版的刊物《文化月刊》
（中共金寨县委党史县志研究室提供）

1938年10月，动委会宣传部特邀了《新华日报》记者何伟给动委会机关干部和在金家寨的几个工作团宣讲毛泽东《论持久战》《抗日游击战争的战略问题》，批判"亡国论"和"速胜论"以及轻视游击战争的错误倾向，收到了良好的宣传效果。

动委会宣传部还邀请日本友人石锦昭子（女）到金家寨，在军政人员和群众大会上作报告，她以自己的所见所闻，控诉日军在中国实行"三光"政策的滔天罪行，表示同中国人民一道抗战到底，激励中国军民团结抗战，赶走日本强盗，产生了很大的反响。

省动委会宣传部还积极组织文艺宣传。其中省少年宣传团是一支少年文艺队伍，全团40余人，成员年龄最大的17岁，最小的只有11岁。他们经常到街头和乡村唱歌演戏，吸引了大批观众，动人的剧情和小演员真切的表演，使很多人深受感动。在1938年9月富金山战役中，宣传部组织少年宣传团和省妇战团，冒着敌人的炮火到于学忠五十一军防地慰问。五十一军是东北军，慰问演出了《松花江上》《放下你的鞭子》等反映东北人民遭受日军摧残和人民要求抗日的节目，使这些爱国官兵深受感动，鼓舞了士气。演出现场"打倒日本帝国主义，还我东北！""打回老家去！"的口号声接连不断，响彻云天。

为庆祝1939年元旦，动委会宣传部与抗演六队协商，决定排一个大戏，售票公演。剧本选中著名戏剧家洪深的新作《飞将军》。为排好这出戏，宣传部主任干事许晴亲自担任执行导演并扮演剧中的飞行员，省动委会宣传部副部长狄超白的妻子、秘书室干事何兆琳也扮演重要角色，同时，动委会各部室工作人员一齐动手为演出服务，安排灯光，布置道具，宣传有钱出钱，有力出力，还出售"荣誉券"，每张数十元不等。这次演出非常成功，轰动一时，被人们称作这是动员委员会的总动员，是对大别山区文艺演出水平的检验和促进。

1939年8月，动委会宣传部组织省青年抗敌剧团在金家寨演出报告剧《汪平沼协定》《满城风雨》，揭露日伪罪行，连续7天公演，前往观看的有省、县的公教人员，桂系军人、青年学生、工人、市民和方圆几十里的农民群众，多达数万人，观众反响十分强烈。

经过动委会出色的宣传，振奋了沮丧的城镇，唤醒了沉寂的乡村。在遭受日机轰炸的城镇，满街满壁的标语、壁报、图画，大街小巷响遍了抗日救亡歌曲，到处都有鼓舞人心的文艺表演、慷慨激昂的演讲、凄惨悲壮的血泪控诉、振奋人心的动员呐喊，那种不问国事的庸俗习气和甘做顺民、怯于抗战的悲观情绪为之一扫，极大地振奋了民众的抗战精神，激发了投身于抗日救亡运动的热情。

从1938年初到1940年初，安徽省动委会在中共的积极支持、指导和有力参与下，以《中国共产党抗日救国十大纲领》、孙中山的新三民主义为基本纲领和指导原则，积极开展政治动员、思想动员、文化动员、经济动员和军事动员，在宣传贯彻抗日民族统一战线，团结教育爱国青年，培养干部，动员和组织广大民众抗日，促进新四军及地方抗日武装发展等方面发挥了重要作用，掀起了安徽全民抗战的热潮。

1939年10月23日廖磊逝世后，李品仙担任安徽省政府主席、安徽省民众总动员委员会主任委员。李品仙上任后，积极配合国民党反共，对省动委会采取了清洗共产党员和进步人士，制造摩擦，撤销动委会工作团等一系列改组措施，使动委会逐步为国民党新桂系所控制。

在新桂系的排挤下，省动委会领导机构成员中的中共党员、进步人士相继辞职或调离。1940年1月，省动委会根据国防最高委员会《修正各省市县动员委员会组织大纲》，对全省各级动委会进行了改组，撤换进步官员，迫害监视动员工作人员。

李品仙的倒行逆施，激起了动委会各级员工和广大民众的愤慨。

1940年5月13日，省动委会各部会、阜阳第七区动员指导处张百川、朱鸿翔等各级动委会员工2500余人，通电揭露李品仙破坏动委会的罪行，宣布脱离桂系。其余各县动委会指导员及工作团团长也发表了联合宣言，严正宣布退出动委会。至此，由于左派力量和广大进步青年纷纷离去，动委会已名存实亡。

1942年7月30日，安徽省动委会根据国防最高委员会的通电，发出《安徽省动委会关于裁撤各省市县动委会及今后动员业务问题的代电》，至此，安徽省动委会作为组织机构形式完全结束，由"动员会议"取而代之。

面对国民党顽固派的反共逆流，中共党组织始终高举团结抗日大旗，领导动委会工作人员和进步人士进行有理有节的斗争，并组织中共党员和进步分子向新四军活动区域撤退，保存了大批干部。他们有的参加新四军，有的担任地方干部，有的做其他抗日工作，在不同的岗位上继续坚持抗日救亡，为创建和发展淮南、淮北、皖江抗日根据地和取得抗日战争胜利作出了重要贡献。

精英荟萃金家寨

安徽省动委会迁入金家寨以后，在船舫街办公。根据工作需要，后增设了战时文化事业委员会和妇女工作委员会，完善和充实了机构。这时的安徽省民众总动员委员会是社会贤达荟萃，名人很多。

1938年7月，张义纯离开金家寨后，由朱佛定代理安徽省主席并代理省民众总动员委员会主任委员。

朱佛定是江苏省江阴县人，名文黼，号黻廷，字佛定，时年49岁，是著名法学博士、外交家、教育家、作家、书法家。他1914年自京都大学堂毕业后，部派留学法国、瑞士，获巴黎大学法学硕士、日内瓦大学法学博士。1919年巴黎和会时，任中国代表团施肇基代表秘书，后任中国驻美国大使馆二等秘书、中国外交部通商司司长；北伐战争后，任上海法政大学教务长、广西大学秘书长兼文法学院院长，是深得李宗仁、白崇禧等人信任的高参。1938年2月13日，被蒋介石任命为安徽省政府委员、秘书长。

朱佛定代理省主席公务繁忙，省动委会的日常工作由周新民、朱蕴山、张劲夫、狄超白等负责，但也经常过问和参与各种活动。1938年12月1日，由省动委会举办的安徽省政治军事干部训练班在古碑冲开学，朱佛定亲自授课，讲解"抗日民族统一战线""中国的民主运动"，专题讲座两小时，非常精彩，学员个个听得聚精会神，全无倦意。

朱佛定1943年9月在古碑冲黄集任省立安徽学院首任院长。

1945年11月21日，朱佛定任国民政府行政院参事。1947年4月后，任台湾省政府委员兼台湾省民政厅首任厅长。1981年7月在台湾病逝，享年93岁。

省动委会秘书章乃器1938年3月中旬改任安徽省财政厅厅长后，仍参加办干部培训班、讲课、演讲，继续做一些民众动员领导工作，并尽可能在经费上给动委会提供支持。

省动委会总务部部长朱蕴山是著名的政治活动家。在省动委会，日常事务由他主持处理。他到金家寨以后，还深入基层宣传发动，帮助筹建动员机构。

省动委会总务部副部长童汉章曾是安徽学生运动的领袖，是大革命时期入党的中共党员。

童汉章，1897年出生于安徽省合肥东县一户地主家庭，1918年，童汉章考入设在安庆的安徽法政专门学堂。在俄国十月革命影响下，走上了反帝反封建的道路。五四运动中，被选为安徽省学生联合会副会长，成为安徽早期学生运动的骨干之一。1921年春，童汉章与舒传贤、许继慎、周新民、王步文等20多人同时加入社会主义青年团。

1924年童汉章与友人东渡日本，寄住在东京小石川翰云寄庐，他一面认真钻研马克思的经济学说，一面积极参加政治活动。1926年7月，国民革命军誓师北伐，童汉章闻讯，立即动身回国，赴武汉参加革命。10月，加入了中国共产党，并以共产党员的身份加入国民党，担任国民党安徽省临时党部总干事。1927年初，蒋介石由武汉沿江东下安庆，网罗各种反动势力，企图把他们塞进经过改组的国民党安徽省党部，与左派争夺领导权，对于蒋介石的反革命行径，周新民、童汉章等左派同志早有察觉。3月22日，安庆各界人士召开欢迎蒋介石大会。会上，童汉章亲手向蒋介石递交传单，坚决反对特务分子担任安徽省党部委员。同时，周新民等在大会上发言，不指名地对反动势力提出警告，蒋介石对此大为不满，会未终场，即悻悻离去。

不久，蒋介石发动"四一二"反革命政变，童汉章和光明甫、沈子修、朱蕴山等受到反动政府的通缉，被迫撤至武汉。同年5月中旬，国民党安徽省第一次代表大会在武汉召开。童汉章被选为省执行委员会委员。宁汉合流，童汉章经中共安徽省委王兴亚介绍，赴南昌参加周恩来、贺龙、叶挺等发起的八一南昌起义，随军南征，并主持革命委员会宣传委员会一部分工作。起义失败后，童汉章潜回安徽，隐姓埋名，先后在贵池、凤阳乡村师范教书数年。1937年七七事变后，童汉章于1938年2月，到六安和朱蕴山等一起筹建安徽省民众总动员委员会。就任总务部副部长后，积极配合朱蕴山处理日常事务，做好动委会日常办公管理和办文、办会、办事工作。

童汉章后于1939年冬进入新四军淮南根据地，出任路西各县联防办事处主任，从事抗日民主根据地的建设。此后数年，经常奔走于梁园、吴山庙、撮镇一带，深入各区乡，发动群众，领导反敌伪"扫荡"，推行新民主建设，成绩卓著。1941年，重新加入共产党。1943年，童汉章年近五旬，犹力图精进，有志于学，决定请假离职，赴延安考察，借以学习。正整装待发，不幸于同年夏染病，疗养于路东根据地来安县半塔，数月卧病不起，于8月8日逝世。他住院期间，恰遇新四军军长陈毅亦住院治病，两人朝夕晤谈，志同道合，相处甚欢。他逝世后，陈毅深表悲痛，撰写哀辞，赞其一生"毅然唯真理正义之是从"，"可谓不朽"！

曾任安徽省动委会组织部
部长的沈子修
（中共金寨县党史县志研究室提供）

省动委会组织部部长沈子修，原名全懋，是安徽省霍山县人，时年58岁。他早年毕业于清朝两江师范学堂。1907年参加同盟会，开始革命活动。1911年在南京积极响应辛亥革命。民国元年至民国7年在安徽公学、安徽法政学校工作期间，积极参加反军阀、反列强斗争。1916年夏，与朱蕴山、刘希平等策划安庆讨袁起义，事败，被通缉。1919年和朱蕴山、桂月峰一起筹办六安省立第三甲种农业学校，并任校长。参与领导教育界声援五四运动，支援安庆反倪（嗣冲）反三届省议会贿选、驱逐省长李兆珍等斗争。1926年年11月，受广州国民党中央指派，与朱蕴山等回皖组建国民党安徽省临时党部，任执行委员兼组织部部长。为响应北伐，参与策划皖西起义，事败后去武昌任国民党安徽省党务干校校长。沈子修长期从事教育工作，在安徽教育界有较高的声望。

抗日战争全面爆发后，他和朱蕴山等人一起参与组建安徽省民众总动员委员会。他担任省动委会组织部部长，放手让周新民、张劲夫工作，培训了很多干部，选派了很多干部，其中不少是中共党员。

沈子修1947年任安徽省教育会长、省政府顾问。次年参加中国民主同盟，任安庆市分部主任委员。新中国成立后，曾任华东军政委员会文教委员会委员、皖北人民行政公署副主任等职。1952年，当选为安徽省人民政府副主席，省政协副主席、民盟安徽省副主任委员。1955年12月病逝。

省动委会组织部副部长兼总干事周新民是安徽省庐江县人，原名周骏，别名振飞，时年41岁。

周新民早年曾在家乡兴办兢存小学。在五四运动时期，积极投身于反帝反封建的学生爱国运动，曾任安徽省学生联合会副会长。

1922年，周新民赴日本明治大学研究院攻读法学，回国后在安徽省立法政专门学校任教。1926年加入中国共产党。在第一次国共合作时期任国民党（左派）安庆市党部执委、安徽省党务执监委员会候补执委兼书记长，积极执行"联俄、联共、扶助农工"三大政策。

周新民刚直不阿，曾与蒋介石当面交锋。那是1927年3月20日，蒋介石由九江来到安庆，周新民出席欢迎会。蒋介石在即席讲话中，散布同北洋军阀妥协言论，周新民在会上以致答词方式，据理予以痛斥，发言结束，全场鼓掌赞同。蒋介石勃然色变，未终席即拂袖而去。周新民因此而遭到了蒋介石的通缉。

30年代中期，周新民在上海协助沈钧儒、章乃器等筹建上海各界救国会，是救国会的发起人之一。后受中国共产党的委派，长期从事地下工作，在河北训政学院、上海法政学院、复旦大学、云南大学、香港达德学院任教。

1938年遵照董必武的指示，周新民回到安徽，在安徽省民众总动员委员会秘密从事党的工作。他直接受中共中央长江局领导，与中共安徽省工委没有横向关系，连与他一起工作的张劲夫当时都不知道他是共产党员。

由于周新民曾是大学教授，与章乃器是一起发起救国会的老友，与朱佛定是上海法政学院的同事，与朱蕴山、沈子修、光明甫、常恒芳等都是大革命时期国民党安徽省党部的成员，对桂系上中层人物和安徽上中层人事都和熟悉，因此做桂系上层和安徽地方有名望老先生的统战工作都是由他出面。张劲夫曾回忆："他又具备丰富的社会经验和办事能力，日夜操劳，做了大量工作，对当时打开安徽抗战局面，起的作用很大。"章乃器也回忆说：他得知周新民已在暗中掌握了日常会务，深感快慰。此后他"对于动委会就只做些承上启下的工作和批阅重要文件，当然，更重要的是顶住外来的歪风，一般日常工作，就完全放手让新民去做了。"

周新民在省动委会做组织工作，具体负责培训干部，选派干部，选派到各地担任动员委员会指导员和工作团正、副团长的人选，一般都是由张劲夫等中共党内同志研究决定后提出，和他商量，争取部长和朱蕴山的同意就可派出。他还将中共地下组织提出的人选，和朱蕴山一起向省政府推荐，委任为县长、区长，省、专署和县政府的科长，省财政系统的干部。如英山县县长杨必声，中共英山县委书记、县动委会指导员魏文伯，太湖县县长王建五，立煌县麻埠区区长侯文瀚，舒城县城关区区长杨刚，霍邱县民教馆长兼霍邱日报社副社长戴铸九等。

鉴于鄂东、豫南各县工作与安徽省政府和动委会有联系，1938年12月4日，省动委会决议组织鄂东、豫南各县动委会。当月，周新民随廖磊巡视鄂东、豫南，经与当地各方交换意见后，安徽省动委会陆续向麻城、罗田、黄梅、固始、商城等县派出指导员和工作团，并补助一定的动员经费。

周新民在动委会负责干部培训，精心组织，经常亲自给学员上课。他态度温和，平易近人，语言流畅，很有吸引力。他在第二期干部训练班做结业讲话，热情洋溢地勉励大家："青年是出山的朝阳，是初放的春花，美好的前景是不可限量的。大家一定要为抗日救国立下顶天立地的壮志，舍身济世的雄心，更要有移山填海的毅力，赴汤蹈火的勇气，贫贱不移，威武不屈，做出一番有利于国家，有利于世界的大事业。这才是青年光明的前途。希望同学们前进、前进、前进！"他讲话时，容纳1500余人的大礼堂里寂静无声，同学们洗耳恭听，他讲话后，掌声雷动，赞叹不已，不少学员还将他的讲话记录下来，作为今后工作的座右铭。

周新民后于1942年在重庆加入中国民主政团同盟（民盟前身），1948年在香港协助沈钧儒先生恢复民盟总部，公开声明与中国共产党合作。

新中国成立后，周新民任中央人民政府办公厅副主任、全国政协副秘书长、中国民主同盟中央常委兼组织部部长、中国科学院法学研究所副所长等职务。1979年10月在北京逝世。

省动委会宣传部部长光明甫是一个教育家，也是一个富有传奇的反专制的斗士。

光明甫是安徽省枞阳县人，名升，字明甫，时年67岁，是清末秀才，早年入日本东京的早稻田大学攻读政治经济学。随后与章太炎、陈独秀交往，结识了孙中山先生并加入同盟会。1910年回国，在安徽官立法政学堂任教，在学生中传播民主革命思想。1912年任柏文蔚都督府秘书。不久，他辞职仍回法政学堂任教，并与刘希平等创办安徽江淮大学（后改为安徽公立法政专门学校），任校长，其中不少学生后来成了安徽早期共产党和共青团的骨干力量。1913年，反袁"二次革命"时，他奋起响应，参与讨伐袁世凯的斗争，失败后遭通缉，流亡到南京、上海。五四运动后，安徽法政专门学校学生先后赶走反动校长张鼎臣、丁述明，强烈要求光明甫返皖执掌法专，光明甫再次出任校长。

随后，他有两件事使人们对他这个文人刮目相看，他刚正勇敢的行为被当作奇闻，广为传颂。

一件是在安庆爆发的"六二"学潮中，他面斥、怒打了安徽军务帮办马联甲。

1921年6月2日傍晚，为抗议安徽当局挪用教育经费，安庆各校代表千余名学生，到省议会请愿，遭警察殴打。消息传出，安庆各校学生1000余名赶来声援。正在宴饮的安徽军务帮办马联甲，竟调来城外驻军冲杀而来，结果学生重伤50多人，轻伤200多人，第一师范学生姜高琦伤重身亡，另一重伤学生周肇基被扣押在议会。光明甫闻讯赶来，冲进议会，见状，怒气冲冲地斥责副议长赵继春。这时马联甲出来吼叫："有事找我马联甲！你是什么人？"光明甫厉声回答："我是法专校长光明甫，你敢把我怎样？"说完，随手用伞敲了马联甲脑袋。马联甲恼羞成怒，揪住光明甫衣领，劈面就是一耳光。血气方刚的光明甫怒骂道："打你这条军阀的狗！"左右开弓，连扇马联甲两个响亮的耳光。马联甲气急败坏，喝令士兵："把他捆起来，拖出去枪毙！"光明甫毫不畏惧。这时，后续的学生愤怒高呼："赶走杀人魔王马联甲！向马联甲讨还血债！……"警察厅长程炎勋担心事态扩大，于是，将光明甫连拉带劝送出省议会。

光明甫没有就此罢休，他连夜召开省学联、省教联和各校校长紧急会议，研究对策。第二天举行了声势浩大的抗议集会。宣告成立由光明甫发起的"六二惨案后援会"，通电北京、上海、南京、天津各大城市，公开揭露"六二"惨案真相，要求伸张正义。安庆全市罢工、罢市、罢课，强烈要求严惩凶手。不日，芜湖、蚌埠、合肥、六安等地学生奋起响应，纷纷举行罢课，游行示威，声援安庆学生的正义斗争，全国学联、文教团体、旅外皖籍名流学者纷纷通电声援，遣派代表来皖慰问，有力地支持了安徽人民反对封建军阀的斗争。在各界强烈抗争和全国舆论的压力下，反动军阀当局不得不答应增加教育经费，并抚恤姜高琦的家属。

此后，光明甫在反对贿选省议员、驱逐省长李兆珍以及废督裁兵等斗争中，又奋不顾身，奔走呼号，不屈不挠，表现了反封建军阀争民主的大无畏精神，受到世人尊重。1922年他被推选为安徽省地方自治筹委会会长。

第二件事发生在震惊全国的安庆"三二三"反革命事件前。

1926年1月，国民党"二大"后，国民党中央指派光明甫、朱蕴山等9人为国民党安徽省临时党部执行委员，并派选他为执委中的首席执委，主持安徽党务。然而，北洋军阀皖军总司令陈调元镇压安徽革命运动，光明甫、朱蕴山等遭到通缉，临时省党部被迫撤往武汉。此间，他在武汉协助共产党人开办党务干部训练学校，为全省各县训练党务干部120余人，这其中就有金家寨人桂伯炎、桂杰生等人。

1927年3月中旬，北伐军占领安庆，国民党临时省党部也随之返回，光明甫等积极筹备召开"国民党安徽省（左派）第一届全省代表大会"。此时蒋介石于1927年3月20日将其总司令部移来安庆。3月22日，国民党省党部在安庆黄家操场举行了第一次全省代表大会，蒋介石应邀出席。蒋为把持省党部，要把一些亲信塞进新的省党部，但遭到光明甫等国民党左派人士的坚决反对。蒋介石顿时怒色满面，拂袖而去。这天下午，光明甫等人到总司令行营晋见蒋介石，不料在行营门前，突然遭到一群流氓围攻殴打，光明甫衣服被撕破，眼镜被打落，颈部被打伤。但他没有屈服，突出暴徒包围，冲进行营，示伤给蒋介石看，据理斗争，要求严惩暴徒。蒋介石当着郭沫若的面只得敷衍："好啦，好啦，我警告他们好啦！"光明甫不畏强暴，力拒蒋介石亲信进入省党部一事，在当时被传为佳话。

蒋介石无法实现把持省党部的阴谋，恼羞成怒，3月23日，一群流氓组成的"敢死队"，大打出手，捣毁了临时省市党部、省总工会、省农协会、省妇联等进步组织，打伤代表及工作人员100余人，制造了震惊全国的安庆"三二三"反革命事件。光明甫等国民党左派人士没有屈服，率领各县代表前往武汉，继续召开国民党安徽省第一次代表大会，正式成立安徽省党部。光明甫当选为省党部常务委员。

"四一二"反革命政变后，光明甫遭到通缉。他化名光雷潜往武汉，发表文章猛烈抨击蒋介石，后流亡在上海和安徽桐城乡间，继续秘密从事革命活动及学术研究。

全面抗战爆发后，1938年2月，光明甫和朱蕴山等老友一起齐聚六安，参加筹备安徽省民众总动员委员会，推定为宣传部部长。他和副部长狄超白一起，把动委会的宣传工作搞得有声有色。

光明甫后来以社会贤达身份，参加历届国民参政会，极力倡导法制，呼吁民主。新中国成立后，历任安徽省教育厅厅长、安徽省文史馆馆长，安徽省政协副主席、民革命中央团结委员会委员。1963年病逝，享年87岁。毛泽东主席得悉后专门派人到安徽参加追悼会并送了花圈。

省动委会宣传部副部长兼总干事狄超白，原名狄幽青，是江苏省溧阳县人，时年28岁，是一个对政治经济学颇有研究的学者，也是一个坐过国民党牢房的共产党员。

狄超白1930年考入南京中央大学政治系。1931年1月加入中国共产党。1932年2月任中共溧阳县特别支部书记，创办《溧阳日报》。同年3月，由于叛徒出卖，被逮捕送南京警备司令部，判10年徒刑，关进南京陆军监狱。在监狱，为反抗看守对难友的迫害，他曾绝食3天。在狱中，他设法学习马列主义基本理论，写成了《通俗政治经济学讲话》。1934年7月，经党组织的营救，通过国民党上层人物于右任等人保释出狱。后在无锡、南京等地从事革命活动。全面抗战爆发后，被党组织派遣到桂系军队帮助工作。1938年2月，到六安任安徽省民众总动员委员会宣传部副部长后，和光明甫一起，把动委会的宣传工作搞得轰轰烈烈，富有成效。

狄超白1940年1月转移到重庆，从事文化宣传与统一战线工作。1941年皖南事变后，被派往广州。1946年任中共香港工作委员会学术小组组长。1947年兼任香港达德学院教授，主编《中国经济年鉴》。1949年3月，根据党组织的决定，率领达德学院部分师生回抵北平，任中央财政经济委员会统计处处长兼任北京大学经济系教授。后任国家统计局综合处处长、中国科学院经济研究所代理所长，并担任经济学副博士研究生导师。1977年11月逝世。

1938年10月廖磊就任安徽省政府主席兼动委会主任后，省动委会宣传部部长由闭有清担任，旋即又由陈铁担任。陈铁就是金家寨人。

陈铁名立国，号血生，是陈钢（陈冶青）的胞弟，时年40岁。早年毕业于上海复旦大学，留学法国，进修飞机机械专业。回国后任国民党安徽省党务执行委员会执行委员兼安徽省第二区党务专员、党务督导团团长、三民主义青年团第三区团长。此时，陈钢也回到了金家寨。陈钢1935年后，任安徽省政府委员兼禁烟处处长。他是因曾与国民党参政员耿鹤生等发起倒蒋，被贬职。全面抗战爆发时在宣城任安徽省贫儿教养院院长。宣城沦陷后离职还乡。

陈铁受陈钢等人影响，思想开明，能体察民情。他担任安徽省动委会宣传部部长后，与狄超白密切配合，为做好宣传工作不懈努力。

陈铁后来还任省临时参议会参议员，豫鄂皖苏党政分会委员，国民政府中央赈济委员会委员、立法委员，国民参政会第二届、第三届参政员。1945年年底，皮定均将军的母亲陈立兰被国民党安徽省政府警备司令部逮捕，就是陈铁出面保释并接至家中，免遭折磨。

陈铁1949年去台湾，曾任高雄县立冈山初级农业职业学校校长。1966年病逝。

省动委会后勤部部长常恒芳，号蕃侯、字尔价，安徽省寿县人，时年56岁，是我国民主主义革命的先驱者之一。1904年与陈独秀、柏文蔚创建"岳王会"后入同盟会，从事反帝反封建的革命事业。多次策划武装起义。辛亥革命成功后任南京临时政府参议员。面对袁世凯窃取临时大总统职务，愤而在南京主办《民生报》，积极宣传资产阶级革命思想。1913年任国民党安徽支部长，国会议员，因反袁世凯称帝被捕，史称"八议员事件"。1916年，袁世凯帝制梦破灭，黎元洪任总统，孙中山先生回国，常恒芳获释、出狱。1925年，参加国民党一大、二大会议，孙中山指定常恒芳、朱蕴山、光明甫等人筹建国民党安徽省党部，后任国民党安徽临时省党部执行委员。

北伐战争时期，常恒芳先是担任安徽宣慰使，组织太湖，吴山庙起义，后与柏文蔚领导的部队合组国民革命军三十三军，并任党代表兼政治部主任，率领部队在六安、正阳关、合肥等多处打击军阀部队，立下战功，产生了很大的影响。1927年，蒋介石在安庆制造"三二三"反革命事件，镇压共产党和国民党左派，常恒芳在汉口率三十三军全体政工人员通电反蒋。后遭蒋介石通缉，在上海隐居，与柏文蔚、王乐平、王亚樵、余立奎等密谋反蒋。

抗日战争全面爆发后，1938年2月，常恒芳和朱蕴山、沈子修、光明甫等民主爱国人士齐聚六安，拜访了李宗仁、章乃器，一起筹建安徽省民众总动员委员会。

常恒芳经常为《大别山日报》《中原》月刊撰写文章，宣传国共合作，抗日人人有责。还常发表演说："参加共产党合法，言讲马列主义无罪。"后来，省动委会人员调整，常恒芳担任组织部部长。

常恒芳后到寿县、凤阳一带组织抗日武装力量，任总司令（原为李宗仁兼任），不久，被蒋介石削职。抗战胜利后，任国民党政府监察委员兼任安徽文献委员会主任委员。1949年回寿县城关镇休养。董必武、李济深邀请他参加全国政协会议。因病重未能前往。常恒芳于1950年3月病逝。

省动委会后勤部副部长朱子帆兼总干事曾留学日本，是同周新民、光明甫等早有密切联系的共产党员，与朱佛定是同事，也曾和常恒芳一起反蒋。

朱子帆曾用名朱源、朱国华，时年40岁，是安徽省无为县人。他1918年考入安庆安徽省立第一中学。五四运动中，朱子帆联合各校进步青年学生，发起成立安徽学生联合会，成为当时安徽学生运动中的积极分子。他参加了反对倪嗣冲、马联甲、倪道烺等军阀统治，反对"三届省议员以金钱贿买选举"等活动，始终站在斗争的前列。

朱子帆1922年入日本明治大学学习政治经济，1924年在东京参加改组后的中国国民党。

1926年春，朱子帆回国，应校长光明甫之邀，与周新民一起在安庆安徽省公立法政专科学校任教。同时，筹划国民党在安徽的党务工作。1926年冬，北伐军攻占武汉，朱子帆和周新民一起赴武汉参加北伐工作，经高语罕、周新民、柯庆施等人介绍，朱子帆加入了中国共产党。1927年蒋介石在安庆制造"三二三"反革命事件后，朱子帆和光明甫、周新民、沈子修、朱蕴山等人遭通缉，朱子帆通过关系，来到了武汉国民革命军第二方面军张发奎部，在军部秘书处任秘书兼机要科长。八一南昌起义后，张发奎在所属部队进行清党，朱子帆离开了张发奎军的指挥部，来到上海暂住。后由中共组织决定潜回安徽工作，先后在无为中学、寿县国民革命军北路宣慰使署学兵团任教。

1928年6月，学兵团被迫解散，朱子帆又先后在河南党务训练班、中山大学训政学院、第一高级中学等校教书。1931年初，又回到上海，经高一涵介绍，在上海法政大学教农政及农业经济。这时，朱子帆同各方面失去了联系，仍与常恒芳等人一同参加反蒋活动，并参加改组同志会（即改组派）。下半年转赴北平，在商震办的河北军事政治学校任总教官。后又赴张家口任察哈尔省立农业专科学校教导主任。九一八前夕，东北军刘翼飞任察哈尔省主席，以思想"左倾"之罪名将朱逮捕入狱，后经数百名学生联名保释。

1932年秋，朱子帆回到南京，任国民党政府铁道部职工教育委员会委员，自此到1937年全面抗战爆发的6年中，朱子帆经周新民介绍，多次与董必武见面。经董必武指示，将他的联络关系转到上海。朱子帆除与周新民、朱蕴山、谭平山等人联络外，还约定每周或半月去上海一次，向上海中共秘密组织提供政治情报，推动反蒋运动。据周新民回忆，李竹声叛变的情报就是朱子帆向他汇报的，由他再向上级汇报，使上海党的中央机关早有提防，避免了损失。

七七事变后，朱子帆积极投身到抗日战争中，曾向铁道部要求调往陇海路，以观察北方战场情况。1938年春，第五战区司令长官李宗仁兼安徽省主席，朱佛定为秘书长。周新民、朱子帆与朱佛定为上海法政大学同事，故同时被邀回省，参加安徽省民众总动员委员会工作。朱子帆任后勤部副部长兼总干事，积极配合常恒芳做好动委会的后勤工作。当时，动委会工作十分活跃，他们想方设法，保障了动委会各项工作的进行。

朱子帆后来还担任国民党安徽省党部委员及省临时参议会秘书长等职，以掩护进步人士和中共秘密党员的活动。1945年5月，国民党在重庆召开第六次全国代表大会，朱子帆被安徽选为代表出席。在重庆，经朱蕴山介绍，见到了王若飞同志，向他汇报了安徽工作情况，王若飞要他仍回皖工作。此后，朱子帆先后任安徽第九专区（设巢县）专员兼保安司令、省戡乱委员会第二大队长、国大代表、立法委员、安徽省政府秘书长等职，继续利用职务之便秘密为中共工作。

新中国成立后，朱子帆先后担任芜湖德安中学校长、皖南行署委员、皖南人民政治协商会议副主席、民革安徽省分部筹委会委员兼秘书主任、安徽省交通厅厅长、民革安徽省委员会副主任、安徽省政协副主席等职。1967年6月，因病逝世。

省动委会情报部部长是由省政府保安处中将处长丘国珍兼任。他是李宗仁的心腹，也是李宗仁推荐到省动委会任兼职情报部部长职务的。丘国珍虽然有贪腐行为，但对抗日是坚定的，工作是积极的。他先后和副部长黄宾一、陈铁、倪荣仙一起，努力做好掌握侦察敌情、检举汉奸及其他情报、交通事宜。

情报部副部长黄宾一是湖北省沔阳县人，时年36岁，是黄埔军校五期毕业生。他在情报部工作时间不长，调整到总务部担任副部长，由陈铁担任情报部副部长。陈铁很快就调到宣传部任部长，又由倪荣仙任副部长。

倪荣仙是安徽省淮南人，诨号小郎，时年42岁。他1925年毕业于安庆省立师范学堂，次年投军任柏文蔚国民革命军三十三军连长、营副等职。1931年任寿凤怀定四县联防团团长，后任安徽省保安二团团长。1937年，保安二团被编入国民革命军，奉命调往上海参加昆山战役，伤亡惨重，后又在蚌埠淮河北岸阻击日军。1938年4月，倪荣仙辞去团长之职，8月举家迁至六安。1939年后出任安徽省政府参议、省动委会情报部副部长、豫鄂皖边区党政分会少将参议等职。

倪荣仙后因与省主席李品仙有隙而被冷落。此间，他研读中医典籍，组织新生剧团、开新生饭店。抗日战争胜利后，到蚌埠经营荣孚公司，后任淮南煤矿董事。1947年任安徽省立工业专科学校筹委会委员和建校委员会主任。解放前夕，能积极靠近中共，为淮南得以和平解放做出了一定贡献。

新中国成立之初，倪荣仙因私藏枪支等原因被收审。1950年出走香港，

1953年去台湾定居，1976年病逝于台北。

省动委会到金家寨后增设了战时文化事业委员会和妇女工作委员会。

战时文化事业委员会聘周新民、张百川、狄超白、李则刚、马起云、朱子帆、黄宾一、余瑶石、王贯之、闭有清、吴广略11人为委员，以周新民、张百川、李则刚、马起云为常务委员。

妇女工作委员会聘朱澄霞、易凤英、孙以瑾、刘芳、汪淑秀、何兆铃、王鸿斌、黎琦新、孙立9人为委员，朱澄霞、易凤英、孙以瑾为常务委员。

在省动委会组织部还安排一些人士担任视察员，对全省民众动员工作进行巡视、检查、指导。其中不少是中共党员，如中共安徽省工委常委谭光廷、委员黄岩。

谭光廷是江西莲花县人，时年28岁，却是个老红军。

谭光廷1926年参加中国共产主义青年团，1929年转为中国共产党党员，同年在瑞金参加中国工农红军。先后任排长、连长、政治指导员，军需科长、处长等职。1935年在一次战斗中被捕，关进监狱。1936年6月逃出后，组织3个同志打入国民党部队，秘密发展十几名共产党员，成立中共地下党支部，并担任了党支部书记。西安事变爆发后，国民党部队开赴潼关，谭光廷趁机发动兵变，击毙连长，率领百余人的武装，经过激烈战斗，突破重围，最后带了剩下的20余人回到了徐海东任军团长的红十五军团。1937年，谭光廷在延安抗大学习后被派往武汉中共中央长江局工作。1938年春受长江局派遣到安徽，任安徽省工委常委、军事部部长。他就是由组织安排，于1938年4月推荐到省动委会担任视察员的。

谭光廷后来担任苏皖省委委员、区党委委员、组织部部长等职，为建立淮南革命根据地作出了贡献。抗日战争胜利后，他因积劳成疾，被迫休养。解放战争时期，任华东财委驻大连办事处主任、政委，1949年上海解放后，先后任上海铁路管理局党委书记、政委兼局长。1953年调任铁道部政治部主任、铁道部党组成员。1959年11月逝世。

黄岩原名黄家银，是安徽省六安市人。1912年出生。1931年加入中国共产党，任中共霍邱城区委书记。在蒋介石1932年对鄂豫皖革命根据地发动的第四次"围剿"中，他

曾任安徽省动委会视察员的黄岩
（金寨县革命博物馆提供）

在霍邱县城保卫战随红二十五军坚守霍邱县城，城陷被捕，判刑10年，关在南京中央陆军监狱。1937年抗日战争全面爆发，国共合作，他于8月28日被释放，根据组织安排，赴延安中央党校学习。1938年6月，黄岩从中央党校毕业，返回阔别多年的皖西工作。他到金家寨与在省动委会的张劲夫和中共安徽省工委书记彭康联系，被安排为省工委委员兼皖北中心县委书记。为便于活动，经张劲夫推荐，黄岩担任省动委会视察员。黄岩遂以省动委会视察员的合法身份，往返于六安、霍邱、寿县之间，在积极开展抗日救亡工作的同时，恢复、重建各县党的组织。

黄岩后来担任中共鄂豫皖区委委员兼秘书长、新四军江北游击纵队政委、淮南区党委副书记等职。新中国成立后，曾任皖北行署主任、安徽省委书记处书记、安徽省省长。"文化大革命"后任省政协副主席、省人大常委会副主任等职。1989年6月逝世。

朱蕴山在金家寨

朱蕴山，字锡藩，1887年出生。早年参加光复会，进行反清活动，参与徐锡麟刺杀安徽巡抚恩铭，被捕陪斩，临危不惧。随后，加入同盟会，参加辛亥革命、讨袁运动和反对北洋军阀的斗争。1918年9月，他曾到金家寨邀请桂月峰筹办省立第三甲种农业学校。

朱蕴山是著名的政治活动家。他是安徽省民众总动员委员会成立的创始人之一，德高望重。在省动委会，日常事务由他主持处理。他到金家寨以后，还深入基层宣传发动，帮助筹建动员机构。

1938年6月底，他到金家寨伊始，就和周新民、童汉章一起到麻埠镇参加群众大会。他和周新民在大会上发表热情洋溢的讲话，介绍动委会的性质和任务，号召麻埠镇的民众积极参加抗日救亡工作，为收复国土打败侵略者做出贡献。此后不久，朱蕴山还亲自参加成立麻埠镇青年抗敌协会筹备会，组织青年学习《青年抗敌协会组织章程》，讲解青年抗敌协会成立的意义和作用。麻埠镇的开

曾任安徽省动委会总务部
部长的朱蕴山
（中共金寨县委党史县志研究室提供）

明绅士也参加了筹备会，并捐款作为青年抗敌协会成立的开办经费。

朱蕴山工作经验丰富，在动委会善于协调好各方面的关系，调动各方面的积极性，使省动委会的工作开展得有条不紊，有效运行。

朱蕴山在金家寨与新桂系当局排斥动委会进步人士的行为展开了针锋相对的斗争。

1938年8月，廖磊就任安徽省政府主席兼任省动委会主任后，朱蕴山得知，白崇禧在英山开会的一次讲话中，对廖磊说："你在安徽要防着朱蕴山。"廖磊牢记在心，他对秘书长朱佛定说，在皖西，要防着朱蕴山。朱蕴山对此心中有数，你防着我，我就防着你。

廖磊上任不久，就开始调整动委会各部的负责人，将其亲信王况裴、张威遐、陈良佐、闭有清等人安排为动委会委员，让章乃器辞去动委会秘书职务，改由张威遐担任，后将周新民调走，这些引起了朱蕴山等人的强烈不满。

为此，朱蕴山称病，在居住的金家寨天堂湾闭门不出，不参加省政府的任何会议，以示抗议。

廖磊看到这种情况，心存畏惧。因为朱蕴山很受李宗仁的看重，第五战区民众总动员委员会、安徽省动委会都是李宗仁请朱蕴山筹备建立的。

早在1938年2月，李宗仁在担任安徽省政府主席就职时，为了防止国民党CC派捣乱动委会的工作，对朱蕴山不尊重，他在就职演说中，就对在安徽的国民党CC派头目方治、邵华提出批评和告诫："我们党（国民党）内的不良分子，一向把持地方，迫害人民，破坏团结，脱离群众，对当前发动民众全面抗战是不利的。我们要求安徽方面的前辈先生们发起成立一个安徽民众总动员委员会，不分党派都团结起来，一致抗日。如果方、邵两先生能留在江淮和大家合作，那当然更好；但是要尊重动委会前辈们的意见，切不要妨碍他们，要虚心地团结他们。"方治、邵华听后，走出会场，回到省党部的驻地六安一品斋店主夏悦斋的住宅，不高兴地对夏悦斋说："李宗仁来六安就职，朱蕴山同时回来了，我们就让给他们吧。"不久，方治、邵华就将夏宅让给了省动委会，他们跑到皖南去了。

对此，廖磊早有所闻，他也不敢与朱蕴山等人把关系搞僵。

于是，他带着陈良佐亲自到天堂湾朱蕴山家向他解释。

朱蕴山直言不讳地对廖磊说："你带广西人来排挤我不行。我跟前的周新民、朱子帆、光明甫、狄超白到你广西都能做个厅长，你带的这些人最多能当个县长、科长。你把周新民派去当个什么驻渝办事处主任，你把他排挤了，不行。我到安徽来，与李主席有个条件，五路军与八路军要合作，不然，我不干，我不是做官的人。"

廖磊听后,知道与朱蕴山的心结难解,只得说,不要相信挑拨。不欢而散。

1939年1月国民党在重庆召开五届五中全会,会议的中心议题是:抗战和反共。确定了"溶共、防共、限共、反共"的反动方针。不久国民党顽固派就掀起了第一次反共高潮。

由于朱蕴山对新桂系当局实施《限制异党活动办法》不满,于1939年4月愤然辞去省动委会的职务,离开金家寨。

朱蕴山后到重庆八路军办事处,见到了叶剑英。叶剑英请他留下来,做统一战线工作。朱蕴山在周恩来、董必武等中共领导人的关怀和支持下,奔波于川、康、滇、桂、湘等省,坚决反对蒋介石消极抗日、积极反共的政策,联络各界民主人士,组建民盟,走访张澜、刘文辉、龙云等国民党西南军政委员,促进他们联合抗日,为抗日战争的胜利作出了贡献。抗日战争胜利后,朱蕴山与李济深等人筹建了"中国国民党革命委员会",任中央常委兼组织部长并代理政治委员会主任。

新中国成立后,朱蕴山曾任政务院人民监察委员会委员,第五届全国政协副主席,第五届全国人大常委会副委员长,民革中央主席等职务。1981年4月,朱蕴山在北京逝世。

第二十一集团军总部在金家寨

1938年10月，国民党第二十一集团军总司令廖磊兼任安徽省主席后，第二十一集团军总部驻扎在金家寨古碑冲与响山寺之间的陈冲，一直到安徽省政府迁出金家寨。

国民党军将领云集金家寨

国民党第二十一集团军下辖第七军、第四十八军，第三十九军和第八十四军曾加入该集团军的战斗序列。总部驻金家寨地区后，在总部和所属的部队中，除廖磊、李品仙、张义纯外，还有刘和鼎、张淦、苏祖馨、徐启明、莫树杰、钟纪、陆荫楫等很多国民党的高级将领曾在这里工作和生活。

第二十一集团军副总司令兼第三十九军军长刘和鼎是陆军上将，他是两次离开第二十一集团军这个职位又两次回来任原职的将军。

刘和鼎是安徽省合肥人，1894年出生，保定陆军军官学校第三期步兵科毕业，1927年就任国民革命军独立第五师中将师长。1939年1月升任第二十一集团军上将副总司令兼第三十九军军长，后调任他职，1943年又调回第二十一集团军任原职务。1944年10月带职入陆军大学将官班甲级第一期学习。1945年1月毕业后仍任原职。

1938年，国民政府为阻挡日军西进在河南郑州花园口扒开黄河大堤，执行者就是守备赵口河防的第三十九军军长刘和鼎。

刘和鼎主要驻第三十九军军部，时常到金家寨第二十一集团军总部办理公务。

刘和鼎后来调任第八绥靖区上将副司令官，1946年9月辞职后改行经商。1949年5月移居台中。1969年4月7日在台湾台中病逝。

张淦是第二十一集团军副总司令，陆军中将。

张淦是广西桂林人，1897年出生，毕业于广西陆军速成学校、陆军大学。1926年后历任第七军上校副官长、第八军参谋长。1937年任第四十八军参谋长。1938年6月任第七军军长，率部参加武汉会战、随枣会战，1939年11月授中将军衔。

张淦所部一七一师在立煌康王寨痛歼日军的故事载入了《金寨县志》：

1938年9月，日军一股约数百人，由河南省商城县长竹园、汪家铺经县境牛食河、崔儿笼绕道去鄂东。驻守大别山的国民革命军第七军军长张淦闻讯急调一七一师布防于康王寨附近的邓家湾、西河桥、祝田畈、白沙河等地。10月7日，一七一师得悉日本侵略军将翻越康王寨东侧鹅公包山的消息，遂取葛家山近道抢占康王寨主峰。为日军带路的农民常国贞将敌诱至康王寨悬崖，两军短兵相接，肉搏拼杀，后续部队则进行远距离的射击。脚登皮靴、不识路径的日本侵略军为抢占山头，常跌进深壑峡谷。为一七一师服务的民伕和群众，也搬动巨石滚入敌群，敌阵混乱，四面挨打。日军总部得悉该部被围的呼救讯号后，派十多架飞机助战，空投物资。因秋雨连绵，云雾笼罩，目标不清，空投的干粮、弹药落于深山密林。绝望的日军舍命突围，沿康王寨北侧滴水崖方面撤退的一路敌军被一七一师的猛烈炮火逼上悬崖峭壁，多数坠崖毙命，残存的夺路逃遁；循鹅公包背后杨树坪向东南方向逃跑的另一路敌军，误入一七一师伏击圈，面临深谷，退路被炮火封锁，激战半天，大部被歼，少数溃逃。其中有8名逃脱的敌军，后被西河乡农民阎玉山、汤本仁、吴三载、李侉子等击毙。这次战斗没有见到战报记载，但在当地群众中至今还在流传。

在1943年1月，金家寨遭日军奔袭，损失巨大，驻扎在六安独山的第七军距金家寨最近。有人对张淦没有及时出兵救援多有诟语。

1944年4月，张淦任第二十一集团军副总司令。

张淦一生迷信阴阳风水和有一副蒋介石般的拱头秃顶而闻名军中。又因他的一举一动都离不开罗盘与卜卦，白崇禧给他取了个绰号叫"罗盘"。

张淦后来任国民党第七绥靖区副司令官。1947年任第三纵队司令。1948年8月任第三兵团司令官，并率部参加长江防御战。1949年4月任华中军政长官公署副长官。1949年12月1日在广西博白被解放军俘虏。

据说在俘虏前的激战之中，张淦还在问卜探吉凶，突然他喜形于色地告诉参谋长：卜卦已指引，有一方即将有援军赶到！话犹未了，那一方来的正是解放军的部队，他与参谋长均被俘虏。

张淦后作为战犯，关押于北京功德林战犯管理所。后来，跟他关在一起的沈醉还笑着问他："你不是会占卜吗，怎么没算到会被解放军俘虏？"张淦叹了口气，说："这是天意，非人力可以挽回。当年文王善卜，尚被囚百日，又何况我辈？"

1959年，张淦因病逝世。

苏祖馨是第二十一集团军副总司令，陆军中将，他在抗战中屡建战功，但也多次进攻新四军，制造摩擦。

苏祖馨是广西容县人，1896年出生。广西陆军速成学校步兵科毕业，后入南京陆军大学特别班学习。北伐时期任营长、团长。抗日战争爆发后任第三十一军一三五师师长，先后参加明光、太湖、宿县、广济、浠水的对日作战。1937年11月被国民政府任命为陆军少将。1938年初在安徽明光镇与日军展开争夺战，牵制日军40多天，伤亡2000多人，为台儿庄的胜利创造了条件，立大功一次。10月奉命率部扼守豫鄂交界的平靖关，阻击南下日军，掩护友军向西撤退。与日军激战七昼夜，歼敌1200余人，再记大功一次。1939年11月任邕江北岸守备司令，在南宁抗击日军。1940年10月，率部参加龙州战役。1942年3月任第四十八军军长，1945年8月任国民党第二十一集团军副总司令。

他一生感到特别骄傲的有两件事：

一是所部第四十四团在太湖县击落日机一架，击毙驻汉口日军第十一军司令官冢田攻大将和高级参谋藤原武大佐等11人。

二是日本战败投降，苏祖馨任安庆区受降官，负责接受日本侵略军投降事宜。9月15日在安庆城举行受降仪式。苏祖馨身着戎装，神采飞扬，正式入城。日军第一三一师团长小仓达次中将、独立混成旅旅长门胁卫大佐率军官及乐队到城外10里迎接。受降日军两部官兵共计20370人。

抗战胜利后，苏祖馨希望国家统一，民族振兴，安定富强，所以厌恶内战，加之与第二十一集团军总司令李品仙不和，于是辞职回乡，1946年秋返容县杨梅乡老家闲居。他与乡人言："我已尽责，于心无愧，吃刀口、睡刀背几十年，今天能平安回来足矣！"日常以咏诗、习书法为乐。

广西解放后，苏祖馨寓居香港。一些故旧劝其去台湾，他坚持不去。1963年5月3日，苏祖馨在香港病逝。

徐启明是第二十一集团军参谋长，时为陆军少将军衔，后升为中将。

徐启明是广西榴江县人，是武昌陆军中学、保定军校、陆军大学将官班的毕业生。他参加了辛亥武昌首义，后入广西北伐部队，历任李宗仁部团长、第十五军后方指挥兼第一纵队司令，政务处长，第四集团军参谋处处长、师长等职。1937年3月被国民政府任命为陆军少将。

在淞沪抗战中，徐启明任第七军副军长兼第一七〇师师长，奉命率部在吴兴县城郊堵住日军的进攻，掩护主力西撤。战斗极为惨烈，徐启明亲自在前沿高地督战。日军在坦克、装甲车的掩护下往第七师的防线扑来。战斗很快形成胶着状态。有好几辆坦克攻入我方阵地，横冲直撞，频频开炮，情势极其危险。第七师的百多名战士挺身上前，团团围住坦克，前赴后继地冒死爬上车身，将集束手榴弹塞进炮塔，当场炸翻了几辆。第七师伤亡很大，仍坚持战斗，直至完成掩护任务。

徐启明后随第五战区司令长官李宗仁北上抗日，参加了台儿庄、蒙城等战役及武汉会战，后调任二十一集团军参谋长。1943年7月，任第七军军长。第七军多次进攻新四军。在1944年11月和1945年4月与新四军的两次作战中，第七军所属第一七一师连番战败，第五一二团团长和第五一三团团长先后被俘，被传为笑谈。

1945年8月，徐启明任第二十一集团军参谋长，后任第八绥靖区副司令官兼参谋长。

1947年，徐启明调任北平行辕参谋长，后任第十兵团中将司令官。

1954年前往台湾居住，任"光复大陆设计研究委员会"会员、军理组暨"重建广西小组"召集人。1982年被推选为"台湾辛亥武昌首义同志会"理事长。1989年3月21日在台北病逝。

莫树杰是第二十一集团军第八十四军军长，时为国民党陆军中将军衔。

莫树杰是广西南丹县人，壮族，广西陆军讲武堂炮科、陆军大学第十二期毕业。

莫树杰长期在桂军任职，曾任国民革命军第四集团军第十九军三师团长，第七军第八师三旅旅长、十九师师长，第十五军四十五师副师长，第四十八军一七五师师长，后一七五师隶属第八十四军。

莫树杰是一个抗日爱国将领。1937年10月，莫树杰率一七五师从荔浦和平乐开赴广东省的钦州和廉州，担任沿海警戒，莫树杰担任钦廉地区守备司令，力拒日军于北部湾外。1939年8月，随枣会战结束后，莫树杰接替覃连芳担任桂军第八十四军中将军长，1940年率部参加了枣宜会战，在枣宜会战中，第八十四军伤亡很大，会战后期，莫部收复了枣阳和樊城。1941年后，第八十四军军部驻河南商城，莫部在商城一带与日寇激战百余次，威震日军。1943年元月日军进攻金家寨时，莫部奉令驰援立煌。

1943年10月，莫树杰辞去第八十四军军长职，任广西荣誉军人生产事务处处长，后任柳州警备司令、桂西军政区中将司令官等职务。

1950年1月22日在广西金城江率部接受解放军改编。后任中南军政委员会参事、广西壮族自治区政协副主席、民革广西壮族自治区委副主委。1985年8月7日在南宁病逝。

钟纪曾担任第二十一集团军参谋长，中将军衔。

钟纪是广西扶南（今扶绥）人，1907年出生，毕业于黄埔军校、陆军大学。曾任国民革命军团长，广西干训团航空班副主任、广西航空学校副校长，第四集团军总司令部航空处副处长、中央军校南宁分校高级班主任，第五战区三九一旅旅长、军政部第十补训处处长等职务。

1942年，钟纪升任桂军主力张淦第七军一七二师师长，隶属于李宗仁第五战区李品仙第二十一集团军。1944年，升任第二十一集团军参谋长。

1946年9月，任第七军军长。淮海战役前期，调任张淦第三兵团参谋长。1949年去台，任"国大代表"。1958年退役。

陆荫楫，曾担任第二十一集团军参谋长，中将军衔。

陆荫楫是贵州省盘县人，1888年出生。保定军官学校第一期炮科、陆军大学将官班乙级第一期毕业。曾任黔军第三混成旅团长，第四集团军军务处处长，第七军代参谋长，1939年1月任第十六集团军少将参谋长，1941年任第二十一集团军参谋长。

陆荫楫1944年任军训部总务厅中将厅长，1947年任贵州省第二区（独山）行政督察专员兼保安司令，1949年11月任贵州省政府委员。新中国成立之后，陆荫楫于1950年被捕，1951年在贵州被处决。

李宗仁、白崇禧都是桂系军队的首领，也是新桂系的代表人物，李宗仁与白崇禧被人们合称为李白，都是国民革命军陆军一级上将。李宗仁任第五战区司令长官，白崇禧曾任第五战区代司令长官。他们都曾到过金家寨。在金家寨还建有白崇禧的公馆，名曰"白公馆"。

在第二十一集团军总部机关各个部门还有不少将军。如第二十一集团军政治部主任韦永成中将、中将高参马起云、少将处长凌孟南等。

另外，在金家寨的省政府机关任职的还有丘国珍中将、赖刚中将、陈维沂少将、丘清英少将等。

第二十一集团军总部驻金家寨的时候，当时金家寨的街道上，经常可以看到身边跟随警卫人员的国民党军的将军。人们开始很稀奇，来了一个将军，传得满城风雨，都想看一看是什么模样。可时间一长，人们就习以为常，感到平淡无奇了。

国民党特务组织在金家寨

国民党安徽省政府和第二十一集团军总部和国民党安徽省党部迁入到金家寨后，在安徽境内设立了多个特务机构，从事反共活动和镇压人民的反抗。

在金家寨的特务组织主要有4个，即国民党军统局北站，国民党安徽省党部特别训练处，国民党第二十一集团军总部党政大队，国民党安徽省党政军特种会报。此外，还有一个类似于国民党特务组织，就是立煌警备司令部。

国民党军统局北站在金家寨隐秘，详情不为人知。

国民党安徽省党部特别训练处设立在金家寨边的洪家湾，由国民党安徽省党部书记长卓衡之担任处长，省党部调查统计室李仁甫兼任副处长，内设秘书室、审讯科、组训科、总务科、政训队和行动队等。

秘书室主管情报、资料、档案、译电、文书及交通；审讯科主管拘押、审讯；组训科主管组织、训练；总务科主管人事、会计、总务；行动队主要任务是拦劫、搜查、逮捕、拘禁等。洪家湾特训处经常关押数十人甚至数百人，是抗日战争时期中统局在大别山区设立的囚禁、屠杀共产党员和爱国青年集中营式的特务机构。

国民党第二十一集团军总部党政大队，是李品仙就任第二十一集团军总司令后设立的，其主要目的就是对付共产党。这个特务组织有四五十人，大队长由凌孟南兼任。队长下有两个上校秘书，刘挺禄和游铨，一个负责综合、处理情报，一个负责行动队的审讯和处理案件。

国民党安徽省党政军特种会报，又称党政军联合会报，于1941年秋建立。由于当时安徽境内特务组织繁多，互不隶属，并且相互矛盾，相互倾轧。为了解决这个问题，李品仙制定了"特种会报"制度，即每个星期四晚上召开各

国民党安徽省党部特别训练处旧址——金家寨洪家湾

（金寨县革命博物馆提供）

种特务机构会议，报告一周以来所发现的问题和处理经过。会报内容有四项：
（1）共产党和新四军的活动情况；（2）敌伪最近情况；（3）各方面有无不满现
实情况；（4）各党政机构内部有无新的问题。

立煌警备司令部与专门的特务组织有所不同，但它也具有特务组织的功能，
也配合其他特务组织开展活动。

金家寨当时作为安徽省的省会，是鄂豫皖边区政治经济文化的中心，机关
林立，应该有警备机构，行使治安、警卫之责。可在廖磊任省主席时，没有专
门设立这个机构。开始由省政府保安处的一个特务大队承担警备的责任，后来
随着市镇规模的发展，人口的增加，特务大队后来发展成一个特务团，继而又
增调了一个警卫团。直到1940年1月，李品仙继任安徽省主席后，才决定成立
立煌警备司令部，负责管理整顿市区交通，户口及治安。

1940年2月10日，立煌警备司令部正式成立。设有司令、副司令、参谋长
和参谋主任等职位。下设参谋、警卫、纠查、军法、军需、副官和情报等科室。
其中情报科人数最多，该科下面又设有组、队，组织有明有暗，队员有专职也
有兼职，实际就是特务。他们分布在上至机关单位，下至旅馆酒店，活动范围
遍及立煌全境，由警备司令部参谋主任游铨直接指挥。

263

警备司令部还有部队，下辖警卫团和保安团。

警备司令开始由原警卫团团长杨剑奇代理。10月，由新任的安徽省保安副司令陈维沂少将兼任立煌警备司令部司令。陈维沂到任不久，1941年又由丘清英担任立煌警备司令部司令。

丘清英是广东省蕉岭县人，时年35岁。他19岁从军，27岁就是少将军衔。

丘清英1925年在广西军队任司书、副官等职，1926年考入黄埔军校潮州分校四期步兵科。毕业后参加北伐。曾任排长、连长、营长。1932年在十九路军参加"一·二八"淞沪战役中，时任营长的丘清英率全营在上海的闸北、江湾等地痛击日军。1933年十九路军改编为第七路军，丘清英曾代理总指挥部副官处少将处长。1936年任第四集团军新编第一师第一旅少将旅长。1937年，调任一七一师参谋长兼五一一旅少将旅长，参加徐州会战、武汉保卫战以及田家镇诸战役。转进大别山后，调任一七六师五二六旅少将旅长，又在光复英山、袭击安庆日军等战役，屡建战功，很受李宗仁、白崇禧的赏识。

丘清英担任立煌警备司令部司令后，采取了一系列措施，加强警备。

首先划定了核心警备区。经过勘察，划定桃树岭、扶子岭、洪家湾、宋大桥、古碑冲、板棚、狮子口，这一环形24个保的范围为核心警备区。并制定了《交通管理办法》，将通往核心区的小路全部破坏，不准通行。并在扶子岭头、桃树岭头、狮子口、宋家大桥、板棚、古碑冲、七邻湾等地设置盘查登记站，经常派兵站岗，盘查过往行人，对路证不清者不予通行，形迹可疑者予以扣留。

另外，制发核心警备区"居民证"。安徽省政府通过的《核心警备区居民证办法》规定：凡警备区居民，除佩有党政机关及法院符号者与14岁以下的幼童不予计较外，不分固定产与流动产，所有男女，一律发给居民证。居民证上贴本人2寸半身照片，或注明相貌特征。新迁之户，除按规定手续办理登记外，并于24小时内申请发居民证，并随身携带，以备稽查。

同时进行户口登记。在户口登记中，除有固定产和流动产户口外，还有特种户口。特种户口者是指旅馆、饭店、轿行、车行、毛排，以及收留外地来往小商小贩的行店。对这类户口，需出具5家联保连坐的保证书，否则不予停留、过境或营业。

此外，还加强对核心区团体的管理。核心区的工会、商会的会员需具备保证书，分别向主管机关和警备司令部申请登记、发证，证件需粘贴本人2寸半身相片及由警备司令部加盖印记。

金家寨的警备工作由此步入了正轨，有模有样。

为了做好金家寨的警备工作，丘清英强调要严明纪律，搞好军民合作。

1942年秋天，时逢秋收，又遇大旱。丘清英在军警机关工作会上就说："战胜敌人，既需军民密切合作，也需要有一个坚强的战争体制，坚强的战斗体制有赖于严肃的社会纪律。"他要求警备工作要做到以下几点：一要严格军警稽查，加强工作效能；二要加紧纠查，严事有备，以固防务；三要严禁部队贩运军火和走私资敌；四要勒令警察局取缔黄包车讹索；五要严肃军风纪，认真执行任务；六要军政人员及地方驻军，协助农民秋收，在秋收期间，极力减少伕役；七要发起市民挖井运动。

由此可见，丘清英深知做好警备工作的基础是当地的社会稳定，民心稳定。

立煌警备司令部每年都举行冬训。不仅立煌县的3个自卫中队要分期分批进行轮训，还为立煌县训练了1000多名壮丁。

1942年11月下旬，针对日军的轰炸和伞兵部队袭扰，召开了"防敌伞兵会议"，举办了"省会军警机关联合防空演习"和"党政军民各界联合对敌空军陆战队及第五纵队的围剿活动"。

此外，还开展"冬防"训练。开始前，公布立煌核心区交通管制办法，规定除有符号的公务人员外，人人要带居民证，以备检查。同时，布置巡查网，在各条马路旁设置路灯，组织特种纠察队巡查，对形迹可疑者，随时随地进行盘查。另由参谋主任带人，不时巡视各处盘查站，凡路证不清和来路不明的人，一律扣留或不许通行。

同年12月4日，立煌警备司令部还在金家寨开展了全市户口大检查。由丘清英任总指挥，将全市划为3个检查区，派警卫团团长杨剑奇、立煌县县长兼省会警备局局长杨思道、保安一团团长吴均平，分任各区指挥，从皖干团抽调学员600余人、由省三青团发动团员200余人，配合警员士兵共3000余人，于清晨3时起，同时行动，对金家寨的各家各户进行清查。同时，各交通路口，全部派人把守，禁止通行，一直到上午9时40分才检查完毕，恢复正常状态。

立煌警备司令部的这些行动，常使金家寨地区如临大敌，戒备森严，人人提心吊胆，慎言慎行，生活在恐怖氛围之中。

尽管丘清英为金家寨地区的警备工作付出了很大的努力，频频举办各种演习和训练，看起来很有成效。但敌人真正来了，却经不起检验。

1943年元旦，日军奔袭金家寨，立煌警备司令部也未能主动迎战，承担警备保卫立煌的责任，致使市区党政军民仓皇撤退，金家寨遭日军焚毁，损失惨重。丘清英也因此被免职，由姜一华接任。

丘清英后任安徽保安第六师少将师长，第十战区第二挺进纵队司令及第八

绥靖区中将办公厅主任。1947年，丘任国民党合肥警备司令期间，在香港参加李济深领导的"三民主义联合会"（中国国民党革命委员会，简称民革），任该会直属的安徽小组组长，是民革安徽省委创建人之一。1949年1月在合肥迎接解放。1952年夏，在合肥市去世。

1945年8月日本投降以后，11月，在金家寨召开了"豫鄂皖三省边区联防会议"，撤销了立煌警备司令部，成立"联防指挥部"。

至此，立煌警备司令部在金家寨消失。

英烈血洒金家寨

国民党特务机构在安徽乃至大别山区猖狂活动，残酷迫害共产党员和革命群众，犯下了滔天的罪行。

立煌县政府秘书房斌就是在金家寨被国民党特务杀害的。

房斌是安徽省枞阳县人。1925年春，他在安庆一中毕业后，同童长荣、王步文、余大化、史迁等一道赴日本留学，1926年在东京加入中国共产党。在此期间不断同西巢鸭派（西山会议派）方治等作坚决斗争。归国后，因组织被破坏与党失去关系，房斌到成都四川大学。

1938年9月，房斌从成都回到安徽，积极参加抗战工作。当时曾与房斌相识并保持联系的周新民在安徽省动委会任组织部部长，房斌积极配合周新民做了很多民众动员工作，后调到立煌县政府担任秘书。这时，国民党CC派骨干方治也从皖南回到金家寨担任安徽省教育厅厅长。房斌在公开场合揭露方治一伙贪污救灾巨款等种种恶行，经常给予其严厉批评，方治对房斌恨之入骨，新仇旧恨交织，欲置房斌于死地而后快。

1941年，新桂系与国民党CC系密切合作反共，党政军联合会报开会决定从金家寨开始，对共产党人和亲共产党人士进行屠杀，首先从房斌开刀。这天夜间，房斌正在房间睡眠，一群国民党特务突然破门而入，将房斌从床上拖出室外，连鞋袜都没有穿上就被特务乱枪打死。

共产党员吴源生是遭国民党特务逮捕，关押在洪家湾牺牲的。

吴源生是福建省福清县人，毕业于上海复旦大学新闻系，1936年加入中国共产党。曾担任新四军参谋长张云逸的秘书、新四军第三支队留守处秘书，后调新四军军部从事宣传工作。1938年夏由党组织安排前往国民党统治区开展工作，1939年底担任革命刊物《中原》月刊的主编。不久受皖南国民党当局邀请担任皖南党政军干部训练班少校指导员，其才干受到第五战区副司令长官李品仙、安徽省党部书记长卓衡之等国民党要员赏识，多次策反拉拢均被拒绝。

1940年冬国民党安徽省党政分会秘书长张岳灵以约谈名义设计秘捕吴源生，强迫他为国民党政权服务。

面对敌人的威逼利诱，吴源生正气凛然，随后被敌关押在金家寨边的洪家湾集中营。

在狱中，吴源生历经酷刑，坚贞不屈，他曾对难友说："干革命工作的人，有两种生命，一种是肉体生命，一种是政治生命。当这两种生命不能并存的时候，只有牺牲肉体生命来保存政治生命。不为志士，便为烈士！没有第三条路！"并慷慨赋诗："国危无救家何计，生命能轻死不辞！"

国民党当局对吴源生无可奈何，遂于1941年9月在洪家湾集中营将他秘密杀害。

新中国成立后，吴源生被追认为革命烈士。

1943年12月金家寨"大别山惨案"中被国民党特务秘密活埋的共产党员中有史迁、麦世发、刘敦安、詹运生等人。

史迁是安徽省枞阳县人，1902年出生。1924年毕业于安徽省立芜湖甲种工业学校。次年春，与王步文、房斌等东渡日本，考入东京铁道专门学校。1926年，在东京加入中国共产党。在此期间，他与王步文等同留日学生中的"西巢鸭派"方治、"青年会派"中的右派汪精卫作坚决斗争。

1929年夏，史迁学成回国，在北京结识周新民。后来他任职南浔、平汉铁路，从事地下革命活动。

1937年抗日战争全面爆发时，史迁在汉口铁路局当科员，他利用铁路职工家属可以免票乘车的规定，想方设法搞到很多家属免票证，掩护大批青年到革命圣地延安。

1938年春，中共中央长江局委员、民运部部长董必武派史迁到大别山工作。史迁到达安徽临时省会金家寨以后，在地下党领导下，任安徽省民众总动员委员会总务部主任干事，主持该会财务工作。皖南事变爆发，新四军撤到皖东二三千人，在经济筹借支付方面，史迁想方设法给予援助，作出很大的贡献。在他的努力下，在桐城大关镇设立"复兴商店"，在金家寨石稻场设有类似的"复盛商店"，作为党的干部进出大别山的秘密交通联络站。他还经常与无为县新四军第七师取得联系，为新四军储存多种物资，准备进入大别山之用。

1941年，史迁得到党组织的指示，要求留在大别山的党员和进步青年及时撤出。史迁因工作任务尚未完成，留下坚持工作。房斌被国民党特务杀害后，史迁忍着悲痛安排将房斌的遗体安葬。

1943年9月9日凌晨，李品仙派遣第二十一集团军总部党政大队的特务包围了史迁的住所，将其逮捕。经过酷刑审讯，史迁始终不屈不挠。同年12月，史迁和他的战友詹运生等11余人被活埋于古碑冲附近的张家湾。

麦世发是被国民党特务活埋的桂系军队中的共产党员。

麦世发是广西北流市人，1909年出生。1932年考入广西桂林师范专科学校。1935年2月毕业后分配到广西第四集团军政训处工作，后到广西民团干校当教官。

1936年在民团干校经刘敦安介绍加入中国共产党，第二年为中共广西省军团成员，中共广西省工委委员，参与领导民团干校和南宁军校中共组织的工作及左右江武装斗争。

抗日战争全面爆发后，麦世发积极宣传中共提出的《抗日救国十大纲领》，致力抗日统一战线工作，曾在南宁南国街15号设立秘密联络站，油印秘密文件和传单，还主编铅印刊物《现实》，公开发行。

1937年冬，麦世发受党组织安排随桂系军队北上抗日，经武汉、浙江到达安徽抗日前线，在第二十一集团军总政训处工作，成立了青年服务团。1938年秋随第二十一集团军总部进驻金家寨。1939年9月任第七军第一七二师政治处中校科长。1941年在金家寨，任皖干训团政治处上校科长。在此期间，他秘密组织中华民族抗日先锋队，担任队长，开展抗日救亡活动。麦世发负责情报工作，将第二十一集团军的军事部署、军事行动、军械仓库等情况，以及该部队与国民党省党部CC系的矛盾向中共豫鄂皖区委及新四军的有关负责人汇报。他曾利用合法身份掩护中共秘密电台转移。

1943年，麦世发被调到安徽省民政厅第二科当科长。9月初，第五战区司令长官李宗仁到金家寨与李品仙召开高级将领会议，共商搞第三次反共摩擦，准备袭击新四军。参加会议并担任记录的麦世发感到情况紧急，决定要及时将这个重要情报传送给新四军。情报是由他和史迁在金家寨石稻场开设的复盛店交通站的一名交通员送出的。不料，这名交通员在出城时被立煌警备司令部哨卡截获而致机密泄露。随后，民政厅厅长韦永成约麦世发和秘书到他家吃饭，在饭后扣留了麦世发。并将他和后来被捕的史迁、刘敦安、詹远生等一批人关禁在古碑冲张家湾。

在狱中，麦世发大义凛然，宁死不屈，同大家曾夺枪越狱，但未成功。

1943年12月15日，麦世发被国民党特务活埋。

刘敦安也是被国民党特务活埋的桂系军队的共产党员。

刘敦安是广西博白县人，1906年出生。1928年在博中师范班毕业后，任新民小学校长。因闹学潮，被迫离开故乡出走南洋，在印度尼西亚参加当地华侨的革命活动，又被当地殖民者勒令出境，辗转回到博白。

1932年秋，刘敦安考入桂林省立广西师范专科学校读书。第二年暑假，他跟随中共党员薛暮桥深入桂西南、桂东南农村进行社会调查。1934年夏，刘敦安协助薛暮桥编写出版了《广西农村经济调查报告》一书。1935年秋，刘敦安师专毕业后，分配到龙州师范任教。1936年1月，刘敦安加入了中国共产党。后担任中共广西省工委委员和中共广西省军团书记，负责民团干校、南宁军校和左右江革命武装的领导工作。

1938年5月，党组织派刘敦安和麦世发等随广西部队到达安徽抗日前线。1938年秋随第二十一集团军总部进驻金家寨。他和麦世发的公开身份是第二十一集团军总司令部的中校军官，刘敦安是党在该集团军里的总负责人。1940年，刘敦安调任皖干训班班主任，后任皖干训团皖东训练班教育长，还参加了安徽省动委会的工作。他在广西部队里宣传党的抗日民族统一战线政策，宣传坚持抗日救国，联系进步的国民党军官。他作风正派，廉洁奉公，为广大官兵所钦佩。

刘敦安在桂系军队中工作，斗争环境是艰险复杂的，随时都有被捕的危险，但他机智沉着，认真负责、忠心耿耿地为党工作。他除了为党为新四军搜集情报，做统战工作外，还想方设法掩护地方党组织活动，协助地方党组织发展党员，培养干部。1940年5月，中共立煌县委把当地60多名地下党员交给他联系，他毫不犹豫地承担下来，完成党交给的任务。

1941年皖南事变后，新桂系集团追随蒋介石猖狂反共，对在安徽抗日前线的共产党员下毒手。党组织估计到刘敦安等人处境危险，要他们及时转移。但刘敦安把个人的安危置之度外，仍留在金家寨搜集情报。他同史迁等在金家寨石稻场开了复盛店为交通站，不断与新四军保持联系，毫不畏惧地坚持斗争，顽强地与新桂系军队的特务周旋。

一次，几名特务分子以拜访为名闯入刘敦安的住处侦察，但他早有防备，书桌上堆放的是《三民主义》《建国方略》《总裁言行》《辞海》和一些古代史话，所撰写的书稿是《清代农村经济》，他们抓不到任何把柄。

又有一次，刘敦安到桐城检查工作。国民党在桐城的军统特务头子何某（公开名义是桐城检查所所长）指使以清代桐城派后裔自居的几名老绅士，特邀刘敦安赴宴，企图以谈诗论史为内容，窥察刘敦安。在宴会上，老绅士抛出了一副全用安徽省的县名组成的对联："登潜山望江怀远，泛太湖临泉东流"，并假惺惺地向刘敦安"请教"。

刘敦安看穿了他们的把戏，机智应对，笑着说："我刘某才疏学浅，现在，弟手上也有一个上联，而无下联，请诸位赐教。"随即拿出笔记本撕下一页书写道：何所长何所长做所长。

几个老绅士一看便知上联的意思是"你何所长有什么特长（才能），竟然做了所长？"，面面相觑，看着何所长，不知如何是好。何所长见状，一把夺了过来一看，不由得不禁一怔。

刘敦安见机行事，随即高举酒杯说道："我们为何先生做所长干杯吧！"这样，使何所长等下了台阶。

1943年9月，麦世发送情报给新四军暴露遭逮捕后，刘敦安、史迁也遭第二十一集团军总司令部逮捕，他和麦世发、史迁等十多位共产党员被关押在古碑冲张家湾。在狱中，刘敦安、麦世发等不屈不挠，曾在狱中抢夺看守的枪支，准备越狱，但不幸失败。12月15日，刘敦安被敌人活埋。

詹运生又名詹大权，是湖北省蕲春县人。1900年出生。他才华出众，曾和多位中共领导人一起战斗工作。

1911年辛亥革命以后，詹运生到武汉墨伦书院就读，后在上海复旦中学、同济医工专门学校德文科、同济大学医科学习。

1925年五卅运动中，詹运生组织学生游行示威，参与上海市的罢工、罢市、罢课斗争。在此期间，他从进步同学那里阅读了不少进步书刊，接受了共产主义思想，于1926年加入了中国共产党。同年3月，为粉碎帝国主义勾结上海军阀、学阀压制群众运动的阴谋，带头组织反"誓约书"大风潮，与数百名同学一致退学。后由上海党中央转送广州中山大学医学院学习。在广州同共产党人恽代英、陈延年等常在一起议论国家大事，开展革命活动。

1927年初，詹运生从广州调到武汉，在第一次国共合作时期的武汉革命政权领导下的汉口国民党特别市党部搞组织工作。7月，随中共湖北省委书记项英到蕲春整顿党政军组织机构，任中共蕲春特支书记。"七一五"反革命政变后，在白色恐怖的恶劣环境中，仍然组织群众进行斗争。后因叛徒告密，形势更为险恶，被迫逃往日本避难。

1928年春，詹运生从日本回到上海，由党中央派往沈阳从事工人运动。后任中共顺直省委（驻天津）秘书长。同年11月，顺利地完成安排召开中共顺直省委扩大会议的任务，并同顺直省委及地下党员数人听取了周恩来传达中共六大精神的政治报告。

1929年6月，他与彭真、金城等党的负责人遭国民党反动政府天津当局逮捕，投入第三监狱。1931年九一八事变前不久，经党的营救获释。1933年被派往中共江苏省委组织部工作。不久，又被捕入狱，经多方营救，方得以获释。1934年在上海吴淞，以从事德文翻译作掩护，继续做党的地下工作。在这段时间里，翻译了《歌德与席勒通信集》、康德著《叔本华的意志自由论》等书，均由上海商务印书馆出版。

1937年淞沪抗战爆发后，詹运生到武汉，在董必武主持的八路军办事处工作。1938年春末，奉命到大别山罗田县任县抗日政权的政治指导员，发展党的组织，开展抗日救亡运动。

1938年夏，詹运生调到安徽省立煌县金家寨工作，任安徽省动委会干部训练处副主任兼动委会民运科长。他在中共地下组织的领导下，在做好民众动员工作的同时，积极完成党组织交给的各项工作任务。

1940年，詹运生转入安徽省农民银行负责农贷工作。

1943年9月，詹运生在岳西、潜山视察农贷工作途中被国民党特务逮捕，囚禁在金家寨古碑冲张家湾。他面对敌人的严刑拷打，坚贞不屈，并和麦世发、史迁、刘敦安等共产党员一起，继续与敌人展开英勇斗争。同年12月15日，詹运生遭敌人活埋。

房斌、吴源生、史迁、麦世发、刘敦安、詹运生等在金家寨被国民党特务残杀的革命烈士，永远留在了金家寨，成为英雄大别山的一部分，使大别山更加雄伟、秀丽。

广西学生军在金家寨

在金家寨有一支让人感到很特殊的广西抗日队伍，这就是广西学生军。

这支队伍之所以特殊，一是因为人员特殊，全部是由大学、高中、初中的学生组成，年龄最小的只有15岁；二是因为学生军中有近半数是女兵，"娘子军"；三是装备特殊，每个人都穿有整齐的军服，身背毛毯，佩戴一支闪光发亮的三号左轮手枪，腰间束有200发子弹，英姿勃勃；四是因为学生军能文能武，是一支文化素质很高的部队；五是因为这只广西队伍中有秘密的中共组织。学生军中的党员在当地党组织的领导下，积极开展抗日救亡活动，同国民党顽固派进行坚决斗争，最终脱离新桂系，成为革命队伍的一部分。

广西学生军进发金家寨

广西学生军全称是"中华民国国民革命广西抗日救国学生军"。在金家寨的广西学生军来自广西桂林，成立于1937年10月。

1937年卢沟桥事变后，9月22日，国民政府发表由中共中央起草的《国共合作宣言》，至此，以国共两党为主体的中国抗日民族统一战线形成，一场全国人民抗日救亡运动在前线和后方轰轰烈烈地开展。在广西，广大的青年学生迫切要求上前线参加抗战，全省人民要求出兵抗日。面对这种形势，广西当局便决定组织广西学生军北上抗日，于1937年10月在桂林、柳州，南宁、梧州4市招考初中毕业以上程度的青年学生250名，结果有5000多人报名，招收了300人，其中女生130名。

在学生军中，就有共产党员10多人，其中有原中共南宁市高中支部的支部书记郑忠（郑少东）、麦英富（岳平）、潘韵桐（田克）、林显荆（牟一琳），中共广西桂平县城关小学支部的莫如珍（莫津）、郭柳平（李维），柳州地下党员韦廷安（韦非），桂林市地下党员易凤英（易林），南宁市地下党员黎琦新（辛奇）、朱澄霞。莫如珍曾任中共南宁市委妇女工作部部长，和南宁市高中支部的党员以及南宁市地下党来的党员都有联系，同易凤英、韦廷安在学生运动中也有联系，所以很快就秘密串联到了一起，无形中成为了一个团结战斗的集体。

11月，学生军在省城桂林南郊李家村编队受训。

这是全国第一支以青年学生为主体的抗日军事政治组织，全国瞩目，反响巨大。舆论誉之为"三百颗炸弹""铁打的一群""为民前锋"。尤其是学生军中居然有近半数的年轻女性，令全国同胞兴奋不已，大受鼓舞。《战时妇女》赞誉她们是"中华民族女儿精神""广西娘子军"，《珠江日报》称她们是"八桂的女健儿"，引为女界骄傲和光荣。

1937年12月14日，广西省妇女抗敌后援会、广西省学生抗敌后援会等抗战团体在省府大礼堂联合举行欢送学生军出征大会，公推郭德洁女士（李宗仁夫人）为主席，大会向学生军赠旗。学生军发表告别本省同胞书，立誓抗战到底。随后分成男女两个中队出发，北上奔赴抗日前线。

嘹亮的《广西学生军军歌》沿途响起：

我们是广西学生军，

我们是铁打的一群，

在伟大的时代里负起伟大的使命。

我们抱定勇敢、坚强、战斗、牺牲的精神，

我们要和前线战士，全国同胞，

誓死克服我们的敌人。

我们为国家争独立，

为民族争生存，

为人类申正义，

为世界求和平。

在伟大的时代里负起伟大的使命。

我们是铁打的一群，

我们是广西青年，学生军。

学生军高唱广西学生军军歌踏上征途，女生中队走在队伍的前面。他们过灵川、入湖南，沿途受到热烈的迎送和热情的慰问，于12月28日到达武汉，驻扎在武昌蛇山公园"抱冰堂"，休整待命。

南京沦陷后，国民政府迁移武汉，武汉成为临时的首都。集结在武汉的数以百计的抗日救亡团体中，广西学生军特别惹人注目，他们飒爽英姿，斗志昂扬，步伐整齐，列队过市，市民纷纷观看，相互传告，议论纷纷："他们是开去前线打鬼子的。""广西的学生女兵来了，男兵也来了！是为了抗战，为了打鬼子的！"

广西学生军一到武汉就投入街头宣传。他们组织了宣传队，到街头演讲，热情宣传抗日形势，号召各阶层群众同心协力打倒日本侵略者。他们在街头高歌《大刀进行曲》《打回老家去》《义勇军进行曲》。演出活报剧《放下你的鞭子》，唱《凤阳花鼓》《流亡三部曲》，还出壁报、画漫画、写大标语，进入家庭访问，慰问伤兵，开联欢会等。这些宣传活动吸引了很多观众，为武汉增添了抗战的活跃气氛。他们也成为社会各界和中外记者联系和采访的目标。近半数的女战士更是为新闻界所推崇，称她们为"巾帼英雄""花木兰""娘子军"。《良友》画报还把女学生军的戎装照片做封面。中国妇女慰劳总会、汉口女青年会、武汉市妇女抗敌援后会、汉口市妇女会、妇女生活会、战时妇女会等妇女团体，在汉口中山纪念堂联合开会，热烈欢迎广西学生军，突出女学生军的高大形象。

各界抗日团体、群众组织相继来慰问学生军，有的送来慰问品，有的送来锦旗，有的邀请参加茶话会、座谈会，有的邀请去游览名胜古迹，澡堂还为学生军提供免费洗澡。这些，使学生军战士深受感动和鼓舞，增强了上前线的光荣感。

广西学生军在武汉，通过同各方面人士广泛接触，开阔了视野，思想更加活跃。大家公开谈论共产党抗日救国的政治主张，评论国民党的国策。桂系当局害怕学生军受共产党的影响，下令对学生军严加管理。大队长蒋元召集同学们训话，故作神秘地说："武汉这个地方复杂得很呀！不少青年偷跑到延安去了，你们别上当啊！"桂系当局的控制和监视，引起了同学们的反感。加之学生军中的共产党员积极活动，不少同学经常从驻地溜出去，购买进步书刊，走访抗日救亡团体和进步人士，打听到延安的路线。共产党员郭柳平和同学蒋志民就是在武汉脱离学生军，奔赴延安的。

桂系当局对学生军高度重视。在李宗仁、白崇禧的授意下，由李宗仁的秘书程思远和白崇禧的秘书谢和赓出面，邀请到了各党派和民主人士给学生军演讲。中共中央长江局、八路军驻武汉办事处的负责人王明、周恩来、秦邦宪、叶剑英、邓颖超、聂鹤亭、张爱萍，在武汉的知名人士史良、沈钧儒、黄炎培、郭沫若、邓初民、刘清扬，还有国民党的康泽、贺衷寒等，先后给学生军作报告。尤其中共领导人的报告，使大家开阔了视野，了解了国际国内形势，给大家以极大的鼓舞，更加坚定了抗战必胜的信心。

1938年春节，全国妇女抗敌后援会专门开会欢迎广西女学生军。邓颖超在会上做了《抗日形势与中国妇女的任务》的报告，号召女学生军要把抗日救亡与妇女解放运动结合起来，进一步给学生军指明了斗争方向。

爱国将领冯玉祥由他的夫人李德全代表前来，送给学生军每人一盒果脯，盒上印着："给广西来的民族革命青年——冯玉祥赠"。

学生军一路走来，得到了各界的高度重视，给予了特殊待遇，也享受到了殊荣。

广西学生军在武汉还参加了两项重要活动，一是参加了保卫大武汉示威游行。游行时，学生军全副武装，器宇轩昂，扛着大旗走在队伍的最前面，社会名流沈钧儒、郭沫若、邹韬奋、史良、王造时、杜重远等紧随学生军之后，带领10万军民高歌行进，轰动了武汉三镇。二是参加了"献金运动"。广西学生军奔赴街头，积极宣传，收效显著。各个捐献点，人们竞相捐献，慷慨解囊，献金热潮迭起，场面十分感人。

学生军在武汉活动近两个月，既宣传教育了群众，也锻炼和提高了自己。既提高了对抗战的思想认识，也初步掌握了适应前方

八路军驻武汉办事处
（中共金寨县委党史县志研究室提供）

要求的宣传、组织训练群众的各种技能，整体素质有了很大的提高。

在此期间，学生军中的共产党员为了能在离开武汉前和党组织接上关系，易凤英、莫如珍、郑忠等商量，先由莫如珍、易凤英为代表，到位于汉口的八路军驻武汉办事处的中共中央长江局驻地，向长江局提出建立党组织的要求。

莫如珍、易凤英趁同学们外出参观之际，悄悄来到八路军驻武汉办事处，向警卫说明了来意，要求见周恩来和邓颖超。警卫人员迅速进行了通报，让她们进去。没想到，中共中央长江局副书记周恩来和负责妇女工作的邓颖超同志亲自到楼梯口迎接她们。他们笑盈盈地招呼莫如珍和易凤英，让她俩上楼坐下，并说"你们到家了，这里很安全"。

莫如珍和易凤英详细汇报了学生军的情况和请求：学生军中有一部分是广西地下共产党员，由于白色恐怖，国民党捕杀了一些共产党员，广西的党组织领导人联系不到，现在没有党的上级领导关系。但我们这些党员已经联系起来，很想得到八路军办事处党的上级组织的直接领导，以便开展工作。

周恩来与邓颖超一边听，一边频频点头。随后，周恩来叫来一位名叫石磊的同志与莫如珍单独谈话。石磊最后要莫如珍回去后尽快提供一份莫如珍的基本情况、广西学生军的组织情况、广西学生军的中共党员及基本群众名单的材料。

在莫如珍、易凤英告辞前，周恩来还亲切地关照，广西学生军的党员是革命的火种。在学生军党支部未成立前，原有党员可以组成党小组，秘密联系，有事商量着开展活动。在广西学生军离开武汉前，八路军驻武汉办事处会给出指示；待学生军到下一站安徽后，上级党组织会派人联系，接应党组织关系。

莫如珍、易凤英向郑忠等秘密传达了周恩来的指示。过了几天，莫如珍和郑忠、雷秀芬一起到八路军办事处，送交了材料。

1938年1月下旬，广西学生军接到命令，即将整装待发。莫如珍再次到八路军办事处。石磊热情地接待了她，并亲切地说："你写的材料我们已经转给广西地下党，经核查是属实的。你们到安徽后，上级党组织会派人找你接转关系。"接着商定了联络接头的暗号。莫如珍用"拉狄"作代号，对方以"落逸"为代号。石磊还告诉莫如珍他在汉口的秘密通讯联络地址，嘱咐她注意保密，一定要对上暗号才能接洽党的关系，学生军到了安徽前线就给他去信，以便取得联系。后来郑忠等人才知道，这个石磊就是曹瑛。

曹瑛在新中国成立后，曾任中共北京市委秘书长、中华人民共和国驻捷克斯洛伐克人民共和国特命全权大使，中华人民共和国对外文化联络委员会副主任、党组代理书记。

1938年2月5日，广西学生军结束了武汉40多天紧张的学习生活，从武昌乘京汉铁路货车北上，在信阳下车，经潢川、固始、商城，步行奔赴安徽前线。

在经过潢川时，学生军中的广西大学的一部分毕业生被第五战区总部留下到潢川青年军团任指导员。

3月1日，学生军到达安徽省境内的叶家集，于3月3日到六安县城。

3月底，学生军到淮南田家庵和洛河前线阵地，深入国民党桂系李品仙第十一集团军的连队做宣传政治工作。

4月17日到达合肥，进行休整。第二十一集团军总司令廖磊向学生军大队传达了总部的指示。随后，学生军大队部按照第五战区总部的要求，将全大队男女同学混合编成两个中队。一中队配属到第十一集团军，二中队配属到第二十一集团军。在分队时，学生军中一部分人认为，廖磊比李品仙开明，不愿到李品仙部队，想到廖磊第二十一集团军去。同时，学生军中的共产党员朱澄霞、莫如珍、易凤英等人商量，为避免由总部直接将队员分队导致学生军中党员分散，就向总部请求实行自主签名，自愿选择去哪个集团军。第五战区总部批准了学生军的请求。结果有150多人组成第一中队到第十一集团军，有80多人组成第二中队到第二十一集团军。第二中队中有10多人是共产党员，近20人大学文化程度。

随后，学生军的第一中队和第二中队分别行动。

第一中队于4月26日离开合肥西行到六安县。5月上旬分组分赴各地。其中以70人分成3个工作组，第一组开往徐州，隶属第五战区长官部工作；第二组到霍山、岳西工作；第三组到立煌县县城金家寨做民运工作。另外80余人也分成三组，分别到立煌县的金家寨、丁家埠、吴家店等地开展活动。显然，第一中队学生军的大部分是在立煌境内活动。他们是最早在金家寨、立煌境内活动的广西学生军。

7月初，活动在立煌境内第一中队学生军及他组的人员奉命向商城集中与大队部会合。7月中旬，广西学生军大队部率第一中队向鄂东战区转移，进入第十一集团军的防区。1939年12月，第五战区司令长官部认为广西学生军已经完成使命，下令结束，但不遣散，而是按照各人志愿作了安排。其中：送武汉当山中央军校第八分校学习的28人；随安徽省主席李品仙去立煌工作的12人；回广西安排工作或升学的31人；去重庆大专院校学习深造的5人。

广西学生军第一中队仍有12人于1941年1月返回金家寨工作。

第二中队于4月28日离开合肥，经寿县，于5月13日到达霍邱县城。

在霍邱县城，当时以省动委会观察员身份视察霍邱的中共安徽省工委军事部部长谭光廷，化名袁仁安，在霍邱县动委会内，与学生军的共产党员朱澄霞、莫如珍、郑忠取得了联系，告诉他们的组织关系已经由中共中央长江局让胡晓凤带到了中共安徽省工委。谭光廷传达了中共中央长江局和安徽省工委的指示，批准成立中共广西学生军支部。由省工委宣传部部长张劲夫直接领导。为了便于向省工委汇报工作，谭光廷指示学生军党支部以"何智生"为代号进行联系，并可与代号为"何德智"的中共霍邱特别支部进行联系。

随后，莫如珍等人召集党员到霍邱县城外的一个树林里开会，介绍与中共安徽省工委谭光廷接头的情况，传达长江局和安徽省工委的指示，并选举正式成立了学生军党支部——支部干事会，成员有莫如珍、朱澄霞、易凤英、郑忠4人，莫如珍当选为书记，易凤英负责组织工作，郑忠负责宣传工作，朱澄霞以学生军分队长的身份开展党的工作。

自此，学生军党支部在中共安徽省工委等当地党委的领导下，积极开展活动。

学生军党支部成立后，支部干事会根据长江局和安徽省工委的指示精神，迅速拟定了近期工作计划：第一，培养发展新党员，扩大党的组织，针对不同的对象进行工作，把全体同学团结在党支部周围；第二，加强学习，提高党员的政治思想理论水平，要求党员带领同学们认清当前的抗日形势，积极宣传党的政治主张，不断扩大党的影响。

接着在霍邱县城的一个茶馆里召开了支部会，征求对近期工作计划的意见，并讨论发展新党员的名单，有甘怀勋、蒋奎、解少江、王鸿斌等20人，这些发展对象有的在参加学生军前就是培养发展的对象。

学生军党支部一成立就开始发挥作用，实际成为广西学生军第二中队的领导核心和战斗堡垒。从此，全队的工作学习生活更加活跃，政治气氛更加浓厚。

5月27日，学生军第二中队夜行军前往颍上县城，随后到阜阳等地开展抗日救亡活动，于6月3日又到达河南固始县。接着又分组在固始、叶家集、六安、开顺活动。开顺在立煌境内，叶家集与立煌交界、与金家寨一条史河相连。

7月上旬，第一、二组在叶家集会合。

在叶家集，学生军党支部决定以广西学生军自治会的名义，组织"回桂汇报代表团"，酝酿选出易凤英、莫如珍、韦廷安、甘怀勋、黎琦新、王鸿斌6名党员和陈允可、杨汤两个非党同学共8位代表，回广西向父老乡亲汇报抗日前线情况和学生军情况，动员更多的青年参加抗日战争。支部书记莫如珍离开后，由郑忠代理支部书记。

"回桂汇报代表团"在广西的活动，引起了强烈反响，收到了良好的效果。后来南宁党组织又派了一些同志参加学生军。

1938年7月30日，学生军第二中队的第一、二组到霍山。三组从开顺到江店，于8月1日到达金家寨。

进入位于大别山的腹地立煌境内，广西学生军早就知道这里是鄂豫皖革命根据地的中心区，是中国工农红军的重要诞生地，这里的群众对共产党和红军有着深厚的感情。因此，他们行走在山间小道时，故意高声唱起了《国际歌》。

结果，很多乡亲惊喜地从家里面跑出来，以为是红军队伍回来了。学生军在村庄宿营时，见到有女兵，许多老奶奶、青年妇女带着孩子来到驻地，目不转睛地看着他们，流露出惊奇的神色。有的老奶奶关切地问女兵："你们闺女也出来当兵啊？离家这么远，父母舍得么？"有的姑娘、嫂子好奇地问："你们上前线害怕吗？""国民党蒋介石还打红军，打共产党吗？"

学生军从交谈中得知，这些乡亲都是红军的家属，他们的亲人参加红军离家后，很多渺无音讯，所以特别关心红军的消息，希望能从打听中能得到一点亲人的讯息，解除自己日日盼、夜夜想，望眼欲穿的痛苦。

学生军就告诉他们，红军已经改编为八路军、新四军，正在抗日前线英勇杀敌，并向他们宣传共产党抗日救国的政治主张。

这一带的群众经历过大革命时期和土地革命时期，长期接受共产党的宣传教育，都有一定的思想觉悟。当学生军说到敌占区的同胞遭日军的烧杀抢掠、无恶不作的暴行时，一些年轻的妇女纷纷要求："你们带我们走吧，我们也要当兵。"学生军不能接受，只得好言相劝："你们在家搞好生产，支援前线，同样是为抗战出力。"队伍出发了，这些妇女都依依不舍，跟在队伍后面，送出很远很远。

9月，学生军全队集中到湖北省英山县、罗田县，分组到城乡做宣传动员和组织群众投入抗战工作。

11月，"回桂汇报代表团"从广西返回到达金家寨，因杨汤病逝在桂林，莫如珍因病住院留在了广西，8位代表只回了6人。

12月，学生军全部集中到金家寨，驻龙井沟，进行总结和学习。

学生军战斗在金家寨

学生军在金家寨，给金家寨增添了生机和活力。

学生军经常列队外出宣传，那嘹亮的《广西学生军歌》，那雄赳赳、气昂昂的英姿成为金家寨一道亮丽的风景线。

他们以漫画、墙报、短剧、演讲、歌咏等形式进行抗日宣传，生动活泼，令人耳目一新。

1939年2月，学生军在金家寨举行了为期3天的话剧公演，金家寨及周边的党政军及社会各界人士前往观看，反响很大。

他们还在金家寨对工、农、青、妇、儿童等各抗日团体的成员进行培训，提高其素质和工作能力。

他们到金家寨的学校教学生们唱歌，帮助他们排演戏剧，还组织学生们下乡到南溪余富山赶庙会，向赶庙会的群众宣传抗日思想，还教小学生学习游泳，开展体育活动等，受到学校老师和学生家长的欢迎，也建立了深厚的友谊。

广西学生军在立煌
（中共金寨县党史县志研究室提供）

学生军还和省动委会等单位组成立煌县政工大队，到立煌乡村宣传抗日，发动群众，组织妇女、青年、农民参加抗敌协会，教群众唱歌、演戏，识字，宣讲反对妥协，反对分裂，为什么必须抗战到底。

广西学生军勤奋工作的精神和艰苦朴素的作风，受到各界的普遍赞扬。

第二十一集团军总司令、安徽省主席廖磊对学生军十分看重，把学生军当做自己的孩子看，称学生军为"娃娃们"，在物质待遇上更不同一般，给予优越照顾。

廖磊还在保持其完整编制和紧密联系的情况下，将学员分散安排到省政府各部门、省动委会、省干训班、军事教导团和各专署工作，意欲通过他们加强新桂系对各单位的控制和掌握。第一批就抽调郑忠、甘怀勋、李慧、何秋桢、陈允可、李荣康、梁秀群、甘国宁、易凤英、王鸿斌、黎琦新等人到省动委会各部室任干事。接着，又抽调朱澄霞、雷秀芬、谢少江、蒋奎、吴启增、林显荆、王彦等人到动委会系统工作。郑忠分在秘书处任秘书干事，协助秘书黎民兴工作。朱澄霞还担任了省动委会妇女工作委员会总干事，易凤英担任了该委员会的常委委员。加入到省动委会的这些学生军人员大多是共产党员，不仅加强了民众动员工作，也掩护了在省动委会的中共党员和进步人士的活动。

一些专区、县和省会部分单位也乘机向廖磊要求派广西学生军去协助工作，其余同学分组到立煌乡下工作。

分配到各个单位工作的学生军同学，大多成为了领导或骨干，他们仍保留着学生军的牌子，身着学生军的军装，佩戴红绸缎的广西学生军证章，腰挎左轮手枪，显示与众不同，这正适合新桂系当局统治安徽的需要。社会各界对学生军另眼相看，一度称学生军是"桂系的太子军"。而这个特殊的身份地位，为学生军中的中共组织开展活动提供了有利条件。

学生军到金家寨后，郑忠和易凤英立即找到在省动委会工作的中共安徽省工委宣传部部长张劲夫，他们在金家寨山边的一个小草房里秘密接头。

郑忠向张劲夫汇报了学生军党支部的工作，张劲夫听后高兴地说："你们干得很好！支部发挥了战斗堡垒作用！"接着，张劲夫传达了上级对当前抗战形势的分析：

日军速战速决的方针已经失败，调整了侵华方针，一方面停止正面战场的战略进攻，固守占领区，逐渐将主要兵力打击八路军、新四军；一方面对国民党政府诱降迫降，抗战转入敌我相持阶段。国民党顽固派蒋介石之流害怕日寇，又担心八路军和新四军在敌后扩展势力，国民党统治集团内部一部分人投靠了日本当汉奸，以蒋介石为首的顽固派消极抗战积极反共，在新四军根据地搞武装摩擦，在国民党统治区反共宣传甚为嚣张。中共中央、中央军委指示八路军、新四军要深入敌后，发动群众开展群众性的抗日游击战争，建立抗日根据地。在大别山发展进步势力，团结中间势力，孤立顽固派。李宗仁、白崇禧企图占领安徽，建立桂系统治，扩大桂系势力，斗争很复杂，任务十分艰巨。桂系目前还是信任广西学生军的，因此，党委要求你们要利用同桂系的特殊关系，以公开合法的身份做好工作。第一，掩护地下党进行秘密活动；第二，团结广大青年群众，发展进步力量，增强党在青年群众中的影响；第三，在桂系中上层进行统战工作；第四，收集桂系军事政治活动动向。

鉴于甘怀勋在动委会宣传部任干事，有与任组织部主任干事的张劲夫在一处工作的便利，明确张劲夫代表工委与甘怀勋单线联系，通过甘怀勋领导学生军党支部的工作。

随后，郑忠、易凤英向学生军党支部各个小组传达了张劲夫的指示，同志们认真学习讨论了上级交给的工作任务，制定了贯彻执行的计划和分工。决心努力工作，在斗争中锻炼成长。

学生军党支部还根据形势的变化，对支部成员进行了调整。由于郑忠在省动委会任秘书干事，工作任务极为繁重，支部研究他不再担任支部书记工作，改选韦廷安任支部书记。1939年6月，韦廷安到省行政干部训练班任政治指导员，学生军支部书记由潘韵桐（田克）担任。

1939年3月，中共鄂豫皖区委成立，安徽省工委撤销，张劲夫担任鄂豫皖区委常委兼民运部部长，易凤英担任区委妇女工作委员会的委员，学生军党支部由鄂豫皖区委直接领导，还是通过张劲夫与甘怀勋单线联系。1939年7月，鄂豫皖区委撤离，10月，中共立煌市委正式成立，学生军中的甘怀勋任组织部部长，郑忠任宣传部部长，成为市委的领导人。学生军支部直属立煌市委领导。

学生军党支部利用是广西人的特殊有利条件，努力做好新桂系军政人员的统战工作。如黎民兴任省动委会秘书，是廖磊在省动委会的全权代表，掌管着动委会的人事安排和经费调拨；省民政厅厅长陈良佐是廖磊的同乡、亲信，委派专员、县长、区长都要经过他审批；马起云是第二十一集团军的高级参谋兼安徽学生军团团长。这几个人是廖磊智囊团的决策人物，是开展统战工作的重要对象。学生军党支部决定，由郑忠、朱澄霞、易凤英、王鸿斌等人做他们的工作。

郑忠就住在黎民兴的隔壁，办公睡觉都在一起。他协助黎民兴处理来往文稿、部署工作、选派干部、经费发放等事务工作，最后由黎民兴审核签发。郑忠通过与黎民兴的日常接触和闲聊中，了解到桂系上层政治军事动向，巧妙地收集情报，还将党的秘密文件藏在黎民兴的床底，保证安全迅速地传递给地下党组织。

甘怀勋利用公开的身份主编动委会宣传部出版的《青年月报》，宣传中共提倡的坚持抗战必胜，驳斥消极抗战悲观亡国论，并通过与张劲夫的单线联系，与分散在省政府各部门的地下党联络。

易凤英公开身份是省动委会妇女工作委员会常务委员，她善于社交，活动能力强，还能直接见到廖磊和廖磊的高参马起云等新桂系上层人物，从闲聊中收集情报。易凤英还经常到黎民兴办公室闲聊。一次，在说到国民党CC派时，黎民兴对易凤英说："大别山、立煌很复杂，他们同我们争权夺利！"易凤英乘机说："他们还拉人进动委会，排挤广西人呢！"黎民兴听后十分恼怒，要易凤英注意CC分子的活动。

学生军的中共党员利用合法身份，通过和这些人员的交往，不仅获得了一些情报，也争取到了他们对工作的一些支持。

为了保持与分派到各单位工作的广西学生军同学的联系，广西学生军队部还在金家寨附近的龙井沟设有广西学生军通讯处，办有刊物《广西学生军通讯》，巧妙地用学生军的语言发表毛泽东的著作、言论和党中央的指示，扩大了党的政治影响。通讯处也是中共地下党的秘密联络点。有时，张劲夫也利用通讯处与地下党员碰头，通讯处的党员就负责掩护，确保安全。

学生军党支部还积极发展党员，到1939年底，在80名学生军成员中，就有35名党员，将近占了学生军人数的一半，还团结有一批在党组织周围的进步分子。党的进步力量在广西学生军中占据了绝对优势，保证了上级党委交给的任务顺利落实。

学生军中的进步活动，引起了新桂系顽固派的关注。1939年秋，日军加紧了对国民党顽固派的威逼利诱，蒋介石更加积极反共，大力推行《限制异党活动办法》，不断武装袭击八路军和新四军，制造军事摩擦，在金家寨也出现了反共的逆流，指责广西学生军"赤化"的流言蜚语也传到了省主席廖磊的耳中。

一天，廖磊召见易凤英、王鸿斌。她俩一进门，廖磊劈头就问："有人告你们广西学生军有共产党，个个都看共产党的书，到底怎么回事？你们快如实招来！"易凤英不慌不忙地回答："报告总司令，你要我们注意共产党的活动，不看人家的书怎么知道人家的活动情况呢？再说看共产党的书也不一定是共产党呀！"经她这样一说，廖磊的火气逐渐降了下来。易凤英接着谈了一些省动委会的工作情况，特别提到国民党CC分子在省动委会排挤广西人等现象，以此转移话题，缓和了紧张气氛。

事后不久，廖磊对省动委会秘书黎民兴说："有人告广西学生赤化，你信不信？"接着他自信地说："广西学生军这群十几二十岁的娃仔思想单纯，热情肯干，是从广西带出来的，靠得住，信得过。"黎民兴也连连点头称是。

学生军党支部根据这些情况，认真分析形势，研究对策，并通知党员同志提高警惕，活动时要更加保密，防备国民党顽固派的突然袭击。

廖磊逝世后，1940年1月，第二十一集团军总司令兼安徽省政府主席、省党部主任李品仙下令严密监视广西学生军的活动，并搜查了广西学生军通讯处。2月，中共皖西省委指示广西学生军党支部，组织全体党员并动员进步学员撤到新四军根据地。学生军党支部经过反复研究，细致缜密地制定了撤退行动计划，及时通知分散在各地的党员同时行动。鉴于学生军留在金家寨工作的女同志较多，党支部决定以三八妇女节到前方慰问军队的名义，于3月8日这天公开出走，分作两路奔赴淮南和淮北抗日根据地。其中甘怀勋、易凤英等28人为一路去淮南抗日根据地；郑忠、韦廷安等16人为一路去皖北到淮北抗日根据地。

至此，广西学生军离开了金家寨。

广西学生军中共支部从1938年5月成立至1940年3月撤退到淮南、淮北根据地期间，在安徽省工委、鄂豫皖区党委和立煌市委直接领导下，在动员组织群众，坚持敌后抗战，宣传我党抗日民族统一战线方针和抗日政治主张，掩护地下党领导机关等方面，做了很多有益的工作。广西学生军的中共党员和进步群众到新四军和淮南、淮北根据地工作后，又对抗日武装斗争和根据地建设作出了积极的贡献。

学生军英名留金家寨

广西学生军在金家寨、在立煌、在安徽，不畏艰险，战胜困难，宣传抗日，慰问抗战士兵，动员和组织群众开展战地服务，支援前线，坚持抗战，成为抗战青年的一面光辉的旗帜。尤其学生军中的共产党员，留下了很多感人故事和可歌可泣的英雄事迹。

广西学生军第二中队病故和牺牲的就有杨汤、朱澄霞（女）、黎琦新（女）、陈镇东、赵素娥（女）、韦廷安、麦世发、李慧、易凤英（女）、陈守善（女）、刘剑华（女）、温雪晶（女）等。

朱澄霞是在金家寨广西学生军的指导员，她是学生军中入党最早的中共党员，也是在安徽省动委会任职最高的学生军女干部。她多才多艺，机智灵活，做上层统战工作富有成效，她工作废寝忘食，任劳任怨的精神令人感动。她为安徽的抗日救亡工作献出了年轻的生命。

朱澄霞原名朱光清，是广西博白县人，1911年出生。1926年，她在博白县立初级中学师范部读书时，受马列主义、男女平等等思想影响，就和部分女教师、女同学积极开展活动，串联妇女筹备成立博白县妇女联合会。在她们的推动下，妇女联合会正式成立，朱澄霞被推选为委员。1927年3月，朱澄霞担任县妇联主任。不久，秘密加入了中国共产党。

1927年大革命失败后，为躲开当局的追捕，朱澄霞和其他革命青年转战广州，以广州女子师范学生的身份，开展革命工作。同年12月11日，广州起义爆发，朱澄霞勇往直前，冒着枪林弹雨，探情报、运弹药、救伤员。起义失败后，朱澄霞奔赴上海，后进入复旦大学中文系学习。

1932年，朱澄霞毕业后与男友李天敏离开上海，南下香港结婚。随后，两人到新加坡，在当地的华侨平民中学当教师，过上了安定平静的生活。可是祖国仍遭受外国侵略，百姓生活水深火热，让朱澄霞寝食难安。1934年，她抱着刚出生不久的孩子，从香港辗转回到了家乡。

这时博白的地下党组织受到严重破坏。朱澄霞为了与组织取得联系，先后到南宁、桂林，以中学教师身份四处活动，终于与组织取得了联系。1936年，南宁女中校长压制学生参加进步活动，并开除了4名进步学生。朱澄霞坚定支持学生请愿，并在南宁《民国日报》上发表杂文，针砭时弊，宣传党的抗日救亡方针。

1937年卢沟桥事变后，广西的进步青年学生迫切要求上前线抗战，广西当局分别在南宁、柳州、桂林、梧州招考学生军。中共广西省工委决定派遣10名党员加入学生军，朱澄霞毅然弃笔从戎，成为学生军的少校分队长。

12月12日，广西学生军奉命开赴抗日前线大别山区，配合第五战区部队开展抗日。12月28日到达武昌蛇山公园抱冰堂，驻扎整训。

朱澄霞时年26岁，是学生军中的军官，也是学生军中有社会工作经验的"大姐"。在武汉，她出谋划策，并和易凤英等共产党员积极活动，选派党员代表到八路军驻武汉办事处找中共中央长江局要求建立党支部，通过在武汉的国民党军委会副总参谋长白崇禧的秘书、共产党员谢和赓，向白崇禧提出要求，促成了白崇禧亲自来看望学生军，并同意邀请各界爱国人士给学生军演讲。随后，周恩来、叶剑英、邓颖超等中共领导人以及知名民主人士郭沫若、沈钧儒等，到抱冰堂给学生军作报告或看望，使学生军受到莫大的鼓舞。

特别是邓颖超来给学生军讲课，是由朱澄霞陪同登上抱冰堂的台阶的。邓颖超向露天伫立的200余名学生军讲抗日战争与妇女解放，既有理论，又联系实际，十分精彩。学生军们深受感染，不禁得都脱下手套，热烈鼓掌，高呼抗战口号。

1938年3月，广西学生军大队经河南进入安徽。5月，在霍邱，中共学生军党支部正式成立，朱澄霞为支部干事会成员。

随后，学生军面临重新分队的选择，即分成两个中队，第一中队去湖北襄樊一带，随十一集团军总司令李品仙总部行动；第二中队留在安徽前线战区，随二十一集团军总司令廖磊总部行动。如果分队方法不制定好，学生军中的共产党员就可能被拆散。朱澄霞与党支部干事会成员商量，将归属和去留做了对比分析。他们认为，二十一集团军面对鄂豫皖前线，战斗锻炼机会多，且廖磊较为开明。更重要的是，留在大别山，便于与安徽地下党取得联系。关于分队的方式，采取自愿签名选择去向的办法，这样党员就能集中。商定后，朱澄霞利用和廖磊的同乡关系，找到廖磊并说服了他，使得学生军得以采取自愿签名选择去向的办法，进行分队。经过活动串联，82名进步青年都到了第二中队，由朱澄霞任指导员。

1939年1月，学生军进驻金家寨。朱澄霞被调往安徽省民众总动员委员会工作。

在金家寨，朱澄霞除了团结进步青年，还负责对新桂系在安徽中上层人物的统战工作。

时任安徽省民政厅厅长的陈良佐是广西人，掌握行政人事大权。朱澄霞与他在广西时就认识，朱澄霞根据党支部的安排相机对陈良佐进行统战工作，利用老乡名义经常与陈良佐联系，建立良好关系。她对陈良佐说："我们要想在安徽站稳脚跟，巩固大别山抗日根据地，必须注意搞好同共产党和新四军的关系，大胆启用进步青年，打击CC分子。"陈良佐认为朱澄霞很有见地，所言多被采纳。有人称，朱澄霞是陈良佐的智囊人物。朱澄霞通过陈良佐，说服安徽省政府主席廖磊，成立了安徽省动委会妇女工作委员会。朱澄霞担任总干事，这样就能以公开合法的身份，团结教育妇女，从事党的活动。

为了培养妇女骨干，朱澄霞和易凤英通过争取，得到了廖磊和陈良佐的同意，在桂系办的皖干训练班里开设妇女训练班（妇女组），由廖磊担任妇女训练班的班主任，陈良佐推荐朱澄霞任副主任。这样，朱澄霞利用向廖磊汇报妇女训练班和学生军的情况，巧妙地做廖的统战工作。

妇女训练班除女队长是桂系女军人外，教务主任、中队副队长、政治指导员、分队长都是中共党员，掌握了训练班的实际领导权。

中共鄂豫皖区委对妇女培训班很重视，通知有关县委，要他们通过各地动委会推荐进步女青年到金家寨参加妇女培训班学习。妇女培训班还登报招收学员。结果，从安徽省30多个县吸收了115名女青年受训，学员大都是由各县的中共地下组织或动委会推荐，年龄最大的不过25岁，最小的才13岁，文化程度多为初中。中共鄂豫皖区党委还根据朱澄霞等人的要求，从舒城选调了潘永祺、王进等5名女党员到各中队作为骨干。

培训班地点在金家寨的西高庙。为了把这批学员真正培养成中共的抗日干部，朱澄霞、易凤英等根据当时形势的需要和学员的实际情况，训练时间按照三分军事、七分政治安排。开设了政治常识课，主要讲授共产党的抗日方针、政策以及马列主义基本常识，组织学习《论持久战》《论新阶段》以及群众运动、妇女运动史等。军事训练主要学习步兵操练、射击及战地救护等。与此同时，还组织学员参加社会活动，锻炼学员做群众工作。在3个月的培训中，还发展了一些学员加入了中国共产党。

妇女训练班为安徽培养了一批抗日骨干力量，后来，有近半数的学员参加了新四军。

朱澄霞身兼多职，工作十分繁忙。她不仅要在承担安徽省动委会妇女工作委员会的领导工作，还经常到县、区、乡、村进行视察和指导，并经常到各抗日救亡团体、培训班去讲课，作报告，经常是通宵达旦、夜以继日地工作。由于长期劳累，加之生活条件差，她患上甲状腺亢进病。但她没有因病影响工作的热情，带病坚持奋战在抗日救亡工作中。

1940年初，新桂系顽固派在大别山开始掀起反共高潮。中共立煌市委决定广西学生军等抗日团体中的党员和进步人士撤退。朱澄霞根据组织的指示，于2月一面掩护其他人员撤退，一面以巡视工作为由，离开金家寨前往无为。

由于天气寒冷，风雪交加，她得了重感冒。可她仍然坚持工作，病情加重，由重感冒转成肺炎。当时医疗条件很差，无法得到合适的治疗，2月27日，朱澄霞在无为病逝，年仅28岁。

朱澄霞英年早逝，永远留在她战斗的安徽。她的品格和精神在这里不灭，永世流芳。

易凤英，在学生军中被称为"凤姐"，她不爱红妆爱武装，曾两度参加学生军，也是学生军中的党员骨干。她英勇顽强，意志坚定，堪称女中豪杰。

易凤英是广西临桂县人，1915年出生。她兄妹10人，家庭贫困，她很小便许配给人。16岁时，男方催逼完婚，易凤英誓死不从，在一个风雨交加的夜晚，只身逃到桂林。双方家长无奈只得解除婚约。她的父亲终于同意她留在桂林，并进入小学读书。

易凤英天资聪颖，学习刻苦用功，成绩优异，接连跳级。1934年小学未毕业即考入桂林女子中学，在校被选为学生自治会负责人。时值日本帝国主义不断扩大对华侵略，易凤英十分愤慨，常对同学说："不是当亡国奴，就是舍生取义；宁愿舍生取义，也不当亡国奴！"1935年，北平爆发一二·九学生运动，桂林各校纷纷响应，易凤英率领桂林女中同学参加声援大会和游行。1936年6月，桂粤当局联合发动抗日反蒋的"六一"运动，易凤英与女中同学走上街头，进行抗日反蒋宣传，并赴南宁参加广西第一届学生军。不久蒋桂妥协，学生军解散，易凤英返桂林女校复课。此时，她加入中共组织"抗日反法西斯同盟"，1936年11月，她加入中国共产党。

年底，易凤英代表广西学生界参加广西赴华北绥远慰劳团到绥东前线慰问抗日将士。

1937年夏，易凤英中学毕业后即赴南宁战时护士训练班受训。随后参加广西第二届学生军，她头戴钢盔，脚穿草鞋，腰系皮带，腿扎绑腿，英姿飒爽。集训时，易凤英被指定为女生队第一班的班长。

同年12月，学生军北上抗日，到达全国抗日政治活动中心、国民政府临时驻地武汉。

在武汉，她和学生军中的共产党员朱澄霞、莫如珍等秘密联系，以进步同学为骨干，团结大多数同学，掀起阅读马列著作、中共领导人讲话小册子和抗日救亡丛书的热潮。学生军大队部的大队长担心学生军被"赤化"，不准他们随便外出，并设岗哨监视。

为了改变这种状况，易凤英与其他几个共产党员商量后决定，直接找白崇禧反映。

一天傍晚，易凤英和几个同学来到武昌蛇山公园下的白崇禧官邸，见到了白崇禧的秘书谢和赓。巧的是，易凤英在桂林搞抗日救亡活动时，与谢和赓有过接触。谢和赓热情地接待了易凤英，并听了她的要求。随后，向白崇禧汇报。

过了几天，学生军大队部大队长便换了人。白崇禧也亲自来到学生军驻地，为表示开明，白崇禧训斥大队部干部"不懂青年要求进步"，并表示，"可以邀请各党派爱国人士来演讲"。此后，周恩来、叶剑英、邓颖超等中共重要领导人，沈钧儒、郭沫若等知名人士都曾为学生军作过演讲。

在武汉，易凤英和莫如珍等4人还受学生军中共产党员的委派，悄然来到八路军驻武汉办事处，找中共中央长江局，希望联系上党组织。结果受到了长江局副书记周恩来和妇女工作负责人邓颖超同志的接见，易凤英和莫如珍详细地汇报了学生军的情况，并提出了请求。周恩来给予了明确的指示。这次汇报为学生军能成立党支部打下了基础。

1938年3月，学生军开赴鄂豫皖边区抗日前线做战地宣传和动员组织群众工作。5月，在安徽霍邱，中共安徽省工委与学生军中的党员接上关系，批准在学生军成立中共支部，易凤英当选为支部干事会干事。

7月，易凤英被选派参加广西学生军回桂代表团，先后在桂林、柳州、南宁、梧州、桂平等地举办抗日展览会及报告会，收到了良好的反响。

返回后，易凤英到立煌金家寨任安徽省抗日民众总动员委员会妇女工作委员会常委。同时按照党组织安排，对新桂系上层开展抗日统战工作。

易凤英身材高大，穿着整齐的军装，腰插左轮手枪，标准的军人姿态，每天出入省动委会，非常引人注目。人们对这个气度不凡的女军人油生敬意。

易凤英敢于斗争。学生军到金家寨后，几乎全体人员都分散到各个单位、各地区工作。第二十一集团军总司令部部门负责人以学生军已经转到地方工作，没有必要再佩戴手枪为借口，要收回手枪。党支部认为，手枪是发给大家自卫的，现处在战争时期，分散工作更要加强自卫。经学生军自治会讨论决定拒绝交回，推派易凤英和李海为代表到总司令部交涉。经据理力争，终于迫使总司令部部门负责人收回成命。易凤英对李海说："对上级的命令不能盲目服从，如不合理的就是要敢于顶住，进行有理、有利、有节的斗争。"

易凤英待人热情，见人总是笑着打招呼。她工作认真负责，遇事善于和别人商量。她对自己要求严格，酷热的夏天，她仍穿着军装办公，常常汗流浃背。同事们关切地对她说，你的内外衣都湿透了。易凤英爽朗而幽默地说："我是不是像从天河里走下来的女神？"引得大家哈哈大笑。她又继续埋头工作，修改文稿，批阅文件，泰然自若。

1939年春，易凤英又担任中共鄂豫皖区委妇女委员会委员。

在金家寨，易凤英斡旋于桂系高级军政官员间。连时任安徽省主席廖磊在省动委会的代理人黎民兴，都成了易凤英的"保护伞"。她利用公开合法身份，给中共组织和新四军提供重要情报。一次，她和黎民兴在闲谈中得知，第二十一集团军总司令部向新四军游击区部署兵力，企图限制新四军在江北的活动。易凤英及时报告给党组织。

1939年初夏，易凤英和朱澄霞通过做新桂系上层工作，争取到在安徽省政治军事干部训练班设妇女班。易凤英任中队副队长兼指导员。在金家寨西高庙妇女班3个月的培训中，易凤英勇挑重担，各项工作带头领先，表现突出，受到了领导和学员的一致好评。

易凤英遇事沉着果断。1939年秋，干训班培训结束举行结业典礼大会，新桂系当局准备利用大会之机，强迫学员集体加入国民党。典礼开始后，日军飞机突然空袭金家寨，情况十分危急。只见易凤英果敢地站出来喊道："妇女班的学员立即分散，把守大门，禁止人员出去，以防暴露目标。"敌机绕一圈飞走后，易凤英马上下命令："妇女班的学员全部集合回西高庙去。"这样，既避免了敌机空袭造成的损失，又粉碎了新桂系当局强迫学生加入国民党的阴谋。易凤英机智勇敢的举动给大家留下了深刻印象，得到了同志们的交口称赞。

1939年秋，大别山政治形势急转直下。中共鄂豫皖区委决定，将大别山地区有可能暴露的党员和进步人士有组织、有计划地撤退到新四军根据地，并安排易凤英接替中共鄂豫皖区妇委书记孙以瑾，主持妇委工作。易凤英受命于危难之际，她坚强地向组织表态："我接受任务！"

1940年2月，中共皖西省委指示广西学生军党支部，组织学生军中的党员和进步青年分两路撤退到淮南、淮北新四军根据地。由于在金家寨工作的广西学生军中的女同志较多，党支部决定，以学生军三八妇女节外出慰劳广西军的名义，公开出走。易凤英将外出慰劳军队的活动向省动委会秘书黎民兴报备，得到了批准。

三八妇女节这天，甘怀勋、易凤英率学生军一分队以赴前线慰劳军队为名，向新四军淮南根据地开拔。

然而，当来到广西军布防的封锁线时，哨兵拦截了他们的去路。

"什么人？"哨兵大声问道。

易凤英镇定自若地走上前去，故意亮出胸前佩戴的胸章，用桂林话答："自己人。我们是广西学生军，上头派我们出来慰劳兄弟们，让我去见你们长官。"

哨兵赶紧向连长报告。腰系左轮手枪、威风凛凛的易凤英见到连长时，就用桂林话和对方交谈。易凤英说："连长辛苦了，我们代表总司令向你们问好。"

连长不敢怠慢，恭恭敬敬地将他们送出了哨卡。

过了封锁线，大家趁着夜色，加快步伐，最终顺利到达了目的地。

易凤英离开金家寨后，曾任淮南路东抗日救国妇女联合会筹备会主任及苏北盐阜地区县、区领导等职务。1945年随新四军三师开赴东北战场。因多年在艰苦环境中繁忙工作，损害了身体，1946年春病逝于山海关。

易凤英这位坚强的共产主义女战士过早地离开了人世。然而，她壮丽的一生连同"凤姐"这一响亮的称呼，永远为后人所铭记。

黎琦新也是学生军中牺牲在安徽的烈士之一。她是放弃优越的富裕生活投身革命的英雄女性。

黎琦新是广西苍梧县人，曾用名辛奇，1920年出生。她家是工商业兼地主，生活很富裕。她是和江姐一样临解放时在重庆白公馆监狱牺牲的著名烈士黎洁霜的妹妹。

黎琦新自幼聪明，12岁那年因学习成绩优异免试升入苍梧中学读书。在进步教师影响下，她阅读了大量进步书刊，积极参加抗日救亡活动。1937年春，初中毕业后她到广西中学生看护训练班接受看护训练。在训练班，她与中共党员潘伯津、商霭如经常来往。中共组织指派商霭如培养教育她。1937年6月，中共组织根据她的表现，吸收她为共产党员。

1937年9月，黎琦新在南宁参加了第二届广西学生军。此时，黎琦新的胞姐黎洁霜已经抛弃富贵荣华，投身抗日洪流。而黎琦新又前赴后继地参加广西学生军要上前线抗日，母亲十分担心。于是，赶紧往南宁发去电报，内文短短4字："母病，速回。"意欲阻止黎琦新北上。

黎琦新接到电报后，看出母亲用意，但决心已定，发回电报劝说母亲："卫国才能保家。"

1938年春，广西学生军开赴鄂豫皖边区抗日前线。黎琦新活跃于抗日战场上，为抗日军队演出文艺节目和护理伤病员。1938年8月，广西学生军组织回桂代表团，向家乡的亲人汇报前方工作。黎琦新是代表团8个成员之一。她积极参加代表团的各种活动，较好地完成了任务。

1939年1月，黎琦新随学生军进入安徽立煌金家寨。根据中共安徽省工委的安排，黎琦新到安徽省动委会工作，出任安徽省妇女战地服务团副团长。她带领妇女战地服务团深入到金家寨城关张家湾、姜家湾、响山寺、戴家岭等各村庄的儿童识字班，教儿童唱歌、识字，到妇女缝纫班帮助赶制背心等慰问品送给前方将士，还到部队进行慰问演出。黎琦新工作出色，受到了大家赞扬。

1939年6月，安徽省学生军团成立，她任三中队指导员和学生军团党支部负责人。黎琦新按照党组织的安排，以其公开身份对安徽省学生军团团长、第二十一集团军高级参议马起云中将开展统战工作，通过经常接触，促使他接受中共团结抗战，反对投降的主张。1939年7月，新四军军长叶挺前来金家寨，马起云亲笔撰写《欢迎叶挺将军》的社论，刊登在《大别山日报》上，产生了很大的社会影响。

1939年10月，安徽省学生军团集训结束，分别开往庐江、无为两县实习。黎琦新等6个党员组成党员小组，由她担任小组长，带领安徽学生军团部分人员组成话剧团到无为县开展抗日宣传工作。

当时国民党顽固派正掀起了第一次反共高潮，黎琦新带领的话剧团，在无为县以演出的形式，揭露国民党的反共行为，号召反对分裂，团结抗战，演出有声有色，收到了良好的效果。

1940年2月，安徽省主席李品仙加紧反共，电令广西学生军、安徽省学生军团立即到立煌党政军干部训练班集训，企图将学生军中的共产党员一网打尽。中共皖西省委获此情报，立即部署学生军中的党员和进步人士转移到新四军根据地。

黎琦新率领的安徽省学生军团第二大队话剧团在无为撤出时，得知春节前后，无为县城戒严，县委还有一批党员出不去。

为了弄到县政府签发的通行证，让这些党员顺利出城，黎琦新想到了广西学生军的女同学王祥恒。此时，王祥恒已在无为县政府任职，并管着政府印章。黎琦新经过周密思考，精心策划了方案。

第二天上午9时，黎琦新带着几个和王祥恒认识的女同志，到县政府王祥恒办公室。等有人来开通行证，王祥恒打开抽屉拿出印章办完事后，几个同志立即拿出一本事先准备好的新书，将王祥恒吸引到一边坐着翻看，并将她围住。黎琦新敏捷地将县政府的方形印章取出，盖在有县政府头衔的20多张空白纸上，干净利索地完成了任务，帮助县委的党员们离开了无为县县城。

就在黎琦新准备带着话剧团的同志撤退时，她又得知，中共无为县委有一箱重要文件放置在县动委会未来得及取出。可此时，县动委会已被查封，门口设有岗哨，必须设法取出文件箱。

黎琦新和雷秀芬、王鸿斌、陈维廉、何秋桢商量，决定智取。于是，她们5人身着学生军军服，佩戴学生军证章，腰系子弹带并挎着驳壳枪，大摇大摆地走到县动委会门前，陈维廉、何秋桢上前操着广西话对哨兵说："老乡，怎么这门被封了？前两天我们有一个放道具的铁皮箱在里面，现在要拿出来慰问演出，怎么办？"黎琦新和雷秀芬、王鸿斌3人直接到门口要拆封条。哨兵见是自己人，就拆掉封条。她们3人进去，取出了文件箱，又大摇大摆地返回，将文件箱交给了县委的交通员，使县委文件安全转移。

随后，黎琦新率领话剧团以下乡慰问演出为名，顺利离开无为县县城，撤到了新四军江北游击纵队司令部。

1940年4月下旬，黎琦新被分到来安县任中共屯仓区委组织委员。她当时是屯仓区最年轻的同志，工作热情高，干劲大，有活力，在她的影响下，屯仓区成为进步青年最活跃的地区。

1940年7月1日，黎琦新和往常一样精神饱满地来到区委办公室工作。不料上午10点钟，屯仓区的反动地主武装突然发动暴乱，把黎琦新等区委同志捕去。

叛乱分子想从黎琦新口中获取我党的资料，被黎琦新严词拒绝。随后，叛乱分子对黎琦新严刑拷打，同时进行非人的侮辱。黎琦新坚贞不屈，视死如归。敌人见从黎琦新身上得不到什么东西，便把她拉到嘉山县张八岭残暴杀害。她牺牲时年仅20岁。

参加学生军从广西出征，牺牲在安徽再也没有回到家乡的还有李慧。

李慧是广西平乐县人，1918年出生。他1934年就读于广西大学梧州附属高中，成绩优良。他思想进步，积极参加学生爱国运动。他多才多艺，1937年春参加梧州救国话剧社演抗日剧。同年9月考入广西学生军，1938年随军进入大别山鄂豫皖边区，因善演话剧和编剧，到金家寨后任安徽青年艺术团团长。李慧工作吃苦耐劳，非常敬业，青年艺术团在金家寨及乡村、周边县区多次进行抗日宣传演出，在金家寨乃至大别山都很有影响。可他过度辛劳，生活艰苦，不幸得了肺病。

1940年3月，在国民党顽固派反共的逆境中，广西学生军二中队按照中共组织的安排，撤退到新四军、淮南、淮北根据地，李慧因患肺病住院不能随行。

李慧出院后，他就离开金家寨，一路讨饭寻找部队，历经千难万苦，终于到定远县藕塘镇找到了新四军。这时，他的肺病已经到了晚期，于1943年3月病故于藕塘镇，年仅25岁。

在金家寨的广西学生军也有不少后来返回广西的。如甘怀勋、郑忠、陈业农、区济文、王彦等。

甘怀勋，又名王陵，1919年出生，壮族，是广西宁明县人。17岁初中毕业后，任教于龙州表正中心校。1937年9月，甘怀勋参加广西学生军。1938年春，进入鄂豫皖等省慰劳五路军及做民运工作。1938年6月，学生军第二中队在霍邱成立党支部。7月，甘怀勋加入中国共产党。随后按照党组织决定，参加"回桂汇报代表团"，于11月回广西，汇报抗日前线情况，动员更多青年参加抗日战争。1939年1月，学生军到金家寨后，甘怀勋被抽调到安徽省动委会工作。在学生军中，先后任党小组长、支部书记等职务。1939年10月，任中共立煌市委组织部部长。

1940年3月，在李品仙加紧反共时，根据党组织的安排，甘怀勋、易凤英率学生军一分队以赴前线慰劳军队为名，从金家寨出发，向新四军淮南根据地转移。

甘怀勋离开金家寨后，曾任天长县委书记、《新华时报》华中版及《大众日报》编辑部副主任、临汝县委副书记。新中国成立后，曾任广西平乐专署第一书记兼专员、广西省委办公厅秘书长、桂西壮族自治州（后改邕宁地区、南宁地区，于1957年12月20日撤销）书记等职务。1973年病逝于广州。

郑忠，又名郑少东，1918年出生，是广西玉林市人。他1936年11月参加中国共产党，1937年3月任南宁高中党支部书记。1937年9月参加广西学生军，1938年春进入鄂豫皖慰问第五路军，开展抗日救亡活动。1938年6月，广西学生军党支部成立，郑忠任支部干事会成员，负责宣传工作。1938年7月任学生军党支部代理书记。

1939年1月，学生军到金家寨后，郑忠被抽调到安徽省民众总动员委员会工作，并任中共古碑冲总支部书记。1939年3月，郑忠任中共鄂豫皖区委民运部青年工作委员会委员，10月，任中共立煌市委宣传部部长。

1940年3月，根据中共皖西省委指示，广西学生军党支部组织学生军中的党员和进步青年分两路撤退到淮南、淮北新四军根据地。3月8日，郑忠率领一路离开金家寨向淮北进发，自此离开了金家寨。

郑忠离开金家寨后，曾任新四军六支队（后改为新四军四师）团宣传股长，第三野战军政治部秘书处副处长。新中国成立后，曾任中共广西邕宁县委第一书记，中共百色地委书记，广西壮族自治区政府文教办公室任副主任、党组副书记，广西壮族自治区党委宣传部第一副部长，广西壮族自治区顾问委员会常委等职务。2003年11月28日逝世。

曾在立煌县任职后回到广西的学生军还有陈业农。她也是两次参加学生军的女战士。

陈业农是广西容县人，1918年出生。容县是著名的侨乡，陈业农的父亲陈德球就是马来西亚华侨。20世纪20年代末，陈业农随父亲回国。陈德球回国后在梧州女中就职，陈业农从小就在梧州女中生活。在大革命时期，陈业农的叔父陈协伍到广西农民讲习所，和韦拔群等人一起听毛泽东关于农民运动的讲课，回容县后以陈业农家为掩护，开展桂东农民运动，与桂西的韦拔群遥相呼应。陈业农自小就受到革命思想的熏陶。

1935年，陈业农进入梧州女中读书，她学习认真，成绩优异。1936年6月，广西当局以反蒋抗日为名招收第一届广西学生军，陈业农报名参军，并到南宁集训。在学生军，她结识了中共地下党员陈大荣。不久，学生军解散，陈业农又回到梧州女中读书，陈大荣也到广西大学梧州分校附中就读，陈大荣带领陈业农参加革命活动。

1937年七七事变爆发后，激起全国人民要求抗战的热潮，这时广西当局又在各城市招收第二届学生军北上抗日。陈业农又报名参加了学生军。

1938年春，陈业农随广西学生军到了安徽抗日前线。她积极要求进步，工作勤奋努力，8月1日，她光荣地加入了中国共产党。

1939年1月，学生军进驻金家寨。陈业农被分配到立煌县担任妇女救国会主任。

任职初始，不知怎么做好工作。在保甲训练班第一次走上讲台为学员讲课时，心里发慌，紧张得全身直冒冷汗，好不容易坚持讲完了一节课。下课后，竟将手枪放在讲台上忘了拿。为此，她深刻反省，并向上级做了检讨，也使她迅速成长。后来，国民党立煌县党部派人到培训班讲课，来人一进门就将随身带的国民党入党登记表发给学员，要求下课前填完，集体加入国民党，党表由他带回县党部。事情突然，陈业农当机立断，为了不让学员把表填完，她机智地迅速到传达室把计时钟朝前拨了半小时。结果，下课铃提前响了，学员们都没有填完表。县党部的人只好待学员填好表后派人送县党部。陈业农又及时通过在省动委会工作的学生军干部向第二十一集团军总部报告。第二十一集团军总部与国民党安徽省党部CC派为争夺对安徽的控制矛盾很深，便派人冒充省党部人员到训练班将表收走了，使这次训练班人员集体加入国民党告吹。后来，国民党县党部和省党部还为此事产生误解，争论不休。

陈业农还经常深入城乡发动妇女，带领妇女们进行抗日救亡宣传，组织妇女做军鞋、缝制慰问袋，绣制手帕、锦旗送给抗日将士，把立煌的妇女抗日救亡工作开展得风生水起，红红火火。

1940年初，国民党顽固派掀起反共高潮，根据中共皖西省委的指示，广西学生军党支部组织学生军中的党员和进步青年分两路撤退到淮南、淮北新四军根据地。3月8日，陈业农随郑忠率领的一路离开金家寨向淮北进发，离开了金家寨。

陈业农离开金家寨后，进入新四军第四师抗日军政大学第四分校学习，后在师部和县机关工作。解放战争时期，曾任淮阳地委干校副科长、解放军南下工作队驻武汉留守秘书。1950年后，曾任广西省税务局、统计局科长，桂林国营良丰农场科长、党委常委等职务。

1976年，陈业农逝世。

学生军恋爱在金家寨

在金家寨的广西学生军中，也有在立煌恋爱，后来结婚双双回到广西工作的幸运者。

区济文和王彦就是其中的一对。

区济文，在安徽广西学生军时名区展，是广西贵港市人，1920年出生。他的经历很不平凡，曾两次参加学生军，17岁就担任过南宁市委书记。

区济文1936年在南宁读初中时参加了第一届广西学生军，后来学生军解散，在此期间加入共青团，1937年3月转为共产党员，并担任南宁初中党支部书记。7月，中共南宁市委遭到破坏，中共广西省工委任命区济文等几个年轻人组成南宁市委，区济文任市委书记。

1937年秋，广西当局组织第二届广西学生军赴大别山参加抗日活动。区济文请示省工委领导同意，和郑忠、麦英富等10名共产党员参加了学生军。经过一个多月军训后，12月中旬这支广西学生军队伍编成一个大队北上抗日，区济文因故没有走仍留在广西。

1938年7月至10月，抗战赴安徽的学生军选出代表团回来广西作汇报宣传。10月，区济文和王朝铭等人即随代表团到安徽，途中在湖北英山县参加广西学生军。

1939年1月，区济文来到金家寨。7月，区济文被补选为中共学生军支部委员。

在金家寨，区济文被选调到省民众动员委员会组织部任干事，兼第二直属工作团团长，后来又担任立煌县政工总队副总队长。党组织交给他的任务是，以学生军的合法身份，掩护中共立煌县委的秘密活动。县委书记魏心一在立煌县动委会任干事，县委机关就安排在县动委会内。

在金家寨，区济文认识了王彦。

王彦原名赖月婵，壮族，广西柳城县人，生于1921年。1937年，王彦参加广西学生军后，思想进步，工作积极，于1938年8月1日成为了中国共产党的党员。区济文到学生军结转组织关系后，王彦和他都在一个支部。

1939年3月，立煌县组成了一个政工总队，人员由广西学生军、动委会和其他人员联合组成，区济文和王彦都参加了政工总队，都分在第三区，并同在一个党小组。区济文任立煌县政工总队副总队长兼南溪乡工作组组长，王彦任沙河乡工作组组长。

区济文年轻有为，为人诚实谦和，遇事沉稳，工作中身先士卒，为大家做出了榜样。王彦温柔大方，工作积极肯干，办事认真细心，与区济文配合默契，工作开展得得心应手。虽然条件艰苦，但充满快乐。

当时两人一个19岁，一个18岁，正是情窦初开的年龄，共同的革命信仰催生了爱情的萌芽，在共同的抗日救亡工作中增进了感情。

区济文后来在95岁高龄时还回忆他们当时产生爱情的情景："她做事非常认真、细心，这正是我最看中的品质。她好动爱笑，会打篮球，总是雄赳赳、气昂昂的样子，走路很快，但是性格很温和，说话总是轻声细语的。我们经常一起谈论革命理想，交流读书感受。慢慢地，两个人越来越喜欢在一起，好像心是相通的，做什么事说什么话都有共鸣。这就是爱情吧！来得很自然。"

从此，不论是血雨腥风的地下斗争，还是在炮火连天的战场上，这对既是战友又是恋人的年轻人在无比艰难曲折的生死考验中浇灌着爱情之花，使它更加艳丽灿烂。

1940年3月8日，广西学生军党支部组织学生军中的党员和进步青年分两路撤退，区济文和王彦以及郑忠、韦廷安等16人离开金家寨前往淮北新四军根据地。

自此，他们离开了他们一生难以忘怀的爱情萌发之地金家寨、立煌县。1945年抗日战争胜利之后，区济文和王彦于1946年3月经组织批准结婚。

区济文后来历任新四军连指导员、华中军区电台指导员、华东军区医院副政委、第三野战军第九兵团野战医院党委书记。新中国成立后，历任中共宜山地委副书记，包头钢铁公司轨梁轧钢厂党委书记，鞍山钢铁公司钢铁设计院党委书记，柳州市市长，中共广西壮族自治区党委常委、组织部部长，广西壮族自治区第五、六届政协副主席。1993年离休后，任广西新四军历史研究会会长。

王彦后来历任抗大四分校、新四军四师卫生部技术书记，华中军区政治部文化教员、政治指导员，第一后方医院宣传干事、副股长；华东军区第三军区医院指导员，第三野战军战勤报编辑、九兵团十九野战医院副协理员。1949年12月转业，历任广西宜山地委秘书科副科长、科长，桂西区党委组织部干部科科长、区人事局第一副局长。1954年11月后，历任武汉钢铁公司副处长，包钢大型轧钢厂副书记，鞍钢大型轧钢厂党委副书记，鞍钢铁东医院党委书记。1978年9月后，历任中共柳州市委常委，柳州市人大常委会副主任、党组副书记。1982年10月光荣离休。

他们在革命征途中相遇、相识、相知，从此相爱、相守一生。

在金家寨的广西学生军中还有最终在安徽工作的，李海就是其中的一个。

李海原名李荣康，他曾在廖磊身边工作，也曾担任李品仙、李宗仁的秘书。他是在金家寨恋爱结婚的。2002年，陈康在《安徽统一战线》杂志上撰文，介绍这"一对民革老党员的人生传奇"。

李海是广西东兴市人，1918年出生。他家世代务农，直至其父辈才农耕兼商，相对宽裕，使他能够在防城中学和广州知用高中读书。他学习成绩很好，在班上一直名列前茅。原想高中毕业后，再继续深造，但1937年卢沟桥事变后，李海矢志报效祖国，毅然参加了广西学生军，随军北上抗日。

1938年夏，李海随广西学生军第二中队进入安徽立煌金家寨，并开始在金家寨工作。廖磊就任安徽省主席后，李海就和郑忠、甘怀勋等一起被抽调到安徽省动委会，分配在组织部任干事，在地下党周新民、张劲夫具体领导下工作。

不久，省动委会决定设立皖东动员指导处，周新民、张劲夫签派李海任总干事。皖东动员指导处当时的地下党员很多，李海并不知道，但觉得他们都很热情，工作积极，因此相处得很好，大家都称呼他为"总干"，都支持他的工作。李海也受到了他们的影响，为今后的转变奠定了思想基础。

1939年10月廖磊病逝后，第五战区副司令长官李品仙接任第二十一集团军总司令兼安徽省主席，并兼任国民党安徽省党部主任，李海又被调往国民党安徽省党部工作。

有一天，他向同事谈论了自己想建立家庭改变没有固定食宿地点的处境，这位同事向他推荐了被人们誉为"大别山之花"的漂亮姑娘丁佩英。于是，他就开始主动与丁佩英接近。

丁佩英是安庆市人，安庆女子师范学校毕业，原在怀宁洪家铺小学任教。日军占领安庆后，她与家人失去联系，只身步行6天到金家寨，想参加抗日救亡工作。时逢省政府主办的抗日干部训练班招生，丁佩英报名参加培训后，被分配到省妇女会工作。由于她美貌出众，在金家寨有很多人追求她，可她没有动心。后来，她选中了李海。

李海在85岁高龄时还和老伴丁佩英向人们讲述当时他们恋爱的情景。

李海第一次看到丁佩英是观看她的劳军演出。当时丁佩英在歌剧《丈夫去当兵》中扮演主角——动员丈夫去当兵的乡下姑娘。她那俊俏的扮相，娴熟的演技和清亮的歌喉给李海留下了深刻的印象。

几天后，省青年抗敌协会（以下简称青抗）和省妇女抗敌协会（以下简称妇抗）联合召开首次理事会。李海是青抗理事，丁佩英和省党部另外两个女同志是妇抗理事，他们4人一起从省党部翻身越岭到船舫街开会。李海从皖东带回了一匹马。当时金家寨没有汽车，有马的也人很少，丁佩英见到马感到很稀奇。李海当即把马给她骑，他和另外两个女同志步行。李海很注意分寸，没有让那两位女同志察觉他对丁佩英有什么想法。李海给丁佩英留下了好感。

正是那天开会让丁佩英对李海有了进一步的了解。开会时，李海头一个发言，介绍皖东青年和妇女参加抗日救亡工作的情况，并对两会工作提出了一些建议。他的发言内容丰富，语言生动，使丁佩英心里头暗暗觉得这个人很有水平，同时也感到这个小伙子长得很英俊，这是她对李海的第一印象。后来丁佩英和她最要好的一位女朋友谈及李海，这位女友也称赞李海是美男子，劝丁佩英和他交朋友。

相互认识后，李海经常到丁佩英所在的宣传科阅览室看报，找机会接近丁佩英。一来二往，丁佩英觉得他话不多，不浮躁，脾气又特别好，也动了心。

丁佩英对自己的终身大事是很慎重的。她又托在财政厅工作的大姐夫考察李海各方面的情况。大姐夫考察结果认为，李海为人诚实，才华出众，是个可以托付终身的人。

就这样，这一对相遇在金家寨的年轻人就开始恋爱了，并迅速坠入爱河。不久，他们就结了婚。

李海为人机灵，文字功底好，受到李品仙的看重。丁佩英和李海结婚后，李品仙将丁佩英安排到省银行工作。不久，省党部成立人事室，主管全省国民党干部的任免，李品仙任命李海为省党部人事室主任。

抗日战争胜利后，实行党政分治，李品仙不再兼任省党部主任，就把李海调任为自己的机要秘书。从此李海有机会接触到国民党的许多军政要员和上层人物。1945年日本投降，9月，中国第十战区在蚌埠举行日军受降仪式，作为第十战区司令长官李品仙机要秘书的李海，亲历了整个蚌埠受降仪式的筹备和举行。

1945年底，李海随安徽省政府迁移到合肥，离开了金家寨。

在金家寨，李海工作了7年多的时间，他是广西学生军中在金家寨工作时间最长的人。

1946年内战爆发后，李海因对国民党当局反共、反人民政策不满，于1947年秘密飞赴香港，经李济深、朱蕴山介绍参加中国国民党革命委员会（以下简称民革），从而成为民革秘密党员之一。此后，他在民革中央组织部部长朱蕴山和中共华东局国区部上海工作组组长方向明的领导下，冒着极大的生命危险从事地下革命活动。

1948年4月，国民大会召开期间及李宗仁当选副总统之后，李海经李品仙介绍，担任了李宗仁的机要秘书，住在南京傅厚岗李宗仁官邸，与李宗仁及其夫人郭德洁一起工作生活，从而有更多机会了解到不少鲜为人知的内幕情况，他将各种情况迅速通过秘密渠道转给了民革中央。

蒋介石下野之后，李宗仁代理总统，此时国民党大势已去，李海遵照民革中央的指令，以担任国民政府代总统李宗仁的机要秘书身份为掩护，参与了几起策反国民党高级将领起义的工作。

1949年4月，他参与策动安徽保安第五旅在皖南起义，接应解放军渡江。

新中国成立后，李海到华北革命大学政治研读院学习，1950年底结业后又回安徽，从事省市民革地方组织的筹建工作，成为安徽民革的创建人之一。后来，担任合肥工业大学秘书兼民革支部主委。1957年整风运动中时被错划为右派，饱受磨难，但信念坚定。1978年平反后，李海历任合肥市民革副主委、顾问及合肥市政协第六、七、八届常委兼副秘书长等职。1984年，李海被民革安徽省委评为先进工作者，出席民革中央在北京召开的全国工作经验交流会，荣获时任总书记胡耀邦题词的奖状。

　　李海、丁佩英这对在金家寨恋爱结婚的伴侣，在人生的旅途上经历过许多风浪曲折和艰难困苦，他们生死相依，患难与共，不弃不离，相濡以沫，白头到老，共同生活了77年，成为令人羡慕的模范夫妻。

　　2017年3月27日，李海在合肥病逝，享年100岁。

　　金家寨是广西学生军走出校门投身抗战和工作、学习、生活经受锻炼之地，也是他们成长、成才之地。金家寨的历练对他们的人生之路，产生了重要的影响。

抗日救亡团体在金家寨

在金家寨，除安徽省动委会所属的工作团外，还有众多抗日救亡团体。这其中就有安徽学生军团、安徽省妇女战地服务团、安徽省动委会少年宣传团等，这些团体在安徽的抗战中，发挥了积极作用，谱写了各具特色的历史篇章。

安徽学生军团在金家寨

抗战时期，在金家寨不仅有广西学生军，还有安徽学生军，这就是安徽学生军团。

安徽学生军团于1939年春成立，地点在古碑冲。这是以广西学生军为样板成立的安徽学生军。

安徽学生军团开始由省动委会工作团讲习班输送的部分学员为建团的基础，又向社会招录了300多名青年学生，共有400余人。团长由第二十一集团军中将高参马起云任团长，新桂系中层干部吴广略任教育长，谭裕任政治科长，陶百中任军事科长。从广西学生军二队抽调一批骨干任中队长和政治指导员。由省动委会调狄超白、浦滨、方琦德等任政治教官，郑忠任政治秘书。

由于抽调担任中层干部和教官中有不少是共产党员，他们以合法的身份占据了政治工作的主要位置，使这个青年团体成为中共领导下的青年学生抗日救亡团体。学生军团中设有党支部联系会议，下辖3个支部，在鄂豫皖区委青年工作委员会和省动委会地下党组织领导下，开展抗日宣传和统战工作。

学生军团教学训练的内容以军事课为主，政治课为辅，比重是七分军事，三分政治。

学生军团是一支抗日救国热情很高的学生队伍。团里组织了话剧团、美术队、歌咏队、文艺演出队，宣传工作非常出色。话剧团频繁演出颇受民众欢迎；大幅抗战漫画、宣传标语，遍及金家寨山城大街小巷和附近村庄；雄壮的抗日救亡的歌声，更是时时在城乡回荡。

学生军军团团长马起云思想开放，他兼任大别山日报社社长，就在《大别山日报》上开辟有"学生军半月刊""学生军园地"等栏目，不断刊载时事论坛、学术讨论、青年问题等专题和学生军学习工作的动态，宣传团结抗战、反对摩擦，国共合作、抗战到底，延安出版的《解放周刊》等许多进步刊物也在学生军团中发行。新四军军长叶挺到访金家寨，他署名撰写《欢迎叶挺将军》的社论，刊登在《大别山日报》上，引起了强烈的社会反响。史沫特莱访问金家寨，他请史沫特莱为学生军学员做报告，受到了学生军学员的热烈欢迎。

学生军团的一系列政治宣传活动，震动了金家寨的社会各界，也得到了"抗日救亡中坚队伍"的美誉。

然而，学生军团的这些举动引起了新桂系右翼人物的忌嫌，他们和国民党CC派分子同流合污，一起攻击学生军团团长马起云是赤色分子，有野心。在这种情况下，马起云经廖磊授意，辞去了大别山日报社社长职务，随后，又不再担任学生军团团长。

对此，引起了学生军团学员和社会各界进步人士的强烈不满，掀起了挽留马起云和向反马派发起斗争的浪潮。

面对日益高涨的反马和保马的风潮，廖磊只好亲自出面，带着卫队来到学生军团，公开宣布自己兼任学生军团团长。这样，才平息了这场风波。

1939年10月廖磊逝世。月底，学生军团编为两个大队，离开金家寨古碑冲开往庐江、无为实习。两个大队各设有大队部、政治工作队、话剧团，并分别成立了中共总支部。中共鄂豫皖区委确定学生军团党组织由中共舒无地委领导，分别与庐江、无为县党组织建立联系。

至此，安徽学生军团离开了金家寨。

1942年2月，新任的安徽省主席李品仙加剧反共，电令学生军团立即返回金家寨集训，企图将学生军团中的共产党员全部清除掉。而中共为了创建皖中皖东抗日根据地，急需大量知识分子参加根据地各项工作。因此紧急指示安徽学生军团的全部党员和进步学员立即转移到新四军江北游击纵队司令部驻地无为开城桥集中。

在地方党组织和沿江新四军部队的协助下，学生军团地下党组织派到团内工作的广西学生军党员黎琦新、雷秀芬、王鸿斌、陈守善、赵素娥等人分期分批地带领大部分党员和进步学生200多人，顺利撤到开城桥，编入青年大队或教导队。

至此，安徽学生军团解散。

撤退到无为开城桥的安徽学生军团成员后来为创建皖中皖东抗日根据地，取得抗日战争胜利，英勇奋斗，流血牺牲，作出了重要的贡献。

省妇女战地服务团在金家寨

在金家寨还住着一个中共领导的妇女抗日团体，这就是安徽省妇女战地服务团。

安徽省妇女战地服务团是1938年4月在六安成立的。当时，皖北、皖中大部分地区相继沦陷，一些不甘日军凌辱的女学生从沦陷区先后流亡到安徽省政府所在地六安。中共安徽省工委决定通过省动委会向社会招收女青年，成立妇女战地服务团，培养女干部，组织广大妇女参加抗日救亡运动。

组建妇女战地服务团的消息一公布，广大女青年学生纷纷报名，年龄最大的有20岁，最小的只有14岁。中共安徽省工委为了加强对妇女战地服务团的领导，派从平津流亡过来的学生、时任第二十一集团军总部政治处干事的蒋岱燕任团长，胡晓凤任中共支部书记，并派在省动委会工作的孙以瑾来协助工作。

妇女战地服务团成立后，首先进行了学习培训。组织大家学习中共中央《抗日救国十大纲领》等文件，还请省动委会的几位进步人士当教员，进行形势教育，教唱抗日歌曲，提高独立工作能力。

妇女战地服务团开展的第一项工作就是到医院慰问和救护伤员。伤员大多是被敌人的炮弹炸伤的，伤口已经溃烂，腥臭扑鼻。这些姑娘们怀着对日本强盗的刻骨仇恨，忍受着难闻的气味，为伤员们包扎伤口，擦洗身子，洗衣、喂饭、倒尿、倒屎，还替伤员写信、寄信。一天忙下来，大家回到驻地，有的团员回想在医院的情景，禁不住呕吐起来，吃不下饭。可第二天，仍然坚持到医院护理伤员。

端午节到了，妇女战地服务团的同志将从生活费中节省的钱拿出一些，买了一些粽子慰问伤员，伤员们吃着粽子，激动得流泪。

1938年6月，在日军的威逼下，安徽省政府撤出六安，迁往立煌金家寨。机关的工作人员和逃难的人们潮水般地向金家寨涌去。妇女战地服务团一面抢运伤员，一面组织城关群众向后撤退，最后才在隆隆的炮声中，背着背包，穿着草鞋，冒雨行走八九十里赶到独山，继续战斗。先前到达独山的省动委会负责人看到这些女孩子浑身湿透，十分心疼，端来了烧酒，要她们每人喝一口驱驱寒气。团里的几位党员立即为大家烧开水，熬姜汤，发挥了模范带头作用，增强了全团的凝聚力。

在独山，妇女战地服务团进行了休整，并到农村开展抗日宣传，还排练戏剧并演出。

1938年9月，妇女战地服务团到达了金家寨，驻扎在戴家岭。到这里后的第一项任务就是到抗日前线战场慰问。

当时，国民党第七十一军宋希濂部、东北军第五十一军于学忠部、第三十军田镇南部在立煌、霍邱、固始边界的富金山阻击西进武汉的日军。妇女战地服务团奉命和第六抗敌演剧队、省少年宣传团一起同赴立煌与叶家集接壤的战场慰问抗日的东北军官兵。她们在防地的一座山上演出，对面就可看见日军的哨兵，但大家毫不畏惧，照常演出《放下你的鞭子》《松花江上》等剧目，同官兵们同唱《打回老家去》，东北军抗日官兵群情激愤，齐声高呼："打倒日本鬼子，还我东北！""打回老家去！"妇女战地服务团还将带去的慰劳食品，一口一口地喂到伤员嘴里，还给伤员们洗衣服，使他们深受感动。

妇女战地服务团的工作受到了各界好评，也引起了新桂系当局的关注，他们想控制这个团体。于是派了一个他们所信任的广西学生军成员黎琦新来担任副团长。他们没想到，派来的黎琦新竟然是共产党员。这样，等于给妇女战地服务团加了一个保护伞，工作开展得更顺利了。

在金家寨，妇女战地服务团的工作得到了老区妇女的大力支持。她们有的送来棉衣，有的送来布鞋，让服务团转交给抗日将士；有的把珍藏多年带有油印的《红军小调》歌本拿出来，教团员唱；还把皖西北道区苏维埃银行发行的银元送给团员作纪念，也使广大团员深受教育和鼓舞。

妇女战地服务团除参加公开的抗日救亡活动外，还负责与上级党组织秘密联系和情报传递工作。时常要把情报送到在白水河的中共鄂豫皖区委或在余家湾的新四军驻立煌办事处。她们多次躲过国民党特务的盯梢和跟踪，完成了情报传递任务。服务团党支部还抽出党员田浩德负责筹办了妇女洗衣社，吸收农村妇女和难民妇女参加。对外为各机关职员提供洗衣补衣服务，同时负责接待来往金家寨的中共女党员。

1939年9月，随着国民党顽固派在大别山区反共逆流不断加剧，妇女战地服务团根据中共鄂豫皖区委的决定，在团长解少江、党支部书记杜志的带领下，离开金家寨，经阜阳到涡阳境内活动。

至此，安徽省妇女战地服务团在金家寨工作了一年。

少年宣传团在金家寨

在金家寨还有一支由少年组成的宣传团，这就是安徽省动委会少年宣传团，他们是在金家寨的抗日救亡团体中平均年龄是最小的。

1938年6月，安徽省政府迁入金家寨后，大量沦陷区的流亡人员也涌入这里，其中有不少青少年。

为了发挥青少年的作用，进一步开展抗日救亡宣传，中共安徽省工委通过安徽省动委会，成立少年宣传团。

1938年初秋，在省动委会的组织下，少年宣传团正式成立。全团有40余人，除团长杨罕（后为吴道明）年龄大一些外，大都是10岁到16岁的少年，1/3是女孩。不要看他们年龄小，可都在中共的领导下，副团长袁万华、凌竟亚都是共产党员。

凌竟亚就是随母亲王若兰从定远逃难到金家寨的，住进了难民营。14岁的凌竟亚和16岁的姐姐凌惠元都参加了少年宣传团。

少年宣传团的驻地在金家寨城郊的高庙，这里距城区约5华里。高庙之所以作为一个地名，是因为这里山坡上有座庙，地势高，进庙要爬几十级的石台阶。

少年宣传团的主要任务是，通过唱歌、演戏、张贴标语等方式，进行抗日救亡宣传，学习文化。

安徽省动委会少年宣传团驻地——金家寨城郊高庙

（金寨县革命博物馆提供）

省动委会对少年宣传团很重视，组织人员专门写了团歌。团歌由省动委会主办的《文化月刊》主编朱凡作词，作曲家孟波谱曲。歌词是：

我们是少年宣传团，

我们在大别山这民族革命的最前线。

虽说我们年纪小，

肩上挑的是重担。

不怕苦，不怕难，

一面学习一面干。

又天真，又勇敢，

积极工作不贪玩。

打先锋，展开宣传战，

动员民众千百万，

夺回城镇同河山。

对这个都是天真烂漫孩子的特殊抗日救亡团体，社会各界都很关注和支持。广西学生军、省妇女战地服务团、抗敌剧社经常派人来帮助少年宣传团学习文化，传授音乐舞蹈知识，指导排练节目，省动委会的领导也来了解情况，及时帮助解决工作和生活上的困难和问题。

少年宣传团经过紧张的学习和排练，很快就在金家寨城镇和乡村开展宣传活动。他们自己挑着道具，自带干粮，到了村庄，在稻场竖立两根竹竿挂上幕布，点上油灯，就开始演出。小演员带有童音的歌声，未脱稚气的表演，活泼可爱，非常精彩，别开生面，深受欢迎，每次演出都很成功，赢得了热烈的掌声和夸赞。

少年宣传团还经常到抗日前线慰问演出。这年9月，他们和省动委会妇女战地服务团、第六抗敌演剧队一起组成慰问团到富金山前线慰问抗日将士。这些孩子不惧危险的勇敢精神和精彩的演出，使官兵们深受感动和鼓舞，增强了斗志和战胜敌人的决心。

1938年年底，新四军参谋长张云逸一行到金家寨找安徽省政府主席廖磊交涉新四军军费事宜。少年宣传团演出了《谁之罪》的话剧，揭露国民党顽固派破坏国共合作的阴谋，受到了张云逸的热情鼓励。《大别山日报》还为此作了新闻报道。

1939年，国民党顽固派反共加剧，少年宣传团仍然坚持进行抗日宣传活动。1940年2月，李品仙就任安徽省主席后，反共措施变本加厉，金家寨、大别山的天空乌云密布。此时，根据中共党组织的指示，一些抗日团体的共产党员和进步人士已经陆续撤出了金家寨前往新四军抗日根据地。而少年宣传团却承担着掩护的任务，仍照常演出，在金家寨营造正常的气氛。

他们大张旗鼓地在金家寨连续上演许晴编剧、黄灿执导的话剧《新年》，针锋相对地宣传共产党"坚持抗战，反对投降；坚持团结，反对分裂；坚持进步，反对倒退"的主张，许多观众看后，热泪盈眶，鼓掌叫好。而国民党顽固派看后，心中不满又束手无策。因为如果镇压这些受广大群众喜爱的小演员，必然会触犯众怒和社会舆论的谴责，也要担当破坏抗日民族统一战线的罪责。随着少年宣传团的演出，《新年》中的主题歌在金家寨传唱开来：

春天的太阳照山岗，我们的歌声响四方。

去年辛苦十二个月，流血流汗没有白忙。

与此同时，根据上级党组织的安排，少年宣传团内的共产党员分别带领党外同志一批批悄悄撤离金家寨，奔赴新四军抗日根据地。舞台上的演员在减少，他们就一个人顶几个人用，演出照常进行，使外界根本看不出他们的人在撤退。直到全团只剩下10个人时，演出才停下来。

随后，上级党组织派人到高庙，向副团长袁万华、凌竟亚交待撤退任务。由袁万华带部分团员先撤离，副团长凌竟亚留下善后，负责剩余人员的撤离。

凌竟亚这年才15岁，加入中国共产党才半年。他坚决服从组织的决定，圆满地完成了组织交给的任务。于1940年春节前，最后带着3名团员离开了金家寨。

省动委会少年宣传团这些少年们在金家寨投身抗战，创造了辉煌和奇迹，也开启了他们人生征战的第一步，后来他们很多人成为了新四军的战士，为中国革命的胜利作出了贡献。

当年最后离开金家寨的少年宣传团副团长凌竟亚，后来参加了新四军，继续从事文化宣传工作。新中国成立后，曾任南京艺术学院的副院长。

1990年，凌竟亚逝世。

省会态势的金家寨

金家寨成为安徽省的省会，是安徽政治、经济、文化的中心，为其发展带了机遇，促进了金家寨地区的发展。市政建设迅速展开，城镇规模急剧扩展。同时，工业、交通、商业、文化、教育、出版等各项社会事业也迅速发展，出现了前所未有的繁荣景象。

规模空前的金家寨

省政府迁入金家寨后，设立了金寨镇公所，四周增设了小南门、水西门、介石门、金钗门。镇区连接老城区另辟新区，从龚家畈到包公祠、石稻场至戴家岭方向沿山冲顺势建设街道，蜿蜒直达古碑冲，长约25里。建有中山路、中正路、民族路、民权路、民生路、干部路、驿运路等几条干道。其中，中山路为新市区主干道，宽约6米，长约5千米，商业中心在龚家畈至戴家岭之间，有"十里长街"之称。街道有船舫街、胜利街、月祥街、民有街、民治街、民享街、大同街、柏英街、治堂街、锦所街、菜市街、资平街、旧府街等多条，包公祠为闹市区的中心，还有军校同乐会、新生俱乐部、立煌大戏院等公共活动场所。到1941年2月，砖木结构的中山纪念堂落成；12月，立煌发电厂在戴家岭建成发电，金家寨有了电灯。新城区面积为20多千米²，全镇人口最多时有8.1万多人。

战时的省会金家寨具有战时的特色，防空设施到处可见。

为了防止日军飞机轰炸，保卫省会的安全，省政府保安处将立煌防护团扩编为3个团，辖警务、警报、消防、救护、交通管制、避难管制、工务7个班种，增设防空通信、防空射击、报警设施和立煌防空哨。金家寨为总哨所，下设分哨所，有专用联系电话。同时，将金家寨列为乙等防备镇，大建防空设施。在金家寨到处都有防空洞、防空壕。共建有公用防空洞78个，可容纳132600人；团体防空洞31个，可容290余人；公用防空壕134处，可容17400余人，团体地下室6处，每室可容250人。而金家寨标志性建筑11层的古塔锥子阁，也因防止日军作为轰炸目标而拆除。防空洞、防空壕比比皆是，成为当时金家寨的一个景观。

为了预防空袭，省里制定了单向演习计划，在金家寨先后举行了警报传递、灯火管制、交通管制、避难管制等演习活动。立煌县防护团先后会同第二十一集团军总司令部、立煌县警备司令部在金家寨举行了大规模防空演习。为了疏散人口，在金家寨的戴家岭、石稻场、龚家畈、塔子河、王家湾等地新建了市场。防空期间，白天进城人员不准穿红、白色衣服，不准带红、白色袖章，不准带镜子、照镜子，不准吹哨子。夜间不准点灯，照手电。

此时的金家寨，人们与战争的紧张、恐惧气氛相伴。

工业兴起的金家寨

金家寨的工业原本比较薄弱，有的也就是一些手工业作坊。从1938年至1944年，安徽省建设厅、教育厅、安徽省企业公司、立煌县政府及外籍寄居商人在金家寨办了一些工厂。

如印刷业，新办了中原出版社印刷厂、省企业公司印刷厂、省党部印刷所、时代印刷厂等6家企业；其中规模较大有省企业公司印刷厂和中原出版社印刷厂。企业公司印刷厂有职工70余人，主要印刷各种书报杂志；中原印刷厂厂址在张家畈，主要设备有手摇对开机1部，四开机2部，圆盘机4部，手摇铸字机1部，主要印刷报刊、账簿、卡、表等。

建筑业，迁来了华兴、复兴营造厂及复兴、三盛、祥新、森盛祥木器厂6

家企业。

纺织业，立煌县政府1938年在金家寨戴家岭建立平民工厂，有草房40余间。全厂有8个作业组，其中纺织组有七七式人力纺织机1架，每日可纺纱40千克；织布组有织机20部，每日可织布20匹（每匹约16.67米）；毛巾机10架，每日织毛巾1200条。此外，还有皖西三民工厂、皖西民主工厂等。

缝纫业，由于金家寨地区有10多万人，加之第二十一集团军总部驻扎，推动了缝纫业的发展。1938年建立了三民军服厂，有缝纫机30台，职工50人，生产军服；1944年建立的建华被服厂，拥有缝纫机60台，职工300余人。在金家寨市区有缝纫店铺12家，从业人员40余人。

制造业，有省立煌度量衡器制造厂、立煌小型机械厂、大中手工业卷烟厂、远东肥皂厂、立煌轻电池厂、雨亭疗药厂；立煌县办的民生造纸厂、立煌酒精厂。此外，还有一些制茶、酿造、食品等其他小型加工制造业厂家。

其中省立度量衡器制造厂由安徽省建设厅在金家寨张家畈兴办，有工人400余名，生产秤、台秤、砝码等度量衡器，供应全省。立煌小型机械厂是由省建设厅与教育厅联办的，于1943年兴建，产品有印刷机、碾油墨机、铜铁粉笔模、压面机、纺纱机等。

在电力上，安徽省建设厅在戴家岭建立省属立煌火力发电厂，有德国西门子生产的三相交流卧式发电机1台，功率35千瓦。后架设35千伏线路5公里，装灯1500盏。

交通改善的金家寨

金家寨的交通当时在大别山区算是发达的了。因为金家寨既有公路通汽车、还有水路通航运，另外还有一个飞机场，可谓水陆空交通齐备。

金家寨至六安的公路是1938年年底正式修通的，分两期进行。第一期早在1933年，由安徽省政府建设厅负责勘察施工，修建六安至流波䃥的公路，于1934年年底建成通车。第二期是修建从西鲜花岭起至金家寨的公路，此公路连接六安的韩摆渡，经西鲜花岭、麻埠、流波䃥、青山咀、留利坪、古碑冲、响山寺至金家寨，于1938年3月动工。这是安徽省政府为适应军事需要和安徽省政府迁往金家寨做好运输准备决定修建的，当时省政府主席李宗仁亲自下达手令，限令3个月完成，违限者军法从事。

当时修路全部靠征集民工，以乡保为单位，自带伙食，集中住在公路沿线。为了按期完成任务，天气晴朗的夜晚都在紧张施工。公路通过的河道一律搭便桥。方法是将河道淤泥挖空，上面将松木排齐铺底，用蚂蟥钉扣紧，宽度为5米。上面再用松木横竖排架叠放，这样层间可流水，上面可以通车。

到1938年6月，六安到金家寨的六（安）立（煌）公路基本修通，全长141公里，立煌境内70公里，年底正式通车。这是立煌境内的第一条公路。

1941年8月，为了防止日军入侵省会驻地金家寨，自行破坏了古碑到麻埠的路段。1942年7月，修复了古碑至流波䃥段。1945年，六立公路再次全线通车。这条公路在省政府迁入和迁出金家寨中发挥了重要作用。

水上交通。史河航道有毛排300多对，主要运输生产、生活用品。1940年12月，安徽省驿运管理处在金家寨和叶集分设驿运站，管理水上毛排运输。在金家寨上码头、下码头、塔子河有3个搬运装卸队，有搬运工人40多人。另设立起运队，主要负责从板闸堰粮库挑运粮食到金家寨，供省、县机关人员食用。

1943年，安徽省驿运管理处车船制造厂会同立煌驿运站制成"江声""江风"号客运竹筏两对，于7月19日正式在金家寨和叶集之间载客运营。

金家寨史河边的码头
（陈绍禹之子王丹之提供）

"江声""江风"号客运竹筏的制作非常精巧。取长约2丈*、直径约三四寸的毛竹60根，刮去表皮。在每个竹节都钻上小孔后，将竹子放在火上烧炙至焦黑，这样竹子就不会在烧烤中炸裂。然后将小孔用木条堵塞严实，接着就将竹子按其大小配合捆扎成竹筏。竹筏上横着大梁，梁上再铺上木板，木板上放置各种设备、器皿和木棚。每只竹筏上有两个木棚，每个木棚长1丈2、宽6尺、

---

* 丈为非法定计量单位，1丈等于3.3米。

高5尺，门窗桌凳，一应齐全，人置其中，如同在房屋中一样，食宿都方便。所以，深受欢迎，乘客很多。

金家寨飞机场主要是供军用飞机使用。由于日军飞机经常轰炸金家寨，飞机场是日军飞机轰炸的重要目标，不久飞机场就被炸得坑坑洼洼，很少有国民党军队的飞机降落。平时成为开大会的广场。遇有特殊情况，抢修后临时使用。1944年至1945年，美军飞机执行任务坠毁后，有不少被营救的美军飞行员就是从金家寨飞机场乘飞机返回部队的。

通信枢纽的金家寨

在安徽省政府迁入金家寨前，1933年在金家寨老城街设有邮局，为三等乙级邮局，隶属于苏皖邮务管理局。1936年7月隶属安徽邮政管理局。1938年安庆沦陷后，金家寨邮局改由河南邮政管理局办事处代管。

安徽省政府迁入金家寨后，邮局于1940年升为二等邮局。

1942年9月，在金家寨设立安徽邮政管理局立煌办事处，林卓午任办事处主任，郑廷杰任财务帮办，接管了河南邮政管理局办事处代管各局，辖安徽40个局，代管苏北7个局、鄂东10个局、豫东27个局。立煌县邮政局为一等邮局，兼办汇款、储蓄、人寿保险等业务。随着城区的扩大，先后辖设中正路邮政支局、石稻场代办所、戴家岭代办所、响山寺代办所、古碑代办所、槐树湾代办所。全局员工约70人，其中正式员工47人。在金家寨市区设信箱、信筒111个，由信差每天收取两次。在立煌县以下，设信箱、信筒71个。1942年，立煌县邮政局日均出口平函600余件，快信133件。1945年，平均每天办理包裹2件，小包2件。每月出口汇票平均400余张，兑付汇票1500余张，并经转麻埠、苏家埠、霍山、六安、霍邱、叶集、毛坦厂、流波磹、罗田、广济、浠水、刘公河、礼山、麻城、黄梅、黄土岭、英山等地汇票。

发行的金家寨本地挂号报刊有《皖报》《安徽日报》《公论月刊》《安徽党务公报》《省府公报》《中原月刊》《国民教育》《指导月报》《新干部》《司法公报》《安徽教育》等10多种。

因金家寨成为安徽省省会，来往公文函件频繁，邮政机构不足，1938年12月，省政府建设厅在金家寨设立立煌递步哨总站、分站各1处，在安徽非沦陷区各县设分所，在立煌境内设乡镇站24处，为公事邮政，不办私人函件。

电信在省政府迁入前，金家寨1933年就设有立煌电话管理处，管理处主任张正平。下设麻埠、流波磹、汤家汇、丁家埠、南溪、吴家店等分站。各分站配设磁石交换机1部,员工3人。

1934年,在立煌设立省无线电总台1座,功率100瓦,下有分台6座。金家寨有5瓦电台一座,与六安、合肥、舒城、霍山等地通报。

1938年9月,安徽省电话局由安庆迁入金家寨,设省立立煌电话局,隶属省建设厅,管理全省长途电话和县内电话。全局设二科一室,管理站两处,分站19处,共89人。拥有长途电话线路6条、共268公里,交换机5部,容量35门。当时的长途电话及县内长途电话都不收费,不对外开放,主要为党政军机关和防空服务。

1939年4月设豫鄂皖边区电政专员办公处,下设立煌电报局,下辖30个局。以立煌为中心的电路网沟通了河南潢川、固始、息县、光山、经扶、郾城及湖北的黄冈、滕家堡、麻城、英山等地。同时,立煌至郾城设有高速机电报电路,并设5瓦电台一座,与万县、屯溪、老河口、西安、洛阳、郾城、临泉、界首、阜阳、河溜等电台通报。立煌电报局1943年的报务次数为95132次,收入法币45万余元。

1942年2月18日,金家寨设市内公用电话,由省立煌电话局管理。共有磁石交换机18部,容量175门,电话机187部,电话用户有110户。其中官厅80部,私人14部,商号16部。

此时的金家寨,已经成为大别山邮电通信枢纽的中心。

商业繁荣的金家寨

金家寨原本就是一个繁华的皖西商贸重镇,省政府的迁入,大量商家随之涌入,加之人口剧增,使金家寨的商业迅速发展,更加繁荣。

随着私人个体和合股经营的商店、货栈、饭店等服务业的发展,金家寨经营米、盐、生丝、桐油、山纸、木竹等土产杂货和日用品的店铺数以千计。在闹市区包公祠一带,各类商店的招牌琳琅满目,如吕春和号、余祥泰号、中和仁号、刘同圣号、福盛长号、永昶宝号、陈三阳号、洪会春药号、尚武药房、复兴商店、胡祥源商店、裕昌商店、泰和商店、德茂商店、恒丰商店、宏大商店、瑞祥商店、程隆兴商店等,置身其中,"商味"浓郁。

1941年10月,安徽省政府在金家寨创办了安徽省企业公司,实行产、供、销一体化经营,拥有资金2000万元,设生产、贸易、信托3个部,开办纺织、印刷、制革、化学工艺、炼铁、造纸、丝织、农场等厂(场),附设盐站,并在阜阳、屯溪、霍山等县和湖北罗田藤家堡等地设立外埠贸易办事处。这个公司实际上为国民党第二十一集团军所控制，曾一度与日伪地区的商户在田家庵、蚌埠交换货物，不择手段，牟取暴利。

金家寨1936年原有立煌合作社，由豫鄂皖三省金融救济处负责指导。1937年该处改称为安徽省合作委员会，并在金家寨设立办事处。1938年改称为安徽省农村合作委员会驻立煌办事处，后改为指导处，由县长兼处长，业务上归安徽省建设厅管理。

1938年以后，省在金家寨还成立了两个消费合作社。一个是省建设厅成立的建设厅消费合作社，其宗旨为"满足需要，调剂供求，平衡物价"。建设厅消费合作社设在金家寨张家畈大柳树，主要经营生活上及公务上的必需品。另一个消费合作社是大别山消费合作社，这个是股份制的合作社，宋世科为理事会主席，该社地点在戴家岭。

1939年7月，安徽省农村合作委员会驻立煌指导组对立煌境内的合作社进行了整顿，在原有的35所合作社的基础上，组织新建了52所。其中，茯苓生产运销社5所，茶叶生产运销社10所，铁料生产运销社12所，粉丝生产运销社3所，皮纸生产运销社2所，消费合作社1所，其余皆为信用社，共有会员3937人，股金国币19376元。1940年，这些合作社经营茯苓19425斤，茶叶12370篓，铁产品184万斤。1943年8月，金家寨成立了立煌县合作社联合社，县长郭坚任理事会主席，国民党立煌县党部书记长曹俊源为监事会主席，立煌县临时参议会议员江伯良为理事。

在金家寨的上码头、下码头，到处有经营木竹的堆场，来往客商络绎不绝，装运木竹的毛排云集，满载齐发，犹如长龙，顺流而下，销往固始、霍邱、六安、正阳关、蚌埠以及淮河北岸数县。

金家寨的餐饮旅店等服务业齐全，数量多而有档次。官办的有立煌社会服务处下设的新生俱乐部、盟军招待所；民办的有高升、新街、和济等20多家客栈；大的酒家有三三饭店、四美村、大观园、太平洋等7家酒家，承办和菜、筵席、西餐；理发店有40多家，新新、华容等理发室都设有20多个座位；照相馆有特别快、达尔美等40多家，可拍1.5米的团体照。有浴池7家，新生活浴池有300多个座位。

另外，金家寨还有不少妓院，发证营业的妓女有90多人。这些妓院多在山边的坎子上，群众将之称为"王八坎子"，时有外地名妓流聚，引得嫖客趋之若鹜，毒化着社会风气。

在金融服务上，省以上银行在金家寨设立的机构有安徽地方银行、中央银行立煌分行、中国农民银行立煌办事处、中央信托局立煌代理处。县内设立的金融机构有立煌县银行、立煌信用合作社。

此时的金家寨显示着都市的繁华。

文化中心的金家寨

金家寨的文化事业随安徽省政府的迁入应运发展。

省政府为发展全省战时文化事业，于1939年1月在金家寨成立了安徽省动委会战时文化事业委员会，中共党员和进步人士从中发挥了主导作用。其他在金家寨的文化机构有立煌社会服务处、中国文化服务社立煌分社、立煌县民众教育馆等。

立煌县民众教育馆设馆长1人，职员4人，内设教导组、总务组、艺术组，开办图书、阅览、游艺室，绘制宣传画、壁报，组织歌咏队、话剧团、节日灯会，收集整理民间文艺和地方文献，管理流动艺人，实施失学民众的补习，设民众代笔询问处。

安徽省各界在金家寨出版的报纸杂志先后共有67种之多。其中有省政府主办有《大别山日报》，省动委会和社会各界出版的有《动员月刊》《青年月刊》《文化月刊》《妇女月刊》《战时文化》《文艺丛刊》《大众知识》《大别山画报》等，国民党安徽省党部主办的有《皖报》等。国民党立煌县党部办的有《立煌导报》《立煌话报》《立煌画报》。其中《大别山日报》创刊于1939年5月，因其办报宗旨有明显进步倾向，当年12月被省政府下令停办，全部资产和部分人员并入了《皖报》社。

在金家寨成立了中原出版社，组建直属书刊印刷厂，发行综合性《中原》月刊，还出版了一批丛书和单行本书。1944年又成立了华中出版社。

在金家寨的文化团体主要有：1939年3月，省动委会青年抗敌协会的青年剧团在金家寨成立。12月，省保安处救亡剧团也在金家寨改建为大别山剧团。1940年后，又成立了青年剧社和抗建艺术社、战时工作干部训练团剧社、业余俱乐部、战友俱乐部、立煌京剧团等，另外还有戏剧研究会、绘画研究会、歌咏研究会、上海文化界战地服务团、江都文化界抗日救亡宣传团、中央抗敌演出团第六队，聚集了戏剧家刘保罗、赵景琛，作曲家许晴、孟波，画家于仲、莫朴，作家姚雪垠，诗人蒲风、臧克家等许多全国文化名人。演出《飞将军》《我们的故乡》《汪平沼协定》《满城风雨》等宣传抗日的话剧和京剧《梁红玉》《满江红》《北汉王》《卧薪尝胆》等剧目。

金家寨较大的书店有一品斋书店、北新书店、时代书店、中原书店和生活书店，出售延安、武汉、重庆、上海、桂林等地的进步书刊和鲁迅、高尔基、茅盾等进步作家的作品。

省立图书馆迁入金家寨后，藏书3万余册，于1940年2月在金家寨石稻场正式开馆。1943年1月日军进犯金家寨，图书馆的房屋、图书被焚毁。后新建两层小楼，取名为德邻（李宗仁的名字）图书馆。运来疏散于桐城黄甲铺的2万余册图书，新增图书1万余册，于1944年5月1日正式开放。同时建有碑亭一座，藏《戏鸿堂碑》113方*。

1940年6月12日，大别山新闻社成立。

1940年7月12日省政府在金家寨设立安徽省广播电台，开始广播新闻稿件。

1943年9月1日，《安徽日报》出版发行。

1944年7月7日，立煌通讯社成立并发稿。

国民政府军事委员会政治部电影队第七队驻金家寨，省电影队、省教育厅电影队也在立煌放映宣传抗日的影片。

金家寨当时的文化氛围浓厚，具有战时省会的文化特征。

教育基地的金家寨

省政府的迁入，促成了金家寨教育事业的大规模发展。在金家寨地区的大、中、小学校就有27所之多，是安徽省培养各类人才的基地。

小学有15所，其中省立小学有3所。分别是：

安徽省立立煌临时小学，1939年在郑家湾创办，另在张家畈、傅家湾、柯家湾各设有分部。开始共有17个班，学生900余人。第二年各分部单独设校。到1941年，郑家湾13个班，学生543人；张家畈6个班，学生360人；傅家湾6个班，学生227人；柯家湾6个班，学生196人。

1946年1月，省立立煌张家畈小学由金家寨迁至合肥，学校更名为安徽省立合肥实验小学。现为合肥第四十五中学。

在安庆的安徽省立高崎小学，随省政府迁入金家寨，将原郑家湾小学改为安徽省立高琦小学，并保留幼稚园。后附设成人班，学员50人；另在戴家岭设有妇女识字班，每日学习两小时。1946年春迁至安庆。现为安庆市高崎小学。

安徽省第一战地儿童教养院，1938年创办，收教沦陷区难童，校址在古碑

---

* 此处指立方米。

冲司马舒氏祠。一至六年级有6个班，儿童303人。收教难童最多时达780余人。

在金家寨还有安徽省实验中山民众学校，设有成人班、妇女班、儿童班。

省政府在金家寨时，在金家寨地区有中学5所，其中省立2所，私立3所。

安徽省立第六临时中学，原为省立第一临时中学诸佛庵分部，1939年2月成立，6月改为省立第六临时中学，1940年迁至金家寨傅家湾，有高初中7个班，学生317人，教职员27人。1944年又迁至槐树湾龙井沟。抗日战争胜利后，迁至合肥。

省立立煌女子中学于1943年创办，校址在金家寨柯家湾。第二年春共开6个班，高中3个班，初中1个班，简师2个班，共有学生252人，教职员33人。抗日战争胜利后，迁往合肥。现为合肥市第四中学。

另外，1938年春，外地中学千余名流亡学生流亡到流波磹，安徽省教育厅在流波磹成立了安徽省立第一临时中学。

省政府迁出金家寨后，在金家寨包公祠设立了安徽省立立煌中学。

私立的4所学校是：

安徽省私立天柱中学，1941年创办，校址在金家寨余家湾，设初高中12个班，学生有700余人。学校校风较好，教学水平较高，受到社会好评。当时社会上就流传"想读书，上天柱"的美誉。1945年暑期，该校迁至桐城黄甲铺。

安徽省私立抗建中学，1941年创办，校址在张家畈，设初高中6个班，学生300余人。

安徽省私立中正初级中学，1942年创办，校址在金家寨包公祠，原名四维小学校。1943年元月校舍被日军焚毁后，秋季在姜家湾重建，改名中正初级中学。名誉校长李宗仁，董事长韦永成，校长蒋华秀。抗日战争胜利后，迁往合肥。

安徽省私立贞干中学，1942年创办，是省皖干团干训生为纪念团主任李品仙而设立，办学基金由皖干团干训生筹集，原名私立鹤龄（李品仙字）中学，后遭社会舆论谴责，改名为私立贞干中学。校址在金家寨苎麻湾。1943年元月校舍被日军焚毁后，学校迁至船舫街大王庙。第一期招收高、初中一年级新生各3个班，第二期高、初中各2个班。学校有教职员30人。抗日战争胜利后，搬迁至合肥大兴集，后改为省立贞干中学；在阜阳的贞干中学第一分部，1945年改名为贞固中学。

在金家寨的专业技术学校省属3所。分别是：

安徽省立煌工业职业学校于1941年创办，校址在金家寨天堂湾。学校设纺织及应用和化学两科，初级4个班，高级2个班，有教职工49人，学生300余人。抗日战争后迁至安庆，改为安庆高级工业职业学校。1953年，安庆高级工业职业学校土木科并入上海有关学校，机械科与合肥、芜湖有关学校合并，学校解体。

安徽省立立煌高级商业职业学校创办于1942年，校址在金家寨石峡口，学校开始设高级会计、簿记两科，一年制初级1个班，高级5个班，学生223人。第二年招收高级簿记科、银行科、统计科、会计科各1个班及初级会计合成科1个班。抗日战争胜利后，迁至芜湖，改名为安徽省立芜湖高级商业职业学校，后成为安徽商贸职业技术学院的重要组成部分。

安徽省立立煌高级助产护士职业学校于1943年创办，校址在金家寨包公祠。开助产、助士两个班，学生94人。第二年改为高级医士职业学校。1946年2月迁至安庆。1952年改名为安徽省安庆卫生学校。

在金家寨的师范学校，有省立师范学校1所，县属1所。

安徽省立立煌师范学校创办于1940年，校址在金家寨城关。设有特师科1个班，分艺术、体育两组，学生41人，一年毕业。简师13班，后师1个班，学生共609人，教职工49人。第二年迁至霍山诸佛庵，改为省立霍山师范学校。

立煌县立简易师范于1942年在墩塘羊毛岭创办，后迁至金家寨包公祠。开设课程有公民、国文、数学、物理、化学、历史、地理、动植物、教育概论、教育心理学、小学教学法、体育、音乐、美术。学制为一年制和四年制。一年制毕业两届，毕业生89人；四年制毕业两届，毕业生60人。

在金家寨有1所高等院校，就是安徽学院。

安徽学院于1941年由安徽省政府创办，始名安徽省立临时政治学院，设有史地、教育、政治和法律4个系，学生237人，教职员工61人。院长由李品仙兼任，后由刘乃敬接任，教育长朱清华。学院设备简陋，但教师阵容整齐，有国内知名教授赵景琛、胡嘉、文启昌、姚奠中等。院址在金家寨郑家湾，后迁到古碑冲黄集。

1942年下半年，撤销政治、法律两科，改设中文、英文、教育、历史、地理、数学6个科，改名为安徽师范专科学校，学生344人。

1943年秋，改名为安徽学院。学院分大学本科和专科两部。大学本科设中文、英文、史地、政经和数学5个系，学习年限为4年；专科设教育、理化、艺术、银行会计、体育5科，学制两年。在校学生744人，教职员工300余人。另在屯溪设立安徽学院皖南分院，有土木、农林、银会3个系科。院长由朱佛定担任，1945年朱佛定调离，由刘天予代理。

1944年安徽学院教职工在金家寨边的古碑冲合影

（中共金寨县委党史县志研究室提供）

安徽学院是当时省内唯一一所高等院校。抗日战争胜利后，学校迁往合肥东南郊的长临河集。1946年，安徽学院又搬迁到芜湖，定址赭山南麓。1949年12月，省立安徽学院与国立安徽大学合并为新的安徽大学，成为现安徽师范大学办学历史的重要组成部分。

安徽学院自1941年春创立，至1949年12月与国立安徽大学合并为止，历时9年，三迁校址，三易校名，经历坎坷，培养本专科毕业生共964人，为安徽省各条战线输送了人才，为当时的安徽发展作出了重要贡献。因此，省立安徽学院在近代整个安徽教育史上占有重要的地位。

此外，在金家寨，体育、卫生、科技等方面也有不同程度的发展。

虽在战时，临时省会的体育活动仍丰富多彩。在金家寨的各机关单位职工经常开展篮球、乒乓球、羽毛球、排球、田径、棋类、武术等体育活动。

1942年，省政府将金家寨城郊飞机场辟为公共体育场，设有简易篮球架和排球网，利用跑道开展田径活动。1943年，省政府在黑龙潭修建游泳场1所，设有男女更衣室和休息室。1945年，省政府在金家寨成立了围棋研究社。省立立煌师范和安徽学院开设了体育班和体育科，培养了体育师资人才。

各学校都开设了体育课，多次举办规模不等的学生运动会。1940年省教育厅在金家寨举行春季篮球锦标赛；1941年冬，省教育厅在立煌飞机场举办了安徽省会中小学生第一届联合运动会，以田径为主，还有技巧、体操、篮球等项目，会期4天；1942年，励志社在金家寨举办安徽省会春季运动会，其中象棋表演别开生面：以广场为棋盘，用石灰画线，花盆做棋子，两棋手相对坐指挥台上发号施令，由士兵移动花盆棋子；1944年，省教育厅主办省会各界联合运动会；同年秋，第二十一集团军总部欢迎李宗仁视察立煌，举办了"德邻杯"篮球锦标赛；1945年，省社会服务处还举办了"啸如杯"篮球、排球表演赛。

随着省政府机关和部队的进驻，金家寨地区的医院和药店也随之增多。医疗机构有：省立立煌医院、省卫生总队暨立煌分队、立煌县医院、基督医院。此外，还有安徽省保安司令部医院和三十四医疗防疫队及八十八、八十九、一〇〇兵站医院等医疗机构先后迁住金家寨、流波镇等地。在金家寨的中西药店有24家。

其中省立立煌医院建于1938年，初设在金家寨石峡口，后迁至包公祠，设有内科、外科、眼科、妇产科和耳鼻喉科，有普通病床50张，高级病床30张。抗日战争胜利后，随省政府迁入合肥，改名为省立合肥医院。

科技事业也有了发展。1939年，安徽省政府在金家寨设立省会气象测候所。1941年9月21日，该所组织导淮事务所、省建设厅测量队共9人在金家寨詹家畈进行日食观测，当时绘图20幅，拍照片8张。1944年，省政府在金家寨和县境内设立水文站、雨量站，记载史河水位和降水情况。在农业技术示范推广上，建立了省立立煌示范农场和省企业公司农场。省政府为促进茶叶生产，专门设立了皖西茶叶指导所。

劫后重生的金家寨

　　1943年1月2日，是金家寨永远不能忘记的日子。这一天日军攻进了金家寨，金家寨遭到了巨大的劫难。此后，金家寨劫后重生，但元气大伤，规模缩小。抗日战争胜利后，安徽省政府迁出金家寨，金家寨又失去了省会的风采。

日军进攻金家寨

　　1938年6月至1943年1月，在安徽省政府迁入金家寨的4年半时间里，日军早就想进攻立煌，占领金家寨这个省会要地，但由于种种原因，虽然日军派出飞机多次轰炸金家寨，但一直没有派出地面部队进攻。大别山抗日根据地日益巩固，为何日军突然又进攻金家寨？一个重要原因就是日军第十一军司令官冢田攻乘坐的飞机，在太湖被国民党军队击落，冢田攻等11人毙命。

　　冢田攻曾参与日军向华北增兵和进攻上海的决策。日军在进攻上海时，冢田攻被任命为方面军参谋长，统一指挥上海派遣军在上海方面的作战和第十军在杭州湾的登陆作战，后协作华中派遣军司令松井石根指挥攻陷南京，是南京大屠杀元凶之一。

1942年6月，冢田攻被任命为日军中国派遣军第十一军司令官，驻扎汉口。冢田攻上任后就积极配合实施日军大本营制定的"五号作战计划"，准备对重庆进行一次决定性的打击。

就在这年夏天，日军在湘赣会战中遭到惨败，士气消沉。为挽回这一局势，日军中国派遣军司令部在南京召开侵华日军各方面军司令官参加的高级军事会议，再次研讨"五号作战计划"的具体军事进攻方案，并定于1943年春开始实施，企图将侵略魔掌伸向中国的战略后方，彻底灭亡中国。同时决定在12月底对其威胁最大的华中地区的大别山游击区进行大扫荡，准备调集主力师团，共5万余人，委任冢田攻中将为指挥官，兵分六路向大别山游击区同时发起进攻。

然而，南进日军却在太平洋战场上遭遇了一连串的失败，日军大本营为了能够集中兵力，重新取得在太平洋战场的优势，不得不下令中止"五号作战计划"，此举立即遭到以冢田攻为首的侵华日军激进派的强烈反对。1942年年底，日军大本营鉴于日军内部分歧严重，决定由日军中国派遣军司令官畑俊六在南京主持召开高级别军事会议，讨论是否继续执行"五号作战计划"，以平息内部纷争。12月18日，冢田攻在南京参加会议后，率高级参谋藤原武等9人，乘飞机返回汉口，这天，大雾弥漫，能见度很低。10时许，飞机经过太湖县境内时，飞得较低。驻该县张家畈以南高山的桂军第四十八军一三八师四一四团炮兵和重机枪连，听到从南京方向传来飞机声，决定给予打击。在四一四团副团长的指挥下，当日机飞到顶空时，循机声方位导前200米，突然以密集的炮火对空射击，日机被击中起火下坠，冲撞到弥陀寺附近的筋竹冲烧毁，冢田攻毙命，同机毙命的还有藤原武等9名军官和2名机务人员，共11人。冢田攻和藤原武等9名军官和2名机务人员被烧成了焦尸，臭不可闻。巧合的是，就在同一天，日本陆军省刚刚颁布了晋升冢田攻为陆军大将的命令，这使得他成为了中国军队在抗日战争期间击毙的日军最高将领。

冢田攻被击毙，日军疯狂报复。立即兵分两路：一路由武汉经蕲春县张家榜直到弥陀镇，一路由安庆经太湖县城沿长河直窜弥陀镇，当地国民党驻军闻风而逃。弥陀镇是千年古镇，日军到达后烧杀抢掠，无恶不作，180多家店铺被烧毁了173家，几乎成为一片废墟。日军强迫青壮年劳力挖出冢田攻等人的尸骨，运往武汉。

随后，日军探悉立煌地区防务空虚，便向武汉日军长官部报告。武汉日军长官部当即决定进攻立煌金家寨，迅速派高桥多贺二第三师团一部向鄂东麻城宋埠集中，与先行部队沙本联队共8000余人，后分东、西两路6000余人进袭，九江、安庆、津浦路的日军也同时出动策应，摆出围攻大别山的态势。

12月25日，东路日军攻占湖北罗田后，由第六十八联队为主组成卢田支队加上伪军民伕共4000余人，抵达僧塔寺，经瓮门关、中界岭于31日进入立煌的后畈。国民党第二十一集团军总部设在后畈黄氏祠的6个弹药库被日军炸毁，守库的国民党保安第九团两个排被枪杀；关押在弹药库中为国民党运输军需物资的30多个民工全部被炸丧生。日军在仓库边抓到一个小孩，刀劈两半后又扔进火里。接着，日军一股到泗州河小街烧房抢物，奸污妇女；一股深入到国民党第四十八军军部深沟铺，抢掠粮食，焚毁仓库。两股日军在龙门石会合。在龙门石，日军将河边待运的数堆木材浇上汽油焚烧，并将沿途抓到群众10余人扔进火海，活活烧死，一余姓妇女遭轮奸后被刺死。随后又继续向西进犯马面山、八河，准备从茅坪、古碑冲进攻金家寨。

东路日军从瓮门关进入立煌境内，没有走前畈经燕子河到流波䃥至金家寨的大路，而是选择了深山老林、山高路陡、道路崎岖的捷径。他们日夜兼程，居然没有迷失方向，没有走错路，是因为前面有一队身穿黑色衣服的敌伪汉奸，携带着一本极为详细的地图，地图上不仅有村庄、道路，连路边有特征的大树、土地庙、岩石都有标注。他们每到一个岔路口，就打开地图对照辨认，并给后面的日军做出标记，因而日军进展顺利。此时的金家寨已是岌岌可危。

在金家寨国民党第二十一集团军总部的周边，有所属的4个军驻扎。第七军驻安徽六安独山，第三十九军驻湖北罗田滕家堡，第四十八军驻安徽霍山深沟铺，第八十四军巡逻在商城、固始之间，对大别山抗日游击根据地的核心金家寨形成拱卫之势，但在金家寨周边却兵力空虚，加之第二十一集团军总司令李品仙这时又到重庆开会，其职位由副总司令张义纯代行，而张义纯在桂系中威信不高，指挥不畅，这些都为日军远程偷袭金家寨提供了机会。

早在1942年12月中旬，日军调兵遣将到鄂东，有侵入大别山的倾向就在金家寨军中有所传闻，而张义纯等将领认为金家寨周围有4个军守备，日军不敢贸然来犯；现在敌人出动是小股部队，是到大别山寻冢田攻尸体，不是进攻金家寨，仍疏于戒备。

当日军进攻瓮门关，炸毁第二十一集团军隐蔽的6所弹药库，巨大爆炸声不断传到金家寨，罗田的日军已经靠近立煌边界情报传来时，张义纯已经意识到日军有可能突袭金家寨，大为惊恐。他急令第八十四军驰援立煌，并于12月31日上午9时许，在警备司令部召开驻金家寨的第二十一集团军警卫团、省保安团、立煌县自卫大队等部队主官紧急会议。他神情紧张地说："日寇已从湖北滕家堡向我大别山立煌根据地进犯，我们必须迅速派一部分部队到松子关要塞去阻击。保安四团长吴建平和县自卫大队长江亚东地形熟悉，为先头部队，跑步前进，天黑之前要赶到松子关；警卫二团、警卫三团带部队随后前往，其他部队做好战斗准备。"随即散会，部队立即行动。

吴建平和江亚东率部火速向离金家寨约百里的松子关进发，天黑时赶到了距松子关15里的小镇吴家店，将前线指挥部设在这里。战斗力最弱的县自卫大队被安排到最前沿承担阻击任务。大队长江亚东率部随即赶到离松子关5里的观音堂，连夜构筑工事，彻夜守备。

1943年1月1日凌晨，江亚东发现从松子关来了一队人马，一看是国民党军队。原来他们是第三十九军追击日军的部队，以为日军通过了松子关。天刚亮，江亚东就得到派出的侦察兵报告，日军于昨夜兵分两路，一路从长岭关到斑竹园方向去了，一路经瓮门关，烧毁了总部弹药库往茅坪方向去了。江亚东担心，日军这是要从两面进攻金家寨。

安徽立煌与湖北罗田交界的松子关
（中共金寨县委党史县志研究室提供）

显然，张义纯的判断失误了。出乎他的意料，日军并未走松子关，而是一路从瓮门关，一路从长岭关进入立煌境内。

但张义纯仍心存侥幸，认为在湖北滕家堡的第三十九军肯定能抵挡日军一阵子，日军可能不会很快进攻金家寨。为不引起混乱，安定人心，他故作镇静，没有在金家寨采取戒备措施，一切照常进行。

然而，此时金家寨的百姓对这即将到来的劫难一无所知。金家寨的大街小巷到处贴满了"抗战必胜"等红绿标语，到处张灯结彩，还建起了"庆祝元旦"的彩门，一派喜庆气氛。1月1日，将按照省政府的布置，照例在金家寨飞机场召开工农兵学商各界民众庆祝元旦大会，下午有京剧团的日场演出，晚上还要举行提灯游行。各个单位还安排了会餐。

元旦上午，金家寨飞机场的会场上，彩旗招展，挤满了各机关团体公务人员、部队军人、学校师生和市民。

代行省主席职务的第二十一集团军副总司令张义纯、参谋长陆荫辑和国民党省党部书记杨绩荪等出席了大会。张义纯在庆祝大会上作"抗战建国"的报告，还特别说到日军的动态："近来鄂东敌人有蠢动迹象，这是日寇的故伎——装模作样，大别山虽不是铜墙铁壁，决不会让敌人轻易进来，真的要来的话，就让他填在大别山的沟壑里……"。这时，有人向张义纯附耳私语，下面人群开始骚动，张义纯便草草结束报告，大会也提前收场。

原来两股日军逼近金家寨的消息传到了第二十一集团军总部，张义纯惶恐万状。这时，原驻南庄畈的一七三师主力已奉调到潢川、光山一带，第八十四军还在赶赴的路上，立煌只有总部特四连、第一七三师师部（战斗部队仅两个连）以及第四十八军军长苏祖馨和第七军军长张淦火速调来应急的第一三八师四一四团和一七一师五一三团。在这种情况下，张义纯紧急开会决定立即组织疏散。

张义纯任命一七三师师长栗廷勋为立煌警备司令，负责"指挥该师和四一四团和五一三团于丁家埠、南庄畈之线拒止敌人，掩护总部各机关之疏散"，同时令苏祖馨调一三八师四一三团回援立煌。第二十一集团军总部和省政府机关由集团军参谋长陆荫楫率领向霍邱撤退，县府各单位由县长杨思道率领避往莲花山，商店和居民撤退到麻埠，张义纯则前往麻埠向在独山的第七军求援。

省政府发出日军将进攻金家寨紧急疏散的通知后，金家寨顿时一片混乱。各商店的绳子、箩筐、扁担等搬运物品抢购一空，各家各户只带一些随身用品，其他物品弃之不管，关门逃难。

从下午开始，挑着担子的、背着包袱的、拎着袋子的人群纷纷向城外涌去。

那时金家寨对外的通道只有通流波礓、叶集两条土公路，还有两条小路，一条路是沿史河往上游走羊肠小道进入深山老林；另一条是经槐树湾、爬鹅毛岭，穿过三湾十八道，经大马店、小马店、杨柳店到麻埠。由于人数众多，山路狭窄，入夜，金家寨四周的山头、山沟被灯笼、火把照得一片通明，呼儿唤女的哭喊声此起彼伏，跌倒受伤者不计其数。

到了晚上，第二十一集团军总部机关、省政府机关、县政府机关人员也全部撤离。

就在1943年元旦之夜，东路日军从八河进至茅坪，第二天拂晓前，将茅坪包围。

茅坪是一个小街，时有50多户，200多人，距金家寨约60里，是六安、流波磅至金家寨的必经之地，因而六安、流波磅等地至金家寨来往行人，中途多宿于此。当夜住宿在此的，有国民党部队1个排和其押送立煌的284名壮丁，还有客商、挑夫、学生百余人。

日军到茅坪后，以机枪封锁小街两头的道路，将酣睡中的国民党军警士兵、壮丁、民夫、商人、学生及本地居民数百人集中到街西的河滩上，日军"见少壮者，胁之降"，而这些中国人都骂不绝口，誓死不屈。日军即以刺刀一一捅死，顿时血流成河，尸骨成堆。街上的400多间房屋全被烧毁，群众财物被劫掠一空。几天后，附近群众将死于敌人屠刀下的562具尸体，合葬于一个大冢内，称"万人墓"。

2日凌晨，日军从茅坪出发，意欲经古碑冲向金家寨进攻。

这时，国民党第七军第五一三团三营和国民党第五战区战时工作干部训练团（简称战干团）驻皖分团150多名学员，在第五一三团团长萧湘汤率领下已于1日下午，到达古碑冲查儿岭、长冲岭和石路岭一线等候阻击进攻的日军。三营八连在连长周明的率领下在距离茅坪五华里查儿岭下的乌鸡河柳树沟做好前沿警戒，萧湘汤率领三营另两个连赶到查儿岭岭头驻扎，战干团驻皖分团在石路岭阻击日军。

八连连长周明当晚到达乌鸡河柳树沟后，立即勘察地形，部署兵力。炊事兵端上晚饭都顾不上吃，吩咐柳树沟上上下下的乡亲们赶紧疏散，避免敌人炮火袭击。

早上6时许，日军前锋沿公路到达柳树沟前，向前一望，这里地形险要，两面的山高陡峭，公路犹如在一个沟槽槽底，不禁有些胆寒，不敢冒进。于是派遣一个小队向山沟内搜索。当日军进入柳树沟口，埋伏在沟上山头的八连右翼炮手没有沉住气，没有等大股敌人进沟就开炮射击。结果一发命中，炸死敌人8名，还有2匹马，1条狼狗。剩余敌人迅速后撤到乌鸡河口。

八连右翼阵地被日军发现，日军迅速将火力集中向八连阵地，掩护大队人马冲过柳树沟，到达柳树店子，不敢停留，一鼓作气向查儿岭盘山公路冲去。

埋伏在公路转弯处的八连左翼从敌人侧后方猛烈扫射，日军猝不及防，倒下一片，只得跌跌撞撞地撤回柳树店子。

八连的阻击迫使日军改变进攻计划。他们分一部分兵力从乌鸡河口子插向石路岭，直接进攻在陈冲的国民党军第二十一集团军总部。大部分人马继续从柳树沟进攻。

日军以猛烈的火力压制八连的左翼阵地，再次冲上盘山公路，周明所在八连正面阵地的机枪突然猛烈扫射，手榴弹密集地在敌群中爆炸，日军被打得人仰马翻，伤亡惨重，只得又退回柳树店子。

敌人没有停止进攻，使出看家本领，集中火力猛轰八连阵地。但八连阵地的机枪始终不哑，日军仍无法通过。

战斗打响后，当地群众冒着枪林弹雨，为八连运送弹药，抢运伤员，使周明等官兵深受感动，斗志更加旺盛。

日军急于通过，多次想硬拼强行通过，都没有得逞，此时已经到了下午两点多钟。

面对这种状况，日军又改变计划，测度山形后，派一支轻武装人员攀登长虫岭，翻越蜡烛尖，向查儿岭迂回包抄八连阵地。

由于八连正面阵地遭敌猛烈攻击，伤亡不少，八连左翼阵地人员在排长带领下想向正面阵地靠拢，运动时猛然发现敌人已经登上了蜡烛尖，很快就能绕到八连正面阵地背后，这样背腹受敌，情势十分危急。排长马上向连长周明喊话报告情况，要连长及时撤出。

周明却镇定地说："只要我们机枪不哑，就绝不容许敌人从这里通过。如果是活着撤出去，怎么对得起许多战死的兄弟？守一刻，是一刻，我要誓与阵地共存亡。"接着，他命令他当通讯员的外甥和机枪手和排长一起撤出，没有必要在这里牺牲。他的外甥说："大家都是从湖南一阵出来的，谁也没脸一个人活着回去。要拼，拼死在一块，哪个不是男儿？"坚持不离阵地。

日军又发起了攻击，猛的地机枪扫射声、爆炸声震撼大地。排长见无法再喊话了，只得噙着泪水离开。

下午4时，天色昏暗起来，日军迂回到八连阵地后面的敌人又发起了猛烈的攻击，周明和阵地上的大部分士兵牺牲，阵地失守。日军冲上了查儿岭。此时，守卫在查儿岭上的萧湘汤见与总部联系不上，率领三营另两个连已经撤退到了花石的东大山。

日军分兵从乌鸡河口子插向石路岭的部队，先后遇到战干团驻皖分团第九中队、第七中队学员的顽强阻击。激战到下午4时，毙伤日军20多人。由于战干团学员只有手枪和训练用的少量步枪，加之敌人装备好、人数多，寡不敌众，学员伤亡40多人，被迫撤退。

此战，共击毙日军200多人，迟滞了日军对金家寨的进攻，为省政府机关、群众团体和居民疏散赢得了宝贵的时间。

古碑冲地区阻击战，敌我兵力悬殊，超过了10∶1。周明用一个连的兵力抗击数千日军，使敌人伤亡惨重，是战争史上的一个奇迹。周明等中国官兵面对凶残不可一世的日军，英勇抗击、血洒疆场、慷慨捐躯的精神感天动地，令人钦敬。

周明是湖南衡阳人。少年时怀有从戎报国的志向，从军后作战勇敢，提升为上尉连长。他牺牲后，其事迹由第二十一集团军上报国民党中央后，中央要员分别寄来挽词，蒋介石的挽词是"两间正气"4个字。

1943年6月，第七军在查儿岭薛家山为周明建墓，五一三团团长萧湘汤撰写了墓志。

至今，当年的墓碑仍存，墓志依稀可辨。

日军火烧金家寨

右路日军突破古碑冲防线后，一支经古碑冲宋家大塘直扑金家寨，一支向陈冲国民党军第二十一集团军总部进攻。在陈冲，第二十一集团军总部特务营与日军展开激战，日军出动飞机轰炸，特务营撤退。至此，日军便毫无阻挡地分三路，从石峡口、戴家岭、张家畈威逼金家寨城区中心，约黄昏时进入石稻场、包公祠市中心。

西路的日军2000余人于1943年1日到达长岭关，在此守卫的中国军队是区警卫队两个班。发现日军后，立即鸣枪报警，随后躲入山林。日军用炮摧毁关上的岗棚，进入立煌，经漆店、白果、牛食畈，晚上到达李家集。日军烧毁李家集小街、小茅坪等地房屋后继续北进到丁家埠。经过丁家埠时，丁家埠中国守军保安队阻击日军半个小时后撤退。日军从丁家埠沿史河顺河而下，经五桂潭、南石塘、曹畈进入金家寨，一路抢掠，没有遇到多少抵抗。其中一部误入南石塘附近的干塘湾村庄，杀死为安徽省政府机关砍柴的民工27人，全村烧光。西路日军于2日晚渡过史河，与东路日军在金家寨包公祠会合，驻扎在石稻场、包公祠一带。

日军进入金家寨城区后，烧杀抢掠，罪行馨竹难书。所遇居民，无一幸免。相遇活捉的，用刺刀捅死；逃跑的，开枪打死；路过居民区听到有说话声，来不及搜捕就放火烧死；遇到妇女，轮奸后杀死。邮电局的局长，以为有国际公法保障，为保护邮件未离开邮局，结果惨遭杀害，邮电局局长的15岁幼女被日寇轮奸后刺死。逃往留离坪第九临时中学的20名女中学生，被数十多名日寇轮奸后，集体杀害。

日军在攻占金家寨的同时，还出动飞机轰炸。2日上午，日机4架在金家寨上空扫射轰炸，还沿着胡店、裂石店、杨滩、八里滩一带袭击逃难的难民，炸死炸伤600余人。

金家寨10岁幼童李育光画的《立煌沦陷图》

（金寨县革命博物馆提供）

日军还大肆纵火焚烧房屋。时值隆冬，北风阵阵，风助火势，烈焰腾空，火光冲天，夜如白昼，地面上掉的针都可看见，数十里外都可见，映红了半边天。从船舫街到塔子河一带的街道，为沿河而建，大火烧着房屋后热气灼人，散发的巨大热量的使河水腾起滚滚热浪。老城区商店里的桐油、猪鬃、麻、茶等土特产品，新城区随同省政府迁来的金融、百货、五金商店，以及上海、南京、合肥、商城、固始等省内外来此经营的呢绒、绸缎、布匹、食盐、海货等商店的库存品都未转移，还有大量的军用物资，除被日军抢走外，都被大火烧掉。大火烧了3天3夜，从古碑冲到金家寨老城区的25里长街，浓烟蔽日，热浪滔天，数万间房屋烧成废墟。

机关团体的公文财物和居民财产或烧或掠。省立图书馆被日军用木柴放在书架下焚烧，3万余册图书片纸无存；安徽省地方银行藏在山洞里的近百箱银元被全部劫走。

日军的暴行使金家寨面目全非，损失惨重，总经济损失，折合当时的法币100亿元以上。

日军在金家寨肆虐3天，掠夺大量财物，于4日晚分两股北窜，骑兵先行。一股为日军主力，沿史河直下，5日攻陷开顺街，6日经叶集去固始。另一股2000余人，向西北窜去，5日攻陷苏仙石，6日与麻城来的沙本联队一起攻陷商城。

金家寨沦陷是国民党消极抗战的结果，也是安徽抗战史上的奇耻大辱。金家寨遭此劫难后，元气大伤。随后，安徽省政府进行了恢复重建，但规模大为缩小。

抗战胜利的金家寨

1945年8月14日，日本政府照会中国、美国、英国、苏联4国政府，接受《波茨坦公告》，无条件投降。8月15日7时，中国、美国、英国、苏联4国政府在各自首都同时宣布接受日本政府无条件投降。

这天晚上，第十战区司令长官李品仙在金家寨刚召集各集团军总司令、各军军长开完会议，正在大戏院欣赏京剧。突然，外面传来了接连不断的枪声，漫天飞舞的曳光弹在金家寨的上空闪耀着光芒。

李品仙不知何故，顿时一惊，刚要下令查询，就收到了通报日本投降的电讯。李品仙喜出望外，放声大笑，当场宣布日本投降的消息。顿时大戏院的观众群情雀跃，欢声雷动。

原来那接连不断的枪弹和漫天飞舞的曳光弹，是在金家寨的美军顾问组先一步得到日本投降的消息，情不自禁地在用这种方式庆祝。

消息很快在金家寨传开，军民奔走相告，如醉如狂，彼此见面喜不自胜，相互拥抱而流泪纵横者比比皆是。人们涌上街头，"日本投降！""我们胜利了！"的欢呼声此起彼伏，鞭炮声、锣鼓声、歌声响彻云霄，金家寨沸腾了！

9月2日，参加对日作战的同盟国代表接受日本投降签字仪式在停泊于日本东京湾的美军军舰"密苏里"号上举行。日本代表在无条件投降书上签字，中国、美国、英国、苏联等9国代表相继签字。至此，中国抗日战争胜利结束，世界反法西斯战争也落下帷幕。

9月3日，根据中国国民政府的命令，举国庆祝，放假1天，悬旗3天。

安徽省政府在金家寨召开庆祝抗日战争胜利大会

（金寨县革命博物馆提供）

9月3日这天上午，安徽省政府在金家寨飞机场举行庆祝大会。整个金家寨山城，披上了节日的盛装。街上扎起了道道彩门，街道上、大路的树干上都贴满了红红绿绿的标语，机关、学校、商店都挂起了国旗，人们都穿戴整齐，个个眉开眼笑、兴高采烈地走进会场，欢庆抗战胜利。

从9月3日到5日，金家寨庆祝抗战胜利的活动延续了3天。街道上到处可见唱戏的、玩灯的、舞狮子的、划旱船的、玩杂耍的各种表演，到处充满了欢乐、喜气洋洋的气氛，人们沉浸在胜利的喜悦之中。让老百姓特别高兴的是，为了庆祝抗日战争胜利，金家寨的物价连续降价3天，降幅超过一半。当时物价飞涨，钱不值钱，买不到什么东西。时逢抗战胜利高兴，大降价又高兴，很多家庭大量买东西。各个商店挤满了顾客，热闹非凡，有的买了一大挑子，挑都挑不动。

为了永久地纪念抗日战争胜利，安徽省政府决定，在金家寨修建一座胜利纪念塔。经费由省政府出一部分，其余部分由各县市摊派认捐。

为此，专门成立了抗日战争胜利纪念塔建塔委员会，由李品仙担任名誉主任委员，原第五战区长官部办公厅主任、安徽省政府顾问向恺然负主要责任。

胜利纪念塔选址在金家寨中山纪念堂前面的山坡上。尽管省政府随后决定迁出金家寨，1945年年底就迁往合肥，但建塔工作继续进行。

由于建塔需要大量的青砖，1946年在石稻场建起了两座砖窑。砖模上刻有

"胜利纪念塔"楷、隶两种书体的字样。

1946年年底，胜利纪念塔正式动工，1947年夏砌好了底层。塔为六方体，底层嵌有省主席李品仙撰写的碑记。碑记历数桂军北上抗日，转战淞沪、台儿庄战场及坚守大别山抗日根据地的战绩。同时，塔身还嵌有"戏鸿堂法帖"刻碑。该塔1947年秋停建。

省政府迁出金家寨

抗日战争胜利后，国民党反动派阴谋发动全面内战，一面摆出和谈的姿态，一面调兵遣将，抢夺抗战胜利果实，占领战略要地。李品仙在金家寨密令所属的第七军和第四十八军向东推进，占领了蚌埠，控制了津浦路的蚌埠至浦口段。1945年9月，安徽省政府作出了将省政府迁往合肥的决定，并制定了《安徽省复员工作方案》。

随后经过准备，1945年12月5日，国民党第二十一集团军总部和安徽省政府由金家寨迁往合肥，第二十一集团军总部直属部队和在皖西的省保安团仍留在金家寨周边地区，控制大别山区的战略要地。

安徽省政府机关迁至合肥后，省属单位、社会团体和省以上金融机构也随之迁走。如安徽省企业公司迁到蚌埠；安徽学院迁到合肥临河集后，后转迁至芜湖；省立立煌工业职业学校迁到了安庆；省立立煌高级商业职业学校迁至芜湖；安徽日报社、安徽省广播电台、省立图书馆、省立第六临时中学、省立立煌女子中学、安徽省私立贞干中学和私立中正初级中学、省立立煌医院等都迁至合肥。与此同时，寄籍客商也先后返迁，金家寨人口骤降至5000人左右，较前冷清了许多。

抗日战争时期，立煌人民为保家卫国，在生活艰难的情况下，竭尽全力在人力、财力、物力等方面支援抗战。

一是踊跃参加国共两党领导的军队抗日。1938年2月，新四军第四支队到流波䃥整训期间，群众看到当年的红军回来了，很多青年积极参军抗战。据《安徽概览》统计，1938年3月至1943年年底，安徽省政府在立煌共征兵约6000名，他们参加了国民党军队的抗战，大多为国捐躯。另外政府为保障军需，征集了大量的壮丁，从事修工事、运物资、抬伤员及与战争有关的活动，多数有去无回。

二是为抗战提供了大量的物资。省政府在立煌征集了大量的军需物资。如1943年度下达立煌应征公粮任务为47440石，实际完成62244.8石，超额31%。

其中军粮超额完成41.5%。群众支援抗战的热情可见一斑。此外，社会各界踊跃捐款捐物，不计其数。仅1939年7月，立煌各界人士捐款1900元，捐鞋4.7万双，全部送给前线的抗日官兵。9月至11月，安徽省妇委会、省妇女战地服务团、立煌县妇抗会发起大规模捐募寒衣运动，共得款1564元，捐棉背心5万件，有力地支援了前方抗战。

立煌人民为抗日战争的胜利做出了巨大贡献和牺牲。

红色精英在金家寨

金家寨成为安徽省省会，在国共合作期间，新四军军长叶挺、参谋长张云逸及罗炳辉、戴季英等高级将领来金家寨到安徽省政府执行公务。还有一批共产党员和思想进步的文化名人在金家寨工作，留下了精彩难忘的红色记忆。

张云逸到金家寨

1938年12月底，新四军参谋长张云逸来到了金家寨。

张云逸是广东文昌县（今属海南）人，原名张运镒，又名张胜之。1892年出生。早年加入中国同盟会，参加了黄花岗起义、辛亥革命、护国战争和北伐战争。1926年参加中国共产党，1929年在广西右江领导武装起义，参加中国工农红军。历任红军第七军军长、中央军委副参谋长、粤赣军区司令员、红军总司令部和红一方面军司令部副参谋长兼作战部部长。全面抗战爆发，任新四军参谋长。

张云逸在北伐时曾任第二方面军参谋长，少将军衔，同李宗仁、白崇禧、

新四军参谋长张云逸
（中共金寨县委党史县志研究室提供）

廖磊等北伐将领友善，交往甚多。

由于安徽省政府对新四军的军饷拨付不及时，导致新四军将士生活艰难，张云逸对此很不满，发电报给省主席廖磊，询问为什么未按时拨付军饷，并表示要亲自来金家寨与廖磊见面，就有关事项进行商谈。廖磊得知新四军的军饷未及时拨付，张云逸参谋长又亲自要来，深知此事非同小可，赶紧安排财政厅拨付。可这时，张云逸等一行已经在前往金家寨的路上。

至今，还流传着张云逸在金家寨找廖磊催要军饷的故事。

张云逸这次到金家寨，随同的有新四军第四支队政治委员戴季英，准备到安徽省政府与廖磊就新四军第四支队的作战区域、给养等问题进行商谈。此时的张云逸，又黑又瘦，身穿军装，脚穿布鞋，是步行到金家寨的。他们带着一个警卫班，还押了几名日军俘虏，以此批驳所谓"新四军游而不击"的谣言。

到了金家寨，张云逸在离省政府不远的茶摊前坐下喝茶，让副官处主任伍大贵带着他写的便条到省政府联系。

廖磊得知张云逸已经到达，慌忙带着省政府和第二十一集团军总部的十几个官员和20多个卫兵着装整齐地前来迎接。

廖磊见到张云逸，立正敬礼："张参谋长远道来省府视察工作，未曾远迎，失敬失礼！"

张云逸还礼笑道："我是无事不登三宝殿，这次是来要饭的啊！"

廖磊心知肚明，连忙笑着说："张参谋长说外了，都是一家人，我俩还是两广老乡呢，他乡遇故知，哪能分彼此呢？请到省政府叙谈吧。"

廖磊设宴热情接待张云逸一行。席间，廖磊对张云逸十分敬重，殷勤地频频举杯，为张云逸接风洗尘，并将前来敬酒的官员一一向张云逸介绍。

尽管廖磊盛情，张云逸还是对省政府没有及时拨付新四军的军饷颇有微词。

廖磊急忙解释，这是误会。并表示："请参谋长放心，我廖某自七七事变以来，一向是以团结为己任，以抗战为天职，视将士如手足。如谁敢作弊，扣发新四军的军饷，我一定严加惩处！"

张云逸紧盯不放，要将财政厅拨款的凭证拿出来，看是否拨付。

廖磊赶紧安排。一会儿，财政厅一个办事员将一叠凭据送来，处长拿着其中一张凭据说："拨了，拨了，一点不错。"

张云逸要过凭证，仔细看了一下，哈哈笑了起来说："是拨了，不过拨款日期是前几天，是我说要登门讨要才拨的。"说罢，将凭据递给了廖磊。

廖磊看后，感到难堪，很是气恼。对这个处长和办事员破口大骂："老子的事你们给办坏了，老子非枪毙你们不可！"

张云逸见状，就劝道："好啦，好啦，下不为例。"

廖磊安排张云逸一行住在省政府驻地的房子里，张云逸谢绝了。让秘书在石峡口余家湾找几间房子住下。这期间，常有一些广西部队中下级军官来看望他，他便抓住这个机会宣传党的抗战方针和统一战线政策。原立煌县县长张岳灵上校经常来看张云逸，张云逸了解他的底细，事先就同随行人员打招呼，提防着他，因此工作人员把什么东西都收拾得干干净净，说话也很谨慎，最后使他一无所获。廖磊也亲自前往张云逸的驻地拜访。

谈判中，在新四军第四支队活动范围问题上，廖磊开始面有难色，坚持第四支队在津浦路西15公里范围内活动。后经张云逸据理力争，廖磊出于对张云逸的尊敬和敬仰，达成了新四军江北部队可到津浦路南段两侧地区活动及给养等协议，并批准了无为、庐江地区的地方武装为新四军江北游击纵队的番号，委任戴季英为该纵队司令员。

随后，廖磊还邀请张云逸到金家寨安徽省政治军事干部培训班做报告。

这天，廖磊亲自陪同，张云逸在报告中，讲述了新四军挺进敌伪占领区，痛歼日寇的辉煌战果，发动民众锄奸的一件件事迹，对国内国际形势做出了精辟的分析，指出抗战必定胜利。学员听了十分激动，深受鼓舞，爆发出阵阵热烈的掌声。

随后，张云逸一行离开金家寨返回舒城。

叶挺、罗炳辉到金家寨

1939年5月13日，在江北巡视的新四军军长叶挺和新四军第一支队副司令员罗炳辉从舒城西港冲出发，应安徽省政府廖磊之约，前往金家寨与之会谈。

叶挺和罗炳辉都是具有极富传奇经历的名将。

叶挺是广东归善县（今惠州市惠阳区）人，时年43岁，是著名的北伐名将。也是很早就与桂系军阀作战，让桂系军阀闻风丧胆的人。

叶挺从小立志走军事救国的道路，先后就读于广东陆军小学、湖北陆军第二预备学校和保定军官学校。1918年毕业后，1919年参加援闽粤军，任支队副官，并加入了中国国民党，走上了追随孙中山三民主义的革命道路。

叶挺与桂系军队作战是1920年。当时孙中山命令建国粤军攻打桂系军阀莫荣新，即黄皮径战役，叶挺一举击溃了4倍于己的敌人，声名大振，后任粤军第一师少校参谋、工兵营营附。1921年，调任孙中山之建国陆海军大元帅府警卫团第二营营长。

叶挺警卫孙中山非常尽责。1922年6月，粤军总司令陈炯明叛变，炮轰总统府，就是叶挺奉命守卫总统府前院，掩护孙夫人宋庆龄脱险的。

新四军军长叶挺
（中共金寨县委党史县志研究室提供）

叶挺也曾留学苏联，期间使他的信仰发生了改变。1924年，他在苏联东方劳动者共产主义大学和红军学校中国班学习，在这里加入中国共产主义青年团，同年12月加入中国共产党，由信仰三民主义转而信仰共产主义。

叶挺在北伐战争中名声大振。他1925年9月回国后不久，就参与组建以共产党员为骨干的第四军独立团，任团长。

1926年5月，叶挺率独立团参加北伐，担任先遣队，从肇庆、新会出发，向湖南前线挺进，讨伐吴佩孚。6月5日，独立团经过两天的战斗，击溃投靠吴佩孚的赣、粤部队4个团，攻占湖南攸县县城。接着又取得了攻占湖北汀泗桥、贺胜桥的胜利。随后，叶挺率独立团连克桃林铺、印斗山等地，并围困武昌。叶挺因此被誉为"北伐名将"，所隶属之第四军也被称为"铁军"。

叶挺是人民军队的创始人之一。他1927年参加了八一南昌起义，并任前敌总指挥兼第十一军军长。起义失败后，他参与护送病中的周恩来转移到了香港。

1927年12月11日，叶挺和张太雷等中国共产党人领导发动了广州起义，叶挺出任工农红军总司令。

1928年广州起义失败后，叶挺根据党的指示前往苏联。由于先后受到李立三、王明的无端指责而决定退出共产党，加入由国民党左派邓演达、陈友仁、宋庆龄发起组织的"第三党"，后流亡到德国、法国等地。

1932年到澳门隐居。1934年在香港加入了李济深、陈铭枢等组织的以抗日为主旨的中华民族革命同盟。

1937年抗日战争全面爆发后，叶挺于1938年1月出任国民革命军新编第四军军长，被授予国民革命军中将军衔。1938年，叶挺率部粉碎了日军对皖南的"扫荡"，蒋介石致电给予嘉奖。

罗炳辉是云南省彝良县人，时年42岁。曾任中国工农红军的军长。美国著名记者埃德加·斯诺先生的前夫人尼姆·韦尔斯在《续西行漫记》一书中赞颂罗炳辉是"神行太保""传奇式英雄""智勇兼全"的人物。

新四军第一支队副司令员罗炳辉
（中共金寨县委党史县志研究室提供）

罗炳辉从小过着艰苦的生活。1915年入滇军当兵，作战勇敢，从士兵升至营长，参加了讨袁护国战争、东征战争和北伐战争。

1922年，罗炳辉所部参加了孙中山领导的北伐战争。当二次北伐攻占赣州直至南昌时，陈炯明于6月16日在广州发动兵变。北伐军回师讨伐陈炯明，中路军前线总指挥朱培德派罗炳辉等5人以"参军官"身份到粤军许崇智、李福林两军阵地考察，陈炯明军实施反扑，北伐军惨败。罗炳辉怕滇军不知情被歼而日夜急行190里，把败况报告了朱培德后便昏死过去。滇军迅速撤走湖南，避免了全军覆没的危险。

1926年秋，北伐中路军直趋南昌，罗炳辉受命率二营为先锋首攻牛行车站，战斗惨烈，待牛行车站被夺下时，全营只剩下80多个人，打开了主力部队进入南昌的重要门户。

1929年4月，罗炳辉任江西吉安县靖卫大队大队长。中共中央派滇籍中共党员赵醒吾到吉安对他做教育争取工作。7月，罗炳辉秘密加入中国共产党。然后遵照党的指示，指挥了以吉安为中心的赣西数县武装起义，随后被任命为中国工农红军江西独立第五团团长。之后，他同红军将士转战湘赣，指挥战斗数百次，对赣西革命根据地的巩固和扩大立了大功。

罗炳辉枪法极好，臂力很大，善于练兵。1930年长汀会议后，罗炳辉先后任红十二军军长、红九军团军团长。参加了红一方面军长征。途中屡担重任，掩护中央机关和红军主力北上，表现出高超的指挥艺术。中央军委赞誉红九军团为"战略轻骑"。

抗日战争全面爆发后，罗炳辉按照党中央的安排，告别延安，奔赴华中抗日前线。1938年，罗炳辉被任命为新四军第一支队副司令员。

1939年他陪同叶挺军长巡视江北到金家寨的。

叶挺在江北巡视、整顿的部队，主要是新四军第四支队。在当时国共合作抗日的形势下，江南部队属于第三战区，江北的第四支队则属第五战区，而廖磊是第五战区第二十一集团军总司令、安徽省府主席，叶挺巡视江北，涉及整顿部队、设立江北指挥部、建立第五支队、开拓进军皖东、宣传动员抗战等许多重要事务，自然都与廖磊有联系。叶挺、罗炳辉这次应约到金家寨与廖磊进行会谈，史料中有记载，但不够详细。

当时在金家寨的《大别山日报》还对叶挺、罗炳辉一行到金家寨以头版头条作了报道。

时任《大别山日报》记者的李洛在《大别山上杜鹃花——抗战初期生活片段回忆》一文中，还记述了当时报社内为报道叶挺、罗炳辉到金家寨上不上头版头条而引起的一场争论。文中写道：

1939年5月中旬，新四军军长叶挺和罗炳辉等应廖磊之约前往立煌。为了宣传新四军团结抗战民族统一战线的影响，苏鈜（编辑、共产党员）要在《大别山日报》头版头条加以报道。余瑶石（主编）极力反对，蛮横无理地说："不行，不能放在头版头条，顶多发一则新闻就行了，不要把两个共产党人身价抬得那么高！"苏鈜据理力争，指出："国共合作，协力抗日，这是委员长亲自制定的方针！叶、罗二将军是友军的领导人，新四军的威名和战绩是有目共睹、全国知晓的，他们是廖主席邀请来的上宾，我们的报纸是廖主席创办的，难道不应该表示热烈欢迎？发头版头条新闻，就是代表廖主席对客人表示欢迎之意，难道不应该？你反对的是谁？……"苏鈜的一席话说得余瑶石脸上青一阵、白一阵，气得直打哆嗦。

编辑部在场的同事，都站在苏鈜一边，副社长张百川态度坚定地说："现在是国共合作一致抗日，只要是重要新闻，不管是哪个党派，我们责无旁贷地都应该报道。这完全是符合廖主席、马（马起云）社长办报的精神。该报道而不报道，岂不是失职？岂不是辜负读者的期望，更如何向廖主席交待，希望诸位目标一致，精诚团结，办好报纸。"

余瑶石在理屈词穷、无言以对的情况下，悄悄地打电话向马起云汇报，马起云又请示廖磊。廖磊是个性情急躁而虚荣心很强的人，报纸能抬高他的身价，当然高兴。

在国民党的情报中也有叶挺到金家寨的报告。在中国第二历史档案馆现存一份题为《皖新四军四支队开军事会议》的国民党情报电，这份情报是1939年5月26日从金家寨发出的，电文中就有包括叶挺、罗炳辉在江北的活动情况以及设立江北指挥部、西港冲会议等诸多重要情报，并称"该会于13日结束，出席人员相率返防，叶（挺）应省府约已来立（煌）。"

显然，这个情报是在叶挺、罗炳辉离开金家寨后发出的。因为叶挺已于5月24日到达了肥东青龙场。

叶挺、罗炳辉一行这次到金家寨是来去匆匆。

罗炳辉自此离开了金家寨，但他后来与很多金寨籍的新四军干部战士一起战斗，是他们尊敬的师长。

罗炳辉后担任新四军第五支队司令员，率部开辟皖东抗日根据地。1940年后任江北指挥部副指挥兼第五支队司令员、第二师副师长，1943年起任第二师师长兼淮南军区司令员，为创建、巩固和扩大淮南抗日根据地作出了重要贡献。而新四军第五支队和后来的新四军第二师主要是由原新四军第四支队改编组建的，林维先、汪少川、詹化雨、宋文、邬兰亭、程明、陈祥、肖选进等金寨籍开国将军都曾在他指挥下战斗。

罗炳辉在解放战争时期，任新四军第二副军长兼山东军区副司令员。虽身患重病，仍亲临前线部署作战。1946年6月21日在兰陵时突然病情恶化，不治逝世。

罗炳辉是中央军委1989年确定的全国著名的33位军事家之一，中共中央认定他是"立功尤著"的红军高级将领和抗日名将。2009年9月14日，他被评为100位为新中国成立作出突出贡献的英雄模范之一。电影《从奴隶到将军》就是以罗炳辉为原型而创作的。

1939年7月8日，叶挺再次到金家寨，这次和他一起到金家寨的是张云逸，是应约与廖磊会谈的。

1939年上半年，国民党安徽当局根据其中央五届五中全会制定的"防共、限共、溶共、反共"的反动政策，又开始反共。他们在淮南路以东地区派专员、县长，恢复政权，大肆扩大反动武装，诬蔑新四军广泛开展的抗日游击战争是"越界活动"，要缩小新四军的活动范围。

叶挺、张云逸此行是在组建新四军江北指挥部和部署新四军第四支队继续东进之后，为了进一步对国民党安徽当局做统一战线工作，冲破国民党顽固派对新四军的限制，发展抗日力量，将就部队扩编及经费、活动区域等问题，与安徽省主席廖磊谈判。

1939年6月28日，新四军军长叶挺、参谋长张云逸和军部战地服务团团长朱克靖以及警卫人员身着戎装，骑着高大的东洋马，从肥东青龙厂出发，前往金家寨。

1939年，张云逸（右一）与叶挺（左一）在新四军第四支队第九团驻地
（中共金寨县委党史县志研究室提供）

叶挺一行经寿县、六安的苏家埠进入立煌境内的麻埠，沿途视察访问，于7月8日到达金家寨，驻扎在石峡口余家湾。

叶挺这是第二次到金家寨。上次到金家寨来去匆匆，而这次来，廖磊高度重视，提前做了安排。叶挺到金家寨后，由省动委会办的《大别山日报》刊登了一篇题为《欢迎叶挺将军》的社论，轰动一时，这在当时的政治环境下是很难得的。

廖磊热情接待了叶挺，为他举行了有国民党军政各界和各抗日团体及群众参加的盛大的欢迎会。在欢迎会上，叶挺应邀讲话。叶挺在讲话中介绍了新四军成立以来抗击日军的战绩，反击国民党顽固派对新四军的诬蔑，表达新四军坚决抗战、合作抗战、抗战必胜的决心和信心。他的报告得到了热烈的掌声。

叶挺、张云逸按照原来商定的方案于11日、13日，分别同廖磊会谈，叶挺主要谈军事问题，张云逸主要谈政治问题。然而，谈判并不顺利。

11日下午，叶挺首先将新四军在皖东各支队的概况及皖东各小游击队成立情况作一介绍，并就新四军第四支队的活动范围、拖欠新四军的军饷、合作对日作战、新四军江北部队发展等问题提出协商。廖磊却指责新四军所谓拉拢地方武装、收编土匪、设立税卡、干涉行政、摊派粮草等，要求新四军要缩小活动范围。叶挺对不实之词，一一予以反驳。会谈气氛不融洽。

在13日的会谈中，张云逸着重说明，皖东敌后具有迅速发展抗日游击队、广泛开展抗日游击战争、打击日寇的有利条件，战略地位极为重要。为了共同抗日，夺取抗战胜利，张提出要大力发展抗日游击队武装。廖磊听后，心中不悦，要新四军不要扩大兵力。张云逸激愤地回答："要战胜日本帝国主义，没有强大的力量是不行的，我们的力量不是多了，而是少了。如果新四军打仗失败了，你当司令的也不光荣吧！"说得廖磊无言以对。

接着，张云逸向廖磊提出了几项要求：一是不能限制新四军活动；二是新四军活动区域的民众运动和合理筹饷政府应予协助；三是要发给新四军8月份的补助费。廖磊面对张云逸的据理陈述，被迫同意了这些要求。双方同意在立煌设立新四军办事处，决定由何伟以新四军参议身份主持立煌办事处工作。

从有关资料显示，叶挺、张云逸在立煌期间，视察了在花石白水河汪家老屋的新四军第四支队兵站。

叶挺在白水河汪家老屋前平地召开的群众大会上讲话，号召军民联合起来，打倒日本帝国主义。会后还举行了宣传抗战的文艺演出。

张云逸在和中共鄂豫皖区委负责同志交谈中，谈了他在金家寨了解到新桂系军政界对抗日的态度和对国共合作抗战的多种看法。他指出，桂系军人政客其本质是反动的，一旦在安徽取得巩固基础，加上在蒋介石政令压力下，也一定会反共。他们在安徽未站稳脚跟，接受国共合作共同抗日方针是暂时的。但其态度阴阳善变，羽毛稍丰，说变就变。他还建议，区委要做好应变准备，应撤出立煌。

15日清晨，叶挺、张云逸踏上归途，自此离开金家寨。

1941年1月，国民党顽固派制造震惊中外的皖南事变，叶挺在遭国民党军重兵包围的严重情况下，指挥部队奋起突围，浴血奋战8昼夜之久，在奉派与国民党军交涉时被扣押。他拒绝蒋介石的威逼利诱，在狱中，写出了著名的《囚歌》明志。抗战胜利，获救出狱后被中国共产党重新接纳为党员，1946年4月8日，他乘飞机由重庆回延安，飞机在山西兴县黑茶山附近失事，遇难身亡，同机遇难的还有王若飞、秦邦宪（博古）、邓发等中共重要领导人以及叶挺的妻子李秀文、5女儿叶扬眉和幼子阿九。

张云逸在皖南事变后担任新四军副军长；解放战争时期任山东军区司令员、华东军政大学校长、中共华东后方工作委员会书记；新中国成立后，曾任中共广西省委书记、广西省人民政府主席、广西军区司令员兼政治委员，中共中央华南分局第二书记、中共中央监察委员会副书记等职务。1955年被授予大将军衔。1974年11月19日病逝于北京。

江上青在金家寨

省民众总动员委员会的工作人员很多来自外省。著名的江上青烈士就是其中之一。

江上青是江苏扬州人，时年27岁，中共党员。1937年七七事变后，面对日寇入侵造成的深重民族灾难，在扬州平民中学担任国文教员的江上青，与郭沫若、夏衍等组织的上海文化界救亡协会联系，同共产党员陈素、进步青年王石成、莫朴等发起组织了具有抗日统一战线性质的群众救亡团体"江都县文化界救亡协会"，并创办了《抗敌》周刊，宣传抗战到底，推动扬州抗日救亡运动。11月，沪宁沿线城市相继沦陷，江上青与陈素等人按照党的指示，在"江都县文化界救亡协会"的基础上，组建了"江都县文化界救亡协会流动宣传团"（简称"江文团"），于1937年11月22日出发，计划进入安徽、河南向湖北武汉挺进，沿途宣传抗战，准备到武汉通过八路军办事处，北上延安。

江上青烈士

（金寨县革命博物馆提供）

"江文团"一路西行，经仪征、六合、江浦、和县、巢县、合肥、舒城，于1938年2月到达六安。他们通过演讲、戏曲、歌剧、宣传画等多种形式，推动了六安抗日救亡运动的开展。3月，"江文团"应国民党第十一集团军政治部的要求，改编为第十一集团军政治部"救亡工作二组"，推举"江文团"团长卞璟为组长，江上青为副组长，开赴安徽寿县、颍上、阜阳，河南固始、商城，湖北麻城、浠水等地开展抗日救亡宣传动员活动。到达浠水，已是炎夏8月，"救亡工作二组"半数以上同志生病，江上青身患疟疾，病情较重，面临着无药无医的困境。在这种情况下，决定向武汉八路军办事处报告情况，请求离开浠水到延安抗大学习。后来根据党组织的指示，江上青和好友及过去的学生王毓珍、

赵敏、周邨、谢景鸿、吕振球、李艺等同志留在大别山，去找中共安徽工委安排工作。于是，他们于1938年8月底到达了立煌金家寨。经中共安徽省工委安排，江上青被分配到安徽省动委会做青年教育工作。

这是江上青第一次来到立煌，实际上早在1929年秋，他就认识这里的一个人——蒋光慈。江上青在上海艺术大学读书并担任党支部书记期间，积极参加上海左翼文化活动，经常与田汉、郁达夫、蒋光慈、阳翰笙等"左联"作家来往。当时蒋光慈任上海大学教授，并与阿英、孟超等人组织"太阳社"，编辑《太阳月刊》《时代文艺》等文学杂志，宣传革命文学。著有诗集《新梦》《哀中国》，小说《少年漂泊者》《短裤党》等。受他们的影响，江上青的文学素养有了提高，创作了《新世界底贺仪》《十月底旗帜》等大量政治抒情诗歌。

江上青到金家寨后，根据支部书记陈素的推荐，在金家寨船舫街与党组织接待员、张劲夫的夫人胡晓凤接头，并吃住在张劲夫家。

此时，安徽省民众总动员委员会主任由代理省政府主席、省政府秘书长朱佛定担任，日常工作由共产党人和民主进步人士周新民、张劲夫、狄超白、朱蕴山等人负责，办公地点在金家寨的船舫街后石家湾。

江上青在安徽省动委会做青年教育工作热情很高。1938年9月，安徽省动委会为了加强组织建设，培养骨干队伍，决定在金寨县响山寺大庙举办工作团讲习班，由组织部副部长周新民兼任班主任，江上青负责教务兼政治指导员，詹运生负责总务，朱蕴山、张劲夫等领导人参加授课。全班学员有工作团成员，也有来自省内外沦陷区的学生，共170多人。

讲习班在响山寺大庙内教学，大殿为教室，四周厢房作为分组学习课堂和宿舍，一切因陋就简，生活也很艰苦，但在教师出身的江上青的精心安排下，教学工作井井有条，课外生活丰富多彩。

教学课程主要有抗战建国纲领、战时民众组训、论持久战、三民主义、中国革命运动史、日本侵华史等。课外结合阅读文艺书刊，唱救亡歌曲，每星期都安排一次到距响山寺5里的金家寨船舫街省委会礼堂做"总理纪念周"。

学习方式为理论结合实际，知与行相结合，强调实际锻炼，重视自我教育。经常开学习讨论会和生活会，畅所欲言，激烈辩论，探求真理，增长才干。

为学以致用，江上青要求学员每周写一篇学习心得或时事评论，经他批阅后，张贴在墙报栏上。这样尽管加重了他的工作负担，但有效地调动了学员的学习积极性，大家都想在墙报上出现自己的文章，积极踊跃，认真写作，学习氛围十分浓厚。

江上青在讲习班工作了很短时间，就得到周新民的赏识和重用，把讲习班全部责任交给了他。因为教员缺乏，他每天要讲五六小时的课，这种不辞劳苦的精神，感动了全班的学生和教职员，提高了他们的学习情绪。

当年在讲习班学习的学员晁文燮曾撰文回忆："尤为感动的是，一向关怀我们进步的江上青指导员，每天紧张工作十几个小时后，还不顾疲劳，亲作辅导。大家在学习和活动中，也全神贯注，一丝不苟，互助互勉，团结友爱。因而，既增长了学识，又提高了水平，更开阔了胸怀和视野。这种严肃活泼、热情奔放的气氛，把一座泥塑成堆、死气沉沉的响山寺，变成了战歌激越、斗志昂扬的宣传阵地。"

江上青的渊博学识、敬业精神和高尚人品受到了广大学员的崇敬和钦佩，他在教学中与学员建立了良好的师生关系，成为学员们爱戴的良师益友。以致后来江上青离开金家寨时，大家都舍不得他走。走后，大家时常想着他。

江上青离开工作团讲习班不久，讲习班就结业了。170名学员没有分配到工作团，而是分别转送到开办的安徽省政治军事干部训练班和安徽学生军团，作为建班、建团的基础。

安徽学生军团的学员结业后，在中共鄂豫皖区委的关怀下，安排转入淮北、淮南及皖中新四军抗日根据地，为夺取抗日战争的胜利作出了贡献。

由于江上青工作出色，表现突出，受到了党组织的看重。1938年10月，中共安徽省工委决定让他担任皖东北中共特别支部书记，带领一部分骨干，随由国民党六安县县长升任为安徽省第六行政区专员的盛子瑾前往皖东北，做盛子瑾及部队的工作，开辟抗日根据地。

1938年11月下旬，江上青按照中共安徽省工委安排，率赵敏、周邮等7名党员启程前往六安，准备随新任安徽省第六行政督察专员的盛子瑾，到皖东北开展抗日活动。江上青深知敌后形势复杂，环境险恶，临行前在金家寨作"自祭"联一副："拼将瘦骨埋锋镝，常使英雄祭血衣。"表示自己已做好牺牲的准备，以誓死的决心，不负党和人民的重托。因此，这副字句铿锵的"自祭"联是江上青在金家寨发出的壮语豪言。

随后，江上青率皖东北特支及安徽省民众总动员委员会第八工作团（简称"皖动八团"）30多名抗日救亡的热血青年，随安徽省第六行政区督察专员兼保安司令的盛子瑾及其100多人的自卫队从六安出发，前往皖东北赴任。江上青的公开身份先是安徽省第六行政区民运科长，不久任第六行政区专员秘书兼保安副司令、第五战区第五游击区司令部政治部主任，为创建皖东北抗日根据地呕心沥血，斗智斗勇，忘我工作。

1939年8月29日，江上青同志遭受地主武装伏击，壮烈牺牲，年仅28岁。

2009年9月，江上青烈士入选为"100位为新中国成立作出突出贡献的英雄模范人物"，也是2014年9月民政部公布的第一批著名抗日英烈之一。

姚雪垠在金家寨

中国作家协会名誉副主席、湖北省作家协会主席、著名作家姚雪垠曾在金家寨工作了一年多。在此期间，他积累了丰富的素材，对他后来的创作产生了很大的影响。

姚雪垠原名姚冠三，1910年出生，是河南邓县人。他的生活积累非常曲折，但在曲折中他又非常幸运。

他出生时，由于家境窘困，母亲准备在他出生后溺婴，幸为曾祖母所救。他从小爱听外祖母讲故事，由此激发了他的想象能力和文学兴趣。

读书时，他只读了3年小学，上初中一学期未读完，放假回乡途中，被土匪队伍当"肉票"抓去，没想到被一个土匪小头目认为义子。在土匪中生活约100天的这段特殊经历，成为他后来创作自传性小说《长夜》的基本素材。

姚雪垠1929年春考入河南大学法学院预科。次年，他因参加学生运动被捕，释放后被校方开除，离开河南至北平。此后刻苦自学，到北平以投稿、教书为生，在北平、天津、上海的报刊上发表小说、散文、文学论文多篇，遐迩闻名。

1937年抗日战争全面爆发后，姚雪垠离开沦陷的北平返回河南，到开封与嵇文甫、范文澜、王阑西等人创办《风雨》周刊。

1938年春去武汉，不久参加第五战区文化工作委员会，从事抗日的进步文化活动。

随后，姚雪垠两次到金家寨。

第一次是1939年8月，姚雪垠、臧克家、郑桂文作为第五战区"笔部队"的主要成员，带着4个挑夫从老河口出发，步行到河南，再乘木船，沿颍河，经周口，从界首进入安徽境内，直接到阜阳考察，之后采访涡阳、蒙城。随即南行，径直前往大别山腹地的金家寨。

他和臧克家在这里逗留了一个多星期，随后又徒步出山，经大别山南侧折回襄樊老河口。这次经历，使姚雪垠对从少年时就向往的大别山有了更全面直观的体验。当年秋季，他开始创作长篇小说《春暖花开的时候》，将沿途看到的风光写进了这部可读性很强的作品。故事从山里的佃户女儿黄梅写起，随后转到大别山北麓的一个小县城，通过抗日青年的活动展示了大别山美丽的自然风光，激发出读者对祖国壮美山河的热爱。这个小说儿女情长的内容偏多，当时在大后方，后来在中国香港、新加坡都赢得了大量读者的青睐。

第二次到金家寨是1941年4月。

就在这年1月，皖南事变后国民党最高层直接插手在第五战区总部清共，作为著名左翼作家的姚雪垠被解雇回家。4月，他又接受安徽省政府民政厅厅长韦永成的邀请，再次来到金家寨，担任安徽省临时参议会的参议员，替韦永成编辑《中原副刊》（后改名《中原文化》）杂志，开始了近一年半的山居生涯。尽管国民党顽固派实力已渗透进金家寨，政治气候比较严峻，但一些进步的文化人仍在这里从事抗日文化活动。他们住在金家寨的一个山洼里，里面有很多座西式的草房，在山路口树了个木牌子，上题3个字："文化村"，后来又改为"文明村"。在这里，姚雪垠创作了以抗战为背景的中篇小说《戎马恋》《母爱》（最初刊载时叫《孩子的故事》，后经改写）。《母爱》通过对夏光明一家悲惨遭遇的描绘，控诉了日本侵略者给中国普通家庭造成的深重灾难，揭露了日军在大别山野蛮杀戮的残暴行径；也描绘了中国军民在悲愤中相互扶助、艰难生存与不屈意志的生动图景，这种苦难中的温情给人以乐观、向上的动力。

在金家寨，姚雪垠的最大收获是捕捉到了《伴侣》的小说素材。金家寨这座战时省会，在发挥区域抗战政府首脑功能的同时，也藏污纳垢，发生各种各样怪诞的新奇事，这篇小说中的故事便是其中之一。《伴侣》构思于大别山，但写在作者离开大别山一年多之后。

1942年9月，国民党军统特务的阴影日渐扩散，大别山的政治氛围愈加冷峻，姚雪垠及时离开金家寨。他动身不久，多位进步青年就惨遭迫害，他又幸运地躲过了一劫。在金家寨的生活为姚雪垠以后的创作提供了别样的人生体验。长篇小说《李自成》对商洛山区的描绘就明显带有这段山居体验的影子。

姚雪垠抗战胜利后到上海，任大夏大学（今华东师范大学）副教务长，代理文学院长。

1953年，姚雪垠迁居武汉，为专业作家。1957年被错定为"右派"。1960年被摘掉"右派"帽子。姚雪垠在逆境中开始创作他的代表作5卷本长篇历史小说《李自成》。1963年出版了第1卷，译成日文后获日本文部省、外务省颁发的文化奖；1976年出版的第2卷获首届茅盾文学奖。

1978年后，曾任中国作家协会名誉副主席，湖北省文联主席，湖北省作家协会主席，第五、第六届全国政协委员等职务。

1999 年 4 月 29 日逝世。

臧克家在金家寨

中国作家协会名誉副主席、中国诗歌学会会长、著名诗人臧克家，在抗日战争期间，曾到金家寨走访小住 10 天时间，金家寨给他留下了深刻的印象，他把金家寨写在诗歌里，散文中。

臧克家是山东诸城人，1905 年出生，国立山东大学毕业。

臧克家出生在一个中小地主家庭，他的祖父和父亲都爱诗，家庭文化氛围很浓，臧克家受到熏陶，从小就对文艺感兴趣。1925 年，他在济南省立第一师范学校读书时，就在全国性刊物《语丝》上发表处女作《别十与天罡》。

臧克家还曾是个军人。1927 年初，臧克家考入武汉中央军事政治学校，曾随部队参加讨伐杨森、夏斗寅的战斗，失败后逃亡东北。

1930 年，臧克家入读国立青岛大学（山东大学的前身）中文系。在校期间，在新诗创作上得到闻一多、王统照的鼓励与帮助。他 1934 年毕业后在山东省立临清中学任教。

抗日战争全面爆发后，臧克家从 1938 年至 1941 年夏，任第五战区抗敌青年军团宣传科教官、司令长官部秘书、文化工作委员会委员、战时文化工作团团长、第三十军参议等职务。他曾冒着敌机轰炸的危险，三赴台儿庄前线采访，写成长篇报告文学《津浦北线血战记》。他还率第五战区战时文化工作团深入河南、湖北、安徽农村及大别山区，开展抗日文艺宣传和创作活动。

就是在这期间，1939 年 9 月下旬，他和姚雪垠等来到了金家寨，开始了走访活动。

金家寨这个地处大别山中心区的安徽战时的省会，臧克家在他写的自传体回忆录《诗与生活》和《淮上三千里》《安徽的新姿态》等文章中，记述了他的感受和印象：

大别山，原是红军的一个根据地，蒋介石派卫立煌实行血腥的屠杀，把金家寨改成了立煌，成为安徽战时的省府。在悬崖陡壁上还残留着红军的革命标语，我还弄到了苏维埃时代的两枚铜币。风风雨雨多少年，忆往事，看眼前，我们心里真是感慨万端！

立煌，它的前身是金家寨，重峦叠峰，屏列在四周，做成青石的藩篱。在山顶上，鸡鸣犬吠可以听三省，它置身在鄂豫皖的边境上，在万山丛中，因此造成了它险要的地位，过去有一场血的斗争，就在它身上扮演。现在，寨内因为敌机的轰炸渐渐冷落了，人也稀疏得很。听说敌机来炸的时候，都是在半空盘旋好几个钟头，因为乱山混淆了的眼睛。

为了躲飞机，一个立煌，化身千万个立煌，在山坡上，在峰顶上，在三家村里，在马路和小径的两边，新起了无数的草棚，机关、团体、印刷工厂、旅社、报馆，都在草棚里工作着，活动着，交易着。

他在现代报告长诗《淮上吟》中，也生动地描述了金家寨当时的情景：

立煌，

置身万山丛中，

鸡鸣犬吠听三省，

它是一个巨人，

压在豫鄂皖的边境。

"金家寨"是它的前身，

千百万条生命，

改变了它的名称。

现在，新四军把守着江岸，

在一个命令之下行动，

只有残破的标语，

还写着过去尖锐的斗争。

立煌，为了躲开飞机的眼睛，

在半山腰，

在小径旁，

它化身千万间草棚。

棚里，

话剧刺激着观众，

棚里，

歌声烧灼了热情，

棚里，

训练着成千成万的干部，

个个像石头一样的坚硬。

在金家寨，臧克家访问了军政民各界人员，考察了财政、民众动员、文化出版、宣传教育等工作，还意外见到了著名外籍记者、作家艾格尼丝·史沫特莱。他在后来写的散文中记述了感受和评价。

臧克家在拜会安徽省主席廖磊后，对廖磊及其工作给予了好的评价。

臧克家在考察了财政工作后，对省财政厅厅长章乃器采取开源节流的改革措施给予了充分的肯定和赞扬：

章厅长（乃器）在安徽不但推动了救亡运动，对于财政的整理是煞费了苦心的。

章乃器在接任安徽财政厅厅长的时候，安徽的财政确已陷于绝境。安徽财政历来入不敷出。平时除靠田赋和特税（鸦片税）等大宗收入来维持外，还要靠国库的大量补助。这个时候安徽一部分县、市已经沦陷，没有陷入敌手的专区和县的各级行政机构，也一片混乱不堪；不少人浑水摸鱼，有的县长挪用应缴税款或径自贪污中饱，有的税务人员索性卷款潜逃，故对省级机关工作人员的欠薪欠饷，亦已为数不少。章乃器在了解和分析了安徽的财政实际情况以后，迅即采取了一系列应急和改革的措施。

臧克家对安徽省民众总动员委员会工作的感受和评价是：

"省动委会"负责整个安徽的动员工作，有许多富有工作经验的和具有专长的同志们，在山坡下的一座草棚计划着，工作着，发号施令。它，每月有2万多块钱的经费，活动的网笼罩着安徽的每一个地方。我们在各县看到的"县动委会""区乡动委会"，就是从这一个母体身上生长出来的细胞。

臧克家考察金家寨的文化工作后，评价大别山是文化的堡垒，立煌是安徽文化的中心。他记述：

文化工作比起其他部门来特别显得活跃。大别山的文化堡垒可以说是铜帮铁底的。

大别山所以称得起是文化堡垒，因为它可以独立作战。就拿戏剧一项来说。他们不把演烂了的剧本搬上舞台，自己创造了新的剧本。有两个特别出色，轰动了整个安徽。

安徽的文化中心是立煌。"文化事业委员会"包容了多方面的文化人，来自上海的，来自南京、武汉的，有经济学家，有文艺理论家，有戏剧家。出版的大型杂志，有《文化工作》，内容形式都在水平线以上，这样的一本刊物，拿在手里很有分量，就是把它陈列在重庆的书店里同后方的刊物比较之下，也没有一点愧色。小型刊物《青年月刊》也颇精彩。

《中原》月刊同《文化月刊》《青年月刊》在安徽30种以上的杂志中是顶精粹的。这是中原出版社出版的。中原出版社是李司令长官捐资成立的，它有自己的机器，机器从安徽、南京敌人封锁网中偷运过来。我们去参观过它的编辑部、印刷社。文化工作者，排字印刷工人，还有这一座机器，都在不分昼夜地摇着笔杆，劳手瞪眼，转动着铁的轮子。大家都在为抗战忙着，用文化去打倒敌人的文化进攻。

臧克家考察后也指出文化工作存在的问题：

第一是同后方没有联系，彼此不免隔膜；

第二是大别山这个小天地里的人手到底是有限……日子久了，就难免有不能支持的危机。

臧克家考察了金家寨及周边的教育，他感觉：

安徽的教育已经走上了轨道，除十一处"省立联中"外，各县里都有联立中学，每次招生，报名的人数都是超过要求的好几倍，因为以往在外边读书的学生，路被塞煞了，同时沦陷区域的去年跑出来的也有许多。

臧克家没有想到的是，9月26日，在省主席廖磊主持的宴会上意外地看到了一个身着军装，腰扎一条二寸宽皮带的外国女战士，她就是大名鼎鼎的艾格尼丝·史沫特莱。

臧克家记述了史沫特莱出席欢迎大会时的情景：

对于这位冒着危险，不辞千辛万苦千里而来的国际友人，大家报以热烈的欢迎。在欢迎席上，她看见满墙的英文标语，她嗅着茅草礼堂里布置好了的一团抗战空气，兴奋得脸都发红了。她向大众演说，她说中国的抗战应当和印度的解放运动联系在一起，她大声向听众这样叫喊，她说："世界大战发生，各国决不会减低对于中国的帮助，而对日本却实际不利！"她用她的声音，她的手势，做了有力的一个保证。这位国际友人向我们喊出了亲切的呼声，给了我们大的鼓舞，她向我们伸出了一双同情的手。她用手中的笔，生动地描绘了我们军民抗战英勇的姿态，送到全世界人们的面前，她将用她的喉咙，把正义的呼声传遍太平洋、大西洋。她穿一套大兵的军装，腰间束一条二寸宽的皮带，她是以女战士的姿态出现于大别山，出现于我们抗战的军民之前的。

臧克家、姚雪垠在金家寨考察了10天，随后踏上回第五战区司令长官部驻地湖北老河口的返程。臧克家对金家寨做出了这样的评价：

立煌，度过了去年9月的难关，便稳定下来了，现在像大别山峰一样的坚不可拔。……立煌，它是军事中心，政治中心，文化中心，它是大别山的心脏。

随后，臧克家将采访安徽后写的《安徽的新姿态》于1939年11月发表在中共在重庆办的《新华日报》上，总结这次安徽之行。

臧克家一生中创作了大量的诗歌、散文等文学作品，多次获奖，曾被翻译成多种文字，在国内外产生广泛影响。1988年4月，获中国作家协会首届文学期刊编辑荣誉奖；1991年10月，获国务院颁发的政府特殊津贴。2000年1月，获首届"厦新杯－中国诗人奖"终身成就奖；2003年12月，《臧克家全集》获第六届国家图书奖提名奖。他在金家寨的访问形成的作品是他文学成就的组成部分，也是记载这段历史的重要遗存。

臧克家曾任全国政协第七、八届常务委员，中国作家协会书记处书记。中国作家协会第五、六届名誉副主席，中国诗歌学会会长等职务，被誉为中国现实主义新诗的开山人之一。2004年2月5日20时在北京逝世，享年98岁。

许晴在金家寨

在国务院公布的第二批著名抗日英烈、英雄群体名录中，许晴是其中之一。许晴曾在金家寨工作了近两年时间。

许晴，原名许多，外号叫阿D、阿多，1933年被捕后改名许晴。许晴的祖籍是安徽省歙县，1911年出生于江苏省扬州市。

许晴1928年中学毕业后，先在南京参加中共地下党领导的宣传工作，后来到北平投身于学生运动。1931年，他进入联华影业公司五场的演员养成所，开始电影戏剧活动，曾和著名电影演员白杨合作拍过一部无声影片《故宫新怨》。

九一八事变后，五场演员养成所宣告解散。许晴和一批演员参加了著名戏剧家宋之的和于伶组织的"苞莉芭"（俄语"斗争"之意）剧团，继续与白杨在一起，同台演出进步话剧。

1932年，他接受地下党的派遣，在北平城内西单附近，开设卿云书店，他当经理，邀请杨沫当店员，出售进步书刊。相处得非常融洽，成为好朋友。

与此同时，他还积极参加宋之的领导的左翼剧联的活动，并为北平《世界日报》副刊《蔷薇》撰稿。

1933年冬，北平国民党当局以卿云书店出售非法刊物、散布赤化言论为名，将许晴逮捕，后判有期徒刑3年，关在德胜门外第二模范监狱。在坐牢期间，他信念坚定，意志顽强，想方设法在狱中坚持学习和写作，准备出狱后继续奋斗。杨沫则以妹妹身份不时带着许母去探监，支持其在狱中的地下斗争。

杨沫后来成为著名作家，在她的长篇小说《青春之歌》中所描写的一个人物许宁，就有许晴的影子。

1936年年底，在全国民众团结抗日舆论的压力下，国民党当局释放了一些被关押的政治犯，刑期将满的许晴也获得了自由。为此，他特地改名为许晴，表示从今走出黑暗的牢房，重见晴空。

1937年初，许晴由北平来到上海，经于伶介绍，到学校中编导儿童戏剧。

八一三淞沪抗战爆发后，许晴应中国佛教会主任秘书赵朴初的邀请，到救济灾区难民委员会办的难民收容所工作，任务是到上海郊区前线，用卡车撤出一批批难民。

不久，许晴参加了由郭沫若负责组织的上海文化界救亡协会的战地服务团，在一队任导演。他导演过《放下你的鞭子》，自己兼演老汉角色，演出很成功，在昆山引起轰动。

11月初，日军在金山嘴一带登陆，前线突然吃紧。战地服务团奉命开赴武汉，改组为"武汉卫戍总司令部政工大队"。许晴带领队员经常深入部队，进行慰问演出，鼓励士气。他还利用空隙时间，进行戏剧创作。

1938年2月，许晴离开武汉前往安徽六安，经中共地下党组织推荐，在新成立的第五战区民众总动员委员会安徽分会宣传部任干事，在动委会宣传部部长光明甫、副部长兼总干事狄超白的领导下工作。

同年7月，许晴随省动委会从六安迁入金家寨，开始了他在金家寨的战斗生活。

这时，他27岁，身材高大，体格健壮，满头乌发，浓眉大眼，像威武的军人。他性格开朗、热情乐观、待人诚恳、说话风趣，大家都很喜欢这个年轻人。

许晴工作认真负责，热情很高，常常不分昼夜地工作，把宣传动员工作搞得有声有色。他凭着出色的才华，自己创作剧本。《汪平沼协定》这部话剧的剧本，就是他利用工作之余，夜以继日，前后不到两个月写成的。后来，他又编写出多幕话剧《雾重庆》，先在《中原》杂志上发表，后又在重庆出版，受到戏剧界人士的好评。

许晴不仅是位出色的剧作家，而且还是一位优秀的演员。他在《汪平沼协定》中扮演的汪精卫，造型逼真，举止得体，受到观众的赞赏。导演刘保罗操着湖南口音的普通话说："由许晴扮演汪精卫，真是百里挑一，最合适不过了。"这次演出效果出人意料，一时轰动了山城，连续爆满3天。

1939年春，戏剧家章洛随陆万美领导的抗敌演剧六队来到金家寨。为了鼓舞群众的抗日信念和热情，许晴和章洛、陆万美3位戏剧家决定排演颜一烟的话剧《渡黄河》，许晴自告奋勇担任导演。当时，抗演六队住在金家寨郊区的小村庄，许晴每次来执导排戏，从动委会住的船舫街到这里要翻过两个山头，步行往返几十里路。他不辞劳苦，及时赶到，从不耽误排练。他因地制宜，因陋就简，以村庄的稻场作排练场，手里拿着一根长树枝当作指挥棒，一丝不苟地指导表演。在排戏间隙休息时，他和大家一起谈天说地，无话不说，大家都感到非常愉快。《渡黄河》后在金家寨公演，演出非常成功。

1939年7月，许晴第一次和孟波合作创作了《抗战两周年纪念歌》，发表在陈超琼主编的《中原》杂志上。同年9月，美国进步女作家史沫特莱到金家寨，由省动委会出面举行了盛大的欢迎会。许晴精心安排，会上，演唱了他与孟波合作创作的《欢迎史沫特莱之歌》，青年剧团演出了《黄河大合唱》以及由刘保罗编导的话剧《满城风雨》，使史沫特莱深受感动，并得到了她的赞扬。

1940年1月，省动委会要求抗敌演剧六队，为前线抗日将士举行慰问演出。许晴建议，把金家寨的文化人和演员的力量集合起来，演出著名戏剧家洪深的《飞将军》，公开售票作为慰劳抗日将士的经费，得到了省动委会的采纳。为了演出成功，许晴既是主要演员，又是执行导演，还是全剧演出的组织者。从公演构思、舞台设计、排戏日程、安排演出场地，事无巨细，都亲力亲为，忙得废寝忘食，不亦乐乎。演出在省政府大礼堂举行，那几天，天公不作美，阴雨连绵，山路难行，但却阻挡不了观众的热情，场场爆满，掌声阵阵，公演取得了良好成效，成为省动委会进行的一次抗战总动员。

许晴还到安徽省干部训练班参加教学工作，并被安徽省政府聘请担任咨议，每月到省府参政咨议活动一次。在一次咨询会上，国民党省党部主任方治在鼓吹"一个国家、一个领袖、一个政党、一个主义"时，许晴以诙谐幽默的口才和犀利的话语，对方治进行了讽刺挖苦，使方治哑口难言，狼狈而退。

1940年1月，李品仙接任第二十一集团军总司令兼安徽省主席，实行"防共、限共、溶共、反共"政策。中共鄂豫皖边区委员会组织大别山的共产党员和进步文化人撤退。许晴、陈茵秋夫妇带着两岁的儿子许雷，撤至苏皖抗日民主根据地。许晴曾担任津浦路东各县联防办事处文教科长。

随后，许晴随刘少奇至盐城，任盐城县教育科长，不久调华中鲁迅艺术学院任教授、戏剧系主任。这年冬，许晴曾深入湖垛镇体验生活，并创作《中华民族好儿女》歌词，1941年由孟波谱曲。这首革命歌曲，通俗易懂，战斗性强，很快在苏北根据地传唱开来。1962年八一电影制片厂拍摄的电影《东进序曲》，就用这首歌作为插曲。

许晴还编写了《惊弓之鸟》《王玉凤》等戏剧作品，在苏北各地与部队演出后，受到普遍欢迎。

1941年夏季，日寇发动对盐阜地区大"扫荡"，根据新四军军部的指示，鲁艺师生分为两队，院部和文学系、美术系为一队，随军部转移；戏剧系、音乐系和普通班为二队，分散转移。7月23日晚，二队经湖垛转移到北秦庄，翌日凌晨，因日寇突然袭击，许晴在掩护战友突围时壮烈牺牲。

盐阜区反扫荡取得胜利后，陈毅同志在《新四军革命烈士纪念文集》中，亲笔题写《本军抗战将校题名录书端》一文，其中写道："又如丘东平、许晴同志等，或为文人学士、或为青年翘楚，或擅长文艺，其抗战著作、驰誉海外，或努力民运，其宣传动员、风靡四方，年事青青，前途不可限量，而一朝殉国殉身，人才之损失，何能弥补。言念及此，伤痛曷极！"

许晴的牺牲地北秦庄后来改名为许晴村。

许晴是民政部公布的第二批600名著名抗日英烈之一。

刘保罗在金家寨

曾任中国左翼戏剧家联盟党团书记的著名抗日英烈刘保罗，也曾在金家寨工作过约一年半的时间。

刘保罗是湖南长沙人，1907年2月出生在一个贫民家庭，他原来名叫脐生。因他出生时，家中穷得连接生婆都请不起，只好由姐姐给他咬断脐带。为了记住出生时的困苦，母亲给他取名脐生。

刘保罗自幼聪明，他父亲早逝，靠着姐姐纺纱织布供他念完了小学，并最终以优异的成绩考入国立长沙师范。在求学期间，他开始接受进步思想，1927年大革命失败后，因不满国民党当局的黑暗统治，毅然决定离开家乡到上海寻求真理。先后来到大东书店和南华书店当店员。他喜好话剧，每天起早摸黑只拿到二三元工资，他把这些工资积存起来，用来购买话剧票。有一次他听说田汉率团在南京演出，就请了假专程赶到南京，两位老乡一见如故，很快成了莫逆之交，在田汉的引领下，他如愿走进了话剧圈。在以后的日子里，刘保罗一面在书店当伙计，一面参加了田汉旗下的好几个剧团，开始在上海舞台上崭露头角。在书店，他阅读了大量进步书籍，视野更加开阔，他认为"戏剧能够陶冶人的精神，不只是娱乐品，可以用来宣传发动群众"，于是在1929年他参加了由中共直接领导的"艺术剧社"。1930年春，艺术剧社公演话剧《西线无战事》，他在剧中成功扮演青年保罗的角色，赢得了剧坛及观众的好评。从此人们不再叫他脐生，而称他为"保罗"。从此，他的名字就改叫刘保罗。

1930年4月的一个夜晚，敌人查封了艺术剧社，将刘保罗关进提篮桥监狱。在狱中，他与共产党员黄英博取得联系，一起参加了监狱里党组织领导的绝食斗争。

1931年春，刘保罗出狱后，即由共青团员转为中共党员，并在左翼戏剧家联盟担任了党团书记。此后一段时期，他积极推进左翼戏剧运动，组织领导大道剧社、五月花剧社，常常带领演职员们在艰难困苦中坚持排戏，演出《血衣》《炮口转移》《活路》等剧。

七七事变后，刘保罗任浙江抗敌后援会流动剧团导演，他集编、导、演于一身，在抗敌戏剧的舞台上相当有名气。

淞沪会战爆发，刘保罗带领一批爱国青年，由杭州到上海，后到建德慰问参加上海淞沪抗战的国民党第二十一集团军，接受了第二十一集团军总司令廖磊的挽留，成立了青年服务团，随军来到了安徽。到皖后，在原青年服务团的基础上成立了第二十一集团军战地服务队，由刘保罗任队长，著名导演黄灿、作曲家孟波也在其中。这时的刘保罗，中等个头，一张瘦削的脸，颧骨很高，一双深凹的眼睛亮而有神。

1938年10月，廖磊兼任安徽省主席，刘保罗率队一路演出也来到了金家寨，并创造了"应景剧"新的艺术形式。它比活报剧又进了一步，就是有人物和故事情节，而没有正式剧本，加大了即兴创作的成分，将观众纳入戏剧情境，从而更富有感染力。

刘保罗始终不忘自己是一个共产党员，与国民党顽固派展开坚决的斗争。1939年4月，他任皖中司令部政治宣传大队大队长，在怀宁进行抗战宣传。国民党怀宁县党部书记长黄定文在一次政府扩大会议上提出，既要抗日，就要加入国民党。要县长胡邦宪、县政府军事科长杨盟山、第四区区长查化群（共产党员）和刘保罗等人当场填表，集体加入国民党。刘保罗和查化群据理反驳："加不加入国民党完全是个人志愿。蒋委员长宣布军政训政时期已经结束，也就是一党专政已经结束。现在提倡国共合作，团结抗战，就是宪政时期。谁愿意加入国民党我不反对，但强迫人加入国民党是非法的。"黄定文被驳得无言以对，结果不了了之，没有一个人加入国民党。

在金家寨，刘保罗和许晴、孟波等人一起参加了省动委会青年抗敌协会的青年剧团，导演并演出了《飞将军》《我们的故乡》《汪平沼协定》和自己编导的《满城风雨》等抗日话剧，产生了很大影响。

特别是他导演的《汪平沼协定》，无论是剧情还是演员表演，都形象生动，逼真感人，在金家寨产生了轰动效应。

他编剧并导演的《满城风雨》，在欢迎史沫特莱女士的晚会上演出，受到了史沫特莱的赞扬。

刘保罗还经常随团到各县农村和军队去演出，深受群众和部队官兵的欢迎。

1941年2月，在国民党顽固派反共不断升级的严峻形势下，按照上级党组织的安排，刘保罗和许晴、孟波等共产党员和进步知识分子，以第二十一集团军总部和省政府考察工作组的名义，在桂系第一三八师进步军官的帮助下，离开金家寨，经黑石渡、毛坦厂、舒城、庐江，到达无为县开城桥，投入抗日根据地的建设。

刘保罗后来在新四军抗敌剧团任戏剧教员（即指导员）。1940年6月，他改编的《苦难生的孩子》在苏皖边区文化委员会成立大会上演出，受到了刘少奇等领导人的赞扬。1941年1月，刘保罗任鲁迅艺术学院华中分院戏剧系主任，编导了《一个打十个》《王玉凤》《月上柳梢头》等剧目。同年3月15日，他率领鲁艺实验剧团去龙冈参加新兵团成立大会的慰问演出。午后，他在南寺正殿前指导排练，当排到剧中人新四军战士举枪击毙汪伪军时，不料演新四军战士的演员用的道具是一支膛内有子弹的执勤用的步枪，没有将子弹退膛。结果，扳机一扣动，使扮演汪伪军的演员当场中弹身亡。同时，子弹又从青石板上弹起，击中刘保罗的脑部，使其以身殉职，时年34岁。

刘保罗是民政部公布的第二批600名著名抗日英烈之一。

孟波在金家寨

孟波是著名的音乐家，享誉世界的小提琴协奏曲《梁祝》的诞生就有他的功劳。在抗日战争时期，孟波在金家寨生活工作了约一年半的时间。

孟波原名孟绥曾，江苏省常州市人，1916年出生。

孟波之所以能成为音乐家，是因为他从小就喜欢音乐。他的音乐启蒙很有趣。他小时家附近有家澡堂，洗完澡的人们舒服了，就唱歌，经常如此。孟波耳濡目染，也学会了唱，并对音乐产生了浓厚的兴趣，这是他最初的音乐启蒙。

1931年2月，孟波到上海当学徒。1935年起，他先后加入"民众歌咏会""业余合唱队""词曲作者联谊会"和"歌曲研究会"，积极从事左翼音乐运动和抗日救亡歌咏运动。其间，曾向冼星海、吕骥等学习作曲和指挥。1936年，受上海各歌咏团体委托，同麦新合编救亡歌曲集《大众歌声》。1937年10月，孟波与何士德等组成"国民救亡歌咏协会国内宣传团"，到浙江、江西宣传抗日。

1938年夏，孟波跟随刘保罗带领的第二十一集团军青年战地服务队来到金家寨，担任青年剧团的作曲和指挥，并被分配到安徽省干部训练班从事教学工作，还受聘担任安徽省政府咨议。

在金家寨，孟波全身心地投入抗战宣传文化工作，并进行音乐创作。1939年7月，孟波与许晴合作创作了《抗战两周年纪念歌》，发表在陈超琼主编的

《中原》杂志上。他创作的《向前走，别后退》《牺牲已到最后关头》《保卫大别山》等歌曲，一时风行金家寨的各个文艺团体，歌声流传回荡在大别山。

就在这年秋天，有一位名叫邱强的青年分到了"青年剧团"，他是从延安跋涉千里经武汉来到金家寨的。邱强将一本略有些破损的油印本《黄河大合唱》慎重地交到孟波手里。孟波如获至宝，带回驻地，闭门研究了几日，作出一个惊人的决定：《黄河大合唱》由"青年剧团"演出，由他担任指挥。

不久，"风在吼，马在叫，黄河在咆哮……"的歌声在省政府大礼堂响起，能容下千人的"大礼堂"，被挤得水泄不通，站无虚席。观众的情绪随着歌曲节奏，逐渐进入高潮。特别是唱到《保卫黄河》时，观众的热情达到顶点，热烈的掌声直到一曲终了。演员的激情也达到顶点，越唱情绪越激昂，已经分不清是歌声，还是掌声。第一次演出获得了巨大的成功。此后各机关、各人民团体纷纷邀请演出，《黄河大合唱》的歌声响彻大别山区，传唱四方。

同年9月，美国进步女作家、《曼彻斯特日报》特派记者史沫特莱来到金寨，孟波和许晴合作创作《欢迎史沫特莱之歌》，在省动委会举行的盛大欢迎会上演唱，使史沫特莱深受感动，也对曲作者、指挥孟波心存感激。

史沫特莱在金家寨考察访问期间，孟波同史沫特莱相处得很融洽，两人常围绕音乐及音乐同政治的关系等问题在一起畅谈。

一次史沫特莱问孟波："你知道贝多芬第九交响曲的合唱曲吗？"

孟波坦言："不知道，不过我们合唱队在乐队的伴奏下曾演唱过巴赫的作品。"

史沫特莱说："为什么不试试贝多芬的？"

接着，史沫特莱就把贝多芬第九交响曲的合唱曲唱给孟波听，一连唱了好几遍。

孟波的音乐悟性极好，几遍下来就学会了。史沫特莱很兴奋，又拉着孟波和她一起合唱。当孟波十分娴熟地掌握了这首歌曲后，史沫特莱高兴地欢呼起来，并跑过去同他热烈拥抱。

后来孟波请人把这首合唱曲翻译成中文交由当地一份音乐杂志发表。

史沫特莱为孟波拍摄了照片，孟波将自己作曲的《牺牲已到最后关头》等作品的手稿送给了史沫特莱。1950年，史沫特莱病逝前曾留下遗嘱，将她的部分遗物赠送朱德同志。这些遗物中便有当年她在金家寨为孟波拍摄的照片及由孟波作曲的《牺牲已到最后关头》等作品的手稿。如今这些都作为宝贵的革命文物珍藏于中国国家博物馆。

就在1939年冬，孟波在金家寨加入了中国共产党。

1940年1月，李品仙接任第二十一集团军总司令兼安徽省主席，随后掀起反共高潮，金家寨开始出现白色恐怖，根据党组织安排，孟波、许晴、陈超琼等共产党员和进步文化人转移，离开了金家寨。

孟波后来转移至苏皖抗日民主根据地，参加了新四军江北游击纵队。先后任新四军抗敌剧团团长，鲁迅文学艺术学院华中分院音乐系教务负责人兼普通班主任，戏剧音乐资料室主任，延安中央管弦乐团指导员等职务。

新中国成立后，孟波曾任上海市文化局、电影局局长，中共上海音乐学院党委书记、副院长，上海市委宣传部副部长，中国音协上海分会副主席等职务。

孟波创作歌曲近200首，其中《牺牲已到最后关头》《中华民族好儿女》《高举革命大旗》等，都是传唱甚广的优秀作品。

1958年，为向国庆10周年献礼，上海音乐学院小提琴民族化实验小组报送了《大炼钢铁》《女民兵》《梁祝》3个选题给校党委审查。时任学院党委书记、副校长的孟波在表现爱情的《梁祝》旁打了勾。而当初稿完成审查时，孟波发现没有"化蝶"的内容，何占豪他们回答说："新中国的青年不信封建迷信那一套。"而孟波则认为这是中国传统艺术中浪漫主义的精华，与迷信无关。于是，又从苏州昆曲团找到了化蝶主题的旋律。所以，何占豪说，没有孟波就没有"化蝶"。作曲家何占豪、陈钢和首演者俞丽拿都说，孟波的选择不仅显示他的艺术眼光，还冒了很大政治风险。"没有他那么一勾，就没有《梁祝》。"何占豪认为，"孟波是在那个浮夸的年代，还能够坚持正确地贯彻执行党的文艺政策的文艺界杰出的领导人。"

孟波在金家寨战斗生活的经历，他一生都没有忘记。2015年1月29日，已经在华东医院住院的孟波还和前来看望他的同事，回忆起他在金家寨和史沫特莱交往的经历。

2015年3月16日，著名音乐家孟波因病在上海逝世，享年99岁。

莫朴在金家寨

2009年，中央电视台《国宝档案》栏目曾专题介绍了《油画〈南昌起义〉》，这幅油画于1957年创作，长256厘米、宽178厘米，一共刻画了40多位栩栩如生的人物形象，从领袖到士兵，均安置有度，一丝不苟，在人物造型、色彩运用、景物安排上均匠心独具，于平淡、真实、自然、朴素之中焕发出一股神奇般的力量。十分巧妙地烘托了起义前夜的气氛，充分体现了领导者沉着果敢的大无畏革命精神，用奔放而简练的笔法塑造了这个伟大的历史时刻。这幅画现收藏在中国革命军事博物馆，它的作者就是著名画家莫朴。

在抗日战争时期，莫朴曾在金家寨工作战斗了一年多的时间。

莫朴是江苏省南京市人，1915年出生。他父亲莫锦龙是一位爱国仗义的校官，又是一位酷爱诗书绘画人士。受其影响，莫朴自幼就爱好绘画。家庭文化艺术的熏陶对莫朴后来步入画坛，毕生从事绘画艺术产生了重大的影响。1930年，莫朴在父亲的支持下，考入了苏州美术专科学校预科班学习，半年后又进入上海美术专科学校西洋画系深造，于1933年暑期毕业。

1933年春节期间，莫朴应校友沈逸千的邀请，参加了"上海各界救济东北难民大会"会场中的宣传画制作工作。随后，由沈逸千发起，并得到了著名人士胡厥文、史量才、黄炎培、杜重远、朱学范等大力支持，组织了上海国难宣传团，创作了《抗日同盟军抵抗日寇》《大刀队英勇杀敌》《枪口对外》等多幅作品，于1933年10月前后在上海南市文庙、南京夫子庙展出，观众约2万人，南京国民政府主席林森、上海市市长吴铁成亲自出席参观画展。

在南京展出结束，莫朴又随上海国难宣传团到北平、内蒙古、西安、开封等地举办画展。

此后，莫朴先后在南京、扬州担任中小学教师。

1937年抗日战争全面爆发后，莫朴投身抗日的洪流。8月，他同陈素、江上青、王石城等发起组织"江都县文化界救亡协会"，同时创办《抗敌周刊》。11月组织"江都县文化界救亡协会流动宣传团"溯江而上宣传抗日，于1938年春来到了安徽六安。

这时的莫朴穿着时尚，他身着咖啡色法兰绒西装，头戴法兰西圆顶藏青色小帽，嘴里时常衔着浮鸭型的烟斗，潇洒飘逸，流露出艺术家的气质。

到六安后，他们迅速展开了抗日宣传。在国民党六安县党部附近的广场上，高高悬挂着莫朴的大油画《血战明光》，大型水粉画《工农兵学商一齐来救亡》和《全民抗战》，引得众人驻足观赏，收到了很好的宣传效果。

1938年4月初，根据中共安徽省工委"到友军中去，到敌人后方去"的指示，江都县文化界救亡协会流动宣传团编入了第十一集团军政训处救亡工作团第二组，到寿县、淮南、豫鄂边区一带进行抗日救亡宣传。同年秋，第二组再次改编，莫朴被编入第二十一集团军第一三八师政治部文工团。不久文工团解散，莫朴和陈超琼等人根据党组织的指示到在金家寨的省干训团任教官，并受聘担任安徽省政府咨议。

在金家寨，莫朴除了上课教学外，还负责为《大别山日报》副刊绘刻每周一期的木刻版画。后来《大别山文艺》创刊后，莫朴又为该刊刻制版画。

1939年，省动委会同意将在金家寨从事美术的莫朴、汪刃锋、史秋鉴等专业人士和爱好美术宣传的人员集中组成一支20余人的美术宣传队伍，命名为"绘画标语宣传队"，以金家寨为大本营，到固始、颖上、临泉、太和、阜阳、霍邱、怀远、寿县等地进行抗战宣传。莫朴随宣传队沿途画壁画，写大标语，到街头办画展，刻大幅木刻招贴画，散发传单，不辞劳苦，积极宣传抗战到底、消灭汉奸，坚持团结，反对分裂。在淮北，绘画标语宣传队还遇上了彭雪枫游击支队宣传队，莫朴和他们进行交流，并将自己的作品送给他们。巡回宣传两个多月的时间，莫朴也一路顺带采风收集素材。回到金家寨后，莫朴画了一幅10米长的宣传画《全民起来抗战到底》。

1940年1月，第二十一集团军总司令兼安徽省主席李品仙，秉承蒋介石的旨意，掀起了反共高潮，金家寨的政治形势逆转。1940年3月的一个晚上，莫朴和许晴、刘保罗、孟波等人一起秘密转移到无为县开城桥，参加了新四军江北游击队。

到新四军后，莫朴担任《战斗报》《抗敌报》的美术编辑。后来，根据中共中央中原局刘少奇书记的指示，在来安的半塔镇组成苏皖边区文化事业委员会，成员有莫朴、陈岛、许晴、孟波、刘保罗等，莫朴担任委员兼出版部部长。

1940年11月，鲁迅文学艺术学院华中分院成立，院长由刘少奇亲自担任，莫朴担任美术系主任。

莫朴后任教于鲁迅文学艺术学院、华北联合大学等校。1949年后曾任国立艺术专科学校教授、浙江美术学院院长、浙江美术家协会主席、浙江文联副主席等职。

莫朴创作了大量美术作品，许多作品在国内外展出或被中国美术馆等单位收藏。

莫朴有革命美术家的榜样之美誉。

1996年11月23日，莫朴在杭州逝世。

姚奠中在金家寨

全国著名的学者、书法家、教育家，原全国政协委员，山西省政协副主席姚奠中也曾在立煌县工作3年半，其中在金家寨有两年多的时间。他在金家寨不畏权势，刚直不阿，敢于与国民党当局抗争的故事仍在流传。

姚奠中1913年生，是山西省运城市稷山县人，原名豫泰，别署丁中、丁一等。1934年，姚奠中考入当时由唐文治创办的"无锡国专"。后听说章太炎在苏州开办"章氏国学讲习班"，他放弃了"无锡国专"学籍，转往苏州投奔到章太炎门下，与鲁迅、周作人等同门。1935年，师从章太炎研究国学，为章太炎晚年收录的7名研究生之一，也是7人中年龄最小的。1936年，研究生尚未毕业，他便开始在章氏国学院教授文学史，并完成研究生毕业论文《魏晋玄学与老庄》。1937年毕业，时逢抗日战争全面爆发，姚奠中辗转在江苏、安徽等地任教。

1940年2月，姚奠中由杭州招贤寺主持、时任中央赈济委员的弘伞法师介绍，到新成立的安徽省立煌师范任国文教员，开始了在金家寨的工作和生活。

这时的立煌师范校长是吕醒寰，当时对政治抓得很紧，原因是立煌师范与省教育厅相隔仅一个小山头。教育厅厅长方治是国民党中央执行委员，曾任国民党中央宣传部副部长、代部长，是CC派的骨干分子，他随时都转悠到学校来，随意过问和干预学校事务。

这天，姚奠中正在教室上课，方治突然出现在教室门口，对学生横加指责，对姚奠中也用命令的口气询问，盛气凌人。姚奠中横眉冷对，与之理论，方治带着两个全副武装的卫兵，手握盒子枪对姚奠中威胁。姚奠中没有屈服，俨然斥责方治无礼，并在学生的拥护下，将他轰了出去。

姚奠中知道自己得罪了校长的顶头上司，惹了大祸，自己回到寝室，卷起行李，离开了立煌师范。

姚奠中这个中学教师敢同呼风唤雨、炙手可热的党政要人对着干，一下轰动了山城，很多人都拍手叫好，人们对姚奠中的人格增添了敬佩。姚奠中一下成了金家寨的新闻人物、热点人物，家喻户晓。

很快，原国民党党部主任、"皖干团"教育长刘真如约姚奠中会谈，表示关怀，希望姚奠中跟着他干，这样会前途无量。姚奠中见他不谈国家民族、不谈抗战，便不为所动。回来后，姚奠中写了一封短信给刘真如，说明道不同不相为谋，谢谢他的"关怀"。姚奠中体会刘真如的言行，加之看到时值国难当头，刘真如穿戴讲究，穿的袜子都是带花的进口丝织品，像是一个公子哥，内心愤懑，写了一首短诗自遣：

何物刘公子，窃居要路津。胸中无国难，眼底只私恩。遍野蒸黎苦，满朝财虎尊。谁能屈亮节，跣履向朱门。

就在姚奠中在金家寨租赁的房子中赋闲之时，他又接到了安徽省立第一临时中学的聘书。原来，1940年年底，方治调离，教育厅厅长由万昌言担任；省立第一临时中学教师紧缺，急需聘任教师。姚奠中接受了聘任，到在离金家寨

90里的流波磋省立第一临时中学任国文和历史教师。

在第一临时中学，姚奠中看到，由于学校对教师和学生之间存在的矛盾没有认真分析原因，只是简单地采取对学生的高压政策，导致矛盾日益尖锐。一天早操，一个学生没有系好风纪扣，军训教官便伸手打学生一个耳光，学生不服，遭学校开除，引起学生的公愤，撕毁了开除学生的布告，而学校要进一步开除学生。矛盾迅速激化，学生掀起了驱逐校长的风潮。校长不敢见学生，用乡兵、校役保护着，与学生相持不下。没想到，学校突然被军队包围，军人进校抓捕学生和教师。住在姚奠中隔壁的历史教员李菀民就被抓走。李菀民与姚奠中相处甚好，经常一起畅谈，他常赞赏这里的水牛，称水牛力大，耐劳而不鸣。后来听说，李菀民是共产党员。姚奠中感到第一临时中学的环境这样险恶，不能再待下去了，毅然离开学校。

姚奠中后来对李菀民关押在何地及其处理情况进行打听，但打听不到。他心中牵挂着李菀民，写了一首怀念李菀民的诗：

一去流波磋，长怀李菀民。水牛知性格，栀子比清芬。未变风云色，已栖图固身。山花如有意，胡不早回春。

姚奠中离开第一临时中学后，由安徽临时政治学院教务长朱清华介绍，随即应聘到安徽临时政治学院任教。

姚奠中在安徽临时政治学院正在潜心教学时，1943年元旦，日军侵袭金家寨。元旦这天学院放假，不少学生进城看戏。午后，学生不断归来，说城里的气氛紧张。晚上，西南方向的炮声传来，街上到处是逃难的人群，但学校没有接到政府和军队的通知，派人去打听也没有头绪。到了晚上8时许，一个从长冲岭方向过来的学生说，岭东已经发现敌人，实际离学校只有20里了。学校与政府联系不上，只好找了一位老乡带领，全校1000多名男女老少促在漆黑的夜晚向山上爬，十分艰难。大半夜才上了一个山头，这时山下响起了密集的机枪声和炮声，原来是学校隔壁的战地干部训练团突遇敌人，立即抵抗。虽然干训团后来无援撤退，但迟滞了日军攻进金家寨的时间，使金家寨的更多群众得以逃出。学院师生赶到莲花山吃饭后，学校负责人商议，决定大队疏散，他们向霍山、毛坦厂方向转移，约定联络地点，大家便各奔东西。姚奠中随一个学生先到麻埠，再转移到霍邱窦楼一个学生家，被留住过春节。随后到霍邱城郊一个友人家居住。不久，金家寨收复，经与学校联系后，于2月底返回学校。只见校舍大部分被烧毁，只残余部分老瓦房。

师生陆续归来，一面开学，一面着手重建。返校的师生，心含悲愤，互相倾诉所见所闻，事事令人愤慨：一个拥有4个军十几个师的二十一集团军，对一个只有一个联队的日军进犯，竟望风而逃！在崇山峻岭中，而日军竟如履平地！在北逃群众拥塞道路的情况下，竟然有桂军部队架机枪于马背上空射，致使难民被挤被踏纷纷滚入沟中！散兵成群结伙持枪乱闯，抢掠欺压百姓竟无人敢问！这些丑态导致群情激愤，怨愤的语言到处流传，也传到了李品仙等新桂系当局的耳中。

李品仙恼羞成怒，到处开会骂人。到省参议会开会骂，到学校开会也骂。在安徽临时政治学院师生全体大会上，李品仙竟说："战干团吃二十四两米，你们也吃二十四两米，人家能抵抗，你们能干什么？""敌人没到，你们学校师生，鸡飞狗走，抱头鼠窜！""山城是你们收复的吗？"教师们听不下去了，便纷纷走出会场。大家一合计，决定罢课、抗议，学生们也立刻响应。教师们推定新任教务长刘继宣、总务长翟宗文和姚奠中为发言人，并由姚奠中起草辞职抗议书。其主要内容有几点：一是守土的责任，究竟应该谁负？二是我们一年多来做了些什么？三是此位高任重之大人物，说话应该"没有率尔不根之言"，而竟出现了如此粗鲁、侮辱性的话。我们身为教师，义不受辱。如果此而可忍，将何以为人师表！决定集体辞职云云。

此信一公开，社会舆论哗然，李品仙急了，急忙派教育厅厅长万昌言、民政厅厅长韦永成到学院疏通，不承认他有侮辱教师之意。大家没有理会。接着社会上出现谣言，说学院主要有"异党"捣乱。教师们知道这是准备镇压的前奏，因为这几年都是这样，经常有人被捕。于是，大部分教师动摇了，表示愿意上课。只有刘继宣和姚奠中带了7个学生离开了学院，奔赴重庆。而翟宗文则辞去了总务长的职务，只担任省参议员了。

姚奠中自此离开了金家寨，也结束了他在大别山的工作和生活。

姚奠中后来曾任贵阳师范学院教授、云南大学教授。新中国成立后，曾任贵州大学、山西大学、山西师范学院教授，九三学社山西省委主任委员，山西古代文学协会会长，山西省政协副主席。著有《中国文学史》《庄子通义》等。

姚奠中的诗、书、画、印被誉为"四绝"。2009年荣获中国书法最高奖——第三届兰亭奖终身成就奖。2010年，捐资100万元成立山西省姚奠中国学教育基金会。

2013年12月27日，姚奠中在山西太原家中辞世，享年101岁。

外国友人在金家寨

作为抗战时期安徽省省会的金家寨，当时还驻有外国帮助中国抗战的军队、机构和到金家寨暂住的外国人员。

曾驻金家寨的外国军队和机构有：朝鲜义勇队第二支队第二队、美国第十四航空队通讯站，美军的顾问处，美国、英国的情报机关。

在金家寨工作和访问的外国人员有日本友人石锦昭子，美国进步作家、著名记者和社会活动家艾格尼丝·史沫特莱，还有很多被营救的美军飞行员。

石锦昭子在金家寨

1938年6月，随着安徽省政府的搬迁，金家寨来了一个外国人，这就是日本友人石锦昭子。她是金家寨成为省会后来的第一个外国人。

石锦昭子是省动委会委员、时任庐江县县长翟宗文的妻子。新中国成立后，她曾担任安徽省政协委员。她在1985年逝世前，还撰文《在中国的日子里》，其中回忆了她当年在金家寨的岁月：

1901年，我出生于日本枥木县芳贺郡益子町大字小泉番地的一个农民家庭。中学毕业后，在东京明治大学医务处任护士。1923年，认识了在明治大学学习的中国留学生瞿宗文。经过长时间相处，我感到瞿宗文是一个富于正义感和追求进步的青年，我们彼此志同道合，互相爱慕，于1927年在东京结婚。

1929年秋，我告别了故国日本，随宗文来到中国上海工作，在这里，我亲眼看到到处都是外国人的租界，英、法、日、美等帝国主义似猛虎恶狼般掠夺中国的财富，欺压和侮辱中国人民，妄图瓜分中国的土地。这一切激起我对帝国主义者侵略行为的极大愤慨，从此我跟随宗文开始在上海、南京、芜湖等地参加地下工作。

卢沟桥"七七"事变前夕，日本军国主义当局发出通令："凡侨居中国的日本人，一律要限期回国，否则作为叛国论处"。我蔑视这个通令，毅然留在中国。抗战开始，沪、宁相继沦陷，我只好跟宗文回到他家乡——巢县柘皋镇暂住。不久，我们响应抗日民族统一战线的号召，从巢县去金寨参加安徽省动委会的筹建工作。宗文在省动委会先后担任委员、宣传部总干事、副部长等职。我在省动委会妇委会中积极从事抗日工作，搞宣传、医疗等。由于我是一个日本人，我以实际行动反对日本侵略中国的行径，在群众中非常引人注目，产生了一定的政治影响。

当时安徽省动委会设在金寨塔子河边，我和宗文在省动委会对面小山上单独租住三间草房，地方隐蔽，活动比较方便，一些中共地下党员和进步人士、青年知识分子，都以我家作为秘密集会联络场所。他们一开会，我总是在四周做巡视保卫工作。那时我们经济非常困难，每月仅有50元的工资收入，平时我种菜、养鸡以补贴家用，并用以招待来开会的同志。有的进步人士就在我家暂住，我热情安排他们生活，从无半句怨言。有些进步青年从金寨奔赴延安，从我家动身，经济上发生困难时，我们虽不宽裕，总要设法支持。

1938年8月间，为了发展进步势力，加强县级行政工作，广泛深入地开展抗日救亡运动，经中共地下党员张劲夫、周新民、史迁以及安徽进步人士朱蕴山、光明甫、沈子修等向桂系省政府推荐，任命宗文为庐江县县长。我为了协助瞿宗文的工作，毅然决定克服困难同往庐江。

1938年10月，省动委会在金寨召开动委会周年庆祝大会。我应邀出席，并在千人大会上做了演讲。我以日本人的身份，以亲身的所见所闻，愤怒地控诉了日本帝国主义对中国实行"三光"政策的滔天罪行，旗帜鲜明地站在中国人民一边，坚决支持中国人民反对日本军国主义的正义战争。我说："中国地大物博，人口众多，但由于政治腐败，所以遭受侵略。中国人民要自强不息，全国人民团结起来，一定能打败日本军国主义！"当时，由于我讲中国话不流利，不能表达出真实感情，因此用日语演讲，由宗文当场翻译。演讲一结束，博得广大听众的热烈赞扬，全场掌声如雷，经久不息。这次演讲，在当时的省报上还作了报道。中国人民把我当作忠实可靠的朋友看待，我感到万分高兴和自豪，从此更加积极参加抗日活动。

全国解放后，我和宗文都参加了工作，宗文在世时先后担任安徽省政协委员、省民革常委、省民政厅副厅长等职。我现在已八十五岁高龄了，我唯一心愿就是盼望中国早日实现四个现代化，使人民过上更加美满幸福的生活，衷心希望中日两国人民世世代代友好下去。

石锦昭子曾于1980年回故国日本探亲，父母均已去世，和健在的三姐妹等亲人欢聚。尽管亲友们都劝她年事已高，可定居日本，不要再回中国了，可石锦昭子对亲友们说，她在中国已有一个幸福家庭，不仅儿孙满堂，而且是四代同堂。尤其是她和中国共产党有着深厚的感情，党对她在政治上这样尊重，把她选为省政协委员，她要把骨灰留在中国。她谢绝了亲友的好意，在日本只住了6个月，最后还是下决心于1980年11月返回中国。

石锦昭子因病于1985年4月16日在合肥逝世，享年85岁。

史沫特莱在金家寨

1939年9月26日，应安徽省政府主席廖磊的邀请，美国进步作家、著名记者和社会活动家艾格尼丝·史沫特莱女士到达金家寨，考察大别山的伤兵、难民救济和抗日民众动员工作。

史沫特莱1892年出生于美国密苏里州奥斯古德镇的一个贫苦家庭。她思想进步，同情中国革命，1929年初，史沫特莱作为外国驻华记者来到中国。1937年1月初，史沫特莱访问延安。她的公开身份是到前线去做战地救护工作。史沫特莱一到延安就受到毛泽东和朱德的接见。到达延安的第二天，延安党政机关举行欢迎大会。在陕北，她随八路军转战，和毛泽东、朱德、周恩来等领导人结下了深厚的友谊。

史沫特莱是1939年9月1日从皖南新四军军部出发的，之前她在那里访问考察了8个多月。

史沫特莱到立煌很不容易，充满艰险。途中要经过日伪军的一道道封锁线，夜间偷渡长江天堑，到庐江东汤池新四军江北指挥部，然后从舒城、六安毛坦厂进入了立煌的流波碴，她是抗战以来，到立煌来的第一位外国记者。随行的有她的翻译方练白，还有4个护送她的新四军战士。方练白曾是周恩来的翻译和秘书，是受组织委派担任史沫特莱陪同翻译的。

史沫特莱在《中国的战歌》一书中记述了在立煌的过程。她记述：

流波磋当时的情景是：镇墙高固。驻有二十一集团军炮兵训练营留守。敌机经常轰炸，居民死亡甚众，敌特化装成商人、难民混入镇内。墙上贴满打倒汉奸汪精卫等卖国贼的标语，还有一些标语表明我们已经显然离开了新四军的防地进入另外一个政治思想完全不同的王国。那些标语口号并不反动，到处张贴："有钱出钱，有力出力""优待抗日家庭""孙总理的三民主义是抗战救国民族复兴的最高纲领""拥护民众教育，扫除文盲"等。这一带地区曾是中华苏维埃共和国的老红军根据地，在敌后随军访问刚离开的这支军队（新四军第四支队），就是当年守卫这个地区的老红军。过去的遗迹直到镇边一路犹存。

在流波磋，史沫特莱看到了新四军与国民党桂系军队的不一样。她回忆进城的情景：

城门口的卫兵对护送她的新四军警卫人员亲如兄弟，但一看她这个蓝眼睛高鼻子的人走过，就大吃一惊，大喊"护照！"史沫特莱拿出了护照公函，卫兵向护送的队长开始用奇怪的土话谈开了，双方对话每一句重复多遍。可真费劲。队长说史沫特莱是一个美国朋友，一群士兵围上来，七嘴八舌谈起世界大事来了，史沫特莱听出他们纷纷议论，一个给鬼子出售卡车、武器的国家的人是否享有进入流波磋镇的权利。

队长替史沫特莱说话，出售卡车、武器给鬼子完全同她无关，那是爱钱如命、一无所知的美国"商人资本家"干的事。最后他们让史沫特莱一行通过。进城门时，一个士兵对街上的士兵大喊洋人来了，消息一下传遍全镇。

史沫特莱一行在一个小客栈下榻，这时出现了一个国民党军的青年军官，他行了一鞠躬礼，然后索看护照，后对史沫特莱作出保证说她是最受欢迎的客

美国著名作家史沫特莱
（金寨县革命博物馆提供）

人。史沫特莱见这个国民党军官的服装笔挺，再看看她身边的新四军警卫人员衣服破旧，形成鲜明的对比。但这些新四军战士却昂首挺胸，神气严肃。

让史沫特莱感动的是，这4名新四军战士有的单衣上的纽扣早就掉了，有的打摆子，腿脚流脓，一个战士肺病到了晚期，硬坚持护送跟她同行。他们几个月前发过五角钱的津贴费，以后没有领过半文钱。途中史沫特莱给他们每人买了一双鞋，每天晚上史沫特莱还给他们看病。

对比周围那些矮小结实、身强力壮的广西士兵，史沫特莱有了许多思考。新四军的待遇比国民党军队的待遇差多了，但革命的精神仍十分旺盛。

史沫特莱对这里的广西军队有良好的印象，认为有纪律，管理好，她看到他们的队伍走在流波磕街上，步枪、机枪换肩，子弹带、佩刀，锵锵动作整齐。唱着抗日军歌激昂慷慨，她以为他们即将奔赴战场冲锋杀敌，不禁肃然起敬地问身边的广西军官"他们可是出征么？""不，他们去看电影。"军官还说，由于国民党政府电影教育部门给部队每季度分派一部新的影片来，部队可以跟上时代了。

史沫特莱是25日傍晚到达古碑冲的。她记述当时看到的景色，这是一个东西狭长、南北宽阔的山谷，景物极其壮丽，山下的史河从东北蜿蜒流过，河水蓝天青青一色，闪闪耀眼。

在陈冲的第二十一集团军总部驻地，村边有许多新盖的竹篱茅舍。一队队穿黑布制服的男女走过平整过的操场，场前大门上挂着"安徽学生军"校牌。

第二十一集团军中将高参、安徽学生军团团长马起云中将接待了史沫特莱一行。

马起云出身于香港豪富的望族之家，是美国西点学校1924级毕业生，学成回国在广西创办一所陆军军官训练学校，现在任第二十一集团军中将参议兼安徽省学生军团团长。学生军有500名男生、100名女生以及1000名军事轮训学员。前者为高中学生，后者受训后担任县武装的民团团长、地方游击队司令。马起云还兼任省长廖磊的特别顾问，在省内享有进步青年领袖人物之一的盛名。史沫特莱从马起云口中得知，他家非常富有，也很奢侈，曾设宴款待过西班牙国王加冕皇太子，这次豪华宴会一连10个小时，吃了700道菜。

史沫特莱工作热情高，不辞劳苦。她刚刚坐下不久还没歇一口气，马起云就要召集学生请她做报告。这天走了90多里路，她虽感到劳累，但没有推辞。5分钟后，史沫特莱就面对几百个鼓掌欢迎的学生站在大礼堂的讲台上，马起云宣布："现在，特请史沫特莱女士向大家作第二次世界大战与中国抗战的关系的报告。"这是史沫特莱到立煌的第一场报告。

一个半小时后，史沫特莱就躺在稻草铺的架子床上休息了。由于过累，她晚饭也没吃就睡了，但是一连串的印象在脑海翻腾：护送队长因旅栈房价一晚五角还不供饭吃而非常恼火。……马起云送她一听上海香烟，立煌县市价要10元。……马起云说用省长的座车，省内唯一的一部汽车明天送她去立煌省会，5加仑*汽油要30元钱，这些让她很有感触，这里的物资紧缺，物价昂贵。

第二天上午，史沫特莱乘着廖磊派的专车到金家寨，廖磊在省政府大楼不讲究俗套地欢迎她。

在省政府大楼会客厅，廖磊问她对这个敌后抗日基地的第一印象如何。史沫特莱夸奖道："你们的士兵力量溢于言表，身强体健，充满活力，像是另一种民族的队伍。"

廖磊解释说，我们是山地老百姓。并说无论冬夏，天天洗澡可以预防多种疾病。

廖磊还告诉史沫特莱，附近有两个后方大医院和两个收容所。医院直属军政部陆军医务署，医院行政主管和业务经理敲诈伙食、棺材经费案被发现后，他任命了一个广西籍医生作为医院主管。这两个后方医院的麻烦在于必须远离前线，不然要受到敌人的破坏。收容所离前线较近些，可是都无法得到所要的医药物品，需要更多的药物，他请史沫特莱能给予这方面的支持。

廖磊在谈话时总是好奇地盯着史沫特莱，仔细考虑她说的每一句话。他们不知不觉地谈起广西两个集团军特别是廖磊任司令的第二十一集团军的事来。

廖磊说，京沪战事的主要问题是敌人的飞机和大炮的优势，打法类似第一次世界大战。抗战以来部队学习夜战，使用伪装，山地提供了天然保护条件。防卫工事现在伪装很好，部队学习游击战争和运动战。虽然，敌人有摩托化装备的优势，但中国方面继续破坏交通道路阻拦。自从一年前武汉失守以来，他的部队打了200多次游击战。敌人的"扫荡"大半扑空。第二十一集团军活动于皖西鄂东一带，有时派出部队向东到长江下游一带执行特殊任务。部队采用游击战术以来，敌人损失超出桂军2倍。

9月29日，安徽省动委会组织了省青抗、省妇委会、第三十五工作团、妇战团、广西学生军、抗敌青年剧团、少年宣传团、《大别山日报》社、中原出版社等团体的代表和各界人士在省动委会大礼堂举行欢迎大会。史沫特莱在热烈的掌声中发表了热情洋溢的讲话，她说："本人此次所负使命，为考察救护伤兵难民及民众动员情形。将就考察所得，报告国际慈善事业团体机关，以征求大

---

* 加仑为非法定计量单位，1加仑等于4.55升。

量药品，及捐募救济中国被难民众及受伤将士的经费，同时本人将中国抗战及在敌后游击战发动情形，经常向外发表。"当她说到"中国人民一定能够取得抗日战争的最后胜利"时，全场欢声雷动。

在欢迎晚会上，演唱了孟波和许晴合作创作的《欢迎史沫特莱之歌》，青年剧团演出的《黄河大合唱》以及由刘保罗编导的报告剧《满城风雨》，受到史沫特莱的欣赏和赞扬。

9月30日，《大别山日报》发表了《欢迎国际友人——史沫特莱女士》的短评。

随后，史沫特莱走访、参观了立煌的许多地方和单位，也多次接受大别山新闻界的采访。

史沫特莱参观了妇女洗衣社，还为妇女问题研究会作了题为《世界妇女运动的动力》的演讲。她在省动委会采访时，适逢妇工会正在批评一个虐待媳妇的婆婆。史沫特莱以赞赏的口气说："你们做得对！"并为妇工会创办的《妇女》月刊题词，阐述妇女解放与民族解放的关系，赞扬战斗在大别山的妇女"为了祖国的自由而贡献她们全部的心力"。

一天下午，省动委会青年和妇女两个委员会召集一个由全省各地代表参加的妇女会议，史沫特莱作为大会的主要发言人，就国际妇女运动问题作了一个内容广泛的长篇报告。会场上挤满了妇女，包括一些临产的孕妇，还有附近的农民和工人，会议一直到晚上才结束。

由于史沫特莱不仅关心妇女解放运动，还关心中国士兵特别是新四军的医疗卫生工作，为抗日部队争取了大批医药、武器的国际援助以及医务人员的到来，并亲自参加伤兵的医护救助工作，所以受到人们的敬重。会场布满彩旗标语，标语有两条颇为独特：一条写着"全中国反法西斯力量同世界妇女联合起来！""史沫特莱是中国伤兵之母！"一队身穿小小军服的战时孤儿把从山坡上采摘的一束鲜花送给史沫特莱，并用流畅的语言请她向美国儿童转达中国儿童勇敢战斗直到最终获得解放和自由的决心。针织厂的女工代表送她两双白棉袜子。青年委员会妇女写了一首欢迎她的诗，诗曰：妇女几千年被踩在男人脚下，而今见到了曙光。这些使史沫特莱深受感动。

史沫特莱从这些妇女代表中又一次了解到中国妇女工作困难重重，受到令人可怕的阻挠。许多妇女说日寇不灭决不结婚，一结婚就不能工作了。

妇女工作委员会总干事朱澄霞告诉史沫特莱：大别山过去是老苏区，那里的妇女不再缠足，剪短头发，念过书，参加公开社会活动。国民党中央军一来，见短发女人就喊共产党分子，就杀头枪毙，而今这里的妇女都留长发了。我们第一次去组织动员她们剪短头发参加抗日团体，她们吓得要命，以为白色恐怖又来了。

奇怪得很，那些老苏区的妇女多一半既不会写又不会读，大字不识一个，然而她们都知道资本主义和世界大事，人前讲话或大会发言无不口若悬河，头头是道。最后我们让她们相信公开参加社会活动不会杀头，她们和村子里的男人出来办抗日团体的事用不着我们去越俎代庖了。

朱澄霞还说："我们一般受过教育的妇女发现妇女工作非常难做。我们的生活习惯，文化标准与乡村妇女的生活习惯、看法、标准完全不同，因此很难找到接近的共同语言，于是我们招了一队妇女来培训。我们还有一个古怪的问题。苏区禁止强迫婚姻。男女双方许可挑选意中人，结婚不许要嫁妆。国民党说这是'自由恋爱'。现在苏区不存在了。有些男人提出照旧习惯儿时订婚的妻房该应归他为妻。这样的妇女被人拐走抢走的有的是，其中也有内战中丈夫阵亡的寡妇，也有现在在八路军、新四军里的丈夫的爱人。儿时订的婚姻在法律上有约束力，我们妇女委员会总是要让拐走妇女的男人把妇女送回娘家，麻烦事没完没了。"

由此，史沫特莱了解到这里妇女工作的现状。

史沫特莱到金家寨不久，在一个可以容纳5000名观众的大会堂里看了话剧团的两幕话剧。一个剧本是以前省会所在地、现被日寇占据的安庆为主题，写的是夜袭安庆。五四青年节的晚上，安庆城内伪军开门让广西军一团人进城，战斗持续一夜，天明时广西军队连同城内伪军为了防空疏散，退出安庆城，留下一座被粉碎的敌人据点。剧中有一个同情日本参谋官的人物。

演出结束，请史沫特莱讲话。史沫特莱起立提出请观众讨论演出剧本的建议。一个陪同观看的官员反对史沫特莱的提议，说观众不太开通，不便讨论剧本。而未卸装的话剧演员支持她的提议并请她领导讨论。两个剧本的编导则提出，他们可以回答批评的意见。

史沫特莱说，演出特别好，但把一个日本参谋官作为中国的朋友演出，思想上不能通过。他果真是中国的朋友的话，为什么他仍留在日本军队里？编导回答说，日本参谋官的民族性格被生活淹没了，安庆战役中五四夜袭确有其人其事。

史沫特莱带头发言后，台下许多士兵、学生起立七嘴八舌议论开来，有的气呼呼地跑到台上发表自己对剧本的看法，他们措辞婉转巧妙。有一个士兵说，剧中人的对话太高尚，老百姓听不懂。另一个士兵指出，一帮日伪军酒席宴前空谈什么可怕的游击队，不见游击队的攻打，只有一个维持会长汉奸的老婆吓得自杀的事真是荒唐至极。比这更卖国的卖国剧可真没见过，他大声喊道，游击队应该把酒会上的下流走狗通通干掉才对！

编导回答道："哎哟，那就是真实吗？如果敌人总是死在台上，还何必继续抗战？用事实唤起老百姓才对。"

像这样的让观众讨论剧本和演出以前从未有过，史沫特莱在金家寨开了头，让大家感到既稀奇又振奋。

史沫特莱平易近人，她住的草房在金家寨一个古树成荫、野花芬芳的山洼里。对慕名而来的来访者，无论是在用打字机打字写稿，还是忙其他的事情，她都会马上起身，热情接待。《大别山日报》的青年记者李洛专门去采访她，史沫特莱和他握手后，坐在竹椅上，与他侃侃而谈，和颜悦色地回答了李洛提出的全部问题。她对李洛说："中国人民只要能够接受中国共产党和毛泽东主席提出的抗日主张，全国上下团结一致，反对投降，抵抗日本帝国主义的侵略，就一定能够获得最后的胜利。"告别时，李洛腼腆地打开自己随身带的记录本，请史沫特莱题词留念。史沫特莱微笑着，迅速、有力地写下了一行饱含热情而极有意义的话语："你是中国年青的一代，要为祖国解放事业战斗到底！"

李洛非常感动。这是李洛第一次采访外国人，没有让他感觉到一点紧张和拘谨。他高兴地唱着山歌回到报社。

10月上旬，史沫特莱出席了省动委会等进步团体召开的座谈会，同近百名各界人士倾心交谈。会后，她和大家一起吃大锅青菜饭，意味深长地说："你们的青菜饭，比省主席请我吃的鱼翅席还要香！因为那种酒席是用穷人的血汗换来的，我吃了心里不好受。"

尤其令史沫特莱不安的是：一踏进立煌她就观察到这里是一个是非之地，是一个新旧斗争激烈、玩弄政治阴谋的世界。她在立煌县停留了5周，时间越长，所见问题越多：新与旧、民主与独裁之间，腐败堕落与正大光明之间的斗争层出不穷，日益激烈。

史沫特莱刚到古碑冲，马起云马上告诉她，曾是上海银行家、她的老朋友章乃器在这里等了她两个月，已被排挤走了。史沫特莱很直率地问："这么说来章乃器是被撵走了！"马起云也坦率地回答"不错，他太老实太进步了。二陈集团也不欢迎您来，但省主席和我们欢迎您来访。"

她感到，章乃器是"CC集团"夺取安徽党务大权后的第一个受害者，他被排挤撵下了台。马起云也是"CC集团"的眼中钉，经常受到攻击。

史沫特莱认为，执政的国民党安徽省党部，总是一切黑暗势力和阴谋诡计的总代表。国民党内反动的一帮"CC集团"，陈果夫、陈立夫领导的反革命派别是臭名昭著的害群之马。陈果夫派了一小撮亲信分子到安徽，不但想夺取某些新四军的阵地，而且还要夺广西部队的军权。

史沫特莱对其中一些官员做出了评价：

方治是被指令担任安徽省政府教育委员的"CC集团"分子。他是一个獐头鼠目、花言巧语、当面说得好听、背地拼命捣鬼的党棍。方治第一个行动是检查、封闭各校的出版物，包括书刊、报纸，甚至连廖磊指导下的动员委员会办的《大别山日报》也被查封。由于廖磊坚决主张国家统一，博得青年好感，因此，他成了"CC集团"的眼中钉。

一天，廖磊接见了一个难民代表团，代表们提出了一个控告新任教育厅厅长方治贪污腐化、结党营私、反动透顶的十大罪状的呈文，代表团要求法办贪污难民救济金的方治，请求廖主席开庭公审方治。由于"CC集团"在国民党内掌握大权，廖磊不敢冒犯方的后台，只好不了了之，无所行动。难民代表团到各机关、各单位提出申诉，甚至把他们控告方治十大罪状的呈文也给了史沫特莱一份，其中一条罪状指责方治留学东京时同女人乱搞的腐化堕落生活。于是，金家寨满城风雨，传言四起。

至于民政厅厅长陈良佐，史沫特莱和他谈了几小时话。从谈话中，她认识到此人并不简单，很难捉摸。

史沫特莱记述，陈良佐是一个矮胖子，人到中年，留小胡子，两颗金牙，大嘴巴，自以为漂亮。他是立煌最有一手的阴险人物之一，造谣中伤是他的拿手好戏。他作为民政厅厅长任命了3个共产党干部中的变节头头，担任新四军活动地区的特别顾问委员，专门成立了一个以立煌为中心的反共侦察造谣的组织，陈良佐称之为"火拼"的组织。

史沫特莱得知，陈良佐与马起云尖锐对立，他骂马起云是个赤色分子，因为马起云设宴请过新四军叶挺军长，马起云当时担任《大别山日报》的社长，廖磊在各面夹攻中只得劝马辞去报社主编职务。但这并未平息对马起云不满人员的积怨，他们摩拳擦掌，磨刀霍霍，盯着马的一举一动，非置他于死地不可。马起云曾说过一句话，地方官员应该民选。保甲制度的狂热鼓吹者、绰号"陈老保甲"的陈良佐抓住这话作为把柄，煽风点火挑起斗争。而马起云是一个不讲策略的人，他既反对"CC集团"，又公开反对廖磊太太的"湖南帮"，这就注定了他要遭到沉重打击。

史沫特莱在立煌期间还经历了廖磊逝世前后的变故，记述她了解的经过。

廖磊一天突然中风病倒了。他的太太不懂西医，起初请了一些中医郎中天天给虚脱的省主席滥开药方，以为服后总有一剂见效。二十一集团军刚来了一个洛克斐勒基金创办的北平协和医学院毕业、有学问有经验的医生，但是廖磊的太太不让他看省长的病。

郎中的药方毫不起作用。廖太太记起了马起云中将从四川峨眉山和尚那里学到的"神针"妙法。

马起云曾跟峨眉和尚学过针灸疗法。史沫特莱经常看见他从小小的银针盒里拿出他视若至宝的神针给人治病，曾有一个生杨梅疮的老地主坐轿找他扎过针。

然而当廖太太要马起云给省主席施行针灸疗法时，马起云却断然拒绝，提出条件说，廖太太必须写一张如针灸无效省主席病故，她不追究他责任的签字文书。廖太太死活不肯写字据，并且骂他唯恐省主席不死，进而加油添醋，捕风捉影，无中生有，说他鼓动立煌安徽学生军校某些学生造反闹事投奔新四军。在旁边的大小官员都劝请马起云给省主席扎针，而马起云坚持非要廖太太给他写字据不可。省保安处处长赖刚到马起云那里打招呼说，那女人正在掀起反对他的风浪，叫他当心，马起云不在乎地说，她不过是一个无知识的妇人，成不了气候。

廖磊病势垂危，处于昏迷状态。最后广西部队军政界要人撇开廖太太，直接让协和毕业新来的医生诊断省主席的病。在他的治疗下，廖磊恢复了知觉，但由于心力衰竭，病入膏肓，自知不起，极力挣扎，临终前立下了遗嘱，他喃喃自语："安徽为何无望？知我者何无一人？"

廖太太对廖磊的病恢复缓慢很不耐烦，出面把军医打发走了，又把3个郎中找回看病。两天后她发疯似的打电话给军医，但时间太晚了，廖磊不幸于10月23日晚间去世。

廖磊死后1小时，史沫特莱和她的秘书，马起云及其未婚妻围坐悼念廖磊逝世。突然廖太太的兄弟带一群马弁破门而入，手拿盒子枪，枪口冲向马起云。史沫特莱惊恐站起，廖太太的兄弟一把按住她推她坐好。他们让马起云回房子换衣服，史沫特莱听到他房子里有喊叫挣扎声，后来才知道，马起云想给警备司令打电话，但耳机被人打掉了，他摸他的手枪，枪也被人下掉了，最后他身穿睡衣被五花大绑地推出，消失在黑夜里。

史沫特莱立即到电话边拨打警备司令部的电话，发现电话线从电池上被人掐断。史沫特莱的秘书最后接通了警备司令的电话。后来得知，参与抓马起云的所有马弁和马起云都被带到军部作为广西犯人审理。一星期后，马起云在严密护送下被解往重庆，他的未婚妻同他一同走了。

自此以后，金家寨施行戒严，人心惶惶。

廖磊的送葬仪式过后，在省动委会工作的章伯钧教授立即来警告史沫特莱说，国民党沿所有通到她的住所的路上布满了便衣特务，妇女委员会的3个姑娘穿过警戒线也给她类似的警告，并说她们要离开立煌了。许多青年在送葬后甚至没有返回营房。大家都劝史沫特莱离开这个是非之地。

就在这时，史沫特莱接到新四军带来的重返新四军的邀请信。史沫特莱决定要一张军事通行证，于是向省政府提出了申请。

隔了两天，一个矮矮胖胖的官员出现在史沫特莱的面前，他惴惴不安地坐在椅子边，一付低声下气，逢迎巴结的神情，这使史沫特莱怀疑他有什么事要求她。

这个军官说，他是奉省府之命前来向她报告，立煌与新四军之间的道路被山洪阻塞不通，不能蹚水过去。

史沫特莱说，我蹚过洪水没有关系。这个军官又说，那不行，还有国民党中央政府禁止外国人访问皖中的一道指令。并提议到其他部队去访问。

在这种情况下，史沫特莱知道回到新四军去是不可能了，于是决定到李宗仁的第五战区长官司令部去。她对这个军官说："首先我要给红十字会医疗队发一个电报，把我的确切路线告诉他们，再给第五战区司令长官李宗仁将军发一个电报告诉他，我穿过华中前往他的长官司令部。"

这个青年军官惶惶不安地站起来，一再赞扬史沫特莱的不辞劳苦为中国鞠躬尽瘁的贡献，望她注意身体保重健康。随后离去。

10月28日清晨，立煌保安团派出一队人护送史沫特莱西行。省保安处长赖刚是廖磊和马起云的至好，他抚摸着廖磊去世前送给史沫特莱的黑骡子无限悲痛，不住摇头，依依不舍向她道别。接着戏剧团团长伸开两臂喊道："千言万语感激不尽！送君西行，一路平安！我们还是要在这里工作战斗下去，尽一切可能，多少是会有点帮助的！"

最后代表省动委会的章伯钧教授前来送行，祝史沫特莱一路顺风，旅途平安。他一直送史沫特莱到金家寨城外。史沫特莱走到一个山头上回首，看山下的他还站在与她分手的地方向她挥动着双手。

至此，史沫特莱离开了金家寨、立煌，前往鄂豫地区采访。她在金家寨、立煌发表的演说和文章，对促进安徽人民抗战，激发青年、妇女工作的热情，争取世界爱好和平人士的广泛同情和支持，都起到了重要的作用。

史沫特莱写作了《中国红军在前进》《中国人民的命运》《中国在反击》《中

国的战歌》等专著，向世界宣传了中国的革命斗争。她还亲自护理伤员，组织医疗活动，用行动唤醒有良知的人们，用热情召唤更多的国际友人，一同为中国抗战出力。她还写作朱德的传记《伟大的道路——朱德的生平和时代》，介绍这位中国革命的传奇人物。

1950年5月6日，史沫特莱在伦敦病逝，终年58岁。她的骨灰安放在北京八宝山，墓碑上镌刻着朱德写的碑文："中国人民之友美国革命作家史沫特莱女士之墓"。

继这两位到金家寨的外国人之后，金家寨还来了不少外国人。

美国飞行员在金家寨

在金家寨，曾有多名被营救的美国飞行员从这里返回部队。现有资料表明，1944年10月下旬，金家寨就来了5名美国飞行员。

这5名飞行员是美国驻华第十四航空队的。他们1944年8月20日驾驶一架B-29重型轰炸机轰炸日本东京返航时，突然遭多架日军飞机围攻，机身受伤，在黄海上空摇摇欲坠，12名飞行人员中有5名跳伞逃生，飞机降落在苏北建湖县境内。当地的新四军游击队和民兵与日伪军展开激战，使5名飞行员获救送到了新四军第三师师部。副师长张爱萍、师参谋长洪学智热情接待了他们，并向新四军军部报告。在延安的毛泽东、周恩来得知后，非常重视，联名致电中共驻重庆代表团负责人董必武，要其将飞行员获救情况迅速转告美军驻华司令部及有关方面。

新四军第三师奉命派一支武装分队护送5名飞行员到新四军军部驻地淮南抗日根据地盱眙县黄花塘。飞行员在新四军军部受到了盛情款待，休整数日后，派人送到国民党控制区，经合肥、六安，从流波磾到金家寨。

在从六安到金家寨的过程中，在流波磾住了一夜。但在当时接待过程中发生的事，很多使人感到意外。

在这5名美军飞行员要到金家寨的前一天，在流波磾的流波镇公所就接到立煌县政府和第二十一集团军总部的电话，要求做好接待。流波镇公所经常接待过往的官员，是轻车熟路。可这次接待美国人，他们心中无数，竟然把接待工作交给了流波小学负责，并交待一定要办得体面阔气，不要考虑钱。

流波小学负责人吕绍均不敢怠慢，当即做了准备。

第二天下午4时，5位美军飞行员骑着马，由一名国民党军官带着卫兵护送来到了流波磾，迎候在路边的吕绍均等人赶紧请他们进了学校。

1944年8月被新四军营救的5名飞行员在新四军驻地合影。5名飞行员是
萨沃埃中校（中），奥布赖恩上尉，斯裁马克中尉，芦茨中尉，布伦迪奇上士
（金寨县革命博物馆提供）

　　可是，一见面就出现了问题，他们没有带翻译，双方语言不通，只能打手势比划表达意思。吕绍均问护送的军官，为何没有翻译随从？军官说，他们是从皖北一站转一站送过来的，送到后，翻译就回去了。在六安的翻译是六安一中的老师谢蕴华，因她今天要上课，不能陪同。吕绍均从这位军官的话中得到了启示，流波小学没有人懂英语，赶紧派工友送信到在流波碛的安徽省第一临时中学求援。很快，省第一临时中学校长江图裕带着英语老师陈唐卿、江仲彝赶来，同美军飞行员开始了会话交流。吕绍均等这才得知，这5名飞行员是领航员萨沃埃中校，驾驶员奥布赖恩上尉，报务员斯裁马克中尉，发射员芦茨中尉，机械师布伦迪奇上士。

　　晚餐后，吕绍均等人通过翻译同美国飞行员交谈。他们听了这5名飞行员讲述驾驶飞机轰炸日本东京返回遭日军飞机围攻，飞机受伤，飞行员弃机跳伞及被营救的生死经历，关切地问：飞机后来怎么样了？

　　萨沃埃中校说，飞机没有被敌人缴获。游击队员把重要的机件拆了下来，发报机我们还带来了，每天和国防部联系一次。

　　吕绍均等人看到布伦迪奇上士身高一米八九，头上是黑色的卷发，皮肤呈红褐色，与其他几个美国人外表不一样，就说他不像美国人。

　　萨沃埃中校解释，美国各种肤色的人都有，布伦迪奇是印度人和美国黑人

379

的混血。

芦茨中尉年龄最小，还带着孩子气，他问道："我们所见到的城市，六安是最大、最繁华的。中国是否还有比六安更大的城市？"

吕绍均等禁不住笑道："我们国家上百万人口的城市多得很，我国的上海不亚于你们美国的纽约、芝加哥，不过这些大城市都被日本强盗占领了。你们从苏北到六安的路线是特意安排的，沿途撇开了敌人的封锁线和据点，所以你们途中不仅未看到城市，恐怕连个小集镇也看不到。"

萨沃埃中校接着说："芦茨你这个孩子，没有学过世界地理吗？中国是世界上地大物博、人口众多的国家，怎么能没有大都市？我想，我们的盟友中国定会叱咤风云，震撼世界的。"芦茨有些不好意思地笑了。

流波小学的小学生见到了外国人，非常好奇，都围拢过来看稀罕。其中有个七八岁的小学生名叫江焕坦，头发发黄，眼睛有些发蓝，奥布赖恩上尉见后很惊奇，把他抱起来，说这孩子长得像美国人，给他起个名字做纪念，随即在纸上写了一串英文，翻译一看，写的是："中美友谊"。

5名美军飞行员在流波碥住了一晚。第二天清早，第二十一集团军总部打电话来询问情况，并要求请一位教师做翻译，陪同美军飞行员到金家寨。

这5名美军飞行员于上午出发，前往金家寨。到金家寨后，由第二十一集团军总部接待。

他们在金家寨住了约两个月，于1944年12月乘飞机回到重庆。

时隔42年之后，1986年6月11日，时任国务委员兼国防部部长的张爱萍应邀访问美国，在美国国防部的精心安排下，让他接见了40多年前在反法西斯战争中他所营救的5位美军飞行员中的萨沃埃中校。

吕绍均等当年参加接待美军飞行员的人员看到媒体报道后，回首往事，感慨万分。

朝鲜义勇队在金家寨

在金家寨的外国抗日军队是朝鲜义勇队第二支队第二队。

1919年，朝鲜"三一运动"失败后，大批爱国志士和革命青年流亡中国，继续进行复国运动。1937年卢沟桥事变，中国开始全面抗战。1938年2月，日军颁布"朝鲜征兵制"，为其侵略战争充当炮灰，这更加激起朝鲜人民的无比愤慨。经中国共产党倡议，1938年7月，朝鲜"民族战线"理事、朝鲜民族革命党总书记金元凤向国民政府递交了成立朝鲜义勇队的方案，此方案得到了时任国民政府军事委员会政治部副主任的周恩来和政治部第三厅厅长郭沫若的大力支持。国民政府于1938年10月10日批准朝鲜义勇队成立，金元凤任队长。其宗旨是，动员所有在华的朝鲜革命力量参加中国的抗战，打倒日本军阀，争取朝鲜民族的自由和解放。朝鲜义勇队成立后，立即投身于中国抗日战场，其中部分在第五战区活动。队伍由成立之初的不足百人发展到300余人。

1942年4月6日，朝鲜义勇队第二支队第二队进驻金家寨，这是第一支进驻金家寨的外国抗日军队。朝鲜义勇队队员大都精通汉、朝、日3种语言，对日本国情有较多了解，同时他们与一些被强征在日军中的朝鲜族士兵有着秘密联系。因此，他们在抗日战场上发挥着战场喊话、审讯俘虏、收集情报等特殊作用。

在当时中国境内还有一支名为韩国光复军的朝鲜族抗日军队。韩国光复军是在中国流亡的大韩民国临时政府组建的军队，1940年9月17日成立于中国重庆，主要由在华的朝鲜人组成，对日军进行游击战。总司令由池青天（化名李青天）担任，参谋长为李范奭。光复军成立之初，仅有30人，主要由韩国临时政府内部人士构成。后来在抗日斗争中不断发展。

1941年10月，蒋介石采取措施，将光复军与朝鲜义勇队合编为韩国光复军。其后，朝鲜独立运动的另一大派别朝鲜民族革命党宣布加入韩国临时政府，金元凤领导其朝鲜义勇队于1942年5月正式加入光复军。金元凤任光复军副总司令。

在金家寨的朝鲜义勇队第二支队第二队改编为韩国光复军第一支队第一区队第三分队。

随后，金元凤率第三分队一部开赴六安，建立新的活动基地。留在金家寨的另一部分在第一区队副队长金昌国带领下继续在立煌境内活动，开展反日斗争。

在金家寨的这支朝鲜族抗日军队，充分利用自身的特点和优势，积极进行反日复国斗争。

对此，《新华日报》于1942年8月27日就报道：

朝鲜义勇军第二支队，自四月由河口来立煌后，积极展开工作，先后举办日文教授及对敌宣传技术之短训讲习等。并于六月间赴六安、合肥、寿县等地工作，于上旬中旬事竣返立（立煌），复积极准备参加前方部队工作。

韩国光复军在金家寨乃至安徽的抗日活动引起了盟国美国、英国的关注。当时，美国、英国在皖南屯溪、皖北金家寨都有情报机构。韩国光复军能从日军中获取价值高的情报，使美国军方高度重视。美国陆军战略作战部向韩国光复军发出邀请，讨论韩美军事合作问题。1945年3月，韩国光复军派第三支队队长金学奎应邀前往昆明与之协商，决定双方合作在立煌设立韩美技术训练班。由美方提供经费、设备、教员、技术，对韩国青年进行军事情报技术培训，以加强对日军情报的收集。当月，金学奎就委派光复军第三支队政治指导员到金家寨，与美国战略作战部中国支部在金家寨负责收集日伪军情报的杜乐武上尉合作，创办韩美技术训练班，开展军事情报技术培训，直至抗日战争胜利结束。训练班的学员和韩籍军官都由美军飞机送回韩国。

在金家寨的朝鲜义勇队、韩国光复军为中国的抗日战争胜利做出了贡献。

美军营救机构在金家寨

中国战区美军总部（昆明）航空地面营救组总部别动队立煌指挥部是美军在金家寨设立外国军队工作机构。

这个机构的负责人是理查德·弗农·希尔。

理查德·弗农·希尔是美国人，1908年出生。希尔早在1932年就来到了中国，作为一名情报工作人员，曾以美孚石油公司审计员身份潜伏在上海。1937年8月13日，淞沪会战爆发，后来日军占领了上海，美国人在中国的处境越来越艰难，希尔离开了中国。1942年8月，希尔志愿加入了美国步兵。他最初被分到美国战争部军事情报处，任职CIC（反谍部门）总部。

1943年9月，希尔被派往中国，第一个使命就是参与驼峰营救，建立救援网络和与昆明总部之间的通讯。他工作出色，总部对他的工作非常满意，任命他为中国战区美军总部（昆明）航空地面营救组总部别动队（AGAS）负责人。上级给他的任务范围包括：整个汉口（武汉）地区，包括东部的安徽、江苏，西部的湖北、河南。

1945年1月15日，希尔搭乘一架C-47货机，抵达第五战区总部所在地湖北老河口。他的任务是把盟军飞行员救援网络延伸到敌后。计划在安徽省省会金家寨建立营救指挥部。

在老河口，希尔见到了第五战区副司令长官兼安徽省主席的李品仙。李品仙高度重视，亲笔给他写介绍信，要求在安徽的部属"善为照料，派人向导，俾得顺利达成任务"。

1945年2月25日，历经艰辛的希尔一行终于抵达安徽立煌金家寨，在金家寨东南一处房子里建立了指挥部。

这时，在金家寨已经有一位被送到金家寨的逃难飞行员，他是中尉弗兰克·L.麦考利。他于1945年1月28日从老河口起飞，去南京执行轰炸任务，在距南京6英里*处跳伞。

4天后，又有一位飞行员拉文斯克·罗夫特中尉被送到金家寨。

3月2日，金家寨又送来了一名飞行员，他是Chung Hung-chiu中尉。

找到失事飞行员，希尔非常高兴。但更重要的，是要将他们安全地送出去，使他们重返战场。最安全的是飞机，因为这时日军已彻底丧失制空权。

天助希尔，金家寨占有飞机场的地利。金家寨原红军的飞机场虽然被日军飞机轰炸得坑坑洼洼，但基础还在，可以修复。

为此，省政府下达命令，立煌县政府紧急动员群众，通宵达旦地抢修飞机跑道，经过几天的奋战，终于将机场修复。

3月9日上午10点，第一架C-47飞机降落。希尔将3名飞行员送上舷梯。12个小时后，他们安全抵达了昆明总部。这是希尔在金家寨送出的首批飞行员。

3月，又有5名美军飞行员从合肥送到了金家寨。他们是机长兼飞行员威姆·萨伏依中校、领航员奥勃朗上尉、副驾驶鲁茨中尉、工程师斯太尔马克中尉、投弹手勃伦迪奇上士。

这5名飞行员是1944年10月2日从重庆起飞执行轰炸汪伪政府首都南京的任务，不幸被日军炮火击中。机组成员跳伞，散落在嘉山县境内。嘉山县抗日民主政府横山区大队民兵百余人在区长谢璞山的指挥下，迅速展开营救，并向前来搜捕的日伪军发起火力攻击，营救出困在丛林中的5名美军飞行员。第二天他们找来5头毛驴让飞行员骑上，军民一路护送到嘉山县抗日民主政府所在地——自来桥镇。接着，另一支抗日游击队将跳伞

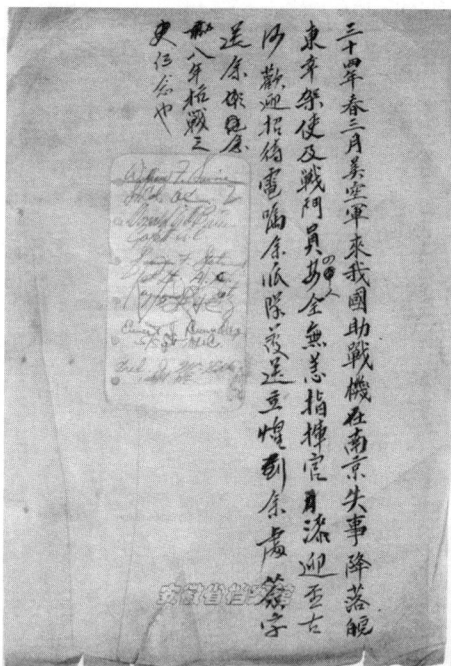

1944年10月在嘉山救治的美军飞行员经合肥转送到立煌金家寨。图为美军飞行员到合肥时，给合肥县自卫队队长的亲笔签名。

（中共金寨县委党史县志研究室提供）

---

* 英里为非法定计量单位，1英里等于1609米。

坠地牺牲的另外两名飞行员遗体抬送到自来桥镇，并在这里埋葬。10月6日，新四军二师政治部派人将美国飞行员从自来桥接到天长县龙岗，随后与美军驻华航空队取得联系，美军航空队请求新四军帮助飞行员归队。10月14日，新四军军部派第二师第五旅参谋长张元寿率领一排战士武装保卫，将他们护送到定远县界牌集东北的瓦屋刘村，移交给国民党第七军第一七一师。时任皖东军政长官、国民党第七军副军长漆道征热情接待了美军飞行员，并将之交给合肥县自卫队队长，让其亲自护送到金家寨。

希尔也将他们用飞机安全送回。

1945年夏天，美国第十四航空队一架飞机奉命在芜湖上空侦察，被日军击落，少校飞行员詹姆斯·黑·考比跳伞落入刘墩与无为接壤的山中。情况紧急，庐江县政府迅速派人前往营救，飞行员被救至庐江县城，后送往金家寨。希尔也将他用飞机安全送回。

在金家寨的3个多月中，希尔和他的同事们总共营救出46名盟军飞行员。

1945年8月抗日战争胜利，中国战区美军总部航空地面营救组总部别动队立煌指挥部随后在金家寨撤销。

美军通讯站在金家寨

在金家寨的外国军队机构还有美国第十四航空队立煌通讯站。

1943年，美国驻华第十四航空队开始向江浙沿海与长江下游出击，轰炸日军后方补给线。第二十一集团军总司令李品仙向国民党中央及美军总部建议，在大别山建一机场，作为秘密前进基地，得到了批准。随后美军派专家到大别山勘察选址，结果选择在立煌境内的吴家店乡李塝村的大河坪，随后进行了设计。建设资金由美军提供，修建由第二十一集团军总部指挥。1943年秋，第二十一集团军总部决定由麻城、罗田、英山、霍山、立煌5县联防处主任何荣先具体负责修建，明确了动工、竣工时间和计划安排，并立下军令状，若不能按预定时间完成，就以军法论处。

随后，就对机场用地长约5里、宽约3里的范围进行了房屋拆迁、树木清理，为正式施工做准备。

1944年春，施工正式开始，期限是一年完成。施工队伍是由麻城、罗田、英山、霍山、立煌5县调集的民工组成，共3000余人。第二十一集团军调配的一个工兵营和负责保卫的一个步兵团也参加施工。吴家店下街五县联防处还驻有美军的两个顾问，负责调度、指导、监督。

吴家店飞机场遗址

（中共金寨县委党史县志研究室提供）

施工日夜进行，进展较快，在当年年底全面竣工，并举行了竣工祝捷大会。

飞机场长约1.5公里、宽1公里，可降落战斗机30架，运输机1架。此外，还在机场西侧山坎下修建了3个深30余米的防空洞，飞机可滑入洞内隐蔽。

1945年2月中旬，开始起降飞机。其中一架大型运输机由两架战斗机护航降落，飞机上装载的物资由300多民工转运到金家寨。

此后，机场设施不断完善，陆续有飞机起降。到8月23日，机场正式交付使用。

就在这一天，美国第十四航空队在金家寨设立了通讯站。

美国第十四航空队的前身为抗日战争时期美国飞行员志愿援华抗日的航空部队。因队徽图案为带翼虎，俗称"飞虎队"。1941年在缅甸东瓜成立，指挥官为陈纳德。有歼击机100多架，飞行员300余人。1942年7月，编入盟军第十航空队中国战区空军特遣队（美国志愿航空队撤销）。1943年3月，特遣队改编为"美国陆军第十四航空队"，飞机增至500架。先后在彰德、汉口、岳阳、长沙、桂林、香港、台湾等地上空单独或协同中国空军作战，击落、炸毁日机上千架，为中国的抗日战争作出了贡献。

美国第十四航空队在金家寨设立的通讯站于抗日战争胜利后撤销。在吴家店李塝修的飞机场后来废弃，现在李塝村改名为飞机场村，永久铭记抗日战争时期在这里修建飞机场，美国第十四航空队曾在这里援华抗日的历史。

有资料显示，在金家寨还有美国、英国的情报机构和美军的顾问人员，但具体情况不详。

七任县长在金家寨

从金家寨成为安徽的省会，到省政府迁出的7年半时间内，先后在金家寨任职的立煌县县长有张岳灵、胡学霖、苏云辉、马中骥、杨思道、郭坚、汪廷霖7位。

张岳灵在金家寨

张岳灵县长在省政府迁入金家寨的两个月就离任。

1938年8月，县长张岳灵利用关系，弃政从戎，离开金家寨，担任第四集团军二十四师政训处中校处长，很快就升任第十一集团军总司令部上校秘书。1939年，再晋升为豫鄂皖边区战地党政分会少将秘书主任，又回到金家寨。

1940年，张岳灵在1937年参与韦贽唐等桂系极右分子诬陷王公度为"托派"，致使其被处死的阴谋活动暴露，广西朝野为之哗然，桂系当局十分恼怒，严惩了首恶，但对张岳灵网开一面。1940年8月，白崇禧秉承李宗仁的旨意，将其调回桂林，去职为民，他又离开金家寨。

张岳灵看中了金家寨这块宝地。1940年初冬，张岳灵又重返立煌金家寨，转而经商。他利用原来的各种关系，接受众多商家和军政要员的投资，成立"国营安徽省企业公司"，自任副总经理（总经理由省主席挂名兼任）。在敌占区开设商号或代理机构，直接与敌占区的商家或伪顽政客开展私下交易，出售大别山区的大麻、木材、皮油等土特产，换回食盐、布匹、棉纱等紧俏物资，并在两湖（湖南、湖北）、两广（广东、广西）和西南等敌后地区设立分店，批发零售，独家垄断，特事特办，以牟暴利。公司的大宗货运车队、船队都由装备精良的桂系部队武装押运，有恃无恐地大肆经营钢铁、药品、军火等战时管制或限制的特殊物资。张岳灵既常与敌占区的商家做这种特殊生意，也曾与驻皖的新四军悄悄做这类特殊交易。

1944年冬，张岳灵升任安徽省银行行长，完全控制了安徽全省和豫鄂皖边区的财政经济，促使桂系在安徽的势力更为巩固。

1945年8月，日本战败投降。李品仙就任第十战区司令长官，张岳灵成为该战区敌伪产业的接收大员，接收了许多公司、工厂、矿山等敌伪产业，组建了一个比"国营安徽省企业公司"规模更大、资金更雄厚、也更具垄断性的"大淮联合企业股份有限公司"，由张岳灵半公开地操作运行。

1947年冬，张岳灵离开金家寨到北平任李宗仁竞选中华民国副总统的竞选团财务组长，为李宗仁竞选中华民国副总统立下了大功。1948年1月，张岳灵当选为第一届全国立法委员。11月，眼看国民党政府大势已去，张岳灵急流勇退，举家离开恭城，飞往香港定居。1965年春在香港病故。

胡学霖在金家寨

张岳灵离开立煌县县长的职位后，县长由时年37岁的胡学霖接任。

胡学霖的来历也不一般。他曾经是中共党员，还出席过在莫斯科召开的中共六大会议。他没有想到会来到他莫斯科中山大学同学陈绍禹的家乡当县长。

胡学霖，原名胡秉琼，广西陆川县人。1925年在莫斯科中山大学读书时加入中国共产党。他和金家寨人陈绍禹是莫斯科中山大学的同学，并同时作为指定及旁听代表参加了在莫斯科召开的中共六大，他担任大会秘书处庶务科主任，陈绍禹任大会秘书处翻译科主任。

胡学霖1928年冬毕业回国，返回广西，在中共广西省委委员朱锡昂领导下，在玉林地区各县进行革命活动。1929年6月朱锡昂在玉林被捕牺牲，胡脱险回家躲藏。1929年胡学霖先后在北流县中学、陆川县中学教书。1930年，胡学霖被捕入狱叛变。出狱后，1933年逃至南洋谋生。后来回国，任桂林师范专科学校教授和生活指导主任，国民党第七军政训处长兼《柳州日报》社长。1938年6月，胡学霖随同乡第二十一集团军总司令廖磊北上安徽抗日，被安排担任颍上县县长，因不习惯北方风土民情，心中不愿。而当时日军进逼武汉，李宗仁忙于武汉会战，无暇顾及安徽省事体，1938年8月将安徽省主席之职交廖磊暂摄，等南京国民政府行文再正式就职。廖磊见张岳灵要求辞职离任，胡学霖不想到颍上，便调他到立煌任县长。

胡学霖走马上任到金家寨担任立煌县县长感到很不适应。当时的立煌，由于蒋介石长期"剿共"，这里尸骨遍野，十室九空，房屋倒塌，田地荒芜，留下了严重的战争创伤。尽管国共合作抗战，没有了内战的枪声，可这里人民的生活仍处于食不果腹、衣不蔽体的状况。省政府刚刚迁入金家寨，金家寨乃至立煌的群众更是多灾多难。"兔子常吃窝边草"，浩繁的兵差徭役多要这里承担。过往的军队、官员甚多，需要大量的民伕为军队搬运军火、物资，还要为军官私人挑行李，抬太太，并且不能中途替换，常常是转运数地，久不放归，待遇很低。有些民伕因不胜负重或不堪折磨被迫害而死在他乡；有的直至被折磨得不成人形，被抛弃了之，沿途讨饭还乡。以致金家寨周边的群众，听说兵到或见有保长、保丁出现，赶紧躲进山林，不敢回家。当地的乡长、保长大多不愿干，不少基层组织瘫痪。过往军队有时找不到当地的乡镇保长，无法找到所需的民伕，就亲自动手，见年轻者就抓，甚至将年轻的行政人员也抓去当民伕使用。另外，大批难民不断涌入，油、盐、米、菜一向依靠外地供应的金家寨不堪重负，一时奇缺，物价不断上涨。金家寨的市民和一般公教人员，收入有限，难以承受，缺吃少穿，苦不堪言。

同时，省政府迁入金家寨之初，省政府及各个部门的工作重新开始，千头万绪，件件都离不开当地政府，工作任务十分繁重。另外，立煌边的六安、霍山于1938年8月28日、29日相继沦陷，近10万流亡的员工、学生、难民涌入立煌需要安置。胡学霖在第七军任政训处长主要是做宣传工作，没有做地方行政工作的经验，担任立煌县县长后整天忙得焦头烂额，精疲力竭，仍然是"七个窟窿冒火，八个窟窿冒烟"，上司不满斥责，下属多有怨言。他心灰意冷，上任一个月就打了3份辞职报告，决意不干。廖磊见状，只好同意。

1938年10月，胡学霖如愿以偿，不再担任立煌县县长。他是在立煌县县长的职位上任职最短的县长，前后只有一个多月。

胡学霖不当县长了，并没有离开金家寨。廖磊用其所长，让他任安徽省干训团政训处处长兼中原出版社社长。

胡学霖后来担任安徽省第三行政督察区少将专员。1942年任广西省宾阳县县长。1947年任广西省军政督训团副教育长。1957年在柳州病逝。

苏云辉在金家寨

1938年10月，廖磊任命他的陆川同乡苏云辉担任立煌县的县长。苏云辉原任第二十一集团军特务营营长，中校军衔。他跟随廖磊多年，虽然不通文墨，但有一套随机应变的本事，深得廖磊信任。胡学霖坚决不当立煌县县长使廖磊不得不考虑，省政府刚刚迁到金家寨，千头万绪的工作都要靠当地政府承担，不能再选文弱书生了，必须选一个泼辣、大胆、能干事的人承担立煌县县长的重任，使自己在金家寨也有一块安稳的立足之地。因此，廖磊接到兼任安徽省省主席的任命后，就提拔苏云辉当立煌县县长。

苏云辉确非等闲之辈。从他1939年6月的《立煌县半年施政概况总报告》中就可看出。这份报告在开头就写道：

窃立煌位居豫鄂皖之边境，大别山脉抗战根据地。自国府西迁，省府迁莅，武汉放弃，地位益臻重要，故能否"保卫立煌""建设立煌"则关系"巩固安徽""复兴中国"之两大伟业，至重且钜。

然本县山峦重叠，田芜地瘦，形成贫瘠，此系先天不足；后经兵燹十载，庐舍为墟，满目疮痍，大伤元气，此又系后天之失调；自二十一年设治，未能根据环境计划复兴，此又系未得名医对症下药；客岁敌军入境，复遭烧杀，敌机时来，常被轰炸，此又系瘦弱久病之躯，又被枪伤，奄奄一息，亟待诊治。故本府与全体之民众，既感责任之重钜，又觉环境之艰难，惟有在廖主席领导下，根据"抗战救国纲领"，"本省战时施政纲要"之良方，集中人力，运用物力财力，奋勇前进，并以披荆斩棘之手术，清除病菌，建立无废人废地废田的新立煌之楷模，奠定民有民治民享新安徽之基础，复兴自由平等幸福新中国之地位。现经半年来埋头苦干之结果，政治上健全基层行政机构，彻底扫除贪污腐败风气，解除民众之痛苦；军事上整编训练常备队预后备队，完成抗敌锄奸除盗安良之任务，各项渐跻正轨，政务蒸蒸日上，深得上级政府及各界人士嘉许，奖勉频频。然瘦弱久病之躯，虽经科学调治，仍未恢复健康，外强中干，徒其形骸，亟待进药调治。关于汤药手术费时愁无款，遑言补品之资，此则使医者所引为焦虑也。谨将半年来施政概况及各部门工作过程撮要报告，尽实的告诸社会，敬恳。

品味这份半年施政报告，字里行间透着苏云辉的"精明"。

然而，苏云辉品行不好。他有恃无恐，胆大妄为，作风恶劣，勾结土匪，走私贩私，还居然在县政府内宿娼，被人们称为"无赖县长"。

苏云辉上任不久，小南京的联保主任李俊德便送来了几个人犯。这就是保长叶谒如和3个保丁，他们在日军飞机轰炸中抢劫难民被李俊德等抓了个正着。叶谒如身任保长，他依仗自己是当地豪门，又有曾在国民党省政府机关任职的舅兄管松柏撑腰，在当地为非作歹，明里苛捐杂税，暗里抢劫行盗，白天是官，晚上是匪，敲诈勒索，鱼肉百姓，民愤很大，被称为是"叶蝎子"。现在人赃俱在，证据确凿，无法抵赖，苏云辉随后就下令将3个保丁枪毙了，但叶谒如却被释放了。原来苏云辉收了管松柏的重金贿赂。李俊德看到叶谒如被释放，群情激愤，便通过省动委会将此事向廖磊告状。廖磊了解情况后，当众将苏云辉训斥一顿，要他立即将叶谒如逮捕法办。苏云辉在这种情况下，只好将叶谒如逮捕枪毙。

苏云辉上任时间不长，便利用职务之便，暗使麻埠商会会长郑子清以廉价收购大量猪鬃、桐油等绝禁物资，由苏云辉以"军运"为名，擅自派兵，护送到敌伪区，高价出售，获取暴利。李品仙就任省主席后，他的胆子越来越大，竟暗中与岳西县县长黎炳松、六安县县长覃国光以及平民工厂厂长董义训、前动委会干事李居友等相互勾结，狼狈为奸，利用手中的权力和掌握的物资，合伙经商，大肆贩卖桐油、猪鬃等明令禁止外销日占区的紧缺军用物资，枉法资敌，大发其财。由于他们大肆经营，数量很大，被人告发。1940年3月经省保安司令部收监，交省法院办理。省法院刑庭于1940年11月13日判处苏云辉有期徒刑12年，褫夺公权12年，其余4犯也分别判处12年、8年、3年不等的有期徒刑，关在金家寨边杨桥监狱。

1941年6月18日下午6时许，正当看守换班之际，看守人员进行交班点名，突然一群操广西口音身着便衣人前来抢劫，他们向看守人员开枪，乘着混乱冲进监狱内的二门栅栏，在押的全部人犯顿时骚动起来，靠在栅栏号房的苏云辉、黎炳松、覃国光3人乘机越狱潜逃，不知去向。

事后，豫鄂皖边区党政分会为此劫狱事件曾电饬豫南、鄂东、苏北各县协助查获深究，但没有结果。

苏云辉由县长到逃犯，走完了他在金家寨的轨迹。苏云辉自此也音讯全无，成了一宗悬案。

马中骥在金家寨

苏云辉关进牢房后，1940年4月，由马中骥到金家寨接任立煌县县长。

马中骥原名马启超，广西马山人，壮族，时年34岁。他本来是从教教书育人，后来却从军，成为一个国民党军的将军。

马中骥1925年考入广西省第三师范学校，不久又考取国民党中央军事学校第一分校第一期步科。1926年在军校集体加入中国国民党。1927年冬军校毕业，到百色国民革命军第十五军直属第一团二营五连任上士见习官，后任二营少尉副官。1929年到李明瑞部下任连副。俞作柏、李明瑞反蒋失败后，马中骥回乡当小学校长。1930年，马中骥又到陈济棠部第一师当上尉参谋、少校团副。1931年又回到家乡任隆山县东区民团局局董。不久又离家到福建投奔国民革命军十九路军。1934年到广东陈济棠部任教导团上尉营副，4月后，历任国民政府军政部兵役司科员、部附。他是李宗仁到军政部开会发现的广西老乡，要其到安徽工作的。

马中骥虽是军人出身，但以学者自居，庄重矜持，为人谨慎，办事稳当。苏云辉犯罪之后，使新桂系在安徽大失颜面，因此要派一个循规蹈矩、正派稳重的人来担任立煌县的县长，以迅速肃清苏云辉的影响，扭转立煌混乱的局面，改变桂系的形象，因此选中了马中骥。

马中骥到任后，也吸取前任的教训，基本做到了清廉自守，一切按上级的指示和规章办事，并无建树。他喜好书法，常常给部下写条幅。

马中骥在金家寨当了一年多的立煌县县长，于1941年6月离任。

马中骥离任后，回军政部兵役署任科长，后任江西吉泰师管区上校副司令。抗日战争胜利后，曾任广西省政府参议。1948年夏，改行经商。1949年11月在中共南宁市工委的争取教育下，马中骥出面领头成立了"南宁人民解放促进会"，联络和争取了南宁市警察局局长唐超寰、工兵团长何绍祖分别率部起义。南宁市解放后，马中骥作为特邀代表出席了南宁市第一届、第二届人民代表大会。1951年初，马中骥因济匪被马山县逮捕，后被定为国民党战犯。1956年押解去抚顺战犯所，途中在武汉病故。

杨思道在金家寨

马中骥离任后，1941年6月，由杨思道接任。

杨思道又名杨子默，时年56岁。他是从省民政厅科长的位置提拔担任立煌县县长的。

杨思道是安徽省定远县人，他出身贫苦，11岁时因淮河水灾随父亲到寿县，在瓦埠街小杂货店当学徒。1902年考入安庆武备练军学堂，结业后以弁目身份经历徐锡麟刺杀恩敏事件和后来的马炮营兵变之役。他参加了同盟会，结识了诸多皖省辛亥革命时期的革命志士仁人，其间，曾被捕入狱，经营救逃出。在讨伐袁世凯的战事中，杨思道在胡景泰师任营长作战于蚌埠一带。后脱离军队转入行政，在江浙盐、米税收机关工作。1928年回安徽任筹备绥靖处第一科科长，后任安徽省民政厅第五科、四科、二科科长，他是在省民政厅当科长资格最老而唯一没有提拔的人员。当马中骥卸任，立煌县县长出现空缺时，民政厅厅长韦永成向李品仙建议说，杨思道干了10多年民政厅科长，现年过半百，应给予晋升。李品仙尊重韦永成的推荐，让杨思道担任立煌县县长。

杨思道长期在省民政厅机关工作，伏案多年，养成了机关工作习惯，深谙公文程式，加之年逾半百，处理行政公务显得魄力不够，拍板定案，优柔寡断，不果断利索。

杨思道晚年在《自传》中这样评价自己：

我生性谨慎，对于盲目侥幸行动不愿附和，生平廉隅自持，争名夺利之事我不为也。故同志中纯洁者对我批判："性情迂缓缺乏勇气，诚挚无欺，宁正不阿，宜保守而不宜改造"。这的确很对。

杨思道在任中很不走运。1943年1月1日晚，日军进攻金家寨。杨思道负责率领县政府各单位撤退到莲花山躲避。

金家寨遭劫，损失巨大，舆论哗然，多方责难，国民政府下令调查追究责任。

1943年3月，杨思道和第二十一集团军副总司令张义纯一起被免职。

杨思道后任省民政厅视察员。抗战胜利后，杨思道奉命到安庆参与接收，后就任安庆警察局局长。1946年1月安庆警察局降格属县管，杨思道从此脱离省政府回家住闲。1964年在安庆逝世。

郭坚在金家寨

杨思道免职后，1943年3月，郭坚担任立煌县的县长。他在这里留下了较好的口碑。

郭坚是安徽省定远县人，时年33岁。郭坚并非广西人，但他很早就加入了桂系，深得桂系信任，是李品仙选他担任立煌县县长的。

1929年，在北伐的战火中，19岁的郭坚从军参加北伐，后来又到南京宪兵团训练，先后当过宪兵、班长、事务长，后托人介绍到复旦大学任助理教官。

1932年一·二八淞沪抗战爆发，郭坚带领复旦大学的六七十名学生组成6

个分队，到十九路军参加抗战。在这里他认识了十九路军旅长翁照垣和旅参谋长丘国珍。后来翁照垣，尤其是丘国珍对郭坚给予了很多关照。

1933年，经翁照垣向白崇禧推荐，郭坚进入广西军校第八期学习，从此成了广西新桂系的军事干部。

1937年卢沟桥事变后，李宗仁被国民政府任命为第五战区司令长官，广西军校第八期宣告毕业，郭坚被分配到第十一集团军司令部当上尉参谋，一报到，没想到接待他的就是时任十一集团军参谋处长的丘国珍。丘国珍是郭坚的顶头上司，也是郭坚的贵人。

郭坚到徐州上任的第二天，丘国珍就带着郭坚拜见了第五战区副司令长官兼第十一集团军总司令李品仙，让李品仙了解郭坚。

上海沦陷后，宁沪一带的青年很多跑到了徐州、蚌埠，徐州的一些青年也都积极要求抗战，李品仙决定将这些青年组织起来，每人每月发20元做生活费，组成第十一集团军学生军，主要为第十一集团军做宣传工作。丘国珍主动向李品仙推荐，郭坚担任了学生军的队长。李品仙还亲自对郭坚提出带好学生军的要求，对他寄予厚望。

1938年1月，郭坚在带领学生军从徐州前往河南潢川长官部青年军团受训。途中，郭坚的勤务兵将他皮箱撬开，偷走了路途经费1700元。郭坚非常焦急。没想到，到寿县时，又遇到了丘国珍。郭坚向他汇报经费被盗之事，丘国珍当即表态："我同总司令说一声，你再领2000元。"解了郭坚之急。

郭坚到了潢川，刚完成交接，就接到通知，调到安徽工作，以少校任用。因李宗仁兼任了安徽省主席，省政府急需干部。

1938年2月底，郭坚到达六安，当他向省政府报到时，没想到他又遇到了丘国珍，而他的工作就在丘国珍任处长的保安处当少校视察员。

随后，又经丘国珍推荐，郭坚担任安徽保安司令部军事训练班军官队队长，培训保安团队的军官。

安徽省政府迁入金家寨后，郭坚调任第二十一集团军总部任少校参谋。1938年12月，廖磊在金家寨创办豫皖边区游击兵团干部训练班，郭坚任教育科长，他结识了前来受训的四十八军参谋处长云应霖。云应霖向他介绍了共产党，送给他两本小册子，就是毛泽东著的《论持久战》和《论新阶段》。这时，新四军副军长张云逸到金家寨与廖磊联系工作，廖磊说打游击共产党有经验，邀请张云逸到兵团干部训练班讲游击战术，就是由郭坚负责安排上课时间的。由于云应霖与张云逸是同乡，早就认识，云应霖介绍郭坚与张云逸认识。郭坚还专门做了几个菜，请张云逸和云应霖一起到他的房间就餐。第二天讲完课，由云应霖陪着张云逸到郭坚房间休息。3人畅谈团结抗日的问题，张云逸的很多精辟见解，使郭坚折服。

1939年秋，郭坚调到阜阳任十一游击纵队任中校参谋主任。在此期间，他卷入了新桂系与汤恩伯之间的争斗，由于郭坚坚决服从李品仙总部的命令，与阜阳专员兼十一游击纵队司令李盛宗产生很深的矛盾，直至出现以有共产党嫌疑为由扣押审讯郭坚夫妇的事件。李品仙得知郭坚被捕的消息，接连两次致电汤恩伯，问是什么原因将郭坚扣起来？如有政治问题，要把证据和郭坚一起解送到金家寨，由总部处理。李盛宗不得不将郭坚夫妇放了。

1941年夏，郭坚夫妇带着母亲和两个幼女回到金家寨。第二天，就向李品仙报告了李盛宗、汤恩伯的情况。随后，李盛宗被免去阜阳专员和纵队司令的职务，郭坚任固始、霍邱、六安、立煌四县剿匪副指挥官，这也使他名声大振。

当时剿匪的重点在霍邱。霍邱境内当时危害最厉害的土匪有3个：一个叫胡二，绰号胡二营长；一个叫王雅志；一个叫岳歧山，外号约葫芦。这3股土匪聚则成股，散则无形，出没于固始、霍邱、六安、立煌4县之间，打家劫舍，绑票勒索，拦抢商旅，无恶不作。这4县是省会金家寨到大后方的交通线，淮北运往立煌的战备物质也必须经过固始、霍邱。为巩固大别山游击根据地，省政府对这些土匪采取了剿抚兼施的办法。先是各县组织剿匪，但固始、霍邱、六安、立煌4县各自为战，这3股匪则东剿西窜，北剿南逃，屡剿不灭。在这种情况下，又实行招抚。霍邱县县长朱慈晖曾奉命招抚了王雅志，将之编为一个自卫大队，没想到王雅志时间不长就不干大队长，继续为匪。胡二这股匪接受了桂系的改编，编为一个连，集中到流波䃥镇整训，结果胡受不了纪律约束，又将这个连拉回霍邱当土匪。招抚也不成，省政府决定继续清剿，成立固始、霍邱、六安、立煌四县剿匪指挥部，由六安专员林中奇任指挥官，郭坚任副指挥官。由于林中奇在重庆受训，由郭坚主持剿匪。

郭坚接到任命，李品仙亲自找他谈话，并安排了由郭坚指挥的剿匪部队。

郭坚将剿匪的指挥部设立在霍邱县的河口镇。他把剿匪办法向群众士绅公布，得到他们的拥护。他与4县县长见面，说明省政府的剿匪决心，得到了他们的支持。接着召开剿匪部队负责人和各县国民兵团副团长、军事科长会议，颁发各县惯匪通缉表，宣布纪律，颁发命令，分配任务。郭坚还亲自率保安团一个营重点突击清剿。通过封锁道路，并对各乡镇实行"知匪不报，以窝匪论罪"，这样收到了显著效果。声威所致，岳歧山逃到了蚌埠。一些藏匿的惯匪被捉拿归案，仅7—8月，就抓到土匪80多人。郭坚得知匪首胡二藏身的地点，立即派部队去抓，抓到了胡二等5名惯匪，他们罪行累累，郭坚下令一律枪决，并把胡二的首级在霍邱县城十字街口示众两天。这样，剿匪指挥部声威大振，群众更加积极协助捉匪，匪帮内部也出现了分化。

匪首王雅志见胡二伏法后，逃到立煌麻埠躲藏。一天，匪帮中的一个名叫王精中的青年向郭坚投诚。郭坚说，投诚可以，但要立功。当即将自己一支随身用的20响驳壳枪送他，并说"如果真心自首，就用这把枪将王雅志打死。否则用这支枪去当土匪，就算我送你的'本钱'。"王精中深受感动，磕头而去。过了五六天，王精中用这支枪果然在麻埠将王雅志击毙。王精中立功后，郭坚将他收作自己的警卫员。后来王精中对郭坚忠心耿耿，患难不离。

郭坚剿匪得到了李品仙的有力支持。一次，立煌丁家埠乡公所夜里报告李集发现土匪。郭坚亲自率领自卫队连夜赶往清剿，抓获土匪3人。郭坚于第二天召开大会，宣布土匪罪状，立即执行枪决。但是，当时枪毙犯人需法院判决，县长无权。郭坚事后向李品仙汇报，并自己要求给予处分。李品仙称人赃俱获，证据确凿，依法当诛，不予处分，还给予嘉勉。

郭坚剿匪坚决果断，不徇私纵容，剿匪力度大，在半年的时间里，除岳歧山外逃外，共击毙和拿获法办的土匪300余人，缴获枪支300多支，4县边区社会安定。不久，有些残匪乘日军窜扰金家寨之机，又聚集起来打家劫舍，作恶多端，郭坚再次带兵进剿，很快平息了匪患，从此土匪销声匿迹。

正是郭坚剿匪胜利成功，赢得了人们的称赞，也显示了他的能力和水平。李品仙非常满意，认为郭坚是个有勇有谋、敢作敢为的铁腕人物。

金家寨被日军践踏后，一片废墟。重建省会，立煌县县长责任重大，必须有一个有魄力的人来担任，因此李品仙选中了郭坚。

郭坚赴任的交接也非常简单。

1934年3月1日，郭坚到金家寨立煌县县政府的驻地去接任。此时，县政府的房子已经被日军烧掉了。前任县长杨思道从搭盖的几间草棚里走出来欢迎他。

杨思道对郭坚说："县政府办事人员跑鬼子的反，多数未回来，先把县印交给你，手续等财政科长、主任秘书回来再交吧。"接着，杨思道说了几句客套话，拱拱手走了。

郭坚接任后，迅速将县政府办事人员召回。接着，他到各乡镇开会，对乡、镇、保、甲长进行调整，不到两个月，政权重建起来，工作恢复正常。

这时，他办了一件大事，就是把县政府迁到离省政府所在地桂家湾15里的七邻湾，重新建起了办公用房。

郭坚当县长期间，有心想为百姓做点好事。他在立煌留下了两个称呼，一个是"郭青天"，一个是"郭铁匠"。

在抗战期间，老百姓负担最重的就是兵、粮、伕三种。

对于征兵，郭坚根据立煌是山区、人少体弱的特点，多次向省政府、军管区请求免征兵役，结果碍于法令，只同意缓减，因此征兵不多。

对于粮食，郭坚根据山区粮食自己吃都不够的实际，向省政府和田粮处要求，结果粮食不再上交，还在省政府调进的粮食中调剂一部分给立煌。

至于伕役，大别山周围驻扎着第七军、第四十八军、第八十四军，部队不断调动，需要大量民伕挑运弹药装备，伕役征集量大。如果这家不能应伕役，就要花钱雇人代挑，保、甲长就可能从中捞油水。郭坚无法抵制，只能要求按章办事，尽可能公平合理，并经常下乡了解，发现问题，坚决处理。一次他到燕子河区视察，有个农民向他反映，区里派他为省政府官员送行李到霍山，3天才回家，保长接着派他替军队送东西到罗田。郭坚听后就把当地的乡长训斥了一顿，又把保长打了20扁担，并让乡长向这个农民赔礼道歉。他在立煌工作期间，撤乡长、打保长，很多是因为伕役问题。

郭坚上任不久发现，乡镇工作不力，违法乱纪现象颇多，必须着力整顿，革除积弊。

他从自身做起，树立正气。到乡镇巡视，轻装简从，自背背袋，翻山越岭，和乡镇人员一同吃住，无任何特殊，不到当地富户、有权势人物家拜访。他每到一处，深入调查，并召集百姓开会，发动举报，揭发坏人坏事。涉及的坏人坏事，查明后，立即处理，绝不姑息。

如查出杨滩乡陈鹏九借招待省民政厅厅长韦永成之名，大肆向地方摊派，郭坚报请省政府给陈鹏九撤职查办处理。查出开顺乡长徐友仁在禁烟中放跑了烟犯，吞没了烟土，他会同禁烟单位警备司令部报省，经省高院批准，将徐友仁就地执行枪决。

对查出的只要不属于刑事的案件，对作恶者，不分轻重，一律责打50扁担。如查出流波镇乡警秦正发卖伕，乡警班长管束不严，就各打50大板。

郭坚巡视24个乡镇就打了24个乡镇的恶人、坏人和有问题的乡镇保甲干部。乡镇基层干部胆战心惊，地方士绅不寒而栗，违法乱纪现象大为减少，受到老百姓的好评，称他是"郭青天"。但他的上峰对他的做法并不认可，认为不可效仿，称他是"打遍24个乡镇的郭铁匠"。

1943年元月日军在进攻金家寨时，在茅坪一次杀害562人。为不忘国耻，郭坚在茅坪修建了纪念碑，并撰写了碑文。

壬午岁杪（民国卅一年冬），倭寇万众，由鄂东分道间关，扰窜立煌。是役，我军民员工死事者，沿途所在均有，而以茅坪殉难者为最壮烈。

茅坪惨案纪念碑

（金寨县革命博物馆提供）

方敌寇之窜扰鄂东罗田麻城也，集其军力攻滕家堡，企由松子关一路直薄立煌。木梓店一战，为我军阻抗不利，则星夜分兵东走，驰由英山北路，折由罗立交界之瓮门关，攻村墟，越险巇，直入立煌之龙门石、贾家坳。宵分，数前哨于将军寨俯窥环测，度黄毛尖天险难越，乃绕道泗洲径直下，过招湾，拂晓而围茅坪。

茅坪者，立煌与流波䃥交通之要冲也，西距立煌60里，东距流波䃥35里，昼长，日可达，冬季日短，则茅坪为宿站。是日，立煌赴公军警士兵丁役及各校学生会宿于此者，殆数百人。枪声既作，宿者从睡梦中惊起，捷者冒险遇隙得脱，其未及脱走者，则竭力以抗，卒因力微而罹于难。

敌见少壮，胁之降，则有骂而驱之者，敌知不可屈，乃一一刺刀死之。间有致死犹骂不绝口者。其受重伤倒地，伏乱尸中，敌退而强爬以活者仅数人也。呜呼壮哉惨矣！

事后，检查尸体，有符号信证可辨识者，凡281人，其无可辨识者及无人领认者，亦281人，乃集殉难者所在山麓合瘗在大冢。

大难甫平，政府劳于重建复兴，坚奉檄接篆视事后，思所以安死难诸烈士而纪念之，请于省府，即墓壤立碑树亭，鸠工庀材，三阅月而藏其事，显达闻

397

人，一时争为题词泐石，以彰忠烈。坚乃综采报闻，详实为记，不禁兴天阴雨晦，黄沙白草之悲，抑须进念夫为国牺牲之壮烈，与夫兴抗建大业之艰巨，非可幸致，而顽廉懦立，效忠赴义，以复兴我国家民族。庶斯记与诸烈士并垂不朽也。

立煌县长郭坚敬撰

中华民国三十三年二月一日

郭坚在立煌还留下了墨宝。在莲花山的石莲花瓣上，有他题刻的"壮志凌云"4个大字。

郭坚在他一年零十个月的任期中为立煌县人做了一些好事，行了一些善政。但在当时的社会制度下，他也不可能使人民过上好的生活。他能给百姓减轻一点困苦，百姓就将他称为"郭青天"，可见当时百姓的困难之深重。

1944年12月，郭坚离任去阜阳，1945年1月出任阜阳县县长。

新中国成立后，郭坚曾任民革安徽省委员会副主任委员。

汪廷霖在金家寨

汪廷霖于1945年1月，接任郭坚到金家寨担任县长，他是立煌县建县后的第十五位县长。

汪廷霖是安徽省舒城县人，时年39岁，原任省保安司令部特党部委员、安徽省知识青年从军征集委员会总干事，少将军衔。

汪廷霖上任后，和郭坚的工作方式大相径庭。汪廷霖也下乡视察，但他主要拜访当地有权势的士绅，对他们很谦恭，开大会时还请他们上台讲话。这样，原见郭坚闻风丧胆的士绅们又神气起来了。

汪廷霖在立煌县当县长匪患已经清除，社会比较安定，就是按部就班，遵照上峰的指示完成交办的任务，维持立煌现状而已。

他在立煌办的一件大事就是调集大量的民伕将省政府从金家寨迁出。

1945年12月，省政府机关和第二十一集团军总部迁往合肥。大量的武器装备、办公设备、档案资料、行李物品都需要征用民伕搬运。由于所需民伕数量巨大，立煌境内民伕不足，汪廷霖没有向省里反映困难，争取外县分担，而是让县军民合作总站直接将数字分下去征集。后来省里又增加抬家眷的民伕，数量又很大，无法解决。而原定立煌民伕将所搬运的物品送出县界即可，由六安县的民伕接运。可六安县安排民伕只在六安城区接运。押运人员见中途没民伕接运，就强迫立煌民伕继续运到六安，更加剧了民伕的不足，导致出现混乱。出现了部队直接找军民合作站要民伕，用枪逼要。这样，苦了立煌的百姓，要连续出伕。接连3个月，一个民伕一个月要送两趟长伕，一趟约7天，另外还有短伕，饱受苦累折磨。

汪廷霖在立煌也留下了笔迹，1945年10月，他为流波礓题写了"流波古渡"4个大字，由当地的私塾先生汪仁山刻在流波礓渡口的石壁上。

省政府搬迁持续到1946年3月结束，汪廷霖也随之卸任。据说他先到合肥任职，后来又到阜阳任县长。

汪廷霖是立煌县第十五位县长，也是省政府在金家寨的最后一任省府要地的县长。

金家寨：
共产党金寨县县城

安徽省政府迁出金家寨后，金家寨重归立煌县县城。

1947 年 9 月，刘邓大军解放金家寨后，将立煌县改名为金寨县，金家寨成为金寨县的县城。随后，国民党军队与解放军在金寨境内展开激烈的争夺，金家寨曾几易其手，最终被解放军夺回。

金家寨成为金寨县县名的起源地，载入了史册。

重归县城的金家寨

安徽省政府机关迁至合肥后，金家寨又由省城变成县城。在金家寨的最高机构就是立煌县的国民党党部、立煌县政府。

1947年8月10日，安徽省改划10个行政督察区，立煌县隶属第二行政督察区。专员公署驻金家寨，专员巫瀛洲，并兼任区保安司令。金家寨又成为省政府的派出机构第二行政督察专员公署驻地。

从1946年3月到1947年9月刘邓大军解放金家寨，在金家寨的国民党县长先后有沈佐伯、李宣两位。

国民党县党部在金家寨

在金家寨设有国民党立煌县党部，书记长是曹竣源，有执行委员5人，监察委员3人。党部设有秘书1人，干事3人，助理员2人，录士1人，分别承办宣传、组训、监察、总务等工作。同时，还设有秘密组织：特别小组（由县长、县党部书记长和县参议长等组成）和党政军联席会议。

书记长曹竣源是从安徽省党部派到立煌县党部工作。1944年3月，立煌县党部书记长张敬五病逝，曹竣源接任代理书记长。1946年6月，曹俊源当选为书记长。

曹俊源就任后，首先加强国民党基层组织的建立。在乡镇建立区党部，成立区分部、党小组。到1947年2月，全县有22个区党部，12个直属区分部，89个区分部，314个小组，共有党员2431人。另在吴家店、漆家店、牛食畈、南溪、汤家汇、流波碈、开顺、三冲、两畈、马坪10个据点设立农民防奸组织，派精干党员掌握农民防奸工作，主要是搜捕共产党员。还在麻埠、吴家店、杨滩、流波碈、开顺、银沙畈、双皂7处设立社情通讯员，掌握社会动态。县党部在麻埠、燕子河设立党务督导办事处，由一执委任主任，配干事1人，开展党务督导。其次，加强基层干部培训。在全县办了两期基层党员干部训练班，培训基层党员和干部近千人。此外，还加强对行政机构的控制。要求政府推行某种政令，均须提交党政军特别小组会议商定办法，转饬各级党部切实协助。

1947年，国民党立煌县党部按照国民党中央规定的党务工作方针，开展了以下工作：一是大量征召农工与妇女及职业阶层领导分子入党，充实并普遍发展基层党部组织，培植党员的社会地位，指导党员积极参加各民意机构、地方自治机关及人民团体中的竞选活动，帮助"公正人士"的竞选，以促进宪政实施。二是改进各级组织机构，完成党员总清查，严格考询从政党员及各级干部，训练党员，以直接选举方式选拔干部。三是指导党员深入文化教育机构，联络文化界人士，扩大党的宣传效力。四是积极创办并扩展党经营的事业，筹集基金，建立党费自给的基础。中统系统为达到以组织养组织的目的，组建安徽省大生股份有限公司立煌分公司，征股经营。

以国民党立煌县党部为首，还组织了"戡乱建国委员会"，林冠群、朱允平任正、副主任，领导反共工作。

在金家寨还设有国民党中统系统的机构——立煌县统计调查室。

1946年春，国民党立煌县统计调查室改称通讯室，王述言任专员（即通讯员），配有助理1人，干事2人，助理干事1人。任务是捕杀共产党员，破坏共产党组织和办理自首自新，把握情报，控制和扼杀共产党的活动。通讯室下设有特务网络：

第一是网讯建立委员会，简称党网通讯员，由委员5~7人组成，下辖分会小组。主要吸收县境各阶层优秀党员建立党员通讯网。另在普通社会各阶层吸收优秀分子建立通讯联系，以社会关系为领导方式，促其义务通讯，了解社会各界的情况。

第二是统一建设促进会。原称自首自新组、肃奸组，后改为统一建设促进会。由调查专员兼主任委员，5~7人组成，下辖分会中心组、小组，为国民党管训共产党员自首自新人员的机构，分布于全县各地。

第三是防奸小组指导委员会。隶属县党政军联席汇报会议。由通讯室组织与领导。调查专员兼任主任委员，委员由县级机关产生，5~7人组成。下辖保卫小组、中心组。组长、组员为外围力量，以各乡镇机关为中心。该组织原称防奸小组，后改称保卫小组，是专门对内的组织，主要防止机关内部革命分子的活动。

第四是据点与交通站。秘密据点，在境内选择普通僻静地方设立，设负责人1人，交通岗1~2人，负责广收情报；大别山的中心据点，设在前、后畈一带；豫鄂据点，设在立煌与麻城边境的三河口一带，负责人1人，交通岗2~3人，负责收集豫鄂边境情况。立煌、英山、霍山县边境的据点设在西界岭、长山冲一带，负责人1人，交通岗2人。民意据点，在人口稠密地方或乡镇设立，1人负责，收集人民生活情况及民意民隐等情报。另在立煌、霍山设立交通站，由霍山通讯室奉省调查室之命令设立。

另分区域设区室：东区室设于麻埠，西区室设于斑竹园，南区室设于燕子河，北区室设于沙河店，市区室设于金家寨包公祠。各区室设主任1人。

第五是行动队。从1941年起，立煌县统计调查室就建立了行动队组织。由调查室专员兼任队长，专门负责侦察，并向调查室作文字反映。到1945年有队附、特种会报干事及队员17人。另有立煌县党政军特种会报行动队，队长也由调查室专员兼任，有队附、特种会报干事及队员22人。1946年，行动队一部分在县通讯室工作，一部分到各地据点督促工作。1948年，行动队人员多被派到乡预备队、联防队、乡常备队，兼任中队长及分队长，以掌握地方武装和政权。

第六是县、区、乡三级干事会。县干事会由主席1人，委员6人组成；区干事会由主席1人，书记1人，委员2~3人组成；乡干事会由书记、委员3~4人组成。1947年春，通讯室为进一步开展活动，将县区乡三级干事会改成县乡两级干事会。其主要任务是通过会议统一领导基层的会组，每月定期开会一次，研究特务工作。

立煌县统计调查室还负责筹建安徽省大生股份有限公司立煌分公司。筹备委员11人，吴海屏、李绍屏为正副主任。先由专员王述言代征百万元交给李绍屏到武汉采办货物，运回金家寨囤积，以奠定人员活动经费基础。

1947年8月，刘邓大军挺进大别山后，立煌县通讯室人员公开配合国民党军队同解放军作战。后统调人员改编为皖西工作团第五分团，王述言任分团长，行动队改为工作队。1948年2月，工作队改为第二政工大队，王述言兼队长。4月底，皖西工作团取消，除原通讯室行动人员外，一律遣散，停止对外活动，转入加强据点与潜伏工作。

这时的金家寨，特务机构众多，是立煌特务机关的指挥中心。

国民党立煌县党部、立煌通讯室、立煌县政府，相互配合，利用各自的网络体系和组织系统，加强对群众的统治，通过清查户口，实行"五家连坐"等狠毒措施，破坏中共基层组织，捕杀共产党员和爱国民主人士。立煌人民生活在白色恐怖之中。

同时，国民党政府增派捐税和兵差伕费，滥发纸币，造成通货膨胀，全国人民生活艰难，而立煌更是雪上加霜。随着省政府的迁出，工商企业有的迁走，有的倒闭，农民的农产品销量断崖式减少，金家寨的商业店铺生意清淡，一些手工业店坊纷纷歇业，收入锐减，物价暴涨，金家寨人民生活极为困苦。

立煌县政府在金家寨

安徽省政府自1945年12月迁出金家寨后，在金家寨的行政机构就是立煌县政府。

此时的立煌县政府内设有秘书室、军法室、合作指导室、田赋粮食管理处、稽征处，以及民政、财政、教育、建设、财粮、社会等科和县训所（办理基层干部培训）。县政府的编制到1947年达61人。此外，还设有立煌县法院、立煌县银行、立煌县政务警察队、立煌国民兵团。

立煌县政府管辖着4个区，24个乡镇，261保，2885甲。

第一区辖金寨镇和洪家湾、古南、双皂、龙湾、胡店、七邻湾7个乡镇。

第二区辖流波磏镇和马坪、永西、两畈、闻方5个乡镇。

第三区辖银沙、牛食畈、吴家店、南溪、汤家汇、斑竹园6个乡镇。

第四区辖麻埠镇和第三冲、油马、白塔畈、开顺、江店6个乡镇。

这时县长的权力很大，掌握着乡长、镇长的职务任免。1945年前，基层乡镇没有进行选举，由县政府直接任命乡（镇）长和副乡（镇）长。1946年10月，立煌县首次举行乡镇选举。方法是先由各保在乡（镇）公所指挥下召集保民大会，选出乡（镇）民代表，仍由县长确定候选人后，再由乡（镇）民代表选出正、副乡（镇）长，经县政府批准任命，报省政府备案。

县长还兼任县国民兵团的团长。县国民兵团撤销后，1947年7月又成立县民众自卫总队，县长兼总队长，官兵有700余人。

到1946年年初，在金家寨主政的最大官员只有两人：县长沈佐伯，县参议
会议长林冠群，他们都是本县人。

沈佐伯在金家寨

安徽省政府从金家寨迁出不到3个月，立煌县县长汪廷霖卸任，由沈佐伯
继任。

沈佐伯又名沈自善，1890出生，天堂寨镇前畈村人，安徽陆军讲武学堂毕
业。先后任国民革命军排长、连长、营少校副官、中校团副，安徽陆军第一师
第一旅第一团第一营营长，安徽第五混成旅第一团第三营营长，革命军独立第
五师第一团团长，北伐时为第十一军第二师副师长及总预备军指挥部少将参议。
大革命期间，先后任霍山县民团团总、六（安）立（煌）霍（邱）三县"剿匪"
总指挥。1937年后，曾任立煌县自卫军副司令，安徽省国民政府咨议兼省赈济
委员会委员；1944年12月1日，立煌县成立临时参议会，省政府指定王葆斋任
议长，沈佐伯任副议长。1946年1月，立煌县参议会成立，沈佐伯当选为议长。
3月，沈佐伯接任立煌县县长。

从立煌县设立起，沈佐伯是第十六任县长。他一直留着小胡子，人们都称
他"沈胡子"。

沈佐伯在金家寨当立煌县县长时已年近花甲，这个当年征战沙场冲锋陷阵
的军人锋芒已被岁月的时光磨去，没有建设好立煌的雄心壮志，只想在省政府
迁出后收拾好残局，守住摊子。

沈佐伯虽然年迈，但他当县长很走运。抗日战争胜利以后，国共开始谈判，
国内暂时出现了和平。没有战争，紧急事、要命的事、麻烦的事少了一些，县
政府的工作相对轻松了很多。所以，他是前面历任立煌县长中工作环境最宽松
的县长。

沈佐伯当县长至今留下很多传说。

沈佐伯家乡观念重，家族观念强。沈佐伯在任霍山县民团团总长时，以为
了军事和经济发展的需要为由，征用大量民工，将家乡王立墩通往罗田僧塔寺
和霍山上土市的土路，进行了整修和加宽。他当了立煌县县长后，深知自己任
职的时间不会很长，便充分利用手中的权力安排家人和亲朋任职。当时县政府
的组成人员基本是由他亲朋子侄担任，这样他最放心，也最省心，他这个县长
实际是家长式的县长。

沈佐伯迷信、"惧内"。沈佐伯的二姨太是他当排长时娶的。自娶了这个老婆后，他的军阶不断上升，他认为二姨太有旺夫之命，因此对二姨太特别喜爱，唯命是从。二姨太嗜好吸食鸦片，整天横在床上，他从不干涉，让其为所欲为。

沈佐伯喜欢打麻将，常常是麻将公务同时进行。他闲余时间打，上班没有紧急的事情，也常在家中打麻将。县政府日常的事务交县政府主任秘书、他的表侄孙余庭阶办理。余庭阶是师范毕业生，又参加过皖干班培训，后任乡长、县政府助理秘书。沈佐伯当县长后，立即将他提拔为主任秘书。余庭阶对沈佐伯感恩戴德，忠心耿耿，对沈佐伯的关心体贴更是无微不至。沈佐伯对余庭阶也十分信任，放手让他处理县政府的事务。一般情况下，余庭阶每天下午带着卷宗来到沈公馆，站在麻将桌边沈佐伯的身后观阵。当四圈打完，换座休息，吸烟喝茶之际，余庭阶急忙将要办事务拟好的公文稿呈上，沈佐伯稍一浏览，说声"就这样"，大笔一挥，签名执行。由于省政府迁出后，事情少了很多，没有什么紧急之事，虽然沈佐伯打着麻将办公，也没有出大的纰漏。

沈佐伯对下级宽容，即使有违法乱纪之事，也姑息包庇。1946年6月，牛食畈乡的群众写信给李品仙，控告乡长杨蕴石"贪渎不法"。

控告信写的很有韵味，全文为：

安徽省主席李钧鉴：

抗战结束到于今　乡民疾苦反加深
阿乡乡长杨蕴石　剥下皮来又抽筋
自去六月主乡政　狂嫖大赌乱浮行
月月筹款数十万　还要熟米千百斤
若有恳求稍为缓　纵不禁闭棍加身
人人只祈日早长　相与偕亡倒安宁
如谓言之有不实　请派密查到乡村
暴行昭彰如日月　牧童妇女说得清
如蒙解悬彰国法　民等叩谢再生恩
　　　　立煌县第三区牛食畈乡倒悬召泣叩
　　　　　（因畏威不敢具名叩请原谅）
　　　　　　附呈乡务会议记录一份

李品仙接到这份控告信，批转到立煌县查处。沈佐伯派人到牛食畈做了调查。1946年9月，沈佐伯给省政府发了"代电"报告查处结果。

代电中称，群众举报非法摊派属实，但最后的处理意见是：

回审乡保经费，原属有限，如按照规定，实是不敷支应。就该乡会务会议记录之一部而论，额外摊派当属于于法不合，如依其开支事项摊之，似属情在理中，等情。据此，查该乡长虽有筹款事实，亦系不得已而为之，并未贪污，饱入私囊，理合据实查明，电请鉴核，俯予免究，为祷。

一个非法摊派乡长，沈佐伯就这样以"不得已而为之"的理由而免于惩处。他对百姓的态度由此可见一斑。

沈佐伯对上级官员以礼相待，但不卑躬屈膝。1947年5月，省政府召集各县县长到合肥开会，传达蒋介石"戡乱动员令"。一些县的县长乘机到省政府官员家送礼。而沈佐伯提前到达，也礼节性地拜见了各厅厅长、处长，但没有礼品相送。这些官员表面客气，但心中不快。沈佐伯见其他县的县长都年轻，他呈上陈情表，称自己年迈，请求辞去县长职务，真实的想法是想得到挽留，继续任职。即便准辞，自己也有颜面。会后，他途经六安，又循例拜会了第二专署专员巫瀛洲。在六安逗留一天，他去理个发。没想到理发师没有问他，就把他留的胡子给剃掉了。沈佐伯一看胡子没了，沈胡子的雅号也就叫不成了，顿感是不祥之兆。

6月下旬，沈佐伯接到省政府的批示，大意是据立煌县县长沈佐伯呈请年迈多病，辞职引退，姑念其言辞诚恳，准予所请，赐予长假休养，遗缺遴选李宣接任。

沈佐伯看后，长叹一口气，立煌县县长他当到头了。

沈佐伯后来坚持反共，1949年在人民解放军大别山剿匪中被活捉，1951年2月16日，被人民政府处决。

李宣在金家寨

李宣是安徽省潜山县人，黄埔六期毕业，曾任国民党军第一七六师上校参谋长，第二十一集团军情报科长，隶属军统的特务机构。后情报科撤销，成立直属集团军总部的战地服务总队，李宣任总队长，常以"汉奸"等莫须有罪名，残害共产党人。李宣是一个双手沾满共产党人鲜血的特务头子。

李宣抗日也是坚定的。抗日战争期间，国民革命军第四十八军第一七六师转战数省，大小百战，歼敌数千，到1942年6月，牺牲将士3700余人。为纪念抗日阵亡将士，李宣会同时任安徽省第一区行政督察专员兼保安司令范苑声等17人组成"陆军一七六师抗战阵亡将士公墓筹建委员会"，担任委员，并发布《募捐启》，敬乞蕲、黄、舒、皖各界人士乐捐建墓经费186800元，在潜山天柱山野寨修建抗日阵亡将士公墓。墓园于1943年春落成，安葬着国民革命军第四十八军第一七六师985位抗战阵亡将士遗骸。野寨抗日阵亡将士公墓现为全国重点文物保护单位。

安徽省政府迁出金家寨后，大小官员都往新省会合肥跑，对立煌这个地方不屑一顾。不久，第二十一集团军总部撤销，李宣也被列为编余人员，正千方百计找职位。时逢沈佐伯提出辞职，李宣便补了这个缺。

李宣1946年7月接任立煌县县长，在与沈佐伯交接时，还发生了不愉快。

沈佐伯辞职，没想到立即批准，心中不忍离任，可又无可奈何，十分懊悔自己"大意失荆州"。在与李宣交接时，为一个灯泡的小事，借机泄愤，与李宣大吵起来。李宣自恃省府委任，也不相让。李宣没有想到，这县政府的各个科室负责人基本都是沈佐伯的亲戚晚辈，一齐向李宣发难，都罢工不上班，导致整个县政府陷入瘫痪。李宣感到十分难堪可怕。因为他已经是县政府的县长，机关职员罢工，传出去不好听，上峰知道了也不好办，轻则受怪责，重则要撤职查办。于是赶紧低头转弯，请人调解。沈佐伯也觉得再闹下去没有意思，任命以下，木已成舟，借坡下驴，交接风波很快平息。

李宣后来坚定反共，1947年9月2日，刘邓大军三纵八旅解放了金家寨，李宣组织顽强抵抗，被俘后于4日处决。结束了他罪恶的一生。

林冠群在金家寨

林冠群是立煌县南溪人，时年50岁。他出身于殷实富裕家庭。父亲林维镐毕业于京师第一师范、河南法律专门学校，历任司法部特任律师、南溪明强学堂第一任校长，是河南省第一届议会议员。在这样的家庭里，林冠群受教育的条件优越。他早年毕业于河南农业专门学校，民国初年任农业部河南林务处技士、河南省林业传习所所长。1919年考取高等文官，曾任交通部与农商部主事、农工部代理司长、外交部国际联合会专门事务委员会委员，河南省总商会驻京代表、北京市政府林务股长、黄河水利委员会技士等职。后返回立煌，曾任立煌县农业职业学校校长、立煌县政府教育科科长兼立煌简易师范校长等职务。

林冠群很注重外表，他平时穿着整洁、庄重、大方，带着白手套，挂着文明棍。他善于辞令，开会讲话不要稿子，侃侃而谈，富有逻辑性和鼓动性。

林冠群温文尔雅，颇有学者的风度，可他做事却心狠手辣。他曾一次开除过反对他的8个学生。

那是他在立煌简易师范当校长时，他搞了一个"尊师米"的活动，就是通令全校学生，每人向学校缴纳40斤大米，作为对教师的补助，取名"尊师米"。想通过这样的方法，调动教师教学的积极性，促进教学。可是，学生家庭大多不富裕，这种强令摊派的方式引起了学生的不满，认为这是"违反政令，滥征粮款"，有8名学生联名上告到省教育厅。状子是由学生肖大荣起草，张裕中誊写，由郑定番共8人送交在金家寨的省教育厅。结果，不但没有得到处理，这8名学生全部被学校开除。在第二年的开学典礼会上，林冠群训话时振振有词地说明了开除这8名学生的理由："学生肖大荣是打铁的铁匠，打了刀向我脖子上砍；张裕中把刀磨了磨也来动手砍；邓定番等8同学拿起刀就向我脖子上砍，这样的学生不开除还行吗？不开除有三方面不好交代：其一是对国家不好交代，国家是需要人才的，学校是培养人才的，培养的人才应该是好当差的，'忠臣出于孝子之门'嘛！其二是对教师不好交代，搞点'尊师米'是鼓励教师的，这有什么大不了的呢？其三是对学生不好交代，这样反对学校、反对教师、上告校长而犯上作乱捣蛋的学生不开除，后来的学生不更可以变本加厉地继续闹事，搅得学校不安宁吗？"

显然，他不考虑问题的根源出在他身上，不考虑学生家庭的困苦，也不考虑这8名学生的前程，他只考虑自己的颜面和如何报复，以表面的儒雅掩藏着顺我者昌，逆我者亡的本性。

林冠群的堂哥林伯襄是著名的教育家，更是德高望重的爱国主义学者。林伯襄曾任河南留学欧美预备学校（河南大学前身）第一任校长，早年林冠群的父亲林维镐在南溪任明强学堂校长时，林伯襄就任学监，林冠群对他也很敬重。林冠群担任立煌县参议会议长从政后，受到林伯襄的劝导，也想树立公正廉明的形象，故办事比较正派。特别是林氏族人与外姓人发生纠纷找到他时，他总是先对族人加以训斥，然后大事化小，小事化了，息事宁人，因此也得到了一些好评。

林冠群开始和县长沈佐伯共事，随后又跟县长李宣共事，都为国民党效劳。林冠群在当议长期间，参议会共在金家寨召开了5次例会。1947年9月，挺进大别山的刘邓大军解放了金家寨，多数议员逃到外地，立煌县参议会的机构自然解体。

1949年解放前夕，林冠群隐瞒罪恶，逃亡外地亲属家。在1951年全国开展镇压反革命运动时，被送回家乡交金寨县人民政府审查。县政府认真核查了其犯罪事实，经上级批准，于1953年10月27日在家乡南溪召开宣判大会，判处死刑，就地处决。

皮定均威震金家寨

1946年7月，就在李宣就任立煌县县长，与前任沈佐伯交接之际，一个金家寨人率领的队伍出现，把他们吓得胆战心惊。

这个人金家寨人就是皮定均。

1929年5月19日，红三十二师攻占金家寨，年仅15岁的皮定均在金家寨街头带头宣传动员，帮助红军将缴获的物资分给群众，受到了师长周维炯的赞扬。此后，皮定均先后担任了区童子团中队长、英山县童子团团长，后参加中国工农红军，因作战勇敢，不断提拔而成为红军的团长。抗日战争全面爆发，皮定均又任八路军第一二九师特务团团长、太行军区第五、第七军分区司令员，八路军豫西抗日先遣支队司令员。他凭借着超凡的智谋和勇气，巧妙运用夜袭战、破击战、麻雀战、伏击战、地雷战等战法，千方百计消灭敌人，打得日伪军焦头烂额，闻风丧胆。日军对他无可奈何，骂他是神出鬼没的"皮猴子"。1945年10月，豫西抗日先遣支队改编为中原军区第一纵队第一旅，皮定均任旅长。他这个旅当时被称为"皮旅"。

抗日战争胜利后，国共于1945年10月10日签订了长期合作、避免内战、和平建国的《双十协定》，为何这个时候，皮旅又进入了立煌境内？

中原军区第一纵队第一旅旅长皮定均
（中共金寨县委党史县志研究室提供）

原来1946年6月，蒋介石悍然撕毁停战协定，调集10个整编师、25个旅共30万人，将中原军区部队6万余人包围在河南罗山县宣化店一带不到30平方公里的狭小区域，企图一举消灭，形势极为严峻。

中原军区根据中央军委的命令，准备向西突围，于6月24日命令皮定均旅长、徐子荣政委、副旅长方升普率第一旅伪装主力向东佯动，以迷惑牵制敌人，待掩护主力越过平汉路后，自行选择突围方向突围。显然，这是丢卒保车之计。皮定均对党忠诚，以整体利益为重，他坚决服从命令，甘当保"车"的丢"卒"。

皮定均首先采用疑兵之计，抽部分部队虚虚实实地白天川流不息地向东开进，夜里悄悄向西转移反复进行，造成大部队向东集结的气势，把敌人的注意力吸引到东面来。敌人被调动向东面进攻，皮定均指挥部队连续顽强阻击敌人，使中原军区主力较为顺利地越过平汉路向西突围。接着，旅党委开会分析形势，又用了金蝉脱壳之计。

26日傍晚，皮定均率部队冒雨先向西出发，走了一夜，绕了个大弯，到离原驻地白雀园不远的刘家冲隐蔽起来。部队露宿在森林里，不抽烟，不生火做饭，甚至不咳嗽。全旅7000多人在密林里淋着雨，没有一点声响，突然无影无踪，从敌人的视线中消失了。

28日清晨，皮旅从刘家冲出发，以神速的急行军，在敌人追击纵队行军的间隙穿过，一下楔入敌人后方，越过了敌人第一道封锁线潢麻公路。

此时，立煌县即将卸任的县长沈佐伯和即将继任的县长李宣已经接到了安徽省政府的电令："查有不知性质、不明番号的部队万余人在豫鄂皖边境活动，着即查明上报。"他们心中充满恐慌，立即部署。

6月30日，皮旅越过敌人第一道封锁线后，经商城瓦西坪进入立煌和商城交界的大牛山时，立煌县民众自卫总队奉命和商城县保安团、国民党军第三十四旅第一〇一团一起进行堵击。

吴家店华润希望小镇中皮定均、方升普雕塑
（中共金寨县委党史县志研究室提供）

皮旅在大牛山将敌人击溃，接着顺着大别山脊背飞兵东进，强越松子关，于7月3日夜进入立煌境内的集镇吴家店附近。第二天中午进入吴家店。旅党委考虑部队已经非常疲劳，干粮已经吃完，草鞋都已磨破，立煌境内兵力空虚，加之连降大雨，山洪暴发，交通受阻，决定在吴家店休整。

皮旅到达了吴家店，在金家寨的沈佐伯和李宣都非常紧张。共产党军队有万余之众，吴家店离金家寨只有100多里，一天就能到达。而金家寨的武装只有由县国民兵团改编的县民众自卫总队，3个常备中队中包括保安、警察在内共700余人。立煌境内国民党军部队只有第四十八师的一个旅和省保安二团，虽然山洪暴发，河水猛涨，但这并不能阻隔共产党的军队，金家寨危在旦夕。于是他们向省政府要求紧急增援金家寨。

当得知皮旅抵达吴家店后，国民党第八绥靖区遂集中2个旅8个团的兵力，重新调整追堵部署：第四十八师第一七四旅由泼陂河东调立煌县归建，向东"追剿"；第一七六旅第五二七团开往立煌南庄畈，独四团开往立煌金家寨东南5公里的枣子河，第五二八团及保安二团留金家寨附近，独立五团开往岳西方向侦察作战，企图将皮旅"围歼"于大别山区。

皮旅在吴家店休整受到了人民群众的热烈欢迎，他们开仓放粮，使当地的贫苦百姓深受感动。令人惊喜的是，随军干部家属的孕妇中竟有3人在吴家店生了3个孩子。

皮定均这次没有回金家寨老家。7月8日，他率领皮旅冒雨从吴家店出发向东挺进，从燕子河离开了立煌进入霍山县境内，面对敌人的追堵，神出鬼没，突破清风岭，夜渡磨子潭，袭击六安毛坦厂，飞兵皖中平原，以每昼夜一百几十里的速度，不停地走，穿越淮南公路，于7月19日突破津浦铁路，胜利到达苏皖解放区，与华中军区部队会师。

皮定均以一旅之军与数十倍之敌周旋24天，横越鄂豫皖3省，行程750多公里，进行大小战斗20余次，粉碎了敌人的围追堵截，保持了全旅5000人的完整建制，创造了震撼中外的中原突围奇迹。《新华日报》专题发表社论祝贺，美国新闻记者史沫特莱女士惊喜地对副旅长方升普说："我很高兴把你们的英雄事迹和胜利消息告诉全世界人民！"皮定均、皮旅的威名从此传遍世界。

皮旅离开了立煌境内，使沈佐伯、李宣都松了一口气，共产党军队总算是走了，金家寨又平安无事了。

刘昌毅声震金家寨

1947年，是李宣惊心动魄的一年，也是他生命终结的一年。

这年3月中旬，又一支中共部队进入立煌境内，消息传来，使金家寨的大小官员惶恐不已。这支部队就是由鄂西北军区副司令员刘昌毅率领的野战旅。

刘昌毅是湖北省红安县人，时年33岁。他出身贫苦，是1929年就参加革命的老红军。他作战勇敢，不久即当上了排长。1931年加入中国共产党，历任连指导员、红四方面军第九军政治部政务科长、二十七师七十六团团长，参加了鄂豫皖苏区四次反"围剿"和创建川陕苏区的斗争，参加了红四方面军长征。全面抗日战争开始后，刘昌毅曾任八路军第一二九师三八六旅侦察科科长、青年纵队第三团队参谋长，山西青年抗敌决死三纵队参谋长，太行军区第三分区副司令员兼参谋长，河南军区第六支队司令员。解放战争

鄂西北军区副司令员刘昌毅
（中共金寨县委党史县志研究室提供）

时期，刘昌毅任中原军区第一纵队三旅旅长，不久任纵队副司令员。

1946年6月下旬，在著名的中原突围战役中，中原部队主力分为南北两路突围，一纵队为南路。开始阶段，刘昌毅率三旅担任前卫，为部队打通道路。突过襄河后，他又率部作为后卫，掩护主力进入武当山区，开辟鄂西北根据地，胜利完成突围任务。同年9月，成立鄂西北军区，王树声任司令员，刘昌毅任副司令员，并组成了军区野战旅，由刘昌毅亲自率领，野战旅的参谋长就是金家寨人胡鹏飞。鄂西北根据地开辟后，敌人派重兵围剿。刘昌毅率野战旅东挡西杀，牵着敌人满山转，打得敌人晕头转向，伤亡严重。野战旅成了鄂西北军区打击敌人的一只铁拳头，刘昌毅成了敌人围剿的主要目标。敌人对刘昌毅恨得咬牙切齿，悬赏5万大洋以获他的人头。战士们说他胆大如虎，气壮如山，为鄂西北根据地的开辟和坚持作出了特殊贡献。

1947年2月，鄂西北根据地的形势越来越严峻。2月6日，刘昌毅和胡鹏飞等率野战旅被围于保康县康家山，苦战3昼夜，杀出重围，部队已不足千人，仅有的一部电台被打坏，从此与上级失去联系，行动极为困难，刘昌毅决定重返大别山，到皖西潜山太湖一带与皖西工委领导的皖西支队会合。3月上旬，他们途经麻城、商城进入立煌境内的西河，向吴家店方向进发。

在金家寨的李宣得知共产党军队又从河南进来，又不免心惊肉跳，担心共

产党军队攻打金家寨。他奉命急忙派出县民众自卫总队的一部300多人，前往立煌与湖北交界地区阻击，与湖北追击部队一起夹击刘昌毅部。

刘昌毅经吴家店、包畈、前后畈到达鱼父潭吊桥崖时，得知立煌县民众自卫总队和湖北省保安团第十一大队已经追击过来。刘昌毅当机立断，决定利用吊桥崖的有利地形伏击敌人。以两个警卫连正面迎击，一大队为突击队，二大队和侦察队在山右侧准备石块、圆木，对该地区实行封锁。

下午2时许，当立煌县民众自卫总队和湖北省保安团第十一大队800多人进入到狭窄的吊桥崖时，猛烈的枪弹、手榴弹和石块、圆木一齐向敌人倾泻，敌人顿时混乱，死的死，伤的伤，经一个小时的激战，歼敌两个营，缴获迫击炮2门，重机枪3挺，步枪250多支，子弹数万发，电台1部。战后，刘昌毅率野战旅继续东进，于3月17日在潜山县千佛寺与桂林栖、钟大湖等领导的皖西工委会合。

刘昌毅同年10月与刘邓大军在皖西会师，任晋冀鲁豫野战军第三纵队副司令员，后任中国人民解放军第十五军副军长。新中国成立后，曾任济南军区副司令员兼北海舰队司令员，南京军区副司令员，广州军区副司令员。1955年被授予中将军衔。1999年11月1日，刘昌毅在广州病逝。

立煌县民众自卫总队这次阻击刘昌毅部损失很大，但李宣还是暗暗庆幸，共产党军队又是穿金家寨南部边区而过，时间短，金家寨又是有惊无险。

可是，他没有想到，全国的战局形势发生了根本变化，他的末日已经来临。

刘邓大军解放金家寨

从1946年7月到1947年6月的一年里，中国人民解放军歼敌112万人，粉碎了敌人的全面进攻，使国民党军总兵力减少，并在政治、经济上也陷入危机。而人民解放军发展到195万人，机动兵力已经超过敌人，形成了相对优势，开始由战略防御转入战略进攻。

据此，中共中央做出了伟大的战略决策："举行全国性的反攻，即以主力打到外线去，将战争引向国民党区域，在外线大量歼敌，彻底破坏国民党将战争继续引向解放区，进一步破坏和消耗解放区的人力物力，使我不能持久执行革命战略方针。"并制定了两翼牵制、中央突破、三军配合的部署，即以西北野战军出击榆林，调动进攻陕北的国民党军北上；以华东野战军东线兵团在胶东发动攻势，继续把进攻山东之国民党军引向海边；在国民党军两翼拉长、腹心暴露之际，由刘伯承、邓小平率领晋冀鲁豫野战军主力（简称刘邓大军）实施中央突破，千里挺进大别山；以晋冀鲁豫野战军陈赓、谢富治兵团在晋南突破黄河，挺进豫鄂陕；陈毅、粟裕率华东野战军主力，在打破国民党军重点进攻后，挺进豫皖苏。三军在中原布成"品"字形阵势，互为犄角，密切配合，歼灭敌

417

人，发动群众，建立中原根据地。

刘邓大军与金家寨

晋冀鲁豫野战军与金家寨、立煌、大别山有着直接的联系。

晋冀鲁豫野战军主要是由八路军第一二九师发展起来的。八路军第一二九师部队主要是由以大别山为中心的鄂豫皖革命根据地诞生的红四方面军第四军、第三十一军改编的。立煌境内是当年红四方面军的主要发源地，而金家寨是1932年9月红四方面军在第四次反"围剿"中的全军会师之地。因此，刘邓大军挺进大别山，是当年的红军又回来了。

1947年6月30日夜，刘伯承、邓小平率领的晋冀鲁豫野战军第一、二、三、六4个纵队共12万多人，突破黄河天险，发起鲁西南战役，揭开人民解放战略进攻的序幕。8月7日晚，正当蒋介石指挥约14万兵力向鲁西南合击时，刘邓大军突然跳出敌人的包围圈，兵分三路，迅速向大别山进军。经过20天的连续急行军，刘邓大军于8月27日渡过淮河，进入大别山区，完成了千里跃进的战略任务。

右起：晋冀鲁豫野战军司令员刘伯承、政治委员邓小平

（金寨县革命博物馆提供）

刘邓大军东路进军皖西的是第三纵队，第三纵队沿成武、虞城、鹿邑、界首之线，直插皖西，进展迅速。8月25日，第三纵队解放了河南的固始。

刘邓大军进入大别山后，刘伯承、邓小平立即指示："三纵应迅速攻占立煌，"向皖西地区实行战略展开。

刘伯承是著名的军事家。他原名刘明昭，字伯承。1892年12月4日生于四川省开县赵家场。15岁时因父病故、家庭困难，被迫辍学务农，饱尝生活艰辛，立志"拯民于水火"。1911年，当辛亥革命的风暴席卷神州大地之际，毅然选择了从军之路。当时，亲朋好友多不赞成此举，他却慨然作答："大丈夫当仗剑拯民于水火，岂顾自己一身之富贵？"他剪掉辫子，怀着富国强兵的强烈信念，投入了孙中山领导的民主革命。1912年2月考入重庆蜀军政府开办的将校学堂，学习各门近代军事课程，同时熟读中国古代兵书，《孙子》《吴子》等经典名著的许多章节出口能诵。在将校学堂10个月，他不但学业出众，而且以举止端正、操守有持、恶习不沾而闻名全校，被同学们称为军中"菩萨"。1912年年底毕业后被分派到川军第五师熊克武部，先后任司务长、排长、连长。1913年参加四川讨袁之役，失败后于1914年在上海加入孙中山领导的中华革命党。1915年底奉命返回四川，拉起400余人的队伍，组成川东护国军第四支队。1916年3月在指挥攻打丰都县城时，右眼中弹致残。在疗伤过程中，他为了不损害脑神经，强忍钻心的疼痛，坚持不施麻药，被为其主刀的德国医生赞叹为"军神"。1917年参加护法战争，任川军第五师第九旅参谋长、四川督军署警卫团团长。1923年参加讨伐北洋军阀吴佩孚的战争，任东路讨贼军第一路指挥官，取得驰援龙泉驿等战斗的胜利。8月在作战中右腿负重伤。

1926年5月经杨闇公、吴玉章介绍，正式加入中国共产党。1927年4月被武汉国民政府任命为暂编第十五军军长，这是中共党员在国民革命军中被任命的第一个军长职务。7月下旬秘密转赴南昌，与周恩来、贺龙、叶挺、朱德等领导了震惊中外的南昌起义，任中共前敌委员会参谋团参谋长。同年底奉派赴苏联学习军事，先入莫斯科高级步兵学校，后转入伏龙芝军事学院。

1930年夏学成回国后，曾任中共中央军事委员会参谋长、中国工农红军总参谋长；1936年10月红军三大主力结束长征胜利会师后，任前敌总指挥部参谋长、红军总参谋长、援西军司令员等职。

抗日战争全面爆发后，刘伯承任八路军第一二九师师长，和政治委员邓小平一起，率部奋战在太行山上。面对不可一世的日本侵略军，他经常用"勇是男儿头上的桂冠""无角绵羊受欺压，有蛰的黄蜂不可侮"等话语来激将士们对敌斗争的信心。他指挥部队先后进行了夜袭阳明堡、设伏七亘村以及长生口、神头岭、响堂铺、晋东南反"九路围攻"、冀南反十一路"扫荡"、百团大战中的正太榆辽等一系列著名战役战斗，给侵华日军以沉重打击，创建了晋冀鲁豫

曾任晋冀鲁豫野战军第三纵队
司令员的陈锡联将军

（金寨县革命博物馆提供）

曾任晋冀鲁豫野战军副司令员的
曾绍山将军

（金寨县革命博物馆提供）

抗日根据地。日本投降后，就任晋冀鲁豫军区司令员。

刘伯承也是安徽的女婿，他的夫人汪荣华就是皖西六安人，是从麻埠参加红军的。因此，他对皖西的情况也非常了解。

刘邓大军第三纵队的领导干部中，除政治委员彭涛、政治部主任阎红彦外，司令员陈锡联，副司令员曾绍山、郑国仲都是大别山人。在刘邓大军中很多干部也是大别山人。他们当年在大别山参加红军，1932年10月离开大别山后，已经15年了。他们离开的时候，有的是干部，有的是战士，现在都是干部了，担任了刘邓大军中的各级指挥员。

第三纵队司令员陈锡联是湖北省红安县人，时年32岁。他1929年参加中国工农红军，1930年加入中国共产党。1931年在红四方面军任连政治指导员，参加了鄂豫皖苏区四次反"围剿"。1933年起任红三十军第八十八师二六三团营政治委员、团政治委员，红四军第十师副师长、第十一师政治委员，参加了开辟川陕苏区和反三路围攻、反六路围攻作战。抗日战争全面爆发后，任八路军第一二九师三八五旅七六九团团长。1937年10月率部夜袭阳明堡日军机场，取得炸毁日军战机24架的辉煌战果。提高了八路军的威望，受到八路军总部嘉奖。后任第一二九师三八五旅旅长，太行军区第三分区司令员。抗日战争胜利后，任晋冀鲁豫野战军第三纵队司令员。

副司令员曾绍山是安徽省金寨县人，时年33岁。他就出生在离金家寨不远、史河上游的丁家埠。1929年参加中国工农红军，同年加入中国共产主义青年团。1933年转入中国共产党。曾任第四军政治部少年宣传队队长、师政治部秘书、师司令部参谋。参加了鄂豫皖、川陕苏区反"围剿"和红四方面军长征。全面抗日战争时期，任八路军一二九师旅作战股股长、旅参谋长、太行军区副旅长兼分区司令员、分区政委兼中共二地委书记。参加了夜袭阳明堡和百团大战。解放战争时期，任晋冀鲁豫军区第三纵队副司令员。1932年9月离开金家寨时，他还是一个排长，15年过去，他在战火中已经成长为副军级的干部。

副司令员郑国仲是湖北省红安县人，时年34岁。他1929年参加中国工农红军，同年6月加入中国共产党，曾任排长、连长、营长、团长等职务，参加了鄂豫皖、川陕革命根据地反"围剿"斗争和红四方面军长征。全面抗日战争时期，任八路军一二九师三八五旅七六九团营长、团长，太行军区三

曾任晋冀鲁豫野战军副司令员的
郑国仲将军
（中共金寨县委党史县志研究室提供）

分区副司令员、八路军一二九师三支队支队长等职务。参加著名的夜袭阳明堡机场以及响堂埔伏击战等战斗。抗日战争胜利后，他任晋冀鲁豫野战军第三纵九旅旅长、纵队副司令员。

他们在红军时期都曾多次在皖西转战过，对皖西的地理情况也很熟悉。

刘伯承、邓小平对三纵的命令下达后，三纵立即在固始召开旅以上干部会议，决定兵分两路：以第七、九两个旅由纵队司令员陈锡联和副司令员曾绍山率领直插六安、舒城、桐城；第八旅由纵队副司令员郑国仲率领，经叶集直插金家寨、霍山、岳西。

刘邓大军解放金家寨

刘邓大军挺进了大别山，此时，立煌金家寨的县长李宣是惊恐万状。

早在8月21日，李宣就得知刘邓大军向大别山挺进的动态。立煌兵力空虚，县城金家寨就危如累卵。于是，他紧急向第八绥靖区司令官夏威告急求救。同时，紧急召集驻金家寨的国民党军安徽省保安第四总队队长程子固、县民众自卫大队队长汪彦群、警察局局长夏聿贤等有关部门负责人商量对策。

这些负责人都已知道大难临头，个个失魂落魄，呆若木鸡，闭口不言。

李宣见大家大眼瞪小眼，一言不发，只好自作主张安排：第一，从城关区各乡火速征集民伕500名，抢修工事，加固原立煌警备司令部修建的碉堡；第二，分兵防守，警察局加强巡逻放哨，实行宵禁，严查户口；第三，派出保警一中队到狗脊岭设前哨阵地；第四，加强宣传，安定人心。

李宣还有一个安排，会后他将县政府机关悄悄迁往响山寺。这样，万一抵挡不住，他可脱身溜走。

在响山寺，驻金家寨的安徽省第二行政督察区专员巫瀛洲又召集立煌县县长李宣、省保安第四总队队长程子固、县民众自卫大队队长汪彦群、警察局局长夏聿贤及其下属军官召开紧急会议，进行动员部署。他焦急万分，声音沉重地说，共产党军队已经大批南下，兵锋直指大别山，立煌县城是其主攻目标，要求军政人员共渡难关，守卫住立煌县城。巫瀛洲心中慌乱，说着说着就说不下去了，几乎要流下眼泪，用恳求的口吻，一再要求大家"同舟共济"。看到这种情景，李宣、程子固、汪彦群、夏聿贤等人都硬着头皮表示："守住立煌是大事情""报效党国系军人的天职"等壮胆的话。

在合肥的第八绥靖区司令官夏威得到立煌告急的电报，也急得像热锅上的蚂蚁。他一面急电向南京国民政府国防部部长白崇禧告急，一面调兵遣将，阻击刘邓大军。可这时，安徽境内调兵很困难。皖北虽有第四十八师、五十八师，可远水解不了近渴。离立煌最近的部队，只有调驻长丰水家湖的谭何易第四十六师八十八旅五六四团陈铁汉部。

此时调兵，谈何容易？夏威发威，颇费口舌，好不容易才使谭何易令陈铁汉部增援立煌。

陈铁汉率部到叶集后，得知叶集到金家寨的公路交通中断。同时，刘邓大军的部队开始向叶家集挺进。陈铁汉便留下一个营配合省保安团一个营固守叶家集，以防守立煌北境，自己带两个营步行去金家寨。

在响山寺的李宣接到夏威告知援军即将到达的电报，是又喜又怕。喜的是上峰重视，及时出兵相救，有国民党军守卫，可以壮胆。怕的是，共产党军队于8月25日占领河南固始县县城后，29日，又占领了商城县县城，大别山西进的门户已经打开。共产党军攻势凌厉，已经连克两城，恐怕接二连三，凶多吉少。但作为县长，守土有责，赶紧回到金家寨迎接援军。而专员巫瀛洲已带着几名亲信逃之夭夭。

叶家集至金家寨110里。陈铁汉率部行军沿途，群众早已逃之一空，乡长保长也找不到人，吃喝困难，进展缓慢，结果走了两天才走到，于8月30日下午4时才进入金家寨城区。城区的百姓已纷纷逃走，金家寨显得冷冷清清。

陈铁汉与李宣见面后，立即与省保安第四总队队长程子固、县民众自卫大队队长汪彦群、警察局局长夏聿贤会商防御对策，明确分工，部署兵力。陈铁汉所部与省保安团第四总队分守金家寨镇南面的张公山、黑龙潭至水西门渡口，这是正面。县自卫总队与警察分守在塔子河、船舫街、原省政府及中山纪念堂一带。陈铁汉和李宣同在菜市场后山碉堡中指挥，电台设置在金义门背后高山的指挥台上。指挥台有5挺轻机枪守护。

刘邓大军三纵部队于8月30日分三路由固始向皖西进发。八旅在纵队副司令员郑国仲和旅长马忠全、政治委员卢南樵的率领下，直奔立煌县城金家寨。

八旅司令部在大队人马出发前，派出了第二十四团团长吴先洪带一个营，旅部作战股股长王文进、侦察股股长张苏文率侦察排先行出发。沿途立煌县的保安队嗅觉灵敏，望风而逃。

八旅部队由固始到叶家集，然后西渡长江河，进入立煌境内。此时的大别山山清水秀，野花盛开，山上青松翠绿，山下稻田金黄，战士们被眼前的美景所振奋，顿时感觉不到了连续行军的疲劳。在通过一些村庄时，残垣断壁上，还隐约可见"打土豪，分田地"等字样的大字标语。旅政治部主任彭宗珠是曾在大别山战斗的老红军。他站在这经历过20多年风风雨雨的标语面前看了又看，满怀深情地告诉战士们："这是当年红军写的！"这些标语无形中产生了动员力量，使指战员们的战斗激情高涨，加快了行军的速度。

彭宗珠是河南省新县人，1915年出生，1931年参加中国工农红军，同年8月加入中国共产主义青年团，1933年8月转为中国共产党党员。任红四方面军红四军十一师交通队排长，三十二团营教导员，军部无线电第九台政委。参加了鄂豫皖苏区一至四次反"围剿"斗争。1932年10月随红四方面军主力进入川陕开辟革命根据地。1935年参加红四方面军长征，途中三次负伤。抗日战争全面爆发后，彭宗珠曾任延安抗日军政大学总校四团教导员、八路军一二九师三八五旅七六九团副政治委员、太行军区四支队政治部主任。1940年参加了著名的百团大战。解放战争时期，任晋冀鲁豫野战军三纵队八旅政治部主任。

八旅部队经过两天的急行军，于8月31日下午抵达金家寨史河北岸。

八旅旅长马忠全、政治委员卢南樵对金家寨和立煌县也不陌生。

马忠全是湖北省红安县人。1930年10月参加工农红军，同年12月加入中国共产党。曾任红四军十二师连长、营长，参加了为保卫鄂豫皖苏区，开创川陕苏区的历次战役战斗和红四方面军长征。红军改编为八路军后，马忠全被任命为一二九师三八五旅七六九团三营十二连连长。参加了著名的夜袭阳明堡机场的战斗。后任七六九团营长、团长，太行军区第五分区副司令员。解放战争初期，马忠全先后任晋冀鲁豫军区太行纵队第四支队支队长、第三纵队八旅旅长。

卢南樵时年32岁，是湖北省孝感县人。1930年参加中国工农红军。曾任红四军战士、军政治部干事、民运科长、营教导员等职，参加了鄂豫皖革命根据地的四次反"围剿"斗争、川陕革命根据地创建和红四方面军长征。红军改编为八路军后，他曾任第一二九师卫生部政治处副主任，师部特务营政治教导员，正太总队政治处主任，第三军分区政治部主任等职务。解放战争开始，他任太行纵队三支队政治委员，晋冀鲁豫野战军第三纵队第七旅、八旅政治委员。

郑国仲和马忠全、卢南樵对金家寨的地形都有印象。他们在鄂豫皖革命根据地的反"围剿"斗争中，有的参加过解放金家寨的战斗，有的转战到过金家寨，他们都曾在1932年9月10日在金家寨与红四方面军的兄弟部队会师，在金家寨还住了几天。

但是，15年过去，金家寨的变化很大，城西黑龙潭至城东南张家畈、包公祠一带山上，均筑有碉堡群和壕沟等防御设施。

郑国仲和马忠全、卢南樵不敢掉以轻心。为了迅速攻克皖西重镇金家寨，进军皖西，八旅召开了团以上干部会，进行部署。会议期间，刘伯承、邓小平发来电报，要求八旅"勇猛顽强，首战必胜，力求全歼，坚决打好这一仗"。郑国仲和马忠全、卢南樵传达了刘邓首长的指示，迅速安排了战斗任务。初定第二十四团担任主攻，后考虑这个团在渡过黄河后多次担任主攻，连续减员，现补充的新战士很多，因此，改为第二十二团担任主攻，二十三团从右翼进攻，二十四团从左翼进攻。

当日下午，为查明城内敌人守备情况，保障主力渡过史河，八旅先以二十二团第三连作试探性的进攻。三连在连长崔玉宝的率领下，利用水声作掩护，偷偷蹚过齐腰深的史河，隐蔽接近敌人，在敌人毫无知觉的情况下，·直插向城南门，占领有利地形后，向敌人猛烈开火，一路猛冲猛打，攻入城内。安徽省保安第四总队遭此突然袭击，摸不清虚实，纷纷溃逃，躲进防御工事，进行抵抗。随即八旅部队迅速渡过史河，在强大的炮火掩护下，第二十二团在团长涂学忠的率领下向黑龙潭以东、以南，二十四团在团长吴先洪的率领下向张家畈以西、以南，对黑龙潭、张家畈等敌防御性阵地进行猛攻，给敌人很大杀伤，占领了敌人部分阵地。敌人凭借碉堡火力掩护，多次反扑，企图夺回阵地，均被击退。八旅第二十三团在团长唐兴盛指挥下，后续渡河。

当晚敌人全部进入碉堡，固守顽抗。

这天夜里，阴雨绵绵，一片漆黑。由于这里地形复杂，不仅炮火不易发挥威力，部队运动也多有不便。此时，三纵通报敌情，金家寨的守敌处于孤军无援状态。于是，旅首长决定，除以小部队对敌实行监视袭扰、疲惫围困外，其余部队暂时停止攻击。抓紧时间休息，以便白天来临时再组织进攻。

9月1日拂晓，八旅又开始进攻。以迫击炮和九二式步兵榴弹炮16门猛轰敌人阵地，掩护部队沿山坎、溪边、田边边打边进，敌陈铁汉团第三营和保安第四总队第三大队前沿阵地被相继攻占。至下午14时，二十四团占领包公祠以西高地的全部碉堡，并继续向西发展；二十二团攻占了杨桃湾以西高地的碉堡后，继续向东南发展，第二十三团一部也投入了战斗，守敌大部分被歼灭，残敌压缩在包公祠及其部分碉堡内。二十二团展开政治攻势，高喊："你们放下武器，过来吧！缴枪不杀！""我军优待俘虏，不杀不辱！"敌军人心惶惶不安。敌团长陈铁汉非常顽固，他不仅不做放下武器的打算，还威胁、欺骗士兵："援兵主力就要到了，坚持到底，赏全团官兵1000元，投降哗变者，立即枪毙！"李宣率领的自卫队和省保安第四总队不足千人，经八旅几次攻击，死伤很多，逃跑的也不少。此时，他们已经一天一夜断炊，断水。

战斗到夜晚，省保安第四总队队长程子固见伤亡惨重，从张家畈狼狈逃窜而去，县民众自卫大队队长汪彦群也带着部分残兵从张公山逃跑。

9月2日上午8时，八旅再度总攻，以山炮向敌碉堡抵近射击，将敌碉堡全部摧毁。省保安第四总队和立煌县民众自卫队余部全部溃败，向莲花山逃跑。只剩下敌五六四团团长陈铁汉率部分残敌据壕沟死守，1小时后也被全部歼灭，敌团长陈铁汉被击毙。

到上午10时，战斗全部结束。共毙伤俘敌人1000余人，缴获步枪400多支，轻重机枪50多挺，大小炮10多门。县长李宣乘混乱之机逃跑，二十二团追到莲花山下棺材沟将其生俘。

在攻打金家寨的战斗中，八旅政治委员卢南樵亲临一线指挥进攻，腿部中弹负伤。

金家寨解放了。八旅的指战员们兴奋地唱起了刘邓大军自编的歌曲：

刘邓大军真勇敢，

渡河反攻鲁西大捷歼敌六七万；

蒋介石正在手忙脚又乱，

我们又挺进大别山。

艰苦行军二十多天，

南渡淮河胜利地到达了大别山；

大别山好比一把剑，

直插到敌人的心里面。

3日，八旅继续东进，解放了重镇流波䃥、麻埠。

金家寨解放

（金寨县革命博物馆提供）

三纵八旅与金家寨

三纵八旅解放了金家寨和立煌，随后立煌县改名为金寨县，因此与金寨结下了不解之缘。实际上，八旅与金家寨、金寨县的渊源已久。

三纵八旅的前身有著名部队八路军第一二九师汪乃贵支队和一二九师特务团。而这两支部队分别起源于红四方面军的第四军第十师、红四方面军随营学校。而金寨县是红四方面军的主要发源地，这两支部队中不仅有在金寨成立红军队伍的成分，更有金寨籍的红军官兵。

汪乃贵支队的支队长汪乃贵，特务团团长皮定均就都是金寨人，皮定均的老家就在金家寨。

汪乃贵是金寨县南溪镇人，曾担任红四军第十师师长、八路军第一二九师七六九团副团长，是组建三纵八旅原始部队之一的八路军第一二九师独立游击支队支队长，堪称是三纵八旅部队的创始人之一。

汪乃贵1905年出生，1928年加入中国共产党，次年参加中国工农红军。汪乃贵非常勇敢，以打仗不怕死出名。徐向前还送给他一个外号"傻子连长"。

那是1932年7月，时任红七十三师第二一九团二营六连连长的汪乃贵，率部参加了围攻麻城的战斗。麻城城墙坚固，易守难攻，敌人防守非常严密。没想到，汪乃贵晚上带了一个排，从阴沟钻入城内，隐蔽地向城墙上的敌人开火。敌人混乱起来，胡乱还击，后竟然相互打了起来。直到拂晓，汪乃贵才带着队伍从阴沟安全返回。这次夜袭，给敌人很大杀伤。红四方面军总指挥徐向前半开玩笑地对汪乃贵说："你这个傻子连长，就不怕敌人消灭你们这个排吗？"从此，战友们笑称他"傻子连长"。

汪乃贵很早就是红军的高级将领。1933年开始，先后担任过红十师、红九十师、红八十九师师长。

抗日战争全面爆发后，由原红四军第十师扩编的红四军改编为八路军第一二九师三八五旅，汪乃贵任该旅第七六九团副团长。在1937年10月著名的夜袭阳明堡机场的战斗中，他不仅与团长陈锡联一起指挥，还亲自率领部队参加夜袭阳明堡战斗，取得了毁伤日军飞机24架的重大胜利。

1937年11月中旬，汪乃贵根据上级的指示，带第三营驻昔阳县以南第四区西庄。他

曾任八路军第一二九师特务团
团长的皮定均将军
（金寨县革命博物馆提供）

曾任八路军第一二九师汪乃贵支队
支队长的汪乃贵将军
（金寨县革命博物馆提供）

们经常出击扰乱昔阳的敌人，向群众宣传党的抗日政策，放手发动群众建立地方党组织和游击队。很快就在第四区建立了游击大队，第七连在榆次和太谷之间建立了独立营。1938年2月初，在一二九师

召开的团以上干部会上,汪乃贵汇报了建立政权,发展游击队的情况,受到了刘伯承师长的表扬。刘伯承还说:"看不出你粗中还有细哩!"随后,刘伯承等师领导到汪乃贵部巡视得知,地方武装已经发展到500余人,当即指示:"可以组织汪支队了"。不久,汪支队发展为两个大队和1个独立营,共1600余人,成立了晋中二分区十四团,汪乃贵任团长。这就是后来三纵八旅前身的重要组成部分。

汪乃贵后来离开了这支部队,他从1938年起任第三八五旅副旅长、新编十旅副旅长。1944年11月随八路军南下支队挺进湘粤边。后任湘鄂赣军区第四分区司令员、新四军第五师十三旅副旅长,参加开辟湘赣边抗日根据地和中原突围。1947年任华东野战军第十二纵队三十五旅旅长,后任赣东北军区副司令员。新中国成立后,曾任贵阳警备区司令员、公安第八师师长、贵州公安总队总队长、贵州省军区副司令员等职务。1955年被授予少将军衔,荣获一级八一勋章、一级独立自由勋章、一级解放勋章。1991年6月6日在武汉病逝。

三纵八旅后来发展成为中国人民解放军第十一军第三十二师,后改编为第十六集团军第四十八旅。为了不忘历史,他们称部队为"老八旅"。在这支部队军史馆里,就挂有汪乃贵、皮定均的照片。

曾任晋冀鲁豫野战军三纵八旅
旅长的马忠全将军
(金寨县革命博物馆提供)

正是由于金寨县与"老八旅"有这么深的情缘,所以中共金寨县委、县政府与"老八旅"结成了双拥共建对子,共同不忘辉煌历史,传承红色基因,共谱拥军优属、拥政爱民新篇章。

解放金家寨的三纵八旅的旅长马忠全、政治委员卢南樵、政治部副主任田维新,第二十二团团长涂学忠后来都成长为开国将军。第二十三团团长唐兴盛、第二十四团团长吴先洪都成长为开国大校。

马忠全后任皖西军区第二分区司令员、皖北独立师师长,中国人民解放军第十军三十师师长,参加了渡江、解放大西南战役。新中国成立后,兼任川南军区乐山军分区司令员、乐山行署专员;1952年7月,从军事学院毕业后,任中国人民解放军海军鱼雷艇学校校长。后任北海舰队副司令员、海军副司令员等职，为海军现代化建设做出了贡献。1955年，被授予海军少将军衔，荣膺二级八一勋章、二级独立自由勋章、一级解放勋章。1995年，马忠全在北京逝世。

卢南樵后任第二野战军十一军三十二师政治委员，野战军后勤部政治部副主任。新中国成立后，曾任解放军总后勤副政治委员、第二炮兵副政治委员，为人民军队后勤建设和战略导弹部队的建设做出了贡献。1955年，被授予少将军衔，获二级八一勋章、二级独立自由勋章、一级解放勋章、一级红星功勋荣誉章。2002年12月22日，卢楠樵在北京逝世。

旅政治部副主任田维新，时年31岁，山东省东阿县人，1937年参加鲁西北地区抗日部队。1939年加入中国共产党。曾任山西青年抗敌决死第三纵队游击支队政治处主任、太行军区第三军分区政治部组织科科长。解放战争时期，任晋冀鲁豫军区第三纵队八旅旅政治部副主任，第二野战军十一军三十二师政治部主任。新中国成立后，曾任解放军第十六军副政治委员，沈阳军区副政治委员，解放军总政治部副主任，1964年晋升为少将军衔。田维新于2002年8月2日在北京逝世。

第二十二团团长涂学忠，时年31岁，安徽省六安县人，1930年参加中国工农红军，1933年由中国共产主义青年团团员转入中国共产党。曾任红四军连指导员。参加了鄂豫皖、川陕苏区反"围剿"和长征。后任八路军一二九师连长，晋冀鲁豫野战军三纵八旅第二十二团团长，中国人民解放军第十一军第三十二师副师长。新中国成立后，参加抗美援朝作战。回国后，任

曾任晋冀鲁豫野战军三纵八旅政治委员的卢南樵将军

（中共金寨县委党史县志研究室提供）

曾任晋冀鲁豫野战军三纵八旅政治部副主任的田维新将军

（中共金寨县委党史县志研究室提供）

曾任晋冀鲁豫野战军三纵八旅
第二十二团团长的涂学忠将军
（中共金寨县委党史县志研究室提供）

曾任晋冀鲁豫野战军三纵八旅第
二十四团团长的吴先洪大校
（中共金寨县委党史县志研究室提供）

解放军第十六军四十八师师长、第十六军副军长。1955年被授予大校军衔，1964年晋升为少将军衔。荣获三级八一勋章、二级独立自由勋章、二级解放勋章。荣获朝鲜民主主义人民共和国二级自由独立勋章。1976年7月26日，涂学忠在石家庄逝世。

第二十三团团长唐兴盛，时年31岁，是四川阆中市人。他1933年8月参加了主要从金寨发源转战到川陕的红四方面军。曾任连指导员、营长、八路军总部特务团团长，晋冀鲁豫野战军三纵八旅第二十三团团长等职务。新中国成立后，曾任中国人民解放军二野第十一军补训师政委、酉阳军分区政委、四川省军区副司令员、成都军区后勤部顾问等职务。1955年，被授予大校军衔，荣获三级八一勋章、二级独立自由勋章、二级解放勋章。1999年10月1日，唐兴盛在成都逝世。

第三十四团团长吴先洪，时年31岁，河南省新县人，1930年2月参加红军，1932年加入中国共产党。曾任排长、连长、营政治教导员，参加了红四方面军长征。抗日战争全面爆发，曾任八路军一二九师教导团连指导员，三八五旅七六九团三营教导员。解放战争时期，曾任晋冀鲁豫野战军第三纵队八旅二十四团团长、安徽省六安军分区司令员。新中国成立后，曾任中国人民解放军第六十八师师长、炮兵科学技术研究院副院长、吉林省军区副司令员等职务。1955年9月，被授予大校军衔，荣获三级八一勋章、三级独立自由勋章、二级解放勋章。1982年，按正军职待遇离休。1994年8月25日，吴先洪在长春逝世。

三纵八旅解放金家寨后，于9月4日到达霍山，与同日不战而克霍山的三纵七旅会合。随即分兵而进。9月5日，岳西县县城解放。8日，唐兴盛率第二十三团解放舒城；11日，涂学忠率第二十二团解放桐城，16日解放潜山；14日，吴先洪率第二十四团解放庐江。

1947年9月16日，《人民日报》在头版报道了刘邓大军的胜利。标题是：刘邓大军长驱南进胜利到达大别山区连克立煌六安麻城八县城。

到9月29日，刘邓大军三纵及二纵五旅在皖西人民自卫军的配合下，不到一个月的时间，就攻占了六安、立煌、霍山、岳西、舒城、桐城、潜山、太湖、庐江等县城，还解放了广大的农村。刘邓大军其他部队也解放了鄂东、豫南的广大农村和部分城镇，威慑着合肥、武汉、南京，引起了蒋介石的恐慌，逐鹿中原，问鼎华夏之战拉开了战幕。

金寨县诞生于金家寨

在三纵八旅离开金家寨分赴皖西各地作战的同时，给金家寨留下了一批太行山地区的干部。

原来，为实现重建大别山根据地的艰巨任务，中共中央中原局在刘邓大军准备南下时，就从太行、太岳、冀南、冀鲁豫等解放区抽调了1200多名行政干部集中训练，组成代号为"天池部队"的干部队，作为解放大别山、建立地方政权的骨干，随军行动，开展地方工作。

在三纵八旅解放金家寨之前，中原局曾任命李友九、杜润生为立煌县委书记、县长。

李友九是福建厦门人，时年30岁。他1935年考入清华大学，参加了一二·九运动和"民先"组织。1936年6月加入中国共产党。曾任山西武乡县委书记，太行区第五地委副书记。他随刘邓大军南下准备担任立煌县委书记，因未跟随八旅解放金家寨而没有到任。

李友九后任鄂豫区第四地委书记，湖北黄冈地委书记兼军分区政委。新中国成立后，曾任中央农村工作部副秘书长、红旗杂志社常务编辑、广西壮族自治区党委书记处书记、甘肃省委书记处书记、农业部副部长等职务。2005年1月19日在北京逝世。虽然他没有到任，但他已经接到组织的任命，所以在他的任职简历中，就填写着曾任"中共金寨县委书记"。

杜润生是山西省太谷县人，时年34岁。他1932年10月参加共产党的外围群众组织抗日反帝同盟会和社会科学家联盟。1934年考入北平师范大学文史系，在一二·九运动中任学联代表。1936年夏加入中国共产党，任中华民族解放先锋队总队区队长和宣传部部长。后任中共太行山党委宣传科科长，太行山六分区专员，太行区党委城市部太原城委书记，太行行署副主任等职。他随刘邓大军司令部南下准备解放立煌后担任县长，因又担任中共中央中原局秘书长而没有到任。

新中国成立后，杜润生曾任中共中央中南局秘书长，中南局军政委员会土改委员会副主任，国务院农村办公室副主任，国家农业委员会副主任，中共中央农村政策研究室主任，国务院农村发展研究中心主任等职务，主持起草农村政策文件，特别是5个1号文件，对于家庭承包责任制在中国农村的推广和巩固发挥了重要作用。2015年10月9日，杜润生在北京逝世，享年102岁。在他的回忆录中，也提到了组织上决定他担任金寨县县长而未来得及到任一事。2005年8月4日，他在《人民日报》发表《实事求是的楷模》一文中回忆他随刘邓大军到金寨的情景：

"部队要机动作战，野司（晋冀鲁豫野战军司令部）要流动，刘、邓找我和孔祥桢谈话，给我们一个连（其实只有20多条枪），让我们蹲下来'扎根大别山'，发动群众搞土改。这时金寨内外环境非常险恶，外围有白崇禧20多万军队的包围，境内国民党的残余势力组织了地主武装'棒棒队'，打黑枪，我和孔祥桢骑的马也被打死了。后来，根据刘、邓指示，向河南汝南突围，从金寨的吴家店出发……我们顺利地突围了。"

2002年1月，时任金寨县梅山镇镇长的阎荣安应邀到北京参加农业部门举办的农村基层工作座谈会，有幸见到了杜润生。时年88岁的杜润生还饱含深情地向阎荣安谈起，组织上曾要他到金寨县当县长和在金寨工作的往事。

金家寨解放后，随三纵南下的部分太行干部，遵照中原局的指示，于9月4日组成了县委和县民主政府。白涛任县委书记兼县长，余光任县委副书记兼组织部部长，白鲁克任宣传部部长，张冀凯任公安局局长，黎平任政府秘书，辛子祥任财粮科科长。

白涛原名袁怀义，时年32岁，是河南省内乡县人。他1932年在北平读书时，就接受党组织教育，多次帮助党组织传递和隐藏秘密文件，积极参加学生运动，表达对国民党反动派和日本帝国主义的愤怒和抗争。1937年卢沟桥事变后，他参加了八路军决死队，由于对敌斗争坚决，年底光荣地加入了中国共产党。曾担任过辉县、林县等县委书记。刘邓大军挺进大别山，白涛随三纵八旅南下，参加了解放金家寨的战斗。

金家寨虽然解放了，但当地的居民大多逃走，所剩无几。八旅留下的干部战士大力宣传："我们是当年的红军！""我们是共产党领导的队伍，我们是工农子弟兵！""当年的红军回来了！"群众听后，欢欣鼓舞，纷纷返回。他们向干部战士介绍红四方面军离开金家寨后，这里建立煌县的来历，讲述当年这里红军攻打金家寨的情景，询问自己当红军的亲人情况，诉说国民党迫害红军家属和残酷统治的苦难。军民一起亲切交谈，如同亲人久别重逢。

就在白涛组建县委、县政府的当天，中原局指示随二纵南下的一批冀南干部从潢川经商城、汤家汇到达金家寨。太行、冀南的南下干部见面后，格外亲切，各自畅谈南下沿途的见闻和体会，共表创建大别山根据地的决心。

5日上午，白涛在金家寨中山纪念堂前广场召开群众大会，宣布县政府成立。同时，将李宣押来受审。先由当地群众控诉，接着进行宣判。李宣的罪行主要有4项：一是厉行征兵；二是滥索壮丁安家费；三是在任第二十一集团军情报科长时伤害共产党员30余人；四是坚持反动到底。李宣在公判后，被押德邻图书馆前执行枪决。

人民群众欢欣鼓舞，欢呼声、口号声响彻山城。

刘邓大军挺进大别山，中原局决定成立鄂豫、皖西两个区党委和军区，立煌县划归鄂豫区一地委管辖，鄂豫一地委书记兼军分区第一政委刘毅，专员贝仲选。

9月6日，鄂豫区一地委书记刘毅一行到达金家寨，召开县团以上干部会议，传达刘邓首长和鄂豫区党委、军区首长的指示，并宣布：决定第二纵队五旅留在一地委，雷绍康任一分区司令员，寇庆延任分区第二政治委员，陈中民任副司令员，李飞任政治部主任，贝仲选任一专署专员。并指出：立煌县是大别山的腹心地区，原是老苏区，群众基础好，决定将第二纵队后方机关设在这里，定为地委的重点县。冀南干部队大部分留着这里，抽一部分到固始、霍邱、霍固3县随军开展工作。由于立煌山高林密，地区辽阔，为了迅速铺开摊子，作为后方依托，第二纵队决定将教导团放到东部和北部，将后勤部监护营放在西部，将二纵政治部和五旅抽调一部干部，放在西南部，从太行南下干部队抽出一部分干部放在吴家店区。将在立煌开辟工作的部队和干部共3000余人，分设11个区开展工作。

刘毅最后宣布县委会由15位同志组成，任命张延积任县委书记，白涛任县委副书记兼县长，张建三任组织部长，王相卿任副县长，王坚任公安局长，张文甫任工商科长，黎平任县政府秘书，辛子祥任财粮科长。

这是一次非常重要的会议。刘邓大军第二纵队又进驻了立煌，金家寨是二纵后方机关所在地。

第二纵队的领导人除副政治委员钟汉华、参谋长王蕴瑞外，司令员陈再道是湖北省麻城市人，政治委员范朝利是河南省新县人，二纵五旅旅长兼一分区司令员雷绍康是湖北省大悟县人，五旅政治委员兼一分区第二政治委员寇庆延是河南新县人，都曾参加鄂豫皖革命根据地的创建，他们当年当红军时就曾在金家寨及皖西地区转战，对这里的历史情况比较熟悉。

曾任晋冀鲁豫野战军第二纵队司令
员的陈再道将军

（中共金寨县委党史县志研究室提供）

曾任晋冀鲁豫野战军第二纵队政治
委员的范朝利将军

（中共金寨县委党史县志研究室提供）

中共金寨县委书记张延积

（金寨县革命博物馆提供）

张延积是山东省肥城县人，时年26岁，1927年参加革命工作，1938年加入中国共产党。曾任山东西区人民抗日救亡自卫团政治处青年科长、八路军山东纵队六支队政治部青年科科长、冀南区党委第七地委民运部部长。1947年刘邓大军挺进大别山，任冀南区党委南下干部大队副政委。

新的县委、政府成立后，百废待兴，非常繁忙。县委书记张延积与白涛等就安定民心、选派干部、建立基层政权等等问题反复商量，准备写个布告，宣传一下民主政府的政策，并认为立煌县名原是国民党蒋介石为表彰剿共将领卫立煌所命名的，现立煌县已经是人民当家做主，县名应当更改。商定将

"立煌"改为"金寨"。

9月上旬，在县委第十次会议上，做出了3条决议：

第一，要更改县名，出安民告示。经县委研究，将立煌县改名为金寨县，立即上报地委、中原局批准。

第二，建立区级党、政领导机构，任命区委会、区政府主要领导成员，每区设工作队30~40人，人人配备长短枪，既是工作队，又是战斗队；既能做群众工作，又能打击敌人。

第三，进行广泛宣传，组织政治攻势。向人民群众进行形势教育，宣传蒋军必败，我军必胜的道理，宣传党的各项方针政策，号召国民党乡保人员走悔过自新、坦白从宽的道路。

很快，县委要求更改县名的请求得到上级同意，白涛县长当即亲自撰文，用通俗易懂的五言诗句，以流利的书法，挥笔写下了十几张《金寨县民主政府布告》，张贴全县重要集镇。布告开头几句为：

查我金家寨，大别山中心，

革命根据地，中外有威名。

立煌本国贼，不应留臭名，

改名金寨县，历史面目真。

……

从此，金家寨以"金寨"成为县名，金寨县以新命名载入史册。张延积是中共金寨县委的第一任书记，白涛是金寨县的第一任县长。

风云变幻的金家寨

金家寨解放后，周边的敌人并未全部消灭，他们拼命组织反扑，金家寨是敌人要夺回的重要城镇。因此，从1947年9月到1949年9月两年间，国共双方反复争夺，金家寨几易其手，风云变幻，饱受战争的摧残。

当年红军回金家寨

刘邓大军挺进大别山，要立足扎根必须依靠群众。当时对群众宣传的一个重要内容，就是"当年的红军又回来了"。事实也确实如此，不仅刘邓大军发源于大别山，同时，刘邓大军到大别山发扬红军的光荣传统，使这里的人民深切感受到刘邓大军就是当年的红军，就是当年的红军回来了。另外，刘邓大军中的很多干部就是当年出生在大别山的红军战士。

当年参加解放金家寨的刘邓大军三纵八旅第二十三团的班长王先增2018年回忆：

当时的金家寨规模不大。史河上架着木头桥，河床上有木桩做的支架，支架上铺着木板。金家寨的风光很美，山清水秀。金家寨刚解放时，因对解放军不了解，很多群众都躲到山林里不敢回来。街上碰到的一些老年人，见到当兵的就低头让路。我们就主动和他们打招呼，说我们是共产党的队伍，就是当年从这里走出去的红军，现在又打回来了，是当年的红军又回来了。这些老年人听后，开始将信将疑，接着一交谈，说到红四方面军、徐向前，说到三纵副司令员曾绍山是金寨人，他们相信了，马上就和我们亲热起来，向我们介绍红军走后这里遭受敌人的残酷折磨的痛苦，介绍立煌县的来历，打听当年在红军队伍的亲人。很快，"当年的红军回来了"传遍了山乡，金家寨的群众都回来了。

晋冀鲁豫野战军三纵八旅第二十三团班长王先增
（王先增提供）

我们部队进入大别山后，对纪律要求非常严格。后来直接明确枪击老百姓者，死刑！抢夺老百姓财物者，死刑！奸污妇女者，死刑！我们在前往攻打金家寨的路途中休息时，发现路边水塘里有很多鱼，这肯定不是穷人家的，就设法抓了一些。正好被政治部主任路过看到，他命令马上让全部放掉，一条也不许留。到金家寨后，部队找群众买粮食，公平买卖，不占群众一点便宜。住在群众家，马上挑水、打扫卫生，帮助做事情，说话和气，尊重老人、妇女，爱护孩子。群众对我们也很热情，尽量给我们提供方便。我们北方人，到这里吃不惯大米，就用大米换群众的面。这里主要产大米，小麦很少，群众家的面也不多，但他们尽量都换给我们。我们考虑到群众过年要挂挂面，就坚决让他们留一些面。群众称赞我们，就是当年的红军。让我们品尝到这里的特产，板栗、竹笋和茶叶。当时正是板栗成熟的季节，北方没有板栗，以前没有吃过。

曾任金寨县大队副大队长的张泰升
（中共金寨县委党史县志研究室提供）

当时的金家寨，又呈现出当年红军与群众的军民鱼水情。

另外，回到金家寨任职的干部中就有金寨籍的老红军。他们与群众一见面，最有说服力和号召力。

如金寨籍老红军张泰升就是其中的一位，他曾回忆当年回金寨的情景。

中共金寨县委、县政府成立后，为扩大根据地的武装力量，积极发展县区地方武装组织。以支援地方工作的二纵后勤部监护营为骨干，组建了金寨县大队，白涛兼大队长，张延积兼政委，张泰升任副大队长，车盛珠为副政委，全队共500多人。各区以南下干部为基础，吸收青壮年积极分子，建立区游击武装，一个月内，各区都建立了50~100人的游击队，全县地方武装发展到1000多人。

副大队长张泰升是金寨县南溪人，时年29岁，是一个从小就参加革命的老红军。

1929年金寨境内立夏节起义之后，张泰升才11岁就参加了儿童团。

1931年5月，皖西北特区苏维埃银行成立后，13岁的张泰升随老师廖静民一起离家，来到麻埠的皖西北特区苏维埃银行财务科当上了一名勤务员，科长就是廖静民。

1932年9月，红四方面军第四次反"围剿"失利，张泰升和银行机关人员一起随红四方面军转移，成为红四方面军总部后勤部的一名小战士，参加了川陕革命根据地创建和红四方面军长征。

1936年11月，红四方面军根据中共中央和中央军委的决定，组成西路军，张泰升在西路军总部供给部当战士。西路军在河西走廊与国民党马步芳、马鸿逵的"马家军"作战，十分惨烈，总供给部在战斗中被打散，张泰升后到李先念任政治委员的红三十军军部警卫班当战士，负责李先念政委的保卫工作。西路军征战终归失败，张泰升随李先念率领的左支队，历尽艰辛，于1937年5月转移到了新疆迪化（今乌鲁木齐）。经中共中央驻新疆代表陈云与新疆督办盛世才交涉，决定将进入到迪化的红军部队组建一支学员总队，对外称"新兵营"，学习特种兵技术。张泰升学习的是炮兵。他学习刻苦，成绩优异，毕业时受到奖励，奖品是一块手表。

1940年5月，张泰升等回到延安，他被分配到八路军第一二九师总部炮兵团三营九连当排长，参加了百团大战等战役战斗，在太行山与日军展开英勇的斗争，直至抗日战争胜利。

解放战争爆发后，张泰升成为晋冀鲁豫野战军第二纵队炮兵营副营长，随着刘邓大军挺进大别山回到了自己的家乡。

考虑到山地作战的需要，张泰升根据上级命令，指挥战士们将大炮全部埋进了大山中。

张泰升后来在他的回忆录中回忆他当时顺便回家看看的难忘情景。

张泰升越走离家越近，再往前走，就是张泰升小时候经常玩耍嬉戏的挥旗山和老虎山了。"终于回家了！"离家乡越近，骑在马背上的张泰升心里就越不是滋味——是啊，自己打小离家，掐指一算，已经有整整17个年头了。家中的亲人们，你们可都安康？

行至南塘村头，张泰升按照习俗下了马，牵着缰绳步行走进了村，只见家家户户门窗紧闭，村子里也见不到一个人。这是怎么一回事呢？后来张泰升才知道：原来，见村头来了这么多的军队，不少村民还误以为又是国民党军来抓壮丁了，都纷纷躲藏了起来。

张泰升凭着记忆找到了自己的家，家还在原先的地方，甚至连房门前的老树也依然挺立着。他悄然走近家门，轻轻地拍了拍房门，问："老乡，请问这户人家是不是姓张啊？"这时，一位面色惊慌的老农，从房中走了出来，他看着眼前这位牵马的"大官"，点了点头说："这户就姓张，'老总'要找谁呀？"

看见这位老农，张泰升的眼睛一下子就潮湿了，他一把抓住老农的手，激动地说："爸，是我，我是泰升啊！"可他的父亲张少勋此刻却迟疑着，半天也不敢说一句话，良久，他才怯怯地问："'老总'，你说你是泰升，我可不敢认呐！如果你真是泰升，那你说说看，你的小名叫什么？"看来，历经17年战火洗礼的张泰升，外表上确实发生了很大的变化，就是自己的亲人，也是相见不相识了。张泰升听罢，赶忙说出自己的小名："爸，我就是当年的'发子'啊！"说话时，他的声音不住地颤抖着。

父子俩人的谈话，把张泰升的小弟从屋内吸引了出来。见门外的"老总"自称是自己的哥哥，小弟便说："我哥哥小时候曾经被马蜂叮过，左腿上有一块疤，你如果真是我哥哥，就把腿伸出来让我们看看。"张泰升连忙把左腿伸了出来，父亲和弟弟瞅见了那块伤疤，3个人当即抱成一团，放声痛哭。

村里的乡亲纷纷走出了家门，张泰升站在高地上，大声地对群众说："乡亲们，我们就是当年的工农红军，大家不要怕，南塘已经解放了！"

进入大别山后，部队首长考虑到张泰升是当地人，有利于开展地方工作，便将他从二纵炮兵营调入金寨县武装大队担任副大队长。

回金寨任职的不止张泰升一人。张泰升回来工作不久，金寨籍的老红军林木森担任了金寨县的县长。

还有一些在刘邓大军部队担任指挥员的金寨籍红军到金家寨附近执行任务。

如1947年11月中旬，县委得知二纵四旅牵制敌人一个师将从金寨东部到商城。县委书记张延积连夜赶到金家寨边四旅的旅部，见到了副旅长吴诚忠。

吴诚忠时年36岁，是金寨县南溪人，与张泰升是同乡。他很早就参加革命，在红军时期就是师级干部。

曾任晋冀鲁豫野战军二纵四旅
副旅长的吴诚忠将军
（金寨县革命博物馆提供）

吴诚忠1929年参加中国工农红军，1930年加入中国共产党。曾任红四方面军通信队排长、团政治委员、副师长，第九军二十五师政治委员。参加了鄂豫皖革命根据地、川陕革命根据地的创建和红四方面军长征。抗日战争全面爆发后，曾任八路军一二九师三八六旅七七一团团长、鄂东军区第一军分区司令员。解放战争时期，任新四军第五师警卫团政治委员，中原鄂东军区独二旅旅长。1936年6月中原突围时，奉命率一个团活动于黄（梅）、广（济）、浠（水）地区，钳制敌军8个师于鄂东地带，受到中央分局首长高度赞扬。9月上旬，吴诚忠部在英山遭国民党军前后夹击，部队被冲散。吴诚忠带领100多人，昼伏夜行，因遭敌不断袭击，他未能跟上队伍，只身回老家隐蔽，后化装转移到华北解放区。1947年8月调任晋冀鲁豫野战军第二纵队四旅副旅长，1948年1月任四旅旅长。新中国成立后，吴诚忠曾任河南省军区后勤部政委、武汉军区后勤部政委等职务，1955年被授予少将军衔。1968年10月病逝于北京。

四旅中还有金寨籍的干部，如第十一团团长罗崇富，是斑竹园镇人，也是一位参加革命很早的老红军。

罗崇富1914年出生，1931年10月参加中国工农红军，1933年4月加入中国共产党。曾任红四方面军战士、班长、连长。参加了鄂豫皖革命根据地的反"围剿"斗争、川陕革命根据地创建和红四方面军长征。全面抗日战争时期，曾任八路军第一二九师随营学校连长、太行先遣支队营长、副团长、滏西支队副支队长。解放战争时期，曾任晋冀鲁豫野战军第二纵队第四旅十一团团长、副旅长。新中国成立后，曾任中国人民解放军铁道兵第六师师长、西南铁路建设工地指挥部副参谋长。他1960年晋升为大校军衔，后享受正军职待遇。1984年逝世。

吴诚忠对金寨的情况非常熟悉。他告诉张延积，距四旅15里以东的地方，有敌人的一个师在尾追，四旅牵着敌人往商城走，县里立即通知沿途各区，待机袭击敌人。

张延积立即将敌情通报给各区，然后找熟悉当地地形的县大队副大队长张泰升商量袭击敌人。决定就在通往商城的要道，张泰升的老家南石塘设伏。第二天，张延积和张泰升带领县大队隐藏在南石塘的山上，观察敌情。到了傍晚，敌五十八师的运输队通过时，县大队出其不意地猛冲敌人，敌人措手不及，慌忙逃窜，截获了50担大米，俘虏了12名士兵。50名挑夫和俘虏每人发点路费让其回家，其中有4名俘虏经教育参加了县大队。这50担粮食解决了当时的粮食困难。

还有一些在红军时期就参加革命，因各种原因留在金寨的老红军战士又重新出来参加革命工作。

中共金寨县委、县人民政府在金家寨成立后，面临的首要任务就是要建立基层革命政权，站稳脚跟，为此，迅速任命了9个区级党政机构和各级政权负责人。

城关区委书记宋振川，区长吴允道；

麻埠区委书记李晓明，区长杨华民；

流波䃥区委书记李力员，区长宋合义；

胡店区委书记郭化南，区长王中原；

汤家汇区委书记王润泽，区长李中元；

李集区委书记李建业，区长郭聚典；

吴家店区委书记卫民，区长翟保银；

漆店区委书记江川，区长孔照亮；

关王庙区委书记周荣家，区长高峰。

各区委书记均为县委委员。

各区负责人多为随军南下干部担任，少数为部队干部和长期坚持本地斗争的老党员、老基层干部。如汤家汇区长李中元就是原中共立煌县委书记，县城所在地金家寨城关区的游击队队长袁化民是红军时期的老党员，抗日战争时期，

1940年5月，中共立煌中心县委撤离后，他和李中元等重建了中共立煌县委，坚持斗争。

金寨县委、县政府派出的广大干部发扬艰苦奋斗、密切联系群众的优良传统，起早摸黑，翻山越岭向群众宣传形势和党的政策，最能打动人心，消除隔阂的就是让群众知道到这里的解放军就是当年从这里走出的红四方面军、红二十五军，是"当年的红军又回来了"。特别是贫下中农和红军烈军属，主动向干部介绍当地情况，主动要求当向导带领部队清剿残匪。不少青壮年要求参军或出来工作。顿时，金寨县境内革命热情高涨，人民欢欣鼓舞，并积极开展拥军，支援部队作战，仿佛又回到了当年苏区的情景。

由于金寨境内的形势比较稳定，刘邓大军二纵的很多后勤机关也设在金寨境内。在泗道河、汤家汇有二纵的野战医院，住有南下作战负伤的重伤员600多人，加上担架队、运输队、警卫连、看护排和医务人员共1300多人；在关王庙、七里冲设有枪械修理所；在吴家店太平山的华家湾、汪家湾、铁棚岗、周家湾、潘家湾等处设有被服厂。金寨又成了二纵的作战保障基地。

驻双河一带的二纵教导团，生活困难，人民群众踊跃献粮捐款，帮助做棉衣、做鞋，仅铁冲乡高畈村群众，就捐献大米7007斤，稻谷1512斤，柴火2490斤，棉衣16件，鞋子49双。

丁埠村贫农团发动群众150多人，为驻军送去大米2000多斤，蔬菜3000多斤，柴火4000多斤。

部队行军作战需要穿鞋，许多老百姓就把自己的旧衣服剪成布条，做成布草鞋送给部队。

设在南溪的二纵野战医院，一无病房，二无粮食，600多名伤病员全部安置在泗道河、汤家汇、竹畈、双石一带群众家里。为了使伤病员早日恢复健康，人民群众自己忍饥挨饿，把粮食节省给伤病员吃，喂汤熬药，日夜护理。

二纵教导团一名班长王友芳，因战斗颈部受重伤，安置在金家寨边的董家湾傅家荣老大娘家养伤。傅老大娘和儿子董国章天天为他转移躲藏地点，一日三餐喂水喂饭，像亲人一样调养。董家湾20多户70多名男女老少都视王友芳为亲人，经常不断地给他送吃送喝，帮助掩护转移。经过近4个月的精心护理，王友芳的伤口痊愈，回到了部队。解放后，王友芳为报答老根据地人民的恩情，多次写信感谢董家湾人民群众和傅老大娘一家，称傅家荣老大娘为母亲，表示终生不忘。

刘邓大军挺进大别山后，控制了鄂豫区的大部分山区。敌人正规军虽然几次向鄂豫区的腹地进行反扑，但怕刘邓主力部队包围歼灭而不敢久留。

县城金家寨生产生活秩序恢复正常，农村清匪反霸、土地改革迅速进行，全境基本为革命政权控制。有500多名当地青壮年脱产参加工作，为县区武装和领导机关增添了新的血液。

中原局为加强金寨东部的武装力量，命第二纵队教导团到金寨县配合地方政权开辟金寨东部地区工作。9月上旬，由团长朱家凯、政治委员韩正夫、副团长张绍基率领教导团第一、五、六、十等4个中队共500余人，从商城经飞旗山到达金家寨的古碑冲，会同部分南下干部成立了属中共金寨县委领导的中共金东工委和军事指挥部。韩正夫任工委书记，李晓明任副书记；朱家凯任军事指挥部指挥长，张绍基任副指挥长。指挥部设在流波䃥。一中队活动在胡店、双河一带；五中队活动在流波䃥、燕子河一带；六中队活动在麻埠、油坊店一带；十中队活动在前后畈一带。

1947年11月上旬，中共鄂豫区党委书记兼鄂豫军区政治委员段君毅，鄂豫军区司令员王树声、副司令员郭天民等到金寨南部吴家店一带活动。段君毅写了一封长信给金寨县委，信中指示，我军进入大别山后，打乱了蒋介石的整个内战计划，出现了全国性胜利的局面。敌人为摆脱其被动局面，急忙调集20多个师准备进攻大别山区，要求县委好做好备战工作，依靠群众，坚持斗争。县委立即召开会议进行部署，革命斗争又面临着新的严峻考验。

敌我争夺金家寨

1947年11月下旬，中共鄂豫一地委为适应形势发展的需要，加强对金寨地区的领导，决定将金寨县一分为三，把金寨东部地区燕子河、流波䃥一带划出，组建金东县，白涛任县委书记兼县长，后由毕仪斌任县长，下辖流波䃥、燕子河、马畈、前后畈4个区。以二纵教导团第五、六、十中队和五旅十四团的一个连共600多人，组成金东县武装集团，张绍基任指挥长，白涛兼政治委员。将金寨北部地区麻埠、船板冲、双河一带划出，组建金北工委和金北办事处，工委书记李晓明，主任孙荣章，并以教导团第一中队组成金北指挥部，黄耀华任指挥长，李晓明兼政治委员。这时金寨县尚有漆店、关王庙、吴家店、李集、汤家汇、南溪、城关7个区。县委书记张延积，副书记张建三，县长王相卿（后卫民）。县大队改为独立团，团长李华珍，张延积兼政治委员，高峰任副政治委员，政治部主任车盛珠，参谋长张泰升。新划出的金东县和金北工委均属鄂豫一地委管辖。

王相卿时年32岁，是山东省馆陶县（今属河北省）人。1938年5月任馆陶县动员委员会干事，7月加入中国共产党。后任县抗战动员委员会科长、第三区区长、县抗日政府秘书。1943年后，曾任永智县抗日政府县长、冠县人民政府代理县长。1947年8月随刘邓大军南下，9月任金寨县委常委、副县长。

此时，金寨县的县城金家寨，不再像原来处于原金寨县的中心位置，而是处于现金寨县的边缘地带了。而这时的金寨县的面积也是最小的。

可是，金家寨原是国民党立煌县的县城，国民党并没有放弃。金家寨，处于国民党军队和共产党军队反复争夺之中。

刘邓大军在大别山取得立足生根的重大胜利，使国民党蒋介石极为惊慌。蒋介石深知"得大别山者得中原，得中原者得天下"的道理，为实现其坚守中原、经营华南的目的，于1947年11月下旬成立国防部九江指挥部，由其国防部部长白崇禧统一掌管豫、皖、鄂、湘、赣5省军政大权，并集中14个整编师33个旅的优势兵力对大别山展开全面围攻。其中，第七、二十五、四十六、五十八、八十八等师围攻皖西解放区。其方法是：军事上以大部分寻找刘邓主力作战，分进合击，其余分散"清剿"、互相衔接，全力"扫荡"；政治上加强反动统治，在各县设立"戡乱委员会"，恢复联保制度，颁布"十杀"条令，发展特务组织，扩充、收罗土顽匪霸武装，诱逼群众自首，发展"三网"（谍报网、碉堡网、公路网），实行"三光"（杀光、烧光、抢光）政策，到处抓壮丁、抢粮，捕杀地方革命干部，并在经济上严密封锁，实行移民并村，制造无人区，企图彻底摧毁解放区军民的生存条件。而此时，刘邓大军因连续作战，总兵力已降至9万余人，而且普遍缺乏粮食、弹药。因此，在反围攻中，皖西解放区经受了极为严峻的考验，各地普遍遭到国民党军队的蹂躏，解放区大多成为游击区。

1947年11月下旬，国民党军第一三八旅一个团进犯金家寨。中共金寨县委、县政府撤退到了南石塘。金家寨又落敌手。

12月2日，敌第四十八师驻金家寨。12月上旬，敌四十八师从金家寨出动一个团2000多人，奔袭设于南溪的二纵后方医院，由于当时情报工作做得不好，敌人到村边才发现。医院警卫连孙连长是战斗经验丰富的老红军，他立即集合队伍抢占有利地形，亲自用轻机枪向敌人打了几梭子子弹，敌人一下摸不清我方底细，停止进攻两个多小时，医院迅速将200多名伤病员转移至后山密林。敌人一无所获，空手而归。

12月18日，刘邓大军第二纵队组织反攻，再克金家寨。

随后，敌四十八师组织兵力万余人进行反扑，金家寨又被敌人占领。

此时，中共金寨县委、县政府转移到南溪的余富山。

邓小平、李先念在金寨

就在12月31日，金寨县委书记张延积和县长王相卿、副书记张建三经历了终生难忘的一件事，就是见到了中原军区的政治委员邓小平、副司令员李先念和参谋长李达。

1947年12月上旬，为适应反围攻斗争的需要，中原局和晋冀鲁豫野战军司令部机关分成前后两个指挥所。刘伯承司令员、张际春副政委率后方指挥所随第一纵队北移到淮西地区，外线牵制敌人；邓小平政委、李先念副司令员和李达参谋长率前方指挥所留在大别山指挥反围攻作战。在反围攻的紧张时刻，邓小平、李先念、李达率前方指挥所，在鄂豫区委书记段君毅的陪同下，于12月下旬两次来到金寨境内视察。31日上午，在沙河下楼房周宅听取了漆店区委书记兼工作队长的第二纵队民运部副部长江川的工作汇报，并通知金寨县委的同志去汇报工作。

刘邓大军前线指挥所旧址——金寨县沙河下楼房

张延积在他的回忆录中记述了这个珍贵的历史时刻：

1947年12月31日上午，我们正在研究如何深入开展剿匪反霸、土地改革、扩大武装、支援前线以及庆祝元旦活动等工作，忽然接到二纵政治部民运部长、漆店区委书记江川同志的来信，说大军区首长来了，叫我们县委负责人接信后立即前往漆店区下楼房向首长汇报工作。读过来信，心情激动，不禁想起自9月2日解放金寨县后转眼快4个月了。我们开辟解放区工作虽然取得一些成绩，但在敌人正规军的几次进攻和国民党反动地方武装骚扰下也受了一些损失，牺牲了一些同志。这些情况，亟待向首长汇报；对于大别山区的斗争如

445

曾任晋冀鲁豫野战军政治
委员的邓小平

（金寨县革命博物馆提供）

曾任晋冀鲁豫野战军参谋长的
李达将军

（金寨县革命博物馆提供）

何坚持、土地改革中的一些具体政策如何贯彻执行等一系列问题，也迫切渴望得到上级的指示。

吃过中饭，我就和县长王相卿、县委副书记张健三等同志跟送信来的同志出发，下了余富山，穿过道路崎岖的七里冲，直奔漆店下楼房。太阳快要落山时就赶到了楼房村。我们看到不少解放军同志，有的帮群众打柴，有的帮群众锄麦子，有的在和群众拉家常。一眼看去，就知道这是跟随首长来的正规部队。又走了三四里路，带路的同志指着背山面河的小湾子里三间房子，说："首长就住在那里。"刚走进湾子里，迎面来了一位四十岁上下、身材魁梧、穿一身有些油腻的灰土布军衣的同志。开始我以为他可能是管理员，是料理首长生活的。经过询问，才知他就是李达参谋长。

李参谋长待人和气，平易近人，问我们走了多远路，累不累，山路走得来走不来。

我们说，只有四十多里路，爬山爬惯了，不太累。"邓政委、李副司令、鄂豫区党委书记段君毅都来了，在屋里等你们汇报工作。"李参谋长说着便进了屋。屋子矮，窗子小，虽已点燃两支松油柴，但光线仍然很昏暗。这时，见一位同志正在调整收音机频率，其他几位同志正围着一摊松枝火坐着。开会的人已经到了不少。我认识段君毅同志，就走上前和他握手，并向他介绍了王相卿、张健三同志。

段君毅同志轻声地说："你们来得好，先坐下，听新华社重要广播，听完后再汇报工作。"

我早就听说，党中央在太行山设立了新华社广播电台，但真正听到新华社广播这还是第一次。我和王相卿、张健三很新奇地听广播。两分钟后，广播报告说："现在，播送毛泽东同志关于《目前形势和我们的任务》的报告。"

"中国人民解放军已经在中国这一块土地上扭转了美帝国主义及其走狗蒋介石匪帮的反革命车轮，使之走向覆灭的道路，推进了自己的革命车轮，使之走向胜利的道路。这是一个历史的转折点。……"

过了约一个小时，广播结束了。只见那位调整收音机频率的同志精神焕发地说："好，新华社广播的毛泽东同志的重要报告，大家都听清了吧？我们中国人民解放战争已经达到了一个新的转折点，我们已由战略防御转入战略进攻了。只要我们努力奋斗，黑暗即将过去，曙光就在前面，革命的胜利就会很快到来。"

在座的同志神情都非常好，议论着报告中的每一句话的意义和分量，沉浸在喜悦之中。

这时，段君毅同志站起来一一作介绍。他首先把我们介绍给那位调整收音机频率的首长，原来他就是中原野战军政委邓小平同志。接着，介绍了李先念副司令员。当时我感到，能见到邓政委和曾长期领导大别山地区革命斗争的李先念副司令员，真是幸福。

我细细端详着几位首长，他们穿的是很单薄的灰土布棉衣，面庞都很消瘦。我想，首长们太辛苦了，工作太劳累了。由此联想到江川同志信中告诉我不要给首长送礼物的话，心想，他们是艰苦奋斗的带头人。

小平同志看到大家神情有些拘谨，亲切地说："找你们谈谈工作情况，不要拘束。做了什么工作，就谈什么。"

李先念副司令员一边用树枝拨着冒青烟的火堆，一边说："你们做了很多工作，随便谈谈。有什么问题，也可以提出来研究。"

我首先汇报了工作队进大别山4个月来发动群众、剿匪反霸、土地改革、扩大县区武装等工作。首长们听得很认真，不时提出问题。

小平同志问我："干部和群众的情绪怎么样？"

"干部情绪很高，对坚持大别山斗争很有信心。除工作外，还帮助群众搞生产，给红军家属打柴、挑水，群众很拥护我们，说我们就像当年的红军。"我回答说。

小平同志点头表示满意。

我接着汇报说："金寨县地区辽阔，山大林密，是红四方面军和红二十五军、二十八军的发源地之一，烈、军属多，群众基础好，对创建解放区非常有利。"

小平同志告诉我们："那好嘛！你们要充分利用这里的有利条件，坚持大别山的斗争。你们听，刚才的报告讲得多清楚。党中央和毛泽东同志命令我们千里挺进大别山，就是由战略防御转为战略进攻，把战争打到国民党统治区域内，在外线更多更快地消灭敌人有生力量，取得战争的主动权。这是一个重大的战略决策。广大指战员和地方干部，都要认清我们坚持大别山斗争的伟大意义和光荣职责。"

我汇报说："同志们对坚持和建设大别山根据地的积极性很高，自9月初解放金寨县以来，已在11个区建立了区、乡政权。"

"没有政权不行。有了政权，才能团结群众，打击敌人。"小平同志表示赞同。

接着，李先念副司令员说："你们在大别山建立政权，要注意一个问题，这里是老苏区，多次拉锯，情况比较复杂。有许多老同志和革命家属，要注意团结他们，发挥他们的作用。也有少数不坚定的人，为敌人利用了，要注意，不要上当。"

我说："我们吸收了不少地方干部，其中大部分是红军家属，有的已当了我们的区干部了。"并讲了我在一次突围时，一位烈属家为了掩护我而被国民党烧了房子的情景。

曾任晋冀鲁豫野战军副司令员的李先念

（金寨县革命博物馆提供）

小平同志说："老苏区群众觉悟高。看来，你们已在群众中扎下根了。"

李副司令员说："苏区群众对革命战士有感情，地熟人熟，只要选拔得当，是一支骨干力量。"

小平同志又说："你们一定要把贫农团建设好。你们刚才听到没有，毛泽东同志讲：贫农团应当成为一切农村斗争的领导骨干。你们只有掌握了这支骨干队伍，才能把其他革命阶层团结起来，各项工作才能全面开展起来。"

我汇报说："各乡、村都建立了贫雇农组织，但没有充分发挥作用，特别是村里活动，以农会出面的多。我们以后注意这个问题。"

李副司令员问我们工作还有什么问题。

我说："在解放金寨后，二纵和一地委派出大批部队和干部来帮助建立区、乡政权，做了很多工作。但由于大家来自各个方面，组织还不够统一。"

小平同志很严肃地说："县委是全县党的领导核心，应当有魄力统一组织各方面的力量，搞好工作，坚决不允许有各自为政的现象。在当前斗争比较复杂的情况下，同志们务必要注意这个问题，这是你们能否坚持大别山斗争的根本问题。"

我和王相卿、张健三都一致表示：在县委的统一领导下，我们一定加强革命团结，搞好各方面工作，坚守大别山，迎接全国革命斗争胜利。

最后，首长们再三强调：要组织全县广大干部、战士，认真学习《目前形势和我们的任务》；学习重新颁布的《三大纪律、八项注意》；建设好贫农团，充分发挥贫雇农组织的作用；搞好土地改革，加强区、乡政权建设。

会议结束时，已是深夜时分。首长们再三挽留我们住下，第二天再走。但我们都急于回去传达党的指示，部署工作，便星夜返回县委会。

回到余富山，已是次日拂晓。当天就是1948年元旦。我们召开了县委会，传达了《目前形势和我们的任务》的报告精神和首长们的教导。听了传达，大家感到这是坚持大别山斗争的一场及时雨，一致表示：决不辜负党的期望，坚决执行党的指示，坚持大别山的斗争。

1948年的元旦，邓小平在敌人重点围攻，十分危机困难的情况下，组织了机关团拜，并检阅了警卫部队。战士们提前连夜剃头刮脸，把破烂的军装缝补得整整齐齐，成营横队排列在山脚的田埂上。天还没大亮，邓小平、李先念、李达等领导同志向警卫部队走来。邓小平用洪亮的声音向大家拜年，鼓舞大家坚定胜利信心，克服困难，紧紧地把敌人拖住，坚持到最后胜利。并指出，频繁的战斗，恶劣的环境，残酷的斗争，对我广大军民是一次最大的磨炼。

邓小平在此期间得知商城民团抢走了群众的一条耕牛，解放军赶跑了民团，把牛也牵走了。邓小平立即让部队查找，牛找到后，又督促部队迅速送还老乡，并道了歉，老乡十分感动，在当地传为佳话。

1948年春汛，李先念副司令员在大埠口过河时，一个农民主动跑过来，硬是将李先念背过河去。

邓小平、李先念等领导人在金寨境内战斗、生活，留下了很多动人的故事，至今还在传颂。

黎明前夕的金家寨

1948年，全国的革命形势发生了很大的变化，人民解放战争进入了战略进攻阶段，"打倒蒋介石，解放全中国"的口号加快变成现实，新中国成立的曙光已经闪耀，而金家寨又经历了黎明前夕的黑暗。

吴曙光在金家寨

立煌县县长李宣被处决后，国民党安徽省政府又任命吴曙光为立煌县县长。

吴曙光是安徽省六安县人，他很早曾参加中国共产党。1925年冬，共产党员王绍虞受中共上海大学支部派遣回六安，组建六安秘密党组织，成立中共六安特别支部，并担任书记，吴曙光就是成员。这是六安县最早建立的党组织。吴曙光后来参加皖西的革命斗争，1932年五星县在燕子河成立后，吴曙光任五星县独立团连指导员。在鄂豫皖革命根据地第四次反"围剿"的战斗中负伤被俘后叛变，在金家寨任立煌县国民党县党部肃反专员。他在金家寨的澡堂洗澡时，还指着自己身上前面大、后面小的伤疤说："有军事常识的人会知道我不是孬种。"显示自己是在向前冲锋时受的伤。抗日战争全面爆发后，新桂系统治安徽，吴曙光进入第二十一集团军特工部训练，结业后从事特工工作。抗日战争胜利后，随桂系部队到芜湖任《警光》报社社长。

立煌县县长李宣被解放军枪毙后，县长位置空缺，此时在解放军占领下的立煌县，人们对立煌县县长的职位不敢问津。在这种情况下，省政府对立煌县县长的人选没有要求，更无选择，只要有人能到立煌组成县政府，就加以委任，并拨一批经费。这对吴曙光很有诱惑力，他甘愿冒险，想碰碰运气，因此他愿前往。可是立煌境内已被共产党部队所控制，无法就任。1947年11月，国民党军第一三八旅派一个团护送吴曙光进入金家寨，并将这个团驻金家寨为吴曙光"保驾"。吴曙光才到金家寨正式担任县长。

吴曙光到后一看，他就是一个"光杆司令"。原县政府的工作人员全部逃走，没有回来。他赶紧找人，重新组建县、区、乡班子。县政府开始只拼凑了民政、财政两个科。他任命较大的反动武装头目担任区长：一区陈云溪；二区徐政；三区毛天植；四区潘树师。县民众自卫队在刘邓大军三纵八旅攻打金家寨时，伤亡了一部分，逃跑了一部分，还剩下一个中队。此时的吴曙光，全靠驻扎在金家寨的第一三八旅一个团撑腰，因为刘邓大军的部队和金寨县独立团就在金家寨周围，说不定就来袭击。因此，吴曙光整天是提心吊胆，惶惶不可终日。

1948年2月7日，中央军委电示刘邓大军主力转出大别山，进至淮河、陇海路、沙河、伏牛山之间，寻机歼敌。2月底，刘邓大军主力第一、二、三、六纵队转出大别山区。敌人即以20多个整编旅向大别山根据地进攻。立煌县县长吴曙光重新组织了县常备大队、新兵大队、警察局等反动武装1000多人，在各区、乡、保分设大队、中队、小队，黄英、周香波、陈云溪、潘树师、张天和等10多股民团和土匪武装也纷纷出笼，配合国民党正规军，进行反革命"清剿"，从此，大别山区的革命力量进入了反"清剿"斗争的困难阶段。

坚持斗争在金寨

面对严峻的形势，为了坚持斗争，中共金寨县委、县政府根据中原局、鄂豫区委的指示，决定适当集中武装力量，组成县独立团、南集团、北集团和中集团，以粉碎敌人的"清剿"，打击国民党的地方武装。县独立团由县委直接指挥，南集团以李集、吴家店、漆店、关王庙4个区武装组成，共300多人，指挥长孔照亮，政治委员江川；北集团由南溪、汤家汇、城关3个区的武装和二纵野战医院部分武装组成，共300多人，由袁兴明任指挥长，张建三任政治委员；中集团150多人，林木森任指挥长兼政治委员。

1948年2月起，在金家寨的国民党军第四十八师主力在地方反动武装配合下，连续向金寨、金东境内的刘邓大军的部队、野战医院和革命武装发起进攻。金寨县各个武装集团进行了英勇抗击，由于敌我兵力悬殊，金寨县各个武装集团的损失很大。

4月17日，金寨县委书记张延积、县长卫民和南集团指挥长孔照亮、政治委员江川带领南集团武装和县独立团五连及干部队共300余人，由漆店到吴家店太平山一带游击。在潘家湾等地遭敌四十八师一个团及周香波民团等地方反动武装的包围。战斗非常惨烈，县长卫民、指挥长孔照亮、政治委员江川、副政治委员李国义等数十人被俘，二纵五旅宣传科长韩英，李集区委书记李建业、副书记曹固，南溪区委书记梁汉夫等数十人壮烈牺牲。

5月上旬的一天，敌四十八师一个团偷袭南溪葛山二纵后方医院，由于哨兵敌情发现早，县公安局长王坚立即命令医院警卫连迅速组织伤病员转移，自己带县公安大队百余人组织掩护。由于敌众我寡，激战一个多小时，大部分伤病员安全转移，战斗至下午，局长王坚及百余名公安大队战士全部壮烈牺牲，没来得及撤走的重伤病员也被敌人杀害。

王坚是河北故城县人，曾任冀县公安局局长，是随刘邓大军南下到金寨的。他是金寨县的首位公安局局长，牺牲时，年仅31岁。

县委书记张延积第二天拂晓率部队去寻找王坚的遗体时，又和敌人遭遇，城关区区长吴允道等同志牺牲。

吴允道是山东莘县人，时年28岁。他17岁高小毕业后积极投身革命，1938年就加入了中国共产党。抗日战争全面爆发后，他积极参加抗日活动。张延积同志在冀南任元朝县委书记，吴允道同志任城关（现河北大名县北峰镇）区委书记兼县民兵营教导员。1947年8月，他和张延积组成的南下干部支队，随军南下。张延积担任金寨县委书记，吴允道担任城关区区长。他是金寨县建立后在金家寨的首位区长。

在金寨县各武装集团遭受严重损失的同时，金东县各武装集团在反"清剿"斗争中也损失严重。1948年5月19日，金东县中武装集团和西武装集团与湖北省罗田县的武装集团组建成的金罗支队，在前畈胡家山遭黄英勾结的敌第七师一部和罗田县陈新明民团包围，经激战，金罗支队700多人损失过半，前畈区区长李华堂被俘后壮烈牺牲。中共金东县委书记白涛也随后被俘。

1948年5月下旬，金东县军事指挥长张绍基和副政治委员周荣家率领从胡家山战斗突围出来的200余人，到金寨县汤家汇与金寨县委书记张延积领导的南集团及林木森领导的中集团汇合，成立了临时指挥部，张绍基任指挥长，政治委员张延积，副指挥长林木森，全部武装800多人，改变"县不离县，区不离区"的错误斗争策略，实行大集中、大迂回，越县界、省界，开展广泛的游击战争，继续牵制和相机打击敌人，坚持大别山根据地斗争。

张绍基是湖北省红安县人，时年30岁。他是参加过长征的老红军。

张绍基1931年5月参加中国工农红军，同年11月加入中国共产党。曾在红四方面军第二十五军当战士，参加了鄂豫皖革命根据地反"围剿"和红二十五军长征。抗日战争全面爆发后，任八路军第一一五师六八八团一营青年干事，冀鲁豫军区政工队长、保卫部政侦科长，第二纵队三十五团副团长。解放战争时期，任晋冀鲁豫野战军第二纵队教导团副团长，1947年9月进入金家寨。

7月，根据鄂豫一专署决定，将金寨、金东、霍邱、霍固、固始、商城6个县合并为金寨、霍邱、固始、商城4个县。合并后，金寨县的县委书记仍为张延积，副书记张建三，县长林木森。

林木森原名林承定，是金寨南溪人，时年34岁，1929年立夏节起义，他才15岁就担任少先队分队长，1932年参加红军，参加鄂豫皖革命根据地的创建保卫、川陕革命根据地创建和红四方面军长征。抗日战争全面爆发后，任八路军总司令部警卫排长，随朱德总司令渡过黄河开赴山西抗日前线。1938年冬，警卫排扩充为交通队，林木森担任交通队队长兼指导员。1940年10月，他在抗大总校学习，毕业后任太岳军区兵工厂教导员，后任太行军工部第八厂政治委员。1947年9月，林木森随刘邓大军挺进大别山转战到皖西地区，由于当地干部严重缺乏，上级留下林木森在家乡工作。

曾任金寨县县长的林木森
（金寨县革命博物馆提供）

白涛、袁化民血洒金家寨

1948年7月7日，金东县委书记白涛和城关游击队队长袁化民在金家寨慷慨就义。

白涛是金寨县第一任县长。他才华出众，工作积极，学习勤奋。在金寨剿匪反霸，建立政权，发展武装，土地改革紧张繁忙之中，仍坚持看书，写日记。他以金寨县的地名写的地名诗，对仗工整，情景交融，脍炙人口，全文为：

将军打马向南行，黄石青苔莫久存；

花羊有意美荞麦，白水无情到柳林；

勒住马鬃朝石佛，揭去帽顶拜观音；

父子相逢流泪坪，回头又闻锦鸡鸣。

诗中所指的"将军"是指将军寨，"黄石"是指黄石河，"青苔"是指青苔关。"花羊"是指花羊石，"荞麦"是指荞麦河。"白水"是指白水河，"柳林"是指柳林河。"马鬃"是指马鬃岭，"石佛"是指石佛寺，"帽顶"是指帽顶山，"观音"是指观音笼。"流泪坪"是金家寨旁边的一个大村庄。"锦鸡鸣"是指锦鸡岭，位于鄂豫皖3省交界处，此处鸡叫，3省都能听到。

1948年5月19日，白涛等率金罗支队在前畈胡家山遭国民党第七师和湖北罗田县反动民团包围后，白涛在突围中走散被俘。

敌人听说白涛被俘，欣喜若狂。白涛被押解到县城金家寨后关进牢房。县长吴曙光客气地对白涛说："白先生只要写个适当的悔改表示就可和我们合作了"。白涛说："我已做好了牺牲准备，你们不要枉费心机了！"

白涛在狱中，镇定自若，每天写日记、写诗歌，还关心狱中同志。一次放风，与被捕的漆店区委书记江川相遇，他对江川说："我准备牺牲，希望你们坚持斗争，祖国的解放已为期不远了。敌人很狡猾，不要受骗上当！"

敌人折腾白涛一个多月，一无所获，得到的只是痛斥。

1948年7月7日，国民党四十六师师长谭何易、国民党立煌县县长吴曙光、秘书吴坚白、县参议长林冠群等经过周密策划，以召开抗战11周年纪念大会的名义，骗来一些群众和学生参加会议，借机审判杀害白涛和被捕的城关区民兵游击大队长袁化民。

白涛知道敌人要对自己下毒手。这天特意换上干净的衣服和新草鞋，并拿了一张国民党的报纸，大义凛然，一身正气。

金家寨县县长白涛烈士

（金寨县革命博物馆提供）

454

在大会上，当敌军官宣布了白涛的所谓罪行后，白涛立即走到台前，高声讲述解放战场的胜利形势。他抖动着手中的报纸说："我们的胜利，全国的解放，连国民党的报纸都不得不承认。"他历述国民党反动派屠杀人民的滔天罪行，指着台上的敌军官道："你们这些杀人的刽子手，都逃脱不了人民的审判！"

敌军官窘迫异常，下令枪毙白涛。白涛从容就义，血洒金家寨。

敌人杀害白涛后，严令暴尸三天，不准收尸。家住金家寨西关的吕绍先老夫妇听到白涛被杀，十分悲痛，因白涛一到金家寨就住在他们家，担柴挑水，什么都干，管老夫妇俩叫大叔、大娘，视如亲人。吕绍先对老伴说：白县长这么好的人牺牲了，就是杀头，我们也要把他掩埋起来。老两口半夜里抬着竹簾，将白涛尸体裹好，抬到一个山坡上掩埋。

同时被杀害的袁化民，又名袁如为，是金寨县古碑人。

袁化民1931年参加红军，在红四军第十师任班长。在双桥镇战斗中，袁化民勇猛机智，作战有功，提升为连长并光荣加入中国共产党。1933年5月，红军七里坪战役失利，袁化民被党组织秘密派回家乡，与地下党组织取得了联系。袁化民化名袁如为，与徐立榜、李中元、何道成等同志以运输货物、挑货串巷等多种形式，收集情报，传送信件。

1938年春，国共两党合作抗战，袁化民担任七邻湾地区党支部书记，以"难民"身份公开在家定居，时常以当民侠、运货物等形式，负责党的联络任务。

1940年春，为了扩大抗日武装，袁化民与汤家汇区委书记李中元、南溪区委书记张经川等同志组织了30多人的抗日游击队，经常出其不意地打击反动的乡保反动武装，这支游击队很快发展到100多人枪。1940年夏，中共立煌县委和立煌市委陆续撤离金家寨。袁化民奉命"隐蔽待机"，他和李中元、张经川继续开展抗日武装的组建和基层党组织的发展工作，活动在金家寨、南溪一带。

1947年9月2日，刘邓大军南下解放了金家寨，中共金寨县委和金寨县民主政府建立，袁化民被任命为金寨县城关区民兵游击大队长。袁化民很快组织了一支60多人的区武装工作队，积极开展镇压反革命和清剿余匪的斗争。

1947年10月底一天凌晨，反动民团纠集了300多名武装，突然向在金家寨的县民主政府驻地发起进攻，县委书记张积延指挥县委和县政府机关向东北方向边打边退，准备突围到横溪山，但另一股民团抢先占领了山头堵击，情况十分危急。正在这时，袁化民率领区武装队抢据界岭高地，向敌人发起了猛烈射击，敌误以为是主力增援，不敢恋战，随即逃去，从而使县委和县政府机关转危为安。

1948年1月7日，国民党四十八师一个旅伙同民团进犯七邻湾，袁化民率领城关区武装队及七邻乡民兵100多人，在七邻、袁岭一带采用麻雀战的战术，整整牵制敌人半天，使县委机关得以安全转移。

1948年2月28日，敌四十八师又倾巢出动，在南溪葛藤山等地与我军展开激战，由于敌众我寡，虽杀伤敌人不少，但自身伤亡也很严重，县公安局局长王坚、城关区区长吴允道相继牺牲。袁化民奉命化装到南溪侦察敌情，在花园不幸被捕。

敌人要他交出县委和县政府机关领导人下落，虽经受各种酷刑，但袁化民没有屈服。立煌县县长吴曙光亲自劝降说道："你是当地人，有儿有女，同山东、河北的老侉（指南下干部）闹什么，识时务者为俊杰，只要你迷途知返，我保你当个区长或者团长。"袁化民非常气愤地回答道："你少费心机，我袁化民为革命宁肯断头死，绝不屈膝降。你们的末日不远了，等着人民审判吧！"

在7日的大会上，当敌人宣判袁化民所谓的"罪行"后，戴着手铐，拖着脚镣，昂首阔步，跟着白涛书记，从容走向刑场，高呼："共产党万岁！"英勇就义，时年35岁。

在金家寨的吴曙光深知，杀害了白涛和袁化民，共产党不会善罢甘休，定会找他算账，心中恐惧。

1948年秋，鄂豫一分区召开金寨、商城两县负责人会，根据中共鄂豫区党委"集中力量，形成拳头对付敌人"的指示，决定将金寨、商城两县的武装力量合并，组成金商支队，黄家景任指挥长，谭申平任政治委员，林木森任副政治委员，张泰升任参谋长。金商支队成立后，继续在金寨、商城、固始一带开展游击活动。

9月21日，金商支队和鄂豫军区部分武装向驻守在金家寨的敌人发动进攻，收复了金寨县城金家寨。吴曙光率立煌县政府人员逃到了麻埠。

金家寨收复后，中共金寨县委、县政府在金家寨隆重举行追悼会，追悼白涛等牺牲的烈士。张延积在追悼会上悲痛流泪，以"痛悼英勇的人民战士——白涛同志"为题朗诵自己写的诗句，追悼亲密战友、原金寨县县长白涛烈士：

宁愿断头死，绝不屈膝降。

金寨白县长，名垂青史扬。

法庭与敌辩，临刑骂贼党。

心坚如铁石，气节似冰霜。

血洒金家寨，浩气贯长江。

烈士为民死，父老皆叹仰。

新中国成立之后，1953年10月，白涛遗骨被运回家乡，安葬在西峡县烈士陵园内。

袁成英回金家寨

在刘邓大军挺进大别山的同时，全国的战局也快速变化。1947年8月6日，中央军委决定由陈毅、粟裕率领华东野战军机关、六纵、特种兵纵队赴鲁西南，统一指挥华野第一、三、四、六、八、十纵队，特种兵纵队以及晋冀鲁豫第十一纵队，统称西兵团，与刘邓大军、陈谢兵团共同经略中原。9月26日，华野副司令员粟裕率西兵团5个纵队越过陇海铁路，挺进豫皖苏，配合刘邓大军、陈谢兵团，在中原形成了品字形的有利态势，犹如三把钢刀插入敌人的腹部，极大地支援了在大别山作战的中原野战军。在不到一年的时间里，豫皖苏解放区不断迅速扩大，在安徽境内的县城不断解放。

对此，统治安徽的新桂系惴惴不安，作出南逃的抉择，撤回了派往各县的军事副县长。原驻扎的金家寨的第四十六师的一个团也撤回六安。在麻埠的立煌县县长吴曙光十分恐慌，苦苦哀求第四十六师师长谭何易，谭何易最后只答应留一个营在麻埠。

吴曙光见金家寨已被共产党部队收复，觉得麻埠也不是安稳之地。加之第四十六师长谭何易后来将驻扎在麻埠的一个营也撤回，吴曙光完全失去了军事支柱，顿生去意。他派人催收税款，于11月上旬不辞而别，携款而逃。吴曙光逃到外面，面对解放军步步进逼的大势，感到四面楚歌、走投无路，于1949年初又回到六安。

1948年11月初，淮河战役开始，驻守在大别山的国民党桂系主力部队多被调往汉口周围，加强武汉的城防，留在大别山的兵力大为减少。中共鄂豫区党委利用这一有利时机，决定向敌人发起全面进攻。鄂豫军区部队和金商支队离开金家寨投入新的战斗，金家寨又被当地反动武装所占领。

金商支队离开金家寨，于11月8日奉命和鄂皖军区教导第一、第三旅一起攻打河南商城。商城攻克后遭敌人反扑，12月1日，鄂皖军区部队和金商支队再次攻占商城，使商城获得最后解放。

1949年1月，辽沈、淮河、平津三大战役胜利结束，基本上消灭了国民党赖以发动反革命内战的主力部队。新桂系在安徽的最后一任省主席夏威弃职南逃，省主席由张义纯接任。张义纯将第二行政督察区专员巫瀛洲调任省建设厅厅长，由第二行政督察区保安司令游铨接任第二行政督察区专员。游铨又推荐袁成英任立煌县县长。

袁成英是金寨县人，1895年出生在古碑冲陈家畈，自幼在家读私塾多年，后考入六安高等小学，1915年考入安徽省立一中，成绩优异，能文善书。他毕业后参军在国民革命军第八十四师师长高桂滋部先后任学兵、排长、连长、中校营长等职，参加了1933年初的长城抗战。七七事变后，袁成英随部队参加了多次对日作战的战役和战斗，奋勇杀敌。1941年5月，在中条山战役中，高桂滋部伤亡惨重，袁成英侥幸逃脱，和妻儿回到了家乡。据说，他回到家乡过第一个春节时，写了一副对联：有子万事足，无官一身轻。此时，友人劝他："抗战未结束，你年龄未到退役之时，应再从戎为国争光。"时逢安徽省政府迁入金家寨后，多处需用人，袁成英经人介绍，到安徽省军粮办事处任粮食仓库中校库长。抗日战争胜利后，袁成英调蚌埠市总监部任副官处上校处长。解放战争开始，袁成英退役，在蚌埠经商。1948年蚌埠即将解放，袁成英携家属到六安暂住。1949年初，第二行政督察区专员游铨和国民参政会参政员陈铁负责组建第二行政督察专署，陈铁与袁成英是同乡，游铨与袁成英都曾在金家寨工作，便举荐袁成英担任第二行政专署保安副司令兼立煌县县长。

据说，袁成英当时有些犹豫，陈铁则反复动员他回原籍任职，保护乡亲们的生命财产安全，免受战争之灾。当时陈铁与他单独谈话时，还伸出手掌翻一下，表示解放军到后可起义投诚。但袁成英认为风险太大，一旦蒋介石了解内情，则军统、中统的特务将置他于死地；另一方面，解放军如有误会，也会落个可悲的结局。其妻孙秀志也坚决反对他回乡任职。但陈铁一再用家乡父老乡亲生命财产安全的大局为重相劝，袁成英最终接受了任职。

同时接受任职的还有立煌县的前任县长吴曙光。吴曙光1948年不辞而别卷款逃到外面后，四面楚歌、走投无路，于1949年初又回到六安。这时第二行政督察区专员游铨正在着急，第二行政督察区的7个县的县长都撂挑子，各逃生路。游铨见到吴曙光，急于用人，就问吴曙光干不干舒城县的县长，吴曙光觉得反正是无路可走了，便可有可无地答应了。1月中旬，吴曙光拿到了舒城县县长的委任令。可他1月22日到舒城就任时，刚进舒城县境，就得到消息，舒城人民正在欢庆解放军入城。他的舒城县县长委任状变成了一张废纸，也成了一个罪证。

袁成英和第二行政督察区督导员邓荣波一起，于1949年1月上旬到麻埠接任立煌县长。随后，袁成英将县政府又迁回金家寨。但他马上感觉在金家寨目标太大，是共产党军队必占之地，于是他又将立煌县政府迁到响山寺，组建立煌县军政机构。决定县政府成立民政、财粮两科，军事组织以各区原有的武装为基础整编为一个自卫团。以城关区联防主任陈云溪为自卫第一团团长，辖4个营，共10个连；以燕子河区联防主任徐政为自卫第二团团长，后改黄英继任，辖2个营，共7个连；以吴家店区联防主任饶国栋为自卫第三团团长，辖3个营，1个特务连，共12个连；以麻埠区联防主任潘树师为自卫第四团，辖2个营，共8个连。另将原县自卫大队改编为3个独立营，并成立了机枪连。全部武装共4470余人。

随后，袁成英又将立煌县政府迁往老家南庄畈禅堂庙办公。

张延积等离开金家寨

就在国民党在组建立煌县政府之时，中共鄂豫一地委在豫皖边区的叶集（即叶家集）镇成立了中共金（寨）固（始）霍（邱）工委，直属地委领导，李晓明任工委书记兼行政办事处主任。同时还成立了金固霍剿匪指挥部，刘仪任指挥长，李晓明兼任政治委员。金固霍办事处下辖胡店、麻埠、叶集3个区，主要任务是支援大军渡江作战，清剿残匪。

曾任金寨县麻埠区委书记、金北工委书记的李晓明是河北省枣强县人，原名李鸿升，生于1920年12月。1937年肄业于枣强县简易师范。1938年参加革命工作，并于同年3月加入中国共产党。历任中共肖张区委书记、分区青年救国会主任、冀南五地委青委书记及青年营营长，旅宣教科长，中共枣北县委书记、县游击大队政治委员。1947年8月随刘邓大军南下，9月到金寨县任职。他很有文学素养，在金寨工作之余，就不断收集文学创作的素材。有些在金寨战斗的情景后来就被他写进了小说。

曾任中共金寨县麻埠区委书记的李晓明
（中共金寨县委党史县志研究室提供）

3月2日，鄂豫区一地委发出《关于支前工作的紧急指示》，中共金固霍工委在"一切为着支援前线"的口号下，进行了广泛的宣传动员，一个月内，就筹集粮食100万斤，钱款5万元，雨伞1万把，鞋2万双，并修通了叶集到固始、叶集到白塔畈、叶集到麻埠的公路和桥梁，以及叶集到固始的电话线，圆满完成了上级分配的支前任务。

随着革命形势的发展，皖西各县相继解放，中共皖西和鄂豫区党委根据党中央和中原局的指示，及时调整了行政区划。

1949年3月，建立了中共金寨县工作委员会，金果任书记，配合剿匪部队开展工作。

1949年4月23日，中国人民解放军百万雄师渡过长江天堑，占领了南京，宣告国民党反动统治的覆灭。

4月27日，金寨境内的麻埠镇也获得解放。

4月30日，金寨县由鄂豫区一专署划归皖北第三行政公署管辖，副专员田世五兼任金寨县人民政府县长。县政府驻地麻埠。中共金固霍工委及行政办事处撤销。

至此，张延积不再担任金寨县委书记，林木森不再担任金寨县人民政府的县长，李晓明不再任中共金固霍工委书记兼行政办事处主任。实际上在此之前，张延积因生病，组织上安排他和生病的县委副书记张建三到后方医院治疗了一个多月。随后，张延积调任鄂豫地委办公室主任、组织部副部长兼党校校长、金寨县委书记，已经在地委工作，主要任务是培训干部，选拔配备县、区两级领导班子。

张延积、白涛、王相卿、林木森、李晓明、张泰升这几位随刘邓大军挺进大别山南下到金寨县任职的干部，除白涛在金家寨牺牲外，其他都离开了金家寨，之后走上了更高的领导岗位。

张延积离开金寨后，曾任鄂豫区党委一地委组织部副部长兼办公室主任。新中国成立后，他曾任共青团河南省委第一副书记、国营黄泛区农场党委书记兼场长、郑州师范学院党委书记、中共信阳地委书记、河南省委组织部副部长，郑州工学院党委书记、院长，河南省委副秘书长等职，2005年11月7日在北京逝世。

王相卿离开金寨后，曾任鄂豫区第一专署财粮管理处处长、河南省潢川专署工商管理局局长。新中国成立后，曾任中共潢川地委委员、专署供销社主任，中共信阳地委委员、专署副专员，武汉青山热电厂厂长，湖北省电力工业厅副厅长等职务。1985年10月离休。

林木森离开金寨后，随军进驻武汉，后任湖北省政府公务人员讲习所主任、湖北财经干部学校副校长。新中国成立后，任湖北省粮食厅厅长、湖北省农业办公室主任、中共湖北省纪律检查委员会书记、湖北省人大常委会副主任等职务。1991年8月病逝。

　　李晓明离开金寨后，任中共固始县委书记。新中国成立后，曾任武汉市委党校副校长、市委宣传部副部长，中南局农委办公室主任，广东省文艺创作室主任，湖北省文化局局长，中共湖北省委宣传部副部长、中共中央宣传部文化艺术局局长等职。从1956年起，开始进行业余文艺创作。创作了《平原枪声》等著名小说。其中《破晓记》《追穷寇》两部小说，分别反映了解放战争时期大别山人民的斗争和新中国成立初期的剿匪斗争，都有他在金寨工作战斗的经历。尤其是《破晓记》主要是以金寨地区的革命斗争为原型，谱写了许多动人故事，是一部撼人心魄的红色经典作品，也给金寨留下了一笔宝贵的精神财富。2007年12月25日，李晓明在武汉逝世。

　　张泰升离开金寨后，任鄂豫军区第三团参谋长，湖北省军区炮兵营营长。新中国成立后，曾任中国人民解放军炮兵第五师第三十二团副团长，志愿军第四十二军第五师炮兵四十四团副团长、团长，中国人民解放军炮兵第三师副师长兼参谋长。1955年授上校军衔。1965年转业后历任安徽省劳动局副局长，徽州地区革委会副主任，省体委副主任等职务。张泰升1983年11月离休后，依旧心系体育事业的发展，自己还坚持锻炼，甚至还能和年轻人一道打篮球。2008年，北京奥运会举办在即，奥运圣火传递到合肥，90岁的张泰升入选奥运火炬手，是当时安徽省内年龄最大的一名火炬手。2015年3月6日，张泰升在合肥逝世，享年98岁。

红旗飘扬金家寨

1949年，中国人民解放军百万雄师过大江，以摧枯拉朽的态势解放全中国，而这时在大别山的国民党残存匪特还在顽抗，企图在大别山建立以金家寨为中心的根据地，开辟所谓"第二战场"。中国人民解放军成立鄂豫皖边区剿匪指挥部，调集部队三路围剿大别山的匪特，于1949年9月6日摧毁了在金家寨的匪豫鄂皖边区人民自卫军总司令部，金家寨再次解放，中共金寨县委、县政府重返金家寨，金家寨又成为金寨县的县城。

匪特盘踞金家寨

1949年春，金家寨周边地区相继解放，残存在金寨境内一些不甘失败的国民党匪特仍在负隅顽抗，而逃到广州、台湾的国民党高级将领还在策划在大别山建立根据地。

1949年2月下旬，为了加强立煌县民团的实力，县长袁成英派立煌县政府秘书陈伟到武汉找立煌籍人士国大代表江伯良，通过他向"华中军政长官公署"

长官白崇禧、副长官李品仙报告，要求发给弹药。江伯良召集在武汉的立煌籍人士刘佐庭、郑梦楼、郑其龙等开会商量，听取陈伟介绍立煌境内民团的情况后，提出了两点方案：一是为避免各树一帜、各据一方易被各个击破的危险，把民团武装组织与地方行政机关合为一体，统一指挥，统一补给，可成立立煌县游击支队，支队司令由袁成英担任，副司令由沈佐伯、黄英担任，直属华中军政长官部，以便支持武器装备；二是为便于及时与长官部联系，可成立立煌县游击支队驻武汉办事处。江伯良将此方案向李品仙提出后，很快得到长官部的批文照办。随后，经江伯良召集有关人员商定，立煌县游击支队驻武汉办事处主任由江伯良之子江伟航担任，刘佐庭、郑梦楼为副主任。不久，李品仙召见江伯良、江伟航、刘佐庭、郑梦楼，宣布经白崇禧批准，今后立煌县游击支队的各项请求事宜，可直接与长官公署中将刘处长联系。并表示同意支持65步枪子弹3万发，75步枪子弹7万发，派一辆卡车运送。后来，这批子弹因交通线被解放军切断而未送达立煌。

4月，在广州的国民党军将领杨蔚向国民党国防部参谋总长顾祝同提出建立大别山反共根据地的建议。

杨蔚是金寨县吴家店人，1908年出生，黄埔四期毕业，曾任国民革命军营党代表、营长，保安团团长等职。1936年，参加戴笠主持的军统特种工作。西安事变后，奉派参加中央视察团，随涂思宗团长赴陕北考察，曾受到毛泽东、朱德等中共领导人的接见。考察尚未结束，他将所获中共党政军的情报电告南京，受到戴笠的嘉许。杨蔚后任郑州警察局局长，河南省保安处副处长，忠义救国军副总指挥，军政部兵工署警卫稽查处副处长兼警卫总队队长，第四十七师师长，中美合作所特种技术人员第三训练班副主任，河南省警务处长，内政部警察总署督导等职务。

1949年3月，杨蔚奉派由上海赴福建视察，4月经台湾到广州。杨蔚在《六十五岁自述》中回忆当时：

不久南京、上海相继失守，大局已频危急！余根据视察所得，认为大军战败之后，希望在沿海保留立足之地，甚少可能！如为

国民革命军陆军中将杨蔚
（中共金寨县委党史县志研究室提供）

收容失散在华中、华北之政府官兵及地方团队，汇成一股真实力量，屹立敌后，以期挽回失望的人心，则利用大别山区建立一反共据点，不失为一合理的冒险行动。如是提示"建立大别山区反共根据地的计划"报告参谋总长顾墨公，当蒙采纳，并派余为大别山区人民反共自卫军总指挥。余奉命后，在广州挑选干部百四十余人，先由陆路进入大别山区。余率领必要参谋人员至台湾，请领武器弹药并交涉飞机空运。不料交涉甫告定案，我大别山区地方武装控制之吴家店飞机场被匪攻陷。我设置于大别山之无线电台亦告不通。接着长沙、广州相继失守，使整个计划陷于无法执行状态。

显然，杨蔚提出的这个建立大别山反共根据地计划的重点是放在金寨，吴家店飞机场是他计划实施空运的一个基地。

就在杨蔚准备返回大别山建立反共根据地之时，在武汉的白崇禧等桂系军队领导人也在筹划在大别山建立反共武装，组建鄂豫皖三省人民自卫军。

1949年3月下旬，白崇禧决定在豫鄂皖边区的商城、固始、潢川、罗田、英山、六安、霍山、立煌等县组建豫鄂皖三省人民自卫军，派属下原第九十二师师长、河南第十督察专员、新编第一〇〇师师长汪宪率樊迅、马君慈等人，于5月下旬携带6部电台潜入金家寨，组建"华中军政长官公署豫鄂皖边区人民自卫军总司令部"。

此时袁成英不在金家寨，而在七邻湾。汪宪等人迅速与袁成英接头，并将司令部设立在七邻湾乡的白水河汪家老屋。

汪宪是河南省固始县人，生于1906年。陆军骑兵学校第2期毕业。1927年参加国民党军，曾任教官、团长，抗战期间曾任第五战区游击支队上校支队长兼河南省固始县县长、陆军骑兵学校少将班主任。抗战胜利后曾任豫西、豫北师管区副司令，九十二师师长、河南省第五区行政督察专员兼保安司令。1948年曾被刘邓大军俘虏，学习2个月后被宽大释放。后担任华中剿匪总部少将高参等职务。到金寨前，已经升为中将军衔。

樊迅是安徽省阜阳县人，时年38岁。他曾是桂系军队的军官，在金家寨工作生活过。

樊迅1927年7月任安徽蚌埠七军第一补充团上士文书，后任少尉连附、中尉副官。1935年毕业于中央军校广西南宁一分校六期，后任上尉参谋，广西大学军训四队上尉队长。全面抗战爆发后，曾任河南光山五战区四游击中校处长、上校指挥官，经扶县县长兼四游击第三旅旅长。1940年1月到金家寨任豫鄂皖边区党政分会上校专员，安徽省粮食局视察科长，第二十一集团军总部上校参谋。1942年8月任第五战区第四挺进纵队上校参谋长，军委会政治部宣导委员，

1948年8月任华中长官公署少将参议。

　　汪宪到了汪家老屋与当地的汪姓户族一叙，认同一家，任命汪建堂为他的警卫团长。

　　汪宪在汪家老屋成立了"华中军政长官公署豫鄂皖边区人民自卫军总司令部"，汪宪为中将司令，樊迅任少将副司令兼参谋长，袁成英任副司令兼立煌县县长，马君慈任少将参谋处长（袁成英的军衔其家庭提供资料提及是少将军衔，现有其他资料未发现记载，但推断应为少将军衔）。同时，除保留立煌支队和部分保安团、自卫团外，对大部分土匪武装又进行了重新改编，改称为支队，共有14支，一一委任，号称"十万铁军"，实际仅万余人。另还任命了一批县长，妄图以金家寨为中心，利用大别山的有利地形条件，开辟所谓"第二战场"，建立"敌后游击根据地"。随后，又将司令部设立在金家寨。

　　这14支反动武装的头目分别是：第一支队司令冯春波；第二支队司令兼舒城县县长吴曙光；第三支队司令吴砚田；第四支队司令兼六安县县长阮志凌；第五支队司令兼商城县县长周醒民；第六支队司令张天和；第七支队司令兼寿县县长岳歧山，该支队又号称淮河挺进支队；第八支队司令兼经扶县（今河南省新县）县长陈伟；第九支队司令兼霍山县县长郑荣波；第十支队司令兼霍邱县县长管笃绅；第十一支队司令陈新明；第十二支队司令兼麻城县县长李俊春；第十三支队司令兼英山县县长徐政；第十四支队司令兼岳西县县长吴坚白。这些支队司令和县长虽然由汪宪委任，但有的并不听"豫鄂皖边区人民自卫军总司令部"的指挥，各自为王，整体处于一盘散沙状态。而汪宪为了向白崇禧争取更多的支持，后来又将支队改称为"纵队"，虚张声势。

　　已经逃往桂林的白崇禧和在台湾的蒋介石得知汪宪组建的"十万铁军"的消息，十分欣喜，台湾国民党电台也吹嘘"大别山有20万人的游击队"。为了支持这"十万铁军"反共复国，先后5次派飞机到金家寨飞机场空投电台2部，电话机10部，子弹30万发，六〇炮弹3000发以及药品等物资。

　　在金家寨及周边的岳歧山、张天和等匪特为争夺空投的武器弹药等物资展开了激烈的争夺，发生了枪战，岳歧山部伤亡不少，张天和部抢夺的物资较多。

　　这十几个支队是匪、特、霸三位一体，大小头目都有多年的反共经验。在金寨境内活动的匪特除第一支队冯春波所部外，还有张天和、岳歧山、吴砚田等部，周醒民、陈新明、李俊春、郑荣波所部也常窜至金寨境内活动。

　　土匪在金寨，进行反革命宣传，造谣惑众，捕杀共产党员和干部及革命军人家属，订立了"三杀"条件，即给解放军带路者杀，向解放军报告者杀，被解放军捕去人员不聚众保释者杀。他们杀害群众的手段残忍至极，有的活埋，有的烧死，有的用石头砸死，有的用麻绳把群众的舌头勒出几寸长，很多红军家属、革命群众惨死在他们的毒手之中。他们还轮番到集镇、农村敲诈勒索，掠夺财物。

驻在金家寨及附近的土匪武装主要有第一支队、第六支队和第七支队。

第一支队副司令兼第二团团长黄英，又名黄从新，时年59岁，是本县后畈人。他秀才出身，当过教师。他嗜赌成性，还擅长赌假，是当地及周边地区有名的赌棍。1929年县境苏维埃政权建立后，霍山黄伯孚第八自卫团被红军击溃，黄伯孚认为黄英是个人才，扶其为助手。黄英联络地方土豪劣绅，组织"编练队"，加入霍山自卫团，重组第八团（称为小八团）任队长。他率队联合湖北麻城县自卫队，阻击红军，杀害红军江求坦等50多人。1932—1934年，先后任霍山第八区民团团长、"商南铲共游击队"大队副，带领"摸瓜队"，捕杀地方革命干部和红军游击队员，抢卖红军家属。1935年年初，任立煌县第二区区队副，配合国民党军在乌凤沟、桐桃源等地夹击红军，致使红军伤亡200余人，活埋红军战士杨宜龙等人。1945年，由于黄姓是当地旺族，有权有势，被选为立煌县参议员。1947年秋，人民解放军南下后，搜捕残匪，黄英组织自卫大队，自任队长，率匪众袭击人民解放军，先后杀死张绍基团战士70多人。翌年配合国民党军第五十六师搜捕并杀害金东县县长白涛。吴曙光就任立煌县县长，由黄英率部护送到金家寨，并驻扎在金家寨保卫。黄英在当地强征强派，一次就在流波䃥镇强行征粮3万斤，银元1万元，群众稍有反抗，就有杀身之祸。

匪第七支队司令岳歧山是个惯匪，时年33岁。

岳歧山原籍河南潢川，后迁居固始东乡、霍邱西乡。1939年，他投入许老凯部为匪，在霍邱、固始一带抢劫，绰号岳葫芦。他绰号的得名是在一次抢劫时，众匪遍搜无获，岳歧山却从一只葫芦里搜出了银钱，众匪信服，从此称他"岳葫芦"。1944年，岳歧山在淮南投靠日军，充当汉奸稽查队长。日本投降后，被国民党军统特务白云亭委任为霍邱自卫大队长。霍邱解放时，他曾假投降，旋率匪部叛变，后被国民党委任为霍邱自卫团长、淮河挺进支队司令，多次到金寨境内抢劫勒索，残害群众，恶名远扬，妇孺皆知。

1949年5月下旬，他率部到金家寨对大小商店挨次搜查，逐个勒索，凡认为"私通八路（土匪对解放军习惯称为八路军）"者，轻者罚款，重者处死。对过往客商。大肆抢掠，凡在当地找不到保人的，一律扣押。他一次活埋从湖北过来的土布商贩26人，在金家寨及周边一次抢劫群众40多家。

至今金寨的老人还说，在解放前，孩子要是哭了，你说再哭，岳葫芦就来了，孩子就吓得不敢哭了。

匪第六支队司令张天和又名张良和，是金寨县铁冲乡人，时年34岁。

张天和出身贫苦，1930年参加红军，曾任班长。1935年，鄂豫皖革命根据地的革命斗争极为艰难，张天和携带一支枪逃跑，离开红军，辗转回到家乡。后来，中共皖西北道委驻地位于张天和家不远的熊家河、南小涧，张天和是红军的逃兵，不敢在家，到商城、固始、霍邱、阜阳一带做小生意。抗日战争全面爆发后，张天和才敢在家乡露面，先后被拉壮丁十多次。刘邓大军挺进大别山后，张天和一度参加革命活动，为南下的干部战士带路，配合当地政权发展农会组织。不久，形势恶化，张天和再次脱离革命，与当地反动小头目叶祖海一起结成团伙。

张天和等认为现在是乱世，抱定"乱世出英雄"信条，想大干一番。为取得武器，1947年12月，他和叶祖海等，先后袭击解放军和双河区武工队，打死打伤4人，夺取枪支5支。1948年2月，张天和等又在铁冲挖出了刘邓大军主力转移出大别山区时埋藏的武器弹药，有步枪82支、小炮3门及一批弹药。张天和借机迅速拉起了一支土匪队伍，强迫群众入伙，10天之内就发展到140多人。

张天和还利用当地迷信思想浓厚，借庙会之机，暗中指使道首制备沙盘，开沙扶乩，编造谣言，说"张天和是天上的大星宿——黑虎星下凡，将来有大作为，要当首领。"道徒们也神乎其神地说："张天和家祖坟风水好，是油盏窝地，有油水，有光亮。"这些骗人的鬼话竟然将前来赶庙会的地方反动武装头目们糊弄住了，齐向张天和祝贺臣服，公议推举张天和为商城、固始、立煌三县边区联防司令，并归顺于他，张天和的队伍迅速发展到600余人。

随着谣言的传播，时间稍长，张天和也自认为是黑虎星下凡，为所欲为。他兽性大发，杀人抢劫，霸占人妻，率部在金寨县的双河、皂靴河、狮子头，商城县的苏仙石、四顾墩，固始县的方集、武庙集等地窜犯革命武装游击区，搜捕掉队的革命干部，杀害解放军战士和武工队队员30余人。

1949年春，张天和率部驻金家寨、双河、皂靴河一线。岳歧山匪部在遭解放军打击逃进金寨境内后，张天和与之划定活动范围，将杨家滩、金家寨一线划给岳歧山匪部驻扎，但不允许岳歧山部进双河，翻过狗脊岭。

汪宪对张天和很看重，曾亲自到铁冲任张天和为豫鄂皖边区人民自卫军第六支队司令兼立煌、商城、固始三县边区联防司令。张天和号称部队有1000余人，实际只有500多人。他被任命后，反动活动更加猖獗。在金寨、商城、固始3县边区强迫群众订立"五家连环保"，即一家通"匪"，五家连坐。逼迫群众做到"两不一勤"，就是不通"匪"，不窝"匪"，勤报告"匪情"；实行

"三杀"，即给解放军带路者杀，向解放军报告者杀，土匪被解放军捕去，不聚众保释者杀。有4个农民从白沙河到叶家集去购买土纸，其中一个农民的烟袋上系着一枚苏维埃时期的铜币，张天和将他抓住，硬说他是"八路探子"，带到皂靴河召开民众大会，"公审"枪决。张天和还大造谣言，到处散布："美国已经出兵到中国来了，老蒋马上要打回来了！""八路军和红军一样，是站不住脚的。""谁要私通八路，全家具斩！"，蒙蔽、恐吓群众。

剿匪剑指金家寨

为了消灭盘踞在皖西的土匪，1949年4月16日，皖北军区成立了"六安剿匪指挥部"，曾庆梅任指挥兼政治委员。

曾庆梅是江西省上犹县人，1931年参加中国工农红军，次年加入中国共产主义青年团，1933年转入中国共产党，参加了中国工农红军长征。抗日战争全面爆发后，曾任八路军一二九师团政委，参加了百团大战。1943年入中共中央党校学习。后任晋冀鲁豫野战军三纵七旅政治委员、皖西军分区司令员。

曾庆梅指挥皖北军区警备二旅第六团、第四团和皖西三分区第七团分别从霍山、霍邱向金寨南北对进，先后解放了麻埠、流波碢、白塔畈等地。到7月下旬，共歼灭土匪180多人，俘虏560余人，投降自新的976人。

中共六安地委为了加强金寨县党政班子领导，迅速剿灭残匪，解放金寨全境，从寿县、六安等地抽调了一批骨干到金寨，组成新的中共金寨县委。由白鲁克任县委书记，组织部部长杭翼东，宣传部部长邓竹虚。田世五不再兼任金寨县县长，由刘伟担任金寨县县长，江毅任副县长。7月10日，白鲁克等干部到麻埠正式就任。

白鲁克是山西省和顺县人，时年28岁，他1937年12月参加革命，1938年6月加入中国共产党。先后在和顺县牺盟会、冀西民训处、冀西青救会工作；1940年10月起曾任晋东南青救总会干事，太行区偏城县青救会组织部长、主席、书记，偏城县委宣传部长，涉县县委宣传部长；1947年8月，随刘邓大军南下大别山，9月初和白涛一起到金家寨，

曾任中共金寨县委书记的白鲁克
（中共金寨县委党史县志研究室提供）

任中共立煌县委组织部部长，后任舒六县委组织部长，六合县委书记，六南县委副书记，寿县县委书记。他这是重返金寨任职。

刘伟是湖北省汉阳县（现属武汉市东西湖区）人，时年34岁。他1938年秋投身革命，曾任"抗大"三大队政治教员，汉江军区独立旅二团某营教导员，"抗大"十分校政治教员等。1947年任皖西独立团政委。

白鲁克、刘伟到任后，立即布告全县：

我全县解放，指日可待，望全县人民，要继续努力，切莫轻信谣言，坚定胜利信心，再接再厉，协助政府，密保情报，检举公开与秘密一切匪特，以早日安定社会秩序。

为配合部队清剿残匪，组建了金寨县大队，大队长曹武周（特务，处决后由晏海波担任），政治委员李同柱。

7月13日，金寨县委、县政府在麻埠举行庆祝金寨县解放大会，参会的工人、农民、市民、民工等共5000余人，这是自红军撤离麻埠后规模空前的一次欢庆大会。

在麻埠举行庆祝金寨县解放大会是因为它是金寨县委、县政府的驻地。但金家寨不久又成为金寨县的县城。

8月上旬，为了形成合力，彻底消灭大别山的残匪，鄂豫皖三省边区第一次剿匪会议在武汉召开。会议决定成立鄂豫皖边区剿匪工作委员会及其领导下的鄂豫皖边区剿匪指挥部，统一指挥三省边区的剿匪部队。王树声任工委书记、司令员兼政治委员，何柱成任副政治委员，梁从学任副司令员，下设东线（皖西）、北线（豫南）、南线（鄂东）3个剿匪指挥部。

剿匪部队组成是：东线剿匪的部队由第三野战军第二十四军第七十一师，皖北军区警备第一旅第一、第三团，警备第二旅第四、第六团，六安军分区的第七、第八团及安庆军分区警备团组成。北线剿匪部队由第四野战军第四十二军第一二六师、河南军区独立团及潢川军分区部队组成。南线剿匪部队由湖北军区独立第三师和黄冈军分区部队组成。

在剿匪部队的野战部队中，一个戏剧性的巧合是，第三野战军第二十四军的副军长就是金家寨人皮定均，第四野战军第一二六师的师长胡继成就是金家寨边古碑冲人。当年他们在这里参加红军，被国民党称为是"赤匪"，遭反复"围剿""清剿"，相继离开家乡，分别参加了红四方面军、红二十五军长征。现在，他们都成为解放军的高级将领，他们领导的部队回到金寨剿灭国民党这些残匪。十几年的时间，发生了翻天覆地的变化。

会议确定剿匪总的方针与任务是：剿匪、反霸、发动群众三管齐下，总的以政治为主，积极的军事行动为骨干，下最大决心，集中尽可能集中的足够力量，剿灭鄂豫皖边区的一切残余的封建反动土匪武装。剿匪的步骤和方法是：首先是以军事打击为主，以集中对集中，实行三线纵深配备。第一线为进剿、会剿部队，共同分进合击，合围匪中心区，打乱敌指挥系统；第二线为驻剿、阻击部队，控制交通要道及城镇，协同一线部队进行堵击、伏击、驻剿；第三线为封锁部队，以各县区乡武装为主，组织群众联防，普设盘查哨，封锁土匪，堵截窜匪。

1949年11月鄂豫皖边区东线剿匪指挥部的部分领导于金寨麻埠合影

后排左起：何柱成（政治委员）、梁金华、梁从学（司令员）

（金寨县革命博物馆提供）

8月25日，东线剿匪指挥部在金寨县麻埠成立，梁从学任司令员，何柱成任政治委员，梁金华任第一副司令员，曾庆梅任第二副司令员兼参谋长，马庭芳任副政治委员，崔文斌任政治部主任。下辖两个指挥所：第一指挥所司令员李国厚，政治委员彭宗珠；第二指挥所司令员孔令甫，政治委员桂林栖。

东线剿匪指挥部这些领导人大部分都是在鄂豫皖边区战斗过的老红军。

司令员梁从学是安徽省六安县（今六安市裕安区）人，时年46岁。

梁从学1929年加入中国共产党，1930年参加中国工农红军。曾任红二十八军第八十二师师长、红二十五军第七十四师师长、黄冈游击队队长。参加了鄂豫皖革命根据地的创建和第一至五次反"围剿"及三年游击战争。抗日战争全面爆发后，曾任新四军第四支队游击纵队纵队长，第二师四旅旅长。解放战争开始后，曾任新四淮南军区副司令员、皖北军区副司令员。

政治委员何柱成是安徽省六安县（今六安市裕安区）人，时年38岁。

何柱成1929年11月参加六霍起义，参加中国工农红军。1930年由中国共产主义青年团团员转为中国共产党党员。曾任红四军十二师三十五团连政治指导员、营政治委员，中共川陕省委党校校长，金川省委书记，红四方面军总部保卫局红军工作部部长，第九军政治部民运部部长等职务。参加鄂豫皖革命根据地、川陕革命根据地的创建和红四方面军长征。抗日战争全面爆发后，曾任八路军一一五师三四四旅六八八团政治委员，八路军第二纵队新编第一旅副旅长，太行军区第四军分区副政治委员。解放战争时期，任晋冀鲁豫军区第六纵队十七旅政治委员，皖西军区政治部副主任，皖北军区政治部副主任。

第一指挥所司令员李国厚，政治委员彭宗珠，第二指挥部政治委员林桂栖都是大别山人，都是参加鄂豫皖革命根据地斗争的老红军。他们都曾在皖西、金寨战斗过，对这里的地形和社会情况很了解。

为了保障剿匪部队的粮食供给和各项后勤任务的完成，皖北军区还成立了剿匪后勤司令部，田世五兼任司令员，梁绪修任政治委员，下设民力、供应、交通等部，并在金家寨、独山、霍山、叶集设立4个指挥所。

在实施剿匪军事打击的同时，为了广泛发动群众支持剿匪，各剿匪部队和地方干部深入群众，召开各阶层群众大会，并散发传单，张贴标语，反复宣传全国解放的胜利形势，表示"土匪不肃清，永远不收兵"的决心，消除群众因匪特造谣威胁造成的"怀疑我军站不住脚，怀疑土匪剿不清，怀疑捉了土匪又放回去，怕土匪暗杀活埋"的"三疑一怕"顾虑，出现了群众积极支援部队剿匪的新局面。

随着金家寨周边地区不断解放，这时金家寨成为了剿匪的中心区。

1949年9月5日，在鄂豫皖边区剿匪指挥部的统一指挥下，东、南、北线剿匪部队向大别山残匪盘踞的中心区金家寨及其以南山区合力会剿。这是以歼灭汪宪为首的"豫鄂皖边区人民自卫军总司令部"为主要目标的联合大围剿。在鄂豫皖边区剿匪指挥部的地图上，数支红色的"箭头"指向汪匪的巢穴——金家寨及周边地区。

东、北、南三路剿匪大军一齐行动，迅速按时进入了预定的合击地点。

梁从学部剿匪进金家寨

以梁从学为指挥的东线剿匪部队中，参加合击金家寨的行动部队有第二十四军第七十一师、皖北警备第一旅、皖北警备第二旅和六安军分区第七团。梁从学指挥的这些部队主要领导人多是老红军，作战经验丰富。这些部队在剿匪中，英勇善战，各显神通。

第二十四军第七十一师剿匪是军首长皮定均、廖海光根据中央军委的和军区的指示，命令进入大别山剿匪的。时任师领导干部有师长梁金华，政治委员崔文斌，副师长刘盛起，副政治委员兼政治部主任时生，参谋长王香雄。

师长梁金华也是东线剿匪指挥部的第一副司令员，时年36岁，是湖南省湘阴县人，是一个老红军。

梁金华1928年参加中国工农红军，1929年由中国共产主义青年团转入中国共产党。曾任红十六军副连长、湘鄂赣军区司令部通信科科长、特务营营长等职务，坚持了南方三年游击战争。抗日战争全面爆发，曾任新四军第一支队一团特务队队长、第七师五十七团团长、皖南支队支队长兼皖南军分区司令员。解放战争时期，曾任华中野战军第六师十七旅旅长，华东野战军第六纵队十七师师长。1949年任第三野战军二十四军七十一师师长。

第七十一师政治委员崔文斌时年32岁，是陕西省绥德县人，也是一个老红军。

崔文斌1929年参加革命，1934年参加中国工农红军。1936年由中国共产主义青年团团员转为中国共产党党员。曾任红军大学特务团连副政治指导员兼教员。抗日战争全面爆发后，曾任中共陇东特委正宁县工委主任，新四军第六支队营政治委员，淮北军区第三军分区独立第一团、第四团政治委员。解放战争时期，任华中野战军第六纵队四十七团政治委员，第三野战军二十四军第七十一师政治委员。

师副政治委员兼政治主任时生曾撰文回忆当时到金寨境内剿匪的经过。

第七十一师在合肥休整了3天，于1949年9月1日出发进入皖西剿匪。

部队到达六安后，兵分两路：一路由二一一团、二一二团、师部经苏家埠进驻麻埠、流波礓、霍山一带；一路由二一三团团长刘金才、政治委员赵汝山指挥，由六安西行，经杨家滩，直奔金家寨。

二一三团一营于9月5日下午进入金寨境内的敌人控制区，到达据金家寨60里的杨家滩。深夜，匪特一部分袭击一营驻地，当一连进入阵地反击时，匪特逃之夭夭。第二天清晨，发现西南山上有匪特活动。一营组织两个连，配备重机枪和六〇炮，分两路向敌搜索前进。三连发现正面山上有匪特百余人，立即组织进攻，匪特凭着地形熟悉，拼命向深山逃窜，部队连翻两座大山，没有追上，傍晚返回杨家滩。

晚上，一营营长张益平、教导员冯继龙、副教导员陈先达共同分析研究一天作战情况，认为，敌人不敢与我主力作战，发现了就拼命跑。他们地形熟悉，控制了部分群众，消息灵通，化装便衣潜伏在群众中，不易被我发现。敌变我变，研究决定我部队也化装成便衣，组织加强班为单位，分别插入敌人活动区域，保持适当距离，即使敌人不易发现，一旦打起来又能相互支援。

第二天，一营三连一个加强班在杨家滩西南傅堂子、后庙冲一带搜剿时，匪特误认为是自己人，当枪口对准他们，高喊"缴枪不杀"时，敌人才恍然大悟，只好乖乖投降，当场俘敌9人，缴枪9支，首创了化装分散剿匪歼敌的范例。受到皖北军区、东线指挥部传令嘉奖。

二连指导员胡世寿带领一个排搜山时，发现山下有10个人慌慌张张从屋里向后山竹林里跑，他立即鸣枪，高喊："站住，别跑！"命令二班长陈美带领全班冲上去，当场俘虏两人。经审问，一个是霍邱县县长管笃绅，一个是卫兵。

一营乘胜追击，一举进入了金家寨。

此时，金家寨的匪特发现解放军部队后，就分散逃窜，潜伏隐蔽，一营仅俘获匪徒80余人，缴获步枪数十支。匪豫鄂皖边区人民自卫军总司令汪宪、副司令樊迅、袁成英等主要头目全部趁乱逃脱。

随后二一三团进驻金家寨。

1949年9月7日，金家寨宣告解放。

皖北军区警备第一旅、警备第二旅、六安军分区第七团这些剿匪部队除警备一旅外，之前就在金寨境内剿匪。

皖北警备第一旅旅长黄仁廷是安徽省六安县（今六安市裕安区）人，时年38岁，曾是在鄂豫皖革命根据地坚持斗争的老红军。

黄仁廷1929年参加中国工农红军，1933年由中国共产主义青年团团员转入中国共产党。曾任红二十五军连长，红二十八军特务营营长，鄂东北独立团政治委员。在大别山坚持了艰苦卓绝的三年游击战争。抗日战争全面爆发后，曾任新四军第四支队九团营长，盱眙县独立团团长，淮南军区独立旅第三团团长等职务。解放战争时期，任华中野战军第六师十八旅副参谋长，江淮军区第二军分区司令员，皖北军区警备第一旅旅长。

曾任皖北军区第一旅旅长的黄仁廷将军
（中共金寨县委党史县志研究室提供）

皖北军区警备第一旅政治委员刘健挺是安徽省霍山县人，时年40岁，也是一位长期在大别山区战斗的老红军。

刘健挺1931年加入中国共产党。1932年参加中国工农红军。曾任红二十五军第七十三师连政治指导员，陕南游击总司令部营政治委员，第七十四师政治部副主任兼组织科科长等职务。参加了鄂豫皖革命根据地、鄂豫陕革命根据地创建和红二十五军长征。抗日战争全面爆发后，曾任八路军留守兵团警备第四团政治处主任，第一二九师三八五旅七七〇团副政治委员兼政治处主任，豫西支队政治委员。解放战争时期，曾任中原军区第一纵队二旅政治委员，鄂西北军区第二军分区政治委员，皖北军区警备第一旅政治委员。

皖北军区第二旅旅长李国厚是安徽省六安县（今六安市裕安区）人，时年34岁，也是一个曾长期在鄂豫皖革命根据地战斗的老红军。

李国厚15岁参加中国工农红军，同年由中国共产主义青年团转入中国共产党。曾任通讯员政治指导员等职。参加了鄂豫皖革命根据地、鄂豫陕革命根据地创建和红二十五军长征。抗日战争全面爆发后，曾任新四军第二师四旅十二团营长兼政治教导员，淮南津浦路西联防司令部参谋长兼独立第一团团长，淮南军区第六旅副旅长兼第四军分区副司令员。解放战争时期，曾任豫皖苏军区第二军分区司令员兼专员，皖北军区警备第二旅旅长。

皖北军区第二旅政治委员顾鸿是安徽省庐江县人，时年34岁，也是一个老红军。

顾鸿1935年加入中国共产党。1936年参加中国工农红军。曾任皖西北游击师特务队队长。抗日战争全面爆发后，曾任新四军第三支队六团民运股股长，江北游击纵队营长，五十七团政治委员。解放战争时期，曾任华中野战军第四纵队三十三团团长，先遣纵队七支队副司令员。1949年任皖北军区警备第二旅副旅长、政治委员。

曾任皖北军区第二旅旅长的李国厚将军
（中共金寨县委党史县志研究室提供）

在9月5日，鄂豫皖三省边区剿匪部队统一行动，对以金家寨为指挥中心的匪"豫鄂皖边区人民自卫军总司令部"进行合击中，东线部队除第七十一师从六安方向向金家寨进击外，还以警备第二旅第四团从白塔畈方向向金家寨出击；另以警备第一旅的第一团、第三团和警备二旅第六团两个营、第七十一师二一三团一个营和六安军分区第七团进击燕子河、漫水河等处匪巢。6日，警备第六团一部在从杨家滩奔袭金家寨途中，在傅家高山与匪首岳歧山淮河挺进支队千余人遭遇，经激战，歼敌数十人，其余大部窜到霍邱境内。

6日午夜，警备旅部队进入金家寨，汪宪、袁成英、樊迅等匪豫鄂皖边区人民自卫军总司令部人员闻讯已经逃遁。

随后，各剿匪队伍继续清剿，到15日，共俘匪720多人。

到9月20日，东线剿匪部队在地方武装的配合下，共歼匪1478人，缴获轻重机枪31挺，长短枪1147支，子弹4.3万余发。

胡继成部剿匪入金家寨

在北线剿匪的是第四十二军一二六师，时任师长的胡继成就是金家寨边的古碑冲人，时年34岁。

胡继成1931年参加六安县游击大队，后编入中国工农红军。1933年由中国共产主义青年团团员转入中国共产党。曾任红二十五军第七十五师连长、团参谋，红十五军团第七十五师司令部科长。参加了鄂豫皖革命根据地创建和红二十五军长征。抗日战争全面爆发后，曾任八路军一一五师三四四旅六八八团副营长，新四军第三师八旅二十三团团长，山东滨海军区司令部参谋处处长。解放战争时期，任新四军第三师八旅副旅长，东北民主联军第二纵队四师副师长，第四野战军四十二军一二六师师长。

胡继成在回忆录《吹角连营》一书中回忆了他当年在金寨境内剿匪的情景。

1949年第四十二军拔掉敌人在华北最后一个据点安阳后，准备乘胜前进，打过长江去，解放全中国。部队沿平汉路到达漯河时，中央军委命令第四十二军留在河南执行剿匪、巩固后方和必要的机动作战任务。

曾任第四野战军四十二军一二六师
师长的胡继成将军
（金寨县革命博物馆提供）

胡继成率第一二六师赴豫东南地区剿匪，担任了鄂豫皖边区剿匪指挥部北线指挥部的指挥，负责商城以南、金寨以西、新集以东和麻城东北部的广大地区剿匪。这样，他又回到了家乡。

胡继成深知，组织上派他回大别山剿匪，是基于两点考虑：一是因为他是当地人，熟悉当地山川地形和风土人情，便于做群众工作；二是因为红军时期他曾在这一带打过仗，了解这里的匪情，有与土匪作战的经验。

胡继成率部到大别山剿匪前，中共湖北省委书记、湖北省军区司令员兼政治委员李先念专门接见了胡继成，并对他说："你所负责的区域匪事猖獗，人民群众受土匪的毒害极深。这个任务十分艰巨，你肩上的担子不轻啊！"

在湖北省委召开剿匪工作会议时，李先念反复要求剿匪部队要掌握好政策分寸，不能抓到就杀，一定要做好瓦解工作，区别对待顽匪和一般匪民，争取民心，稳定民心，团结广大群众，这样才能彻底清除匪患，拔掉匪根。

胡继成率部进入大别山后，将剿匪指挥部设立在河南商城县的达权店镇。他和几位师领导商量后，决定集中优势兵力，突袭敌人盘踞的几个重点地区。从8月28日开始，先兵分两路，其中第三七七团向金寨境内的汤家汇、南溪、双河等地奔袭剿匪。

第三七七团在团长朱永山的带领下，经汤家汇向匪患严重的南溪出击。没想到土匪得到的情报非常快。部队一出发，土匪闻风而逃。因为土匪和村民有联系，见到外来的生人，山上看似樵夫实为匪特的人就学鸟叫。"咯咯咯"的叫声从山脚传到山顶。刚开始，剿匪部队并不知道这是土匪在传递情报，后来才发现，每次鸟叫声过后，山上的土匪就像风一样消失得无影无踪。

随后得知，南溪的土匪往金家寨方向逃去。胡继成立即命令朱团长带部队立即向金家寨追击逃匪，并指示他："进了金家寨就把他们的指挥部打掉！"

朱团长带着前卫营于拂晓前一气追到金家寨，部队还是扑了个空。

朱团长向胡继成电告情况："敌指挥部人去房空，只缴获了一些物资。"

胡继成再次命令："在县城街上认真仔细搜剿，不要放走一个土匪。"

三七七团在金家寨仔细搜查后，只抓到了一些散匪，战果不大。

朱团长还向胡继成报告一个情况，他们在金家寨搜查土匪时了解到，住在金家寨的陈绍禹父亲一家老小的日子过得很窘迫。

胡继成指示朱团长，将缴获的物资送他们一些，照顾一下。

朱团长派人给陈绍禹父亲家送去了20块大洋、一匹布和两担稻谷。

后来，胡继成为了消灭匪第一支队司令冯春波部，亲自回到老家金家寨边的古碑冲，找人摸清冯春波等土匪的情况。

胡继成回忆：

当年（红军时期）我被打成"改组派"时，和我一起出来的5个堂兄中有一个被吓坏了，他看不到革命前途，就开了小差，脱离了革命队伍。战争是极其残酷的，它可以彻底地改变一个人，既可使一个碌碌无为的人变成英雄，也可使一个看似精明的人变成彻头彻尾的懦夫和逃兵。那个堂兄回家后，日子并不好过，在走投无路的情况下，被迫为匪。

这是一条可以打入土匪内部的线索。我决定回家做这位堂兄的工作。

在去古碑冲前，我还去了一二四师政委丁国钰的家。丁国钰后来在朝鲜战场上当过和美军谈判的我军首席代表。他和我都是从金寨参加红军的。在红二十五军时，他在军部机关当干事，我在连队带兵打仗。红军改编八路军时我们就分开了，直到解放安阳，我俩都被调到四十二军任职时，才知道彼此还活着。他得知我要到大别山剿匪就对我说，自从敌人第五次"围剿"后，我就与家里失去了联系。现在家里到底还有没有人，还有几个人活着我都不知道。你回去时能不能帮我去打探一下？

"那还用说啊。"我说。

国民党在鄂豫皖苏区大搞白色恐怖，对红军家属无情枪杀，我们很多红军战士的亲人都惨遭不幸。我到丁家后才知道，他们家十余口人只有父亲和三姐幸存，其余的人全部被国民党杀害了。听我说丁国钰还活着，丁父老泪纵横，泣不成声地说："没想到，我们丁家还有根啊！"自古军人尽忠尽孝不能两全。我们当了红军，不仅不能尽孝，还因此给家人带来了杀身之祸。我叫部下送了一些粮食和银元救济丁家，暂补无米之炊用。

而后，我回到古碑冲我的家，到家的当晚，我约见那位堂兄，劝他弃暗投明，重新做人。堂兄听了我的劝告，马上就说："我早就不想干了，是他们拿枪拿刀逼着我干的，不然全家都要遭杀。"

见到堂兄表明态度，我马上向他打听冯匪内部的情况。因他只是一个普通的匪兵，并不了解冯春波内情，他只为我们提供了冯匪一些身边人的情况，包括冯春波经常出没的几个行动地点，还有一部分顽匪人名，这对抓到冯春波也起到了一定的作用。

傅春早部剿匪逼近金家寨

南线剿匪指挥部的司令员是湖北军区独立第三师师长傅春早，他也是从大别山走出的老红军，和胡继成是红二十五军的战友，当年就在鄂豫皖边区转战。

曾任湖北军区独立第三师师长的
傅春早将军

（中共金寨县委党史县志研究室提供）

傅春早是安徽省六安县（今六安市裕安区）人，时年38岁。他1929年参加中国工农红军，1934年加入中国共产党，曾任六安独立团、红二十五军、红四方面军手枪队队长，红二十五军供给部粮食科科员，红十五军团手枪队队长等职务。参加了鄂豫皖革命根据地的历次反"围剿"斗争和红二十五军长征。1936年12月12日西安事变爆发，傅春早奉命带10余名战士跟随周恩来去西安做警卫。抗日战争全面爆发后，任八路军驻陕办事处副官、一一五师三四四旅长处副官、冀鲁豫军区第二旅四团团长。解放战争时期，任冀鲁豫军区第八纵队十九旅副旅长，湖北军区独立第三师师长兼黄冈军分区司令员。

傅春早在回忆录中回忆了在鄂豫皖边区南线剿匪的经历。

1949年8月的一天，时任湖北军区司令员兼政治委员的李先念将傅春早从孝感叫到武昌，对他说："春早同志，大别山土匪猖獗，现在还不是都进大城市的时候，组织上决定让你接替将调地方工作的张体学同志，任军区独立第三师师长，带着部队上山剿匪，有什么意见吗？"傅春早对组织分配的工作从来不讲价钱，他说："听从调动，需要上山就上山！"李先念满意地说："很好。"接着，李先念讲了剿匪的重要意义："不把土匪消灭，就不能有力支援前方和巩固后方，建立革命秩序，土地改革、生产建设都无从谈起；不大力剿匪，我们就要犯战略上、历史上的错误，就是对人民犯罪。"最后，李先念鼓励他说："你去挑这副担子，把大别山人民最后解放出来，是很光荣的。"傅春早表示："坚决完成任务。"谈完话，李先念招待傅春早早餐——油条加稀饭，算是为他送行。

傅春早接受任务后，立即赶到湖北省罗田县滕家堡（今胜利镇）独立第三师驻地就任。这里距金寨县境只有30里。这个师的部队原分属刘邓大军第一、二、六纵队，全师4600余人。南线剿匪以独立第三师为主力，连同黄冈军分区独立团和麻城、罗田、英山3县大队，统归南线剿匪指挥部指挥。

麻城、罗田、英山3县都与金寨接壤，在这里活动的土匪主要是在罗田北部的"豫鄂皖边区人民自卫军第十一支队"陈新明部，在金寨、麻城边界的"第五支队"周醒民部和不时到鄂豫皖边界窜扰的商城南部的"第三支队"吴砚田部，总共2000余人。据此，南线指挥部将第七团布于罗田东北地区，第八团暂布于滕家堡地区，第九团布于麻城东部地区，黄冈独立团布于英山北部，形成南面对匪包围之势。显然，这个布局实际上也对金寨境内的匪特也形成一个包围。

为了贯彻好剿匪方针，在军事打击的同时，从政治上、思想上瓦解敌人，大力发动群众参加剿匪斗争，师党委决定从三个方面加强工作：一是教育部队克服胜利向往城市生活的倾向，以不畏艰难困苦的英雄气概，坚决完成剿匪任务。二是严格执行群众纪律和认真执行中央规定的"首恶必办，胁从不问，立功受奖"的剿匪政策，反复告诫部队，剿匪是为了救民，决不能扰民害民；对待俘降匪众，切戒打骂、滥杀。三是尊重地方党委和政府，与地方干部亲密团结，以便党政军民协调一致地开展剿匪斗争。

9月5日，在鄂豫皖边区剿匪指挥部的统一指挥向金家寨地区合击的行动中，傅春早指挥独立三师3个团各两个营参加，分别从罗田东北的僧塔寺、滕家堡以北的松子关、麻城东北的独杨树等地出发，奔袭金家寨附近的南庄畈。黄冈独立团于英山的西界岭地区，堵歼向南流窜之匪。匪特慑于我军声势，不敢正面抵抗，只是散居山头阻挠，部队追击，消灭了部分匪特。7日，部队到达预定地点金寨县南庄畈，逼近金家寨。而这时，金家寨已经被东线剿匪部队收复。

在剿匪部队大军压境的态势下，各股匪特化整为零，潜逃到深山老林。9月10日，独立第三师转入第二步，以团为单位，对匪特藏匿的险峰峻岭进行合击。第七团合击金寨、罗田、英山交界的海拔1729米的大别山主峰之一的天堂寨，搜歼匪陈新明支队；第八团合击金寨南部西庄茶园山区，搜歼匪立煌挺进支队第二区团黄英部和第三区团饶国栋部；第九团合击金寨西南的牛山河，搜歼匪周醒民、吴砚田等部。

这次行动取得了重大战果。从9月5日到10月5日，南线各部队歼敌949人，缴获了小炮1门、机枪13挺、长短枪434支。这一胜利，大振军威，大快人心，剿匪局面迅速打开。

重为金寨县县城的金家寨

就在9月5日，鄂豫皖边区剿匪指挥部统一指挥各路剿匪部队向金家寨合围之时，金寨县县长刘伟就带着县政府各科室干部从麻埠向金家寨进发，将县政府迁入原县城金家寨。

原计划进军路线是循麻埠到金家寨的公路，经庆云桥、流波䃥、茅坪、古碑冲到金家寨。这时沿途的大山还有土匪出没，为了保证安全，派了一个主力营护送。当前锋部队到达流波䃥北边的唐集时，与地头蛇江大麻子匪部遭遇，经我部猛烈反击，匪徒龟缩后撤。此时，浓雾弥漫，加之主要任务是到金家寨，故没有追击。刘伟等军政负责人感到从原计划路线走形势严峻，紧急研究，决定改变进军路线，由庆云桥向西，经油坊店翻莲花山直扑金家寨，给汪宪及国民党乡保武装来个措手不及的打击。

沿途的秋色，十分美妙。山峰多姿奇秀，茶园碧绿，稻田金黄，翠竹遍野，板栗、油桐硕果累累，金寨的美景使大家忘记了疲劳。皮肤白皙、相貌英俊的刘伟县长更是兴致勃勃，沿途和同志们交谈，追述这块红色土地的光荣历史，畅谈当前的战斗任务，满怀信心地设想如何建设富庶美丽的新金寨。

下午6时，刘伟一行到达西莲花山。前锋侦察到山下一个村落里乡保队正在吃饭。机炮连用八二型迫击炮射击，只打几发炮弹，群匪就作鸟兽散。当晚，刘伟一行在莲花山宿营。

9月6日午夜，刘伟一行向金家寨挺进，7日清晨到达金家寨的戴家岭。前锋部队已先期进城，此时金家寨的匪特已经逃窜。

金家寨解放的当天，在麻埠的中共金寨县委、县政府都迁入金家寨办公，金家寨又成为金寨县的县城。同日，城关区委和区人民政府成立，区委书记徐政明，区长王建群。

金家寨解放后，《解放日报》于9月12日以《清剿大别山区残匪告捷——解放匪巢金家寨》为题，在头版头条的显著位置予以报道。

9月18日，金寨县委、县政府结合纪念九一八18周年，在金家寨举行"庆祝金寨县解放"大会。县委书记白鲁克、县长刘伟、驻军第七十一师二一三团政治委员赵汝山等相继发表讲话。向金寨人民致以亲切慰问，宣讲全国革命胜利的形势，宣传党的政策，表明彻底歼灭残匪的决心，号召军民团结一致，为彻底肃清匪特，解放金寨全境而努力奋斗。

此时的中共金寨县委机关设有组织部、宣传部和秘书室。县政府机关设立了公安局、工商税务局、民政科、财粮科、建设科、文教科等一些职能机构。县委会驻原德邻图书馆一栋小楼里，县政府驻抗日期间原国民党安徽省政府住过的马姓宅院里，城关区政府驻石稻场原国民党省府机关的草房里。金寨县委、县政府的工作开始正常运转，金家寨城关的管理转入正常。

虽然金家寨解放了，但汪宪等匪首及残匪纷纷逃入深山密林，剿匪的任务仍很繁重。各剿匪部队采取以大山为重点，实行追剿、清剿、驻剿相结合的方针，以分散对分散，将一线剿匪部队以营、连为单位进入深山老林控制山头制高点，在第二、第三线实行严密封锁，堵击逃窜之敌。同时，对匪特积极开展政治攻势，分化瓦解敌人，加速剿匪进程。

9月下旬，皖北警备四团在前后畈、燕子河一带大山合围，将一贯与人民为敌的黄英第二自卫团大部歼灭。第七十一师二一三团在白水河摧毁了匪大别山最高指挥机关"豫鄂皖人民自卫军总司令部"。9月30日，在帽顶山将匪首中将司令汪宪活捉，副司令樊迅、参谋处长马君慈也相继被我军生俘。剿匪取得了重大胜利。

到10月5日，东线剿匪部队共歼匪2215人，缴获机枪32挺，小炮3门，长短枪1953支。

金家寨：

永不磨灭的历史记忆

新中国成立之后，金家寨迎来了安定发展的新时期。

然而，金家寨又要为国家和淮河下游人民的幸福安康做出牺牲。为治理淮河水患，国家在淮河上游修建了梅山水库。

1955 年 4 月 28 日，中共金寨县委、县政府及其所属机关从金家寨迁至梅山。当年汛期梅山水库蓄洪，古镇金家寨淹没。

金家寨镇虽然消逝，但金家寨发生的故事仍在流传，金家寨人民牺牲奉献的精神仍在发扬光大，以金家寨为名的金寨县传承着红色基因，不断创造出新的历史辉煌。

浴火重生的金家寨

　　1949年10月1日，中华人民共和国成立，实现了中华民族空前的稳定统一，这是中华民族由近代衰落开始走向强盛的历史转折点，是从战乱动荡开始走向长治久安的历史转折点，开辟了中国历史发展的新纪元。金家寨从此成为新中国的一个县城，翻开了新的历史篇章。

　　10月1日，金寨县的金家寨、麻埠、流波磗等集镇分别召开了军民大会，隆重庆祝中华人民共和国诞生。金家寨人民载歌载舞，兴高采烈，表达心中的喜悦和对未来幸福生活的信心。

　　金家寨自1930年4月召开工农兵代表大会，建立红色政权，成为六区苏维埃政府驻地后，到1949年9月中共金寨县委、县政府驻金家寨，在这将近20年的时间里，多次被敌人占领，可谓是久经磨难，浴火重生，最终回到人民手中，成为金寨县县城。新中国的成立，使金家寨这个古老的皖西重镇走进了新时代，为其发展注入了强大的生机和活力。

气象一新的金家寨

中共金寨县委、县政府迁入金家寨时，金家寨镇当时是千疮百孔，满目疮痍。金寨全县亦是百废待兴，百业待举。县委、县政府各个机关在金家寨相继挂牌，翻开了金家寨历史崭新的一页，使金家寨出现了新气象。人们驻足打量着这一个个挂出的衔牌，感到新鲜和神秘。

这些机构的设立，标志着金寨县委、县政府在金家寨正式行使管理全县政治、经济、社会的职能。

而这时县委、县政府的机构非常简单。

县委，开始只有书记白鲁克，没有副书记。

此后到1955年4月县委迁出金家寨，随着人员的调动，涂竹西、翟金波又先后在金家寨担任县委书记。

白鲁克是新中国成立之后的金寨县第一位县委书记。

1952年5月后，白鲁克曾任中共六安地委秘书长，安徽省委组织部副部长，滁县地区革委会第一副主任，中共宿县地委副书记、宿县革委会副主任，安徽省纪委副书记，徽州地委书记等职务。1993年12月离职休养。

在金家寨的金寨县人民政府
（金寨县革命博物馆提供）

白鲁克于2012年4月14日在合肥逝世。

1952年5月，涂竹西接任白鲁克任金寨县委书记。涂竹西是安徽省无为县人。1953年7月离任，由翟金波任县委书记。

翟金波是在金家寨工作的最后一位县委书记。

翟金坡，又名翟玉璞，山东邹县人。1915年4月出生，1940年2月参加革命，1941年2月加入中国共产党。曾在一一五师山东军区政治部保卫部任干事，后任山东凫山县公安局副局长，安徽省阜北县（阜阳）公安局副局长。新中国成立后，历任安徽省肥西县公安局局长，中共肥西县委副书记、金寨县委书记，中共六安地委纪委书记，检察院检察长，六安地委副书记，合肥市政协副主席等职务。1983年离休。

1951年5月，刘伟离任，由江毅接任县长。秦芝田、张庆禄又先后担任县长。

刘伟是新中国成立后的金寨县第一任县长。1951年5月，刘伟离任。

刘伟后任中茶皖北分公司安徽省公司经理，安徽省财办主任。1954年支援国家重点建设，任飞机制造厂总工程师。1955年调任二机部四局党委副书记。1958年任安徽省劳动局副局长，安徽省工业厅党组副厅长等职。"文化大革命"期间，因受同一姓名人"刘伟"历史问题的纠缠而遭受侮辱和折磨，于1973年脑出血含冤去世。中共十一届三中全会后，得以平反昭雪，恢复名誉。

江毅是安徽无为人。1953年8月，江毅离任，县长由秦芝田担任，秦芝田是江苏沭阳人。1954年4月，张庆禄接任金寨县县长。他是在金家寨工作的最后一位县长。

张庆禄，河北隆尧县人，1913年12月出生，1936年9月参加革命工作，1938年6月加入中国共产党。曾任县武装科科长，区委书记，霍山县公安局长，六安地区公安处副处长；1954年4月任金寨县县长、县委书记处书记；后任六安地委政法部副部长，中共庐江县委副书记，县委常委、县革委会副主任等职。1993年8月离休，2011年5月5日在合肥逝世，享年99岁。

新中国成立时，中共金寨县委工作机构只有一个秘书室和组织部、宣传部。组织部部长杭翼东，宣传部部长邓竹虚。

县政府工作机构初迁到金家寨只设有县政府秘书室、民政科、财粮科、文教科和公安局。到10月又增设了建设科、司法科，粮食局、工商税务局。

县政府秘书室秘书是周孟久。

民政科，兼管人事、劳动、卫生行政。科长程中流，副科长韩静春。

财粮科科长李世仁，副科长杨杰。

文教科科长开始为霍晓康，10月霍晓康担任司法科副科长后，由副科长袁家荣主持工作。

1949年10月以后新成立的建设科开始只有副科长朱尧培主持工作，到1951年11月才配备科长王兴远。

司法科科长开始由文教科科长霍晓康任副科长，到1950年2月由民政科科长程中流兼任；行使办案职权。1950年9月金寨县人民法院成立后，司法科撤销。

新成立的金寨县粮食局局长陆发先，副局长陈友三，在各区设立分局和仓库，购销储存粮油。

新成立的工商税务局于1949年11月成立，局长为陆孝元。

随后，随着形势的发展，新增设的机构和有关单位相继在金家寨挂牌办公。

1949年冬，金寨镇成立机关消费合作社。

1950年6月，金寨县供销合作总社成立。下设8个区社，21个乡支社，各自独立核算，有职工83人。县供销合作总社主任由县长江毅兼任。

1950年2月，在金家寨成立了金寨人民邮政局，局长夏群财。

1950年9月，成立了金寨县人民法院，院长由地委任命，首任院长由县长刘伟兼任。11月，县成立了镇人民法庭。1952年后设立刑事审判庭、民事审判庭、秘书室。

1950年10月，成立了中国人民银行金寨县支行。行长李万成，副行长杨杰。

1951年4月，金寨县工商税务局分为税务局和工商科。税务局局长由张连贵代理。工商科由副科长梁竹亭主持工作。

1952年9月，成立了金寨县人民政府监察委员会。主任由县委组织部部长荣成富兼任。

1952年7月，成立了统计科，科长张福绥，副科长罗礼舜。

1952年9月，设立了卫生科，由副科长姚多宽主持工作。

1954年8月，成立了金寨县计划委员会。主任由县委书记翟金坡兼任。

1954年10月，成立了水利科，开始由副科长苏宦玺主持工作。

1955年4月，成立了农业局，下设6个区农技站，局长郑锡光，副局长王振翔。

同年4月成立了林业科，副科长有王建民、顾克斌。

除县委、县政府工作机构外，县委领导的人民团体也在金家寨相继建立。

1950年4月，中国新民主主义青年团金寨县工作委员会在金家寨成立，隶属中共金寨县委领导。县委组织部部长杭翼东兼任书记，下设组织部、宣传部，1951年增设城工部。随后，各区、乡团组织也逐步建立。1952年1月17日，金寨县首届团代会在金家寨召开。

1950年5月，金寨县民主妇女联合会在金家寨成立。由县委组织部部长杭翼东代管，设秘书1人，处理日常工作。随后，各区、乡相继建立妇联组织。

1950年，金寨县农民协会委员会在金家寨成立。随后，全县农民协会逐步建立健全，到1951年，全县农民协会达132个，会员88056人。

1951年5月，金寨县总工会筹备委员会在金家寨成立，筹委会由19人组成。

随着这些机构的成立，一个又一个单位挂上衔牌，无形中增添了金家寨的威严。

自从中共金寨县委、县政府迁回金家寨后，为了使各项工作得到落实，县委、县政府首先加紧建立基层政权。1949年9月6日，县委、县政府一到金家寨，在原已建立的麻埠、流波䃥、白塔畈3个区级政权的基础上，就迅速决定新建城关、双河、汤家汇、吴家店、燕子河5个区委会和区人民政府。

城关区辖金寨镇和洪湾、胡店、古南、七邻一镇四乡，区委、区政府机关驻地金家寨。

城关区委书记徐正明是部队干部，副书记尚承恩、郭子云；城关区区长王建群，副区长裴成泰。

金寨镇镇长由卢宏如短暂担任后，由韩洪昌继任。镇政府驻地菜市场街。

由于全县处于新旧政权交替时期，基层政权的组建需要时日，而县内的各项工作开展又十分紧迫，9月21日，金寨县委、县政府要求在一个月内搭好全县8个区及乡级政权的架子，麻埠、流波、白塔畈、城关4个区旧的保甲要全部控制利用起来，燕子河、吴家店、汤家汇、双河4个区争取2/3的保甲能控制利用。麻埠全区、流波䃥、白塔畈乡、城关两个乡要改造一部分旧保甲政权。并要求各区在社会秩序安定后，召开群众会向旧保甲长宣布立功赎罪条件，并在群众中培养积极分子，发展农协等组织。

利用旧的保甲长来维持地方的社会管理，这在当时是不得已而为之的一项过渡性举措。尤其是在金家寨，这些保长甲长在当地都有一定的名望，对金家寨的情况十分熟悉，管理有经验，因而控制利用他们工作，有利于金家寨的社会秩序迅速实现稳定，居民的生产生活很快恢复正常。这为县委、县政府领导全县工作提供了稳固的立足之地。

艰苦创业的金家寨

中共金寨县委、县政府及所属各个单位，当时在金家寨一切是从头做起，条件非常简陋。金家寨的各个单位都是艰苦创业。

金寨县工商税务局是当时在金家寨新成立的一个局，属于皖西工商税务分局管理。它的前身是麻埠事务所。而麻埠事务所的成立却源于田世五县长临时指定两个工作人员去征税。

1949年4月麻埠解放后，社会安定，市场也日渐繁荣。当时正是茶春季节。各地商贩前来购买茶叶，木竹等农产品也大量上市。皖北第三行政公署副专员兼金寨县县长田世五，在麻埠看到市场购销两旺，但没有征管税收的人员，当即指定随同来麻埠的工作人员赵星灿、马幼云2人负责征税工作。

领导的指示要迅速落实，可当时两手空空，既无征税文件，也没有税票，更没有征收的经验，一切是零。赵星灿、马幼云2人不等不靠，自己想办法。

没有税票，自己设计，找人用木板刻成印版，自己用毛边纸印制。税票一式两联，编号设在骑缝处，票面和骑缝处都盖上"金寨县人民政府"的大印。征收的品种和税率提出方案由县长田世五审定。当时只对上市的茶叶、木、竹征收货物税。两个人在麻埠市场一个负责保管印版、税票，检查货物与税票数量是否相符，一个负责开票，保管税款。由此开始了金寨县人民政府在金寨征收税款的历史。

到了5月下旬，田世五县长与皖西工商税务分局联系，分局派人前来麻埠接管征税工作，成立了麻埠事务所。所长高绪权，会计李世仁，税票改由分局拨发，税种、税率按照上级统一规定执行，税收工作开始步入正轨。

9月7日，金寨县宣布解放之后，皖西工商税务分局就准备在金家寨成立县级税务机构，抽调了人员，在麻埠集中，于11月3日在金家寨包公祠正式成立金寨县工商税务局，局长陆孝元，工作人员有姚秋声、沈敬之等11人。局长陆孝元是合肥人，原名王家兴，曾长期做地下工作，公开身份是商人，外号王胡子，任金寨县工商税务局局长后，恢复了原名。

金寨县工商税务局成立之初，一无所有，白手起家。没有办公桌，就趴在地上办公；没有床铺，就买来稻草打地铺；没有衔牌，就自己制作，现买毛笔、墨和光连纸，捡块破瓦片当砚台，一名毛笔字写得好的同志趴在地上写好"金寨县工商税务局"几个大字，贴在木板上作为衔牌，挂在大门边，就标志着金寨县工商税务局设立于此。由于一时买不到桌椅，开始的几份文件都是趴在地上用毛笔写的。

金寨县工商税务局成立之后，又调配来一批干部，相继成立了各股、所，首任的各股所负责人全部先配为副职。

在金家寨还设立了城关工商税务所，副所长杨鹏。

从金寨县工商税务局成立运转，当时的艰苦可见一斑。

金家寨解放之时，正是学生秋季开学之际。而在解放军解放金家寨之前的9月初，聚集在金家寨的一些匪徒就逃之夭夭，一些学校的教师心存恐惧，也纷纷离去，学校陷入瘫痪。在这种情况下，县长刘伟和文教科科长霍晓康找原学校负责人动员，帮助解决困难，恢复学校上课。金家寨的金寨小学在校长杨行仁等努力下，于9月开学，开设5个班，招收学生300余人。学生有学上，就解除了家长的后顾之忧，也起到了稳定社会的作用。

490

在小学复课的同时，从金家寨解放的9月7日算起，仅用13天就在金家寨办起了一个初级中学——金寨初级中学，它就是现在的安徽省重点示范高中——安徽省金寨第一中学的前身。

金家寨解放时，原立煌简易师范校长张文斗没有跑。他早就准备在金家寨筹办一所中学，原计划就在9月开学。可是，刚刚应聘到几个教师，有的教师听说金家寨要打仗就吓跑了。金家寨解放后，张文斗就找到县长刘伟，向他报告筹办中学之事，希望得到县政府的支持。

刘伟立即带着文教科科长霍晓康到学校选址的现场察看，并召集张文斗校长和在校的教师谈话，询问原立煌县教育的情况，并当场表态，同意兴办一所中学，校名为"金寨初级中学"，由县长刘伟亲自兼任校长。他真诚而坦率地告诉教师，目前经济有困难，只保证吃饭，没有工资，希望大家安心工作，为人民教育事业服务。先动员好学生早日开学，一切都会慢慢好起来。

刘县长的看望和谈话，使张文斗等人深受感动。尤其是刘县长平易近人、和蔼可亲、坦率真诚、雷厉风行的形象和作风给大家留下了非常好的印象，更加坚定了办好教育的信心。随后，刘伟又派人送来了大米、大柴，给张文斗等人以莫大的鼓舞，决心尽快把中学办起来，立即贴出了招生的告示。

可是，解放初期，不少学生家长存在一些困难和顾虑，不愿让子女上中学。经几天的动员，只有金家寨镇街上及附近12人报名。刘伟县长听了汇报后坚定地说："无论多少学生，不收任何费用，先把学校办起来再说。"

9月20日，学校正式上课。有教师3人，他们是张文斗、张子怀、桂海舟。后来又从寿县调来了沈楚卿任学校教导主任。

1949年寒假，按照县文教科主持工作的副科长袁家荣的意见，学校迁到金家寨石稻场，校舍有9间旧瓦房，和县政府隔公路相对。到1950年春季开学，又招收了插班生32人，大都住校，学校增加了一名工友。教师们在非常艰苦的条件下从事教学，学生们都能刻苦勤奋学习，并积极参加一些社会宣传活动，既学习了文化知识，也得到了锻炼提高。

解放初期，有些学生家庭极为困难，吃饭都成问题。刘伟县长听说后，就把在金家寨各单位工作人员吃的粮食分配给学校师生搬运，让学校师生有"脚力费"收入。金家寨到响山寺15里，一学期下来，所得的报酬，不仅解决了部分学生的生活问题，还添置了部分教具。

师生们还自己动手，改善办学条件，利用课外活动时间，开挖了一个篮球场，并到七邻湾拉来树料做篮球架子。刘伟县长看到后，高兴地赞扬："这就是不怕吃苦的革命精神！"

当时的公安局是最有威严、最繁忙的一个单位。

公安局是随县委、县政府从麻埠迁来的，时称金寨县人民政府公安局。公安局设有秘书、侦查、审讯、治安4个股和公安队、管训队、看守所以及麻埠、流波、城关3个派出所。

局长马爱民，是河北省曲周县人，时年30岁，

马爱民原是晋冀鲁豫野战军三纵直属团组织股长，1947年挺进大别山后，曾任中共舒六县县委委员兼公安局局长、六南县县委委员兼公安局局长。1949年7月15日任金寨县县委委员兼金寨县人民政府公安局局长。

副局长程德应，是金寨县汤家汇镇人，时年43岁，是个老红军。

程德应1928年参加革命，1929年参加红军，曾任红四军第十一师师部通信员，红二十五军第七十三师二一八团排长，红二十八军排长。参加了鄂豫皖革命根据地创建和反"围剿"斗争。抗日战争全面爆发后，任新四军第四支队第九团连长。解放战争时期，任晋冀鲁豫野战军第二纵队第四旅九团三营营长。1947年挺进大别山后转战，1949年7月任金寨县人民政府公安局副局长。

公安局开始在包公祠办公，后迁至桂家祠堂。

公安局当时工作的主要任务是剿匪反霸，随着剿匪不断取得胜利，捕获和投诚的匪特不断增多，公安局迁到金家寨后新成立了管训队。

管训队是在特殊时期成立的特殊机构。它从1949年9月21日成立到1950年2月撤销，只有短短5个月的时间，但它承担了特殊的任务，做出了特殊的贡献。

金寨县公安局遗址——金家寨桂家祠堂

（中共金寨县委党史县志研究室提供）

管训队的主要任务是管训国民党军政特党团人员，使其彻底"三交"（武器、文件、组织），改造思想，立功赎罪，分化瓦解敌特营垒，争取敌人自动投降。

在金家寨的县管训队管训的对象是城关区所有国民党党政军警特人员，各区和剿匪部队团管训队管训排以上军官、罪大恶极的班长或情报人员。管训工作共分三个阶段进行。

第一阶段是从1949年9月21日至11月中旬，此间管训了1625人。

由于干部少，管理对象多，管训队只设立一个大队部，派少数干部负责领导，处理日常事务，各队队长均由被管训人员中表现好的人员担任。采取定任务、定纪律的方法进行管理。纪律由管训人员全体人员讨论制定，内容有六条：

第一，不准随便接近外人。若需要与家属亲友通信时，须经队部批准；

第二，不准随便在街上乱跑，吃零食，以免耽误学习；

第三，须回家取粮食衣物时，按时归队，不准逾期；

第四，遵守作息时间；

第五，不准造谣和说怪话；

第六，知道他人隐藏武器物资及罪恶不报者，与藏匿者同罪。

以上六条，若违反其中任何一条者，开全体大会或全队大会，开展斗争，然后根据情节，民主讨论处理措施。

第一阶段经教育自新、立功赎罪后，放回生产，交群众控制的1286人，罪大恶极、群众痛恨的339人仍留下继续管训。

第二阶段从11月中旬到12月底结束。管训的对象主要是匪特的匪首和罪大恶极者。通过教育改造，被管训人员又交出步枪49支、短枪9支及一些子弹，挖出1400多名漏登记的对象，迫使其到乡登记。

1950年1月到2月为管训的第三阶段。对被管训对象继续坦白交代罪恶和交出隐匿枪支弹药及其他物资，揭发同伙和其他有罪恶的人员，立功赎罪，提前回家，对隐瞒者继续开展斗争。结果又坦白揭发出有血债的49人，交出短枪2支，长枪22支，子弹403发，还有金元宝、金戒指、银元及其他一些隐藏的物资。

到2月初，所有管训人员全部解训。管训队随之撤销。

金寨县公安局在金家寨地区，除进行清匪反霸工作外，还开展社会治安管理，对金家寨城镇及农村居民的户口进行登记，并开展禁止赌博，取缔娼妓等工作。对妓女医治性病，促其改造成为自食其力的劳动者。

匪首关押在金家寨

就在中华人民共和国成立的大喜日子里，匪"豫鄂皖人民自卫军总司令部"总司令汪宪，副总司令樊迅、袁成英和参谋处长马君慈等主要头目相继落网，彻底摧毁了国民党妄图在大别山开辟"第二战场"的反共最高领导机构，向新中国成立献了一份厚礼。

活捉汪宪、樊迅、袁成英、马君慈等匪特头目并不容易，富有戏剧性。

1949年9月7日，第二十四军第七十一师二一三团一营配合兄弟部队解放了金家寨，但匪总司令汪宪和匪骨干分子却都已逃匿。汪宪没有想到，带路去抓他的人，竟是他认的宗家、他的警卫团长汪建堂。

为了抓住匪首，第七十一师师部命令各团加紧搜捕。第二一三团党委为加强一线剿匪力量，决定将一营的第三连再加上一连的第二排组成加强连，配属给第二营，在花石帽顶山一带驻剿。并派副教导员陈先达下到三连加强领导。

三连在搜山中抓住了汪宪的报务员。陈先达分析，匪首一般不会离电台太远，抓到了报务员，顺藤摸瓜就能找到匪首。

可事情并不简单。报务员只管收发报，电台不在他身边，而是由一个名叫段长胜的当地人保管。他也不知汪宪和段长胜在哪里。

找到了段长胜，就可能抓到汪宪。可段长胜渺无音讯，怎么找到？连党支部决定，一面加紧搜山，一面发动群众寻找线索。

9月29日，连队帮助群众秋收劳动，一个老大爷告诉他们，段长胜的家离这不远，翻过山头就是。第二天早上，一个十几岁的放牛娃报告，说他亲眼看见段长胜的父亲昨天晚上送饭上山。

陈先达和连长、指导员研究，决定派排长周小贵带一个班到段家，通过段长胜父亲找到段长胜。看来事情好办，然而，又有曲折。

周小贵带着一个班迅速出发，翻山到了段长胜家，见到一个矮胖的老头，便问："你儿子段长胜呢？"老头迟疑一会回答："在……在家。"接着从屋里拉出一个人来说："就是他。"

周小贵一看，这个人中等身材长方脸，浓眉大眼，与事先了解到的段长胜的模样差不多，就问："你就是段长胜？"没想到这人哇哇乱叫，手不停地比划，像是个哑巴。周小贵不禁得一愣。

段长胜父亲见状，急忙结结巴巴地解释："汪……汪宪，因为他是个哑巴，不会吐露半点消息，才……才封他当个参谋。"

周小贵心中怀疑，但还是将哑巴带了回来。

陈先达等听了周小贵的汇报，一看带回的这个人，粗手大脚，穿着破烂，眼神恐惧，一副呆相，怎么看也不像个参谋。

这时，房东老大爷跑过来一看说："他是哑巴，在段家当了一辈子长工，抓他干什么？"哑巴见了熟人，像遇到了救星，也"哇哇"地叫起来。

周小贵知道上当了。他飞快跑出去，不多时就将段长胜的父亲抓来了。

段长胜父亲明白露馅了，可老奸巨猾的他还要表演。

这老头一进门就哭着说："长官，饶了我吧，我一时糊涂。"并用手捶自己的脑袋："我该死，我该死！"

陈先达说："不要耍了，把你儿子交出来！"老头扮出一副无可奈何的样子说："长官，他早走了！"

陈先达让这老头坐下，耐心地向他讲清形势，解释政策，并表明：只有他儿子投案自新，可以从宽处理；帮助抓到汪宪，还可以立功赎罪。

老头还有些不放心地问："立功赎罪，不杀头？"陈先达作了肯定的回答。

老头说："那好，我这就去把他叫回来见你们。"

当天下午，段长胜带着电台向解放军投降。可他也不知道汪宪的藏身之处。他和汪宪的一切联系都是通过汪宪的警卫团长、家住汪家冲的汪建堂。

为了防止匪首闻风而逃，陈先达等人决定，三连分两路立即出发，前往汪家冲抓捕汪建堂。

抓捕汪建堂也很有趣。

三连连长李桂华带着部队急行军，快到汪家冲时，迎面碰上一个瘦老头，胳膊上挎着个竹篮。他眯着眼睛看了看这些解放军，便慌忙让路，向旁边的田埂走去。

排长周小贵跟上去向他问道："老乡，汪建堂家住在哪里？"老头顿时一怔，很快镇静下来说："汪建堂是个守本分的人，老总找他干什么？"

李连长见他神情慌张，答非所问，便向周排长示意。周排长接过老头的竹篮说："请老先生给我们带个路吧。"老头脸色煞白地推辞："就……就在前面，你们自己去吧。"李连长上去劝说："别害怕，我们找汪建堂有点事，麻烦你把我们带到他家门口就行。"

老头只好带路。一到汪家冲，村里的人远望有这么多解放军来，都到村口看热闹。村民看到这个情景，一个小伙子喊道："汪建堂被解放军抓到了！"

周排长一下明白了，站到老头前面气冲冲地说："嘿！原来就是你呀！"

汪建堂知道已无法躲藏，低着头站着，呆如木鸡。

李连长当即和他谈话，汪建堂开始还支支吾吾地不承认与汪宪有关系。李连长告诉他段长胜已经被抓住，警告他罪恶严重，要想宽大处理，就得赶紧戴罪立功。经政策攻心，汪建堂终于说出了汪宪老婆的住处。

机不可失，李连长随即带着战士，押着汪建堂前往帽顶山狮子口抓捕汪宪的老婆。

帽顶山局部

（金寨县革命博物馆提供）

翻过几座山头，到达了狮子口山顶，按照汪建堂的指引，在半山松树林边一个群众搭盖防野猪的草棚里看到了汪宪的老婆。

当时这个脸形瘦长、脸皮黝黑的女人正在灶边烧火，见到先冲进的周小贵，吓了一跳，接着就"哇哇"乱叫，两手不自然地比划。

周小贵一愣，怎么又碰上个哑巴？上次碰上的是个男哑巴，这次是个女哑巴，怎么尽遇到哑巴？可仔细一看，这女人脸上抹的锅灰，可脖子以下很白，显然是化妆的。便对这女人说："你哑巴装得不像，汪太太！"

这时，汪建堂被押着进来了，这个女人一看，惊慌失措地惊叫："啊！我的天啊！"一屁股坐在地上大哭起来。汪建堂对他说："汪太太，山上待不下去了，说了吧！"

这女人开始只是哭，不开口说话。后来在周排长和战士们的威逼下，她提出了条件："长官对汪宪不打不吊，有饭吃，我就说。"

李连长表示："优待俘虏是我们的一贯政策。"她才吞吞吐吐地说："在山洞。"并转身对汪建堂说："你，领他们去吧！"

汪建堂带路，战士们很快到达汪宪藏身的瀑布后面的一个山洞，洞内寂静无声。汪建堂对着洞口大声叫道："汪司令，汪司令！"

洞内传出有气无力的骂声："妈的，大喊大叫，我毙了你！"

汪建堂说："汪司令，有事找你呢！"

汪宪听出是汪建堂的声音，就放心了。两个匪徒先从山洞出来，守在洞边的解放军战士吼道："举起手来，缴枪不杀！"当即制服了匪徒。

一个战士对洞口喊道："你们把枪交出来，不然要扔手榴弹了！"

话音刚落，洞里面连声嚷道："别，别，我们交枪。"随后，一支一支的枪扔到洞口，十几个匪徒举着双手，钻出洞来。汪宪是最后一个出来，只见他移动着肥胖的身躯，身着黑色的长衫，头发蓬松得如烂草，脸上苍白，点头哈腰地笑着说："弟兄们，我早就想下山投诚啦！"说着举起了双手。

这天，是9月30日，大别山最大的匪首汪宪被活捉。

匪首汪宪虽然被俘，但樊迅、袁成英等其他头目尚未落网。三连一面向团部报告，一面对汪宪进行政策攻心，扩大战果。汪宪供出了与其他匪首联络的地点，并给副司令樊迅写信劝降，大意是：时值深秋，凄雨绵绵，寒气逼人，解放军重兵包围，驻守各山口要道，夜以继日地搜山清剿，秋风扫落叶之势，深山也难有藏身之地，应早日出山，争取立功赎罪。

第七十一师当即派出部队到联络点搜捕，于10月2日俘获匪少将副总司令兼参谋长樊迅和参谋处长马君慈。在此期间，副司令袁成英也已落网。

至此，国民党策划和组建的大别山"第二战场"指挥机关——"豫鄂皖人民自卫军总司令部"被彻底摧毁。

大别山最大的匪首被俘，这是剿匪工作取得的重大胜利。消息传来，上上下下，欢欣鼓舞，一片欢腾。

10月3日，第二一三团决定将几名匪首押送到金家寨。从花石帽顶山解放军三连驻地到金家寨沿途群山起伏，山道弯弯。虽然汪宪等匪首被活捉，但汪宪手下的一些匪支队司令及匪徒仍然在山中出没，很有可能会在途中进行拦劫。为了确保途中的安全，一营副教导员陈先达亲自带领第二排负责押送，并作了充分的准备。每名匪首由两名精干的战士看管；汪宪体胖走路困难，就安排他骑马；袁成英、樊迅体弱并有病就安排两副担架抬着，马君慈年轻就跟着步行。并对途中可能出现的情况采取有效的对策。如果匪首途中跳崖，看管的战士必须跟着跳下去，严防匪首逃脱。第二一三团对押送匪首高度重视，团长刘金才亲自带着第三营两个连去接应。押送队伍到达离金家寨约5公里的岔路口，第二一三团政治委员赵汝山已带着队伍等候。

到达金家寨城边，匪首们从马上、担架上下来，一个个垂头丧气，面无血色，在威武的解放军指战员押送下进入金家寨城区。

金家寨的群众得知汪宪等匪首被活捉，解放军今天押送匪首到金家寨的消息，奔走相告，倾城出动，挤在街道两边，夹道欢迎凯旋的英雄。押送队伍进入城内，欢声雷动，"解放军劳苦功高！""中国共产党万岁！"的口号声响彻云霄，金家寨沸腾了！

第七十一师活捉了匪中将总司令汪宪等匪首，华东军区、鄂豫皖边指挥部、皖北军区和东线剿匪指挥部等领导机关都向第七十一师致电嘉奖或写信予以表扬。

华东军区的嘉奖电文是：

边指各首长并转全体指战员同志们：

我鄂豫皖剿匪部队，此次搜剿残匪中，在金寨西南活捉了伪"豫鄂皖人民自卫军"总司令汪宪及其第一副司令兼参谋长樊迅、第二副司令兼第一支队司令袁成英等主要匪首，这是坚决勇敢积极行动的结果，特电嘉奖。望全体指战员继续努力，在为完全歼灭大别山土匪的作战中，争取更大的胜利。

鄂豫皖东线剿匪指挥部党委除写信表扬外，还于10月12日颁发嘉奖令：

此胜利对我军今后肃清大别山残匪有极重大的贡献。该支队在剿匪中，一贯积极勇敢，不顾疲劳困难，甚至天黑下雨，一夜连续出击4次，因此取得剿匪以来辉煌战果，并能帮助群众秋收，认真联系群众，尊重地方党政，主动参加与帮助地方工作，造成良好的军政团结。为此给予活捉汪宪、樊迅、马君慈的三连记特等功，活捉匪首袁成英的五连记一等功，参与活捉匪首的一连二排记一等功，望我全体同志继续努力，为完成歼灭大别山土匪的光荣任务，争取立功。

匪"豫鄂皖人民自卫军总司令部"司令汪宪，副司令樊迅、袁成英，参谋处长马君慈被活捉后，全部关押在金家寨。

汪宪是大别山匪特之首。鄂豫皖边区剿匪指挥部、中共皖北区党委、六安地委、金寨县委都高度重视。派来和配置了专职的保卫干部。第二十四军军部还派来了保卫队，专职负责看管，站双岗哨并有干部值班，戒备严密。

鄂豫皖边区剿匪指挥部司令员兼政治委员王树声曾亲自审问了汪宪。后来的审讯是在金寨县公安局内进行，参加审讯的人员有第二十四军的保卫干部，金寨县公安局局长马爱民，记录人员安排在一幅布幕后面。审讯是以谈话的形式进行。

汪宪这是第二次被共产党军队俘虏受审。第一次是1948年他任师长兼河南第五行政区督察专员时，与刘邓大军作战被俘。

汪宪在审讯时，对他从武汉受白崇禧派遣到大别山组织反共武装的事实供认不讳。但他对为何接受了白崇禧的派遣的原因和自己在大别山的行为为自己作了辩解。

他在供词中说，他第一次被俘时，刘伯承司令员亲自找他谈话，向他告知解放战争各个战场总的形势，明示蒋介石的军队必败，人民解放战争必胜，要汪宪为自己着想，为人民着想，让他作出正确的选择，并且将他释放。

刘伯承的谈话汪宪记在心上。他之所以接受白崇禧的派遣到大别山金家寨，就是想把聚集在大别山的反动武装聚集起来，不让他们与人民解放军为敌。

汪宪还特别辩解，当人民解放军进大别山向他的部队进攻时，他没有组织抵抗，都是在躲藏；他还写信劝樊迅投降。

汪宪的辩解让审讯者感到惊奇和意外。汪宪供词中有关刘伯承与他谈话的内容，可能后来送时任中共南京市委书记兼市长刘伯承进行核对，也为他自己留下了一条活路。

国民党中将汪宪，少将樊迅、马君慈于1949年冬由合肥送华东战犯管理所。经改造，于1975年3月被特赦释放。

特别有意思是，当年在金寨帽顶山抓捕汪宪，少将樊迅、马君慈，并押送他们到金家寨的解放军一营副教导员陈先达，26年后，他们又在北京重逢。

陈先达是安徽省无为县人，1925年出生，1942年7月参加新四军，1943年加入中国共产党。他作战勇敢，曾在淮海战役荣立一等功。陈先达离开金家寨后，进步很快，曾任北京卫戍区第七十师副政治委员，警卫第三师政治委员，北京卫戍区后勤部政治委员。

他担任警卫第三师政治委员时，在1975年3月31日那天，接待了一批特殊的客人，这就是刚被特赦的战争罪犯。

第四届全国人民代表大会常务委员会第二次会议，遵照毛主席、党中央的指示，根据国务院总理周恩来的建议，决定特赦释放全部在押战争罪犯。

1975年3月19日，最高人民法院特赦释放了293名全部在押战争罪犯。23日，叶剑英副主席指示，遵照毛主席指示，被特赦释放人员，每个人都有公民权；有工作能力的，安排适当工作；有病的，享受公费医疗；丧失工作能力的，国家养起来；愿意回台湾的，给足路费，提供方便；去了愿意回来的，政府照样欢迎。被特赦人员在北京可以到工厂、农村、学校参观访问。这些特赦人员中，就有原国民党中将汪宪、少将樊迅、马君慈。

3月31日上午9时，这批特赦的人员分乘十几辆大小轿车来到了驻顺义县警卫第三师师部。而负责接待的就是警卫第三师政治委员陈先达。

这些穿着新制服的特赦人员排着整齐的队伍，在热烈的掌声中进入了师部的会议室，先由政治委员陈先达介绍警卫第三师的战斗经历。

当陈先达介绍警卫第三师的前身是华东野战军第二十四军第七十师、新四军第六师，参加过土地革命战争、抗日战争、解放战争和抗美援朝战争。在解放战争时期，先后参加了苏中、莱芜、孟良崮、淮海、祀雒、渡江等战役，俘虏国民党军队7万余人的光辉历史后，汪宪、樊迅、马君慈不禁想起了当年被俘的情景。

汪宪面有愧色地对陪同人员说："咳！无巧不成书！我们参观的部队就是当年俘虏我们的部队。陈政委就是当年的教导员，送我们到后方。那时人民解放军执行毛主席制定的政策，非但不杀不辱，还优待我。今天人民解放军仍执行毛主席的政策，又热情接待我参观。"

当中国新闻社记者采访时，汪宪回忆："1949年在解放军渡江前夕，我们3人，还有袁成英带着电台和一些部队潜入大别山区，组织反动武装和反动政府，妄想继续与人民顽抗，终于被解放军俘获。"他痛心疾首地说："我那时立场反动，置国家民族利益于不顾，忘恩负义，死心塌地地为国民党反动派卖命。我们这些人都是罪该万死的人。共产党、人民解放军这样对待我们，这种胸怀和气魄，只有在共产党领导的社会主义国家才能做到。"

这些特赦人员聚精会神地听部队领导的介绍，仔细地了解部队建设的情况，观看了战士业余文艺宣传队的演出和军事训练表演，不禁连声称赞："人民解放军真是一所大学校！"

参观结束了，特赦人员都整理服装按顺序登车，可汪宪、樊迅、马君慈3人一动不动，对陪同人员说："我们想当面感谢陈政委。"

陈先达这时正在忙着送客人，当陪同人员领着他们3人来到陈先达跟前时，陈先达笑着和他们一一握手，并亲切交谈。汪宪上来就说："我被你们俘虏时，态度虽然不好，可你们对我却很宽大。"

陈先达想起当时汪宪被俘后，要他给樊迅写劝降书，他开始不肯写，经劝导还是写了。就说："宽大俘虏是政策，是毛主席制定的。'三大纪律八项注意'中就有优待俘虏的规定。"

汪宪接着说："那你也是执行毛主席政策的好干部，还把我的家属送回了老家，得到了妥善的安置。"

陈先达说："那都是人民政府安排的。"

汪宪动情地回忆说："你在押送我们时，你的马自己都不骑，还让给我骑。"

樊迅接过话头说："我和袁成英身体不好，你们请了民伕用担架抬着我们走。记得那天正下着雨，你们在泥水里蹚着走，那情景我至今没有忘记。要不是你们宽大，优待我们，我恐怕也活不到今天。"

陈先达说："我们是人民军队，是按毛主席、党中央政策办事。这次特赦全部在押战犯，我们坚决拥护，还热烈欢迎你们来参观。"

汪宪等人听后，非常激动。陈先达送走了他们，也久久不能平静，在大别山金寨剿匪、在金家寨驻扎的日日夜夜又在脑海中浮现。

汪宪1975年特赦后，任湖北省政协文史委员会专员。同年，因病在武汉去世。

樊迅1975年特赦后，任武汉市政府研究员。1976年在武汉病逝。

袁成英在金家寨审讯后，送到合肥。1950年8月，袁成英以反革命罪被判处死刑，在合肥被枪决。

由于袁成英1949年是投诚人员，37年后，对袁成英的死刑判决，安徽省高级人民法院又于1987年11月20日予以撤销。该院刑事判决书法刑再二字（1987）第57号判决：

被告人袁成英在任上述伪职期间，于1949年向我军投诚。原判决对袁成英投诚前的问题，以反革命定罪追究刑事责任不当，据此特依法判决如下：

一、撤销1950年8月的刑事判决；

二、对袁成英不予追究刑事责任。

安徽省高级人民法院之所以做出这样的改判，是袁成英确有投诚的事实。

1949年8月，解放军进大别山开始剿匪，袁成英曾于8月底派妻子孙秀志秘密到解放军驻地和解放军负责人会面，交谈投诚事项。解放军负责人当场写了一份保证袁成英及其全家生命财产安全的保证书。于是孙秀志带领一名解放军领导和两名战士秘密到袁成英住处商谈投诚具体事项。商谈后，袁成英写了4份内容相同的命令，命令黄英、袁大樾、胡玉美、吴云趄向解放军投诚。该命令现仍存放在安徽省档案馆。

这就是立煌县最后一任县长袁成英的结局。

王树声到金家寨

新中国刚刚诞生，百废待兴，各项建设亟待进行。可大别山区的残匪仍未肃清。金寨境内的大山深处还有土匪出没。残匪不除，社会不得安宁。继续剿匪，彻底消除匪患仍然是摆在眼前的一项十分紧迫的重要任务。

10月2日至5日，鄂豫皖边区剿匪指挥部司令员王树声在金家寨主持召开了鄂豫皖边区第二次剿匪指挥部负责人会议，总结前段剿匪工作成绩，分析当前的形势，明确今后剿匪工作任务。他在会议总结时指出，虽然土匪最高军事指挥机关及其匪首被全歼，但仍有大量残匪变明为暗，化整为零，分散插枪，甚至假投降，负隅顽抗。今后剿匪总的方针，应全力结合群众，以政攻为主，贯彻军事打击，继续歼灭股匪和大量开展全面驻剿、清剿、搜捕，瓦解散匪，达到彻底肃清土匪之目的。他指出，实现这一任务的根本之点，就是要树立坚定的群众观念，坚决相信群众和依靠群众，只有充分发动群众，才能彻底肃清残匪。

这次会议在剿匪取得阶段性胜利时召开，使大家认清了形势，总结了经验，明确了剿匪的任务和方针，也振奋了精神，对取得剿匪工作的全面胜利起到了重要的推动作用。会议开得圆满成功。

这次会议也是新中国成立之后，在金家寨第一次召开的最高级别的一次会议。

王树声对金家寨并不陌生。在红军时期，他曾多次战斗在金家寨。

鄂豫皖边区剿匪指挥部司令员的
王树声大将
（金寨县革命博物馆提供）

王树声是湖北省麻城县人，时年44岁。他1926年就加入中国共产党，1927年参加了著名的黄麻起义，1928年任中国工农红军第十一军第三十一师第一大队党代表。1930年12月，他任红一军第一师第一团团长时，率部参加第一次反"围剿"作战，攻占了金家寨。1931年4月底，他任红四军第十师第三十团团长时，护送张国焘等人从鄂东北到金家寨，在金寨境内完成了交接，没进金家寨；随后，率部参加第二次反"围剿"作战又经过金家寨；1931年7月，他时任红十一师副师长兼三十三团团长，在南下蕲（春）黄（梅）广（济）的作战中，又路过金家寨。1932年9月，红四方面军在金家寨会师，他任红二十五军第七十三师师长，曾住在金家寨。17年过去，他已经是湖北军区副司令员兼任鄂豫皖边剿匪指挥部司令员和政治委员，再次来到了金家寨。他抚今追昔，感慨良多。

王树声后来曾任国防部副部长，总军械部部长，军事科学院副院长，军事科学院第二政治委员等职务。1955年被授予大将军衔，并获一级八一勋章、一级独立自由勋章、一级解放勋章。是中国人民解放军36位军事家之一。1974年1月7日，王树声在北京逝世。

鄂豫皖边区第二次剿匪指挥部负责人会议之后，在金家寨以司令员兼政治委员王树声、副政治委员何柱成的名义，发表了《中国人民解放军鄂豫皖边区剿匪指挥部对大别山残匪发布立即投降命令》，命令指出：

现我军挺进会合西南，全国面临解放。中华人民共和国中央人民政府已于北京成立。蒋、李、白匪帮反动统治，从此宣告灭亡。本军为解除大别山人民痛苦，建设人民解放事业，奉命剿匪。进剿以来，为时仅短短一个月，即全歼匪鄂豫皖边区总司令部，俘匪首总司令汪宪、副司令樊迅、袁成英及阮志凌、张连合、陈新民等以下官兵3000余名。残匪纷纷投降，或四散逃命插枪隐蔽。我军正布满大别山各地，进行猛烈的搜捕、清剿、追剿，不到全部肃清决不休止。你们除缴械投降，别无出路。大势所趋，人心所向，顺行者存，逆行者亡。蒋匪数百万反动军队，尚且被歼灭殆尽，大别山区区残匪，何堪一击。决不许横行霸道，残害人民。现你们已临最后关头，赶快投降改邪归正，回头是岸。执迷不悟，妄图顽抗，阴谋破坏，必被消灭。时机已到，生死任择。兹命令你们各股及零星散匪，立即向当地人民政府及驻剿部队登记投降，交出全部人、枪、武器、弹药、文件，听从处理。

这个命令为大别山境内的残匪指明了出路，也对残匪产生了强大的威慑作用。

剿匪胜利的金家寨

金寨县委、县政府和驻金寨部队认真贯彻鄂豫皖边区第二次剿匪指挥部负责人会议精神和上级党委的指示。

遵照党关于人民解放军既是战斗队又是工作队的指示，剿匪部队抽调大批干部组成工作队和地方干部密切配合，共同深入群众，访贫问苦，宣传革命形势和党的政策，彻底肃清残匪。许多指战员把节约下来的口粮分送给最贫苦的农民，帮助解决群众生活困难，与群众同甘共苦，紧紧依靠群众，搜山捉拿匪特。

如皖北军区警备第二旅在大别山剿匪的8个月中，帮助群众耕田、割麦、割稻、栽秧4000多亩，打麦、磨麦、轧棉花5万多斤，并从伙食结余与私人捐献中共拿出大米3600多斤、人民币4.5万元、衣物600余件救济群众，群众称他们"捉土匪如老虎，帮助人民生产能吃苦。"

金寨县委、县政府还在金家寨召开全县干部大会，传达贯彻鄂豫皖边区第二次剿匪指挥部负责人会议精神，动员大家进一步发扬艰苦奋斗、密切联系群众的作风。会上还一致讨论通过了"四要三不要"工作纪律，即要依靠和联系群众，要正确执行党的政策，要艰苦踏实地工作，要严格请示报告制度；不要强迫命令、打骂群众，不要怕艰苦，贪图享受，不要上匪特圈套，丧失警惕。县、区、乡干部紧密配合剿匪部队，依靠群众，发动群众，建立基层政权，召开农代会，组织民兵，恢复商店，动员小学复课，积极筹办中学，修复县城到麻埠的公路，用事实向群众表明肃清残匪的决心和信心。

与此同时，各剿匪部队一面继续清剿残匪，一面向匪特展开强大政治攻势。一是深入广泛宣传全国胜利形势和"首恶必办，胁从不问，立功受奖"的剿匪政策；二是动员匪属"劝子劝夫"投降；三是教育已归来的土匪回去劝说同伴投降；四是直接写信敦促残匪投降。这些政治攻势极为有效，潜伏的匪特纷纷投降自新。到10月底，到金寨县公安局登记自首的就有1980人。

金寨县公安局新成立的管训队，把交枪投降的、登记自新的匪特分子集中起来，向他们宣传革命形势、党的政策，动员他们交代、揭发问题，立功赎罪。同时，对罪大恶极、民愤极大的匪首，召开公审大会，依法惩办。在金家寨召开了公审匪首汪德芝大会。各区乡也召开群众性的公审斗争大会。参加大会的群众和受害者家属纷纷控诉土匪的罪恶，有的拿出一件件血衣，哭诉血海深仇，要求政府伸张正义，为死难者报仇。人民法院依法将罪大恶极、民愤极大的土匪头子处以死刑。震慑了一些采取两面派手法假投降的顽固匪特，他们有的把隐藏的好枪交出来，有的要求重新登记自新、从宽处理。群众欢欣鼓舞，大快人心，纷纷要求参加农会和民兵组织，积极配合部队肃清残匪。

在开展政治攻势的同时，对少数顽固不化的残匪进行坚决的军事打击。为了寻找匪特的踪迹，全县人民积极协同剿匪部队，开展搜山运动。

在金家寨，剿匪的进展和取得的成效不断传来。

东线剿匪部队白塔畈区驻军在农会匪情调查组的协助下，一个月捕捉残匪200多人；流波区一个被迫当匪班长的人在其叔父的宣传教育下，率全班携械自新；接着他又动员另一个匪班长率领全班携械投诚。根据他提供的情况，群众了解到一个匪排长顾虑共产党的宽大政策能否兑现，不敢下山自新。很多群众赶到他家，宣传党的政策和全国形势，要他父亲当机立断，赶紧动员他儿子下山投诚，争取宽大处理。结果，这个匪排长带着残部14人、14支枪当夜下山自新。双河区群众2000多人配合搜山部队，活捉了立煌支队第四自卫团团长潘澍师。

剿匪部队也与匪首斗智斗勇，千方百计将匪首捉拿归案。北线剿匪部队在胡继成指挥下，组织第三七七团和三七八团和当地县支队，在皂靴河附近歼灭张继武支队200余人，生俘匪首张继武；在汤家汇歼灭冯春波支队150多人，并消灭了盘踞在铁冲黄塝的张天和支队一部。匪首张天合反动透顶，十分猖狂，先前亲自率队将三七七团的9名侦察员包围。激战中，一名解放军战士当场牺牲，一名战士靠近敌群用冲锋枪猛烈扫射突出包围，7名战士被俘。除一名战士设法逃脱外，张天和下令残忍地将6名解放军战士杀害。为了抓捕张天和，剿匪部队和当地政府发起了强大的政治攻势，分化瓦解了匪张天合部内部，匪连长带着40余人枪到皂河乡政府投降自首。张天合带着仅剩的特务排和几名亲信潜入南小涧、稻草沟、松山涧等丛山密林中。12月下旬，东线剿匪部队寻踪到此，将张天合打伤生俘。张天和因伤势过重死亡。其余匪首如黄英、岳歧山、冯春波等都在群众的配合下先后落网。

南线剿匪部队独立第三师在傅春早的率领下，沿着大别山主脉岭脊两侧，北起麻城北三河口，东南至天堂寨，跨鄂皖两省边界展开搜剿。第七团团部驻僧塔寺，主力分布于周围及牌形地等地区，以第二营分布于天堂寨北侧金寨境内的前后畈，这是著名的土匪黄英的老巢。第八团团团部驻金寨境内的吴家店，部队分驻吴家畈、斑竹园、牛食畈地区；第九团团部驻独杨树，主力分布于周围及三河口地区，以第一营驻金寨西南的白沙河。各团在划分的清剿区，实行了以排、班为单位的高度分散，做到一切要道、隘口、居民点都在严密监视之中；采取"梳篦战术"，不怕疲劳，不怕扑空，对深山老林反复扒剔搜剿；在群众中建立秘密情报员，暗中侦察匪踪；细心调查研究，掌握潜匪活动地点和规律，以致连匪首有哪些亲友和姘头都弄得一清二楚，从而逼得顽匪无处藏身，无路可走，做到准确剿灭。第八团将在吴家店、斑竹园一带流窜的匪饶国栋部肃清殆尽，饶国栋投降；同时，广泛深入地做群众工作，严格执行分化瓦解敌人的政策，各种劝降标语一直贴到土匪可能出没的山林中和山洞口。周香波是个很有影响的惯匪，也是匪第五支队副司令，但藏匿得很隐蔽。第九团在加紧清剿的同时，展开强大的政治攻势，宣传"活捉周香波立大功"，宣布"知情报告而能捕获者奖银元100元"，"通周、窝周、知周不报者以通匪论罪"，并主动争取与周香波有联系的绅士，结果很快就有匪37人投降。周香波日益孤立，东躲西藏，无处栖身，自己也带着劝降书到驻白沙河部队驻地认罪。

各级领导还亲自做瓦解工作。傅春早深入到金寨斑竹园、白沙河找与土匪有关系的人做工作。漆先志是傅春早当年当红军时的战友,后来脱离部队回乡与土匪有关系,傅春早找到他要他将功补过,后来漆先志劝说了一些土匪投诚。匪首周香波投降后,傅春早亲自找他谈话,让其立功赎罪,并命令部队解除软禁,使其四处劝说,以实例宣传对归降人员的宽大政策,产生了一定的影响。七团二营在前后畈,争取了匪乡长投降,使60多名土匪登记自新,缴获机枪3挺,长短枪48支。八团一营在斑竹园,9天俘匪15人,降匪125名,缴获机枪4挺,炮5门,长短枪84支。

到1950年初,鄂豫皖边区共歼匪15413名,其中金寨的匪特4500多名。至此,大别山区的匪特基本肃清。

1950年的春节,是新中国成立后金家寨人民过的第一个春节。各家各户贴上了大红的春联,挂起了灯笼,大人小孩都穿上了新衣服,到处充满着节日的喜庆气氛。

为庆祝新中国的诞生,人民当家做主,大别山剿匪的胜利,欢度春节,城关区在金家寨举行了春节灯会,驻金家寨的部队也派出演出队,军民联欢。各乡镇都组织花灯到金家寨会灯,只见各路花灯队的花灯多种多样,有龙灯、狮子灯、河蚌灯、伞灯、平台灯、花鼓灯、花挑灯、尾灯,还有花车、旱船、高跷、腰鼓、锣鼓蓬、丝弦锣鼓、秧歌、莲湘舞、玩狮子、活报剧等,川流不息,令人目不暇接。金家寨锣鼓喧天,爆竹动地,载歌载舞,热闹非凡,到处挤满了欢乐的人群。

将领功留金家寨

大别山剿匪结束后,在金寨境内的各剿匪部队先后撤离。这些部队虽然离开了这里,但他们的功绩在人民心中留下了一座永不磨灭的丰碑。剿匪部队的指挥员后来都成长为开国将军或高级领导干部,在他们的勋章中闪耀着在金寨战斗的光辉,在他们的回忆中留下了金家寨的记忆。

1950年2月12日,金家寨有12名知识青年参加了中国人民解放军第二十四军第七十一师。随后,在金家寨的第七十一师第二一三团完成剿匪任务,离开金家寨。

2月27日,人民解放军鄂豫皖东线剿匪指挥部在麻埠召开万人大会,庆祝大别山剿匪胜利,欢送人民解放军第七十一师胜利出山。

这些剿匪部队为金寨人民的安宁和幸福建立了不朽功勋,人民永远也不会忘记。

参加金寨剿匪部队的主要领导人离开金寨以后，都担任了要职，不少成为开国将军。

东线剿匪指挥部司令员梁从学离开金寨后，曾任皖北军区司令员，江苏军区副司令员。1955年被授予中将军衔，荣获一级八一勋章、一级独立自由勋章、一级解放勋章。1973年4月7日于南京病逝。

东线剿匪指挥部政治委员何柱成离开金寨后，曾担任安徽军区政治部主任、济南军区政治部副主任、济南军区副政治委员等职。1955年被授予少将军衔，荣获二级八一勋章、二级独立自由勋章、一级解放勋章。1974年9月1日于济南病逝。

东线剿匪指挥部第一副司令员、第二十四军第七十一师师长梁金华离开金寨后，曾任第二十四军副军长、军长，浙江省军区副司令员。1961年晋升为少将军衔。1955年荣获二级八一勋章、二级独立自由勋章、一级解放勋章。1962年6月21日在上海逝世。

东线剿匪指挥部第二副司令员兼参谋长曾庆梅离开金寨后，曾任任中共巢湖地委书记，安徽省委监委书记、安徽省委组织部部长、安徽省委书记处书记兼安徽省委监委书记等职务。

东线剿匪指挥部第一指挥所司令员李国厚离开金寨后，曾任华东军区第九十师师长兼政治委员、南京军区公安军副司令员兼参谋长、江苏省军区副司令员等职务。1955年被授予少将军衔，荣获二级八一勋章、二级独立自由勋章、二级解放勋章。1998年2月26日于南京逝世。

东线剿匪指挥部第一指挥所政治委员彭宗珠离开金寨后，曾任中共六安地委书记兼军区政治委员，安徽省民政厅厅长、公安厅厅长，中国人民解放军公

曾任东线剿匪指挥部司令员的
梁从学将军
（中共金寨县委党史县志研究室提供）

曾任东线剿匪指挥部政治委员的
何柱成将军
（中共金寨县委党史县志研究室提供）

曾任东线剿匪指挥部第一副司令员的
梁金华将军

（中共金寨县委党史县志研究室提供）

曾任东线剿匪部队警备一旅政治
委员的刘健挺将军

（中共金寨县委党史县志研究室提供）

安部队安徽总队政治委员，中共安徽省委常委，安徽省副省长，政协安徽省第四届委员会副主席等职务。1982年7月在合肥病逝。

东线剿匪指挥部第一副司令员、第二十四军第七十一师政治委员崔文斌离开金寨后，曾任第二十四军第七十二师政治委员、中国人民志愿军空军第十五师政治委员、中国人民解放军空军政治部主任、北京军区空军副政治委员。1961年晋升为少将军衔。1955年荣获三级八一勋章、二级独立自由勋章、一级解放勋章。1998年12月11日在北京逝世。

东线剿匪部队警备一旅旅长黄仁廷，后任第二十四军第七十一师师长，空军第二十九师师长，山东省军区副司令员等职务。1955年被授予少将军衔，荣获二级八一勋章、二级独立自由勋章、二级解放勋章。1982年12月在合肥病逝。

东线剿匪部队警备一旅政治委员刘健挺，后任安徽军区政治部主任、安徽省军区副政治委员、福建省军区第二政治委员等职务。1955年被授予少将军衔，荣获二级八一勋章、二级独立自由勋章、一级解放勋章。1983年11月病逝于福州。

东线剿匪部队警备第二旅政治委员顾鸿，后任华东军区第二十七军九十师代师长、华东军区第十六步兵学校校长、南京工程兵学校校长等职务。1964年晋升为少将军衔，荣获三级八一勋章、二级独立自由勋章、二级解放勋章。2016年1月26日在南京逝世，享年101岁。

北线剿匪指挥部司令员、第四十二军第一二六师师长胡继成，后来曾任中国人民解放军第四十二军军长、成都军区副司令员兼四川省军区司令员、成都军区副政治委员等职。1955年被授予少将军衔，获二级八一勋章、二级独立自由勋章、一级解放勋章。2016年5月15日在成都逝世，享年101岁。

南线剿匪指挥部司令、湖北军区独立第三师师长傅春早，后任第四野战军四十五军二一一师师长、第五十一军二一二师师长、广西军区副司令员等职务。1955年被授予少将军衔，荣获二级八一勋章、二级独立自由勋章、二级解放勋章。1996年3月14日于河南信阳逝世。

曾任东线剿匪部队警备第二旅政治
委员的顾鸿将军
（中共金寨县委党史县志研究室提供）

热火朝天金家寨

新中国成立之后，在社会主义建设的高潮中，在抗美援朝的运动中，金家寨是热火朝天，政治、经济和社会事业都蓬勃发展。

人民代表会议在金家寨

1949—1953年，在金家寨先后召开了金寨县九届各界人民代表大会，贯彻党的方针政策，确定全县的重要决策，极大地提高了全县各界人士参与经济社会建设的积极性，有效地保证了党的决策得到人民群众的坚决执行。这是在当时的历史条件下，各界人民参政议政，行使当家做主权力的方式。

召开各界人民代表会议，这是全县人民政治生活的头等大事。每次会议召开时，金家寨的大街小巷都张灯结彩，红旗招展，标语随处可见，晚上还有文艺演出，到处都洋溢着节日的喜庆气氛。

1949年11月20日，金寨县第一届各界人民代表会议在金家寨开幕。参加会议的227名代表来自全县各条战线，全部是县政府特聘的。这其中有工、农、兵、学、商以及民主人士代表，还邀请了老红军、老赤卫队员和烈军属、复员转业军人代表。由于金寨是老革命根据地，烈军属和老赤卫队员的代表占了70%。会议的中心议题是清剿残匪和维护社会治安。县长刘伟做了当前形势和清剿残匪、维护社会治安的报告，讨论了组建农民协会、改造旧政权、订立防匪公约等工作。县委书记白鲁克在会上讲话，要求要认真执行党的政策，清剿残匪，努力完成各项工作任务。

这是新中国成立以后，全县各界代表第一次到一起共商当前的治县大计。

在1951年1月召开的第二届各界人民代表会议上，县长刘伟作了一年来政府工作的报告，县委委员马爱民作土地改革工作计划的报告，会议推选出土改、协商、审判3个委员会，部署土地改革、镇压反革命、生产度荒等工作。

在1952年6月召开的第五届各界人民代表会议上，大会作出了爱国增产、护林与水土保持、劳动互助、防疫卫生、文化教育、人民武装建设与社会治安、拥军优属、发放土地证照、贯彻《婚姻法》9项决议。并根据上级规定，为了使各界人民代表会议代行县人民代表大会部分职权，成立了"金寨县各界人民代表会议常务委员会"，由21人组成，县长为常务委员会主任，下设办公室。常务委员会成立后，围绕党的中心任务开展工作。此时的各界人民代表会议，已显现出县人民代表大会的雏形。

1953年，《中华人民共和国全国人民代表大会和地方各级人民代表大会选举法》颁布后，金寨县在金家寨成立了选举委员会，主持基层换届选举工作。

1954年7月9日至12日，金家寨第一届人民代表大会第一次会议在县城金家寨召开。出席会议代表314人，代表全县35万人民。大会听取和审议了县长张庆禄所作的《1953年政府工作总结和1954年下半年工作任务的报告》，会议选举产生了县长1人，副县长1人，法院院长1人；选举余道品、张庆禄、李湘若、徐少兰（女）、顾思仁、唐元田6人为出席安徽省第一届人民代表大会代表。

按照当时的《宪法》规定，地方各级人民委员会，即地方各级人民政府，是地方各级人民代表大会的执行机关，是地方各级国家行政机关。

金寨县第一届人民代表大会第一次会议选举的县长是张庆禄，副县长为朱润身；法院院长为唐洪云。他们都是新中国成立之后，由人民代表选举出来的县级领导人。

抗美援朝与金家寨

1950年9月15日，从金家寨开始，全县开展了和平签名运动，反对美国侵略朝鲜，有近10万人参加了签名。

原来1950年6月25日，中国近邻的朝鲜半岛爆发了大规模战争。美国立即进行干涉，同时命令其海军第七舰队侵入台湾海峡，"阻止对台湾地区的任何进攻"，公然干涉中国的内政，阻扰中国的统一大业。美国还操纵联合国安全理事会通过决议，组成以美国部队为主，英、法等15个国家有少量军队参加的"联合国军"，扩大侵朝战争。美军无视中国政府的一再警告，悍然越过南北分界的北纬38°线（通称三八线），直逼中朝边境的鸭绿江和图们江，直接威胁新中国的国家安全。在战况陡转危急的情势下，朝鲜劳动党和政府两次请求中国出兵支援。

中共中央政治局在毛泽东主持下进行多次、反复讨论，作出抗美援朝、保家卫国的决策，组建以彭德怀为司令员兼政治委员的中国人民志愿军。在志愿军的副司令员中，就有金寨籍的洪学智。

10月18日晚，毛泽东向中国人民志愿军下达了入朝作战的命令。19日黄昏，志愿军隐蔽地渡过鸭绿江，奔向抗美援朝的战场。

志愿军入朝后，党领导全国人民迅速开展了轰轰烈烈的抗美援朝运动。

1950年10月26日，全国人民抗美援朝运动的统一领导机构——中国人民保卫世界和平反对美国侵略委员会（简称中国人民抗美援朝总会）成立，郭沫若任主席，彭真、陈叔通为副主席。

不久，在金家寨成立了金寨县抗美援朝分会，乡镇设立小组，全面开展"抗美援朝，保家卫国"活动。

在金家寨，抗美援朝的宣传活动不断掀起高潮。在广播里，校园中，街道上，村庄里，到处可以听到《中国人民志愿军战歌》，不论男女老少都在唱"雄赳赳，气昂昂，跨过鸭绿江。保和平，卫祖国，就是保家乡。中国好儿女，齐心团结紧。抗美援朝打败美帝野心狼！""抗美援朝，保家卫国"的道理家喻户晓，深入人心，爱国热情空前高涨，全县掀起了参加志愿军的热潮。

1951年3月，全县有1104人报名，528人被批准参加中国人民志愿军，组成一个战斗营，由麻埠区武装部部长李道轩任营长，于11月入朝作战。

同时，全县人民普遍订立爱国公约，优待烈军属。先后捐款17万元*，购买飞机大炮，支援志愿军在朝鲜作战。

朝鲜战场与金寨相距遥远，但它时刻牵动着这里干部群众的心。

此时，在志愿军中就有不少金寨籍的干部战士奋战在朝鲜战场上。这其中就有洪学智、曾绍山、皮定均、肖全夫、胡继成、詹大南、吴国璋、周发田、

---

* 折算为现行货币后的金额。

漆远渥、丁国钰、李家益、马宗璜、宋承志、戚先初、方子翼等高级将领。

金家寨所在的城关区就有皮定均、马琮璜、陈宏、詹大南、胡继成、宋承志等志愿军指挥员。

皮定均时任中国人民解放军第二十四军军长兼政治委员，1952年9月率部抗美援朝，接替志愿军第十五军防守上甘岭地区，与敌美三师、伪九师等对峙。皮定均调查研究，总结经验，在前沿部队开展冷枪冷炮运动，创造朝鲜前线我军狙击杀敌的最高纪录——击毙214名敌军的英雄张桃芳就在皮定均的部队。此项经验在志愿军推广后，5个月毙敌12000人。在夏季反击战中，他指挥二十四军攻占美三师3个阵地、伪九师5个阵地，为划定最后的军事分界线奠定了基础。皮定均为夺取抗美援朝战争胜利作出了重要贡献，荣获朝鲜民主主义人民共和国颁发的一级国旗勋章。

胡继成时任第四十二军副军长，1950年10月率部入朝参战，是第一批跨过鸭绿江奔赴抗美援朝战场的志愿军。他率部首战黄草岭，在朝鲜人民军一部协同下，以英勇顽强的战斗精神，同敌人连续激战13昼夜，歼灭敌人2700余名，重挫了敌人的锋芒，打破了"美军难以战胜"的神话。受到了中央军委、毛主席和志愿军总部的嘉奖。在第二次战役中，胡继成所在的第四十二军就参加大小战斗31次，毙伤俘敌人4700人，连克宁远、孟山、成川、江东诸城，粉碎了敌人"圣诞攻势"，对迫敌退守"三八线"起到重要作用。随后，胡继成率部又突破"三八线"，坚守"铁三角"，为夺取抗美援朝战争的胜利作出了重要贡献，荣获了朝鲜二级国旗勋章、二级自由独立勋章。

时任第二十七军副军长的詹大南在抗美援朝战争中威名远扬。1950年12月30日晚，为歼灭被围于新兴里的号称北极熊团的美七师第三十一加强团，詹大南亲率八十师和

曾任中国人民志愿军第二十七军
副军长的詹大南将军
（金寨县革命博物馆提供）

八十一师1个团冒着−30℃的严寒，从四面向敌人发起猛攻。战至拂晓，将敌人压迫到狭小区域内。敌人在40多架飞机掩护下，以10多辆坦克开路，于下午1时向南突围。詹大南指挥各团，不顾敌机轰炸，奋勇追击，将敌人围歼在新兴里、新岱里、泗水里一带。共歼敌3191人，击毙北极熊团指挥官麦克里安上校

曾任第四野战军炮兵第二师师长的
宋承志将军

（金寨县革命博物馆提供）

和继任指挥官费斯上校，击毁坦克7辆、汽车161辆、缴获汽车184辆、坦克11辆、火炮139门、枪支2345支。还缴获了北极熊团的军旗，使这个不可一世的美军王牌团从美军战斗序列中消失。詹大南为夺取抗美援朝战争胜利作出了重要贡献，荣获朝鲜二级国旗勋章两枚、二级自由独立勋章。

时任第四野战军炮兵第二师师长的宋承志，于1950年11月1日，率部跨过鸭绿江抗美援朝。12月上旬，宋承志奉命回国任第四野战军炮兵司令部参谋长。随后，宋承志负责筹建东北军区炮兵司令部，军委炮兵副司令员万毅任司令员，黄超任政委，宋承志任参谋长。宋承志认真履行职责，在抓好机关自身建设的同时，按照军委赋予的任务，把工作的重点放在组建、改建炮兵部队及搞好接装换装部队的教育训练上，大力推广朝鲜战场炮兵作战的经验。

从金家寨参军抗美援朝的战士，在战斗中表现出色。家住金家寨边古碑冲的战士徐海清还成为冒着生命危险抢救朝鲜落水儿童的罗盛教式志愿军战士。

徐海清16岁从金家寨参军后，分配在志愿军第五十军，开始担任司令部警卫营通信员，入朝后不久，因其机智勇敢、表现优秀，被调入军司令部负责通信工作。

1953年春，徐海清所在的部队驻守定川。5月的一天下午，美军飞机低空飞行，放学回家的一位朝鲜小女孩受到惊吓，掉到了路边的水塘里，塘里淤泥很深，水很快就淹到了脖子，生命危在旦夕，小女孩不停地哭喊扑腾着。外出采购生活用品的徐海清和战友黄伯华正好路过，两人边跑边扔下上衣，冒着被敌机扫射伤亡的危险，奋不顾身地跳进泥塘里，连抱带拽把小女孩救上岸来。小女孩上岸后已经昏迷，苏醒后却因双方语言不通不知小姑娘家在何处。徐海清和黄伯华沿路找到一位朝鲜老乡，在其带路下将小女孩送回家里，到家后才知道小女孩叫金凤。徐海清和战友回到部队没有提及此事，直到几天后小女孩金凤的家长找到部队表示感谢，部队首长才知道事情经过。金凤家长诚挚邀请徐海清到他家做客，在请示部队首长同意后，徐海清、黄伯华和一个懂朝鲜语的战友共3个人到金凤家吃了一顿中饭。这之后，金凤家长多次到部队看望徐海清他们。

1955年4月，徐海清随部队从朝鲜回国，当地政府在火车站举行盛大欢送仪式，金凤随着父母也到车站送行，还专门到照相馆拍了张照片送给徐海清留作纪念。

老根据地访问团来金家寨

新中国成立之后，党中央对革命老区人民十分关怀。

1951年7月，为慰问第二次国内革命战争时期革命根据地的人民，中央人民政府组成了南方老革命根据地访问团，慰问各根据地的革命烈士家属、革命军人家属以及残废军人和当地广大的人民群众，并借此了解他们的生活状况。

访问团由中央人民政府内务部部长谢觉哉任团长，朱学范、陈正人、邵式平、李先念、傅秋涛、谭余保、王树声、冯白驹、王维舟、郑绍文等任副团长，下设闽浙赣、湘鄂西、湘鄂赣、湘赣、鄂豫皖、海南岛、川陕边和中央革命根据地8个分团。王树声任鄂豫皖分团团长。

7月28日，王树声组织鄂豫皖老革命根据地访问分团在汉口召开会议，就慰问工作进行了动员与布置。王树声将鄂豫皖分团分为鄂东、豫南、皖北3个分队，并确定了各分队的组成。

鄂豫皖分团在皖北地区由皖北区党委、行署、军区及六安、安庆、巢湖三专区抽调干部和民盟皖北支部、民革合肥支部、皖北区工农青妇各人民团体推派代表300余人组成，分为4个分队。各分队随行有文艺、电影、医疗和新闻等方面的工作人员，并带来了大批纪念品和慰问品。

毛主席派人到老革命根据地来访问的消息很快传遍了金寨。

8月13日，皖北军区政治部主任何柱成率领南方老根据地访问团鄂豫皖分团第三分队来到金寨县，到达金家寨时，沿途的群众4万余人，手持小红旗，放着鞭炮，夹道欢迎。

访问团到后在金家寨和麻埠分片召开老区人民代表会，革命烈军属、革命残废军人、复员军人的代表出席了大会，县、区、乡负责人列席会议。会上，何柱成报告了国际国内形势，传达了毛主席对苏区人民的关怀和希望。另外，又召开了革命烈军属、优抚干部、人民代表座谈会。访问团还深入村户访问，听取村组干部和红军家属的意见和建议。

访问团还向代表们赠送了毛主席挂像，毛主席铜质像章，毛主席"发扬革命传统，争取更大光荣"的题词，发放优属粮28万斤，还发放了一批食盐、布

四、海带等物资。

老区群众对访问团的到来非常热情，访问团走到哪，人们就围拢过来，要访问团转达向毛主席问好，并表示老区人民坚决听毛主席的话，永远跟着共产党走的决心。

在此期间，金家寨是白天开会，晚上慰问演出。会堂演戏，广场放电影。金家寨方圆十几里的群众翻山越岭来观看，人山人海，热闹非凡。文工团演出了《白毛女》《兄妹开荒》《解放区的天》等节目，受到了观众的热烈欢迎和称赞。

访问团在原皖西北苏区访问结束时，在总结汇报中向中央提出了5个问题：一是张国焘路线"肃反"时杀的一些干部，绝大多数都是贫雇农出身，而且参加革命后表现很坚决，群众一致认为冤枉，应如何对待？建议经过地方政府查明属实，予以平反昭雪。其被害人亲属，确无反革命行为者，有困难的，可酌情给予照顾。二是苏区参加红军长征者，95%以上生死不明，杳无音讯，而群众证明确实参加红军，又无任何材料证明其有叛变革命、投降敌人的行为，如何解决？建议承认军属，名之为暂无音讯的红军家属。三是据此次初步了解，皖西北老苏区烈属约7万户（其中金寨最多）。贫困老残孤独需长期补助生活者约占10%，需作季节性补助者约占5%。金寨收入仅够给干部开支，该县年需优抚粮300万斤，无法解决，应请中央加以补助。四是老苏区经过敌人长期残酷的摧毁，底子被刮空，一时难以完全恢复，特别是红军家属生活苦，一床被盖30年，一件棉衣穿10~15年，补了又补，普遍缺衣少被，急需作一次募捐救济。五是大别山区耕地缺少，人民大都靠挖山地生活，目前为了护林保土而禁止开荒，必须发展副业生产、改造梯田和种植经济作物。而生产资金缺乏，请求设法补助一部分生产资金，以便解决生产中之困难。

访问团提出请示中央解决的5个问题，后来基本都得到了解决和落实。

南方老革命根据地访问团鄂豫皖分团对金寨的访问，也是对老区人民群众进行的一次生动的革命传统教育，使金寨老区人民深受鼓舞，对优抚工作产生了有力推动，全县迅速掀起了群众性爱国拥军热潮。

让人感到意外的是，这次南方老革命根据地访问团鄂豫皖分团对金寨老区的访问后，抽调参加慰问的滁县地委文工团还喜得毛主席的题词。

1951年7月，中央人民政府组织文艺、电影工作者到革命老区慰问时，滁县地委文工团被抽调参加，编为中央人民政府南方老革命根据地访问团鄂豫皖分团第三分队，于8月中旬开始对革命老区金寨、霍山两县人民进行慰问演出。

1951年9月初，滁县地委文工团完成任务回到滁县后，团领导在筹备庆祝建团两周年工作时，副团长王东柏提出一个建议，给毛主席写一封信，把建团两年来演员们深入基层，奔赴农村演出情况和到金寨、霍山县访问的感受，以及老区人民对中央人民政府组织文艺工作者访问的感激之情，向他老人家汇报，并请求毛主席题词勉励。结果得到了全团领导和团员们的一致赞成和支持。

随后，王东柏以团里最小的两名演员章孟和、赵崇训的名义写了一封信，将信寄给时任中央文化部副部长周扬，请他转呈毛泽东主席。1951年11月7日，滁县地委文工团收到了中央人民政府寄来的一封信，拆开一看，里面是毛泽东主席题写的"面向农村"4个大字。信内还附有周扬给章孟和、赵崇训两人的一封信，简要介绍了毛泽东题词的经过。

由于毛主席日理万机，非常繁忙，周扬平时也很难见到毛主席。周扬收到章孟和、赵崇训两人给毛主席的信后，就将信呈送给周恩来总理，请他转交。这天，周总理正好和毛主席都到中央军委接见外国来宾，便把信交给毛主席。毛主席看信后非常高兴，拿起笔就在印有中共中央革命军事委员会字样的信笺上题写了"面向农村"4个大字。这时，工作人员报告外宾到，毛主席放下笔就去接见外宾，因而没有落款"毛泽东"，也没有注明题词时间。

毛泽东题词引起滁县地委高度重视，他们立即组织文艺团体认真学习座谈，并联系实际，深刻领会"面向农村"的精神实质。

毛主席"面向农村"题词为文艺团体指明了工作方向。滁县地委文工团因参加中央人民政府南方老革命根据地访问团鄂豫皖分团到金寨、霍山慰问而喜得毛主席的题词，至今被传为佳话。

发展变化的金家寨

金家寨在新中国的阳光普照下，到处充满了生机与活力，各项事业都迅速发展，金家寨发生着日新月异的变化。

广播事业是从无到有。1949年10月1日，中华人民共和国成立，金寨县县直机关干部在金家寨大礼堂收听开国大典的喜讯，会场上用的是一个5瓦的红绸布包裹的小喇叭。

1950年冬，中共金寨县委从县文教科抽出一名干部荣寿臣到皖北行署所在地合肥，参加合肥人民广播电台举办的收音培训班，学习收音技术。1951年春，在金家寨成立了金寨县广播收音站。从此，金家寨每天可以听到广播，金寨也开启了广播事业的发展。

当时的广播收音站设备非常简陋，只有两部老式电子管收音机。每天荣寿臣按时将干部组织起来收听中央人民广播电台和安徽人民广播电台节目，并将中央台和省台播出的新闻记录下来，供作宣传材料印发。

1951年秋，金寨县广播收音站划归中共金寨县委宣传部领导。县广播收音站配备了两名工作人员，由荣寿臣担任站长。在各区也建立了收音站，每站配备一名兼职的收音员，开展全县性的宣传工作。

县广播收音站在每天收音广播的同时，还编印一份油印8开纸的《电讯》，刊登新闻简讯，分送各单位。由于交通原因，《电讯》的新闻要比省、地级的报纸快两三天，因此大受欢迎。县广播收音站的设备也得到增加和改善，收音机有十几部，还有一部60瓦的扩音机，两只高音大喇叭，两只高音小喇叭和4只舌簧喇叭。

金家寨每天都可以听到高音喇叭的广播声，全国各地的新闻、精彩戏剧中的名角演唱、优美的歌声，在金家寨及周边山谷中回荡，给金家寨及周边的居民带来了精神的享受，成为每天必需的"精神大餐"。定时的广播也成了金家寨及周边居民计时的工具，听到广播声，就知道到几点钟了。

金家寨这个古老的城镇，散发出了现代的气息。

金家寨的交通也有了改善。解放之初，通往金家寨唯一的一条公路就是抗日战争时期省政府迁来之前修建的麻埠到金家寨的简易公路。由于战争和自然灾害，该路多处毁坏，路况很差，交通运输十分困难。为了改善交通运输条件，金寨县政府首先开始修复麻埠到金家寨的公路。1950年初，成立麻金（麻埠至金家寨）公路修复委员会，由副县长江毅兼任主任委员。从皖南交通部门调来整修队，同年4月份开工，并动员沿途4000多名民工参加奋战。历时一年半，终于修复通车。1951年年底，开始了客运，用货车搭棚作为客运车。

金家寨自此开始通客车。人们开始可以乘客车出行了。

随后，又开始新建和延伸公路7条，总长134千米。

金家寨的教育也发生了很大的变化。金寨县解放后，为了恢复和兴办全县的教育事业，中共金寨县委、县政府于1950年1月在学校放寒假期间，在金家寨举办了金寨县第一期小学教师研究会。时值腊月，全县的421名教师冒着严寒，参加了培训。县长刘伟在培训典礼上做动员讲话，主要是讲清新中国成立后全国全省和全县的形势和教育战线的任务，讲解党的方针政策，特别是知识分子政策。参加学习培训的学员除紧张的学习外，要向组织表明自己的思想认识和为党的教育事业奋斗的志向，还要讲清自己在新中国成立前的历史事实，表示愿意加速改造，努力做无产阶级知识分子。

经过历时一个月的培训，正式结业时，有部分人员因历史问题受到关押或被遣送回家等候处理，有300多人分配到区、乡恢复学校工作。

在金家寨的金寨小学当时开设有5个班，一至六年级，学生300余人，是全县的重点小学。1951年10月皖北军区政治部主任何柱成率领的"老根据地慰问团"来慰问，曾到学校向师生进行革命传统教育。二年级学生朱保国写信给毛主席汇报学习情况，教育部办公厅还回信勉励师生，要发扬老苏区的光荣传统。到1955年，金寨小学发展到12个班，学生500余人，教职员20人。

在金家寨的金寨初级中学也有了发展。到1950年秋季，学校规模略有扩大，招收新生50人，并建立了共青团组织，调来王行才任团委书记。当年冬，刘伟县长离任，由新任县长江毅兼任校长。到1951年暑假，六安专署派柏方厚来任金寨初级中学副校长。由于学生不断增加，石稻场校舍太少，学校便迁到史河西边的洪湾乡政府旧址。这里房屋虽多，但都是草房，并破烂不堪，很不安全。鉴此，金寨县委决定，于寒假期间将学校迁往麻埠北头的晃家茶行。学校后发展到5个班，教师有18人。1953年年底，安徽省省长黄岩到麻埠视察工作，回合肥后决定拨款17万元*作为金寨初级中学迁往梅山建设的专项经费。1955年秋，金寨初级中学迁往成为新的金寨县县城的梅山，学校改名为安徽省金寨第一初级中学，后改名为安徽省金寨第一中学。

1951年10月，皖北区金寨初级师范学校在金家寨的洪家湾创办，金寨县县长江毅兼任校长。当年招生一个班。1952年，学校迁往流波䃥，改名为"安徽省金寨初级师范学校"，招收两班新生108人。该校后来发展成为"安徽省金寨师范学校"，为金寨和周边县培养了大批教育人才，堪称是"教师的摇篮"。

1955年，为满足提高教师素质的需要，还开始进行了函授师范教育，成立了"安徽省函授师范学校金寨分校"，与县教研室一处办公。设专职教师2人，聘请兼职教师18人，当年参加函授学习的小学教师200人。函授教学采取分散自学，通讯辅导，在各区成立函授辅导站，由区所在地小学校长和教育工会基层委员会具体负责。

函授师范教育当时是一种新的教学方式，对当时提高教师的教学水平发挥了重要作用。

在金家寨乃至全县，教育上的巨大变化是全县农民文盲上学堂。1949年11月，金寨县政府发出了办冬学的指示。首先在金家寨、麻埠两区开办冬学，利用农闲，扫除文盲。1950年，全县人口33047人，办冬学484所，冬学老师519人，入学学员12973人；办民校189班，民师257人，入学学员8500人。1952年2月成立了金寨县扫盲运动委员会，脱盲标准为会认、会写1500个字。到1953年，冬学民校发展到高潮，全县入学农民达4万余人。

---

* 折算为现行货币后的金额。

感人故事在金家寨

金家寨经历了革命战争的风风雨雨，有着色彩斑斓的历史。新中国成立之后，在金家寨发生了很多富有传奇色彩的感人故事。这其中有平凡人不平凡的经历，普通人高贵的品格，高级将领的高尚情操。

陈聘之及家人在金家寨

金家寨解放后，金寨县县长刘伟到金家寨后，很快就到一家看望，这就是陈聘之家。

因为他们了解到，陈聘之是陈绍禹的父亲，时年72岁，在金家寨很有声望。当时家中只有他和妻子黄莲舫。女儿陈觉民、女婿汪惠生住在一起，有一男一女两个孩子。陈聘之、陈觉民、汪惠生都曾办教育，担任过教师。同时，陈聘之的族人中也有人是土匪的头目。

刘伟到陈聘之家，不仅是看望，还希望陈聘之能出面做工作，劝残匪投降。

到了陈聘之家，使刘伟感到意外的是，陈聘之此时的生活状况是非常窘迫，房子破旧，老两口生活主要靠亲戚、朋友、街邻接济勉强度日。

陈聘之见到刘伟，非常感动，不禁得老泪纵横。

在陈聘之家，刘伟了解到了陈聘之、陈觉民、汪惠生及一家人曲折而传奇的经历。更让人没想到的是，陈觉民家的小男孩竟然是首任空军司令员刘亚楼的儿子。

陈聘之，原名陈嘉渭，祖籍皖南泾县。由于家中困境所迫，他幼年只读过三年私塾，15岁时便辍学，到离家25里的胡家店子"陈庆号"百货店当学徒。学满三年后，回到金家寨下码头帮助父亲开香铺。1897年，刚到20岁的陈聘之与当地农家姑娘喻幼华结婚。婚后，在金家寨老城租了约40平方米的两间房子，自制酱醋谋生。夫妻生育了5个孩子，长女夭折，长子就是陈绍禹，次子名叫陈绍炜，二女儿陈觉民，小女儿陈映民。孩子多，小本生意，日子过得很艰难，小女儿陈映民出生第7天就送人当童养媳。

陈聘之为人谦和，以善待人，主持公道，热心快肠，在当地很受敬重和信任，家族、地方上办公益事，自然而然就想到他。如陈氏祖坟、镇上栈桥搭建，都是经他一手操办，户户放心、大家满意。

1924年，在儿子陈绍禹领头办的豫皖青年学会支持下，陈聘之曾干了一件轰动金家寨的事。这就是在金家寨陈氏祠堂集资创办了高小、初小两级女子学校，专门招收穷人的女孩子就读。陈聘之全家出动，妻子喻幼华出任校长，自己任副校长，女儿陈觉民、儿子陈绍炜任教员。招收了学生60多人。有人反对办女子学校，认为伤风败俗，扬言要进行破坏。于是，喻幼华整日拿着拐棍在校门前守卫，使他们不敢来捣乱。

1929年六霍起义时，已经52岁的陈聘之毅然投身起义队伍。此时，陈聘之一家都参加了革命。长子陈绍禹早年就参加革命外出未归，大女儿陈觉民先后在商南斑竹园王氏祠小学、果子园佛堂坳模范小学教书，后担任商城县委组织部秘书，列宁小学教师；次子陈绍炜、儿媳李敏和当童养媳的小女儿陈映民都参加了红军。陈聘之因多年经营地方土特产，被举荐为六安六区赤色互济总会主任，下辖13个乡分会。喻幼华组织起了妇女慰劳队，支援红军作战，后不幸病故。陈聘之后又续弦黄莲舫。

1932年红四方面军第四次反"围剿"失利，实行战略转移。陈聘之和陈觉民、陈绍炜、李敏都未来得及转移。因陈聘之全家参加革命，1933年冬，他和女儿陈觉民、次子陈绍炜、儿媳李敏一同被捕，被关进国民党监狱。后经亲邻疏通关系，联名担保，在经受一年多的牢狱之苦后，被保释出狱。

出狱后，陈聘之在金家寨当了几年乡村教师。陈觉民受聘于金家寨城厢小学教书，1934年冬，陈觉民与时任城厢小学校长的汪惠生结婚。在此期间，她不顾个人安危，设法掩护营救落伍游散红军人员。1935年春，曾任中共赤城县委、霍山县委组织部部长的詹淑媛一家9口，被国民党当局由南溪押送到麻埠难民所，途经金家寨，就是经陈觉民营救脱险的。

1937年秋冬，国民党军队将在甘肃作战的上千名被俘的红军西路军战士运到安徽，关在金家寨的立煌县监狱。中共党组织负责人何耀榜等请陈聘之出面，设法营救。陈聘之立即答应，借口被押在监狱的红军中有自己的亲戚，想方设法，一个个往外保释，先后共保释出30多名红军战士。而他的小女儿陈映民也是西路军女战士，被俘后设法逃出，历经磨难，辗转回到了金家寨。

1937年12月，陈绍禹率中共中央代表团到武汉与国民党谈判，并任中共中央长江局书记。1938年初，陈聘之接信和家人全部到了武汉，在八路军办事处，他见到了与他分别12年的儿子陈绍禹，也见到了从未谋面的儿媳孟庆树。还受到了中共长江局周恩来、秦邦宪、董必武等领导人的热情接待。

当时日本飞机不断轰炸武汉三镇，形势危急。陈绍禹介绍陈聘之等家人去新疆八路军办事处分配工作，而陈绍炜和李敏、陈映民想去延安。随后，陈聘之等到西安。陈绍炜和李敏、陈映民奔赴延安，陈聘之、黄莲舫，陈觉民和汪惠生及女儿汪向荣乘苏联运输机去新疆迪化（乌鲁木齐）。

1938年6月，陈聘之一行到了新疆迪化八路军办事处，受到中共驻新疆代表邓发的接待。经办事处与盛世才方面商量，安排陈聘之到迪化县合作社工作，后任副经理。汪惠生改名汪铭忠，先后担任新疆省教育厅视导员、督学，迪化县县长，中苏运输委员会（简称中运会）迪化站副主任委员，负责苏联援华物质的运输事项。

抗战期间因新疆迪化是通往苏联的重要通道，陈觉民和汪惠生在这里结识了刘亚楼、林彪等不少共产党和军队领导人。陈觉民和汪惠生还收养了刘亚楼夫妇的孩子刘煜南。

原来刘亚楼在担任中国人民抗日军政大学训练部长兼教育长的时候，与抗大女学员员凌漪结婚，后生一子，取名刘煜南。1939年1月，刘亚楼奉命赴苏联伏龙芝军事学院学习，刘亚楼和员凌漪刘煜南母子途径新疆，在等候搭乘苏联飞机期间，结识了汪惠生、陈觉民夫妇。

刘亚楼到苏联去后，邓发决定将其八个月大的儿子刘煜南安排给陈觉民夫妇抚养。

1939年春，陈觉民夫妇接到"八办"的通知，让他们夫妇接收组织委托抚养的一个男婴。当邓发把男孩交到陈觉民怀里时，他们发现这是刘亚楼员凌漪夫妇的孩子。陈觉民便惊奇地问：员凌漪到哪里去了？邓发回答说员凌漪已回延安了，小孩由你们抚养，长大后再交还组织。

1940年春夏之间，八路军第一一五师师长林彪因友军误伤后，到苏联就医路过迪化，等候搭乘苏联军用飞机。林彪在迪化候机一个多月的时间里，吃住都安排在陈觉民家。

1942年，新疆督办盛世才反苏亲蒋，以"四一二"阴谋暴动罪名逮捕陈潭秋、毛泽民、林基路等140余人，公开破坏统一战线。

1943年5月，陈觉民、汪惠生夫妇被捕。在关押期间，遭多次审讯，反动当局毫无所获。

1944年9月，国民政府派蒙藏委员会委员长吴忠信（安徽合肥人）来新疆接任新疆省主席兼保安司令。

因汪惠生公开身份是国民党员，在关押期间没有发现有共产党员的证据等因素，加上陈聘之和吴忠信又有安徽同乡关系，经多次恳求吴忠信，汪惠生、陈觉民夫妇于1945年2月底被开释出狱。

随着形势的变化，同年10月初，吴忠信命令陈聘之、汪惠生等携眷离开新疆，形同驱逐出境。

在新疆被关押期间，陈觉民汪惠生夫妇遵照党组织负责人邓发的委托，精心照料刘亚楼的儿子刘煜南，为遮人耳目，将其起名为汪遵新。

陈聘之与家人合影

左起，前排：黄莲舫、陈聘之、刘煜南；后排：汪向荣、陈觉民、汪惠生

（中共金寨县委党史县志研究室提供）

1945年10月15日，陈聘之一行6人从新疆迪化坐大货车经哈密、安西、兰州、甘州进嘉峪关，10月底到达兰州，于1946年初到达西安。

八路军驻陕办事处代表林伯渠闻讯后，到旅馆一再劝陈聘之一行去延安，不要回金寨。陈聘之老人思乡心切，坚持先回金寨看看后再去延安，后于1946年2月底回到金家寨。

1946年6月上旬的一个深夜，陈聘之的住宅，突然被国民党军桂系第一七四师政治部30多名士兵团围住，陈聘之、汪惠生、陈觉民夫妇被逮捕，他们后随军转移10余县，迁押达19个月。

汪惠生、陈觉民夫妇被捕后，几遭审讯，逼其承认是共产党员，从延安回来，携带大批钱款和20把盒子枪，在大别山英山、霍山、六安、立煌等县秘密活动的事实。汪惠生陈觉民夫妇在严刑之下，坚决不承认。

敌人见审讯无果，就将年迈的陈聘之在霍山开释，将汪惠生、陈觉民夫妇以异党分子罪判处死刑，呈候陆军总司令部批准执行枪毙，并将他俩移交徐州陆军司令部关押。

为了营救汪惠生、陈觉民，汪家变卖了三亩良田，又将从新疆带回来的盘缠拼凑在一块，交给看押人员。陈聘之与汪惠生大儿子汪遵孔一块来到武汉，找到在国民党任要职的同乡陈铁、江伯良等说情。

在陈铁、江伯良具保下，关押在霍山县监狱的汪惠生、陈觉民，终在1948年4月获得开释，返回金家寨。为便于休养和避免反动特务注意及再找麻烦，选择比较偏远的古碑乡黄集羊雾山下银冲隐居。1949年元月，汪惠生、陈觉民夫妇在古碑银冲设立私塾，招收十几名农家子弟入学。

陈聘之出狱后，到袁家湾教书。由他妹婿郑道铭动员了19个七八岁的学生，靠学生交点粮食维持生活。

刘伟听了陈聘之的叙述，不胜唏嘘。

刘伟提出希望陈聘之能利用自己威望和关系，协作做对土匪的劝降工作。陈聘之一口答应。

为了保障陈聘之、黄莲舫夫妇的生活和居住安全，刘伟将陈聘之、黄莲舫接到县政府居住。

陈聘之积极做好对土匪的劝降工作。不仅写信给亲属中的土匪头目，还不顾高龄，亲自上土匪出没的莲花山，找到有关人员，宣传当前的形势和共产党的政策，讲清利害关系，指明唯一的出路就是投诚自首。经过共同努力，不少土匪下山投诚。

1949年冬，时任中央人民政府政务院政治法律委员会副主任和法制委员会主任委员的陈绍禹，写信给金寨县政府询问家人的情况。县长刘伟给陈绍禹回信中写道："陈老伯情况很困难，实际上靠讨饭生活。现在我们接他住在县政府，他熟悉情况，可以帮助工作。"

陈绍禹接信后，就安排把父母接到北京安享晚年。1950年春，陈聘之、黄莲舫到北京随陈绍禹生活。

1949年冬，县长刘伟登门看望了陈觉民夫妇。将汪惠生安排在古碑小学任校长，陈觉民安排在黄集小学任教。

1954年陈觉民、汪惠生同意将刘煜南交前来金寨寻子的生母员凌漪领回，觉得自己完成了组织上交给的任务。这时，刘煜南已经在金寨中学读书。

陈觉民因在国民党监狱遭受拷打，身体遭到摧残。1955年旧伤复发，10月6日，不幸落水身亡。

李开文回金家寨

1949年9月底，在金家寨街道上出现一个个子不高，身着军装，年过半百的老同志。他一面走，一面向四周打量，还不时用金寨话问到县政府的路。他问话常常是要问几遍，并解释，他耳聋，说小了听不见。他就是当年从金家寨离开家乡的老红军李开文，到重返故里已经有17年了。

在县政府，县长刘伟热情地接待了李开文。在前，刘伟已经接到六安地委的通知，老红军李开文转业回乡，要给他安排一个适当的工作。

刘伟还了解到，李开文是中央特灶班的班长，曾长期在毛主席身边当炊事员。组织上对他工作的安排很重视，中央群工部原打算让他担任天津糖厂的副厂长，征求意见时他没同意；后来六安地委想让他担任金寨县的副县长，征求意见他也没同意，他要求回乡找一个自己能适应的工作。

刘伟和李开文谈后，了解了他想法。由于金寨境内还在剿匪，就先安排李开文先参加县里的宣传队，配合做一些剿匪的工作，让他熟悉县内现在的情况后，再根据他的意愿做出工作安排。

曾任中央特灶班班长的李开文
（中共金寨县委党史县志研究室提供）

李开文曾参加红军长征，爬雪山、过草地，在毛主席身边工作过，引起了人们对他的好奇。李开文也成了金家寨街谈巷议的了不起的热点人物。有人还专门到县政府，看看李开文是个什么模样。和李开文一起在宣传队工作的同志更是近水楼台先得月，一拨接着一拨，没完没了地向李开文打听他当红军的经历和在毛主席身边工作的故事。李开文也是不厌其烦，兴致勃勃地讲述他那难忘的人生传奇。

李开文1897年出生在金家寨边板棚村的一个贫苦农民家庭。家境所迫，他16岁就开始种地、烧窑、干苦力活。虽然他个头不到1.6米，但人很壮实，练就了一双铁脚板，担子一上肩，一天可以走上100多里山路。

1929年，李开文的家乡爆发了著名的六霍起义，李开文成为一名赤卫队员，经常支前配合红军作战，为创建鄂豫皖苏区贡献力量。

1932年6月，蒋介石调集30多万人的军队向鄂豫皖苏区发动了第四次"围剿"。面对敌人的猖狂进攻，红四方面军一路转战，于9月10日全军会师金家寨。9月19日，红四方面军主力离开金家寨向燕子河转移。

李开文当时正在支前，随红二十五军第七十三师二一九团抬担架。团长见李开文抬担架很有劲，能吃苦，又听话，便要他和一些担架队员随部队转移，并正式参加红军。李开文担任了第二一九团担架队班长，这年他35岁，已经结婚生子当了爸爸，不久前他妻子张氏又生了一对双胞胎。

部队转移正好路过李开文的家门口，可李开文没进门。为什么不进门？

李开文当时实际上是非常想见见妻子和孩子。尽管随军作战非常紧张艰苦，但他每天都在想念妻子和孩子，他每天都在数着，这天是妻子生孩子的16天。

李开文快步向家奔去，可到了家门口，停住了脚，硬是没进门。因为他深知自己的脾性，最怕见妻子落泪。见到妻子，妻子肯定会流泪，他的心一软，就会被感情俘虏，就不能跟着红军干革命了。另外，他这个当班长的进家看亲人，那担架班的同志们也都是当地人，都要看亲人，那不影响部队的行动吗？他也不能带这个头。于是他狠狠心，咬咬牙，一步一回头地从家后的竹园穿过去，追上了红军队伍。

在转移的途中，李开文差点牺牲。

红四方面军主力1932年9月底从燕子河向西转移，沿途遭敌人重兵围追堵截，红七十三师负责断后，战斗频繁，伤员很多。李开文和担架队员们冲到前线，冒着连天的炮火和弹雨，不顾疲劳，不停地抬着伤员，拼命奔跑送到野战医院救治。后来，红四方面军主力离开了鄂豫皖革命根据地，翻越秦岭、大巴山，向川北转移。途中，遭敌机空袭，敌人的一颗炸弹在李开文身边不远处爆炸，巨大的气浪把他掀倒在地，被炸起的泥土和碎石所掩埋，顿时，他七窍流血，不省人事。李开文被救起后，担架队的战友们不忍将他丢下，抬着他行军。到达川北通江后，李开文住院治疗。经过一年的治疗，李开文终于可以出院了，可留下了后遗症，听力严重下降，耳聋了。从此，大家亲切地称他为"聋子"。

李开文回到部队。这时，红七十三师在川陕革命根据地已经扩编为红三十一军。李开文被分配到军供给部被服科炊事班当炊事员。李开文想，当做饭的"伙夫"，也是革命工作，总要有人做的。他愉快地服从组织安排。

李开文当炊事员最难忘的是在长征路上过雪山草地。他在长征路上的出色表现，展现了他超人的顽强意志和能力，也为他后来能成为毛主席身边的炊事员打下了基础。

1935年3月28日，红四方面军强渡嘉陵江后出发长征。

过雪山时，雪山上的风很大，尤其是在风口和山顶，吹得人难以站立。李开文背着大军锅，锅大招风，不仅行走更为艰难，还非常危险。有的炊事员就是连人带锅被狂风卷下山去，踪影全无。李开文心想，自己牺牲了不要紧，可军锅不能丢，丢了军锅就无法做饭，这直接关系到部队的生存，一定要保住军锅。他小心翼翼，俯下身子，重心下沉，几乎贴着雪山行走。到了山口和山顶，他就趴在雪地上爬行。就这样，李开文背着大军锅和部队翻越了一座座雪山。

过草地时，严重缺粮，过草地的第二天，李开文所在的供给部每人只发了半碗炒面。粮食很快就没有了，不少同志饿得走路直打踉跄，有的倒下再也没有起来。尽管如此，李开文还要带着炊具负重行军。休息时，还要赶紧支锅采野菜做饭。草地气候恶劣，刚刚出着太阳，转眼狂风暴雨，枯草枯树枝全部都是潮湿的，很难烧着。为保证在休息的时间里尽快让同志们喝上热的野菜汤，李开文开动了脑筋。他把潮湿的草甩一甩，然后揣在自己怀里，用体温将湿草焐干。焐干一把再换一把，用以引火做饭。就这样，李开文的军灶总是最先燃起，战士们看到李开文军灶的袅袅炊烟，心里就充满了希望。

数天过去，眼看大家饿得撑不住了，上级下达了宰杀牲口的命令，供给部被服科分到了两匹马。炊事班接到命令，明天早上2点烧饭，部队3点钟吃饭，4点钟出发。

炊事班在草地上支起了4只大锅。有马肉吃了，大家一阵喜悦。可天公不作美，又下起雨来。李开文和几个炊事员冒雨打柴，枯树枝枯草搞了一大堆。炊事班长老王切好了马肉，看着雨下个不停，柴草烧不着，无可奈何地直叹气，只好让炊事员们都去休息。因为按照惯例，野外刮大风和下雨时，炊事员不做饭。

雨淅淅沥沥地下着，大家在休息，可李开文没有一点睡意。他想，大家都饿得撑不住了，有了马肉能救命，明天早上总不能拿生马肉给同志们吃啊！他也知道，饿狠了，身体虚了，如果得不到休息，第二天行军就可能倒在草地上。他毅然决定，拼了，大不了牺牲自己，也要让同志们明天早上吃上马肉，绝不能让大家饿倒在草地上。

李开文开始生火。火点不着，李开文就将一些枯柳树枝和茅草放在怀里焐着，焐干一把，再焐一把。终于引着火了，他就把湿柴放在火边烤，边烤边烧。雨越下越大，哗哗作响，李开文光着上身，雨水顺着脊梁往下淌，锅下的黑烟熏得他睁不开眼。李开文什么也不顾，一个劲地烧火，终于把水烧开了，在3点钟煮熟了马肉。

"开饭了！"同志们听后惊喜地欢呼起来，大家都没想到雨下得这么大还能吃上饭。听到同志们欢快的笑声，李开文顿时忘掉了疲劳。

这一天，整个供给部，就是李开文煮了饭。供给部的部长、政委都握着李开文的手说："聋子，聋子，你真是个好聋子！"政委看着两眼布满血丝、疲惫不堪的李开文，下命令说："大家行军要照顾李开文，不准把这个聋子丢掉了！"

李开文开了雨天野外做饭的先河。其他炊事员都以李开文为榜样，破了雨天野外不做饭的规矩。第二天，雨还在下，供给部的炊事员都做了饭。就这样，他们终于走出了草地。

1936年10月9日，红四方面军长征到达甘肃会宁与红一方面军会师。李开文随后经严格推荐选拔，于1937年调到驻延安的中央机关，在中央组织部炊事班的小灶给陈云、林伯渠、李富春、徐特立、蔡畅等首长做饭。

在中央组织部炊事班，李开文不同凡响，展现了高贵的品格和精神。

中央组织部炊事班原来是由一个叫李子清的老炊事员和一个小同志负责给几位首长做饭。单位按规定每天配给供应4斤肉、2斤豆腐和一些蔬菜，数量不算少，可伙食老是搞不好。不仅首长们吃的荤菜少，伙食费每月还要超支20多元。负责伙食管理的管理科科长很伤脑筋。

李子清调走后，李开文接替他的岗位。李开文到任后得知这些情况，感到很奇怪。经过观察，他找到了首长们吃不好的原因，是因为有些同志跟着首长吃小灶。

于是，李开文对管理科长说："从现在开始，我每天只要2斤肉、1斤豆腐，保证把伙食搞好。"

科长惊讶地说："这怎么行啊！李子清4斤肉都没搞好，你不要增加反而要减少。叫你来就是要你注意首长的营养，不是要你来搞节约的！"

李开文说："科长，我说话算数，搞几天试试，你再问问首长究竟怎么样，不就行了吗？"

科长心里直犯嘀咕，但看到李开文说得诚恳、认真，就答应试试。

李开文领来了2斤肉、1斤豆腐和一些蔬菜。他烧好了菜，就全部装在碗里给首长们送去。然后回到炊事班对小同志说："走啊，吃饭去！"

"上哪里去吃？"小同志愣住了。

"上哪里去？吃大灶去！我们不是大灶的伙食吗？"李开文说。

小同志看了看光光的菜盆，只好跟着李开文去吃大灶。

机关的一些工作人员和以前一样来小灶厨房吃饭，一看，什么也没有，也各自走了。

不到一个月，中央组织部部长陈云觉得伙食这么好，怕再超支，就把管理科长叫来，对他说："你去和老李讲，不能这样搞，上个月都超支了20多元，像这样，这个月那不要超支40多元吗？"

管理科长笑着说："陈部长你不要担心了，这个月还结余20多元呢。"

陈云感到奇怪，管理科科长就把李开文的做法告诉了他，陈云非常感动。很快，几位首长都知道了。他们既感动又不安。因为常言道，一天吃一两，饿不死司务长，一天吃一钱，饿不死炊事员。李开文在小灶做饭却不吃小灶，这种严于律己的精神是多么难能可贵啊！

当时担任中共陕甘省委统战部部长的蔡畅，专门到厨房对李开文说："老李啊，你怎么这样呢？那么多人到厨房吃当然不对，但你辛辛苦苦的做菜吃一点是应该的。"

李开文笑着说："我到这里不是为了吃好喝好的，是来干革命的。让首长们吃得好，这是我的职责。"

李开文特别能忙，一个人把小灶的活忙完还有空闲时间。为了节省人力，和他在一起的小同志就调走了。

李开文闲不住，看到厨房有泔水，他拿出自己积攒的8元钱津贴费，找到管理科长，要求科长帮助买头小猪养着。科长开始怕影响工作，没有答应，后来经李开文反复要求，终于买回了一头小猪。从此，李开文每天做好了本职工作，就出去打猪草，用老家喂猪的方法，将猪草剁碎和泔水一起煮熟喂猪。

猪长得很快，几个月就长了160多斤。李开文决定将猪宰了，给首长和同志们加餐。

管理科长对李开文说："老李，这猪肉钱该怎么算？干脆你和公家对半分吧！"

李开文摆着手说："那不行，我的8元钱还是还我8元钱。我养猪是为大家改善伙食的，不是做买卖的。"

猪宰后，李开文又忙开了，灌香肠、腌腊肉、卤猪耳、做捆蹄。首长的菜由每顿4个变成了6个。

首长们又感到奇怪了。陈云部长和李富春副部长把管理科长叫去问："这老李是怎么搞的呀？"

科长笑着把李开文养猪给大家改善生活的事告诉了他们，首长们又感动了，都到厨房看望李开文。蔡畅说："老李啊，你不能这样搞，你把身体累垮了怎么办？"李开文笑着说："首长放心吧，我是累不垮的。"

由于李开文表现出色，陈云、李富春亲自担任李开文的入党介绍人，李开文光荣地成为了中国共产党党员。

1940年，中央机关在杨家岭成立了大厨房，李开文被中央组织部推荐担任中央特灶管理班的班长，成了毛泽东主席身边的炊事员。

毛主席的伙食由李开文亲自准备。为了保证毛主席的健康，李开文注意研究毛主席喜欢吃哪些菜，喜欢什么样的味道，使毛主席的伙食既合他的胃口，又有营养。毛主席喜欢吃红烧肉，李开文就学习烧红烧肉的方法。他摸索用特殊方法烧的红烧肉，毛主席很喜欢吃，也成为李开文的拿手好菜。

当时的延安，敌情复杂。国民党特务、汉奸特务都潜入进来，企图暗害中央领导人。李开文深感责任重大，时刻警惕，精心防备。在炊事班提出了"保卫党中央，保卫毛主席！"的口号，并建立了严格的工作制度。他亲自担任收菜、发菜的工作，并向医生学习一些医药常识，每天对买进的食品都要进行细致检查，多次发现猪肉、鸡蛋被打了毒针；他自己还准备了一双筷子，每次饭菜在送给首长吃以前，都要吃一点。他想，如果有毒就先毒死自己，不会毒死毛主席和其他中央首长。

李开文是用自己的生命保卫着毛主席等中央领导人的安全和健康，他对工作就是这么极端负责任。

1949年1月31日，北平和平解放。李开文随中央机关进驻北平。不久，李开文被组织上安排到中央机关干部文化学校学习。

同年7月，李开文从干部学校毕业，他高高兴兴地到中央群工部报到，要求分配工作。

中央群工部部长李维汉和李开文是老熟人。他半开玩笑半认真地说："老李啊，你过去吃过很多苦，现在组织上考虑给你安排一个'甜'的工作。"

"什么是'甜'的工作？"李开文疑惑地望着李维汉。

李维汉接着说："让你到天津糖厂当副厂长。"

李开文一听，忙问："天津糖厂的干部群众很多吧？"李维汉说："不会少于1000人吧！"

李开文吓了一跳，急得直摇头："不行，不行！我最大就当了个班长，这1000多人，够得上一个整团的编制了。我文化程度低，哪有本事管好这么大的一个摊子呀！会给党和国家造成损失的！"

李维汉见李开文急得那样，就说："那就在北京或者天津给你安排其他的工作。"想让他留在大城市，留在毛主席身边。

李开文要求："还是让我回老家工作吧！我家里还有老婆孩子呢！"

李维汉向毛主席汇报工作时报告了李开文的情况。毛主席说："这老李啊，他是想落叶归根，让他回去吧！"

李开文要回家乡工作了，他心里很高兴。离北京之前，他很想见毛主席。因为这一回家乡，就隔上了千山万水，今后不一定有机会能再见主席了。他专门到香山，在双清别墅见到了毛主席。

毛主席亲切地和他交谈，并嘱咐说："你要经常写信来。到哪里都要记住，你是从中央机关出去的。"

李开文的组织关系从华东军区转到了安徽，又转到了中共六安地委。

地委领导一商量，也征求李开文的意见，对李开文说："李老红军，您想回家乡工作，我们欢迎啊！就给您安排到您的老家金寨县去当个副县长，您看怎样？"

"金寨现在有多少人？"李开文问。

"有好几十万呢！"地委领导随口答道。

李开文的手像蒲扇般地摇，说："不行，不行，这副县长我干不了……"

"那您想干什么工作呢？"

李开文说："我回去，看看什么工作适合我。"

就这样，李开文回到了阔别17年魂牵梦萦的家乡金寨。

不久，在金家寨又传出了李开文的新闻，他不当县长，却当了一个小粮站的站长。

原来李开文在参加县里宣传、剿匪工作期间，看到离家不远的响山寺有个小粮站，表示想到粮站去工作。组织上把粮站最大的头衔给了他，当站长。

有人说，李开文是个老红军，放着天津的大厂长不当、县城的县官不当，当了山旮旯粮站的小站长，真傻！

可在李开文眼里，只要能为党和国家做贡献，为人民服务，在什么岗位，做什么工作都是一样的。

李开文的新闻不断。金家寨街谈巷议，李开文这么一个受人尊敬、条件优越的老红军，不找年轻漂亮的姑娘做妻子，居然要把将改嫁的妻子娶回来。

实际上，李开文回到老家首先就打听妻子和孩子的下落。

他到了板棚村，见到了弟弟李开香。从弟弟口中得知，他离开大别山的那一年，国民党军队进了村，烧了他家房子，疯狂追捕红军的家属。李开文的妻子张氏为了逃命，带着儿子李锦旭，抱着才出生不久的一对双胞胎孩子，到处跑反，东躲西藏，不敢回村。那年冬天，雪下得特别大，天也出奇的冷，张氏躲在一个山洞里，因为没有东西吃，挤不出一滴奶，眼睁睁地看着可怜的一对双胞胎孩子饿死了。

张氏忍受着艰难困苦，盼望丈夫归来。10年过去，望眼欲穿，可李开文渺无音讯。人们都以为李开文不在人世了，因为从这里当红军出去的，基本上都没有回来。后经人劝说，为了孩子，张氏带着孩子改了嫁。

李开文听后，非常苦闷。1932年9月他和红军队伍离开家乡的情景又浮现在他的眼前。离家这么多年来，他时常思念着妻子和孩子。他想过妻子可能会遭到不测，死了，被糟蹋了，可没有想到妻子改嫁。

李开文又向弟弟询问了张氏改嫁后的情况。当他听说张氏再嫁的丈夫已经病死，他马上产生一个念头，去找前妻，把前妻接回来。

他翻山越岭，到30里外的双河，找到了张氏后夫的家。

张氏认出是李开文来了，吓得躲进屋里紧闭大门。李开文反复敲门，她就是不开，哭着对李开文说："我没脸见你，我改嫁了，对不起你。"

没想到李开文说："是我对不起你。那一年，你才生过孩子，我就狠心离开了你。我要不走，你也不会改嫁。"

张氏抽泣着说："我也是没法子，两个孩子，连名字也没顾上取，就被饿死了。为了能把锦旭拉扯大，我才想到再嫁，你不要怪我啊。"

李开文说："我不怪你，你现在什么也不要说了，你跟着我回去我们一起过。"

可张氏说："你走吧，我不能跟你回去了。你现在是老革命，条件这么好，你完全可以找一个好女人。我已经配不上你了。"

是的，老红军、老革命是多么受人尊敬啊！解决婚姻问题，组织上也会帮助的。也有人劝李开文，你现在是老革命，又在毛主席身边做过事，宰相门前还七品官呢，你啥样的女人找不到？找个大姑娘也不难。

可李开文始终想到，自己参加革命，妻子受了多少苦，遭了多少罪！现在革命胜利了，开始过上好日子了，一定要把她接回来。于是，他一趟又一趟地去找张氏，接连跑了七八趟，张氏被深深感动了，终于回到了李开文身边，他们夫妻又团圆了！

李开文将张氏接回来后，经常亲自下厨，烧拿手的好菜红烧肉，让妻子品尝，向她讲在毛主席身边的故事。张氏整天笑在脸上，感到了无比的幸福。

人们看到李开文充满温馨的家庭，无不感叹："李开文真是一个有情有义的大丈夫！"

金家寨的女人们，也常拿李开文说事，有意说给自己的丈夫听，教育丈夫不能当陈世美，要学李开文。

李开文当粮站站长，在平凡的工作岗位上又创造了人生的新辉煌。

李开文当响山寺粮站站长时，县长刘伟特别嘱咐："您已经年过半百，原该休养了。现在您当站长，业务工作少管些，多关心大家的学习，要把您的身体调养好。"李开文想，这是党组织对我的关怀，可我是共产党员，不能光说不做，做还要做好，要以实际行动发扬革命传统，给党增添光彩。

他惜粮如命，以身作则。带头将洒落在地上的粮食一粒一粒捡起来，将掉在砖缝的粮食一颗一颗抠出来；规定职工下班必须把鞋子脱下，将掉到鞋子里的粮食倒出来，做到颗粒归仓。他时刻把粮食的安全挂在心头，防火防盗，深夜都要起来检查粮食仓库，确实没有问题才能放心。

他勤俭节约，带头苦干。粮食仓库的粮食是堆在用石头和砖支起的底板上。地上有老鼠洞，要趴在地上进入底板和地面狭小的空间去堵，又脏又累。李开文从来不请小工，就是自己钻进去堵；房顶上的瓦破了，他搬着梯子，爬上房顶，冒着危险换上好瓦；建设无虫仓库，泥墙缝要纸筋，他就用树皮代替；要买线麻，他就到麻田挖麻兜子捣烂了用，这样既省钱又结实。粮站每年要用很多扫把，他就到15里外的茅草岭砍了1000多斤芭茅草，自己扎扫把，结果扎的扫把3年都没有用完。

有人说，粮站不是没有钱，干吗要这样抠，让自己受累。李开文说："国家就是个大家，我们都是这个家的人，都要为这个家着想，什么都要买，那自己要手干什么？"

李开文的工作十分出色。不仅无虫仓库提前达标，还节约了资金；几年来，粮食仓库从来没有意外损失过粮食。5年中，他两次被评为保粮工作模范。

1955年10月，李开文被评上了安徽省保粮工作模范，到北京出席全国粮食先进工作者代表会议。10月31日住进了西苑旅社。11月1日，李开文就写信给毛主席、李富春副总理和全国妇联主席蔡畅，想见见老首长。很快，李开文就接到蔡畅打来的电话，说大家都知道李开文来开光荣会，都很高兴。要他开完会不要回去，毛主席想见他。

11月20日是星期天，李开文上午被李富春、蔡畅夫妇派来的专车将他接进了中南海。见面后，十分亲热。李富春说："你真是个老模范，回到家里还是当模范。"大家都哈哈笑了起来。

中午，李开文在李富春家吃了午饭。下午，李富春、蔡畅带着李开文来到了毛主席的办公室。

毛主席见到李开文，起身和他握手，并说："老同志回来了！"又问："你南下了，离家远不远？"

李开文回答："就在家乡工作，在金家寨。"

"金家寨那里不是有个梅山水库吗，建得好不好？"毛主席问。

"那个水库建得又漂亮，又结实！"李开文答。

毛主席和李开文亲切地交谈着，问这问那。李开文这时才想起金寨很多乡亲托他向毛主席问好，便向毛主席说了。毛主席说："好，好，谢谢他们！"

毛主席看着李开文穿的衣服和鞋子，关切地说："怎么你还穿着单鞋，脚冷不冷？我们这里不比南方，刚下雪，天冷呐。"李开文说："不冷，不冷。"

这时勤务人员进来倒茶，毛主席轻轻对他说了几句话。李开文耳聋，不知说的是什么。

一会儿，勤务人员来了，送给李开文一双翻毛的皮棉鞋，一件皮大衣。李开文穿上皮鞋，正好合脚，又柔软，又暖和。顿时，一股暖流从脚涌向全身。

毛主席请李开文吃晚饭，还要留他住一晚。由于李开文参加了大会主席团，晚上要开会，就告辞了。

回到金寨，李开文见到了毛主席的消息不胫而走。络绎不绝的人们将李开文拥簇着，李开文将毛主席送的皮鞋挂在脖子上，让人们观看，反复地向人们讲述见到毛主席和中央首长的情景，时时激动不已，热泪盈眶。

1959年，县里要举办"建国十周年成就展"，将毛主席送给李开文的皮大衣和皮棉鞋要去展览。展览引起轰动，毛主席与炊事员李开文的故事被传得沸沸扬扬，家喻户晓。展览结束后，只还给李开文一双皮棉鞋，皮大衣留下，以后继续展览。

李开文把这双鞋子视为宝贝，从来舍不得穿；锁在箱子里，想毛主席了，或家里来了客人，才拿出来看看，非常珍贵。

1960年的冬天，下着大雪，寒风刺骨。村里的刘跛子到李开文家串门。这刘跛子是个单身汉，脚上穿的鞋子又破又烂，冰天雪地，一双脚冻得又红又肿。李开文一看，心疼了。二话没说，取出了这双舍不得穿的宝贝皮棉鞋，送给了刘跛子，给他穿上。

至此，毛主席送给他的两件东西，一件也没留下来。虽然李开文有些舍不得，但也感到坦然。因为在他的心目中，始终想的是党的事业，想的是国家，想的人民，很少想到自己。

1992年4月初，李开文逝世，享年95岁。

虽然李开文已经逝世多年，但他的传奇故事越传越远，感动着一代又一代人。

洪学智与金家寨

1953年8月下旬，秦芝田刚刚担任金寨县县长就接待了一个金寨籍的老红军，这就是刚从朝鲜战场上回来的大名鼎鼎的志愿军副司令员洪学智。

洪学智是双河人，时年40岁，他从1932年9月离开金寨，已经20多年没有回到家乡了。

洪学智出生贫苦，他3岁丧母，13岁丧父，从小在苦水中泡大，参加革命很早。1928年冬，中共在鄂豫皖边区领导农民开展抗租、抗债、抗税、抗捐、抗粮的五抗斗争，洪学智就参加了南溪联庄队。1929年，洪学智参加了著名的立夏节起义，成为商城游击队的一员，并加入了中国共产党。1930年5月，商城游击队改编为红一军独立旅第五团，洪学智任第二中队第六小队小队长。1931年1月，红一军与从黄梅、广济转战来的红十五军合编为红四军，洪学智在第十师第二十九团重机枪连二排三班任班长。

洪学智加入主力红军后，参加了鄂豫皖苏区第一至四次反"围剿"的斗争。在收复金家寨、攻打新集以及歼灭双桥镇、独山等地之敌的各次战斗中表现出色，被提拔担任了连党支部书记和三排排长。1931年11月7日红四方面军成立后，发起了黄安、商（城）

曾任中国人民志愿军副司令员的
洪学智将军
（金寨县革命博物馆提供）

潢（川）、苏家埠、潢（川）光（山）四大战役。1932年2月，在商（城）潢（川）战役中，洪学智被提拔担任机枪连副连长。随后，洪学智参加了苏家埠战役。

苏家埠战役是中国工农红军历史上罕见的大捷，历时48天，歼敌3万余人，其中生俘敌总指挥历式鼎及5个旅长、12个团长及以下官兵1.8万余人。

就在战役结束的前一天，5月7日，刚担任连长的洪学智身负重伤。

当时洪学智正带着机枪连冲锋，敌人一枪打在他左胸上，鲜血外涌，倒在地上，被送进在麻埠鹭鸶窝的红军医院。

洪学智的伤在左肺叶上，呼吸十分困难，医院条件差，无法救治，十分着急。就在这时，一个被俘虏的原敌军医生被送到医院。他看了洪学智的伤口后认为，伤情很重。接着，从口袋里掏出几片药，让洪学智吃了两片，又留下几片，说："不多了，就这几片，算你走运。"

洪学智吃药后，不咳嗽，也不吐血块了，伤势逐渐好转。

经过38天的住院治疗，伤口基本愈合，洪学智坐着担架随部队向潢川进发。在经过家乡双河时，顺便回家看看。

他怕家里人知道他受伤担心，便下担架勉强步行。走到家门前的稻场上，看见大伯、大娘和几个人在打豌豆。洪学智和他们打招呼，他们直盯着洪学智，好久不敢答应。大伯半晌才问："你不是死了吗？怎么又回来了？"随后大家都哭了起来。

原来，家里人听一个负伤回来的红军战士说，洪学智在苏家埠战斗中被敌人一枪打中，牺牲了。

洪学智的大伯伸手将洪学智摸了摸后，才确信洪学智真的活着，大家又破涕为笑。洪学智将带的盐分给大家，他姐姐也闻讯从婆家赶来看他，一家人沉浸在欢乐温暖之中。

洪学智大伯看到此情此景说："既然这样，就不要走了，该娶媳妇了。"

可洪学智心在红军部队，归心似箭，但又不好跟大伯说。过了两天，他以要看去看看姐姐为借口，去找部队。

不知情的大伯还说："快去快回，我已托人给你提亲了。"

洪学智没有去看姐姐，沿着山路，奔向潢川，连走两天，回到了部队，继续在机枪连当连长。接着写信告诉家人，已到部队，不要惦记。

洪学智认为，作为一个红军战士，要革命就要过"三关"，即生死关，要不怕死；艰苦关，要不怕吃苦；家乡关，要舍得离开家乡和亲人。

洪学智自此离开了家乡，参加了川陕革命根据地的创建和红四方面军长征，曾任红二十五军第七十三师二一七团政治处主任，红三十一军九十三师政治部主任，第四军政治部主任。抗日战争全面爆发后，曾任抗日军政大学第四大队副大队长、第四团团长，苏北盐阜军区司令员，新四军第三师参谋长、副师长。解放战争时期，曾任东北辽西军区副司令员，黑龙江军区司令员兼中共黑河地委书记，第四野战军第六纵队司令员，第四十三军军长，第十五兵团第一副司令员兼参谋长。中华人民共和国成立后，曾任广东军区副司令员，参加抗美援朝，任中国人民志愿军副司令员，协助彭德怀司令员指挥志愿军入朝作战。他分工负责司令部、特种兵和后勤工作，参与领导指挥了第一至五次战役和其他历次重大战役，提出了许多重要的建议和谋略，受到彭德怀的高度赞许。

洪学智在保证志愿军首脑机关安全方面做了大量工作。挖防空洞，使彭德怀司令员化险为夷的故事，至今广为传颂。

志愿军司令部驻地大榆洞曾多次遭到美军飞机轰炸，洪学智根据中央的指示，为保护志愿军总部的安全，调来工兵连挖防空洞。

工兵连开山挖洞，放炮声影响办公和休息，被彭德怀司令员撵走。洪学智让工兵连改进施工方法，并说服彭德怀，坚持挖成了防空洞。

1950年11月24日下午，两批敌机在大榆洞上空转圈飞走，引起洪学智的警觉，因为有情报说，敌人一直在寻找志愿军总部，想对其进行轰炸。

洪学智当即找到邓华、解方、杜平等志愿军领导人研究防空问题，并作出3条决定：一是要求志司机关干部战士第二天天亮前都要吃完饭；二是天亮后都不准冒烟；三是都要疏散。

由于彭德怀工作起来，从不考虑个人安危，不愿进防空洞，洪学智根据彭德怀有事没事爱看作战地图的习惯，当晚等彭德怀休息后，将作战地图取下，挂进了防空洞。

第二天清晨5点多，唯独彭德怀仍在原办公室，没进防空洞，派参谋、警卫几次催促无效后，洪学智又亲自去劝说，并推着彭德怀出房门，进入防空洞。

刚进防空洞不久，敌人的好几架飞机飞来，直接向彭德怀的办公室猛扔炸弹。凝固汽油弹迅速燃烧，房子很快就烧掉了。疏散后又返回办公室的毛岸英、高瑞欣壮烈牺牲。

看到这个情况，彭德怀心情沉痛，在防空洞里沉默不语，傍晚还在洞口发呆。洪学智来劝他吃饭，彭德怀说："洪大个儿，我看你这个人还是个好人哪！今天若不是你，老夫休矣。"

洪学智后来又兼任后勤司令部司令员，在美军的狂轰滥炸下，他领导数十万后勤指战员浴血奋战，创建了"在保障中进行战斗，在战斗中实施保障"

的新型后勤保障体制，坚持"千条万条运输是第一条"，采取构建运输网络、组织接力运输、开展对空作战，随炸随修随通等一系列针对性措施，硬是在没有制空权的情况下，建立起"打不断、炸不烂、冲不垮"的钢铁运输线，顶住了敌人一次又一次的"绞杀战""窒息战"，保证了作战物资源源不断地运往前线，为夺取抗美援朝战争胜利起了重大作用，创造了我军后勤史上在极端艰难的条件下确保战场供应的"奇迹"，积累了现代化后勤保障工作的经验。

朱德总司令称抗美援朝战争的胜利，"后勤起一半的作用"。

1953年7月27日上午10时，《朝鲜人民军最高司令官及中国人民志愿军司令员一方与联合国军总司令另一方关于朝鲜军事停战的协定》在朝鲜板门店签署，标志着历时3年多的朝鲜战争以中朝人民的胜利和美国的失败而告结束。

8月3日，志愿军司令部在驻地朝鲜桧仓举行了盛大的庆祝活动。志愿军胜利完成了祖国人民交给的"抗美援朝，保家卫国"的神圣使命。

就在这时，洪学智接到了中央军委的命令：回国到南京军事学院进修学习。他随即踏上了回国的征程。到了北京，洪学智参加了军委举行的战役集训班，随后乘车南下到南京军事学院学习，顺路回家乡探亲。离开家乡20多年，他对家乡是魂牵梦萦，早就想回来看看了。他是怀着抗美援朝战争胜利的喜悦回来的，他也是从金家寨当红军成长的级别最高的高级将领。

金家寨，洪学智非常熟悉，因他的老家离金家寨只有30里，不仅小时候去过，当红军后，还参加过攻打金家寨的战斗。1932年9月10日，红四方面军第四次反"围剿"在金家寨全军会师，他当时担任红四军第十师第二十九团机枪连连长。军情紧急，他没有时间回家看望亲人，直接就走了。

这次回家乡，洪学智只带了一个警卫员，乘车到了金家寨，受到中共金寨县委书记兼县人武部政委翟金坡、县长秦芝田的热情接待。

当时金寨县的交通还很落后，汽车只能从六安通到县城金家寨，到洪学智的老家双河不通车。洪学智回乡心切，在金家寨没有久留，就步行30多里路赶到老家双河。

双河区委会早已接到县委接待好洪学智首长的通知，当即做了安排。考虑到洪学智是大首长，在安全保卫上要万无一失，就准备将洪学智安排在区委机关食宿。

洪学智到后，区委负责人简单汇报了区里情况后要求："请首长在区委机关食宿，已经安排好了。"洪学智听了风趣地说："我是请假回来探亲的，如果食宿都不在家里，那还叫什么探亲呢？"他谢绝了县区领导的安排，住到堂弟洪学成家。

乡亲们听说洪学智回来了，争先恐后地要上前和他见面、叙谈。此时，陪同的地方干部和警卫出于安全考虑，不让更多的群众靠近。

洪学智见状，忙说："我离家这么多年，乡亲们想来看看我，这是人之常情嘛，你们不要再阻拦他们了。"接着，他又热情地对乡亲们说："来来来，大家靠近一些，我要和乡亲们合个影。"警卫员赶忙拿起相机拍照。

洪学智平易近人，和乡亲们促膝谈心，嘘寒问暖。他鼓励乡亲们说："国家刚解放不久，大家目前的生活肯定有些困难，但是你们一定要相信，在共产党的领导下，生活一定会越来越好的。"

洪学智在家乡探亲访友，在亲友家一起吃粗茶淡饭，非常随和，没有一点架子，使乡亲们深受感动，称赞不已。

洪学智探亲结束后，又到县城金家寨，从金家寨乘车到南京，自此离开了金家寨。

这是洪学智最后一次见到金家寨。虽然他后来又6次回到金家寨，但因修建梅山水库，金家寨已被淹没，不复存在。

洪学智离开金家寨后，任中国人民解放军总后勤部副部长、部长。1959年受彭德怀错案株连被撤军职，调任吉林省农机厅厅长、重工业厅厅长。粉碎"四人帮"后，出任国务院国防工业办公室主任、党组书记，解放军总后勤部部长兼政治委员，中共中央军事委员会副秘书长，中华人民共和国军事委员会委员，第七、八届全国政协副主席。1955年被授予上将军衔，荣获中华人民共和国一级八一勋章、一级独立自由勋章、一级解放勋章。1988年9月再次被授予上将军衔，是全军唯一两次被授予上将军衔的将军。

2006年11月20日，洪学智走完了他93年的人生历程。

经中央军委审定的《洪学智生平》称洪学智是"中国共产党的优秀党员，久经考验的忠诚的共产主义战士，无产阶级革命家、军事家，我军现代后勤工作的开拓者。"

治淮消逝的金家寨

新中国成立后，党中央为了根治淮河水患，在淮河上游修建治淮水利工程。金家寨于1955年汛期淹没在梅山水库中，人们再也看不到这个皖西历史古镇。金家寨的淹没，成为金寨老区人民牺牲奉献精神的标志。

治淮决策与金家寨

金家寨的消逝与党中央做出根治淮河水患的战略决策直接相关。

金寨境内的史河、西淠河之水直通淮河。淮河流域地跨豫、皖、苏、鲁4省，流域面积27万平方公里，耕地2亿亩，解放初期人口约1.5亿。淮河两岸，鱼米之乡，沃野千里，耕地多产，是中国"四大粮仓"之一。自古就有"收了淮河湾，富甲半边天""江淮熟，天下足""走千走万不如淮河两岸"等谚语。

这些谚语是指历史上风调雨顺的年景。在历史上，淮河泛滥曾给两岸百姓带来无穷的灾难。据记载，公元1世纪到6世纪的600年间，淮河流域发生水灾137次，旱灾176次；14世纪到19世纪这600年间，水灾达517次，旱灾345次。

历朝历代封建王朝虽然也对淮河进行过局部治理，但都无济于事。"赤地千里，人相食""庐舍为墟，遍地尸漂"，这是淮河流域人民遭受灾害的真实写照。

新中国建立之初，淮河流域的人民在政治上翻了身，心中充满了当家做主人的喜悦，但仍未消除遭受淮河水灾侵害之忧。作家潘小平等著的《一条大河波浪宽》就记述了党中央决策和治理淮河的伟大创举。

1950年6月，安徽、河南两省交界地区突降大暴雨，暴雨持续了半个多月，在淮北地区引发了大洪水。大片土地被淹，受灾群众达1300多万人。灾难惨重，百年罕见。

淮河大水受灾的消息迅速传到了北京。

7月20日，毛泽东主席在审阅华东军政委员会关于1950年淮河大水受灾情况的电报后，当即批示给周恩来总理：

除目前防救外，须考虑根治办法，现在开始准备，秋起即组织大规模导淮工程，期以一年完成，免去明年水患。请邀请有关人员讨论（一）目前防救、（二）根本导淮两问题。如何，请酌办。

8月5日，毛泽东主席又收到灾区关于淮北遭受洪灾情况的报告。报告中写道：

今年水势之大，受灾之惨，不仅重于去年，且为百年所未有。淮北20个县、淮南沿岸7个县均受淹……其中不少是全村淹没……由于水势凶猛，群众来不及逃走，或攀登树上、失足坠水（有在树上被毒蛇咬死者），或船小浪大、翻船而死者，统计489人，受灾人口共990余万，占皖北人口之半……由于这些原因，干群均极悲观，灾民遇着干部多抱头大哭……

看到这些，毛泽东不禁流下了眼泪，并在"不少是全村淹没""被毒蛇咬死者""多抱头大哭"等多处画上了横线。

毛泽东随即又批示给周恩来总理：

请令水利部限日作出导淮计划，送我一阅。此计划八月份务须作好，由政务院通过，秋季即开始动工。如何，请酌办。

1950年8月25日，在周恩来直接指导下的治淮工作会议在北京召开，会议由水利部部长傅作义主持，到9月12日结束，开了19天。会上，周恩来总理多次召集参会的河南、安徽、江苏各省负责人讨论、协商。他指出："今年大水后，毛主席作了根治淮河的指示，这是新中国第一次对一条河提出根治。如何达到根治？综合你们的讨论，研究千年治淮历史，我的体会是应该坚持蓄泄兼筹，以达根治之目的。在中国历史上，治水就有蓄泄之争。新中国治水，既不是单纯地蓄，也不是一味地泄，要蓄泄兼筹，不但要送走淮水，而且还要根治淮河，全面达到除害兴利的目的。"

会议根据周恩来总理提出的"蓄泄兼筹"的治淮方针，迅速做出了淮河上游以蓄洪发展水利为长远目标，中游蓄泄并重，下游开辟入海水道的重大决策，并制订了治理淮河各方面的协同计划和治淮步骤。

根据毛泽东主席的意见，周恩来总理于10月14日召开了政务院会议，通过了《关于治理淮河的决定》。随后，水利部治淮委员会（简称淮委）在蚌埠成立，曾山任主任。

当时，新中国成立伊始，一穷二白，百废待兴，加之抗美援朝，在这种情况下，党中央、国务院作出根治淮河的决策，体现了对淮河人民的深切关怀。

政务院《关于治理淮河的决定》发布后，皖北区党委、行署和皖北军区立即传达贯彻，迅速掀起治理淮河的热潮。

1951年5月，毛泽东又以中央人民政府主席的名义，派出以张治中、邵力子为正副团长的中央治淮视察团（张治中因病未能成行），视察治淮工程。

邵力子一行于5月初到达润河集分水闸工地视察。在当晚召开的万人大会上，邵力子转达了毛主席的嘱托，他说："我们是受毛主席的指示，代表毛主席和中央人民政府来看望大家的。我离开北京的头天晚上，毛主席召见了我，对我说：'请你去告诉他们，一定要把淮河修好！一定要把淮河修好！一定要把淮河修好！'毛主席亲笔题写的'一定要把淮河修好！'这8个大字已印成，参加治淮的同志每人一张。我听主席的秘书说，主席挥毫写这8个字时，是流着眼泪的……"

毛泽东发出"一定要把淮河修好"的伟大号召，产生了巨大的力量。仅从1950年至1953年春，政府用于治淮经费即达7亿千克粮食之巨。治淮贯彻"蓄泄兼筹"的方针，新建水库、水闸、开挖新河和各种渠道，培修加固总长903公里干流堤防，到1953年底就完成土方达2.9亿立方米。如果把这些土方筑成高宽各1米的土墙，有近30万公里长，可沿赤道绕地球7圈。同时，开始在淮河上游修建佛子岭、梅山、响洪甸、磨子潭、龙河口五大水库，形成了相当完整的防洪、蓄水、发电、航运、灌溉等除害兴利的系统网络。

梅山水库与金家寨

实行"蓄泄兼筹"的治淮方针，就注定金家寨要做出被淹没的牺牲。

实际上，早在1950年10月，治淮委员会工程部规划处就对史河流域进行查勘，并写出了在史河修建水库的可行性报告。

1953年春节刚过，治淮委员会工程部规划处又到史河查勘修建水库坝址的最佳位置。

经过前后4次查勘调查，在史河八里滩以上38公里长的河段上，先选择了5个坝址。这就是八里滩、王店子、梅山、观音阁、狮子口。从地形、地质、防洪规划要求和工场布置等方面考虑，又选出八里滩、梅山两处坝址，报治淮委员会审定。

治淮委员会经重点比较，认为梅山的地质条件好，坝基为花岗岩侵入体的岩基，坚硬密实，与东岸溢洪道基础石英岩接触良好，呈混合现象，不会漏水。同时地形有利，河床宽仅180米左右，两岸坡约1∶1，隧洞和溢洪道均可设法利用有利地形，减少工程量。此外，位置较好。坝址附近山势雄伟，无低凹地带，可以控制较大流域面积，且能控制洪水，同时对外交通方便，工场布置比较容易，可以降低工程造价。因此，最后确定以梅山为坝址。这里距金家寨29千米。

确定坝址后，大坝的设计曾分别比较和分析了主坝为堆石坝、重力坝、单拱坝、平板坝和连拱坝等坝型，最终选定连拱坝型。主要考虑基于几点：一是工程投资少；二是坝为空心，工程数量少，施工速度快，对提前拦洪，及早解决淮河洪水泛滥较为有利；三是坝址地形和气象条件适应布置连拱坝；四是坝址地质合适；五是已经积累佛子岭水库连拱坝修建经验，可以进一步提高施工水平，并有不少现成设备可以利用，减少投资。此外，连拱坝可以建筑在地震区域。

1953年5月，淮委开始编制梅山水库计划任务书。7月编制梅山水库工程初步设计书。10月，淮委工程部地形测量队地形组和佛子岭水库设计处又进行梅山水库技术设计的补充查勘。

12月3日，梅山水库工程筹备处在霍山县佛子岭成立，由佛子岭水库工程部副指挥张孟云兼任副主任。

张孟云是水利第一师的参谋长。水利第一师是新中国的第一支水利部队。

1952年2月，为响应毛主席"一定要把淮河修好"的伟大号召，正集结待命开赴朝鲜战场的步兵第九十师奉命改编为中国人民解放军水利工程第一师，归中央水利部领导。

中国人民解放军步兵第九十师的前身是皖北军区警备第二旅，曾参加了大别山剿匪，是1949年9月5日进军金家寨消灭"鄂豫皖人民自卫军总司令部"的部队之一。

1952年7月1日，水利第一师师长马长炎和参谋长张孟云率领一师二、三团

7000多名官兵，从寿县又挺进大别山区，首先参加佛子岭水库的修建。此时，在霍山境内的佛子岭水库建设正处于紧张施工阶段。

佛子岭水库是新中国成立初期我国自行设计具有当时国际先进水平的大型连拱坝水库，以防洪为主，结合灌溉、发电、航运，系治淮委员会佛子岭水库工程指挥部设计。

1950年3—6月，淮河水利工程总局组织淠河查勘，提出了淠河东、西两源上游可兴建佛子岭和响洪甸两座水库。1950年7月淮河大水后，治淮委员会会同有关单位，根据"蓄泄兼筹"的治淮方针，于1950年11月进行复勘。1951年4月，第二次治淮会议决议的《治淮方略》和1952年度工程要点中，规划确定修建佛子岭水库。水库的建设培养了一大批水利水电建设人才，也为修建梅山、响洪甸等水库提供了经验。后来，建设佛子岭水库的水利工程第一师又参加了金寨境内的梅山水库、响洪甸水库的修建。

1953年12月5日，张孟云副主任率领干部50余人到达梅山工地，开始筹备工作。自此拉开了梅山水库修建的序幕。

为了保障梅山水库施工的需要，1954年1月25日，开始修建六安到梅山的公路，这条公路从霍邱的大顾店与六安相连接，到梅山的大青峰岭，全长29.2公里，于1954年年底建成通车。

1954年2月2日，国家计委批准了《梅山水库计划任务书》和《梅山水库工程初步设计》。

3月29日，淮委下达梅山水库工程技术设计书，梅山水库坝址清理工程开工。修建梅山水库的战斗正式打响。

移民离开金家寨

5月4日，梅山水库工程指挥部成立。在梅山水库施工大张旗鼓地进行的同时，移民工作也紧锣密鼓地展开，金家寨的干部群众都知道，金家寨被淹没的时间在逼近了。

梅山水库按照千年一遇的水位设计，138.2米高程以下为淹没区，面积87.7平方公里。淹没或部分淹没原城关区的金寨镇及胡店、陈冲、双石、槐树湾、三合、板棚、杨桥、东岳、两湾、古城、后冲、万冲13个乡镇，双河区的9个乡，汤家汇区的6个乡，共28个乡镇。淹没区内耕地为35655亩，林山、河流、道路14万亩；淹没区需搬迁户数为8737户，38882人。另在施工占用范围内迁移126户，604人。

梅山水库淹没区

　　为了做好梅山水库淹没区的移民工作，中共六安地委、金寨县委超前谋划，早在1953年春，金寨县委就抽调干部15人，六安地委从整党工作队中调来干部12人，组成梅山水库移民工作队。工作队在原六安县双河区委书记石林珠、金寨县民政科副科长龚世仁的带领下，在金家寨边的胡店乡开展移民动员试点。

　　1954年4月，梅山水库移民委员会成立。由中共金寨县委副书记荣成富任主任，石林珠任专职副主任，六安地区民政局副局长何顺凯兼任副主任，县直机关有关单位和移民区区委书记任委员。县委按照省委和淮委的部署，配合梅山水库工程指挥部，把移民动员、安置工作摆上重要议事日程，作为移民地区党和政府的中心工作。

　　为了做好在金家寨的县城迁移工作，1954年3月梅山水库工程开始后，金寨县委、县政府就决定将县城搬迁到梅山。5月，梅山水库工程指挥部拟就和编制了县城搬迁的3种方案及补充意见，上报淮委；金寨县政府于6月7日以《金寨建字第041号公函》致治淮委员会，提出县城搬迁有关房屋建筑的计划和意见。经过反复论证和磋商，淮委于7月3日函复梅山水库工程指挥部和金寨县人民政府，同意县城搬迁房屋建筑的第一方案及金寨县人民政府提出的补充意见。要求梅山水库工程指挥部与金寨县人民政府协商后制定具体计划报核，并对县城搬迁后的法院、看守所、劳改队、公安队的建筑位置提出了具体意见。根据协议，由梅山水库工程指挥部于1954年下半年首先为金寨县城搬迁新建第一批砖木结构的永久性建筑，即县委、县政府大楼、法院、公安局、医院和大礼堂，以备1955年4月县城搬迁使用。

动员移民工作当时在金家寨是头等大事。县委、县政府多次召开会议，研究部署工作的开展；并多次召开移民代表会议，统一贯彻移民工作方针，统一宣传动员内容；还聘用了60多名移民积极分子，通过他们发动教育群众。

当时金家寨的广播不停地宣传毛主席发出的"一定要把淮河修好"伟大号召，修建梅山水库，治理淮河水患的重要意义；街头的宣传栏上张贴着移民的政策，大街小巷的标语上写着"听毛主席话，跟共产党走！""发扬革命传统，争取更大光荣！""社会主义是金桥，走社会主义光明大道！""移民光荣！""做支持国家社会主义建设的先锋！"等口号。移民成为金家寨最热的话题，机关干部在议论，家人在家里议论，街头巷尾到处都在议论。

移民工作队挨家挨户地动员，分阶段向移民户反复讲清道理。

在移民工作动员开始阶段，移民们认识到，移民就是响应毛主席的号召，就是听毛主席的话；移民就是支持国家社会主义建设，就是走社会主义阳关大道，就能过上"耕地不用牛，点灯不用油""楼上楼下，电灯电话"的社会主义新生活。他们纷纷表示，一切服从国家的安排。虽然想到要离开祖祖辈辈生活的故土，要离开世代和睦相处的街坊邻居，心中又不免有些难以割舍，有故土难离之感，但仍然要顾全大局，发扬老区的光荣传统，坚决跟共产党走。

在移民工作动员的中期，重点宣传贯彻"国家不浪费，群众不吃亏"的赔偿原则和"就近迁移，组织互助合作，发展山区生产，解决移民长远生活"的安置方针，做好赔偿补助，落实安置地区。

淹没区的经济赔偿标准为：在水位线123.9米以下被淹没的田地和经济作物，按4年总产值全部赔偿；水位线在123.9~128米的半淹区，按4年总产值1/5赔偿；在上述水位线以上淹没区，将根据情况再行拨款。安置生产补助，采取生产投资方式，以扩大再生产解决长远生活。为了保证移民保持迁移前的生活水平，将连续补助7年。对移民房屋和猪圈的赔偿标准为：淹没瓦房每间补偿150元，有猪圈的户每户补偿7.8元；另对迁移到山区的户，为防止野兽侵害牲畜，每户补助3.9元。

在移民搬迁阶段，召开移民区与安置区居民代表会，面对面协商安置中的具体事宜；组织安排安置区群众到移民区迎接移民，移民干部护送移民到安置地点。移民区的党、团组织号召党员、团员、干部带头搬迁，并将之作为一条组织纪律。

由于移民工作做得比较细致，使移民工作进展顺利。

在移民安置的城乡居民8737户、38882人中，安置在本县农村的农业户6370户、28624人；安置在梅山镇、古碑、南溪小集镇的非农业户436户、1689

人，这基本是金家寨的居民。投亲靠友出县安置的113户，497人；其余1818户、8072人就近迁居库区洪水以上地带。

1955年4月，在金家寨的县级各机关陆续搬迁到梅山，5月1日正式办公。

至此，金家寨已不是金寨县县城。

永不磨灭的金家寨

1955年汛期，梅山水库开始拦洪，约7月，金家寨随之淹没。

金家寨被淹没后，梅山水库尚在施工。直到1956年6月，梅山水库才胜利竣工。

治淮骨干工程梅山水库由拦河坝、溢洪道、泄洪隧洞、泄水底孔和发电厂房5个部分组成。水库大坝是一座我国自行设计、自主建设的大型混凝土空心连拱坝，系新中国第二座连拱坝。坝顶高程140.17米，防浪墙顶高程141.27米，最大坝高88.24米，顶宽1.8米，时称世界第一高坝。坝长443.5米，坝上共有15垛16拱，总库容23.37亿立方米。发电厂为坝后式，位于5~8号垛后，安装4台1万千瓦的水轮发电机。

梅山水库大坝

（金寨县革命博物馆提供）

梅山水库主要功能是防洪、灌溉、发电。建成60多年来，充分发挥了巨大的综合效益。

梅山水库建成后，可使百年一遇的洪峰流量由16950立方米/秒削减至3220立方米/秒；千年一遇的洪峰流量由26150立方米/秒削减至4900立方米/秒；万年一遇的洪峰流量由35550立方米/秒削减至6750立方米/秒。1956年水库竣工，当年汛期即将入库洪峰流量5014立方米/秒削减到440立方米/秒。1969年7月14日最大洪峰流量13978立方米/秒，最高水位133.35米，而最大下泄流量仅1560立方米/秒，对于减轻库下史河沿岸洪灾和削减淮河洪峰起了重要作用。1991年7月，梅山水库在拦洪错峰中更是发挥了巨大作用。尽管当时雨量集中，流域平均降水量837毫米，最大日降水量273毫米，库区最高水位135.75米，最大入库流量达8655立方米/秒，但经过水库拦截、控制，为淮河错峰9.38亿立方米，保证了淮河大堤安然无恙，确保了下游人民的生命财产免受毁灭性打击。60多年来，梅山水库为保证下游城镇人民生命财产的安全，确保淮河安全度汛、减少淮河中游启用行（蓄）洪区发挥了重要的作用。

梅山水库是世界著名的淠史杭灌区主要水源，灌溉安徽金寨、霍邱、六安（裕安、金安区）和河南省固始、商城县农田383万亩，使其旱涝保收；昔日山水横溢、易旱易涝的史河流域现已变成了绿水清池、万顷良田。

梅山水库电站，年平均发电1亿千瓦时，是皖西电网的重要电源点，对安徽电网的发展和确保电网安全起着重要的作用。

此外，梅山水库库区可养殖水面达59500亩，是水产养殖基地；水库内已开发航道长153公里，部分航道可通客轮，为水上运输、旅游发展提供了条件。

梅山水库是国家级水利风景区，现已成为国家AAAA级旅游景区。在梅山水库大坝西坝坝顶的平台上，有一个梅山水库简介的标牌，上面写道：

按照省水利学会和有关专家的测算，50多年间梅山水库的防洪效益按减灾折算成人民币约50亿元；灌溉效益折算成人民币约40亿元。

显然，到2020年，60多年过去，综合效益已远超过了百亿元。

在这其中，也有金家寨的贡献。

在金寨，因国家治淮还修建了响洪甸水库，淹没的还有麻埠、流波䃥两个重镇。

响洪甸水库是淮河支流西淠河上游的一座大型水库，也是治理淮河水患的枢纽工程之一，是以防洪灌溉为主，结合发电、城市供水、航运、水产养殖等综合利用的大型水利水电工程。

水库大坝是我国自行设计和施工的第一座等半径同圆心混凝土重力拱坝，1956年4月开工建设，1958年7月竣工，同期开始蓄水。坝顶高程为143.4米，防浪墙顶高程为144.5米，最大坝高87.5米，坝顶弧长367.5米，弦长307米，坝顶宽5米，另加挑出部分共为6米；响洪甸水库大坝以500年一遇洪水的标准设计、5000年一遇洪水的标准校核，为一级水工建筑物，可抗八级烈度地震。总库容26.32亿立方米。发电厂总装机容量4万千瓦（4台1万千瓦机组），其中四号机组是我国自行设计和制造的第一台定、转子双水内冷水轮发电机组。

响洪甸水库的移民工程淹没了麻埠镇、流波礄镇等，淹没面积71平方公里，淹没区总人口52272人。

修建梅山、响洪甸两大水库，淹没了土质肥沃的良田9万余亩，经济林15万亩和金家寨、麻埠、流波三大经济重镇，近10万人失去赖以生存的生活资料，就地安置，使金寨元气大伤，这也是导致金寨长期贫困的重要原因。金寨成为了全国重点贫困县。

金寨人民为中国革命胜利和国家经济建设做出了重要贡献和重大牺牲。

中央和省市对金寨老区极为关怀，邓小平、习近平、吴邦国、温家宝、李克强、汪洋、曾庆红等多位中央领导同志先后来金寨视察，在资金、物资、项目、政策等多方面给予大力支持。

1990年，李克强同志到金寨考察并选址建设全国第一所希望小学。

2012年，吴邦国委员长视察金寨时题词："永世不忘金寨人民对中国革命建设的贡献。"

2016年4月24日，习近平总书记视察金寨，他深情地说："一寸山河一寸血，一抔热土一抔魂。回想过去的烽火岁月，金寨人民以大无畏的牺牲精神，为中国革命事业建立了彪炳史册的功勋，我们要沿着革命前辈的足迹继续前行，把红色江山世世代代传下去。"他要求各级党委和政府要怀着对人民的热爱、按照党中央提出的精准扶贫要求，打好脱贫攻坚战，让老区人民过上幸福美好生活。

金寨迈入了历史上最好的发展时期，2020年4月，金寨县实现脱贫，摘去贫困县的帽子。

金家寨被淹没后，其老城区的位置在现槐树湾乡境内。槐树湾乡由原金家寨镇和胡店乡构成。从该乡的简介中可了解金家寨淹没后的现状：

槐树湾乡是革命老区。境内是皖西北根据地中心。土地革命战争时期，有万余名英雄儿女参加革命，成为红四方面军的重要组成部分。槐树湾籍人陈绍禹（王明）曾为我党早期领导人。五六十年代受衔的中华人民共和国将军中，该乡有7位，皮定均为中将，丁世方、马宗璜、陈宏、胡鹏飞、詹大南、康烈功为少将；另外，国民党将军中槐树湾籍也有6位：桂丹墀、桂振远、桂超、陈钢、陈铁、吴沧洲。

1954—1958年国家为治理淮河而修建梅山水库，境内淹没了鄂豫皖结合部最繁华的城镇金寨镇，同时奉献了2万亩良田，1万余人舍弃家园成为库区移民。

槐树湾乡是传统农业大乡。境内有木本、草本植物1500多种，有百年以上古树400余株；各类水陆栖生脊椎动物400多种。有香獐、野猪、画眉等稀兽珍禽。盛产100余种名特优稀农副产品和中药材。蚕桑、板栗、茶叶、菌药是传统支柱产业。其中，养蚕历史悠久，年养蚕5000盒以上，年产蚕茧200吨左右；万亩板栗带初步形成，年产板栗900吨左右；年产干茶50吨，种植天麻5万窖、茯苓3万窖、木耳50万棒。

"上码头"西瓜驰名皖西。槐树湾乡独特的库区小气候和富含微量元素的沙质土壤，使库区生长的西瓜独具风味。槐树湾乡坚持无公害生产标准，注册了"上码头"西瓜品牌。"上码头"品牌西瓜由50户100亩发展到1000户2000亩。

槐树湾是"皖西水产养殖第一乡"，拥有广阔的水产养殖发展空间。境内库湾众多，有可养水面2.1万亩，库区农民人均可占有1.7亩，且达到可直接饮用水标准。发展常规网箱1.2万只，主养花白鲢，年产值1000万元以上。大力发展小体积精养网箱，主养美国斑点叉尾鮰，出口美国，填补了全省水产品出口空白（由于为了保护水资源环境，现在网箱养鱼已经停止）。

槐树湾乡水旱交通便利。县道金碑公路纵贯全乡，直接经过8个村，境内全长18公里，到达县城梅山只需45分钟。航运畅通，境内有上码头、高庙、槐湾、胡店等固定码头，乡内有3艘客船和5艘货船以及150余只自用船，客货出入乡境十分方便。响山寺至上码头乡级公路已改造成水泥路，水陆互通。全乡村村通公路，通村部的公路2005年改造成水泥路。75%村民组通公路，晴雨通车里程56公里。沪汉蓉铁路和合武高速公路途经乡境，交通更加便利。

境内自然景观、人文景观众多，旅游业发展前景广阔。库区内水天一色，碧波万顷，尽显自然美妙；古城遗址中古墓群、古战场，文化积淀，催人浮想联翩；将军故乡、名人故里，一代风流，可歌可泣，鼓舞人心。另有棋盘石、张公山、蔚迟山、梳妆台、金龟出水、神龟探海等名胜，惟妙惟肖，造化神韵。其中以响山寺为中心的旅游业发展已初具规模。响山古寺是全县佛教中心，是省级重点文物保护单位。现寺内"金碧辉煌、庄严肃穆"，每年春秋两届庙会人山人海，商贾云集。庙内现存有各个历史时期重修庙宇的碑记。曾被日寇焚烧的古银杏，改革开放后突然萌发，现又枝繁叶茂，唯树干焚痕犹在，成为日本法西斯罪行历史见证。寺后拾阶而上，即为原国民党二十一集团军上将总司令、安徽省政府主席、抗战名将廖磊的墓地，蒋介石、于右任、林森等国民党要人题赠挽联巨型碑刻林立墓前。后山是宋代古墓群，宋氏居多，有宋朝三品官员墓、王明先祖墓群。寺旁是老红军、毛泽东的炊事员李开文的故居和墓地，李开文中晚年生活和工作于此，一生清廉俭朴。响山寺东建有爱国主义教育基地和皮定均将军陈列室以及皮定均将军子女捐资兴建的定均图书馆，是青少年理想信念教育、革命传统教育、爱国主义教育的场所。

金家寨这个古老的城镇看起来是消失了，但在槐树湾乡、古碑镇仍可见当年金家寨的遗存。金家寨的历史已入史册，金家寨的故事仍在流传，金家寨人民牺牲奉献的精神不断光大，以金家寨命名的金寨县传承红色基因，正在实现中华民族伟大复兴中国梦的征程中高歌猛进，谱写新时代老区辉煌的新篇章。

金家寨，永不磨灭！

中共中央党史研究室，2002.中国共产党历史第一卷上册［M］.北京：中共党史出版社.

中共中央党史研究室，2016.中国共产党的九十年（新民主主义革命时期）［M］.北京：中共党史出版社.

中共河南省委党史研究室，中共安徽省委党史研究室，1998.鄂豫皖革命根据地史［M］.合肥：安徽人民出版社.

中国工农红军第四方面军战史编辑委员会，2007.中国工农红军第四方面军战史［M］.北京：解放军出版社.

中国工农红军第二十五军战史编审委员会，2007.中国工农红军第二十五军战史［M］.北京：解放军出版社.

中共安徽省委党史研究室，2000.中国共产党安徽地方史［M］.合肥：安徽人民出版社.

中共六安地委党史工作委员会，1987.皖西革命史［M］.合肥：安徽人民出版社.

中共六安地委党史工作委员会，1989.皖西革命回忆录［M］.合肥：安徽人民出版社.

中共六安市委党史研究室，2006.六安将军传［M］.合肥：安徽人民出版社.

金寨红军史编辑委员会，2005.金寨红军史［M］.北京：解放军出版社.

金寨县地方志编纂委员会，1992.金寨县志［M］.上海：上海人民出版社.

金寨县革命史编委会，1991.金寨革命史［M］.合肥：安徽人民出版社.

中共金寨县委宣传部，1980.立夏节烽火［M］.合肥：安徽人民出版社.

中共金寨县党史办公室，1990.金寨县革命英雄传［M］.合肥：安徽人民出版社.

张麟，1998.大将徐海东［M］.北京：解放军文艺出版社.

洪学智，2007.洪学智回忆录［M］.北京：解放军出版社.

许世友，2005.许世友上将回忆录［M］.北京：解放军出版社.

张凤雏，2006.皮定均中将［M］.北京：解放军文艺出版社.

胡继成，2010.吹角连营［M］.北京：解放军出版社.

《江上青与金寨》编写组，2016.江上青与金寨［M］.北京：中共党史出版社.

《王明生平图片资料选编》编写组，2016.王明生平图片资料选编［M］.北京：中共党史出版社.

郭德宏，2014.王明年谱［M］.北京：社会科学文献出版社.

戴茂林，曹仲彬，2008.王明传［M］.北京：中共党史出版社.

朱秀海，2007.红四方面军征战纪实（上）［M］.北京：解放军文艺出版社.

艾格尼丝·史沫特莱，1985.史沫特莱文集——中国的战歌（1）［M］.袁文译.北京：新华出版社.

卡罗，王金坤，2008.铁血流芳——抗日名将唐淮源［M］.昆明：云南人民出版社.

潘小平，余同友，李云，等，2019.一条大河波浪宽［M］.合肥：安徽教育出版社.

刘国铭，1993.中国国民党九千将领［M］.北京：中华工商联合出版社.

胡维清，2014.玉林儿女风采（第四集）［M］.南宁：广西人民出版社.

张国焘，1980.我的回忆（第一册）［M］.北京：东方出版社.

后 记 | 金家寨的记忆

金家寨曾为皖西重镇，历史文化厚重。金家寨镇虽已消逝，但历史不可忘却。

为铭记光辉历史，传承红色基因，我在多年研究革命历史和文史的基础上，广泛收集资料，编写了《金家寨的记忆》一书；以在金家寨镇发生的事件和人物故事为重点，记述中国共产党领导金寨人民为建立新中国英勇奋斗的光辉历程，讴歌金寨人民以大无畏的牺牲精神，为中国革命事业建立的彪炳史册的功勋。在2021年出版此书，意在向中国共产党百年华诞献礼！

《金家寨的记忆》的编写出版得到了中共金寨县委、县人民政府的重视和关怀，中共金寨县党史县志研究室、金寨县革命博物馆等有关单位鼎力相助，中国农业出版社给予了大力支持。在此，向为编写出版本书提供支持和帮助的各个单位和个人表示衷心的感谢！

由于本人水平有限，本书难免存在错误和不准确之处，敬请广大读者批评指正。

作者

2021年7月26日

图书在版编目（CIP）数据

金家寨的记忆 / 阎荣安编著 . —北京：中国农业
出版社，2022.3
ISBN 978-7-109-29175-1

Ⅰ．①金… Ⅱ．①阎… Ⅲ．①金寨县—概况 Ⅳ．
①K295.44

中国版本图书馆 CIP 数据核字（2022）第 035516 号

金家寨的记忆
JINJIAZHAI DE JIYI

中国农业出版社出版
地址：北京市朝阳区麦子店街 18 号楼
邮编：100125
责任编辑：徐　晖　张雯婷　文字编辑：张雯婷
版式设计：王　晨　责任校对：沙凯霖　责任印制：王　宏
印刷：北京中兴印刷有限公司
版次：2022 年 3 月第 1 版
印次：2022 年 3 月北京第 1 次印刷
发行：新华书店北京发行所
开本：700mm×1000mm　1/16
印张：35.5　插页：2
字数：625 千字
定价：148.00 元